La blessure du passé

ERICA SPINDLER

La blessure du passé

Jade

Titre original :
RED
publié par MIRA®

Traduction française de JEAN ESCH

Jade® est une marque déposée par le groupe Harlequin

Photo de couverture
Femme à la rose : © ALLAN JENKINS/TREVILLON

83-85, boulevard Vincent-Auriol, 75646 PARIS CEDEX 13.
Tél. : 01 42 16 63 63
Service Lectrices — Tél. : 01 45 82 47 47
www.harlequin.fr
ISBN 978-2-2802-2138-2 — ISSN 1773-7192

A Nathan, mon mari, mon ami, mon amour.
Pour son soutien constant,
Pour son calme, son bon sens et sa tendresse
face à mes emportements.
Sans toi, je n'y serais pas arrivée.

PREMIÈRE PARTIE

1

Bend, Mississippi
1984

Aucun endroit au monde n'exhale une odeur semblable à celle du delta du Mississippi au mois de juillet. Une odeur de fruit trop mûr, laissé trop longtemps au soleil. Une odeur âcre, comme l'haleine d'un ivrogne qui s'est soûlé au whisky. Comme la sueur.

Et une odeur de terre. Si sèche parfois qu'elle irritait la bouche et la gorge, mais si humide la plupart du temps qu'elle imprégnait tout, même la peau. Becky Lynn Lee souleva ses longs cheveux pour libérer sa nuque, rendue moite par le mélange de transpiration et de poussière provenant de la route non pavée. La grande majorité des habitants de Bend et des environs ne s'intéressaient pas à l'odeur des choses, songea-t-elle. Contrairement à elle. Becky Lynn rêvait d'un endroit où flottait le parfum des fleurs exotiques et des senteurs rares, un monde magnifique où les gens portaient de jolis vêtements de soie et affichaient sur leurs visages des sourires chaleureux.

Elle savait que cet endroit existait ; elle l'avait vu dans les maga-zines qu'elle dévorait dès que l'occasion se présentait, ce qui lui valait les sarcasmes des clientes de chez Miss Opal, et les réprimandes furieuses de son père.

Mais tout cela n'avait aucune importance. Becky Lynn s'était juré qu'un jour, d'une manière ou d'une autre, elle vivrait dans ce monde-là.

Elle traversa avec précaution la voie de chemin de fer qui ne servait pas uniquement à transporter les chargements de riz, de coton et de soja qu'on expédiait de Bend, mais faisait aussi fonction de frontière entre les beaux quartiers de la ville et les autres, entre les gens respectables et les « petits Blancs pauvres » comme on les appelait.

Becky Lynn faisait partie de ces « petits Blancs pauvres ». Quelle humiliation elle avait ressentie la première fois qu'on l'avait appelée ainsi ! cette blessure se rouvrait chaque fois qu'elle y pensait. Et comment ne pas y penser sans cesse dans une ville comme Bend ?

Le visage levé vers l'immensité bleue du ciel, les yeux plissés pour se protéger de la lumière, Becky Lynn aurait aimé que des nuages viennent atténuer cette chaleur brûlante. Petits Blancs pauvres. Elle avait trois ans quand, pour la première fois, elle avait découvert qu'elle était différente, que sa famille et elle étaient des « moins-que-rien » ; le souvenir de cet instant restait douloureusement vivace dans sa mémoire. C'était une journée comme aujourd'hui : chaude et ensoleillée. Accompagnée de sa mère et de son frère, Randy, elle faisait la queue au marché. Elle tenait fermement la main de son frère, en gardant les yeux fixés sur ses pieds nus et crottés par la terre de la route. Soudain, en levant la tête, elle avait découvert les regards de toutes les autres femmes braqués sur elle, des regards emplis d'un mélange de pitié et de mépris. A cet instant, elle avait compris qu'il y avait sur terre d'autres personnes qui étaient là pour les juger. Elle avait éprouvé un étrange sentiment, une sorte de gêne. Pour la première fois de sa brève existence, elle s'était sentie vulnérable. Elle aurait aimé se réfugier derrière les jambes de sa mère ; elle aurait voulu que celle-ci ordonne aux autres femmes de cesser de les regarder de cette façon.

Sans doute, songeait Becky Lynn, était-ce avant que son père ne devienne véritablement méchant, à une époque où elle pensait encore que sa mère était un ange doté de pouvoirs magiques pour la protéger.

Mais peut-être avait-elle déjà compris que sa mère n'était pas un ange, qu'elle n'avait ni le pouvoir, ni la force de tout arranger, car elle était restée muette ce jour-là. Toutes les femmes avaient continué à les dévisager, donnant à Becky Lynn le sentiment d'avoir fait quelque chose de mal, quelque chose de répugnant.

Aujourd'hui, les gens respectables, y compris les clientes du salon de coiffure de Miss Opal à qui elle lavait les cheveux, la regardaient sans la voir. Certes, elles lui adressaient la parole pendant le shampoing, mais avant tout parce qu'elles aimaient s'entendre parler et savaient qu'elle était payée aussi pour les écouter et se ranger à leur avis, ce que ne leur consentaient quasiment jamais leurs maris. Mais quand ces mêmes femmes la croisaient dans la rue, elles l'ignoraient. Becky Lynn n'aurait su dire si elles faisaient semblant de ne pas la voir parce qu'elle était la fille de Randall Lee, ou si, véritablement, elles ne la reconnaissaient pas, pour la bonne et simple raison qu'elles n'avaient jamais pris la peine de la regarder.

Quoi qu'il en soit, elle avait fini par s'habituer à paraître invisible. A vrai dire, elle se satisfaisait de cet anonymat. Quand elle était invisible, elle avait moins conscience d'être différente. Elle se sentait… protégée.

Becky Lynn prit une profonde inspiration en franchissant la voie de chemin de fer. Curieusement, l'air semblait toujours un peu moins étouffant de ce côté-ci des rails, le vent plus frais d'un ou deux petits degrés.

Elle accéléra le pas, dans l'espoir d'arriver suffisamment tôt dans le salon pour pouvoir feuilleter pendant quelques minutes le dernier numéro de *Harper's Bazaar* qui était arrivé la veille.

Soudain, la jeune fille aperçut devant elle, au loin, la silhouette écarlate d'un pick-up qui traversait la grand-place à tombeau ouvert et fonçait vers elle dans un énorme nuage de poussière. « Tommy Fischer et sa bande », songea-t-elle, et son cœur se mit à cogner dans sa poitrine. Sans doute venaient-ils voir son frère. Becky Lynn jeta de rapides coups d'œil de chaque côté de la route, vers les champs de coton, sachant qu'il n'y avait aucun endroit pour se cacher, et cherchant malgré tout une issue de secours. Avec un soupir résigné, elle croisa les bras sur sa poitrine, redressa le menton et continua de marcher.

Dès qu'ils la virent, les adolescents de la bande la bombardèrent de sifflets et de plaisanteries.

— Hé, Becky Lynn ! s'écria l'un d'eux. Ça te dirait de sortir avec moi ?

Ses trois camarades s'esclaffèrent.

— Ouais, bonne idée, Becky Lynn. Le labrador de mon père se sent un peu seul en ce moment !

Cette remarque déclencha de nouveau l'hilarité des garçons. Les poings serrés, Becky Lynn poursuivit son chemin sans leur accorder le moindre regard. Même si ces sarcasmes la transperçaient de part en part comme un couteau acéré, elle refusait de faire plaisir à ces sales types en leur offrant le spectacle de sa souffrance.

Au volant du pick-up, Tommy ralentit davantage et vira vers le bas-côté en terre.

— Hé, poupée… Vise un peu ça !

Du coin de l'œil, la jeune fille vit les deux garçons assis à l'arrière du véhicule baisser la fermeture Eclair de leur pantalon et sortir leur sexe.

— Si t'étais pas si moche, railla Ricky, le garçon le plus cruel de toute la bande, je te laisserais même le toucher. Ça te plairait, pas vrai ?

L'envie de fuir, à toutes jambes et le plus loin possible, la rongeait. Malgré tout, elle repoussa cette envie ardente, en serrant les dents et en pinçant les lèvres pour étouffer toute manifestation sonore de répulsion ou de peur.

Penché à l'extérieur du pick-up, Ricky tendit le bras vers elle dans un geste obscène, obligeant Becky Lynn à abandonner le bas-côté de la route pour marcher dans le champ boueux. Soudain, Tommy accéléra brutalement et le véhicule redémarra dans un rugissement, en faisant jaillir des gerbes de cailloux et des nuages de poussière. Après leur départ, les rires moqueurs des adolescents continuèrent à résonner aux oreilles de la jeune fille.

Incapable de se contrôler plus longtemps, elle se mit alors à courir. Le gravier de la route lui mordait la plante des pieds à travers les semelles éculées de ses vieilles chaussures de basket ; le flot de bile provoqué par la panique l'empêchait de respirer. Elle courut ainsi jusqu'à ce qu'elle atteigne la grand-place de Bend où elle fut enfin en sécurité.

Le souffle court, haletante, Becky Lynn demeura quelques instants appuyée contre la vitrine du *Five and Dime*, l'immeuble situé au coin de la place, du côté de la voie de chemin de fer. La main plaquée sur son estomac nauséeux, elle ferma les paupières de toutes ses forces. La sueur perlait sur sa lèvre supérieure et sous ses aisselles, coulait entre ses omoplates. L'image des adolescents exhibant leur sexe et la couvrant de sarcasmes envahit son esprit, et elle fut prise d'un nouveau haut-le-cœur. Jamais ils n'étaient allés aussi loin. Elle était habituée à leurs plaisanteries cruelles, à leurs allusions obscènes, mais pas à… ça.

Aujourd'hui, ils l'avaient véritablement effrayée.

Becky Lynn resserra ses bras autour de sa poitrine. « Je ne crains rien », se dit-elle. La fin de l'été approchait ; les garçons s'ennuyaient, et ils se distrayaient en la faisant trembler de peur. Dans un mois, fort heureusement, ils reprendraient l'entraînement de football ; ils n'auraient plus le temps alors, ni l'énergie, de la harceler.

Mais il lui faudrait affronter leurs sarcasmes dans l'enceinte du lycée.

Une fois encore elle dut refouler les larmes qui embuaient ses yeux, combattre le désespoir qui envahissait chaque partie de son être. Elle n'avait personne. Personne vers qui se tourner pour réclamer un peu d'aide et de réconfort. Elle était seule. Totalement seule.

Malgré l'épuisement et un terrible sentiment d'impuissance qui l'oppressait, Becky Lynn serra rageusement les poings. Contrairement à sa mère, elle ne s'avouerait jamais vaincue.

Jamais. Et un jour, se jura-t-elle, elle leur montrerait à tous, à Tommy, à Ricky et aux autres habitants de ce trou perdu. Elle ignorait de quelle façon, mais un beau jour elle leur ferait regretter de l'avoir maltraitée.

2

Becky Lynn parvint à éviter Tommy Fischer et sa bande pendant toute une semaine. La tâche n'avait pas été facile — à croire qu'ils étaient partout à la fois, traînant en ville pour combattre leur ennui, en quête de la moindre distraction venue. Mais Becky Lynn refusait de leur servir de passe-temps.

Jetant un rapide regard inquiet par-dessus son épaule, elle s'engagea sur la place pour se diriger vers le salon de coiffure, marchant le plus vite possible sans toutefois courir. La petite ville de Bend, située dans un coude de la rivière Tallahatchie entre Greenwood et Greenville, s'était développée autour d'une place centrale. C'est là qu'étaient regroupés le centre administratif, les commerçants, la mairie, le poste de police, et surtout les deux plus belles boutiques de vêtements de toute la ville. Pour trouver un centre commercial il fallait se rendre à Greenwood ou à Greenville, et la grande ville la plus proche était Memphis. Ombragée par les magnolias et les mimosas, parsemée de buissons d'azalées et de lauriers-roses, cette grand-place était, ici à Bend, ce qui se rapprochait le plus de ces merveilleux endroits que Becky Lynn découvrait dans les magazines.

Mais pas assez à son goût, songea-t-elle en entendant soudain dans son dos les éclats de rire familiers et le rugissement d'un moteur. Elle jeta un coup d'œil par-dessus son épaule et sentit son cœur remonter dans sa gorge. Tommy Fischer avait décidé de faire le tour de la place à toute allure au volant de son pick-up.

Apercevant la devanture du salon de coiffure devant elle, Becky Lynn s'y précipita. Elle ouvrit la porte avec une telle violence que la clochette en cuivre fixée au-dessus vint cogner contre le carreau.

Debout derrière le premier fauteuil, en face de la glace, Miss Opal était en train de vaporiser une couche de laque supplémentaire sur son gigantesque chignon blond platine. Elle reposa la bombe aérosol et se tourna vers la jeune fille.

— Tu m'as l'air bien pressée ! Qu'est-ce qui t'arrive ? On dirait que tu as vu le diable en personne !

« Oui, et il conduit un pick-up rouge », songea Becky Lynn. Elle prit sa respiration et plaqua un sourire sur ses lèvres.

— Non, madame. Je ne voulais pas arriver en retard, voilà tout.

Miss Opal sourit à son tour.

— Tu n'es jamais en retard, ma petite Becky Lynn. Et sache que j'apprécie ta ponctualité.

La jeune fille sentit le rouge lui venir aux joues. Gênée, elle croisa les bras sur sa poitrine et demanda :

— Vous voulez que je commence à mettre de l'ordre ?

Miss Opal pencha la tête sur le côté, en fronçant les sourcils.

— Tu es sûre que ça va, Becky Lynn ? Tu es toute pâle.

— Oui, oui, madame, ça va très bien.

Visiblement peu convaincue, Miss Opal fit glisser son regard sur elle, plissant les yeux derrière ses lunettes ornées de strass. Arrivée aux pieds, elle s'arrêta.

— Tu as mangé ce matin ?

Certaine que l'on pouvait voir ses orteils tendre la toile de ses baskets trop petites, Becky Lynn, honteuse, se mit à frotter ses chaussures l'une sur l'autre.

— Euh… non. Mais je n'avais pas faim.

Miss Opal secoua la tête, signe chez elle de la plus grande réprobation. Il y avait bien longtemps que Becky Lynn considérait que cette femme était la plus généreuse de toute la ville. D'après certaines rumeurs, Miss Opal venait du ruisseau elle aussi, plus précisément d'une petite bourgade baptisée Yazoo City. Toujours selon les rumeurs, elle avait réussi à s'en échapper après avoir assommé son père à l'aide d'un poêlon et volé l'argent de sa paye dans ses poches. Becky Lynn n'en croyait pas un mot ; Miss Opal était incapable de faire une chose pareille. Et même si elle l'avait fait, pensait-elle, c'est sans doute que son père le méritait.

— Tu aurais intérêt à courir à la pâtisserie. Marianne Abernathy est notre première cliente de la matinée, et si elle n'a pas ses beignets en arrivant, je vais en entendre parler pendant des siècles.

Miss Opal fit claquer sa langue et ajouta sur un ton amusé :

— Depuis que le Dr Tyson l'a mise au régime, son mari compte toutes les bouchées qu'elle avale. Je comprends pourquoi elle est si impatiente de venir ici chaque semaine.

Elle ouvrit le tiroir-caisse pour prendre un billet de cinq dollars qu'elle tendit à Becky Lynn.

— Tiens, va lui acheter ses beignets. Et n'oublie pas : ceux avec de la confiture de fraise.

— Oui, madame.

Parvenue à la porte, Becky Lynn eut un moment d'hésitation en repensant à Tommy et à sa bande. Et s'ils l'attendaient dehors ? songea-t-elle avec effroi.

Elle se mordit la lèvre inférieure, se retourna et jeta un regard suppliant à sa patronne.

— Vous êtes sûre que vous ne voulez pas que je fasse un peu de rangement d'abord ? Il n'y en a pas pour longtemps.

La coiffeuse fronça les sourcils ; elle abandonna un instant Becky Lynn pour contempler le ciel bleu au-dehors, puis elle reporta son attention sur la jeune fille, la regardant droit dans les yeux.

— Tu es certaine que tout va bien ? Si quelque chose te tracasse, je veux que tu saches que tu peux te confier à moi.

Becky Lynn observa sa patronne quelques instants ; une boule d'angoisse lui obstruait la gorge. Pouvait-elle se confier à Miss Opal ? se demandait-elle. Si elle lui racontait ce qu'avaient fait les garçons, quelle serait sa réaction ? La croirait-elle ? Peut-être, songea la jeune fille en plongeant dans le regard chaleureux de cette femme.

Elle mourait d'envie de tout lui raconter, à tel point que les mots tremblaient au bord de ses lèvres, suppliant qu'on les libère. Elle voulait l'entendre dire que tout allait s'arranger, que Tommy et sa bande de voyous ne l'embêteraient plus jamais. Qu'ils seraient punis pour tout ce qu'ils lui avaient fait.

Oui, c'est ça ! Et des cochons violets traversaient la grand-place en volant. Becky Lynn referma le poing autour du billet de cinq dollars. Même si Miss Opal la croyait, pensa-t-elle, cela n'y changerait rien. Des garçons comme Tommy et Ricky, des fils de bonne famille, ne seraient jamais tenus pour responsables. Surtout quand la victime de leurs ignominies était une pauvre fille comme elle. Voilà comment les choses se passaient à Bend dans le fin fond du Mississippi.

Elle ravala sa salive avec peine et secoua la tête.

— Non, tout va bien, madame. Je vous assure. Je voulais juste savoir si… Est-ce que le courrier a été distribué ?

Miss Opal laissa échapper un petit rire, visiblement soulagée.

— Voyons, tu sais aussi bien que moi que le facteur ne vient jamais avant midi. Allez, dépêche-toi d'aller chercher ces beignets.

Becky Lynn effectua l'aller-retour entre le salon et la pâtisserie en un temps record.

Et sans apercevoir le pick-up rouge de Tommy Fischer. Fayrene et Dixie, les deux autres coiffeuses — elles aimaient se faire appeler « artistes capillaires » — arrivèrent au moment même où elle revenait avec les beignets.

Fayrene pénétra dans le salon d'un pas léger, enveloppée d'un nuage étouffant de Chanel n° 5 que son petit ami lui avait offert pour son anniversaire la semaine précédente. Dixie, elle, entra comme un ouragan en pestant contre son mari et sa dernière « idée-géniale-pour-s'enrichir-rapidement », une histoire d'élevage de poissons-chats dans leur bassin, derrière la maison.

Durant toute la matinée les conversations des deux jeunes femmes bourdonnèrent aux oreilles de Becky Lynn : cette garce de Janelle Peters trompait de nouveau son mari ; Lulie Carter s'était fiancée avec un professeur d'université de Cleveland, et ces vauriens de fils Birch — des petits Blancs pauvres — avaient été surpris en train de fumer de la marijuana.

Elle les écoutait parler, en gardant une oreille fixée sur la porte du salon pour guetter l'arrivée joyeuse du facteur, avec l'espoir qu'il apporterait le nouveau numéro de *Vogue*. Même si elle adorait tous les magazines sur papier glacé, *Harper's Bazaar*, *Cosmopolitan* et *Elle*, son préféré demeurait *Vogue*.

Becky Lynn ignorait si les gens autour d'elle en avaient conscience, mais la supériorité de ce magazine sur les autres était à ses yeux une évidence criante — après tout, est-ce que la crème ne remonte pas toujours sur le dessus ? Et elle savait, à force de le lire, que seuls les plus grands photographes travaillaient pour *Vogue*, et que les top models les plus célèbres se battaient pour paraître en couverture.

Toutefois, Becky Lynn ne se contentait pas d'admirer les photos ; elle les étudiait, elle analysait les angles de prise de vue et les décors, le mélange des couleurs et des matières, l'atmosphère créée par la combinaison de ces divers éléments. Elle étudiait également les poses des mannequins, leurs façons de se tenir et leurs expressions, leur coiffure, leur maquillage et leurs vêtements.

Jamais elle n'aurait le courage de l'avouer ouvertement, mais elle pensait avoir appris à reconnaître les meilleures photos. Certes, elles étaient toutes excellentes, mais certaines possédaient... un charme particulier. Une magie. Une étincelle. A l'instar de ces top models qui avaient en elles ce « petit quelque chose » qui les différenciait des autres filles.

Pourtant, elle aurait aimé, ne serait-ce qu'une fois, vérifier la justesse de son choix. Ce serait amusant de...

— Ouille ! C'est trop chaud, Becky Lynn...

— Désolée, madame Baxter, murmura-t-elle en réglant la température de l'eau. Ça va comme ça ?

— C'est mieux, répondit la cliente en déplaçant son imposante silhouette sur le siège pour la foudroyer du regard. Franchement, ma petite, tu devrais être plus attentive à tes gestes au lieu de rêvasser. Tu as de la chance d'avoir ce travail.

« Après tout, tu n'es qu'une petite Blanche pauvre », aurait-elle pu ajouter.

— Oui, madame.

— Décidément, vous faites toujours tout par-dessus la jambe, vous autres. Hier encore, je disais à ma domestique…

Ainsi s'écoula la matinée. Enfin, peu après midi, le facteur fit son entrée dans le salon. Les prières de Becky Lynn avaient été exaucées. Le *Vogue* du mois d'août était arrivé ! Elle s'empara du magazine presque avec vénération. Isabella Rossellini illuminait la couverture de sa beauté. Une fois de plus. Elle occupait déjà cette place enviée en juin dernier. En juillet, c'était Kim Alexis. Deux étoiles du monde de la mode.

Miss Opal donna à Becky Lynn la permission de prendre sa pause déjeuner. Serrant le magazine contre sa poitrine, la jeune fille piocha au passage un des beignets restants, avant de se diriger vers la réserve. Evidemment, elle aurait pu s'installer dans la salle d'attente à l'entrée du salon, ou même dans un des fauteuils inoccupés, mais elle préférait s'isoler.

Assise en tailleur sur le sol, Becky Lynn se plongea dans la contemplation de la couverture avec un mélange d'admiration et d'envie. Les yeux d'Isabella, sombres, veloutés et mystérieux, semblaient jaillir littéralement de la photo ; ses lèvres pleines retroussées dans un petit sourire provocant étaient rehaussées par une touche de rose éclatant. Le photographe avait cadré son visage en gros plan, créant une image à la fois fraîche et sophistiquée.

Que ressentait une femme aussi belle ? se demandait Becky Lynn en mordant dans son beignet. Une petite pluie de sucre glace se répandit sur la couverture brillante ; elle l'ôta soigneusement. Que ressentait une femme aussi admirée, aussi courtisée ? aussi séduisante ?

Quels sentiments éprouvait une femme aimée ?

Un délicieux frisson la parcourut. Ce devait être merveilleux, songea-t-elle en prenant une autre bouchée de son beignet. Comme vivre un rêve.

— Qu'est-ce qui te fascine tant dans ces photos ?

Surprise, Becky Lynn leva brusquement les yeux. Debout sur le seuil de la réserve, Fayrene l'observait par-dessus l'extrémité de sa cigarette allumée. Rares étaient les personnes qui s'intéressaient à ce qu'elle pensait, et surtout pas Fayrene, qui s'était proclamée d'autorité reine du salon de coiffure. Becky Lynn déglutit.

— Hein ? Quoi ?

— Tous ces magazines ! répondit la jeune femme blonde avec un mouvement du bras qui fit tinter ses bracelets. Tu passes ton temps à les dévorer.

Fayrene secoua la tête et cracha un grand nuage de fumée.

— Fiche-lui donc la paix ! lança Miss Opal de la pièce voisine. C'est son heure de déjeuner et elle n'embête personne.

Fayrene fit la moue, comme une enfant prise en faute.

— Oh, je ne voulais pas être méchante ni rien. J'essaye simplement de comprendre. Moi aussi j'aime bien regarder tous ces magazines de mode. Mais ça ne devient pas une obsession !

Elle se retourna vers Becky Lynn, en haussant d'un air interrogateur ses sourcils parfaitement dessinés au crayon.

Les joues en feu, la jeune fille baissa les yeux sur la couverture posée sur ses genoux. Comment pouvait-elle expliquer un sentiment si profond ? Comment exprimer avec des mots des rêves à la fois si proches de son cœur et si éloignés de la réalité ? Même si elle y parvenait, Fayrene comprendrait-elle, ou bien, plus vraisemblablement, n'éclaterait-elle pas de rire ?

Ses mains tremblaient, ses paumes devenaient moites. Elle se racla la gorge et affronta une fois encore le regard perplexe de la jeune femme blonde.

— Je... je ne sais pas pourquoi, répondit-elle d'une voix faible. Les mannequins sont tellement... belles... sophistiquées et tout ça. En les regardant, j'ai l'impression de...

— Allons, réveille-toi, Becky Lynn, l'interrompit Fayrene en agitant sa cigarette. Moi aussi je regarde toutes ces filles, et il m'arrive de rêver parfois. Mais on ne peut pas passer sa vie à rêver.

Elle secoua la tête et sa longue chevelure blonde décolorée cascada sur ses épaules.

— Comme je dis toujours, reprit-elle, ça ne sert à rien de

vouloir atteindre une étoile inaccessible. De toute façon, même si tu y parvenais, tu te brûlerais les doigts.

Satisfaite de sa formule, Fayrene se tut, dans l'attente d'une réponse. Comme Becky Lynn ne répliquait pas, la jeune coiffeuse blonde émit un petit claquement de langue agacé.

— Il faut savoir se contenter de ce qu'on a, déclara-t-elle. Regarde-toi, tu es aussi grande que la plupart des hommes, et tu as un visage qui… Soyons honnêtes, tu ne seras jamais élue reine de beauté. Tes traits ne sont pas vilains pris indépendamment, mais mis ensemble…

Fayrene eut un moment d'hésitation, comme si elle regardait Becky Lynn pour la première fois. Une expression étrange traversa son visage et, finalement, elle secoua la tête.

— Tu as de beaux yeux et de jolies dents, et si tu me laissais m'occuper de tes cheveux un petit moment, avec une bouteille d'eau oxygénée, on pourrait supprimer cette tignasse poil-de-carotte et te faire un magnifique…

— Hé, Fayrene ! s'exclama Dixie dans le salon. Le casque de l'autre dondon s'est arrêté. Si tu lui frises encore les cheveux, elle va piquer sa crise.

Fayrene poussa un juron, puis fit demi-tour pour regagner le salon. Avant de quitter la réserve, elle se retourna vers Becky Lynn.

— Pense à ce que je t'ai dit. Tout le monde ne peut pas être une star.

Becky Lynn se laissa aller contre le mur en soupirant ; les paroles de sa collègue lui avaient gâché le plaisir de cet instant. Ses larmes brouillaient la photo d'Isabella Rossellini. Cette idiote de Fayrene ne comprenait rien. Evidemment, elle rêvait de posséder la formidable beauté et l'assurance de toutes ces filles qu'on voyait dans les magazines, mais elle n'était pas stupide. Et elle n'avait aucune envie d'être élue reine de beauté.

Sa passion pour les revues sur papier glacé n'avait aucun rapport avec le désir d'être belle. Plus que tout, elle cherchait à s'évader dans un monde merveilleux, à mille lieues de cette ville, dans un endroit où les garçons ne harcelaient pas les filles dont la seule faute était d'être nées pauvres et laides. Ce qu'elle voulait par-dessus tout, c'était être acceptée, aimée.

Miss Opal apparut à la porte de la réserve.

— Fayrene se laisse emporter parfois, dit-elle. Elle ne voulait pas être méchante.

« Le résultat est le même », songea Becky Lynn. D'un geste rapide, elle sécha ses larmes, honteuse de dévoiler ainsi ses émotions. Finalement, elle trouva le courage de lever les yeux vers sa patronne.

— On n'a pas le droit de rêver, *miss* Opal ? Quel mal y a-t-il à souhaiter une chose que, de toute façon, on ne pourra jamais…

Sa gorge se serra sur ses dernières paroles et elle ne put achever sa phrase.

Miss Opal s'avança dans la réserve et s'arrêta devant la jeune fille. Posant la main sur son épaule, elle la pressa délicatement.

— Non, mon enfant, il n'y a aucun mal à rêver. Allez, viens. J'ai besoin de toi pour faire un shampoing.

Becky Lynn ralentit un instant le pas au bout du chemin de terre, pour contempler la petite maison carrée qui se dressait devant elle. Sa maison. Inconsciemment, elle serra contre sa poitrine les magazines que lui avait donnés Miss Opal. Dans la lumière déclinante, les murs autrefois blancs, aujourd'hui gris et galeux, paraissaient encore plus sinistres, plus délabrés, comme si cette maison elle-même avait cessé de rêver à un avenir meilleur. La clôture branlante et brisée qui entourait le jardin avait sans doute été immaculée et pimpante jadis.

D'un pas traînant, Becky Lynn remonta le chemin. C'était curieux comme les heures passaient vite dans le salon de Miss Opal, songea-t-elle, et comme elles passaient lentement ici. Le temps avait le don, semblait-il, de s'arrêter pour prolonger les instants de souffrance.

La jeune fille fut assaillie par l'odeur du whisky à l'instant même où elle gravissait les marches de la véranda délabrée.

Elle détestait cette odeur aigre-douce. Parfois, il lui arrivait de se réveiller en pleine nuit avec l'impression d'être étouffée par cette odeur qui s'infiltrait partout, dans ses vêtements, dans les meubles et les lits, dans les pores de la peau de son père.

Dans sa propre vie.

Becky Lynn ne se souvenait pas d'avoir vécu sans cette puanteur.

Jusqu'au moment de franchir la porte de la maison, elle avait réussi à oublier qu'on était vendredi. Le jour où son père touchait sa paye. Le jour où il s'offrait son « petit plaisir », comme il disait. En rentrant de la fonderie, il s'achetait une flasque de whisky Jim Beam, et il buvait jusqu'à ce que la bouteille soit vide... ou qu'il tombe dans les pommes. Le reste de la semaine, il se contentait d'ingurgiter ce qu'il pouvait s'offrir. Arrivé au jeudi, la plupart du temps, il n'avait plus les moyens de boire, alors il dormait. Voilà pourquoi Becky Lynn attendait le jeudi avec la même impatience que l'arrivée des nouveaux magazines. Ou presque.

A travers la porte à moustiquaire lacérée, elle entendit le générique de fin d'*Une Famille en or* à la télé. La raison pour laquelle son père adorait cette émission lui avait toujours échappé. Il ne riait jamais. Il n'essayait même pas de deviner les bonnes réponses. A l'exception d'un grognement de temps à autre, il regardait fixement l'écran sans réagir. Et il buvait. Il buvait.

Etant donné l'heure avancée, son père avait sans doute commencé à boire depuis fort longtemps, juste assez pour se muer en un être ignoble, juste assez pour chercher des histoires. Si seulement elle était arrivée quelques minutes plus tôt, si elle était arrivée au milieu de l'émission, elle aurait eu beaucoup plus de chances de rentrer discrètement sans que son père s'en aperçoive.

Se maudissant pour ce retard, elle se faufila à l'intérieur de la maison le plus silencieusement possible. Elle savait avec exactitude à quel endroit poser les mains pour ne pas faire grincer la porte, jusqu'où la pousser pour éviter qu'elle ne racle le plancher.

Elle retint son souffle. Assis sur le canapé en face de la télé, son père lui tournait le dos ; elle se dirigea à pas feutrés vers la cuisine, en rasant le mur. Avec un peu de chance, elle échapperait à son courroux ce soir. Avec un peu de chance, elle passerait près de lui sans qu'il…

— Hé, où tu vas comme ça, ma petite ?

Becky Lynn se pétrifia. Elle reconnut immédiatement ce ton agressif, cette élocution indistincte qu'elle avait entendus des milliers de fois. Son estomac se souleva ; elle relâcha sa respiration. La chance n'était pas de son côté.

Elle se retourna vers son père, en plaquant sur son visage un sourire crispé.

— Nulle part, papa. Je voulais juste voir si maman n'avait pas besoin d'un coup de main dans la cuisine.

Son père émit un grognement, en promenant sur elle ses yeux injectés de sang. Un frisson la parcourut lorsqu'il arrêta son regard sur le haut de ses cuisses. Finalement,, il remonta vers son visage et l'observa d'un air soupçonneux.

— T'étais encore partie jouer les traînées, hein ?

Elle secoua la tête.

— Non, papa. Je suis restée plus longtemps dans le salon. On a eu une journée très chargée, comme chaque vendredi.

— C'est quoi que tu trimbales là ?

La jeune fille resserra les bras autour des magazines.

— Rien, rien du tout, papa.

— Ne mens pas !

Il se leva du canapé et s'avança vers elle d'un pas chancelant ; d'un geste violent, il lui arracha les magazines des mains. Becky Lynn ravala un cri de protestation, sachant qu'il valait mieux se montrer obéissante et soumise pour ne pas encourir la colère de Randall Lee.

Celui-ci feuilleta rapidement les magazines ; un peu de salive s'était accumulée aux commissures de sa bouche entrouverte. Soudain, il poussa un juron, pivota sur lui-même, manquant de perdre l'équilibre, et lança les revues à travers la pièce. Becky Lynn sursauta lorsqu'elles heurtèrent le mur.

— Combien de fois je t'ai dit que je voulais pas que tu lises ces cochonneries ! Combien de fois je t'ai interdit de dépenser ton argent pour…

— Je les ai pas achetés ! protesta-t-elle. C'est rien que des vieux magazines. Miss Opal me les a donnés. Si tu me crois pas, tu peux regarder les dates.

— Tu me dis ce que je dois faire maintenant ? Tu me prends pour un crétin ou quoi ?

L'air menaçant, il fit un pas vers elle, les poings serrés.

— Non, non, pas du tout, papa.

Becky Lynn secouait vigoureusement la tête, consciente qu'elle avait une fois de plus, sans s'en apercevoir, franchi la frontière invisible. Mais n'était-ce pas toujours ainsi avec son père ? La moindre remarque, même la plus inoffensive, pouvait déclencher une tempête.

Sa mère parut sur le seuil de la cuisine, le visage crispé, le teint pâle et le regard inquiet.

— Becky Lynn, ma chérie, viens donc m'aider à préparer le dîner.

Une vague de soulagement la submergea ; elle adressa à sa mère un regard empli de gratitude. Randall Lee n'aimait pas être interrompu, et il n'hésitait jamais, le cas échéant, à reporter toute sa fureur sur sa femme. Une fureur effrayante. A l'image de cet homme qui mesurait presque deux mètres et était aussi large qu'un tronc d'arbre.

— Je vais aller aider maman, murmura la jeune fille en faisant un pas vers la cuisine.

Son père la saisit par le bras ; sa grosse main la serrait comme un étau. Elle grimaça de douleur, mais n'essaya pas de se dégager.

— Combien t'as gagné aujourd'hui ?

— Douze dollars.

« Dix-sept en comptant les cinq dollars que j'ai cachés dans ma chaussure », songea-t-elle. Son père fronça les sourcils.

— T'as pas intérêt à me raconter des histoires.

Becky Lynn redressa la tête et le regarda droit dans les yeux.

— Non, papa.

— Vide tes poches.

Il lui lâcha le bras et recula d'un pas, en titubant.

N'osant protester, elle lui tendit l'argent. Après lui avoir jeté un regard soupçonneux, son père compta les billets et lui rendit uniquement deux dollars. En regardant les deux misérables billets froissés, Becky Lynn repensa à tous les cheveux qu'elle avait lavés dans la journée, à ceux qu'elle avait balayés sur le sol du salon. Et elle songea que, grâce à cet argent, son père aurait certainement de quoi se soûler jusqu'à jeudi soir.

Un goût de bile monta dans sa bouche. Sans doute devrait-elle s'estimer heureuse après tout ? se dit-elle. Généralement, son père ne lui laissait rien.

A cet instant arriva son frère, Randy. La porte à moustiquaire claqua derrière lui, et l'attention de son père fut brièvement détournée. Il pivota vers son fils. A dix-huit ans, Randy, qui avait redoublé plusieurs classes, était déjà presque aussi grand et fort que son père. Et presque aussi méchant. Son comportement, sur le terrain de football et en dehors, avait incité ses équipiers à le surnommer Lee le Dingue.

— Où que t'étais passé toi aussi ?

Randy haussa les épaules.

— J'étais avec les potes.

Randall Lee ouvrit la bouche comme s'il allait faire une remarque, mais il se contenta d'émettre un grognement de mépris, avant de revenir sur sa fille.

Randy lança un regard moqueur à sa sœur et se dirigea d'un pas nonchalant vers la cuisine. Becky Lynn sentit monter en elle le flot de la frustration. Son père s'en prenait très rarement à Randy. Ce cher Randy, vedette de l'équipe de football du lycée de Bend. Parce que c'était un sportif, et parce qu'il avait les copains qu'il fallait, des garçons comme Tommy Fischer.

Alors, Randall Lee gardait toute sa haine et toute son amertume pour sa fille. Depuis toujours. Sans qu'elle sache pourquoi.

Révoltée par cette injustice, elle releva le menton d'un mouvement brusque et affronta le regard de son père, sans chercher à dissimuler son mépris.

— Bon, je peux y aller maintenant ? demanda-t-elle.

— Tu iras quand je te le dirai.

— C'est justement pour ça que je te posais la question.

« Imbécile. Connard », se dit-elle.

Le ton sarcastique de cette réponse fit apparaître dans la nuque épaisse de son père une rougeur marbrée qui envahit ensuite tout le visage. Il la saisit par le bras de nouveau, mais cette fois, il le tordit jusqu'à ce que la jeune fille pousse un cri de douleur.

— Depuis quand tu prends des grands airs avec moi ? s'écria-t-il. Tu es comme ta mère, tu te crois la reine de je ne sais quoi ?

Sans cesser de lui tordre le bras, il la traîna de force jusqu'à l'unique fenêtre de la pièce et l'obligea à contempler son reflet dans le carreau. Les larmes lui brûlaient les yeux, mais elle luttait pour les refouler.

— Regarde-toi, ma pauvre fille ! Tu connais un seul homme qui voudrait t'épouser ? Vas-y, cite-m'en un.

Il la secoua si violemment que les dents de la jeune fille s'entrechoquèrent.

— Ah, dire que je vais être obligé de supporter ta sale tronche toute ma vie ! Allez, fous-moi le camp d'ici, tu m'écœures !

Il la repoussa, si fort qu'elle alla heurter le mur, comme ses magazines quelques instants plus tôt. Sa tête projetée en arrière cogna contre la cloison de plâtre. Une douleur intense irradia dans toute son épaule. Elle glissa jusque sur le sol crasseux, en songeant, curieusement, au joli linoléum blanc et rose du salon de Miss Opal. Constellé de paillettes argentées, il était toujours d'une propreté étincelante.

Secouant la tête pour recouvrer ses esprits, elle inspira à fond et se releva lentement, en prenant appui contre le mur. Son père était retourné s'asseoir devant la télévision ; elle le vit porter la bouteille de whisky à sa bouche. Elle l'observa un instant, sentant bouillonner en elle la haine, gronder l'envie irrésistible de se jeter sur lui pour le griffer et le frapper. Les pulsions vengeresses palpitaient au rythme du sang qui battait à ses tempes, et elle imaginait la scène : elle s'avançait vers lui et lui écrasait son poing en pleine figure.

Becky Lynn ferma les yeux avec force, pour repousser ce désir impérieux. Elle refusait de s'abaisser au niveau de son père, car, songeait-elle avec mépris, la vie de celui-ci était encore plus terrible que le cauchemar qu'elle endurait quotidiennement. Elle ne voulait pas lui ressembler.

En outre, il lui flanquerait certainement une formidable raclée avant même qu'elle ait pu le toucher.

D'un pas traînant, elle se rendit dans la cuisine. Sa mère et Randy s'y trouvaient. Sa mère parlait à voix basse des choses qu'il fallait faire ce week-end, et Randy l'écoutait, debout à son côté, visiblement mal à l'aise et tendu. Ni l'un ni l'autre n'osèrent croiser son regard, mais Becky Lynn pouvait lire sur leur visage, dans leurs yeux baissés : « Si ce n'était pas toi, ce serait sans doute moi. »

Pouvait-elle leur donner tort ? Evidemment pas. Elle savait qu'ils avaient raison. Voilà pourquoi Randy n'intervenait jamais pour défendre sa cause, pourquoi sa mère n'essayait jamais de la réconforter de manière trop voyante. Tous les deux craignaient de s'attirer à leur tour les foudres de Randall Lee.

La jeune fille serra les poings. A plusieurs reprises elle avait pourtant pris la défense de son frère ; elle s'était dressée en première ligne pour le protéger. Elle avait fait la même chose pour sa mère, et elle le referait.

Malgré cela, ni elle ni lui n'avaient le courage de la regarder en face.

Elle prit une profonde inspiration et la douleur traversa son épaule de nouveau. Elle ne supportait plus de vivre seule avec ses peurs. Avec son désespoir. Randy n'avait-il pas ce sentiment ? se demandait-elle. Et sa mère ? Se taire jour après jour malgré les humiliations, ravaler sa rancœur constituaient une souffrance. Comme elle, ne rêvaient-ils pas de partager leur malheur ? d'avoir quelqu'un à qui parler à voix basse dans l'obscurité, quelqu'un à serrer dans ses bras et à aimer ?

Les yeux irrités par les larmes, Becky Lynn se retourna vers le salon, vers les magazines éparpillés de façon obscène sur le sol. Son regard se posa sur un vieux numéro de *Vogue*, sur le beau visage souriant du célèbre mannequin Renée Simonsen.

Quelqu'un à qui se confier dans l'obscurité, songea-t-elle, tandis que l'étau du désarroi et de l'impuissance se refermait sur elle. Quelqu'un sur qui s'appuyer, quelqu'un qui lui offrirait un instant de bonheur parfait, débarrassé de toutes les angoisses. Son regard dériva, le visage du mannequin se brouilla. Tournant le dos à la photo sur papier glacé, elle s'installa dans la cuisine pour aider sa mère à écosser les petits pois.

3

— Becky Lynn, viens ici, ma chérie.

La jeune fille s'arrêta à la porte de la maison. Se sentant dans la peau du prisonnier qu'on vient d'arrêter juste avant qu'il ne s'évade, elle se tourna vers sa mère. Celle-ci se tenait sur le seuil de la cuisine ; elle avait enfilé la blouse à fleurs que Becky Lynn lui avait offerte pour Noël deux ans plus tôt. Les roses aux couleurs si vives à l'époque paraissaient maintenant grises et fanées. Comme la femme qui les portait. Et tout le reste de la maison.

Becky Lynn observa le visage creusé de sa mère, ses yeux cernés, et elle fut envahie d'un sentiment de pitié. Et de peur. La peur de paraître elle aussi, à trente-six ans, si abattue, si résignée.

Chassant de son esprit cette pensée déprimante, elle s'obligea à sourire.

— Oui, maman ?

Un petit sourire triste éclaira le visage de sa mère.

— Tu n'as pas envie que je te brosse les cheveux ?

Becky Lynn hésita. Elle avait prévu de se rendre au bord de la rivière avant que la chaleur ne devienne trop forte, et de passer une partie de son jour de congé à se faire bronzer et à lire. Son sac à dos contenait plusieurs magazines, une bouteille de soda et un sandwich. C'était la dernière occasion de se prélasser avant la rentrée des classes.

Elle était sur le point de sortir au moment où sa mère l'avait appelée.

Jetant un regard furtif par-dessus son épaule, vers le ciel bleu, elle étouffa un soupir. Ce rituel du brossage des cheveux procurait un tel plaisir à sa mère qu'elle n'avait pas le cœur de l'en priver. Tant pis, se dit-elle, la rivière attendrait.

— Oui, c'est une bonne idée, maman, répondit-elle avec le même sourire.

Après avoir posé son sac à dos, elle alla s'asseoir sur une des chaises disposées autour de la table de la cuisine, choisissant celle qui faisait face à la fenêtre.

Sa mère vint se placer dans son dos et commença à passer la brosse dans ses cheveux avec de grands gestes doux. Habituée à ce rituel, Becky Lynn ne s'étonna pas lorsque sa mère entreprit de lui raconter un épisode de sa propre enfance. Leurs seules discussions, leurs seuls moments de complicité avaient lieu dans ces occasions, quand elle lui brossait longuement et amoureusement les cheveux.

Très souvent, Becky Lynn avait le sentiment d'être la préférée de sa mère, bien qu'elle n'eût jamais su pour quelle raison. Peut-être parce que son père la détestait, peut-être parce qu'elle ressemblait énormément au père de sa mère ou parce qu'elle rappelait à cette dernière quelqu'un d'autre qu'elle avait connu jadis, quelqu'un qui avait été bon avec elle. Mais quelle que soit cette raison, Becky Lynn gardait soigneusement cette pensée pour elle, comme si c'était la chose à laquelle elle tenait le plus au monde.

— Tes cheveux ont la couleur d'un soleil couchant, murmura sa mère. C'est un héritage de ton grand-père Perkins. Tu ne l'as pas connu, hélas, il est mort peu de temps après ta naissance.

« A l'époque où papa a perdu la ferme, songea Becky Lynn. A cause de l'alcool et de sa paresse. » Mais elle ne dit rien.

— Comment était-il ? demanda-t-elle à la place, bien qu'elle connût déjà la réponse, car sa mère lui avait bien souvent parlé du grand-père Perkins.

Ce dernier adorait sa fille unique. Et Randall Lee le détestait. La jeune fille devina le sourire de sa mère.

— C'était un homme merveilleux. Un bon mari, et un bon père.

Elle laissa échapper un petit rire, lointain, nostalgique.

— Il m'appelait sa petite princesse.

Une boule se forma dans la gorge de Becky Lynn. Comment, après avoir été une princesse, sa mère avait-elle pu se retrouver avec un homme aussi grossier et cruel que Randall Lee ? Pourquoi l'avait-elle épousé ?

Et pourquoi tolérait-elle qu'il les traite, elle et ses enfants, de manière aussi ignoble ?

Becky Lynn mourait d'envie de l'interroger, les questions lui brûlaient la langue. Elle les ravala malgré tout, car elle n'avait pas le droit de les poser ; sa mère avait suffisamment souffert.

— Ce devait être un homme gentil.

— Oh oui, très gentil.

Sa mère continuait à lui brosser les cheveux, mais la jeune fille savait que ses pensées s'étaient éloignées. Au bout d'un moment, sa mère murmura :

— Je t'ai déjà parlé de la robe que je portais pour la fête de fin d'année du lycée ? Une robe blanche avec plein de petites fleurs roses. Le plus beau rose qu'on ait jamais vu. Dans cette toilette, j'avais vraiment l'impression d'être une princesse.

Elle eut encore un petit rire, et ajouta :

— Et mon cavalier avait l'air d'un prince. Il portait un smoking, et il m'avait offert un petit bouquet de roses pour l'accrocher sur ma robe. Si tu m'avais vue ! J'étais de la même couleur que les fleurs.

Becky Lynn essaya d'imaginer sa mère sous les traits d'une adolescente rougissante, vêtue de cette robe blanche à fanfreluches, avec le bouquet de roses épinglé sur sa poitrine, et cette image lui fit venir les larmes aux yeux. Elle les repoussa, empêchant l'émotion de former une boule dans sa gorge.

— Ton cavalier, qui était-ce, maman ?

Sa mère hésita, avant de secouer la tête.

— Peu importe, je m'en souviens plus.

Becky Lynn avait déjà posé cette même question, et avait obtenu la même réponse. Pourtant, elle savait que sa mère n'avait pas oublié. Ce garçon était différent des autres. A tel point que cette dernière, aujourd'hui encore, craignait de prononcer son nom.

La jeune fille serra rageusement les poings sur ses genoux.

Son père n'était même pas dans la maison, et pourtant sa mère tremblait de peur !

— Je croyais que papa et toi vous vous étiez connus au lycée ?

La brosse s'immobilisa un instant dans ses cheveux, puis Glenna Lee reprit ses gestes lents et tendres.

— Après la crise cardiaque de ton grand-père Lee, ton père a été obligé de quitter l'école pour travailler à la ferme. Il n'est pas allé à la fête de fin d'année.

« Et il ne t'a jamais pardonné d'y être allée sans lui, pas vrai ? » songea Becky Lynn en fronçant les sourcils. Combien d'autres choses n'avait-il pas pardonnées à sa mère ?

— Comment l'avais-tu rencontré ? demanda-t-elle. Je parle de ton cavalier.

Glenna eut une nouvelle hésitation, avant de murmurer :

— Il fréquentait le lycée de Greenwood. Mon père connaissait le sien ; c'est lui qui avait tout organisé.

— Le grand-père Perkins n'aimait pas beaucoup papa, hein ?

Sa mère tira d'un coup sec sur la brosse à cheveux, et la jeune fille grimaça.

— Non, pas beaucoup, reconnut-elle.

— Pourtant, tu l'as quand même épousé ?

Consciente de son ton accusateur, elle ne chercha pas, pour une fois, à le masquer.

— Pourquoi, maman ?

Sa mère s'interrompit dans son geste, et laissa retomber son bras. La brosse à cheveux lui glissa des doigts et chut bruyamment sur la table.

— Ton père n'a pas toujours été… comme maintenant. Quand il a été obligé de quitter l'école, ça l'a complètement changé. Il est devenu amer. Il s'est mis à boire. Faut essayer de le comprendre, ma chérie, ton père était la vedette de l'équipe de foot du lycée, il espérait jouer dans la ligue universitaire, et peut-être même devenir professionnel. Il rêvait de pouvoir quitter cette ville.

« Essayer de le comprendre ? » Becky Lynn se pétrifia ; l'incrédulité et la fureur livraient en elle un combat farouche. Sa mère voulait-elle la culpabiliser à cause des rêves détruits de Randall Lee ? Quinze jours plus tôt, il lui avait flanqué des coups, sans raison aucune, et les marques commençaient tout juste à s'atténuer. Pendant toute une semaine elle n'avait pu faire un shampoing à une cliente sans grimacer de douleur. Tout le monde l'avait remarqué dans le salon, et les commentaires allaient bon train dans son dos.

Becky Lynn croisa ses mains sur ses genoux, en s'efforçant de contenir la colère qui montait en elle. Peu importait les projets auxquels son père avait dû renoncer, jamais elle ne lui pardonnerait sa cruauté. Il n'avait aucune excuse.

— Et tes propres rêves, maman ? demanda la jeune fille d'une voix tremblante. Toi aussi tu avais des rêves.

Elle se retourna sur la chaise pour fixer sa mère.

— Et les miens ? ajouta-t-elle.

Leurs regards se croisèrent ; les yeux de sa mère à cet instant étaient limpides, remplis de vie et d'espoir.

— Tu es une fille intelligente, Becky Lynn, déclara Glenna, avec un tremblement passionné dans la voix. Tu pourrais aller à l'université, réussir dans la vie. Tu n'es pas comme les autres, ma poupée. Je l'ai toujours su.

La bouche sèche, hébétée, Becky Lynn dévisagea sa mère.

— Tu… tu le penses vraiment ? Tu crois que je…

Elle était incapable de prononcer ces mots qui lui semblaient déplacés dans sa bouche, incongrus. Tout bonnement impossibles.

— Oui, ma chérie. C'est pourquoi ton père… enfin, il… Tu es différente. Tu as du caractère.

Glenna prit dans ses mains le visage de sa fille ; elle le secoua délicatement.

— Ecoute-moi bien. Tu as les moyens de réussir ta vie, loin d'ici. Tu pourrais aller vivre à Jackson ou à Memphis.

Becky Lynn enveloppa les mains de sa mère dans les siennes.

— Tu partirais avec moi, maman. Je suis certaine qu'il ne nous poursuivrait pas.

La lumière s'éteignit dans le regard de sa mère ; elle retira ses mains.

— Tu vas avoir le crâne à vif si je continue à te brosser les cheveux. Allez, tu peux t'en aller. Je sais que tu avais des projets.

Perplexe et triste, la jeune fille secoua la tête.

— Je ne comprends pas, maman. Pourquoi tu ne partirais pas avec moi ? Pourquoi tu…

— Allez, ma chérie, répéta sa mère en lui tournant le dos. Maman a un tas de choses à faire.

Glenna Lee se dirigea vers la porte de la cuisine. Arrivée sur le seuil, elle jeta un regard à sa fille par-dessus son épaule. Becky Lynn n'y vit que de la résignation.

— Je serai ici quand tu rentreras, ma chérie. Je serai toujours ici.

Les paroles de sa mère accompagnèrent Becky Lynn durant tout le chemin qui menait à la rivière. Elle les serrait contre son cœur ; elle se les répétait mentalement à la manière d'un mantra : « Tu es une fille intelligente, ma chérie… Tu pourrais réussir dans la vie… Tu n'es pas comme les autres, je l'ai toujours su. »

Sa mère avait foi en elle. Jamais encore elle n'avait exprimé cette certitude réconfortante. Personne ne l'avait jamais fait. Jusqu'à aujourd'hui. Le visage illuminé par un grand sourire, Becky Lynn leva les yeux vers le ciel bleu immaculé. Un merveilleux sentiment de bien-être l'habitait. C'était magique. Elle n'aurait jamais imaginé qu'une chose si infime pût provoquer un tel bonheur.

Apercevant enfin la rivière au loin, elle coupa à travers Miller's Lane, en direction de la zone ombragée de l'autre côté. Pendant le court instant qu'elle avait passé avec sa mère dans la cuisine, le soleil s'était élevé considérablement dans le ciel, et la température semblait s'être beaucoup réchauffée. Les oiseaux eux-mêmes s'étaient tus, comme s'ils gardaient leurs forces pour plus tard, en fin d'après-midi, quand le soleil commencerait à décliner.

Becky Lynn s'arrêta pour s'éponger le front, en songeant avec envie à la canette de Coca qui se trouvait dans son sac à dos. Difficile de croire, songea-t-elle, que septembre approchait, tant la chaleur demeurait étouffante. Ainsi s'écoulaient les étés dans le delta du Mississippi : chauds, humides et interminables.

Lorsqu'elle arriva à la rivière, son T-shirt était inondé de sueur et ses cheveux lui collaient de manière désagréable à la nuque. Avisant un endroit ombragé sous un énorme vieux chêne, elle se laissa tomber sur le sol et sortit sa boisson du sac.

Après avoir ouvert la canette, elle la porta à sa bouche et but une longue gorgée. Le liquide sucré et pétillant lui picotait la gorge et le nez, et elle but une autre gorgée avant de renverser la tête contre le tronc de l'arbre en fermant les yeux. Elle passa la canette encore fraîche sur son front, avec un grand sourire, en songeant une fois de plus aux paroles de sa mère… et au jour où elle quitterait enfin cette fichue ville !

A une telle pensée, son sourire s'atténua. Quitter Bend signifiait quitter sa mère, se dit-elle. Car jamais cette dernière n'accepterait de partir. Elle avait fait comprendre clairement que ses responsabilités l'obligeaient à rester dans ce trou. Ses responsabilités envers son mari.

Mais pourquoi ? se demanda une fois encore Becky Lynn, le front plissé par une grimace de perplexité. Etait-ce par amour qu'elle refusait de s'en aller ? Comment diable pouvait-on éprouver autre chose que de la haine et de la fureur envers cet ignoble individu nommé Randall Lee ?

Sa mère et son père étaient-ils unis par des liens mystérieux dont elle ne savait rien ?

Dubitative, la jeune fille but une autre gorgée de Coca. Elle n'aimait pas penser à ces choses, elle n'aimait pas penser que sa mère restait avec son père parce qu'elle n'avait pas le courage de le quitter, ou qu'elle s'était résignée à son triste sort.

Soudain, une branche se brisa dans son dos. Becky Lynn se retourna prestement pour jeter un regard par-dessus son épaule. Son cœur cessa de battre un instant, avant de s'emballer. Venant de la route, son frère Randy et les garçons de la bande marchaient vers elle.

— Hé, regarde qui est là, Randy, s'exclama Tommy. Ta petite sœur chérie !

En entendant les paroles moqueuses de l'adolescent, Becky Lynn s'empressa de se relever et de ramasser son sac. Elle avait marché pendant près de trois quarts d'heure pour venir s'installer à cet endroit, elle était arrivée la première. Malgré tout, à tort ou à raison, cela lui importait peu tout à coup. Elle ne désirait qu'une chose : échapper au harcèlement de ces voyous.

— Où tu vas comme ça, Becky Lynn ? demanda Ricky de sa voix traînante en se plantant devant elle, solidement campé sur ses deux jambes. On va finir par croire que tu ne nous aimes pas !

— C'est vrai ça, renchérit Tommy, qui vint se placer à la droite de Ricky. Tu vas nous vexer à force !

— Je rentre chez moi, dit-elle d'un ton aussi calme que possible, en dépit des battements forcenés de son cœur. Excusez-moi...

Elle fit un pas sur le côté pour contourner Tommy, mais celui-ci lui bloqua le passage.

— T'excuser ? railla Ricky. Non, je crois pas qu'on va t'excuser.

Il jeta un regard de biais à son camarade.

— Qu'est-ce que t'en penses, Tommy ?

Un grand sourire sadique se dessina sur le visage de ce dernier, et Becky Lynn sentit un frisson glacé lui parcourir l'échine.

— Je suis d'accord avec toi, mon pote.

Elle tenta une nouvelle fois de passer, sur la gauche cette fois. Ricky se dressa devant elle. Sentant les larmes lui picoter les yeux, elle lutta pour les refouler. Elle ne devait surtout pas leur montrer combien elle se sentait impuissante et vulnérable. Elle prit une profonde inspiration et redressa fièrement le menton.

— Laissez-moi passer.

— Et la politesse alors ? Tu pourrais au moins dire « s'il vous plaît ».

Cette remarque déclencha de nouveaux ricanements chez les adolescents.

Becky Lynn sentait le goût amer de la peur sur sa langue. Elle avala sa salive.

— Laissez-moi passer… s'il vous plaît.

— Bon… Puisque tu le demandes si gentiment.

Ricky lui adressa un petit sourire et s'écarta.

La saveur enivrante du soulagement envahit la jeune fille. Elle passa devant lui, mais à peine avait-elle fait trois pas qu'il la saisit par le bras. Son soulagement se volatilisa, remplacé par un sentiment de panique ; elle aurait dû se douter qu'ils ne la laisseraient pas partir sans avoir pris le plaisir de l'humilier une fois de plus.

— Ne me touche pas, Ricky Jones ! s'écria-t-elle en libérant son bras d'un mouvement brusque.

Tous les garçons s'esclaffèrent en chœur. Ricky se rapprocha, pendant que Tommy venait se placer derrière elle, lui interdisant toute retraite.

— Hé, la voilà qui parle comme une reine maintenant ! ironisa Ricky.

— Ouais. La reine des salopes, ajouta Tommy.

Becky Lynn risqua un regard en direction de Randy. Ce dernier détourna la tête, et un rictus de résignation forcée déforma son visage. Elle comprit qu'il ne viendrait pas à son secours, et l'étau de la panique se resserra. Elle était seule. Comme toujours.

Rassemblant tout son courage, elle s'obligea à faire un premier pas, puis un deuxième. Au troisième, Ricky referma la main sur son postérieur et serra, enfonçant ses doigts dans la chair souple de sa fesse droite. A cet instant, Becky Lynn perdit son self-control. Toute sa vie elle avait dû supporter les agressions physiques de son père ; pas question, se dit-elle, de tolérer la même chose de la part de ce fils à papa. Se retournant brusquement, elle lui tapa sur la main de toutes ses forces.

— Je t'ai interdit de me toucher, Ricky Jones !

L'atmosphère s'était chargée d'électricité et, pendant un instant, les garçons demeurèrent muets. Un nuage vint masquer le soleil, le vent retomba. Quelque part dans les arbres, un oiseau poussa un grand cri. Puis la fureur s'alluma dans le regard de Ricky. La haine également. Deux sentiments que Becky Lynn connaissait bien pour les avoir vus si souvent dans les yeux de son père.

Elle avait commis une erreur. Une énorme erreur. La peur s'empara d'elle ; la véritable peur, celle qui vous coupe le souffle et annihile toute volonté. Elle s'ordonna de courir, mais ses jambes refusaient de lui obéir. Au lieu de cela, elle regardait fixement Ricky Jones avec un sentiment d'horreur grandissant. Il semblait décidé à lui faire payer son geste impulsif. Au prix fort.

Un cri dans la gorge, Becky Lynn s'élança tout à coup. Hélas, elle ne fit pas trois mètres avant que Ricky ne la rattrape et ne la ramène au point de départ. Sa boîte de Coca lui glissa des mains et tomba par terre ; la mousse de la boisson gazeuse s'échappa par la petite ouverture. La jeune fille poussa un cri strident, en luttant pour se libérer.

L'adolescent la plaqua contre le tronc épais de cet arbre qui, quelques minutes plus tôt, lui offrait un abri bienfaisant contre les rayons du soleil. L'écorce râpeuse lui griffait le dos, elle sentait sur son visage l'haleine de Ricky qui empestait la bière. Son estomac se souleva et elle ne put retenir un hoquet de répulsion et de peur.

— Laissez tomber, les gars, déclara soudain Buddy Wills, visiblement nerveux. Foutez-lui la paix. Allons plutôt nous amuser.

— On s'amuse bien avec elle, non ? répondit Ricky sans quitter la jeune fille des yeux. Pas vrai, Randy ?

Becky Lynn jeta un regard suppliant à son frère ; ce dernier paraissait mal en point.

— Randy ! s'écria-t-elle, en gesticulant pour tenter d'échapper à l'étreinte de Ricky. Demande-leur d'arrêter, je t'en prie. Je t'en…

Soudain, Ricky plaqua sa bouche ouverte sur la sienne. Son haleine était chargée de relents de bière et de tabac. Lorsqu'il fourra sa langue dans sa bouche, la jeune fille suffoqua, essayant vainement de le repousser.

Le garçon continuait à l'embrasser à pleine bouche, les lèvres luisantes de salive. Il collait son corps contre le sien, son sexe dressé frottait contre son ventre. Becky Lynn poussait des gémissements rauques venus du fond de sa gorge ; elle se débattait furieusement, et un morceau d'écorce pointu s'enfonçait dans son omoplate à travers le fin tissu du T-shirt.

Ricky détacha enfin sa bouche de la sienne et jeta un regard à ses copains par-dessus son épaule. La jeune fille terrorisée vit briller la moquerie dans leurs yeux, le triomphe ; alors la fureur se déchaîna en elle. Folle de rage, elle libéra son bras d'un mouvement violent et frappa son agresseur à toute volée, l'atteignant à la tempe sans qu'il puisse se protéger.

— Salaud ! Fiche-moi la paix !

Ricky recula de quelques pas en titubant, avant de se jeter de nouveau sur elle.

— Espèce de petite salope ! Chienne…

Il la plaqua contre le tronc de l'arbre, si violemment qu'elle manqua de s'évanouir sous le choc.

— Tommy ! Viens me filer un coup de main, nom de Dieu !

Celui-ci se précipita pour tenir les bras de la jeune fille. Elle se débattait autant qu'elle le pouvait, en s'agitant frénétiquement et en essayant de décocher des coups de pied.

Ricky posa les mains sur ses seins et se mit à les malaxer sauvagement, en lui pinçant les tétons.

— Hé, en voilà une jolie paire de nichons ! Viens tâter ça, Tommy.

— Non… Non. Arrêtez !

Libérant un pied, Becky Lynn parvint à frapper l'un d'eux à la cheville, mais pas assez fort pour provoquer autre chose que des rires moqueurs. Hilare, Tommy lui caressa les seins à son tour.

— Mon pote Ricky a raison. Dire qu'on a failli passer à côté de cette petite merveille ! Reste plus qu'à lui foutre un sac en papier sur la tronche. Tiens, viens t'amuser, Buddy.

Ce dernier recula d'un pas, en secouant la tête.

— Non, je refuse. C'est mal !

En disant cela, il se tourna vers Randy.

— C'est mal !

Le visage marbré de larmes, Becky Lynn s'agitait dans tous les sens, tandis que les deux garçons continuaient à la tripoter.

— Je vous en supplie… Par pitié, murmura-t-elle, horrifiée par ce qu'on l'obligeait à subir, humiliée et honteuse.

— Je t'en prie, Randy… Ne les… laisse… pas… faire !

Elle adressa un regard suppliant à son frère et découvrit la peur et l'effroi dans ses yeux. A cet instant, elle comprit que le désir qu'il avait d'être l'ami de ces garçons l'emportait sur l'envie de lui venir en aide, à elle sa propre sœur !

— Peut-être que le reste est à la hauteur des nichons ! commenta Ricky, la bave aux lèvres. Qu'est-ce t'en penses, mon vieux Tommy ?

— Non… Lâchez-moi ! hurla-t-elle en se cabrant, sans parvenir à briser l'étau des mains de Tommy. Fichez-moi la paix… Randy… Randy… Ne les laisse…

Lorsque Ricky inséra brutalement la main entre ses cuisses, Becky Lynn poussa un long cri, en se demandant confusément pourquoi elle n'avait pas hurlé avant. Tommy plaqua sa paume sur sa bouche pour étouffer le son. Elle referma sauvagement les dents dessus, entendit le garçon pousser un juron et sentit le goût du sang sur sa langue. Le sang de Tommy.

— Alors, ça t'excite, ma jolie ? demanda Ricky sans cesser de frotter ses doigts contre son entrejambe.

Il fourrageait violemment à travers le jean de son short, lui arrachant des cris de douleur, atténués par la large paume de Tommy.

— Merde, déconnez pas, les mecs, dit Buddy en avançant d'un pas, livide, comme s'il allait vomir. Faut pas faire ça. C'est la frangine de Randy, bordel !

Il agrippa le bras de Ricky.

— Allez, mec. Fous-lui la paix.

Ricky se libéra d'un geste brusque ; la colère déformait son visage.

— Fais pas chier, connard.

Buddy se tourna alors vers Randy. Si ce dernier n'intervenait pas, Becky Lynn sentait que Buddy allait se dégonfler lui aussi. Dans ce cas, elle était fichue.

Son frère vint rejoindre Buddy.

— Fichez-lui la paix, ordonna-t-il d'une voix mal assurée.

— Qu'est-ce qui t'arrive, Lee le Dingue ? T'as la trouille ?

Randy, plus grand que les trois autres garçons, serra ses énormes poings.

— Va te faire foutre, Fischer. J'ai pas la trouille. Tu veux qu'on se batte ? Il suffit de demander.

Pendant un long moment, les deux adolescents s'affrontèrent du regard. Finalement, Ricky et Tommy relâchèrent leur pauvre victime et reculèrent d'un pas.

— Hé, on ne lui voulait pas de mal. C'était juste pour s'amuser un peu.

Sans demander son reste, Becky Lynn s'élança à toutes jambes, abandonnant sur place ses précieux magazines, sans même prendre la peine de rabaisser son T-shirt. Elle courut jusqu'à ce qu'elle soit en sueur, que chaque respiration lui brûle la poitrine et les côtes.

« Ils voulaient juste s'amuser un peu. »

Un sanglot monta du plus profond d'elle-même. Mon Dieu, elle aurait voulu mourir, et eux, ils ne cherchaient qu'à s'amuser un peu !

Becky Lynn ne ralentit même pas en apercevant la maison. Trébuchante et le souffle coupé, elle l'atteignit enfin. Sa mère se tenait sous la véranda, toujours vêtue de sa blouse à fleurs. Elle avait les yeux perdus dans le vague et son regard vint se poser brièvement sur Becky Lynn, tandis que celle-ci gravissait les marches. Mais elle ne dit rien, ne fit aucune remarque. La jeune fille savait qu'elle ne la voyait même pas. Pas vraiment.

Elle franchit la porte à moustiquaire. Son père était assis sur le canapé, plongé dans une sorte de torpeur. Elle passa devant lui sans s'arrêter ; il semblait ne pas l'avoir remarquée. Dieu soit loué, pensa-t-elle. Elle ne savait ce qu'elle aurait fait s'il avait choisi cet instant pour s'en prendre à elle. Elle n'avait qu'une envie : être seule. Dans son lit. Et que personne ne pose plus jamais la main sur elle.

Becky Lynn se faufila dans sa chambre, rampa sur son lit et tira les couvertures à elle. Recroquevillée en chien de fusil, elle tremblait si violemment que ses dents claquaient. Elle avait froid, très froid.

Lorsqu'elle ferma les yeux de toutes ses forces, elle se sentit envahie par l'odeur étouffante de l'haleine de Ricky sur son visage, le contact de cette langue qui fouillait sa bouche, avec l'impression d'être prise au piège, incapable de se défendre.

Elle dut enfoncer son poing dans sa bouche pour s'empêcher de hurler. Pourquoi Ricky et Tommy s'étaient-ils comportés ainsi ? Qu'avait-elle fait pour mériter tant de cruauté ? tant de haine ?

Pourquoi elle ? Pourquoi toujours elle ?

Des larmes, brûlantes sur sa peau glacée, jaillirent du coin de ses yeux et roulèrent sur ses joues, pour se réunir aux commissures des lèvres. On l'avait prise au piège. Comme un animal. Incapable de se libérer, incapable de s'échapper.

Un sanglot resta bloqué dans sa gorge. Elle avait lutté pour repousser ses agresseurs, mais ils étaient les plus forts ; ils l'avaient immobilisée. Le sanglot parvint à franchir ses lèvres ; il résonna à travers la chambre silencieuse. Ils avaient promené leurs mains sur elle, elle n'avait pu les en empêcher, elle n'avait pu s'enfuir.

Pourtant, s'enfuir était son plus cher désir à cet instant. Maintenant encore. S'enfuir loin de Tommy et de Ricky. Loin de son père.

Loin de cette vie.

Submergée par le désespoir, elle enfouit son visage dans le matelas défoncé, pour étouffer ses larmes de honte et d'impuissance. Peu à peu, tandis qu'elle continuait à pleurer, le cauchemar de ces dernières heures s'estompa pour laisser place aux paroles magiques de sa mère, prononcées un peu plus tôt. « Tu n'es pas comme les autres, ma poupée… Tu pourrais réussir dans la vie… loin d'ici. »

Elle enfonça ses doigts dans la vieille couverture élimée et rugueuse, en se raccrochant follement à ces paroles, dont la chaleur venait réchauffer son cœur glacé. Quelqu'un sur cette terre croyait en elle. Quelqu'un la jugeait différente. C'était important. Capital.

A défaut d'autre réconfort, cette pensée l'aiderait à tenir un jour de plus.

4

La peur était devenue une compagne de chaque instant dans la vie de Becky Lynn. Au lycée et dans le salon de coiffure de Miss Opal. A l'arrêt du car le matin, quand elle rentrait chez elle à pied, le soir après son travail.

Tranchante comme un rasoir, la peur aiguisait chacun de ses sens ; Becky Lynn avait les nerfs à fleur de peau. Elle vivait dans l'attente. Dans l'attente du pire. Du moment où elle se retrouverait en face de Ricky et Tommy, du moment où ils la surprendraient seule et vulnérable.

Curieusement, cette terreur permanente qui exacerbait ses sens les paralysait en même temps, créant une sorte de mur entre le monde et elle, une barrière psychologique qui la privait de tout sentiment autre que la peur.

Alors, elle vivait avec. Elle mangeait et dormait avec, se rendait chaque jour avec au lycée et au travail. La nuit, elle se réveillait, essoufflée et trempée de sueur, oppressée par le poids écrasant de l'émotion. Parfois, elle se réveillait en sentant l'odeur fétide de l'haleine de Ricky, le contact de ses mains sur ses seins et entre ses cuisses ; alors elle enfouissait son visage dans l'oreiller pour étouffer son cri d'horreur. De répulsion. Impossible ensuite, ces nuits-là, de retrouver le sommeil. Recroquevillée sous ses couvertures, elle regardait le ciel s'éclaircir, en priant pour que vienne le sommeil, et priant encore plus fort pour qu'il ne vienne pas.

Elle avait maigri, ses yeux étaient bordés de cernes. D'une nature peu bavarde en temps ordinaire, Becky Lynn ne parlait plus du tout. Personne n'avait rien remarqué. Ni sa mère, ni les autres membres de la famille, ni ses professeurs, ni Miss Opal.

D'ailleurs, elle ne s'attendait pas à ce que quelqu'un s'aperçoive du changement. De même qu'elle n'avait jamais envisagé de raconter à quiconque ce qui s'était passé. Au fond d'elle-même, Becky Lynn savait que cet aveu ne ferait qu'aggraver les choses.

Après avoir pris le balai et la pelle dans le cagibi du salon de coiffure, elle s'attaqua au ménage. Miss Opal venait de mettre la touche finale au chignon de sa dernière cliente ; Fayrene et Dixie étaient reparties il y avait plus d'une heure. La journée avait été calme, comme tous les mercredis.

Sa longue mèche coincée derrière l'oreille, elle commença par balayer le sol brillant, en prenant soin de n'oublier aucun recoin, pour que Miss Opal soit contente d'elle. Cette dernière n'avait pas hésité, en effet, à aller trouver le proviseur du lycée pour le convaincre de dispenser Becky Lynn des heures d'étude en fin de journée, afin qu'elle puisse continuer à travailler dans le salon.

La jeune fille se pencha pour passer le balai sous le fauteuil dans lequel s'asseyaient les clientes de Fayrene. Elle avait bien besoin de cet argent, et, de plus, elle n'était pas mécontente de quitter le lycée plus tôt. Le front barré par une ride d'angoisse, elle se rappela combien elle avait redouté la rentrée des classes, vivant dans la crainte de revoir Ricky et Tommy, au point d'en être physiquement malade. Pourtant, cette première journée et les suivantes s'étaient déroulées sans incident. L'école avait repris depuis un mois déjà et les deux garçons lui fichaient la paix. Pas de plaisanteries malsaines, pas de gestes déplacés de leur part. En fait, ils se montraient plutôt distants. Presque polis.

Becky Lynn avait fini par se dire qu'elle ne courait plus aucun danger. Elle avait pensé qu'ils l'avaient oubliée ; ils avaient d'autres chats à fouetter maintenant, entre le football, leurs petites amies et le lycée.

Pourtant, elle avait beau se rassurer sans cesse, quelque chose dans leur indifférence ne laissait pas de l'inquiéter. Et elle avait chaque jour un peu plus le sentiment d'être menacée.

Plongée dans ses sombres pensées, elle fit glisser le balai vers la pelle d'un geste machinal, entraînant les cheveux gris de Mme Peachtree. Dans cette région du delta du Mississippi, plus l'air était calme, figé et lourd, plus terrible serait l'orage qui se préparait. Et, pour Becky Lynn, l'air paraissait un peu plus lourd chaque jour depuis l'épisode de la rivière. Pesant, chargé d'attente et si immobile qu'elle entendait battre son cœur.

Peut-être avaient-ils pris peur, se dit-elle sans pouvoir cependant réprimer un frisson. Les paroles de mise en garde de Buddy Wills avaient peut-être réussi à pénétrer leur crâne épais.

Ou peut-être Randy leur avait-il ordonné de laisser sa sœur tranquille.

Un rictus amer déforma sa bouche, tandis qu'elle vidait le contenu de la pelle à poussière dans la poubelle. Son frère n'avait rien d'un héros. Jamais il ne se lèverait pour prendre sa défense ; il le lui avait bien fait sentir ce jour-là au bord de la rivière, et depuis. Ce sale couard n'osait même pas la regarder en face !

La clochette fixée au-dessus de la porte du salon tinta. Becky Lynn jeta un rapide coup d'œil par-dessus son épaule, s'attendant à découvrir le mari de Miss Opal, Talbot, qui avait l'habitude de passer en fin de journée pour prendre des nouvelles de son épouse et savoir ce qu'elle avait prévu pour le dîner.

Mais ce n'était pas Talbot. C'étaient Ricky et Tommy. D'un pas nonchalant, les deux garçons franchirent la porte du salon en affichant de larges sourires satisfaits. Becky Lynn se figea, traversée par un frisson glacé. « Viennent-ils pour moi ? » se demanda-t-elle.

« Non, bien sûr que non. » Elle inspira profondément, en s'efforçant de calmer les battements frénétiques de son cœur. Elle n'était pas seule. Ils ne pouvaient pas la toucher, ils ne pouvaient pas lui faire de mal.

— Bonjour, les gars.

Miss Opal referma le tiroir-caisse d'un mouvement brusque et leur sourit.

— Qu'est-ce que vous voulez ?

— Bonjour, m'dame.

Tommy s'approcha du comptoir ; Ricky demeura en retrait de

deux ou trois pas. Becky Lynn serra le manche du balai entre ses mains, en priant pour que ni l'un ni l'autre ne tournent la tête dans sa direction.

— Maman m'envoie chercher une bouteille de shampoing, celui à la fraise qu'elle adore. Elle m'a chargé de vous dire qu'elle vous la réglerait quand elle viendrait se faire coiffer samedi.

— Pas de problème. Alors, les gars, on va le gagner ce grand match vendredi soir ?

— Et comment ! s'exclama Ricky avec fierté. Ils vont en baver, ces minables…

— Pour sûr, renchérit Tommy. Ils vont regretter le déplacement !

Miss Opal s'était penchée pour fouiller sous le comptoir.

— Ah, voilà un discours que j'aime entendre… Zut ! J'avais pourtant mis une bouteille de shampoing de côté pour l'emporter chez moi. Je parie que Fayrene l'a vendue sans me prévenir ; elle ne voulait probablement pas se déplacer. Toujours ennemie du moindre effort, celle-là… Becky Lynn ! s'écria-t-elle par-dessus son épaule, tu veux bien aller me chercher une bouteille de shampoing à la fraise sur le présentoir au fond ? Tu vois de quoi je parle ?

Horrifiée, la jeune fille vit Tommy et Ricky tourner en même temps la tête vers elle. Le balai glissa de ses mains inertes et tomba avec fracas sur le linoléum. Elle les regardait d'un air idiot, incapable de bouger, de respirer.

Un sourire froid déforma la bouche de Ricky. Elle sentit son cœur s'emballer, ses paumes devenir moites. Elle aurait voulu mourir, et eux voulaient juste s'amuser un peu.

Miss Opal fronça les sourcils.

— Alors, Becky Lynn, il vient ce shampoing ?

— Euh… oui, madame. Tout de suite, murmura-t-elle.

Elle pivota sur ses talons pour se diriger vers les présentoirs. Ses mains tremblaient si fort qu'elle faillit lâcher la bouteille.

S'amuser un peu. Ils voulaient juste s'amuser un peu. Les yeux baissés, en traînant les pieds, elle apporta le shampoing à sa patronne.

— Hé, salut, Becky Lynn !

Elle leva la tête pour affronter le regard de Ricky, étouffée par la terreur. Le garçon la dévisagea avec arrogance, sans la moindre trace de regret ou de peur. Au contraire, une lueur de moquerie brillait dans ses yeux aussi froids que ceux d'un rapace. Comme s'il savait tout ce qu'elle ressentait à cet instant, songea-t-elle, et s'en amusait.

Elle serra les poings. Parce qu'il était fils à papa, il se croyait absolument tout permis.

— Bonjour, répondit-elle d'une voix aiguë, en plantant ses ongles dans sa paume.

Ricky lui adressa un grand sourire hypocrite, dans le but manifeste de donner le change à Miss Opal.

— On ne te voit pas souvent dans les couloirs ou dans la cour du lycée. Où est-ce que tu te caches ?

Sentant peser sur elle le regard de Miss Opal, elle s'obligea à répondre, la bouche sèche :

— Nulle part.

Ricky prit la bouteille de shampoing pour la lancer à Tommy, qui la rattrapa au vol.

— On se reverra, Becky Lynn. Pas vrai, Tommy ?

— Oui, un de ces jours, renchérit ce dernier.

La jeune fille ne put retenir un petit hoquet de stupeur qui n'échappa pas à Miss Opal. La patronne lui jeta un regard noir.

— Becky Lynn, il reste un tas de produits à sortir des cartons et à vérifier. Ils sont dans la remise. Occupe-t'en tout de suite, s'il te plaît.

Becky Lynn acquiesça, le souffle coupé par un immense soulagement. Sans se faire prier, elle pivota et s'enfuit dans la remise. Une fois seule, elle plaqua ses mains tremblantes sur son visage. « On se reverra », avait dit Ricky. « Un de ces jours », avait ajouté Tommy.

Ainsi ses craintes étaient fondées ; elle avait raison de se sentir menacée, ce n'était pas de la paranoïa. Comme elle le craignait, Tommy et Ricky ne l'avaient pas oubliée ; ils l'avaient simplement « mise de côté ».

Elle entendit, dans le salon, Miss Opal dire au revoir aux deux garçons, en leur demandant de saluer leurs mamans de sa part, puis la clochette de la porte tinta.

L'amertume monta alors dans sa gorge comme un flot de bile, tandis que les larmes lui brûlaient les yeux. Personne ne voudrait jamais croire que Tommy et Ricky n'étaient pas de jeunes garçons modèles, qu'ils étaient au contraire capables d'actes ignobles. Non, personne ne mettrait en cause ces deux jeunes si bien élevés que toute la communauté appréciait.

Abattue, elle se dirigea vers les cartons empilés au fond de la remise. Elle sortit le double de la commande pour dresser l'inventaire, mais les mots et les chiffres imprimés dansaient devant ses yeux ; les larmes l'empêchaient de lire.

Où pouvait-elle se cacher ? Comment pouvait-elle se défendre ? Agenouillée par terre, elle appuya son front contre un carton. Les larmes coulaient sur ses joues, gouttaient du bout de son nez sur le listing qu'elle serrait dans ses mains. Elle n'avait personne vers qui se tourner, car personne n'accepterait de la croire.

— Il faut qu'on se parle, déclara Miss Opal en pénétrant dans la remise et en refermant le battant derrière elle.

Becky Lynn essuya du revers de la main ses joues inondées de larmes, avant de jeter un regard par-dessus son épaule. Miss Opal se tenait à la porte de la remise, les poings sur les hanches, la mine sévère.

— Oui, madame ?

— Becky Lynn, je veux que tu m'expliques ce qui s'est passé avec ces garçons.

La jeune fille gardait les yeux fixés sur sa patronne ; une étincelle d'espoir s'alluma au plus profond d'elle-même, repoussant les ténèbres de sa peur et de son désespoir, de sa solitude. Elle pouvait tout dire à Miss Opal, songea-t-elle. Miss Opal la croirait.

Elle prit une profonde inspiration.

— Vous voulez parler de Ricky et de Tommy ?

— Oui.

La coiffeuse s'avança vers elle, en secouant la tête d'un air réprobateur.

— Ce n'est pas parce que certaines personnes par ici pensent que tu es une moins-que-rien que tu dois te comporter comme telle.

Becky Lynn sentit le sol se dérober sous ses pieds.

— Hein ? Que… qu'est-ce que vous dites ?

— Tu as couché avec ces garçons, n'est-ce pas ?

— Non !

Elle avait hurlé ce mot en se levant d'un bond. Elle faisait face à sa patronne, sentant la douleur et la trahison monter en elle et laisser un goût amer dans sa bouche. La seule personne qui avait toujours été bonne avec elle, qui l'avait soutenue, la seule vers qui, éventuellement, elle aurait pu se tourner, cette personne la prenait pour une traînée.

— Jamais je ne pourrais… Ces garçons… Ils…

— Ecoute-moi bien, Becky Lynn Lee, l'interrompit Miss Opal d'un ton empreint de solennité. Chaque individu décide de sa réputation. Elle n'appartient qu'à soi. Personne ne peut te la voler, et, par conséquent, toi seule peux la dilapider. Hélas, une fois qu'on l'a perdue, impossible de la retrouver.

Becky Lynn repensa à cette journée au bord de la rivière ; les images emplissaient son esprit et lui soulevaient l'estomac. Ricky et Tommy avaient posé leurs sales mains sur elle alors qu'elle ne le voulait pas ; ils avaient pris possession d'elle sans son consentement, de force. Elle se sentirait souillée éternellement.

Face au regard sévère de Miss Opal, toute sa colère et sa peur, sa souffrance et son humiliation se ruèrent vers ses lèvres pour se libérer enfin.

— Vous ne pourriez jamais imaginer que ces garçons soient capables de faire quelque chose de mal… quelque chose d'affreux. Oh ! non, pas des jeunes gens bien élevés comme Tommy Fischer et Ricky Jones. Comment imaginer qu'ils puissent… me faire du mal ?

Becky Lynn serra les poings.

— Je croyais que vous… aviez de l'affection pour moi. Je croyais que vous aviez une meilleure opinion de moi que tous les autres. Je m'aperçois maintenant que…

Incapable de continuer, elle ravala ses paroles et se détourna de Miss Opal une fois de plus, serrant ses bras autour de sa poitrine pour chercher le réconfort que personne ne pouvait lui procurer.

— Qu'est-ce à dire ? Becky Lynn… Dois-je comprendre que ces garçons…

La coiffeuse se racla la gorge avant d'achever sa phrase :

— … que ces garçons ont eu des gestes déplacés ?

— Oui, murmura la jeune fille sans se retourner, pour ne pas découvrir l'expression de Miss Opal.

Le silence de cette dernière était assourdissant. Finalement, Becky Lynn se retourna, tout le corps raidi.

— Et maintenant, qu'est-ce que vous allez faire ? demanda-t-elle. Me mettre à la porte ? Me traiter de menteuse ?

Miss Opal resta muette un bon moment encore. Avant de laisser échapper un long soupir, rempli de désespoir.

— Je suis désolée, ma pauvre enfant. Vraiment désolée. Je te crois.

Elle joignit ses mains devant elle et ajouta, avec un nouveau soupir :

— Pourtant, j'aimerais ne pas te croire. Tu avais un comportement si curieux… et ces deux garçons, tout à l'heure, ils te regardaient d'une telle façon. J'ai aussitôt pensé que tu avais… enfin…

— Que j'avais couché avec eux. Comme le ferait n'importe quelle moins-que-rien.

Sur la défensive, Becky Lynn redressa le menton, reprenant sa respiration.

— Ce n'est pas grave, murmura-t-elle d'une voix enrouée. Si vous ne me mettez pas à la porte, je vais déballer ces cartons.

Miss Opal posa délicatement la main sur son épaule.

— Je suis sincèrement désolée, répéta-t-elle. Je te demande de me pardonner.

Un frisson parcourut la jeune fille. La main de cette femme sur son épaule était si douce, si rassurante.

Oh, comme elle aurait aimé que quelqu'un la serre dans ses

bras, comme elle aurait aimé s'appuyer contre Miss Opal et expulser sa peur à travers ses sanglots ! Elle aurait voulu oublier la terrible accusation de sa patronne. Mais elle n'était pas assez idiote pour se relâcher. Chaque fois qu'elle oubliait qui elle était, qu'elle sortait de son rang, il lui en cuisait.

D'un mouvement d'épaule, elle chassa la main de la coiffeuse.

— Inutile de vous excuser.

— Je suis quand même désolée. Tu as raison, j'ai beaucoup d'affection pour toi, Becky Lynn… et je suis effrayée par ce que tu as laissé entendre. Tu es une brave fille, et je savais que tu ne pouvais pas faire une chose pareille, mais je… Regarde-moi, je t'en prie.

Becky Lynn tourna la tête et croisa le regard de sa patronne. Cette dernière semblait véritablement bouleversée, songea-t-elle. Ses traits saillants étaient encore plus marqués que d'habitude ; la tristesse se lisait dans ses yeux. En découvrant son visage, la jeune fille sentit se dissiper une partie de sa colère et de son indignation.

— Tu as raison d'être furieuse après moi. Je me suis trompée et je le regrette terriblement.

Miss Opal prit ses mains entre les siennes.

— Ecoute-moi, Becky Lynn, dit-elle d'un ton décidé, mais sans aucune trace d'animosité. Je veux que tu me racontes exactement ce que t'ont fait ces garçons.

Becky Lynn secoua la tête, en tentant de libérer ses mains.

— Je vais bien, je vous assure.

— Ce n'est pas ce que je t'ai demandé, répondit la coiffeuse en resserrant l'étau de ses doigts. Dis-moi ce qu'ils t'ont fait.

La jeune fille contemplait fixement Miss Opal, tandis qu'en elle la vérité se débattait pour jaillir au grand jour. Elle prit une longue inspiration. Elle mourait d'envie de tout raconter, elle voulait que quelqu'un la croie. Elle voulait que Ricky et Tommy soient punis.

Mais elle avait peur. Miss Opal la prit par le menton et lui souleva délicatement la tête.

— Tu peux me faire confiance, dit-elle, comme si elle avait le pouvoir de lire dans ses pensées. Je promets de t'aider si je le peux.

La jeune fille baissa les yeux. Son cœur s'emballait ; le sang qui battait à ses tempes lui donnait le tournis.

— Ils... ils m'ont touchée. Ricky et Tommy... ils m'ont appuyée contre un arbre et ils...

Des larmes brûlantes lui brouillaient déjà la vue.

— ... ils m'ont caressé les seins et aussi...

Elle releva les yeux vers Miss Opal, et la regarda à travers ses larmes.

— Ils ne voulaient pas arrêter. Je les ai suppliés, mais... ils ne m'ont pas écoutée.

Avec un petit cri d'effroi, la coiffeuse attira Becky Lynn dans ses bras et la serra contre sa maigre poitrine.

— Pauvre petite. Pauvre et douce enfant.

Elle caressait les cheveux de la jeune fille en murmurant des paroles de réconfort.

— Ils ne voulaient pas arrêter, répéta Becky Lynn qui revivait toute l'horreur de ces instants. Buddy a essayé de les convaincre de me laisser tranquille, mais Randy n'a même pas levé le petit doigt. Mon propre frère !...

Elle enfouit son visage au creux de l'épaule de Miss Opal. La main dans ses cheveux s'immobilisa quelques secondes, avant de reprendre sa lente et apaisante caresse.

— Dis-moi, Becky Lynn... est-ce qu'ils... T'ont-ils violée ?

La jeune fille secoua la tête en reniflant ; ses larmes avaient trempé le corsage de la coiffeuse.

— Dieu soit loué, dit cette dernière avec un long soupir de soulagement. Tu en as parlé à tes parents ?

Becky Lynn se recula pour regarder le visage de Miss Opal.

— Papa ne me croira jamais, et même s'il me croyait, il ne ferait rien du tout. Et maman... elle a déjà assez d'ennuis comme ça.

Un rictus de réprobation plissa les lèvres de Miss Opal, mais elle s'abstint de toute remarque à ce sujet.

— En as-tu parlé à un de tes professeurs, au conseiller d'orientation ou bien…

La jeune fille secoua de nouveau la tête.

— J'ai rien confié à personne.

— Dans ce cas, nous devons prendre une décision.

— Une décision ? répéta Becky Lynn, stupéfaite. Que voulez-vous dire ?

— Eh bien, nous pouvons prévenir les parents de Tommy et de Ricky, ou aller directement à la police et…

— Non ! s'écria Becky Lynn sur un ton affolé.

Elle imaginait sans peine la réaction des parents des deux garçons lorsqu'elle leur raconterait son histoire, et elle imaginait la réaction de la police. En l'espace de quelques heures, on ne parlerait plus en ville que de cette traînée de Becky Lynn Lee qui débitait des mensonges sur deux footballeurs vedettes du lycée de Bend. L'idée que tous ces gens puissent ainsi l'insulter dans son dos lui était insupportable.

Envahie par un sentiment de panique, elle joignit ses mains, comme pour supplier Miss Opal.

— Vous ne comprenez pas ? Personne ne vous croira ! Ils penseront tous que c'est moi qui… les ai provoqués. Oh, ce serait affreux, je ne le supporterais pas.

— Voyons, on ne peut pas les laisser s'en tirer à si bon compte, protesta Miss Opal d'une voix crispée. C'est trop injuste !

— Souvenez-vous de votre première réaction ; pourquoi les gens se comporteraient-ils autrement ?

La coiffeuse poussa un long soupir ; Becky Lynn sentait que sa patronne se débattait avec des problèmes de conscience pour décider de la meilleure attitude à adopter.

— Je vous en supplie, Miss Opal, ne dites rien. Je vous en supplie !

Etranglée par l'étau de la peur, au point de ne plus pouvoir respirer, Becky Lynn prit les mains de sa patronne entre les siennes.

— J'ai peur de ce qui pourrait arriver si vous en parliez. Ils risquent de…

— Que veux-tu qu'ils fassent ? C'est en gardant ce secret enfoui en toi que tu te fais du mal. Nous devons prévenir leurs parents ou les autorités.

— Non, par pitié…

Becky Lynn s'accrochait aux mains de Miss Opal.

— Promettez-moi de ne rien révéler à personne. S'il vous plaît.

La coiffeuse émit un petit grognement, mélange d'affection et de réticence.

— Entendu, je n'en parlerai pas. En tout cas dans l'immédiat. Mais sache que je ne suis pas d'accord.

— Merci, Miss Opal. Merci infiniment.

— Promets-moi à ton tour que si ces deux garçons recommencent, quoi qu'ils te fassent, tu viendras me le dire aussitôt.

Becky Lynn sourit.

— C'est promis.

La coiffeuse caressa tendrement la joue de la jeune fille.

— Et surtout, cesse de croire que tu n'as personne pour t'aider. Tu n'es pas seule au monde.

5

Becky Lynn resta fidèle à sa promesse et, tandis que les jours se muaient en semaines, elle se sentit envahie par un sentiment nouveau de bien-être et de sécurité. D'une part, Ricky, Tommy et toute la bande avaient cessé de la harceler, et d'autre part, Miss Opal avait décidé de veiller sur elle comme une vraie mère poule.

Cette dernière insistait pour la raccompagner jusque chez elle en voiture après le travail, et quand parfois Becky Lynn devait rentrer à pied, sa patronne insistait pour qu'elle emprunte uniquement les chemins les plus fréquentés. Miss Opal avait même pris l'habitude d'envoyer Fayrene ou Dixie chercher les pâtisseries le samedi matin. Evidemment, cette redistribution des rôles n'était pas du tout du goût de Fayrene, mais Miss Opal semblait totalement indifférente aux protestations de son assistante. Elle trouvait toujours une tâche plus urgente pour Becky Lynn, une tâche qui lui interdisait de s'absenter, même quelques minutes.

Becky Lynn esquissa un petit sourire en récurant un des bacs à shampoing. Pour la première fois de sa vie, elle découvrait ce que c'était d'avoir une mère, au vrai sens du terme, ne serait-ce qu'à temps partiel. Quel bonheur de savoir que quelqu'un tenait à elle, que quelqu'un se souciait de ce qui pouvait lui arriver. Elle avait l'impression d'exister réellement. Elle se sentait protégée, à l'abri.

— Tu es sûre que tu peux rentrer sans qu'on te raccompagne ?

Becky Lynn leva les yeux vers Dixie qui venait de lui poser cette question. Debout à l'entrée du salon, cette dernière boutonnait son manteau.

La jeune fille hocha la tête.

— Ne t'inquiète pas pour moi, ça ira. Il ne fait pas encore nuit.

Dixie jeta un regard impatient par-dessus son épaule. Ses deux dernières clientes de la journée s'étaient décommandées, et elle avait hâte de rentrer chez elle. Becky Lynn ne pouvait lui en vouloir ; la journée avait été longue, et Dixie devait s'occuper de sa petite famille.

Elle se retourna vers Becky Lynn.

— Tu es sûre ? Miss Opal a beaucoup insisté pour que je te raccompagne... Je pourrais demander à Fayrene, qu'en dis-tu ?

Becky Lynn imaginait sans mal la réaction de la seconde coiffeuse face à cette requête. Au même moment, d'ailleurs, Fayrene boudait dans l'arrière-boutique, car sa collègue Dixie pouvait rentrer chez elle, alors qu'elle était obligée de rester pour fermer le salon.

— Ça ira, je t'assure.

— O.K., déclara Dixie en nouant son foulard sur ses cheveux bouclés. Miss Opal était tout excitée à l'idée d'aller voir sa petite-fille déguisée en *pom pom girl* pour le grand match de ce soir. Au fait, tu y vas aussi ?

Becky Lynn secoua la tête.

— Non, je ne pense pas.

— Bon. Dans ce cas, à demain après-midi.

Au moment où Dixie sortait dans l'obscurité naissante, Becky Lynn éprouva tout à coup l'envie irrésistible de la rappeler pour la supplier de l'attendre. Les mots se précipitèrent sur ses lèvres. Inconsciemment, elle fit un pas en direction de la porte, sur le point de crier, mais elle se retint au dernier moment, mortifiée par sa propre bêtise. S'il y avait un soir où elle pouvait rentrer à pied chez elle sans aucune crainte, c'était bien celui-là. En tant que joueurs vedettes de l'équipe de Bend, Tommy et Ricky se trouvaient déjà au stade, comme presque tout le monde dans cette ville de mordus du football.

Avec un haussement d'épaules, elle se remit à récurer les bacs à shampoing. Assurément, elle n'avait rien à craindre ce soir.

Trois quarts d'heure plus tard, Fayrene et elle se quittaient sur la grand-place. Il était un peu plus de 17 heures, mais déjà les ombres avaient grignoté le pourtour de la place et rampaient vers le centre, engloutissant peu à peu les derniers vestiges de lumière.

Becky Lynn contempla d'abord, droit devant elle, la route principale et les maisons bien éclairées qui la bordaient, puis elle tourna la tête vers la droite, en direction du chemin qui traversait la voie ferrée et les quartiers les plus pauvres de Bend, et cependant conduisait directement jusque chez elle. Elle pourrait gagner au moins vingt minutes en empruntant ce raccourci. Son estomac gargouillait, et les ombres se rapprochaient pas à pas.

Levant les yeux vers le ciel de plus en plus noir, elle repensa à la promesse faite à Miss Opal, puis elle songea à Tommy et à Ricky, au match de football.

Alors qu'un frisson glacé lui remontait le long des bras, elle secoua la tête et bifurqua vers la droite, traversant la grand-place en marchant le plus vite possible, sans toutefois courir. Ce soir, se répéta-t-elle, elle n'avait rien à craindre.

En quelques minutes, elle avait laissé derrière elle les lumières vives de la place et longeait à présent la voie ferrée. C'est alors qu'elle fut frappée par le silence qui l'entourait. Aucun claquement de portière ne résonnait dans la nuit, aucune voix de mère qui appelle ses enfants, aucun rugissement de voiture. Pas même un souffle de vent dans les arbres.

Elle venait de pénétrer dans cette partie de la ville baptisée *Sunset*, coucher de soleil. En effet, le soleil qui se couchait à l'ouest de la place semblait s'immobiliser, rouge sang, juste au-dessus de ce quartier. Considéré comme l'endroit le plus défavorisé de la ville, bien plus encore que le quartier misérable où vivait Becky Lynn, cet endroit accueillait tous les exclus.

Les gens qui habitaient là étaient les seuls que son père se permettait de traiter avec mépris, les insultant et les humiliant chaque fois qu'il en avait l'occasion. Becky Lynn avait toujours été révoltée, écœurée par ce besoin de faire souffrir les plus malheureux que soi.

Réprimant un frisson, elle leva les yeux vers le ciel obscur.

Elle regrettait d'avoir pris ce raccourci.

Elle accéléra le pas, en remontant le col de sa veste dans sa nuque. Elle jetait de petits regards inquiets aux alentours. La population éparse de ce quartier vivait dans des maisons qui ne méritaient même pas ce nom ; il s'agissait de vulgaires bicoques, d'anciennes cabanes d'esclaves parfois, vestiges d'une époque ancienne où cette zone faisait partie d'une riche plantation de coton, aujourd'hui disparue. Des centaines de fois elle avait emprunté ce chemin ; jamais elle ne s'était sentie menacée, jamais elle n'avait eu peur.

Habituée désormais à la présence protectrice de Miss Opal, était-elle condamnée à trembler chaque fois que le regard de son ange gardien n'était plus posé sur elle ? Non, c'était idiot, songea-t-elle, en serrant ses bras autour de sa taille. Elle était ridicule.

Soudain, sur sa gauche, elle perçut un bruit, discret et épais, comme un rire étouffé. Sur sa droite, quelque chose détala dans l'herbe, un petit animal effrayé sans doute — suivi du craquement d'une brindille.

Becky Lynn s'immobilisa au milieu du chemin ; son cœur cognait violemment contre sa poitrine. Elle regarda autour d'elle, scrutant les ombres.

— Il y a quelqu'un ?

Seul le silence lui répondit, plus bruyant que n'importe quelle voix. Inspirant à fond, elle se remit en marche… et s'arrêta tout à coup en entendant prononcer son nom. Il flotta dans l'air de la nuit, prononcé d'une voix de spectre, comme celle que prennent les gamins qui, la nuit de Halloween, jouent à se faire peur, avec un mélange de malice et de bonne humeur.

Tommy et Ricky n'étaient pas au match, pensa-t-elle.

Ils étaient ici.

La gorge serrée, elle prit ses jambes à son cou.

Sur sa droite résonnèrent les pas d'une personne qui courait à travers les herbes hautes.

Quelques secondes plus tard, Ricky jaillit de l'obscurité juste devant elle ; son sourire éclatant brillait d'une lueur inquiétante dans la nuit.

— Salut, Becky Lynn.

Elle se figea. La peur montait en elle comme un flot de bile qui envahissait sa bouche et menaçait de l'étouffer. Elle déglutit, en s'efforçant de retrouver une parcelle de calme et de sang-froid.

— Que... Qu'est-ce que tu fais ici ? bredouilla-t-elle.

— Je t'attendais, Becky chérie. Ça fait des semaines qu'on t'attend.

Il lui sourit, et la jeune fille sentit son sang se glacer.

— On te l'avait promis. Pas vrai, Tommy ?

— Exact, répondit ce dernier en émergeant à son tour de l'obscurité, sur la gauche de Becky Lynn. Comment ça va, ma jolie ?

D'un mouvement brusque, Tommy tira quelqu'un par le bras. Buddy apparut sur le chemin en trébuchant.

Il semblait au bord de la nausée et tenait dans sa main un objet mou qu'elle ne distinguait pas. Elle scruta les ténèbres environnantes, à la recherche de son frère, mais de toute évidence ils ne l'avaient pas emmené avec eux.

Elle recula d'un pas, en jetant des regards paniqués autour d'elle, en quête d'une échappatoire. Bon sang, pourquoi n'avait-elle pas suivi les conseils de Miss Opal ? se disait-elle. Pourquoi avait-elle emprunté ce maudit chemin ? Elle inspira profondément, en essayant de conserver tous ses esprits, ou du moins ce qu'il en restait.

— Tu as perdu ton chien de garde ? demanda Ricky avec un claquement de langue moqueur. Quel dommage... pour toi !

Tommy s'esclaffa ; Buddy baissa la tête.

— Je parie qu'elle est partie regarder sa petite-fille jouer les *pom pom girls*. Pas vrai, Tommy ?

— Ça me plairait de la reluquer moi aussi, répondit celui-ci. C'est un beau petit lot, cette nana.

Les deux garçons resserrèrent les rangs et s'avancèrent vers Becky Lynn. Elle sentit ses doigts et ses orteils s'ankyloser ; un goût de cendre se répandit dans sa bouche. Une lumière était allumée dans la maison située derrière elle, sur sa gauche. Si elle pouvait courir jusqu'à la porte, peut-être alors quelqu'un viendrait-il à son secours ?

Elle recula encore d'un pas, cherchant désespérément un moyen de détourner l'attention des deux garçons, quelque chose qui lui permettrait de foncer jusqu'à cette maison, son seul et dernier espoir.

— Fichez-moi la paix, murmura-t-elle. Je vous en prie.

Ricky éclata de rire, et fit un pas de plus en avant.

— Pourquoi on te ficherait la paix, hein ?

— Je ne vous ai rien fait. Je veux juste qu'on me laisse tranquille.

— Si je me souviens bien, tu m'as filé une gifle, non ?

Ricky se tourna vers son camarade.

— Tu t'en souviens, Tommy ?

— Evidemment que je m'en souviens ! Cette chienne t'a foutu une sacrée gifle, devant nous tous.

— Ecoutez, dit-elle, en proie à la plus vive panique, je suis sincèrement désolée. Je ne voulais pas… Je…

— Qu'est-ce que tu espérais en allant tout raconter à Miss Opal, demanda Ricky, la lèvre supérieure retroussée en un horrible rictus. Qu'est-ce que tu croyais que nos parents allaient faire ? Nous filer une fessée ?

Miss Opal avait prévenu leurs parents ? Becky Lynn avait du mal à maîtriser son souffle. Sa patronne n'avait donc pas tenu sa promesse.

— Que… que veux-tu dire ?

— Tu pensais sincèrement que quelqu'un croirait qu'on t'avait touchée ? demanda Ricky d'un ton sarcastique. Si tu tiens à le savoir, nos parents ont bien rigolé, même s'ils ont été choqués par cette accusation.

— Allez, les gars, ça suffit, déclara soudain Buddy d'une voix aiguë et tendue. Laissez-la. Si on arrive en retard pour le match, l'entraîneur va nous passer un savon.

— Et alors, qu'est-ce qu'il peut faire à ton avis ? rétorqua

Tommy en se retournant brusquement vers le troisième garçon. Nous coller sur le banc des remplaçants pendant le match ? Sans nous, il sait qu'il n'a aucune chance de gagner.

— Tu n'es qu'un dégonflé, Buddy, renchérit Ricky avec mépris. On était d'accord ; on a le temps de se la taper tous les trois et d'arriver à temps pour le match.

Ils avaient l'intention de la violer.

Laissant échapper un petit cri d'effroi, Becky Lynn pivota sur ses talons et s'enfuit en courant. La peur qui lui nouait le ventre l'empêchait de respirer ; elle lui comprimait la poitrine, alors qu'elle s'obligeait à courir encore plus vite. Ses fines semelles martelaient le chemin de terre, les cailloux s'enfonçaient dans ses plantes de pied. Finalement, elle abandonna le chemin pour bifurquer vers la maison éclairée.

Tout près du salut, elle ouvrit la bouche pour appeler au secours, mais un de ses poursuivants lui fit un croc-en-jambe par-derrière, la projetant à terre en lui coupant le souffle. Dans sa bouche, le goût de la terre se mêla à celui de son sang, tandis que des points lumineux dansaient derrière ses yeux.

Presque au même moment, une main se plaqua sur sa bouche, et elle sentit qu'on l'entraînait — Ricky lui tenant les bras et la tête, et Tommy les jambes — à l'écart du chemin derrière une vieille cabane délabrée. Elle se débattait avec toute son énergie, devinant la présence de Buddy qui les suivait en traînant les pieds.

S'il lui restait un ultime espoir, songea-t-elle, c'était celui-là. Si seulement Ricky ôtait sa main de sa bouche, elle pourrait supplier Buddy de l'aider, elle pourrait hurler. Mais il continuait à la bâillonner avec son épaisse main qui couvrait en même temps une partie de son nez, et le manque d'oxygène commençait à lui donner des vertiges.

Mon Dieu, non ! songeait-elle, en cherchant à capter des bouffées d'air. Cela ne pouvait pas lui arriver. Pas à elle ! Ces mots se répétaient dans sa tête comme une bande magnétique qui défile en boucle.

— T'as le sac en papier, Buddy ?

Ce dernier se racla nerveusement la gorge.

— On est allés trop loin, les gars. Plaisanter c'est une chose, mais…

Ricky resserra l'étau de ses bras puissants autour de Becky Lynn et jeta un regard noir à Buddy.

— Tu vas te dégonfler toute ta vie, Wills ? A moins que tu sois pédé ? File-moi donc ce sac !

Le garçon resta légèrement en retrait, pâle comme un linge.

— Et si on se fait prendre, hein ? Et si…

— On ne se fera pas prendre.

— Et si elle nous dénonce, nom d'un chien ! On pourrait se retrouver en taule…

Ricky partit d'un grand éclat de rire démoniaque.

— Tu n'es qu'une mauviette, Buddy. Qui la croira, à ton avis ? Tu veux la réponse ? Personne ! Nos parents n'ont même pas cru Miss Opal, ils ont éclaté de rire à l'idée qu'on puisse poser la main sur cette fille. Tu crois que je ferais tout ça si on risquait d'avoir des ennuis ?

Ils allaient la violer, car ils savaient qu'ils ne couraient aucun risque. Et parce qu'à leurs yeux, elle n'était rien.

— Allez, file-moi ce putain de sac, que je puisse lui enfiler sur la tronche. Tu m'aideras à la tenir ensuite.

Becky Lynn sentit se relâcher la pression de la main de Ricky.

Ils allaient lui couvrir la tête d'un sac en papier pour ne pas voir son visage. Les salauds ! Les ordures ! Dévorée par la rage, profitant de la brève inattention de Ricky, elle se redressa d'un bond, le faisant basculer sur le côté. Furieuse, elle se jeta ensuite sur Tommy et lui lacéra le visage avec ses ongles. Le garçon poussa un long cri de douleur et, après l'avoir obligée à lâcher prise, il la frappa en prenant son élan.

Son poing lui heurta la mâchoire, et sa tête fut projetée en arrière ; une terrible douleur aveuglante irradia dans tout son crâne. Elle bascula à la renverse, atterrit lourdement sur le sol, et sa tête cogna contre une pierre. La douleur lui traversa de nouveau le crâne, accompagnée d'un éclair blanc.

Puis ce fut le noir complet.

*
* *

En revenant à elle, Becky Lynn ne vit tout d'abord que le noir. Elle pouvait à peine respirer, enfermée qu'elle était dans ce sac exigu et humide. Désorientée, elle tenta de remuer les mains, mais constata qu'elles étaient immobilisées ; ses jambes étaient clouées au sol, écartelées dans une position humiliante et douloureuse.

Il lui fallut un moment pour comprendre où elle était et ce qui lui arrivait, un moment pour que la réalité brutale s'impose. Le poids d'un corps couché sur elle la plaquait contre la terre chaude et humide, des mains l'empêchaient de bouger. Ses vêtements avaient été retroussés ou arrachés, et l'air vif de la nuit mordait sa peau nue, même si elle savait que le froid glacial qui l'habitait n'était pas dû à la température.

Ricky était couché sur elle ; elle le reconnaissait à son odeur corporelle forte.

Les sons et les sensations défilaient à la vitesse de l'éclair dans son esprit. Le parfum entêtant de la terre contre sa peau, l'odeur de sueur et de boue, la douleur de cette chose qu'on introduisait de force en elle, qui la lacérait et la brûlait. Le sac en papier se froissait bruyamment, tandis qu'elle agitait la tête en tous sens, au paroxysme de la douleur et de l'humiliation.

Quelque part, un chien aboya, un aboiement aigu et nerveux qui lui traversa le crâne, masquant l'espace d'un instant le souffle haletant et rauque de Ricky… la peur de Buddy et l'impatience de Tommy. Masquant ses propres gémissements de désespoir.

Soudain, Ricky émit un long grognement de plaisir, tel un animal, avant de retomber sur elle. Ce râle lui souleva l'estomac, et elle savait que ce son guttural hanterait à tout jamais ses cauchemars.

— Allez, grouille-toi, Ricky !

La voix de Tommy tremblait ; elle l'entendit défaire précipitamment son ceinturon et abaisser sa braguette.

— Tu as tiré ton coup, à chacun son…

Le chien reprit ses aboiements frénétiques et stridents, et

quelque part une lumière s'alluma, se déversant dans l'obscurité, suivie par le grincement d'une porte qui s'ouvre.

— Qui est là ? s'écria une voix de femme.

Becky Lynn voulut hurler, appeler au secours, mais aucun son ne sortit de sa bouche, si ce n'est un misérable murmure rauque, si faible que ses agresseurs eux-mêmes ne l'entendirent pas.

— Oh, merde ! gémit Buddy en lui lâchant les jambes. Nom de Dieu, Ricky…

— Ferme-la…

— Je sais qu'il y a quelqu'un dehors, et je vous conseille de foutre le camp ! Je vais appeler la police. Vous entendez ?

Les trois garçons se pétrifièrent. Becky Lynn sentit croître brusquement leur tension, et c'était comme si elle entendait leurs pensées : le soulagement de Buddy, la déception de Tommy, la haine de Ricky.

— J'appelle la police ! répéta la femme, en donnant plus de voix cette fois. Je vais les appeler tout de suite.

La porte claqua. Buddy n'attendit pas. Se relevant d'un bond pour s'enfuir à toutes jambes, il traversa les fourrés jusqu'au chemin, où il vomit.

— Faut se tirer ! dit Tommy d'un ton paniqué, sans toutefois lâcher les mains de leur prisonnière.

— Merci pour tout, poupée, chuchota Ricky. Ne t'en fais surtout pas, je m'arrangerai pour que Tommy et Buddy aient le droit d'en profiter eux aussi.

Il pencha la tête pour saisir le téton droit de la jeune fille dans sa bouche et l'aspirer, en promenant sa langue dessus. Becky Lynn fut prise d'un haut-le-cœur ; ce geste tendre avait quelque chose de grotesque, d'obscène. Lorsque enfin il s'écarta, elle lui décocha un coup de pied, à l'aveuglette, de toutes ses forces. Elle avait atteint l'entrejambe, à en juger par la sensation et le grand cri aigu que poussa Ricky, et elle regretta alors de ne pas voir son visage se tordre de douleur.

— Salope ! Chienne ! Je vais…

Tommy le tira par le bras.

— La vieille a prévenu les flics, mec. Il faut foutre le camp d'ici !

Ricky était certainement de cet avis, car, au même moment, Tommy la relâcha, et elle entendit les deux garçons s'enfuir en courant à travers les broussailles.

Becky Lynn saisit le sac en papier à pleines mains et l'arracha d'un geste rageur. Elle se déchaîna sur l'épais papier brun, le déchirant en mille morceaux, gémissant et grognant tel un animal blessé. Le papier lui lacérait les mains ; elle avait les doigts en feu et en sang ; pourtant elle continua à le déchirer sauvagement jusqu'à ce qu'il ne reste plus que de minuscules morceaux.

Alors, secouée de sanglots incontrôlables, elle bascula sur le flanc et se roula en boule.

6

Des rais de lumière filtraient par les bords des petites fenêtres aux rideaux grossiers, éclairant faiblement l'obscurité. Avec un sanglot de soulagement étouffé, Becky Lynn gravit en rampant les marches de la véranda affaissée.

Enfin ! Elle était enfin arrivée chez elle.

Le front appuyé contre le plancher, elle tenta de calmer sa respiration haletante et rauque. La douleur était partout : dans son ventre, dans sa tête et dans sa mâchoire, entre ses cuisses. Mais la douleur physique n'était rien comparée à la douleur intérieure, cette douleur qui ne pouvait se décrire en termes physiques ; ces dégâts-là ne pouvaient être réparés ni soignés à l'aide de pansements ou de pommades. Becky Lynn sentait que tout son être était en lambeaux.

Plus jamais elle ne serait comme avant.

Tremblant comme une feuille, elle agrippa la balustrade de la véranda pour se relever, si fébrile qu'elle craignait de ne pas avoir la force de se tenir debout. Elle n'avait plus aucune idée de l'heure, du temps pendant lequel elle était restée allongée derrière cette vieille cabane abandonnée, le corps et les nerfs à vif, guettant la plainte d'une sirène de police qui n'était jamais venue.

Des images horribles et indésirables traversaient son esprit tels des éclairs, lui soulevant l'estomac. Pour tenter de les chasser, elle ferma les yeux de toutes ses forces et réussit, grâce à un terrible effort de volonté, à refouler une vague de nausée. Elle refusait de vomir, elle ne voulait pas que Ricky et Tommy puissent lui voler encore une autre partie d'elle-même ; ils lui avaient déjà pris les seules choses qui lui appartenaient véritablement, ses seuls biens de valeur. Son corps. Les derniers vestiges de ses rêves de jeune fille. L'espoir.

Traversant la véranda en direction de la porte, Becky Lynn songea soudain à la réaction de ses parents. Jamais elle n'était rentrée si tard, jamais elle n'avait manqué l'heure du dîner. Elle tenta d'imaginer son aspect, l'image qu'elle offrait : sale, couverte de traces de coups et de sang, les vêtements déchirés. D'une main tremblante, elle saisit la poignée de la porte. Quelqu'un s'était-il inquiété de son absence ? Que penseraient-ils en la voyant arriver dans cet état ?

Elle poussa la porte et entra. L'odeur âcre du whisky flottait dans l'air comme un nuage épais, et elle se dit, confusément, que son père avait réussi d'une manière ou d'une autre à trouver de l'argent pour s'offrir une bouteille.

Elle tourna la tête. Il était affalé sur le vieux canapé, devant la télévision ; Randy était assis à son côté, le visage blême, les traits crispés. Son père ne bougea pas, mais lorsque la porte grinça, son frère se retourna. L'espace d'un court instant chargé d'électricité, il soutint son regard, avant de détourner les yeux d'un air coupable.

Randy savait ce que ses copains avaient l'intention de lui faire.

Le souffle coupé par cette terrible constatation, Becky Lynn se sentit submergée par un sentiment qui dépassait la colère ou l'incrédulité, et même l'hystérie. Son frère était-il allé jusqu'à les encourager ? Avait-il rigolé avec eux tandis qu'ils racontaient comment ils comptaient lui enfiler un sac en papier sur la tête pour ne pas voir son visage pendant le viol ?

Les nausées menaçaient de nouveau, et elle plaqua une main sur sa bouche pour les refouler. Les larmes lui brûlaient les yeux.

— Comment…, parvint-elle à articuler, d'une voix emplie de larmes et de souffrance. Comment as-tu pu… ? Tu es mon frère.

Randy leva les yeux vers elle. Un bref instant, Becky Lynn crut apercevoir un cerf pétrifié dans la lumière des phares d'une voiture. Le visage tendu et effrayé de son frère prit une pâleur mortelle.

— Tu te souviens comme on jouait ensemble quand on était petits ? demanda-t-elle. Les autres enfants n'avaient pas le droit de nous approcher. Tu t'en souviens ?

Randy s'agita nerveusement sur le canapé, avant de baisser les yeux une fois de plus. Becky Lynn secoua la tête ; la douleur était proche de l'insoutenable.

— J'aurais fait n'importe quoi pour te protéger, dit-elle. Je t'ai protégé. Si souvent que...

Parcourue de frissons, elle noua ses bras autour de sa poitrine.

— Et toi aujourd'hui... tu les laisses... me...

Elle ravala ses dernières paroles, incapable de tolérer plus longtemps le silence coupable de son frère, l'effroyable vérité de ce silence. Se tournant vers la cuisine, elle se mit en quête de sa mère.

Cette dernière était assise à la table de la cuisine, figée comme une statue, le regard perdu dans le vide ; ses doigts jouaient avec les plis de son peignoir. Becky Lynn l'observa, elle observa ces doigts qui s'agitaient sur le tissu-éponge élimé.

— Maman ? murmura-t-elle, en joignant ses mains dans un geste de prière muette. Je t'en supplie, maman.

Sa mère cligna des paupières ; son regard vint se poser sur elle pour la première fois. Le choc se peignit sur son visage, un sentiment d'horreur, puis ses traits se relâchèrent et elle retrouva presque aussitôt une expression enfantine.

— Bonsoir, ma chérie.

Becky Lynn avala sa salive avec peine.

— Regarde-moi, maman. Je t'en prie.

Elle s'avança vers sa mère et s'arrêta devant elle.

— J'ai besoin que tu me regardes, maman, que tu me voies.

— Mais je te vois, ma chérie, répondit-elle en levant la tête, les lèvres retroussées par un petit sourire timide. Miss Opal t'a gardée plus longtemps ce soir ?

La jeune fille tourna la tête vers l'horloge de la cuisinière ;

malgré les fêlures du cadran et la couche de gras, on pouvait encore lire l'heure. Presque 11 heures ! Cinq heures s'étaient écoulées depuis qu'elle avait quitté le salon de coiffure. Cinq heures passées en enfer.

— Non, maman…

Son menton fut saisi de tremblements, ses yeux s'emplirent de larmes.

— Des garçons ont… Oh, maman, ils… ils m'ont fait du mal…

Sa mère secoua la tête d'un air désapprobateur.

— Franchement, elle ne devrait pas te garder si tard quand tu vas à l'école le lendemain.

La vue troublée par les larmes, Becky Lynn lutta pour reprendre son souffle.

— Non, pas ça, maman. J'ai besoin de toi ! Je t'en supplie… J'ai tellement besoin de toi !

Sa mère serra si fort son peignoir dans ses poings que ses jointures saillirent, taches blanches sur le tissu délavé.

— Va te coucher, ma chérie. Ça ira beaucoup mieux demain matin, tu verras.

Becky Lynn fit un pas en arrière, sans pouvoir étouffer un cri d'effroi. Sa mère était incapable d'affronter cette réalité. Elle avait choisi de ne rien voir. Pivotant sur ses talons, Becky Lynn retourna dans le salon.

Elle s'avança vers son père et se planta en face de lui, masquant l'écran de télévision.

— Papa, murmura-t-elle en se tordant nerveusement les doigts. Aide-moi, je t'en prie.

Son père leva vers elle ses yeux vides, rougis par l'alcool. Il répondit par un simple grognement.

— Des garçons m'ont fait du mal, papa. Ils…

Sa gorge se referma sur la fin de sa phrase ; elle dut se faire violence pour expulser les mots ignobles.

— Ils m'ont forcée… ils ont…

Comme s'il la découvrait tout à coup devant lui, son père l'observa de la tête aux pieds.

— Où tu étais encore passée ?

— C'est ce que j'essaye de t'expliquer. Tommy Fischer et Ricky Jones…

En prononçant ces noms, Becky Lynn jeta un rapide regard à son frère ; celui-ci gardait la tête baissée, le dos voûté.

— Ils… ils m'ont violée. Ils m'ont assommée… et ils m'ont tenu les jambes et les poignets…

Son père se leva du canapé en titubant, obligeant Becky Lynn à reculer.

— Arrête d'inventer des histoires de sale petite traînée !

— Non, non, protesta la jeune fille en secouant violemment la tête. Je t'assure… Ils m'ont enfilé un sac en papier sur la tête et…

— Randy !

Son père se tourna vers son fils en vacillant légèrement.

— Elle accuse tes copains ? Les gars de l'équipe de foot ?

Randy leva les yeux et s'empressa de détourner la tête comme pris d'une violente envie de vomir.

— Oui, p'pa.

— Ils sont pas au match ce soir ?

— Si, bien sûr.

Becky Lynn avait de plus en plus de mal à respirer.

— Ça s'est passé avant le match ! Ils ont même dit que l'entraîneur ne pourrait pas les punir s'ils…

— Sale petite menteuse dévergondée ! rugit son père. Fiche-moi le camp, avant que je te file une correction dont tu te souviendras !

Becky Lynn recula d'un pas mal assuré. Sa mère se tenait sur le seuil de la cuisine, blanche comme un linge et secouée de tremblements. La jeune fille croisa son regard et lui lança une prière muette : « Prends ma défense, maman. J'ai besoin de toi ! »

Mais sa mère ne réagit pas. Un long moment, elle observa Becky Lynn sans bouger, à l'exception de ses mains noueuses qui trituraient le tissu de son peignoir.

La vue de la jeune fille se brouilla. Elle était seule ; personne dans la maison ne la soutiendrait, songea-t-elle. Aucun habitant de cette ville ne la croirait : personne ne l'estimait assez pour prendre sa défense. Ces deux monstres de Ricky et Tommy pouvaient bien la violer et la maltraiter à leur guise, tout le monde s'en fichait !

Battant des paupières pour chasser les larmes, elle regarda de nouveau Glenna Lee, et un étrange sentiment de soulagement l'envahit tout à coup. Sans le savoir, sa mère venait de la libérer de ses liens. Désormais, plus rien ne la retenait dans ce trou perdu.

Après avoir pivoté sur ses talons, Becky Lynn se dirigea vers la salle de bains en boitillant.

— Ne viens pas pleurer si tu te fais culbuter ! lui lança son père. Tu m'entends ? Et ne compte pas sur moi pour accueillir un de tes foutus bâtards dans cette maison ! T'as compris ?

Becky Lynn referma derrière elle la porte de la salle de bains, étouffant les vociférations haineuses de son père. Après avoir tiré le verrou, elle ouvrit les robinets de la vieille baignoire sur pieds. A genoux, elle enfonça la bonde en caoutchouc dans le trou d'évacuation, puis se releva pour ôter ses vêtements souillés, en évitant de croiser son reflet dans le petit miroir accroché au-dessus du lavabo.

Ils lui avaient enfilé un sac sur la tête pour ne pas voir son visage pendant qu'ils la violaient.

Elle pénétra dans le bain tiède et s'y plongea lentement ; l'eau l'enveloppa avec douceur. C'était comme un baptême qui la lavait du contact de Ricky, de son odeur. De sa haine.

La tête appuyée contre la porcelaine froide, elle ferma les yeux.

Comme détachée de son propre corps, planant au-dessus, elle se vit dans la baignoire, recroquevillée dans l'eau, la peau si blanche qu'elle se confondait avec la porcelaine, la crinière de cheveux roux encadrant son visage et cascadant sur ses épaules. Les marques de coups. Le sang qui s'échappait d'elle et venait troubler l'eau.

Ils recommenceraient.

Elle avait envie de pleurer, de hurler sa fureur et sa souffrance, mais elle n'avait plus de larmes, elle était incapable de donner corps à sa rage. Elle n'éprouvait qu'une sorte… d'engourdissement. Une sensation de néant. Un vide étrange qui était à la fois un doux soulagement et une profonde terreur.

Lorsque l'eau devint trop froide, Becky Lynn rouvrit les yeux et se redressa dans la baignoire. Avec des gestes doux, elle savonna ses cuisses, son intimité meurtrie, pour ôter la crasse et le sang. Le va-et-vient de ses mains sur sa peau lui arrachait des grimaces de douleur, mais elle savait par expérience que les meurtrissures physiques finissaient toujours par guérir. Contrairement à celles qu'on ne voyait pas.

Elle avait du sang sous les ongles ; c'était celui de Tommy, lorsqu'elle l'avait griffé. Alors elle planta ses ongles dans le savon et les frotta rageusement, ne s'arrêtant que quand toute trace eut disparu. Enfin purifiée et libérée. Après quoi elle se savonna les cheveux, les frictionna, les rinça. Et frictionna encore.

L'eau du bain avait viré au marron. Son estomac se souleva, mais elle refoula une fois de plus la vague de nausée. Après avoir vidé la baignoire, elle resta assise au fond, nue, les bras noués autour de la poitrine, en claquant des dents.

Les pensées défilaient et tournoyaient dans sa tête, comme des montagnes russes.

« Je ne dirai rien, Becky Lynn… Promets-moi que si ces garçons recommencent à t'importuner, tu viendras me trouver… »

« Qu'est-ce que tu espérais en allant tout raconter à Miss Opal… Tu pensais que quelqu'un croirait qu'on t'avait touchée, hein ?… Nos parents ont éclaté de rire… »

« Sale petite menteuse dévergondée… Fiche-moi le camp… »

« Non, pas ça, maman… J'ai besoin de toi… Je t'en supplie… »

Etouffée par les larmes, Becky Lynn tentait de reprendre son souffle. Elle enfouit son visage dans ses mains et laissa éclater ses sanglots, comme si elle espérait, en emprisonnant la manifestation sonore de sa douleur, annihiler celle-ci.

Au bout d'un moment, les sanglots s'atténuèrent, avant de

cesser totalement, et elle eut alors juste assez d'énergie en elle pour émettre de faibles gémissements de désespoir. Très vite, même cela fut au-dessus de ses forces ; elle se balança aussitôt d'avant en arrière, recroquevillée sur elle-même, en silence.

Tendant le bras, elle ouvrit en grand les deux robinets, s'attendant à voir son père faire irruption dans la salle de bains, fou furieux, et l'accuser de gaspiller l'eau. Mais pendant ce temps, l'eau claire l'enveloppait de nouveau, peu à peu, et la réchauffait, ressuscitant tous ses sens engourdis. Becky Lynn appuya sa joue contre ses genoux relevés, et les paroles de sa mère, qui semblaient dater d'un siècle, se frayèrent un chemin dans son esprit.

« Tu as quelque chose de différent, Becky Lynn. Tu pourrais quitter cette ville, réussir ta vie. »

Elle ferma les yeux de toutes ses forces, traversée de part en part par la douleur. Ici, se dit-elle, il n'y aurait jamais rien de différent. Pas dans cette maison. Pas dans cette ville.

Ce soir, sa mère l'avait libérée de ses chaînes.

Elle devait veiller sur elle-même, car personne ne le ferait à sa place. Et malgré tout l'amour qu'elle portait à sa mère, elle ne pouvait lui venir en aide, elle ne pouvait l'arracher au destin auquel la pauvre femme s'était résignée.

La tête renversée contre le bord de la baignoire, Becky Lynn se représentait tous ces endroits de rêve qu'elle découvrait dans les magazines, des endroits propres et plaisants, habités par des gens souriants et beaux. Elle se représentait le soleil éclatant et le vent chaud, imaginant la caresse de l'un et l'autre sur sa peau. Jamais il ne pleuvait dans ces endroits-là ; il n'y avait ni saleté ni cette odeur permanente de sueur et de cultures pourries. Et puis, les garçons ne brutalisaient pas les filles sous prétexte qu'elles étaient vilaines et pauvres.

Sa décision était prise : elle irait là-bas, en Californie. Elle commencerait une nouvelle vie.

Becky Lynn ôta la bonde de la baignoire et se leva. Frissonnante, elle se sécha rapidement et s'enveloppa dans la serviette rêche. Puis, s'approchant de la porte de la salle de bains, elle l'entrouvrit sans bruit. Toute la maison dormait. Dans le salon, son père ronflait.

Tout en sachant qu'il était impossible de le tirer de son profond sommeil d'ivrogne, Becky Lynn traversa le couloir sur la pointe des pieds et se glissa dans sa chambre. Après s'être habillée rapidement, elle jeta ses autres vêtements dans un sac de marin, avec ses quelques babioles et ses affaires de toilette ; sans oublier d'aller récupérer sa brosse à dents, le shampoing et le tube de dentifrice dans la salle de bains. Elle avait soigneusement économisé tout l'argent gagné dans le salon de coiffure depuis environ deux ans, plus précisément ce qu'il lui restait après que son père eut prélevé sa part, et elle l'avait caché sous une des lattes amovibles du plancher. Veillant toujours à ne faire aucun bruit, elle récupéra son magot, le compta et le fourra dans ses poches de jean.

Presque deux cents dollars. Ce n'était pas énorme, mais elle devrait s'en contenter.

Devant la porte de la chambre de ses parents, elle s'arrêta, hésita un instant avant de s'y faufiler. Le pantalon de son père traînait en boule par terre. Elle le ramassa et fouilla les poches. Dans la seconde, ses doigts se refermèrent sur quelques billets froissés. D'une main tremblante, elle les sortit. Des billets de vingt dollars ! Où avait-il donc trouvé cet argent ? se demanda-t-elle. Peu importe. De toute façon il le dépenserait pour boire.

Elle prit un billet de vingt dollars et glissa le reste dans la tirelire secrète de sa mère en se dirigeant vers la sortie.

Arrivée à la porte, elle s'immobilisa et se retourna pour contempler une dernière fois cet endroit qu'elle avait appelé sa maison pendant dix-sept ans. Cette maison qui n'en avait jamais été une pour elle ; où elle n'avait jamais été en sécurité, où nul ne l'avait aimée.

Plus jamais elle ne se laisserait prendre au piège.

Alors qu'elle se glissait dehors, il lui sembla entendre des sanglots étouffés, les sanglots de sa mère. Becky Lynn se figea, le cœur serré.

— Maman, murmura-t-elle, en faisant inconsciemment un pas vers l'intérieur.

L'odeur du whisky s'infiltra aussitôt dans ses narines, accompagnée d'une sensation de grisaille étouffante. Elle secoua la tête pour éclaircir ses pensées et une image familière envahit son esprit. Une image de ciel bleu et de palmiers, de soleil éclatant et de visages souriants. Elle redressa les épaules. Malgré son désir, elle ne pouvait venir en aide à sa mère, elle ne pouvait rien faire pour la sauver.

Le moment était venu de penser à sauver sa propre peau, se dit-elle.

Balançant le sac de marin sur son épaule d'un mouvement énergique, Becky Lynn tourna le dos à la maison et à la vie qu'elle avait toujours connues, et sortit dans la nuit froide et noire.

DEUXIÈME PARTIE

7

Los Angeles, Californie 1972

Du haut de ses huit ans, Jack Gallagher estimait que les femmes étaient quasiment la meilleure chose qu'on puisse trouver sur terre. Il aimait leur parfum, doux comme celui des fleurs, frais comme le soleil. Il aimait le contact de leur peau, lisse et chaude ; il aimait leurs courbes, ces oreillers de chair odorante, la façon dont elles s'adressaient à lui, d'une voix à la fois douce et mélodieuse.

Les plus anciens souvenirs de Jack ne concernaient pas sa mère, ni son berceau ou ses jouets, mais plutôt le défilé incessant de top models qui le prenaient dans leurs bras pour le câliner, toutes ces filles qui lui offraient des bonbons et des baisers, qui séchaient ses larmes de bébé et lui apportaient des cadeaux.

Combien de fois, bébé et bambin, il avait niché avec délices son visage entre deux seins doux. Sa mère, la plus merveilleuse de toutes les femmes merveilleuses du monde, disait qu'il suffisait à Jack d'un regard ou d'un sourire pour transformer la plus mal lunée et la plus capricieuse des mannequins en prétendante au titre de Miss Bonne Humeur.

Les hommes, en revanche, étaient beaucoup plus difficiles à séduire, comme il l'avait rapidement découvert. Ces derniers n'avaient que faire des questions et de la curiosité d'un jeune garçon de son âge ; ils n'avaient d'ailleurs pas de temps à lui consacrer. De fait, la plupart lui avaient bien fait comprendre qu'ils ne toléraient sa présence gênante sur le plateau que par égard pour les talents de maquilleuse de Sallie Gallagher.

Très tôt, Jack comprit combien il était important de demeurer dans son coin, de rester tranquille pendant que les « grands » travaillaient. Les « grands », ces photographes qui traversaient les studios tels des rois, formulant des exigences, réclamant une obéissance totale et la déférence qui leur semblaient dues. Ces gens n'aimaient pas être interrompus ou dérangés, encore moins par un gamin sans importance. Et leur mécontentement, quand il s'exprimait, prenait toujours un aspect dévastateur.

Jack avait donc appris à dénicher des endroits pour se cacher et jouer ; il avait créé des mondes imaginaires dont il était chaque fois le héros : l'intérieur d'un portant circulaire devenait un château ou une grotte, quelques chaises poussées dans un coin constituaient un magnifique voilier, la salle des accessoires était un royaume enchanté.

Réfugié dans ces lieux secrets, Jack avait vu et appris un tas de choses. La première fois qu'il avait découvert ce que les hommes et les femmes faisaient ensemble, la manière étrange dont ils se caressaient, il avait failli faire pipi dans son pantalon. En baissant les yeux sur sa braguette, il s'était demandé si son sexe deviendrait aussi grand un jour.

Il avait appris également les règles des adultes : *primo*, la vérité est une marchandise négociable, comme presque tout le reste dans ce monde, à l'exception de l'intégrité artistique ; *secundo*, la vie fonctionne sur le vieux système du troc : vous donniez aux gens une chose qu'ils désiraient, et en échange vous obteniez ce que vous-même désiriez. Surtout, il avait appris que la beauté était une chose bien particulière. Sans égal. Celui qui possédait la beauté détenait un formidable atout, une denrée qui avait autant de valeur — même plus — que n'importe quelle autre.

Jack se laissa tomber dans le vieux canapé en cuir appuyé contre le mur du studio où régnait une vive animation. A huit ans, il était maintenant trop vieux pour s'amuser à ses anciens jeux, trop vieux pour se cacher et faire semblant. Alors, il restait en retrait pendant que les « grands » travaillaient. Il observait. Et il faisait des projets.

Car la dernière chose, la plus importante, qu'il avait apprise en se réfugiant dans ses endroits secrets concernait sa véritable identité. Il savait qui il était : l'enfant bâtard de Giovanni.

La première fois qu'il avait entendu ces mots, Jack ignorait ce qu'ils signifiaient, mais ils étaient restés gravés en lui. C'était sans doute important, même si la façon dont ils avaient été prononcés, à voix basse, avait un aspect déshonorant, comme si c'était une chose dont on devait avoir honte.

Longtemps, très longtemps, il avait gardé ces mots en lui, bien protégés et enfouis, les ressassant dans sa tête. Lorsque enfin il avait trouvé le courage de questionner sa mère, celle-ci avait paru tout d'abord agacée et bouleversée, puis elle lui avait expliqué gentiment. Il s'était contenté d'acquiescer d'un mouvement de tête, et n'avait plus jamais abordé ce sujet. Sa mère non plus.

Les genoux ramenés contre la poitrine, le jeune Jack observait les « grands » au travail. Giovanni était le plus grand de tous les « grands » ; on le considérait comme le roi des rois, le monarque du royaume magique de la photographie de mode.

Et c'était aussi son père. Le grand Giovanni était son père.

Jack prit une profonde inspiration, en s'obligeant à se détendre, à chasser la boule d'espoir qui lui brûlait les entrailles. Seuls les bébés et les fillettes étaient nerveux. Or il n'était ni un bébé ni une fillette, se répétait-il. Il était le fils du grand Giovanni, ce n'était pas rien ; il ne pouvait se permettre d'être faible, nerveux, ou trop plein d'espoir. Le moment était venu pour lui de devenir un homme, comme Giovanni. Comme son père.

Redressant fièrement la tête, Jack s'imagina traversant le studio, le bras de son père posé négligemment, mais de manière possessive, sur son épaule. Il imaginait le regard des autres, et c'était comme s'il entendait leurs murmures sur son passage : « Vous ne le saviez pas ? Jack est le fils de Giovanni… »

Jack avait tout deviné : sa mère n'avait jamais révélé à Giovanni qu'elle avait un fils de lui. Elle ne pouvait pas le lui avoir dit, pensait-il ; sinon, Giovanni ne passerait pas devant lui comme s'il n'existait pas, sans même lui accorder un regard.

Et elle ne lui avait rien dit, songeait-il encore, parce que Giovanni était déjà marié, et qu'elle ne voulait pas créer des histoires avec sa femme. Plongé dans ses réflexions, Jack plissa le front. Il avait pensé également que sa mère ne voulait pas le partager avec son père, mais il refusait de croire à une telle explication. Nul doute, se disait-il, qu'elle avait ses raisons pour agir de cette façon, mais même s'il aimait sa mère plus que tout au monde, Jack voulait que Giovanni sache la vérité. Il voulait un père. Il voulait *son* père.

C'était décidé, il allait tout lui dire. Aujourd'hui.

Le jeune garçon esquissa un sourire en imaginant la réaction de Giovanni, sa stupéfaction tout d'abord, puis sa joie. Le photographe le serrerait contre lui, et annoncerait à tout le monde qu'il avait trouvé un fils !

Ensemble, ils feraient un tas de choses. Son père lui apprendrait une foule de trucs, des trucs de mecs ; il lui donnerait de grandes tapes dans le dos en signe d'encouragement ou de félicitations, tout comme les autres pères avec leurs fils.

Sans doute Giovanni n'aimait-il pas le base-ball, la pêche ou le camping, songeait Jack, mais cela n'avait pas d'importance. Qu'importe ce qu'ils faisaient ensemble, du moment qu'ils étaient tous les deux. Du moment qu'il avait enfin un père.

Un torrent de jurons en italien arracha brusquement le jeune Jack à ses rêveries ; il ouvrit les yeux.

— Je refuse de travailler avec des amateurs ! hurlait Giovanni, en anglais maintenant.

Confiant son appareil photo à son assistant, il se dirigea à grands pas vers l'objet de son violent mécontentement, une jeune femme mannequin, venue d'Europe. Celle-ci eut un mouvement de recul instinctif.

— Si tu n'es pas capable de me donner ce que je te demande, à quoi tu sers, hein ? s'exclama-t-il avec force gestes. Si je suis obligé de tout répéter plusieurs fois, tu nous coûtes trop cher. Les jolis minois comme le tien ne manquent pas, *bella*. Si tu veux travailler avec Giovanni, je te conseille de me donner ce que j'attends. *Capisci ?*

— Pardon, murmura la fille en s'humectant les lèvres. Je vais faire un effort. Je peux y arriver, j'en suis sûre.

Giovanni lui prit le menton et lui souleva délicatement la tête ; il promena son pouce sur sa lèvre inférieure humide.

— Oui, voilà ce que j'attends, *bella*, dit-il d'un ton plus doux. Je te veux vulnérable ! Tes yeux maintenant — tout passe par les yeux… Oui, voilà, comme ça !

Son assistant se précipita pour lui redonner son appareil. Giovanni se mit à mitrailler aussitôt, alternant les cris d'encouragement et les insultes.

Après la séance, le mannequin fondrait en larmes, Jack le savait bien. Elle serait épuisée, vidée. Il avait assisté à ce scénario des centaines de fois. Au bord de la crise de nerfs, elle lancerait des jurons, des imprécations, promettrait qu'elle allait quitter ce foutu métier. Elle maudirait Giovanni, « ce salopard qui méritait de crever ». Mais les clichés seraient excellents. Une séance de photos réussie avec Giovanni pouvait lancer une carrière.

Plus tard, cette même fille se prosternerait aux pieds du roi des photographes, et peut-être, si Sa Majesté était bien disposée, irait-elle « jusqu'au bout » avec lui.

La tête penchée sur le côté, le jeune Jack ne quittait pas le photographe des yeux. Giovanni était bel homme, et il possédait cette apparence de l'aristocratie italienne, dont il provenait, disait-on, avec des pommettes saillantes et un front large, une bouche parfaitement dessinée, capable du plus doux des sourires ou de la plus terrible morsure, une barre de sourcils épais surmontant des yeux perçants, si sombres qu'ils semblaient presque noirs. Ses cheveux étaient coiffés en arrière, et quand il travaillait, une mèche retombait parfois sur son front ; il la remettait alors en place d'un geste agacé, avec une force contenue qui ne manquait jamais d'impressionner Jack. De fait, tout en Giovanni dégageait une impression de puissance ; elle irradiait par vagues qui réjouissaient et intimidaient à la fois ceux qui l'entouraient.

Quand il était seul, Jack s'entraînait à lui ressembler. Chez lui, il s'installait devant une glace pendant des heures, en imitant les gestes du photographe, ses postures, sa façon de parler. Il s'observait attentivement, à la recherche de la moindre ressemblance entre son modèle et lui, navré d'en découvrir si peu. Ils n'avaient pas la même forme de visage : celui de Jack était trop étroit, trop anguleux ; ses yeux n'étaient pas sombres et orageux — il possédait au contraire les yeux bleus presque délavés de sa mère ; ses cheveux étaient châtains et non pas bruns, ondulés et non pas raides. Pourtant, figé devant son reflet dans la glace, le garçon s'imposait de devenir aussi robuste que son père, aussi puissant.

Il ferait en sorte que Giovanni soit fier de lui un jour. Il ignorait encore de quelle façon, et quand, mais il y parviendrait.

Perdu dans ses pensées, Jack reporta son attention sur Giovanni. Ce dernier avait décrété une pause pour le déjeuner ; présentement, il était en pleine discussion avec le client et le directeur artistique de l'agence de publicité. Tous les autres étaient partis manger, ou bien ils bavardaient. Giovanni, lui, ne mangeait jamais. Il ne bavardait jamais. Pendant les pauses, il rôdait sur le plateau en fumant, vérifiait son matériel, s'entretenait de questions techniques avec ses assistants, tout cela en buvant les espressos qu'il exigeait qu'on lui apporte, quelle que soit l'heure, quel que soit l'endroit où il travaillait.

Jack savait qu'il n'aurait pas d'autre occasion d'approcher son père. S'il n'en profitait pas, plusieurs semaines, peut-être même plus, pouvaient s'écouler avant qu'une nouvelle opportunité s'offre à lui.

Lorsque le directeur artistique et le client prirent congé de Giovanni, le laissant seul, Jack se leva d'un bond ; l'excitation et la peur lui lacéraient les entrailles. Toute sa vie il avait attendu cet instant, songeait-il ; il n'allait quand même pas tout gâcher à cause de la peur.

Il traversa le studio, en direction du photographe, les mains moites, les jambes tremblantes. Arrivé devant lui, il redressa les épaules.

— Excusez-moi…

Giovanni se retourna lentement. Il toisa le jeune garçon, en haussant les sourcils comme s'il avait devant lui une sorte d'insecte.

Jack sentit son peu d'assurance se volatiliser sous le poids de ce regard ; le goût de la panique emplit sa bouche.

— Je… euh… je…

Les grands sourcils noirs se froncèrent, et l'homme émit un soupir d'agacement.

— Je t'écoute.

Le garçonnet se balançait nerveusement d'un pied sur l'autre, en cherchant la meilleure entrée en matière. Sans doute attendit-il une fraction de seconde de trop, car Giovanni pivota sur ses talons, avec un reniflement de mépris.

Le cœur de Jack cessa de battre. Il avait gâché sa chance ! Après toutes ces années, toute cette attente, il ne pouvait pas le laisser s'en aller comme ça. Brusquement, sans réfléchir, il retint le photographe par le bras.

— Attendez !

Giovanni s'arrêta et le regarda. Jack sentit, sous ses doigts, le bras de son père se raidir.

— Je voulais juste que vous sachiez que… que vous êtes… mon père !

Giovanni ne dit rien ; il continua à dévisager Jack avec le même air impassible. Le garçon sentit avec horreur les larmes lui brûler les yeux. Elles se rassemblaient dans sa gorge et dans sa poitrine, menaçant de l'étouffer.

Il parvint à les repousser, temporairement.

— Vous… vous le saviez ?

— Evidemment ! répondit le photographe en abaissant ses sourcils noirs de manière menaçante. Ta mère et moi avons conclu un arrangement.

Giovanni s'apprêtait à partir sans rien ajouter ! Non, c'était impossible…

— Mais… mais vous êtes mon père !

— J'ai un fils. Il s'appelle Carlo.

Sur ce, Giovanni repoussa la main de Jack, fit demi-tour et s'éloigna.

Le garçon le regarda partir, figé, tandis que le monde s'écroulait avec fracas autour de lui. Un arrangement ? Qu'est-ce que cela signifiait ?

Giovanni savait déjà qu'il était son fils. Il n'avait jamais voulu de lui.

Etouffé par les larmes, Jack repensait à ses rêves, à ses projets, aux heures passées à les imaginer tous deux ensemble, le père et le fils… Soudain, une boule de rage et de souffrance se forma dans sa gorge. Il lutta pour la repousser, les poings serrés.

Son père avait un autre fils, Carlo. Un fils qu'il appelait « mon fils » et qu'il aimait. La haine et la jalousie enflèrent en Jack, chassant sa douleur, son envie irrésistible de hurler. « Carlo… Carlo… », se répétait-il mentalement, avec le plus vif mépris pour cet individu qu'il ne connaissait pas.

Jack tourna la tête. Son regard se posa sur Giovanni qui se tenait à l'autre bout du studio, en pleine conversation avec un mannequin. Il crispa la mâchoire avec détermination. Un jour, se jura-t-il, Giovanni serait fier de l'avoir pour fils. Un jour…

8

Un jour, Giovanni serait fier de l'avoir pour fils.

Cette promesse que s'était faite Jack ne quittait jamais très longtemps ses pensées. Elle vivait en lui, éclatante et chaude, imprimant sa marque sur chaque année de son existence, des années qui avaient transformé un jeune garçon innocent en un adolescent de seize ans sûr de lui et débrouillard.

Les paroles qu'il avait prononcées ce jour-là, huit ans plus tôt, avaient façonné sa vie. Elles lui avaient fourni une direction, un objectif. Il s'était juré de prouver qu'il était digne de l'amour de son père. Il s'était juré de montrer à Giovanni l'énorme erreur qu'il avait commise en le rejetant de cette façon.

Dans les premiers temps, il ignorait de quelle manière il atteindrait son but ; il ne pensait qu'à ce désir gravé au plus profond de son être, qui l'empêchait même certains jours de songer à autre chose. Puis l'idée lui était venue : il affronterait, et battrait, son père sur son propre terrain.

Voilà pourquoi, alors que ses camarades de lycée consacraient tous leurs loisirs au sport, aux filles et aux fêtes, Jack, lui, préparait son avenir. Il lisait tout ce qu'il trouvait concernant la photographie, chaque fois que l'occasion se présentait ; il interrogeait un assistant sur son métier, étudiait avec le plus grand soin la technique de chaque photographe, son matériel préféré et ses habitudes de travail.

Pour se payer un appareil photo, il exerça un tas de petits boulots, sans jamais rechigner à la besogne. Après les cours, il faisait des courses et rendait divers services aux personnes âgées de l'immeuble où il habitait avec sa mère. Le soir, il était serveur, et ensuite plongeur, dans un restaurant italien situé au coin de sa rue. Mais il possédait à présent un Nikon F2, acheté d'occasion, avec un moteur et deux objectifs.

Jack promena amoureusement ses doigts sur le boîtier en métal noir de l'appareil, les boutons de réglage. Son appareil photo. Son premier appareil professionnel, le premier d'une série d'autres, se disait-il. Bientôt, il lui faudrait un boîtier 6x6, d'autres objectifs, un pied, des projecteurs, des réflecteurs et du matériel de chambre noire ; il lui faudrait également un endroit pour travailler, un studio.

Mais le boîtier 35 mm constituait déjà un excellent point de départ, car il offrait souplesse d'utilisation et mobilité. D'ailleurs, songeait Jack, c'était l'appareil qu'utilisait le plus fréquemment Giovanni.

Cette pensée assombrit soudain son visage. Il reposa le Nikon sur l'étagère au-dessus de son bureau. Depuis ce triste jour où son père l'avait formellement rejeté, huit ans plus tôt, il n'avait revu que trois ou quatre fois le « grand photographe ». Sa mère avait brusquement cessé de l'emmener avec elle dans les studios lors des séances de photos de Giovanni. Il s'agissait d'une décision personnelle, affirmait-elle, une résolution indépendante d'un quelconque souhait émis par le photographe, mais Jack n'en croyait rien. Il était au contraire persuadé que son père avait ordonné à sa mère de le tenir désormais à l'écart. Comme si, en refusant de voir ce fils indésirable, il pouvait nier son existence.

Chaque fois que cette pensée traversait l'esprit de Jack, il sentait croître sa détermination, sa colère.

En même temps que sa curiosité à l'égard de son demi-frère. Souvent il se demandait ce que celui-ci faisait dans la vie, à quoi il ressemblait, et quels seraient leurs rapports si jamais ils venaient à se rencontrer. Il n'était pas idiot au point d'imaginer entre eux des liens d'amitié, comme entre de vrais frères ; cette confrontation avec son père lui avait appris à se méfier de ses sentiments et à se protéger pour éviter de souffrir. Echaudé par sa triste expérience, il s'était juré de ne plus jamais être aussi naïf.

Malgré tout, il ne pouvait s'empêcher de s'interroger au sujet de Carlo. Il était à sa recherche. Il guettait la moindre allusion, la moindre photo. Sa mère, pour des raisons professionnelles, collectionnait tous les magazines de mode comme *Vanity Fair* ou *Vogue*, et aussi les revues plus populaires truffées de ragots. Jack les dévorait de la première à la dernière page.

C'est ainsi qu'il tomba un jour sur un court article dans la rubrique mondaine du magazine *People*. La mère de Carlo, un ancien mannequin, après avoir été défigurée lors d'un tragique accident de voiture, s'était suicidée. Le journaliste évoquait son mari, Giovanni, le célèbre photographe de mode, et leur fils Carlo.

Jack contempla longuement l'article et la photo qui l'accompagnait, le front plissé par la réflexion. La mère de Carlo avait été une femme magnifique. Maintenant, elle était morte. Cela signifiait-il que Carlo viendrait vivre avec Giovanni ? se demandait Jack. Peut-être était-ce déjà fait ? Le magazine datait de plusieurs mois ; l'information était peut-être déjà périmée au moment où il en prenait connaissance.

Dans la pièce voisine, Jack entendait sa mère qui s'affairait pour partir travailler. Il était encore tôt, même pas 6 heures du matin, mais elle avait une séance de photos avec Giovanni aujourd'hui, une importante commande pour *Vogue*, et tous les assistants devaient se trouver à pied d'œuvre plusieurs heures avant le début de la séance proprement dite.

Sa mère pourrait lui parler de Carlo.

Il se leva, coinça le magazine sous son bras et, d'un pas nonchalant, se rendit dans la pièce voisine. Debout devant le miroir de la salle de bains, sa mère achevait de se maquiller. Jack l'observa un instant, la tête inclinée sur le côté. Grande et joliment faite, avec sa tignasse de cheveux blond-roux rebelles, une multitude de taches de rousseur et son goût pour les vêtements excentriques, sa mère offrait un étonnant et irrésistible mélange de garçon manqué et de bohémienne.

Jack lui adressa un grand sourire.

— Salut, maman !

— Salut.

Elle se tourna vers lui, en plissant les yeux.

— Dis donc, tu es prêt de bonne heure ce matin ?

— Tu sais bien que je suis toujours impatient d'aller au lycée, répondit-il d'un ton sarcastique.

Sa mère grimaça.

— Si tu faisais un petit effort, ça pourrait te plaire.

— Je n'ai aucun point commun avec tous ces gamins ! De vrais mômes…

Il fourra ses mains dans les poches de son jean et demanda :

— Gros boulot aujourd'hui ?

— Hmm. Giovanni a réservé huit filles. Pour boucler toute la séance en une seule journée, ce ne sera pas de la tarte !

— J'aimerais bien venir avec toi. Je pourrais te donner un coup de main.

Sa mère fronça les sourcils et laissa tomber son bâton de rouge à lèvres dans la petite trousse qui ne la quittait jamais. Elle croisa le regard de son fils dans le miroir, puis détourna la tête.

— Tu oublies que tu as cours.

— Et alors, j'ai déjà été absent dans le temps, non ?

— Tu es au lycée maintenant, c'est important. L'enjeu n'est plus le même.

— J'ai de bonnes notes.

— Oui, tu es un garçon très brillant, Jack. Et je suis fière de toi.

Elle ferma son sac, et ajouta :

— Mais la réponse ne change pas, c'est non.

— Je n'ai pas le droit de venir parce que Giovanni ne veut pas de moi ?

Il croisa les bras sur sa poitrine.

— C'est pour ça, hein ?

— Nous avons déjà discuté de la question, Jack. Si tu ne peux pas m'accompagner, cela n'a rien à voir avec Giovanni. C'est moi seule qui ai pris cette décision.

— Son Carlo adoré sera sur le plateau, n'est-ce pas ? C'est pour cette raison que Giovanni ne veut pas me voir ?

Sa mère ne put retenir un petit hoquet de surprise.

— Que sais-tu au sujet de Carlo ? demanda-t-elle.

Il lui tendit le magazine, ouvert à la bonne page.

— Ah, je vois que tu sais déjà l'essentiel, dit-elle.

Jack redressa la tête d'un air de défi.

— Est-ce qu'il vit avec son très cher papa ? Est-ce pour cette raison que je n'ai pas le droit d'assister aux séances de travail du grand homme ? Giovanni ne veut pas que son fils légitime soit souillé par la présence de son bâtard, c'est ça ?

Il avait prononcé ces mots avec un rictus méprisant, et la colère se peignit sur le visage de sa mère.

— Allons, Jack, tu es plus intelligent que cela. C'est moi qui ne veux pas que tu viennes, car j'estime que c'est mauvais pour toi. Mais tu as raison, Carlo vit avec son père, et il l'accompagne pour les séances de photos.

— Je souhaite seulement aller voir à quoi il ressemble, rien de plus.

Jack laissa échapper un grognement de frustration.

— Bon sang, c'est mon demi-frère ! Quel mal y a-t-il à vouloir le rencontrer ?

Sa mère s'avança vers lui. Bien qu'elle fût grande, et que Jack n'eût encore que seize ans, elle dut renverser la tête pour le regarder dans les yeux.

— Je crois qu'il n'est pas bon pour toi de tourner autour de Giovanni et de Carlo.

— Mais pourquoi ?

Elle lui caressa délicatement la joue en soupirant, puis laissa retomber sa main.

— Cela me semble évident, non ? Giovanni t'a fait du mal. Cette situation est douloureuse pour toi. Je t'aime, Jack. Je veux t'épargner d'autres souffrances.

— Je suis capable d'assumer, répondit-il en serrant les poings. Après tout, je ne suis plus un enfant. Je n'ai plus huit ans. Je ne pleurerai pas !

Sa mère ne dit rien. Il détestait cette compassion qu'il lisait dans son regard. Lui tournant le dos, il marcha vers la fenêtre. Il contempla le spectacle de la rue quelques instants, avant de se retourner, envahi par un terrible sentiment de frustration.

— Je veux t'accompagner. J'adore assister aux séances de photos. Tous ces gens sont mes amis ; j'ai grandi dans cette ambiance !

Sa mère secoua la tête.

— Pas aujourd'hui, je suis désolée. Une autre fois peut-être.

— Maman, je…

L'adolescent ravala ses paroles, furieux contre elle, furieux de penser que Carlo serait présent, alors que lui était exclu.

— Tu prétends agir pour me protéger ? Moi, j'ai plutôt l'impression d'être puni.

— Oh, Jack, je ne veux surtout pas que tu croies une chose pareille !

Elle le rejoignit et posa gentiment une main sur son bras.

— Je te le répète, je pense qu'il n'est pas bon pour toi de traîner autour de Giovanni et de Carlo. Essaye de comprendre, je suis ta mère, je dois penser à ton bonheur.

— Eh bien, tu te trompes. Ce n'est pas ça, mon bonheur !

Il repoussa la main de sa mère, sachant que ce geste lui ferait mal.

— C'est injuste, cria-t-il. Et c'est dégueulasse !

— Je suis désolée, Jack, ma décision est prise.

— Merci, maman, ironisa-t-il en pivotant sur ses talons. Merci infiniment !

Jack se rendit au lycée comme prévu, mais il n'y resta pas. Il avait envie de voir à quoi ressemblait son frère ; il voulait le rencontrer. Et, malgré l'interdiction et l'avis de sa mère, il était bien décidé à satisfaire son envie.

La séance de photos avait lieu dans les propres studios de Giovanni ; Jack s'y était rendu au moins une centaine de fois. De manière générale, Giovanni préférait le travail en studio, avec des décors réduits, des lumières qu'il pouvait travailler à sa guise pour obtenir très exactement l'effet voulu, à savoir cette étrange atmosphère quasiment surréaliste, mélange de luxe, de sensualité et de violence, qui était devenue son style, reconnu dans le monde entier ; il savait parfaitement « symboliser l'aliénation de la vie moderne », comme l'avait écrit un critique. Devant une de ses photos, le spectateur, subjugué ou choqué, devenait à son tour acteur.

Les studios de Giovanni étaient situés dans un vieux quartier de Los Angeles occupé en grande majorité par des entrepôts. Ne s'agissant pas d'un quartier à la mode, ni d'un endroit très sûr, il était possible d'y louer pour une somme « raisonnable » le genre de grands espaces que recherchaient les photographes de mode. Celui de Giovanni occupait les deux étages d'un ancien entrepôt de meubles ; on y avait aménagé des loges et des garde-robes, plusieurs réserves pour les accessoires, une pièce destinée au maquillage, une autre à la coiffure, deux salles de bains, un bureau, et deux vastes espaces nus pour les prises de vue, le premier inondé de lumière naturelle grâce à des verrières, le second sans aucune fenêtre. Le studio du premier étage avait été conçu de façon à pouvoir déplacer une grande partie du plancher, afin de permettre d'impressionnantes prises de vue en plongée et en contre-plongée.

Jack n'eut aucun problème pour accéder au studio. L'imposant portier-chauffeur-videur de Giovanni, que tout le monde surnommait Tank, le laissa entrer comme d'habitude, en faisant remarquer qu'il ne l'avait pas revu depuis longtemps. Jack répondit par un haussement d'épaules, en expliquant qu'il avait été occupé les derniers temps, et il pénétra dans le studio d'une démarche assurée.

Il constata qu'il arrivait au bon moment : apparemment, les choses se passaient plutôt mal. Giovanni hurlait de tous les côtés, en anglais et en italien. Les éclairages étaient mauvais, les mannequins incompétents, ses assistants des bons à rien. Personne n'était épargné par ses démonstrations de colère, et tout le monde s'affairait pour tenter de remédier aux divers problèmes.

Dans la panique générale, nul ne fit attention à Jack, et il put monter au premier étage sans que sa mère l'aperçoive. Ayant déniché un point d'observation, à l'écart de l'agitation, Jack le chercha du regard. Il n'eut pas à chercher bien longtemps. Carlo se tenait au côté de Giovanni, si près que leurs épaules se touchaient presque, et il semblait boire littéralement chacune des paroles de son père. En parlant, Giovanni posait sa main sur l'épaule de Carlo. Avec fierté. De manière possessive. Comme un père avec son fils.

Jack avala sa salive avec peine, incapable de détacher son regard de cette scène, même s'il souffrait de les voir tous les deux si proches. Apparemment, Giovanni évoquait le problème de l'éclairage, expliquant à son fils ce qu'il recherchait très exactement, et pourquoi il n'était pas satisfait. Le père qui partageait avec son fils son savoir et son expérience, songea Jack avec amertume. Comme était censé le faire un père, comme Jack avait rêvé autrefois de voir son père se comporter avec lui.

— Salut, Jack.

Abandonnant Giovanni et Carlo, Jack reporta son attention sur le mannequin qui s'était approché de lui. Gina était âgée de dix-sept ans, mais elle avait débuté dans le métier à douze ans. Vêtue d'une robe fourreau en satin décolletée, les cheveux relevés en chignon sur la tête, avec des diamants pendant à ses oreilles, elle en paraissait vingt. Et surtout, elle était sexy en diable. Ce n'était pas un hasard si elle occupait une place de choix dans les fantasmes adolescents de Jack.

Il lui sourit.

— Salut.

La jeune fille avait suivi le regard de Jack.

— C'est le fils de Giovanni, expliqua-t-elle. Carlo.

Le fils de Giovanni. Ces mots prononcés tout haut lui firent l'effet d'un coup de poing dans l'estomac. Le souffle coupé, Jack dut se forcer à conserver une voix normale.

— Ah bon ? répondit-il. Comment se fait-il que je ne l'aie jamais vu ?

— Il a beaucoup voyagé ces derniers temps. Gina esquissa un geste pour repousser une mèche sur son front, mais se ravisa au dernier moment. C'était une des règles d'or du métier de mannequin : ne jamais toucher son visage ou ses cheveux, ou on risquait de détruire les heures de travail du coiffeur ou du maquilleur, et de recevoir un sacré savon par-dessus le marché.

Elle se rapprocha de Jack et lui glissa :

— Sa mère s'est suicidée ; elle s'est tranché les veines. D'après la rumeur, c'est lui qui a découvert le corps. Dur, hein ?

Jack sentit son cœur se serrer. Il ne pouvait imaginer sa mère commettant un pareil geste, et, surtout, il ne pouvait imaginer de la découvrir ainsi.

— Ouais, c'est dur, répondit-il, en s'efforçant de chasser le sentiment de compassion qu'il sentait monter en lui.

Gina posa une main sur son bras.

— Tu ne trouves pas qu'il est mignon ? Il ressemble à son père.

Toute trace de compassion le déserta immédiatement, remplacée par un sentiment plus dur, plus froid. Un sentiment si oppressant que Jack avait du mal à respirer. Carlo ressemblait à Giovanni en effet, comment le nier ? Il possédait les mêmes cheveux et les mêmes yeux noirs, la même corpulence, la même couleur de peau... toutes ces caractéristiques physiques que Jack avait cherchées désespérément en lui pendant des années.

Il grimaça.

— Oui, il n'est pas mal. A condition d'aimer le type Européen basané.

Gina gloussa.

— Sara semble aimer ça.

Jack haussa les sourcils ; il n'était pas d'humeur à jouer aux devinettes.

— Qu'est-ce que cela signifie ?

La jeune fille se pencha vers lui, à la manière d'une conspiratrice.

— Il paraît que Sara et lui... l'ont fait.

L'odorat de Jack capta des effluves de fond de teint et de laque pour les cheveux ; le satin de la robe frotta contre son bras. Tout son corps se raidit, tandis qu'un goût de cendre envahissait sa bouche.

— Tel père, tel fils, pas vrai ? murmura-t-elle en promenant ses doigts sur l'avant-bras de Jack. On raconte que Carlo est un sacré phénomène, si tu vois ce que je veux dire.

Jack déglutit avec peine. Ses yeux plongèrent dans le décolleté de la robe de Gina ; il entrevit la rondeur d'un sein menu. Brusquement, il se sentit à l'étroit dans son jean, et se balança nerveusement d'un pied sur l'autre. Il n'imaginait pas Carlo faisant l'amour avec Sara ; il s'imaginait, lui, faisant l'amour avec Gina.

— Tu parles, répondit-il après un reniflement de mépris. Il se vante, voilà tout !

— Non, c'est Sara elle-même qui m'a tout raconté, dit-elle en gloussant.

Elle jeta un coup d'œil par-dessus son épaule.

— Bon, faut que j'y aille.

Refermant sa main autour de son bras, elle le regarda droit dans les yeux.

— On se voit plus tard, d'accord ?

Jack la regarda s'éloigner, le cœur battant à tout rompre, la bouche sèche. Il avait déjà embrassé Gina. Une fois. A l'évocation de cette étreinte furtive, moite, dans une pièce obscure où étaient entreposés des vêtements, il sentit l'excitation enflammer tout son être.

Ce jour-là, il aurait voulu l'embrasser de nouveau, mais ils avaient été interrompus. A vrai dire, il aurait voulu faire plus que l'embrasser. Beaucoup plus.

Depuis, cette envie ne l'avait pas quitté. Si forte parfois qu'elle en devenait douloureuse. Comme aujourd'hui.

Tirant discrètement, du moins l'espérait-il, sur l'entrejambe de son pantalon, il reporta son attention sur Carlo et Giovanni. Etait-ce vrai ? se demandait-il. Sara et Carlo avaient-ils couché ensemble ?

La jalousie lui arracha un rictus. Il refusait d'y croire, mais Gina et Sara étaient amies, des amies intimes. Elles avaient le même âge ; elles avaient débuté quasiment en même temps dans le métier. Il ne pouvait imaginer que l'une mente à l'autre dans ce domaine.

Cela voulait dire que son frère avait fait l'amour. Jack, lui, s'était contenté d'en rêver. « Tel père, tel fils », avait dit Gina. La photographie n'était pas la seule activité dans laquelle son père était devenu une légende. Pendant des années, Jack avait entendu les mannequins se raconter à voix basse les exploits amoureux du « grand » Giovanni. De toute évidence, Carlo suivait les traces de son père.

Une heure s'écoula. Tandis que Giovanni travaillait avec acharnement, Carlo déambulait à travers le studio en bavardant et en plaisantant avec les personnes présentes. Pas un instant Jack ne le quitta des yeux, sentant gonfler en lui le flot de la colère et du ressentiment. Tous ces gens étaient ses propres amis, ceux avec qui il avait grandi. Il ne pouvait supporter de voir Carlo s'intégrer si aisément à cet univers ; il ne pouvait accepter de voir tout le monde l'accueillir à bras ouverts. Il n'avait aucune raison de se sentir trahi par Carlo, se disait-il ; pourtant, il ne parvenait pas à chasser ce sentiment.

Soudain, Carlo s'arrêta près de Gina et se pencha pour lui murmurer quelques mots à l'oreille. La jeune fille partit d'un grand éclat de rire, et Carlo glissa une main dans le bas de son dos. Il s'abandonna contre elle, puis, sous le regard stupéfait de Jack, il plongea les doigts un peu plus bas.

En voyant cela, le sang de Jack ne fit qu'un tour. Gina lui appartenait : pas question de laisser ce petit salopard draguer la fille qu'il convoitait. Il traversa le studio à grandes enjambées, oubliant toute discrétion, sans plus se soucier de Giovanni, de sa mère, ni du fait qu'il n'était même pas censé se trouver là.

Arrivé à leur hauteur, il s'arrêta.

— Enlève tes sales pattes de cette fille ! ordonna-t-il, les poings serrés.

Carlo se retourna lentement pour affronter le regard de Jack.

— Tu disais ?

— Tu m'as très bien entendu. Lâche-la. Immédiatement !

Un petit sourire amusé, indolent, se dessina sur les lèvres de Carlo.

— Va te faire foutre, mec. Je ne l'ai pas entendue se plaindre.

Jack avança d'un pas ; son sang bouillonnait.

— Inutile, je me plains à sa place.

Gina avait blêmi.

— Arrête, Jack…, murmura-t-elle.

En entendant ce prénom, Carlo fronça les sourcils. Il promena son regard sur Jack, et peu à peu la vérité parut se faire jour en lui.

— Ah, c'est donc toi le bâtard.

La fureur s'empara de Jack, mais il parvint à se contrôler… Enfin presque.

— Et toi, tu es le petit connard.

— Je me demandais quand on se rencontrerait, déclara Carlo sans prêter attention à l'insulte, et avec un haussement de sourcils arrogant.

Il s'exprimait dans un anglais parfait, teinté toutefois d'un léger accent qui lui conférait une sorte de maturité, de sophistication que ne possédait pas Jack. Ce dernier eut soudain l'impression que dix ans, et non un seul, les séparaient. Et ce sentiment d'infériorité lui était insupportable.

Tandis qu'il cherchait une réplique percutante, Carlo laissa échapper un ricanement.

— Papa m'a parlé de toi. Il m'a dit que tu… lui faisais honte.

Jack brûlait d'envie de lui sauter dessus, mais il se retint une fois de plus. Néanmoins, il se rapprocha encore d'un pas. Comme son demi-frère mesurait une tête de moins que lui, Carlo pliait la nuque pour continuer à fixer son regard.

— Cela ne m'empêchera pas de te botter le cul, rétorqua Jack.

— Ah, les Américains, toujours prêts à jouer les cow-boys ! Ça me dépasse.

— Et vous, les Italiens, tous efféminés !

Leur altercation, de plus en plus vive, avait attiré l'attention, et les gens se rassemblaient à présent autour d'eux. Sans leur prêter le moindre intérêt, Jack brandit ses poings serrés.

— Viens, je vais te filer une bonne leçon…

— Dannazione !

Rouge de colère, Giovanni traversa le studio d'un pas énergique.

— Que se passe-t-il ici, nom d'un chien ?

Quelques ricanements nerveux parcoururent le groupe de curieux, qui s'écartèrent pour le laisser passer. Giovanni se planta devant Carlo.

— Qu'est-ce que tu fabriques ? demanda-t-il en le foudroyant du regard. Explique-toi, Carlo. *Immediatamente !*

Le jeune garçon blêmit ; sa belle assurance se volatilisa.

— Rien. Je ne faisais rien du tout…

Il se racla la gorge.

— J'étais en train de discuter tranquillement, et ce… ce type est venu me provoquer.

Giovanni se tourna vers Jack, l'air menaçant.

— Qu'est-ce que tu fous ici, toi ? Tu n'as rien à faire dans cet endroit !

Aucune parole n'aurait pu atteindre Jack plus vivement. Malgré tout, il glissa les mains dans les poches arrière de son jean en haussant les épaules, comme si cela était le dernier de ses soucis.

— Je me promène.

Giovanni poussa un juron.

— Comment osez-vous l'un et l'autre perturber cette séance de photos ?

— Tu as raison, papa, je suis désolé, dit Carlo. Ma conduite est impardonnable.

Jack redressa le menton et lança à son père :

— Il me semble que c'est plutôt toi qui perturbes la séance. Nous… nous ne faisions que bavarder.

D'un geste rageur, le photographe repoussa sa mèche de cheveux sur le front.

— Sale petit morveux impertinent… Fiche le camp d'ici ! Je

ne veux plus jamais te revoir dans ce studio. Plus jamais, c'est bien compris ?

— Pigé, papa. Mais mets-toi bien ça dans le crâne : un jour, c'est moi qui te ficherai à la porte de mon studio ! Un jour, tu comprendras la grosse erreur que tu as commise.

Giovanni sembla hésiter un instant ; une expression stupéfaite traversa fugitivement son visage. Puis il recouvra toute son assurance.

— Tank ! Fous-moi dehors ce… *bastardo* !

— Jack !

L'adolescent se retourna et vit sa mère se frayer un chemin au milieu des curieux, l'air paniqué. Il étouffa un juron.

— Que se passe-t-il ?

Elle vint se placer à côté de son fils ; elle regarda alternativement Giovanni et Carlo, avant de revenir sur Jack.

— Que fais-tu ici ?

Jack ouvrit la bouche pour s'expliquer, mais Giovanni le devança.

— Je devrais te virer sur-le-champ, Sallie. Si jamais je revois ton fils traîner dans le studio, je n'hésiterai pas ! Et si je te mets dehors, plus personne ne voudra t'engager. Tu as compris ?

— Laisse ma mère en dehors de tout ça, espèce de salaud ! s'écria Jack en serrant les poings à s'en faire mal. Je suis venu sans sa permission ; elle n'a rien à voir dans cette histoire.

— Détrompe-toi, c'est elle la responsable, car tu es son fils. La prochaine fois que tu voudras te frotter à moi, pense d'abord à ta mère.

Giovanni frappa dans ses mains.

— Le spectacle est terminé. Tout le monde au travail !

Tank saisit Jack par le bras. Le jeune homme repoussa la main du colosse.

— Je n'ai pas besoin d'aide, dit-il d'un ton sec. Je connais le chemin.

Il pivota sur ses talons et s'éloigna, sentant peser dans son dos le regard de détresse de sa mère et le petit sourire amusé de son demi-frère. Un torrent d'émotions lui soulevaient l'estomac. Il marmonna un juron. Il ne voulait pas perdre son calme, mais il n'avait pu supporter de voir Carlo prendre le dessus, de voir…

— Jack, attends !

Il s'arrêta à la porte et se retourna. Gina s'empressa de le rejoindre, mais sa longue robe étroite l'empêchait de courir.

Arrivée devant lui, elle jeta un regard par-dessus son épaule, avant de le fixer de nouveau.

— Sortons, dit-elle.

Lorsqu'ils franchirent la porte du studio, le soleil les inonda, plus violent que la lumière artificielle. La jeune fille lui adressa un grand sourire.

— Je voulais juste te dire que j'ai apprécié ta façon de te comporter à l'intérieur… En fait, ajouta-t-elle avec un ricanement gêné, je suis très flattée que tu aies failli te battre à cause de moi. C'est super !

Un petit sourire se dessina sur les lèvres pincées de Jack.

— Tu trouves ?

— Oui…

Elle s'approcha et plaqua ses deux paumes sur son torse. La tête renversée, elle le dévisagea longuement, d'un air provocant.

— Je suis triste que tu sois obligé de partir.

Jack posa ses mains sur les hanches de Gina, et l'excitation s'empara aussitôt de lui.

— Viens avec moi.

La jeune fille poussa un soupir.

— Je ne peux pas, malheureusement. Tu le sais bien.

Il se rapprocha davantage. Il mourait d'envie de l'embrasser, et il savait, il sentait qu'elle le laisserait faire. Mais il savait également que cela ferait déborder son rouge à lèvres, et qu'elle aurait alors des ennuis. Aussi se contenta-t-il de glisser le doigt dans son cou, jusqu'à la limite du satin soyeux et de la peau plus chaude. Gina fut parcourue d'un frisson.

— Retrouvons-nous plus tard, murmura-t-il.

— Où ?

— A toi de choisir.

Elle réfléchit un court instant.

— Chez moi. Apporte tes bouquins de classe. Je dirai à ma mère que tu m'aides à réviser mon français.

— Je suis nul en français.

Devant le sourire charmeur et plein de promesses de Gina, Jack sentit son pouls s'accélérer.

— Ne t'inquiète pas, fit-elle, je te servirai de professeur.

Sur ce, elle fit demi-tour et retourna vers l'entrée du studio. Arrivée à la porte, elle se retourna vers Jack.

— 8 h 30. Je suis dans l'annuaire.

Et, sans rien ajouter, elle disparut à l'intérieur de l'ancien entrepôt.

9

Le temps que Jack rentre chez lui, le flot d'adrénaline et de fureur qui lui avait permis d'affronter courageusement Giovanni s'était tari, abandonnant dans son sillage des mains tremblantes, un cœur battant et des jambes en coton.

Il se laissa tomber sur son lit, et s'obligea à respirer profondément, lentement, pour calmer son souffle haletant. L'image de sa mère, le visage déformé par la panique, hantait son esprit. Ce salaud de Giovanni l'avait tenue pour responsable des actes de son fils. Il avait menacé de la renvoyer, en soulignant avec un malin plaisir qu'ensuite, personne dans le métier ne voudrait l'engager.

Hélas, il ne s'agissait pas d'une menace en l'air, songeait Jack. Il avait lu la détermination froide dans les yeux sombres du photographe. Giovanni se fichait pas mal du sort de Sallie Gallagher, et à plus forte raison de ses moyens d'existence ; il n'aurait aucun remords à ruiner sa carrière.

Or, Jack savait qu'il suffisait de peu de chose. Il suffisait de se faire renvoyer une seule fois. Le monde de la photographie de mode était un monde restreint, où chacun observait le travail des autres. Jack avait connu des gens, dans différentes branches de ce métier, qui avaient dû se battre bec et ongles pour remonter la pente à la suite d'une seule erreur. Ici comme ailleurs, et plus qu'ailleurs sans doute, le temps représentait de l'argent. L'argent des clients. Et ceux-ci versaient chaque jour des sommes astronomiques aux mannequins, aux photographes et à tous les collaborateurs. Le coût d'une importante séance de photos pouvait parfois dépasser les cent mille dollars. Chacun devait donc effectuer son travail, vite et bien.

Jack regardait fixement le plafond, la grande fissure qui le parcourait en diagonale. Nom de Dieu ! Il avait vraiment joué un sale tour à sa mère. Il n'avait pensé qu'à lui dans cette histoire ; il n'avait pas envisagé les conséquences de son acte, ni même pensé que cela pouvait avoir de graves répercussions sur d'autres personnes. L'idée ne l'avait pas effleuré… jusqu'à maintenant.

Gina. Traversé par une violente vague de désir, il ferma les yeux en plissant le front. Elle voulait qu'ils se retrouvent ce soir, et elle avait promis de lui apprendre le français !

Fallait-il y voir un message caché ? se demandait-il. Cette promesse signifiait-elle ce qu'il supposait ?

Si c'était le cas, ce soir serait peut-être le bon. Il allait enfin franchir le pas, il allait perdre sa virginité.

Se redressant sur son lit, il passa une main dans ses cheveux ; son esprit se remplit d'images de Gina : Gina qui lui souriait, Gina sanglée dans sa robe de satin moulante, ses lèvres humides et entrouvertes. Jack inspira à fond. Toute sa vie il avait attendu, espéré cette occasion. Pas question de la laisser filer.

Quatre heures plus tard, Jack surveillait du coin de l'œil la sauce spaghettis qui frémissait dans la casserole. Il avait préparé une salade, et le pain était au four.

Où était-elle donc passée ? Il jeta un coup d'œil à la pendule murale en fronçant les sourcils. Bientôt 6 h 30. A 5 heures, toutes les personnes participant à une séance de photos rentraient chez elles, ou alors travaillaient en heures supplémentaires, chose que les commanditaires cherchaient absolument à éviter.

Dans ce cas, où était-elle ?

Alors que cette question lui venait à l'esprit pour la centième fois au moins, Jack entendit s'ouvrir la porte d'entrée. Le moment critique. Il prit une profonde inspiration et attendit, avec le sentiment désagréable d'être redevenu un enfant de six ans.

— Salut, m'man. Je suis dans la cuisine.

Elle entra et, sans lui adresser le moindre coup d'œil, déposa son sac à main sur le comptoir avant de s'emparer du courrier.

Jack se racla la gorge.

— Salut, m'man, répéta-t-il.

Elle leva la tête et posa son regard sur lui.

— Bonsoir.

L'adolescent déglutit avec peine. Sa mère était encore furieuse. Et elle avait de la peine. A cet instant, Jack se considérait comme le dernier des abrutis.

— J'ai préparé le dîner, dit-il.

— Oui, je vois. Ça a l'air bon.

Sans rien ajouter, elle reporta son attention sur le courrier.

Embarrassé par ce silence chargé de reproches, Jack se balançait nerveusement d'un pied sur l'autre. Finalement, incapable de supporter plus longtemps cette tension, il se racla la gorge de nouveau, et déclara :

— Je suis désolé, m'man. Sincèrement désolé.

Elle croisa son regard.

— En es-tu sûr ?

La tête baissée, Jack frottait le bout de sa chaussure Nike contre le sol carrelé. Sa mère émit un grognement de frustration.

— Tu ne peux pas imaginer à quel point je suis furieuse. Où avais-tu la tête, bon sang ? Qu'est-ce qui t'a pris de me désobéir, et de te comporter ainsi au studio ? Ça ne te ressemble pas !

— Je suis désolé, répéta Jack en croisant les bras sur sa poitrine, mais le menton dressé d'un air décidé. Je n'ai pas réfléchi, je l'avoue. Je me suis laissé emporter.

— Tu comprends maintenant pourquoi je ne voulais pas que tu m'accompagnes ?

Elle s'approcha de la cuisinière et observa longuement la casserole de sauce tomate, avant de se tourner vers son fils, le visage marqué par l'inquiétude.

— Es-tu enfin guéri de cette histoire, Jack ? Es-tu capable désormais de tirer un trait ?

Jack fronça les sourcils.

— De quoi parles-tu ? Guéri de quoi ?

— De Carlo, de Giovanni et de tout le reste ! Cette obsession est malsaine. Sincèrement, je comprends ton amertume et ta peine. Mais je…

— Une obsession, dis-tu ? Tu penses que je suis obsédé par eux ? Ah, je te remercie, maman !

— Que penserais-tu à ma place, hein ?

Elle vint se planter devant lui et le regarda droit dans les yeux.

— Pourquoi veux-tu devenir photographe de mode ?

— Ça n'a aucun rapport avec lui ! rétorqua-t-il avec un regard noir, brillant de colère. Je… j'aime ce métier, voilà tout. Je le trouve chouette.

— Oh, Jack.

— Je déteste quand tu prononces mon nom sur ce ton, comme si tu avais pitié de moi !

Il pivota sur ses talons, se dirigea vers le réfrigérateur, puis se tourna de nouveau vers sa mère, les poings serrés.

— Que voudrais-tu que je ressente ? N'est-ce pas normal de chercher à connaître son demi-frère, et à savoir à quoi il ressemble ? Qu'y a-t-il de si bizarre là-dedans ? Si ta mère t'avait mise dans la même situation, peut-être que tu comprendrais ! Mais ce n'est pas le cas, n'est-ce pas ?

Sallie accusa le coup.

— Tu as besoin d'évacuer ta fureur et ta peine, Jack. Tu penses que je suis incapable de comprendre, mais moi je crois que je le peux. Il faut que tu te libères.

Sa mère traversa la cuisine et s'arrêta devant lui. Quand elle voulut lui caresser la joue, il détourna la tête d'un mouvement brusque.

— Ne laisse pas ta colère envers Giovanni, ou envers moi, dominer ta vie. Tu risques de la gâcher.

Elle ne comprenait pas, songea Jack. Il n'avait pas de peine, même pas de colère. Simplement, il haïssait Giovanni. Et il lui montrerait quelle énorme erreur il avait commise.

— Tu t'y connais dans ce domaine, hein, maman ?

Pour gâcher les vies.

Sallie recula d'un pas, comme s'il l'avait giflée.

Un torrent de remords engloutit alors Jack, mais il savait qu'il était trop tard pour effacer ses horribles paroles.

— Comment ai-je gâché ta vie ? demanda sa mère sans hausser le ton. En te mettant au monde ? En t'aimant ?

— Je… je regrette, murmura-t-il, les mains enfoncées dans ses poches de jean. Je ne le pensais pas.

— Je crois que si. Et c'est justement ce qui m'inquiète.

— Ecoute, maman…

Elle l'interrompit d'un geste de la main.

— Non. Tais-toi. Ça suffit.

Puis, jetant un coup d'œil à sa montre, elle soupira.

— Il faut qu'on discute de certaines choses, toi et moi, mais je n'ai pas le temps ce soir. Je sors.

— Tu sors ?

Jack n'en croyait pas ses oreilles. Sa mère avait rarement des projets pour le soir ; elle passait beaucoup de temps en déplacement à cause de son métier, et quand par chance elle était en ville, elle préférait rester à la maison.

— J'ai rendez-vous avec une vieille amie.

Elle ôta sa veste et la déposa sur le dossier d'une des chaises disposées autour de la table de chêne.

— Tu ne la connais pas. Elle a quitté le métier à l'époque de ta naissance.

— Elle était maquilleuse elle aussi ?

— Non, coiffeuse. Elle a ouvert son salon il y a une quinzaine d'années, et les affaires marchent bien.

Jack plissa le front. Quelque chose dans le ton de sa mère le tracassait.

— Pourquoi veux-tu la voir ?

Elle affronta son regard, et répondit :

— Je te l'ai dit, c'est une vieille amie. De plus, je n'ai pas de comptes à te rendre ; je suis ta mère, et toi tu es dans une position fâcheuse.

— Mais…

— Il n'y a pas de « mais », le coupa-t-elle en se dirigeant vers le téléphone. Je vais appeler Mme Green, la voisine, pour l'avertir que je sors et lui demander de venir te surveiller.

— Me surveiller ! s'exclama l'adolescent, stupéfait et outré. Je n'ai plus cinq ans, j'en ai seize !

— Dans ce cas, comporte-toi en adulte.

Elle décrocha le téléphone.

— Je t'interdis de sortir. Pas de télé ce soir, pas de téléphone, pas de musique !

Pas de Gina. Il s'avança vers sa mère, la main tendue dans un geste de supplication.

— Oh, maman, je voulais justement te demander la…

— Ne discute pas !

Elle composa le numéro de téléphone de la voisine et coinça le combiné contre son épaule.

— Tu es consigné.

Consigné ? Jack se raidit. Sa mère ne lui avait jamais fait ce coup-là ; et il n'aimait pas ça du tout.

Après qu'elle eut raccroché, ils passèrent à table. Ils dînèrent vite et en silence. Puis, ensemble, ils débarrassèrent la table et s'occupèrent de la vaisselle ; après quoi, Sallie alla se préparer pour sortir. Pendant ce temps, Jack songeait à Gina, à son invitation et aux promesses de la soirée.

Adieu les promesses, pensait-il avec amertume. Il était consigné ! Etouffant un juron de frustration, il sortit l'annuaire du téléphone pour chercher le numéro de Gina.

L'ayant trouvé, il décrocha le téléphone, puis le raccrocha aussitôt sans composer le numéro. Pas question, se dit-il, d'annuler ce rendez-vous.

Mme Green ne se rendit compte de rien. Jack appela la voisine peu de temps après le départ de sa mère pour lui expliquer qu'il ne se sentait pas dans son assiette et qu'il allait se coucher. Bien qu'il fût à peine 20 heures, il eut l'impression de la réveiller. Sacré chien de garde, se dit-il avec un sourire. Après être sorti en douce de chez lui, il descendit la rue jusque chez Toni, le restaurant italien où il travaillait. Danny, un des serveurs, lui avait plusieurs fois proposé de lui prêter sa voiture. Et ce soir, Jack était bien décidé à profiter de sa générosité.

Ayant promis de rapporter le véhicule avant minuit, il se mit en route. Gina habitait sur les hauteurs de Hollywood, au pied des Santa Monica Mountains. Il n'eut aucun mal à y trouver la maison en question, même s'il lui fallut plus longtemps que prévu pour y arriver.

Coinçant sous son bras une pile de livres de classe, pris au hasard, il remonta l'allée, en priant pour que Gina soit encore chez elle, et pas trop furieuse à cause du retard.

Par bonheur, la jeune fille lui ouvrit la porte avant même qu'il n'ait eu le temps de frapper. Elle portait un jean moulant avec une chemise en chambray glissée dans son pantalon et ouverte au col. En promenant son regard sur elle, Jack sentit sa gorge se nouer.

— Tu… tu es magnifique, bredouilla-t-il.

Elle lui sourit.

— Merci. Je croyais que tu ne viendrais pas.

— Désolé. Ça n'a pas été facile de sortir ce soir.

— Ta mère est sacrément fâchée, hein ?

— C'est le moins qu'on puisse dire.

Quand Gina s'écarta pour le laisser entrer, Jack regarda autour de lui. La maison était de taille modeste, mais joliment aménagée et décorée ; le mur qui faisait face à la porte était couvert de publicités et de couvertures de magazines où figurait Gina.

— Le mur de gloire de ma mère, murmura-t-elle en suivant son regard.

Jack reporta son attention sur la jeune fille.

— Où est-elle, au fait ? demanda-t-il.

— Elle est sortie avec son petit ami. Un vrai ringard, ce type, ajouta-t-elle avec une grimace méprisante.

Sa mère était sortie ? Jack sentit les battements de son cœur s'accélérer.

— Ça ne l'ennuyait pas que je vienne te voir ?

— Elle ne le sait pas, et elle va rentrer très tard. Comme toujours.

Gina lui adressa un large sourire, accompagné d'un geste de la main.

— Viens.

Elle l'entraîna vers l'arrière de la maison, dans une grande pièce confortable avec des meubles de cuir, des lambris de chêne clair et des rayonnages de livres courant d'un mur à l'autre.

— C'était le bureau de mon père… avant qu'il foute le camp. J'y viens souvent.

— Ton père est parti ?

— Oui. Il y a deux ans environ. Maintenant, il vit à Laguna avec sa petite amie, précisa-t-elle en fronçant le nez d'un air écœuré. Maman dit que c'est un cas typique d'atrophie de la personnalité. Sharla est à peine plus vieille que moi ! J'ai même des copines plus âgées.

— Oh, c'est moche.

Gina haussa les épaules et se laissa tomber sur le grand canapé de cuir. Elle tapota le coussin à côté d'elle.

— Viens t'asseoir près de moi.

Jack déglutit ; il avait la gorge sèche et les mains tremblantes. Il se morigéna. Nul doute que Carlo n'était pas aussi nerveux que lui, se disait il. Ce dernier aurait même déjà glissé ses mains dans la culotte de Gina depuis un moment.

Découragé par sa propre timidité, Jack rejoignit la jeune fille sur le canapé. Il se retourna pour lui faire face et enfonça ses doigts dans les longs cheveux blonds et soyeux du mannequin.

— Comme tu es belle ! murmura-t-il.

Elle rougit, ravie du compliment. Puis, nouant ses mains dans la nuque de Jack, elle l'attira vers elle et l'embrassa, longuement, avec ardeur. Puis elle poussa un soupir de bien-être et enfouit à son tour les doigts dans ses cheveux.

Jack mit fin à leur baiser passionné, sans la lâcher ni s'écarter d'elle.

— Je rêvais de ça depuis la dernière fois, avoua-t-il.

Elle sourit.

— Et si tu recommençais ? proposa-t-elle.

Jack ne se fit pas prier. Il s'empara de ses lèvres, puis de sa langue.

Sans perdre de temps, et sans que leurs bouches se séparent, Gina déboutonna la chemise de Jack et, après l'avoir fait glisser sur ses épaules, entreprit d'ôter la sienne.

Jack lui repoussa les mains pour s'attaquer lui-même aux boutons, avec des doigts tremblants. En quelques instants, Gina se retrouva dénudée jusqu'à la taille. Subjugué, Jack ne pouvait détacher son regard de ces deux seins magnifiques de rondeur et de douceur, dont les pointes se dressaient, comme pour réclamer sa bouche ; et il avait le plus grand mal à reprendre son souffle. Il craignait que le simple fait de la regarder suffise à le faire exploser.

— Tu as le droit de me caresser, susurra-t-elle en venant se placer à califourchon sur lui.

Avec un gémissement de plaisir, Jack enferma les seins de Gina dans ses paumes et enfouit son visage entre les deux globes de chair. Sa peau avait l'odeur des fleurs et un avant-goût de paradis. Il respirait de plus en plus vite, son cœur cognait dans sa poitrine, le sang battait à ses tempes.

Gina se frottait maintenant contre lui, son bassin venant en rythme rencontrer celui de Jack, dont l'état d'excitation était de plus en plus évidente.

— Oh, Gina… Gina.

Elle noua les bras autour de son cou et se pencha pour lui mordiller le lobe de l'oreille.

— Tu as apporté une capote ?

Le cœur de Jack cessa de battre, avant de s'emballer de plus belle. Quel abruti ! Merde… merde… Comment pouvait-on être aussi stupide !

Laissant échapper un grognement de frustration, il renversa la tête contre le dossier du canapé.

— Je ne… euh… je ne pensais pas qu'on…

— Qu'on irait jusqu'au bout ?

— Euh… oui.

Gina prit appui sur ses épaules et le regarda droit dans les yeux.

— Tu es encore vierge, hein ?

Le rouge aux joues, Jack envisagea un instant de mentir, mais il craignait de ne pas être à la hauteur. Alors, il hocha la tête.

— Et toi ? demanda-t-il.

— Non. J'ai perdu ma virginité à quatorze ans, répondit-elle. Avec mon oncle.

— Ton oncle ? répéta Jack, effaré. Tu veux dire qu'il… qu'il…

— M'a violée ? Non, pas du tout. En fait, ce n'est pas une histoire aussi sordide qu'on pourrait le penser. C'est le frère de mon père, né du second mariage de mon grand-père. Il n'avait que vingt-quatre ans.

Elle se pencha vers lui, et ses seins nus s'écrasèrent contre son torse. C'était une sensation si violente qu'il crut défaillir.

— Ça te gêne ? demanda-t-elle.

— Que tu aies fait ça avec ton oncle ?

— Non, répondit-elle en recommençant à se frotter contre le garçon. Le fait que je ne sois plus vierge.

Jack ne comprenait pas pourquoi cela devrait le gêner. En fait, ce serait sans doute bien meilleur si, au lieu de progresser tous les deux à tâtons sur le chemin du plaisir, elle était là pour lui servir de guide. Il secoua la tête.

— Et toi ? demanda-t-il. Ça te gêne que je le sois encore ?

— Non, je trouve cela adorable. Je n'ai jamais été la première fille de personne, dit-elle en faisant remonter ses doigts sur le torse de Jack. J'étais fière de toi quand tu as osé t'opposer à Giovanni à midi.

Flatté, il sourit.

— C'est vrai ?

— Ouais, c'était super, vraiment excitant. Personne n'avait jamais osé lui tenir tête avant toi !

— Peut-être faudrait-il le faire plus souvent.

En disant cela, il l'enlaça pour pouvoir lui caresser le dos.

— C'est un sale connard prétentieux ! ajouta-t-il.

— Alors, tu as envie qu'on le fasse ou pas ?

Jack en avait tellement envie qu'il craignait d'exploser d'une seconde à l'autre. Malgré tout, il lutta pour refouler la frénésie des sens qui menaçait de le submerger.

— Et… pour ce qui est de se protéger ?

Gina sembla réfléchir un instant, puis un sourire illumina son visage.

— On ne craint rien, dit-elle. Je n'ai aucune chance de me retrouver enceinte ce soir.

Dieu soit loué ! Il avait attendu si longtemps cet instant.

La même vague de désir les emporta l'un et l'autre. Jack faisait courir ses mains et ses lèvres sur la poitrine de Gina, dont la peau était si douce, chaude, blanche. Si lisse. Il caressait et pétrissait ses seins, léchait et mordillait les pointes qui se dressaient comme de petits bourgeons sous les assauts de sa bouche… Il ne s'en rassasiait pas.

Gina se laissa aller à la renverse, l'entraînant avec elle. Dans un état second, Jack promena frénétiquement ses doigts fébriles parmi les courbes et les replis intimes de ce corps magnifique, puis il glissa sa main sous la ceinture du jean, jusqu'à ce qu'il sente les boucles de poils doux au sommet des cuisses. Il plongea en elle ; c'était la première fois qu'il caressait une femme, et il s'étonna de la trouver si brûlante à cet endroit, si moite. Quand il introduisit ses doigts en elle, Gina poussa un petit cri, et son bassin se plaqua contre sa paume.

A cet instant, Jack faillit jouir dans son pantalon. Il ôta sa main, juste le temps de finir de se déshabiller, mais il eut le plus grand mal à abaisser son jean à cause de son érection. Gina en profita pour ôter le sien et, après s'en être débarrassée d'un coup de pied, elle attira Jack sur elle, puis en elle.

Elle était brûlante, mouillée et serrée. Jack avait le souffle rauque. C'était donc ça, songea-t-il, stupéfait, abasourdi. Pas étonnant que… pas étonnant…

Il comprit qu'il ne serait plus jamais le même. En l'espace d'une seconde, sa vie venait d'être bouleversée pour toujours. Cet acte était plus puissant que tout ce qu'il avait connu et ressenti jusqu'à ce jour, à l'exception de sa haine envers Giovanni. Mais alors que la haine qu'il vouait à son père le rongeait de l'intérieur, cette sensation nouvelle et intense lui procurait une impression de liberté. Il comprenait tout à coup des choses qui étaient demeurées jusque-là obscures : pourquoi sa mère avait agi comme elle l'avait fait, pourquoi elle avait tout donné à quelqu'un qui ne l'aimait pas, pourquoi les hommes et les femmes se déchiraient, pourquoi ils s'accrochaient les uns aux autres malgré tout.

Cette nouvelle vision du monde effaçait une partie de sa colère. Finalement, sa mère n'avait pas eu le choix, car nul ne pouvait lutter contre l'appel du désir.

Il se demandait comment il avait pu vivre si longtemps sans connaître ce bonheur absolu. En tout cas, il savait qu'il ne pourrait plus jamais vivre sans.

Gina le caressait avec tout son corps. Jack, lui, agissait de manière instinctive, en fonçant vers la libération finale, trop préoccupé par son propre plaisir, trop ébloui pour songer à la jouissance de sa partenaire. Le moment ultime arriva, plus rapidement qu'il ne l'aurait souhaité. Beaucoup trop rapidement.

Il caressa avec tendresse le visage de Gina, songeant déjà à recommencer, et se demandant si elle serait d'accord. Se demandant également, mais trop tard, si elle avait été heureuse elle aussi, et il craignait bien que non.

Il avait lu des choses à ce sujet ; il avait entendu les mannequins parler entre elles des prouesses de leurs amants respectifs, de ceux qui savaient prendre le temps de leur procurer du plaisir. Il voulait que Gina soit heureuse. Il voulait faire partie de ces photographes dont les filles parlaient avec admiration, les qualifiant d'amants merveilleux. Comme quand elles évoquaient Giovanni.

Gina avait les yeux fermés. Jack se racla la gorge ; elle le regarda.

— Dis-moi… est-ce que… c'était bien pour toi ? demanda-t-il. J'espère que… tu as aimé ?

Elle sourit, et ses yeux s'emplirent de larmes.

— Oui. Merci de poser la question. Personne ne m'a jamais demandé ça.

Jack fronça les sourcils ; il glissa les doigts dans ses longs cheveux soyeux.

— Personne ?

— Non. Le temps nous manquait chaque fois, expliqua-t-elle en nouant ses mains dans la nuque de Jack, tandis que son visage se teintait de tristesse. A l'exception de la première fois, cela s'est toujours passé pendant des séances de photos. Il fallait se dépêcher. Et veiller au maquillage et à la coiffure.

Il aurait voulu lui demander avec qui elle l'avait fait. Cette question tentait de forcer le barrage de ses lèvres, mais il la repoussa. Il roula sur le flanc pour être face à elle. Il n'était pas étonné, pas vraiment. Il savait ce qui se passait entre les mannequins, les photographes et tous les gens qui gravitaient dans ce milieu.

Pourtant, Gina était si jeune, et l'année dernière encore sa mère l'accompagnait dans tous les défilés, pour toutes les séances de photos, conformément à l'usage dans ce métier. Surpris, Jack l'interrogea à ce sujet.

La jeune fille nicha son visage au creux de son épaule.

— Maman et moi, on fait des défilés depuis si longtemps qu'elle ne remarque plus rien. D'ailleurs, elle est tellement prise par ce truc que je parie qu'elle n'aurait rien trouvé à redire si elle avait su que j'avais couché avec Giovanni.

Jack se raidit ; elle sourit.

— Je sais ce que tu penses, dit-elle, il est trop vieux. Mais il est encore très sexy. Il couche avec tout le monde. En fait, c'était plutôt une façon de le remercier de m'avoir engagée pour ma première séance de photos.

— Tu ne l'as fait qu'une seule fois avec lui ?

— Hmm. Tu savais que j'étais la plus jeune sur le plateau aujourd'hui ? demanda-t-elle en redressant fièrement la tête. De toutes les filles, c'est moi qui avais le moins d'expérience.

Comme Jack ne répondait pas, elle plissa le front et l'observa en silence. Finalement, elle lui demanda :

— Ça te dégoûte ?

En l'imaginant dans les bras de Giovanni, il avait envie de vomir. Mais sans doute pouvait-il réussir à comprendre. Giovanni était un homme extrêmement puissant dans le monde de la mode ; il pouvait rendre de nombreux services à un jeune mannequin débutant. Alors, il mentit :

— Non, pas du tout. Pourquoi me demandes-tu ça ?

— J'ai entendu un truc aujourd'hui. Je peux te poser une question ?

Jack devinait aisément de quoi il s'agissait ; il lui demanda quand même de continuer.

— Il paraît que tu es son fils. Le fils de Giovanni.

— C'est exact. Je suis le bâtard.

— Ouah ! C'est la première fois que j'en vois un. Un bâtard, répéta-t-elle, comme pour tester la sonorité de ce mot étrange. Quel effet cela fait-il ?

Jack répondit par un haussement d'épaules indifférent, comme s'il ne s'était jamais interrogé là-dessus.

— Je ne sais pas. Rien de particulier.

— Je trouve ça supercool !

Elle se redressa sur le canapé en s'étirant, et ses seins suivirent le mouvement. Jack sentit aussitôt renaître son érection.

— Hé, dit Gina, tu savais que Kim s'était fait refaire le nez gratuitement pour avoir couché avec un chirurgien esthétique qu'elle avait rencontré dans une soirée organisée par une agence ? Sara a décidé de se faire gonfler les seins. Cela me tente aussi. Qu'est-ce que t'en penses ?

Jack pensait qu'il allait exploser, rien qu'en la regardant. Il tendit les mains et prit les seins de Gina dans ses paumes.

— Je les trouve parfaits.

— Non, ils sont trop petits, répliqua-t-elle en cambrant le dos, tandis que Jack les caressait langoureusement. Les photographes n'arrêtent pas de me le répéter.

Jack se redressa pour les prendre dans sa bouche ; Gina poussa un gémissement de plaisir.

— Ces types sont fous, murmura-t-il en mordillant un mamelon, avant de l'aspirer. Moi, je les trouve absolument magnifiques.

Pendant de longues minutes, ils n'échangèrent plus aucune parole ; Jack continua de caresser ses seins et de les embrasser.

Cette façon de lui faire l'amour lui paraissait incroyablement délicieuse, excitante. Il n'arrivait pas à se rassasier.

Il attira la bouche de Gina vers la sienne.

— J'ai envie de goûter tout ton corps. J'ai envie de te toucher partout.

Il lui mordilla la lèvre inférieure et l'aspira dans sa bouche.

— J'ai envie de te faire jouir, Gina.

Jack la repoussa en douceur de façon à l'allonger sur le canapé et, les mains plaquées sur son estomac, il baissa la tête. Le ventre de Gina était parcouru de petits frissons, tandis qu'il promenait sa langue et ses lèvres sur sa peau lisse et chaude.

— J'adore ton odeur, Gina. Tu es tellement belle, tellement douce…

La jeune fille enfouit ses doigts dans les cheveux de Jack. Pendant ce temps, il poursuivait son exploration passionnée du corps d'une femme, et de tout ce qui faisait vibrer ce corps. Gina se cambrait, gémissait et s'agitait sous ses caresses. Plusieurs fois elle tenta de l'attirer sur elle, mais il résista. Il voulait la satisfaire et, cependant, il voulait surtout apprendre, enfin, à rendre une femme heureuse.

Glissant ses mains entre les cuisses de Gina, il remonta lentement jusqu'au point le plus sensible, humide et brûlant ; ses doigts s'enfoncèrent en elle.

— Je peux t'embrasser ici aussi ?

Sans attendre de réponse, Jack posa la bouche à l'endroit exact où il mourait d'envie de l'embrasser. Gina répondit par un petit cri et en décollant les reins du canapé pour venir à la rencontre de cette bouche vorace.

Face à la réaction de la jeune fille, Jack s'enhardit, tout son corps tendu. Gina gémissait et se tordait de plaisir sous ses caresses et ses baisers. La soif de Jack était insatiable : il voulait dévorer chaque repli de sa peau ; il était affolé, grisé par toutes ses odeurs, ses petits cris, ses râles, les gémissements qu'elle laissait échapper entre ses lèvres.

Soudain, un cri plus violent monta de la gorge de la jeune fille et elle se plaqua contre sa bouche, en lui pétrissant sauvagement les cheveux. Le corps frissonnant et palpitant, Jack fut envahi par un sentiment de puissance. A cet instant, elle lui appartenait ; il était le centre de son univers, se dit-il. Il lui avait arraché des cris de plaisir, lui seul.

Il abandonna alors toute retenue et, tandis que les derniers soubresauts de plaisir secouaient encore Gina, incapable de se contenir plus longtemps, il s'enfonça brusquement en elle. La jeune fille noua ses bras et ses jambes autour de lui, et ils ondulèrent au même rythme jusqu'à ce qu'il explose en elle.

Une fois la folie des sens retombée, Gina regarda longuement Jack, avec un mélange d'adoration et de stupeur.

— Je n'ai jamais… jamais… Elle n'acheva pas sa phrase, visiblement gênée et au bord des larmes.

Jack enfonça ses doigts dans les cheveux de Gina, collés par la transpiration.

— Ça ne t'a pas plu ? demanda-t-il.

Gina rougit.

— Oh, j'ai adoré !

Jack appuya son front contre le sien, avec un grand sourire.

— Moi aussi, dit-il.

Après cet aveu, ils restèrent longtemps muets, couchés sur le côté, face à face, couverts en partie par le pull de Jack. Seul le tic-tac de la pendule sur la cheminée résonnait dans la pièce plongée dans le silence.

Les yeux fermés, Gina respirait lentement et profondément.

— Tu dors ? s'enquit-il.

Elle ouvrit les yeux.

— Non, je réfléchissais.

— A quoi ?

Elle emprisonna la lèvre inférieure du garçon entre ses dents.

— Je me demandais où tu avais appris… tout ça.

— J'ai vu et entendu un tas de choses. Surtout pendant les séances de photos, précisa-t-il avec un sourire malicieux. Si tu savais tout ce qu'un enfant peut apprendre en ouvrant les yeux et les oreilles, tu serais surprise.

Gina gloussa.

— J'adore les surprises.

Jack se dressa sur son coude pour mieux la contempler, sans rien dire. Elle haussa les sourcils.

— Qu'y a-t-il ?

— Rien, je te regarde.

— Ah.

— Gina ?

Elle leva les yeux.

— Tu vas continuer à exercer le métier de mannequin ?

— Evidemment ! A la fin de ce semestre, j'arrête le lycée. J'ai déjà une année de retard, je n'arrive plus à suivre.

— Je ne suis pas un fana de l'école non plus, mais ma mère aurait une crise cardiaque si j'envisageais seulement de laisser tomber.

— La mienne s'en fiche. C'est ma carrière, et je dois en profiter pendant que je suis jeune. Et toi ? demanda-t-elle. Qu'est-ce que tu comptes faire après le lycée ? Tu vas aller à la fac ?

Jack secoua la tête.

— Non, je vais devenir photographe de mode.

— Comme ton père.

— Je ne le considère pas comme mon père, répondit Jack d'un ton cassant. Tout ce que nous avons en commun, c'est le sang. Pour être père il faut se comporter comme tel. Pour être fils aussi. D'ailleurs, ajouta-t-il avec une froide détermination, je serai bien meilleur que lui.

— Carlo veut devenir photographe de mode lui aussi. Il en a parlé à Sara.

Jack plissa le front.

— Je serai meilleur que l'un et l'autre, fais-moi confiance.

La jeune fille leva les yeux vers lui, les joues et les yeux brillants.

— J'en suis certaine.

— Vraiment, Gina ? dit-il avec un sourire ravi.

Soudain, il se sentait dans la peau de l'homme d'expérience, celui qui prend l'initiative.

— Oui, murmura-t-elle d'une voix rauque. Je suis certaine que tu réussiras tout ce que tu décides d'entreprendre.

Il s'empara de sa bouche en un rapide baiser fougueux.

— A quelle heure doit rentrer ta mère, au fait ? demanda-t-il.

Ensemble, ils tournèrent la tête vers la pendule.

— Pas tout de suite.

Un petit sourire éclaira le visage de Jack.

— Tant mieux, s'écria-t-il. Puisque nous sommes ici toi et moi, que dirais-tu de…

Il se pencha pour lui murmurer sa proposition au creux de l'oreille. Gina l'attira de nouveau vers elle en riant.

Beaucoup plus tard, les deux adolescents se rhabillèrent en silence. Jack se sentait à la fois vidé et rempli d'énergie, tendu et totalement détendu. Gina l'accompagna jusqu'à la porte, et, là, elle se tourna vers lui.

— Je n'ai pas envie que tu t'en ailles, chuchota-t-elle, le rouge aux joues.

Il prit son visage dans ses mains et se pencha pour l'embrasser.

— Je peux t'appeler ?

— Oh oui, je t'en prie.

Il ouvrit la porte et sortit ; Gina le retint par la main.

— Jack ?

— Hmm ?

— Si j'ai fait l'amour avec toi ce soir, c'est uniquement parce que… j'en avais envie. Ça n'a rien à voir avec… le reste.

Elle serra sa main dans la sienne, et ajouta en baissant les yeux :

— Et jamais avant aujourd'hui… je n'ai éprouvé autant de plaisir. Ça n'a jamais été… aussi bon.

Jack sentit monter en lui le contentement et la fierté. Il porta leurs mains jointes à sa bouche pour y déposer un baiser.

— Puis-je te demander une faveur, Gina ? C'est très important pour moi.

La jeune fille acquiesça, intriguée par le sérieux qu'il affichait tout à coup.

— Tout ce que tu veux.

— Promets-moi de ne pas coucher avec lui. Avec Carlo. O.K. ?

— Parce que c'est ton frère ?

— Parce que je ne l'aime pas.

Elle sentit les doigts de Jack se refermer sur les siens.

— C'est très important pour moi, Gina. Tu me le promets ?

— Je te le promets, Jack, répondit-elle en lui souriant. Je ferais n'importe quoi pour toi.

10

— Jack, c'est l'heure de se lever.

Jack entrouvrit les yeux. Sa mère se tenait sur le seuil de la chambre, l'air visiblement soucieux. Il sentit son pouls s'accélérer. Elle était au courant de son escapade nocturne de la veille, songea-t-il aussitôt, cela ne faisait aucun doute. Mais comment l'avait-elle appris ? Il avait rendu la voiture à son collègue du restaurant à minuit pile, et il était rentré à la maison une demi-heure avant sa mère. Il l'avait entendue arriver et avait fait semblant de dormir profondément lorsqu'elle était venue dans sa chambre.

Cependant, il voyait bien que quelque chose n'allait pas.

— Bonjour, parvint-il à articuler d'une voix encore enrouée.

Il se redressa sur un coude et demanda :

— Quoi de neuf ?

Sa mère traversa la chambre et vint s'asseoir timidement au bord du lit.

— Il faut qu'on parle de ce qui s'est passé hier.

Des images de Gina et lui en train de faire l'amour envahirent son esprit, et Jack sentit aussitôt sa virilité se ranimer. Il s'empressa de détourner la tête, craignant s'il regardait sa mère dans les yeux qu'elle ne lise dans ses pensées et découvre la vérité.

— Comment te sens-tu ? s'enquit-elle en posant une main sur son front. Tu es encore un peu chaud.

Il baissa la tête, gêné.

— Non, je vais beaucoup mieux, maman.

— Mme Green m'a dit que tu l'avais appelée. Très tôt. Tu es

sûr que ça va ? insista-t-elle en fronçant les sourcils. Tu es un peu chaud, je t'assure.

Si sa mère savait à quoi était due sa fièvre, si elle pouvait lire en lui, songea-t-il, elle aurait une crise cardiaque.

Se redressant complètement, il la regarda en face avec courage et avoua :

— Je n'étais pas malade, maman.

— Hein ? Qu'est-ce que tu racontes ?

Sa mère secoua la tête, incrédule.

— Dans ce cas, pourquoi as-tu appelé Mme Green pour…

— Je suis sorti en cachette.

Elle laissa échapper un hoquet de stupéfaction.

— Ai-je bien entendu ?

— Oui. Je suis sorti en cachette ; j'avais rendez-vous avec Gina.

— Gina le mannequin ?

— Je suis allé chez elle.

« Et on a baisé comme des fous. Ce fut la plus belle nuit de ma vie ! » pensa-t-il.

— Pour réviser, ajouta-t-il en croisant les mains sur ses genoux.

Après tout, il pouvait bien se permettre un petit mensonge. Il y avait certaines choses qu'un fils ne pouvait dire à sa mère, malgré son désir d'être honnête.

— Elle m'a invité chez elle quand on s'est vus hier au studio.

Sa mère le dévisageait, visiblement déroutée par cet aveu spontané et inattendu.

— Pourquoi ne m'as-tu pas demandé la permission ?

— J'allais le faire, mais tu m'as… consigné !

— Et tu es quand même sorti.

Jack redressa légèrement le menton en percevant le mélange de tristesse et d'étonnement dans la voix de sa mère.

— Oui.

— Et tu ne regrettes pas de l'avoir fait ?

Repensant aux événements de la nuit, il fut bien obligé de

secouer la tête. Comment aurait-il regretté ? Il avait connu la plus formidable expérience de sa vie.

— Je suis seulement désolé de t'avoir désobéi.

— Pour la peine, tu seras de nouveau consigné. Pendant un mois.

— Bien. Je m'attendais à de telles conséquences.

Sa mère se leva du lit et marcha jusqu'à la fenêtre de la chambre. Durant un long moment elle regarda au-dehors le ciel clair assombri par les nappes de smog.

— Tu aurais pu t'en tirer ni vu ni connu. Je n'étais pas au courant, dit-elle enfin en pivotant vers lui.

Jack baissa les yeux sur ses mains, avant de relever la tête pour affronter le regard de sa mère.

— Un homme doit savoir assumer ses actes, déclara-t-il.

— Un homme ? Oh, Seigneur ! dit-elle dans un soupir, en portant sa main à son front. Que vais-je faire de toi ? Je suis complètement dépassée !

— Ne t'inquiète pas pour ça, maman. Tous les enfants grandissent un jour.

Elle se tourna de nouveau vers la fenêtre en pouffant, mais il n'y avait aucune joie dans ce rire étouffé. Jack vit que ses mains posées sur le rebord de la fenêtre tremblaient.

— Que se passe-t-il ? demanda-t-il.

Elle fit volte-face.

— Tu n'as que seize ans, voilà ce qui se passe. Tu es encore un enfant. Mon…

Incapable d'achever sa phrase, elle se tourna une fois de plus vers la fenêtre.

Elle demeura muette un long moment. Et soudain, elle lui fit face de nouveau.

— Il y a longtemps que j'envisage d'importants changements, déclara-t-elle. Et je… Hier soir, j'ai enfin pris une décision. J'abandonne ce métier.

Jack la fixa d'un air hébété.

— Comment ça, tu abandonnes le métier ?

— Comme tu viens de l'entendre ! Je ne veux plus travailler dans le milieu de la mode.

Sa mère s'avança vers le lit et posa sur lui un regard solennel.

— Ce n'est pas une vie pour toi, Jack. J'aurais dû m'en rendre compte depuis bien longtemps.

Jack secoua la tête, en s'efforçant d'assimiler ces paroles incroyables.

— Pas une vie pour moi, hein ? Mais j'adore ce que nous faisons !

— Ce n'est pas *nous* qui le faisons, rectifia sa mère. C'est moi la maquilleuse ; je gagne ma vie de cette façon-là. Toi, tu es censé vivre comme un enfant normal, assister à des matchs de foot, avoir une petite amie et aller au ciné ou dans des soirées avec tes copains. Au lieu de cela, tu vis entouré d'adultes en permanence…

— Arrête de dire des conneries !

— Jack !

Il repoussa ses couvertures et jaillit du lit.

— Désolé, il n'y a pas d'autre mot. Qui prétend que je dois vivre autrement ? Si ton enfance fut différente de la mienne, si les autres jeunes au lycée ont une vie plus commune, cela ne signifie pas que la mienne ne vaut rien ! Qui sait ? C'est peut-être leur vie à eux qui est bizarre.

Sa mère secoua la tête.

— Tu ne comprends pas. Tu ne peux pas comprendre parce que…

— C'est à cause de lui, hein ? Après ce qui s'est passé hier, il est venu te parler, pas vrai ? s'exclama Jack en la foudroyant du regard, fou de rage. De quel droit intervient-il dans ma vie ? Je croyais que vous aviez conclu un « arrangement », non ? Tu m'élèves seule, et lui s'en lave les mains.

— Giovanni n'a absolument rien à voir là-dedans. Et je t'interdis de me parler sur ce ton.

— Alors, ne fais pas ça, maman.

D'un geste las, Sallie se massa le front.

— Je m'aperçois que j'ai pris la bonne décision, mais trop tard malheureusement. Je me demande comment j'ai pu te priver aussi longtemps d'une vie normale, loin de l'école, de tes copains, d'un semblant de…

— Je n'ai aucun copain à l'école.

— Evidemment, tu n'y es pas assez souvent.

— Non, je les trouve ennuyeux. J'ai voyagé dans le monde entier ; la plupart d'entre eux ne sont jamais allés plus loin que chez leur grand-mère.

— Essaye donc de comprendre, Jack. Je veux que tu sois heureux, rien d'autre. Et je te vois rempli de colère, de ressentiment.

Elle prit une profonde inspiration, et poursuivit :

— Il y a longtemps que j'ai cette idée dans la tête. Dès que tu as eu huit ans, quand Giovanni… Hélas, je ne savais pas comment m'en sortir. Je devais trouver un moyen de nous faire vivre. Maintenant, je sais.

Elle s'interrompit, comme pour permettre à son fils de l'interroger. Les bras croisés sur la poitrine, celui-ci refusait de la regarder.

Sallie laissa échapper un soupir de frustration et se dirigea une fois de plus vers la fenêtre.

— Je vais ouvrir mon propre salon, annonça-t-elle. Coiffure, maquillage et soins de beauté. Le genre d'endroit où…

— Un salon de beauté ? s'exclama-t-il, incrédule. Formidable ! Après avoir travaillé avec les plus belles filles du monde, tu vas faire des permanentes à des petites vieilles aux cheveux bleus !

Elle se raidit, piquée au vif par cette attaque.

— Non, ce ne sera pas un salon pour les « petites vieilles aux cheveux bleus » ! Mon salon sera destiné aux gens de la mode, aux gens de la profession, à ceux qui ont les moyens de suivre, et de créer, les nouvelles tendances. Notre travail consistera justement à lancer des idées, ce sera encore de la mode.

Elle croisa les bras et fronça les sourcils.

— D'ailleurs, ajouta-t-elle, je te rappelle que je ne suis pas coiffeuse.

Jack ne répondit pas, se contentant de regarder sa mère d'un air sévère, pendant qu'elle poursuivait son explication :

— Je gagnerai plus d'argent. De manière plus régulière. Ce sera chouette, non ? Après tout, tu voudras peut-être aller à l'université un jour. Actuellement, je n'ai pas les moyens de t'y envoyer.

— Je me fous pas mal de l'université. Je veux devenir photographe, tu le sais bien.

— Oh, Jack !

— Ce n'est pas pour la raison que tu penses, dit-il en redressant fièrement la tête. Ça n'a aucun rapport avec Giovanni.

— Vraiment ?

— Aucun ! répéta-t-il en gonflant le torse, rempli de détermination. Je ne veux pas lui ressembler. Je veux le surpasser !

Sa mère se rapprocha, en le regardant droit dans les yeux, et elle déclara :

— C'est lui qui va financer le salon.

— Quoi ?

Jack serra rageusement les poings, ébranlé par la colère et un douloureux sentiment d'impuissance. Incapable de demeurer en place, il traversa sa chambre à grands pas, revint, et s'arrêta finalement devant sa mère, en frissonnant.

— Après tout ce qui s'est passé, je n'arrive pas à croire que tu acceptes une chose pareille. Je ne comprends pas que tu puisses encore coucher avec lui.

Sonnée par ces accusations, sa mère le fixait sans rien dire. Lorsqu'elle ouvrit enfin la bouche, sa voix tremblait de tristesse et de colère contenues.

— C'est une chance pour moi. Pour nous. Je n'ai plus l'âge de voyager sans cesse, et même si tu n'en as pas conscience, tu as besoin d'une vie plus équilibrée. Et je suis reconnaissante à Giovanni de son aide. Rassure-toi, il ne fait pas cela parce qu'il a couché avec moi il y a des années... Dieu sait qu'il a couché avec toutes les filles, ou presque. S'il le fait, c'est qu'il pense que mon projet a toutes les chances de réussir. Et parce qu'il a confiance dans mes capacités, à la fois de maquilleuse et de femme d'affaires. Apparemment, tu n'es pas de cet avis.

Sur ce, elle se dirigea à grands pas vers la porte ; avant de sortir, elle se tourna vers lui une dernière fois.

— Si tu ne vois pas les choses ainsi, c'est bien dommage. Car il s'agit de ma vie et de ma carrière, et c'est moi qui décide dans cette maison.

— J'ai confiance en toi, répondit Jack. Bien plus que lui.

— Il ne s'agit pas d'une compétition, Jack.

— Ah non ? D'où me vient cette impression alors ?

L'expression sévère de sa mère s'adoucit.

— Voilà une excellente question, dit-elle. Je te conseille d'y réfléchir.

Les yeux brûlants, Jack releva le menton dans un geste de défi. Il se racla la gorge, avant de demander :

— C'est pour quand, ce… changement ?

— Je vais m'y attaquer dès maintenant. Avant toute chose, je dois dénicher l'emplacement idéal. Es-tu d'accord pour m'aider ?

Il renifla avec mépris.

— Pas question.

— Très bien. J'aurais aimé pouvoir compter sur ton soutien, mais je me débrouillerai sans toi.

Jack refusait de regarder sa mère.

— Vas-y, dit-il. Amuse-toi !

— Veux-tu savoir comment je vais baptiser le salon ?

— Je m'en fiche.

Sallie ne se laissait pas rembarrer aussi aisément, et Jack le savait.

— L'Image Shop, déclara-t-elle. Alors, qu'en penses-tu ?

— L'Image Shop, répéta-t-il à voix basse.

Ce nom lui plaisait… il était bien obligé de se l'avouer.

— Alors ? demanda sa mère.

Il se tourna alors vers elle et soutint son regard. Une dizaine de sentiments contradictoires s'affrontaient en lui, dont le moindre n'était pas la frustration.

— Je trouve ça nul, maman. Toute cette histoire est nulle !

TROISIÈME PARTIE

11

Los Angeles, Californie 1984

Becky Lynn demeurait immobile au centre de la plus grande, de la plus animée de toutes les gares routières qu'elle eût jamais vues, littéralement clouée sur place par la peur. Elle ne savait où aller, ni que faire ensuite. Une foule de gens bizarres, des gens de toutes les couleurs, vêtus de toutes les façons, s'agitaient autour d'elle. Tous avançaient d'un pas décidé, tous semblaient avoir un but précis. Bon nombre d'entre eux lui jetaient un regard noir en passant, car elle se trouvait sur leur voie ; d'autres la bousculaient et poursuivaient leur chemin sans même quelques paroles d'excuse.

La jeune fille serrait son sac marin contre sa poitrine, de crainte que quelqu'un ne le lui arrache. Une charmante femme rencontrée dans le car l'avait mise en garde à ce sujet, en lui recommandant la plus grande prudence.

Elle respira à fond, pour se redonner courage. Tout cela ne ressemblait pas à ce qu'elle attendait, à ce qu'elle espérait ; d'ailleurs les déceptions se succédaient depuis le début de son voyage, à commencer par les cent quarante-cinq dollars que lui avait coûté son billet de car, jusqu'à ce mélange d'inquiétude et de soulagement qui l'avait accompagnée durant ces deux jours de route. Sans pouvoir réprimer un frisson d'appréhension, Becky Lynn se demanda quelles autres mauvaises surprises l'attendaient.

Elle prit une nouvelle inspiration, et s'élança brusquement vers l'avant, en suivant le courant de la foule. Elle ne pouvait pas rester indéfiniment sur place, même si cette immobilité la rassurait.

Avisant soudain un bureau d'informations, elle mit le cap droit dessus. Elle s'arrêta devant le guichet et attendit. La femme assise derrière la vitre gardait les yeux plongés dans son magazine. Becky Lynn se racla la gorge pour attirer son attention.

— Hmm… excusez-moi.

La femme leva enfin la tête ; ses yeux s'écarquillèrent dans une expression presque horrifiée, mais elle reprit aussitôt son air d'indifférence teintée de méfiance.

— Oui ? Vous désirez ?

— Pourriez-vous m'expliquer, s'il vous plaît, comment on fait pour aller…

Becky Lynn marqua un temps d'arrêt. Où voulait-elle se rendre au juste ? Elle ne pouvait quand même pas montrer du doigt le magazine de cette femme, ouvert sur une photo de plage ensoleillée, en disant : « C'est là que je voudrais aller ! »

— Vous disiez ? répéta la femme derrière son guichet, d'un ton impatient.

— Hollywood ! s'écria Becky Lynn. Comment on fait pour arriver à Hollywood ?

La femme plissa ses yeux bordés d'épais cils noirs, et promena son regard sur Becky Lynn.

— Tu viens de loin toi, hein, ma petite ?

— Oui, m'dame.

La femme secoua la tête, avec une sorte de triste résignation.

— Le mieux, répondit-elle, c'est encore de prendre le bus.

Elle sortit de sous le comptoir un plan et une fiche-horaire qu'elle fit glisser vers Becky Lynn, puis elle traça un cercle sur le plan à l'aide d'un crayon rouge.

— L'arrêt est là, déclara-t-elle. Le ticket coûte un dollar et dix cents.

La jeune fille s'empressa de ramasser le plan.

— Merci, dit-elle. Oh, pouvez-vous m'indiquer les toilettes ?

La femme avait déjà replongé le nez dans son magazine ; elle tendit le bras sans lever la tête. Becky Lynn suivit la direction indiquée ; quelques instants plus tard, elle se trouvait devant les miroirs des toilettes pour dames de la gare routière.

En découvrant son reflet, elle sentit son estomac se soulever. Pas étonnant, songea-t-elle, que la femme du guichet d'informations l'ait regardée d'un drôle d'air, ni que les passagers du car aient détourné la tête pour ne pas croiser son regard. Son visage faisait peur. Plus précisément, elle ressemblait à ce qu'elle était : une jeune fugueuse, victime de la violence.

Becky Lynn était comme hypnotisée par ce reflet cauchemardesque que lui renvoyait la glace. Après quarante-huit heures passées dans des cars, ses cheveux étaient tout emmêlés, et ils avaient besoin d'un bon shampoing. Sa mâchoire enflée et presque bleue à la suite du coup de poing donné par Ricky offrait un contraste saisissant avec sa peau d'une blancheur suspecte. Ses yeux étaient rougis et bordés de cernes dus au manque de sommeil ; ses vêtements paraissaient sales et froissés.

Soudain, sa vue se troubla ; elle dut se retenir au bord du lavabo, prise de vertiges. A l'exception d'un demi-sandwich et d'un biscuit au chocolat que lui avait donnés la femme qui avait voyagé à son côté entre Dallas et Los Angeles, et des quelques friandises achetées dans des distributeurs automatiques en chemin, elle n'avait rien avalé depuis son départ de Bend.

Elle respira à fond, et la douleur se mêla aux tiraillements de la faim. La souffrance irradiait de toutes parts : des bleus sur son visage, des bleus sur son corps, mais aussi, et surtout, des meurtrissures à l'intérieur. Elle n'avait pas voulu manger, mais en refusant de s'alimenter, elle savait qu'elle risquait de s'évanouir.

Becky Lynn piocha dans sa poche le tube de cachets d'aspirine que lui avait donné également la femme qui avait partagé avec elle son sandwich. En la voyant grimacer de douleur et frissonner sur le siège à côté d'elle, cette inconnue lui avait généreusement offert tout ce qu'elle possédait. Ce geste avait profondément ému Becky Lynn et lui avait redonné confiance.

Elle ouvrit le tube et en fit glisser le contenu dans sa paume. Il ne restait que deux cachets. Elle allait devoir en acheter, et rapidement. Même s'ils ne servaient qu'à atténuer la douleur, elle ne savait ce qu'elle aurait fait sans eux ; la souffrance aurait été insupportable.

Elle mit les deux derniers cachets dans sa bouche, fit couler l'eau du robinet et se pencha au-dessus du lavabo pour boire au creux de ses mains. Celles-ci tremblaient tellement qu'elle dut s'y reprendre à trois fois pour porter l'eau à sa bouche, et les cachets d'aspirine fondirent en partie sur sa langue. Elle s'étrangla ; le goût amer déclencha des convulsions dans son estomac vide.

Au même moment, une femme entra dans les toilettes, accompagnée de ses deux jeunes enfants. En apercevant Becky Lynn, elle les retint par le col pour les entraîner à l'écart. Comme si elle souffrait d'une maladie contagieuse, songea la jeune fille avec amertume. Comme si elle risquait de les contaminer ! La plus âgée des deux enfants murmura des paroles que Becky Lynn n'entendit pas, et sa mère lui ordonna de se taire.

Les yeux brûlants de larmes, la jeune fille les regarda se diriger rapidement vers la rangée de W.-C. Malgré l'humiliation qu'elle éprouvait, elle ne pouvait en vouloir à cette femme de protéger ses enfants. Dieu sait combien elle aurait aimé que sa propre mère la protège de cette façon.

Elle repensa à Glenna, aux sanglots qu'elle avait entendus au moment de quitter la maison. Sentant gonfler le flot des larmes, elle dut cligner des yeux pour les refouler. Sa mère ne dormait pas. Sa mère la savait sur le point de s'enfuir de la maison ; pourtant elle n'avait pas tenté de la retenir.

Ses larmes refluèrent. En décidant de partir, elle avait fait le bon choix. D'ailleurs, elle n'en avait pas d'autre, songea-t-elle. Sa mère en était aussi consciente qu'elle. Voilà pourquoi elle l'avait laissée partir.

Becky Lynn se retourna vers le lavabo pour s'asperger le visage d'eau fraîche. Après quoi, elle sortit de son sac marin sa brosse à cheveux, sa brosse à dents et le tube de dentifrice. Elle se lava les dents, se peigna, puis fit une natte avec ses cheveux et la tint avec un élastique trouvé par terre.

Après avoir utilisé les W.-C., et vérifié qu'elle avait bien toutes ses affaires, elle ressortit dans le hall bruyant de la gare routière, puis s'aventura au-dehors.

Sa première vision de Los Angeles lui coupa le souffle. Partout où se posait son regard, elle ne voyait que d'immenses buildings, dépassant en hauteur tout ce qu'elle connaissait, de gigantesques constructions de béton, de verre et d'acier.

N'étant pas allée plus loin que Greenwood, Becky Lynn n'avait jamais vu de gratte-ciel. La tête renversée, elle tentait d'apercevoir les sommets des tours qui se découpaient dans le ciel d'azur. La taille de ces immeubles lui donnait le tournis ; les parois de verre frappées par les rayons de soleil renvoyaient des reflets d'une blancheur aveuglante.

Becky Lynn tournait la tête dans tous les sens, pour tenter d'apercevoir l'ensemble, à la fois hébétée, stupéfaite et grisée. Les voitures formaient un flot incessant ; jamais elle n'en avait vu autant, ni d'aussi variées, ni d'aussi luxueuses, certaines étant ornées d'incroyables peintures sur le capot, étincelantes comme le diamant d'un carat que Lurline Gentry avait exhibé dans le salon de coiffure jusqu'à ce que tout le monde en ait par-dessus la tête.

Bouche bée, la jeune fille regarda passer une immense limousine blanche aux vitres teintées, longue comme un semi-remorque. Un instant, elle s'imagina à bord d'une telle voiture. Que ressentait-on ? se demanda-t-elle.

Elle secoua la tête pour revenir sur terre et reporta son attention sur les passants qui se pressaient sur le trottoir. Les gens d'ici semblaient si différents des habitants de Bend. Là-bas, dans sa ville natale, les gens étaient blancs ou noirs, riches ou pauvres. Pas ici. Ici, ceux qu'elle voyait étaient de toutes les couleurs, de toutes conditions sociales. Beaucoup étaient habillés de manière curieuse, voire excentrique. Becky Lynn se crut victime d'une hallucination en voyant déambuler un homme et une femme entièrement vêtus de cuir et de chaînes, le crâne rasé sur les côtés, avec une grande crête de cheveux rouges et verts sur le dessus.

Et personne ne semblait leur prêter la moindre attention !

Un sourire illumina son visage ; elle sentait renaître son

optimisme et sa détermination. Ici, se dit-elle, personne ne la regarderait de travers. Ici, elle ne serait pas « différente », car ici tout le monde était différent. Personne ne saurait qu'elle était Becky Lynn Lee, pauvre jeune fille blanche bannie par la bonne société de Bend, trou perdu du Mississippi. Ici, elle pourrait prendre un nouveau départ, se donner une nouvelle identité, se bâtir une nouvelle vie. Comme elle l'avait espéré.

Elle avisa l'arrêt de bus, juste au moment où celui-ci arrivait. C'était un signe ! se dit-elle. Elle grimpa à bord et régla son billet en adressant un grand sourire au chauffeur. Aucun doute, la chance était maintenant de son côté.

12

Quand le soleil se couchait, les rues de Hollywood changeaient de visage. Les touristes regagnaient leurs hôtels, les commerces fermaient leurs portes. Les bars et les clubs ouvraient les leurs, et les gens de la nuit mettaient le nez dehors. Durant tout l'après-midi, Becky Lynn avait joui de la brise chaude parfumée aux vapeurs d'essence, du rayonnement ininterrompu du soleil sur les trottoirs et les façades des immeubles, du flot des passants…

Mais la lumière du jour avait à présent cédé la place à l'éclat artificiel des néons, et aux ombres noires, profondes. Tout à coup, Becky Lynn se sentait terriblement seule ; chaque coin de rue sombre, chaque entrée d'immeuble mal éclairée représentaient une menace.

Elle devait trouver un endroit pour la nuit.

Les bras noués autour de la poitrine, elle serrait contre elle son sac marin. Elle avait perdu un temps précieux cet après-midi à flâner à travers les rues de la ville, le nez en l'air, pour respirer le parfum entêtant de la liberté. Dans une cafétéria, elle avait commandé un véritable repas, trop copieux, et s'était goinfrée jusqu'à avoir des crampes d'estomac. C'est seulement après, alors que le soleil commençait à décliner, qu'elle avait songé à trouver un toit pour la nuit.

Comment avait-elle pu faire preuve d'une telle insouciance ? se demandait-elle en s'engageant dans Sunset Boulevard. Comment avait-elle pu être aussi stupide ? Elle avait déjà essayé plusieurs motels, dont les prix dépassaient ses faibles moyens. Dans certains, une seule nuit coûtait plus cher que ce qui lui restait en poche.

Soit soixante-quinze dollars.

Elle inspira profondément. C'était une somme ridicule. Si elle gaspillait en une nuit tout ce qu'elle possédait, que deviendrait-elle ensuite ? Elle devait agir intelligemment, garder la tête froide. Si elle se laissait dominer par la peur ou le désespoir, elle était perdue.

— Salut, poupée !

Un homme à la mine inquiétante s'avançait vers elle sur le trottoir, d'un pas sautillant. Il avait de longs cheveux raides et portait un jean noir moulant avec un blouson de cuir ouvert sur son torse jusqu'à la taille.

— Tu veux planer, *baby* ? J'ai tout ce qu'il faut !

Prise de panique, la jeune fille secoua la tête et s'empressa de contourner l'inconnu pour s'enfuir à grandes enjambées, le cœur battant à tout rompre.

Le type pivota sur ses talons et lui emboîta le pas.

— Hé, te sauve pas ! On peut s'arranger tous les deux. Dis ce que tu veux à ce vieux Johnny.

— Je ne veux rien, répondit-elle d'une voix tremblante. Fichez-moi la paix !

Elle se mit à courir pour lui échapper, et elle repensa brusquement à la dernière fois qu'elle avait couru de cette façon, avant d'être rattrapée, jetée à terre et... La peur l'étouffait, et alors même qu'elle s'interdisait de se retourner, elle jeta un coup d'œil par-dessus son épaule.

Le trottoir était désert.

Becky Lynn poussa un soupir de soulagement, proche du gémissement. L'homme au blouson de cuir avait renoncé à la suivre. Elle ne craignait plus rien.

Pour l'instant. Elle cessa de courir, pour marcher d'un pas vif. Chaque respiration lui arrachait une grimace de douleur, ses jambes étaient en feu, sa tête bourdonnait.

Mais elle refusait de s'arrêter, et même de ralentir. Sans songer à la douleur ni à la fatigue, elle se concentrait pour mettre un pied devant l'autre et continuer de marcher, droit devant.

Soudain, l'enseigne lumineuse d'un motel attira son attention :

unset otel. Le S et le M ne s'allumaient plus ; le néon rose clignotait à intervalles irréguliers en grésillant, comme s'il menaçait de rendre l'âme à chaque instant.

Becky Lynn s'y rendit. C'était un vieil hôtel, exigu et miteux, mais c'était mille fois mieux que la rue. Et peut-être abordable, se dit-elle sans oser l'espérer.

Elle poussa la porte. Le hall puait ; mélange d'odeurs de saucisse, de sueur et de fumée de cigare. Cette dernière odeur provenait du comptoir de la réception. Le veilleur de nuit mâchonnait en effet le mégot d'un gros cigare vert.

Le nez plissé, osant à peine respirer, la jeune fille s'avança vers lui. De l'autre côté du comptoir, l'homme détacha les yeux du petit téléviseur couleur posé par terre.

— C'est pourquoi ? demanda-t-il, sans cacher son mécontentement d'être ainsi dérangé.

— Pouvez-vous m'indiquer le prix des chambres, s'il vous plaît ?

— Vingt-deux dollars la nuit, répondit l'homme sans ôter le cigare de sa bouche. Pour la semaine, c'est un forfait. Et dans les deux cas, on paie d'avance.

Elle se dit que c'était dans ses moyens, même si cette somme creusait un trou effrayant dans son maigre pécule ; c'était toujours moins effrayant que l'idée de dormir dans la rue.

Elle laissa tomber son sac marin, avec un soupir d'épuisement mêlé de soulagement.

— Je vais prendre une chambre. Juste pour une nuit.

— Hé, tu sais pas lire, ma jolie ? grogna le veilleur de nuit, désignant d'un mouvement du pouce la porte vitrée et le néon qui clignotait de l'autre côté. C'est complet !

— Complet ? répéta la jeune fille d'une voix terne en regardant l'inscription lumineuse par-dessus son épaule.

Elle se retourna vers l'homme au cigare, l'air suppliant.

— Mais… vous n'avez vraiment rien ? Je vous en prie, je ne sais pas où dormir.

— Désolé, petite. Reviens demain matin.

Il ôta son cigare de sa bouche ; un peu de cendre tomba et

vint rejoindre les autres restes de tabac consumé sur son T-shirt qui avait été blanc autrefois.

— A cette heure-ci, expliqua-t-il, on est rempli de putes, de dealers et de types tout simplement trop bourrés pour rentrer chez eux. Tu n'as qu'à revenir demain.

Sur ce, il reporta son attention sur le téléviseur ; Becky Lynn ne le quittait pas des yeux.

— Oh, je vous en supplie, murmura-t-elle. Donnez-moi n'importe quoi.

L'homme ne réagit pas. Comprenant qu'il était inutile d'insister, et craignant de provoquer la colère de cet individu peu aimable, elle se pencha pour récupérer son sac marin, le hissa sur son épaule et se dirigea vers la sortie, en traînant les pieds, car elle répugnait à quitter la lumière et la sécurité de ce hall d'hôtel miteux et nauséabond.

Elle s'obligea à franchir la porte, puis s'arrêta sur le seuil, dans la lumière des néons. Où aller maintenant ? se demanda-t-elle, parcourue d'un long frisson. Que faire ?

Paralysée par la peur et l'indécision, elle demeura immobile. Plusieurs minutes s'écoulèrent. Des jeunes garçons entassés à bord d'une voiture décapotable passèrent en klaxonnant, et l'un d'eux lui cria une obscénité ; une autre voiture ralentit en arrivant à sa hauteur, comme si le chauffeur voulait la voir de plus près, puis repartit.

Le veilleur de nuit ouvrit la porte dans son dos. Il avait troqué son mégot contre un nouveau cigare. Son regard était sombre.

— Hé, faut pas rester ici, petite. On dirait que tu fais le tapin, tu vas m'attirer des ennuis avec les flics.

Elle le regarda, les yeux embués de larmes.

— Mais je ne sais pas où aller !

— Ça, petite, c'est pas mon problème. Y a un poste de police juste au bout de la rue ; ils s'occuperont de toi. Faut pas que tu restes ici.

Sur ces mots, il lui claqua la porte au nez, et demeura debout de l'autre côté de la vitre, en la foudroyant du regard. Quand il lui fit signe de décamper, elle reprit son sac et retourna dans la rue.

Le poste de police, songea-t-elle. Tu parles d'une idée ! Leur première réaction serait de prévenir ses parents. Or, Becky Lynn était certaine d'une chose : elle ne voulait pas retourner à Bend. Plus jamais.

Elle se remit à marcher. Les minutes se transformèrent en heures ; son sac marin pesait de plus en plus lourd, ses jambes aussi ; l'épuisement et le désespoir prirent l'aspect d'une hystérie calme. Elle ne pouvait plus continuer. Il fallait qu'elle s'arrête, pour se reposer. Elle déboucha bientôt dans une petite rue étroite, perpendiculaire au boulevard, bordée d'entrées d'immeubles profondes et sombres.

Tremblante de fatigue, Becky Lynn observa cette voie. Tapie dans l'embrasure d'une de ces portes, elle serait invisible de la rue, songeait-elle. Elle pourrait enfin dormir. L'idée de poser son sac, de s'allonger et de fermer les yeux avait quelque chose d'irrésistible. Si elle pouvait se reposer, ne serait-ce qu'un instant, elle serait capable ensuite de prendre une décision. Elle aurait la force et le courage de continuer.

Mais alors même qu'elle s'avançait vers la première porte, son instinct lui hurla de faire demi-tour. Elle s'immobilisa devant, en scrutant l'obscurité de peur que quelqu'un, ou quelque chose, n'en surgisse. Lentement, prudemment, elle avança un pied dans le noir, le cœur battant la chamade, certaine de sentir tout à coup une main épaisse se refermer autour de sa cheville et l'attirer vers le sol.

Rien ne se produisit. Aucune main ne s'empara d'elle ; le pas de porte était désert. Après un rapide coup d'œil sur les côtés et dans son dos, elle se faufila dans le recoin sombre et se laissa glisser jusqu'au sol en béton en se recroquevillant dans le coin, les genoux plaqués contre la poitrine.

Un long moment elle demeura prostrée dans cette position, le cœur battant, n'osant pas se détendre ni fermer les yeux.

Si elle réussissait à tenir jusqu'au lever du jour, songeait-elle, submergée de fatigue, tout irait bien.

Dans son rêve, Ricky était penché au-dessus d'elle, vociférant. Il l'avait prise au piège. Terrorisée, elle se recroquevillait dans le coin de sa cage d'acier. Tout en hurlant, Ricky lui donnait de petits coups avec son pénis long et dur et il lui faisait mal.

— Allez, debout ! Hé, tu entends ? Debout ! J'ai du travail, moi…

Becky Lynn gémit en remuant. Ricky cracha un juron et la poussa brutalement avec son pénis.

— Tu n'as pas le droit de dormir devant ma porte…

Allez, ouste ! Il lança un autre juron, plus violent, d'un air dégoûté.

— Ah, les jeunes, c'est tous les jours pareil !

— Assez…, murmura Becky Lynn à demi réveillée. Stop… ça suffit.

Elle leva la tête, et les bras en même temps, prête à parer un nouveau coup. Le soleil l'obligea à cligner des yeux. Un homme se tenait au-dessus d'elle. Ce n'était pas Ricky, mais un inconnu. Vêtu d'un grand tablier blanc, il tenait un balai pointé sur elle, à l'envers. Avec son épaisse tignasse et sa barbe blanches, il ressemblait au Père Noël. Becky Lynn l'observait d'un air hébété.

L'expression de l'homme se modifia : la pitié vint remplacer la colère et le dégoût. Il se racla la gorge.

— Désolé, tu ne peux pas rester ici. Il faut que j'ouvre ma boutique.

Les yeux plissés à cause du soleil, elle regarda autour d'elle, tandis que les vestiges de son rêve s'évaporaient. Les souvenirs revenaient : les rues, sombres et terrifiantes, peuplées d'individus étranges, son immense fatigue, cette embrasure de porte.

La lumière du jour. Le matin. Elle avait réussi.

— Si tu ne t'en vas pas, je devrai appeler les flics.

La jeune fille secoua la tête sans rien dire, et se releva. Son dos et ses épaules, furieux d'être restés contorsionnés si longtemps, hurlèrent en signe d'indignation ; ses jambes et sa tête se joignirent à ce concert de protestations.

Elle grimaça en ramassant son sac marin pour le hisser sur son épaule.

— Excusez-moi, murmura-t-elle en levant brièvement la tête, avant de baisser les yeux sur ses chaussures. Je ne savais pas où aller.

L'homme à la barbe blanche ne dit rien ; d'ailleurs elle n'espérait aucune réponse. Elle fit un pas vers l'entrée de la ruelle pour retourner sur le boulevard.

Dans son dos, l'homme poussa un long soupir, accompagné d'un juron étouffé.

— Hé, petite !

Becky Lynn s'arrêta et se retourna… L'homme lui tendait un billet. Un billet de vingt dollars ! Elle le regardait fixement, le cœur battant, sans oser y croire.

Vingt dollars. Une fortune. Un miracle.

Elle revint sur ses pas, en tendant une main tremblante vers le billet. Mais lorsqu'elle s'en saisit, l'homme refusa de le lâcher. Becky Lynn leva vers lui un regard surpris.

— Si jamais je découvre que tu as acheté de la drogue avec cet argent, dit-il, je te jure que…

Il avait pris un air menaçant, mais elle voyait briller au fond de ses yeux une formidable étincelle de gentillesse.

— … je te botte les fesses, conclut-il. Tu as bien compris ?

— Oui, je vous le promets. Et je vous promets aussi de vous rembourser un jour.

— Ouais, c'est ça.

Il lâcha le billet ; la jeune fille s'empressa de le glisser dans sa poche avant qu'il ne change d'avis. L'homme ouvrit la bouche comme s'il voulait ajouter quelque chose, mais il se ravisa, secoua la tête, pivota sur ses talons et disparut à l'intérieur de sa boutique.

Becky Lynn retourna au Sunset Motel. Elle faillit pousser un cri de joie en constatant que la mention « Complet » était éteinte. En plein jour, l'hôtel paraissait encore plus misérable. Sans doute regorgeait-il de rats et de cafards, mais elle s'en moquait ; les créatures qui rôdaient dans la rue l'effrayaient bien plus.

Elle régla une semaine d'avance ; il lui restait désormais moins de vingt dollars pour se nourrir. Combien de temps survivrait-elle avec cette somme ridicule ? se demanda-t-elle en contemplant d'un air abattu les billets et les pièces de monnaie regroupés au milieu du couvre-lit défraîchi. Pas très longtemps assurément.

Elle devait trouver un travail, et vite. Mais qui l'engagerait, avec son apparence de clocharde ? Tous les gens qu'elle croisait dans la rue la regardaient avec horreur, dégoût ou bien pitié.

Assez ! se dit-elle en serrant les poings. Si elle continuait à se lamenter sur son sort, jamais elle ne trouverait un travail. Or, elle était bien décidée à se faire embaucher. Il le fallait. Dès demain.

Elle rassembla son argent, plia soigneusement les billets, qu'elle glissa dans sa chaussure, et déposa les pièces dans son porte-monnaie. Puis, tirant le couvre-lit, elle se coula sous les couvertures, roulée en boule.

Dès qu'elle ferma les yeux, l'image du visage de sa mère envahit son esprit ; elle entendait sa voix, la voix des jours où elles étaient seules toutes les deux, ces jours où sa mère lui brossait longuement les cheveux, avec amour.

« Tu n'es pas comme les autres, Becky Lynn. Tu es une fille intelligente. Tu peux réussir dans la vie. »

Becky Lynn enfouit son visage dans l'oreiller, en essayant de s'accrocher à cette pensée, à ces mots, la poitrine comprimée par les sanglots. Sa mère lui manquait tellement ; elle aurait tant aimé la toucher, la serrer un instant dans ses bras.

Car même si celle-ci n'avait jamais su être une véritable mère, Becky Lynn n'en avait pas connu d'autre, évidemment ! Et à sa façon, Glenna l'avait aimée, de son mieux.

Les larmes jaillirent sous ses paupières closes. Sa mère avait souhaité qu'elle parte, qu'elle quitte la maison. C'était la bonne solution, la seule qui s'offrait à Becky Lynn.

Si seulement elle n'était pas rongée par le remords !

Elle dormit vingt-quatre heures d'affilée. Quand elle se réveilla enfin, elle osa s'aventurer dehors. Cette nouvelle journée ressemblait en tout point à la précédente. Rien n'avait changé, à l'exception des visages des passants. Affamée, elle partit en quête d'une épicerie, qu'elle trouva à deux pâtés de maisons de là, au coin de la rue.

Elle acheta un berlingot de lait, un pot de beurre de cacahuète et un paquet de pain de mie. Ces maigres emplettes lui coûtèrent presque la moitié de ses économies. Au moment de payer, elle tenta de masquer son désespoir. Pendant que l'épicier emballait ses provisions, elle lui demanda s'il n'avait pas un petit travail pour elle. Il fit non de la tête, sans même la regarder.

Au moins avait-elle posé la question, se dit-elle pour combattre le découragement. Au moins avait-elle essayé. Cet effort lui avait simplement coûté une parcelle de sa confiance.

De retour au motel, Becky Lynn regagna discrètement sa chambre, et verrouilla sa porte. Elle se prépara un sandwich au beurre de cacahuète dont elle dévora aussitôt la moitié, en mangeant comme un vrai cochon, enfournant les morceaux de pain dans sa bouche, léchant ses doigts et le couteau, ramassant les miettes éparpillées sur le couvre-lit. La seconde moitié, elle la consomma plus lentement, en s'obligeant à mâcher chaque bouchée. Son estomac réclamait un autre sandwich à cor et à cri, mais elle tint bon, malgré la faim qui la tenaillait. Elle savait qu'elle devait se rationner.

Quelque peu rassasiée malgré tout, elle s'assit en tailleur sur le lit pour tenter d'analyser posément la situation. Elle avait un toit au-dessus de la tête, et le ventre plein. L'avant-veille, elle n'avait ni l'un ni l'autre. Elle repensa à Ricky et à Tommy, à son père et à son frère. Trois jours plus tôt, elle était encore à leur merci. Désormais, ils ne pourraient plus poser la main sur elle, ils ne pourraient plus prendre de force ce qui ne leur appartenait pas, ils ne pourraient plus l'humilier et la martyriser. Et même si les gens, dans la rue ou ailleurs, la regardaient avec dégoût ou pitié, ils n'éprouvaient pour elle aucune haine ; ils ne cherchaient pas à lui faire du mal pour la punir d'être simplement ce qu'elle était.

Appuyée contre la tête de lit, elle contemplait le plafond craquelé et écaillé. D'une certaine façon, elle se sentait parfaitement à sa place ici, à Hollywood. Les rues étaient pleines de marginaux comme elle, parmi lesquels elle se fondait. Jamais encore elle n'avait eu ce sentiment d'appartenir à une majorité, elle que l'on montrait toujours du doigt à cause de sa différence.

Elle aimait cela ; curieusement, cette sensation d'être invisible la rendait plus forte.

Avec un petit sourire, elle porta une main à son visage et la fit glisser sur sa joue. L'hématome avait dégonflé ; la marque violacée n'était plus qu'une légère tache jaunâtre. Les bleus qui couvraient son corps avaient commencé à disparaître eux aussi ; la douleur entre ses cuisses s'était atténuée ; elle ne réapparaissait que dans ses cauchemars, quand ses défenses tombaient et laissaient entrer en elle les souvenirs.

Becky Lynn décida de s'accorder une journée supplémentaire pour dormir et panser ses blessures ; après quoi elle se ferait un nouveau look et partirait en quête d'un travail. Elle était bien décidée, s'il le fallait, à frapper à toutes les portes, à aller voir tous les commerçants de Hollywood. Quelqu'un finirait bien par l'engager.

La journée du lendemain fut un échec, tout comme les deux jours suivants. Pas le moindre travail en vue. Les gens qu'elle interrogeait posaient les yeux sur elle et secouaient aussitôt la tête. La plupart du temps, ils ne lui laissaient même pas le temps de formuler sa demande.

Le soir, épuisée et découragée, Becky Lynn s'enfermait dans sa chambre d'hôtel miteuse et passait la nuit à songer aux minutes, aux heures qui défilaient, dévorant peu à peu le temps dont elle disposait avant de se retrouver à la rue, et elle se demandait avec angoisse ce qu'il adviendrait d'elle si d'ici là elle ne trouvait pas de travail.

Les yeux fermés, elle repensait à ces filles qu'elle voyait arpenter les rues, dont certaines paraissaient plus jeunes qu'elle, malgré leurs visages trop maquillés, leurs jupes courtes et moulantes, et surtout leur air désespéré, égaré.

Il y avait là quelque chose de risible assurément, mais Becky Lynn aurait voulu leur venir en aide. Plus d'une fois elle avait été sur le point de leur offrir des conseils, ou même de l'argent, un moyen de s'en sortir. Elle qui, d'une certaine façon, était dans une situation bien plus dramatique. Elle qui, bientôt, se verrait confrontée à un choix similaire, un destin semblable, si elle ne trouvait pas de travail.

Elle serra les poings. Non ! se dit-elle. Jamais elle ne finirait comme ces filles. Elle préférait encore se nourrir dans les poubelles et dormir dans la rue plutôt que de vendre son corps. Elle préférait mourir plutôt que de laisser des mains étrangères, comme celles de Ricky et de Tommy, se poser sur elle.

Becky Lynn reporta son attention sur l'annuaire des Pages Jaunes ouvert devant elle sur le lit. Jusqu'à présent, elle avait tenté sa chance dans tous les commerces qui se présentaient : cafétérias, boutiques, banques ou magasins de souvenirs. Elle n'avait jamais travaillé qu'au salon de coiffure de Miss Opal, pourquoi ne pas utiliser cette expérience pour trouver un emploi ? songea-t-elle, surprise de ne pas y avoir pensé plus tôt.

Armée d'un bloc de feuilles fourni par le motel et d'un stylo, elle fit glisser son index sur la liste des instituts de beauté situés dans les environs. Ecartant ceux qu'elle avait déjà visités au gré de ses déambulations, elle nota les adresses des autres. Pour gagner du temps, elle les localisa d'abord sur le plan de la ville qui figurait dans l'annuaire téléphonique, avant de dresser sa propre carte, en fonction de la proximité des salons par rapport au motel.

Le lendemain matin, remplie d'une nouvelle détermination et munie de son plan, elle se rendit au premier salon de sa liste. En approchant de l'adresse en question, elle s'aperçut qu'elle était passée plusieurs fois devant, sans savoir de quoi il s'agissait.

L'extérieur était en marbre rose et vert. Le numéro et le nom de l'établissement étaient inscrits en lettres de cuivre étincelantes, et une grande marquise à rayures blanches et vertes, partant de la double porte vitrée, s'étendait presque jusqu'au trottoir.

Becky Lynn fit la grimace. Très rapidement, elle avait appris qu'il existait deux sortes d'établissements à Hollywood, ceux pour les riches et ceux pour les gens qui ne l'étaient pas. Elle avait appris également que l'accès aux premiers lui était interdit. La plupart possédaient à l'entrée des portiers qui montaient la garde afin que des individus comme elle, qui ne connaissaient pas les règles ou choisissaient de les ignorer, ne puissent franchir le seuil.

Cet établissement ne faisait pas exception. Mais aujourd'hui, par chance, pour une raison quelconque, le gardien du bon goût n'était pas à son poste à cet instant.

La jeune fille jeta un rapide coup d'œil par-dessus son épaule. Et puis zut ! se dit-elle. Qu'avait-elle à perdre après tout ? Elle s'avança sous la marquise et marcha à grands pas vers la double porte de verre. Au pis, ils pouvaient juste la prier de sortir. Ce ne serait pas la première fois qu'on la mettrait dehors.

Au moment où elle franchit la porte, elle fut assaillie par le martèlement de la célèbre chanson de Tina Turner *What's Love Got To Do With It ?* et la délicieuse odeur du café frais.

Ses yeux écarquillés balayèrent les lieux, et elle retint son souffle. Ce salon n'avait rien à voir avec celui de Miss Opal. Oh non. C'était immense. Et luxueux. La salle d'attente était meublée de moelleux canapés de cuir blanc, accompagnés de quelques chaises en rotin recouvertes de chintz à fleurs. Les tables étaient du même marbre vert et rose que la façade, les pieds étaient en cuivre. Sur une desserte en marbre on avait déposé un service à café en argent et un plateau de pâtisseries dont le simple aspect donnait l'eau à la bouche.

Becky Lynn parvint à en détacher son regard pour découvrir le reste du décor. Sur les murs étaient accrochées de très belles photos en noir et blanc de femmes célèbres. Elle s'avança pour les admirer de plus près. Brooke Shields. Isabella Rossellini. Renée Simonsen. Daryl Hannah.

Fascinée, elle s'approcha davantage. Les photos étaient dédicacées ! Le cœur battant, elle se dirigea vers un autre mur, couvert uniquement d'inscriptions manuscrites. Elle se figea, bouche bée. C'étaient des signatures, comme dans un livre d'or. Farrah Fawcett. Nancy Reagan. Kathleen Turner.

Inconsciemment, elle recula d'un pas. Elle n'avait rien à faire ici ! songea-t-elle. Au cours des deux derniers jours, elle avait essuyé des refus dans des commerces minables ; jamais elle ne se ferait engager dans un endroit comme celui-ci.

— Bonté divine, est-ce votre couleur naturelle ?

Surprise, la jeune fille se retourna brusquement, en portant une main à sa gorge. La femme qui venait de paraître à l'autre bout de la pièce était entièrement vêtue de noir : pantalon de soie et chemisier assorti, fermé par une fine cravate, noire elle aussi. De toute évidence, c'était une femme élégante et sophistiquée, à qui la classe ne manquait pas, ni l'argent.

Becky Lynn songea à son propre aspect, avec son jean délavé et son T-shirt, ses baskets éculées, son visage livide, sans maquillage. Une fois de plus, elle se dit qu'elle n'avait rien à faire dans cet endroit.

— Je... vous demande pardon, madame ?

La femme fit quelques pas dans la pièce.

— Votre couleur de cheveux ? C'est naturel ? répéta-t-elle.

Becky Lynn porta sa main à ses cheveux, par automatisme, en avalant sa salive.

— Oui, madame. Maman disait toujours que ça lui rappelait le soleil couchant.

— Le soleil couchant ? répéta la femme en noir avec un petit sourire qui plissa le coin de ses yeux. C'est adorable. Et tellement juste !

Elle franchit la distance qui les séparait. Son regard croisa celui de Becky Lynn. Jamais cette dernière n'avait vu des yeux aussi bleus, remplis d'une telle chaleur humaine.

— Désolée de vous avoir effrayée, reprit la femme. Si cela peut vous consoler, vous m'avez fait peur vous aussi. C'est Mac qui vous a laissée entrer ?

Becky Lynn secoua la tête.

— Euh... non, je... La porte était ouverte.

La femme en noir tourna la tête vers le battant de verre, avant de revenir sur la jeune fille. Elle l'observa de la tête aux pieds, comme si elle découvrait tout à coup qu'elle n'avait aucune raison de se trouver ici. Son sourire s'évanouit.

— Que désirez-vous ? demanda-t-elle.

— Je… je suis désolée, bredouilla Becky Lynn en reculant d'un pas. Je m'en vais.

La femme fronça les sourcils, la tête penchée sur le côté ; et Becky Lynn vit qu'elle était à la fois perplexe et méfiante. Son regard glissa discrètement vers le service à café en argent.

— Vous vouliez quelque chose ?

La jeune fille se mordilla nerveusement la lèvre inférieure. « Vas-y, demande-lui, se disait-elle. Tu n'as rien à perdre… »

— Euh… je…

Elle avait du mal à maîtriser le tremblement de sa voix.

— Pourrais-je parler au patron ou au gérant ?

— Je suis la propriétaire de cet institut. Je m'appelle Sallie Gallagher. Que puis-je pour vous ?

Becky Lynn joignit ses mains.

— Je… euh… je cherche du travail.

Etouffée par l'émotion, elle dut se racler la gorge avant de poursuivre :

— J'espérais que vous auriez quelque chose pour moi.

La femme ouvrit la bouche, et Becky Lynn attendit la réponse habituelle et automatique qu'elle avait entendue des dizaines de fois au cours de ces derniers jours : « Désolée, il n'y a rien. »

Son cœur se serra, les larmes lui vinrent aux yeux. Pourtant, elle refusait de s'avouer vaincue sans combattre. Elle ne pouvait pas se le permettre.

— Je vous en supplie, insista-t-elle sans laisser à la femme le temps de formuler sa réponse. Je ferai tout : je balaierai, je nettoierai les bacs, j'irai faire les courses. Tout ce que vous voudrez. J'ai de l'expérience, vous savez. Et… j'ai vraiment besoin de travailler.

La femme continuait de l'observer, le front plissé.

— Tu as de l'expérience, dis-tu ?

Sa voix douce et rauque rappelait à Becky Lynn le bruissement du fleuve Mississippi au mois d'août.

Elle acquiesça, sentant son pouls s'accélérer.

— Oui, madame.

— Quelle expérience ?

Becky Lynn hésita ; elle craignait en évoquant son passé qu'on ne retrouve sa trace.

— J'ai travaillé dans un salon de coiffure là-bas, chez moi. Je faisais les shampoings, je nettoyais par terre, je m'occupais des courses, et aussi de l'inventaire… Je préparais même les colorations… quelquefois.

Cette dernière affirmation était un mensonge, mais si on la mettait au pied du mur, elle pourrait toujours se débrouiller, songea-t-elle.

— Chez toi ? C'est-à-dire ? demanda la patronne du salon.

Becky Lynn se balançait nerveusement d'un pied sur l'autre.

— Dans le Mississippi, madame.

— Oh, je vois.

Et voilà, elle allait la mettre à la porte ! Becky Lynn le voyait dans ses yeux, elle le devinait au son de sa voix. Sentant sa chance lui échapper, elle ajouta :

— Je suis très travailleuse. Et j'apprends vite. Je… je…

Une fois de plus, les larmes menaçaient de la submerger. Elle dut lutter pour les refouler.

La femme en noir fit la moue, comme si elle réfléchissait intensément.

— Tu as vraiment besoin de ce travail, hein ?

Becky Lynn acquiesça, en gardant les yeux baissés.

— Aurais-tu des ennuis, par hasard ?

La jeune fille leva la tête, mais en détournant le regard ; la femme fronça les sourcils.

— Avec la police ?

— Oh ! non, madame. Rien de tel ! Jamais je ne ferais une chose qui…

— Tu ne te drogues pas au moins ?

Cette fois encore, Becky Lynn secoua la tête avec véhémence.

La propriétaire de l'institut baissa les yeux un instant, avant de croiser ceux de la jeune fille.

— Très bien, dit-elle, j'accepte de te donner une chance. Une seule. Je ne peux t'offrir que le salaire minimum pour commencer, et j'attends de toi le maximum d'efforts en échange. Mais si tu fais tes preuves, si tu réussis à percer, je t'augmenterai.

N'osant y croire, Becky Lynn porta ses mains à sa poitrine. Un travail ! Elle avait trouvé un travail… Ces mots tourbillonnaient dans sa tête ; le soulagement et la gratitude lui donnaient le tournis.

— Oh ! merci, madame. Merci !

Un immense sourire éclaira son visage, le premier sourire depuis ce jour maudit où Ricky et Tommy l'avaient sauvagement agressée.

— Vous n'aurez pas à le regretter, madame, je vous le promets !

La femme en noir lui rendit son sourire.

— Je l'espère. Mais commençons par mettre certaines choses au point. Mon nom est Sallie, et je te demande de l'utiliser. Quand on m'appelle « madame », j'ai l'impression d'être une grand-mère.

— Entendu, mad… Sallie.

— Ensuite, j'aimerais savoir comment moi je dois t'appeler ?

— Becky Lynn, répondit-elle en rougissant.

Sallie lui sourit de nouveau, chaleureusement.

— Je vais te faire remplir quelques papiers. Si tu es prête à commencer dès aujourd'hui, c'est parfait. Nous sommes débordés.

— Oh, oui, pas de problème, mad… euh, je veux dire, Sallie.

— Très bien, déclara Sallie Gallagher en lui tendant la main. Bienvenue à l'Image Shop, Becky Lynn.

13

Quatre années s'étaient écoulées depuis sa bouleversante expérience sur le canapé de Gina, et, à compter de ce jour, Jack et elle essayaient de se voir le plus souvent possible. Il n'était pas question d'amour dans l'esprit de Jack, pas plus que dans celui de Gina. Ni l'un ni l'autre ne considéraient leur relation comme une relation exclusive : Jack savait que Gina fréquentait d'autres hommes, qu'elle couchait avec d'autres hommes ; elle savait qu'il faisait la même chose de son côté. Parfois, couchés dans le même lit, ils riaient de leurs expériences respectives ou bien ils partageaient des détails intimes sur leurs autres relations.

Jetant un coup d'œil à sa montre, Jack constata que Gina avait, comme à son habitude, du retard ; déjà une demi-heure. Nullement perturbé par ce contretemps, il continua d'étudier les planches contact d'un travail qu'il avait achevé la veille, en poursuivant le cours de ses pensées. Gina et lui se comprenaient ; ils possédaient les mêmes goûts, les mêmes aversions, les mêmes expériences ; ils aimaient être ensemble. Et sur le plan sexuel, l'alchimie fonctionnait à merveille.

Alors, même si les sentiments qui les unissaient manquaient de profondeur et d'affection, au moins étaient-ils honnêtes. Dans une ville et dans un métier entièrement fondés sur l'illusion, la sophistication et l'ego, c'était là une chose rare et précieuse, bien plus fiable, plus digne de confiance que ne le serait jamais l'amour.

Voilà pourquoi, au fil des ans, Jack avait toujours protégé jalousement leur relation. Tout comme Gina.

Il passait en revue les planches contact avec un petit sourire sur les lèvres. Ce travail, commandé par un marchand de confection de Melrose, peu connu du grand public mais très chic, était bien payé, et les photos étaient bonnes. Il s'arrêta un instant sur le cliché le plus efficace, le plus fort de toute la série, et l'examina, satisfait. Ce genre de photo dans son book lui permettrait de se faire une place au soleil.

Malheureusement, l'avis du commerçant différait du sien quant au choix de la meilleure photo.

Le client avait tort. Jack s'était permis de lui en faire poliment la remarque. L'homme l'avait remercié pour son avis, sans pour autant revenir sur sa décision.

Avec un petit grognement de mépris, Jack lança les planches contact sur la table lumineuse et se leva. Il était toujours stupéfait de voir quelqu'un lui verser une forte somme d'argent en échange de son savoir-faire, pour s'en désintéresser juste après. Décidément, la nature humaine était parfois bizarre, se disait-il.

Il s'étira et regarda de nouveau sa montre, en se demandant à quelle heure arriverait enfin Gina. Mais il ne pouvait pas se plaindre, bien que cela fût dans sa nature, car Gina posait pour lui gratuitement. Elle lui faisait don de son temps et de son talent, don de son visage célèbre. Sa présence dans le book de Jack conférait à ce dernier une stature professionnelle ; elle lui ouvrait des portes qui, autrement, demeureraient closes. Un ordre hiérarchique régnait dans ce métier : les filles les plus célèbres ne posaient que pour les photographes les plus célèbres, les étoiles ne côtoyaient que d'autres étoiles.

Et celle de Gina brillait d'un éclat beaucoup plus vif que celle de Jack.

Pour le moment, songeait-il.

Il s'étira de nouveau, impatient de se mettre au travail, démangé par l'envie, le besoin de faire quelque chose. Il détestait l'oisiveté. Le temps qu'il passait dans son studio, le temps qu'il consacrait à la photographie était limité. Chaque jour qui s'écoulait devait le rapprocher de son but, chaque jour d'inactivité le rongeait. Le désir de progresser vers l'objectif qu'il s'était fixé le dévorait ; il rêvait de ce jour où, enfin, il pourrait jeter sa réussite au visage de Giovanni.

L'impatience bouillonnait en lui, sans qu'il puisse calmer ses ardeurs. Pour tromper l'attente, il se dirigea vers le mur du fond de son studio, sur lequel il avait épinglé ses meilleures photos, des tirages de ses clichés publicitaires : la publicité des montres Rolex pour un bijoutier de Rodeo Drive, la photo de plage réalisée pour l'office du tourisme, la pochette de l'album d'un groupe de rock local.

Jack promena un regard critique sur chacun des clichés en s'efforçant de conserver un avis objectif. Satisfait de son travail, il reporta ensuite son attention sur le centre du mur où il avait fixé la double page découpée dans le *Los Angeles Magazine*, et dont la présence servait à lui rappeler en permanence qui il était, et quel était son but.

La double page réalisée par Carlo. Le travail de Carlo.

Il posa le même regard critique sur l'œuvre de son demi-frère, avec un mélange de mépris et de détermination qui le rongeait et le stimulait tout à la fois. Simple débutant en quête de petits boulots, comme lui, Carlo était devenu en un temps record un photographe dont la réputation ne cessait de croître, un photographe qui pouvait désormais choisir ses commandes et ses mannequins.

Non pas grâce à son talent ou à un travail acharné, mais simplement parce qu'il était le fils de Giovanni. Son fils reconnu. Jack fit craquer ses doigts. Depuis deux ans il avait vu les portes s'ouvrir les unes après les autres devant Carlo, il avait assisté à son ascension professionnelle. Aujourd'hui, ce dernier vivait de son métier de photographe, et il en vivait bien, de toute évidence.

Le fait d'être le bâtard de Giovanni n'ouvrait aucune porte. Mais peu importe, se disait Jack. Un jour, il leur montrerait à tous les deux de quoi il était capable ; il réussirait. Grâce à son seul talent. Sans avoir besoin de faveurs et d'appuis.

Un souvenir lui revint à la mémoire. Carlo et Jack s'étaient croisés une fois dans la rue. Son demi-frère, qui avait vu quelques-uns de ses propres clichés, s'était permis une plaisanterie : « Les petits boulots te conviennent bien, Jack, avait-il ironisé. Continue comme ça. »

Jack s'était senti démangé par l'envie de lui sauter dessus, de lui écraser le nez d'un coup de poing et de l'envoyer au tapis. Réussissant malgré tout à conserver son sang-froid, il avait demandé à Carlo, avec un sourire glacial, s'il serait capable de faire une photo « sans que papa lui tienne la main ».

En voyant la bouche de son demi-frère se crisper devant cette pique, Jack avait éprouvé une intense satisfaction.

De courte durée, hélas. Car même s'il lui en coûtait de l'admettre, Carlo possédait un talent indéniable. Les yeux plissés, Jack examinait le travail de son demi-frère, épinglé sur le mur. Carlo avait développé un style très proche de celui de leur père : sobre, direct et teinté d'un fort érotisme.

Jack, quant à lui, s'était découvert un goût plus marqué pour la lumière naturelle et la prise de vue en extérieur, à cause des possibilités qu'offraient l'une et l'autre. De même, il s'était aperçu qu'il aimait les compositions et les éclairages complexes ; il préférait le baroque au dépouillement.

Il avait du talent, il le savait. Il possédait un talent original, quelque chose de particulier — un « œil », une vision ou simplement du métier. En tout cas, il était bon ; il le sentait au plus profond de lui-même, jusque dans ses tripes d'où montaient des grognements de bonheur quand la photo correspondait à son attente.

Jack se détourna du mur de photos pour embrasser du regard son studio de deux cents mètres carrés. Comparé aux quatre mille dont disposait Giovanni, cet espace de travail était ridiculement petit, mais il lui appartenait. Jack travaillait dur pour se l'offrir. Le soir, il était serveur dans un restaurant chic de Beverly Hills ; la journée il démarchait les agences de publicité, ratissait le monde de la mode avec son book sous le bras.

Soudain, la porte du studio s'ouvrit violemment, et Gina apparut.

— Désolée, je suis en retard !

Elle fit irruption dans le studio, telle une tornade, son press-book sous le bras, un grand sac fourre-tout sur l'épaule, ses longs cheveux blonds ébouriffés par le vent. Gina conduisait une Alfa-Roméo décapotable rouge ; Jack ne l'avait jamais vue rouler avec le toit fermé.

Il sourit, et demanda :

— La matinée a été dure ?

La jeune fille s'avança vers lui, laissa tomber son fourre-tout en chemin et se dressa sur la pointe des pieds pour déposer un baiser amical sur ses lèvres.

— Ne m'en parle pas ! J'ai dû me taper quatre auditions. Je commence à en avoir marre de ces conneries. Quand vont-ils enfin se décider à m'engager sur mon expérience ? Pourquoi est-ce que je dois passer un examen chaque fois ?

Jack laissa échapper un petit rire.

— C'est simple, ma jolie : les clients veulent pouvoir te mater. Avec un peu de chance, ils espèrent même te voir en petite culotte !

Gina renifla avec mépris.

— Tu parles ! Ils voudraient carrément glisser la main dedans ! Ce vieux dégueulasse m'a peloté les fesses. Tu te rends compte ? Je ne devrais plus être obligée de supporter ça !

Cette fois, Jack s'esclaffa franchement.

— Ah, le martyre des créatures de rêve…

La jeune fille fit passer son T-shirt par-dessus sa tête et le lui jeta au visage.

— Prends-moi, Gallagher !

— Plus tard. On a du travail.

Il ramassa le T-shirt et le lui renvoya.

— Les vêtements sont derrière le paravent.

Gina marmonna quelques paroles où il était question de toujours travailler sans avoir jamais un moment de détente, mais elle récupéra son T-shirt, son sac et alla se changer. Aujourd'hui, c'était une séance en intérieur ; Jack avait décidé de travailler avec son boîtier 6x6 et un pied, deux instruments qu'il jugeait trop contraignants, mais obligatoires. Il avait besoin de diversité pour agrémenter son book.

— Au fait, comment ça s'est passé avec les types de chez Calvin Klein ? demanda Gina derrière le paravent.

— Mal.

Son agent lui avait obtenu par miracle un rendez-vous avec les responsables du marketing de chez Calvin Klein. Ceux-ci cherchaient en effet un nouveau photographe pour réaliser le catalogue de printemps. C'était une formidable occasion sur le plan financier, mais, surtout, une telle commande aurait fait faire un bond astronomique à sa carrière.

— Ils ont aimé mon travail, mais ils ont dit que je manquais encore d'expérience, expliqua Jack en fixant un appareil Polaroid au dos de son boîtier Hasselblad. Ils m'ont conseillé de revenir dans quelques années.

Gina sortit la tête de derrière le paravent.

— Je suis vraiment désolée pour toi, Jack.

Il croisa son regard et y discerna une authentique lueur de regret.

— Bah, il y aura d'autres occasions, dit-il.

— Au moins, ils t'ont ouvert leur porte ; ils connaissent ton nom maintenant.

— Oui, c'est juste.

Cependant, la frustration et l'impatience qui le dévoraient l'empêchaient de trouver un motif de satisfaction dans ce maigre résultat. Une seule chose comptait, une seule lui permettrait d'atteindre son but : décrocher une grosse commande.

Pendant que Gina finissait de se changer, Jack s'occupa de régler les éclairages, de charger les appareils et de préparer tout le matériel dont il pouvait avoir besoin au cours des prises de vue. Il n'avait pas les moyens de s'offrir un assistant et ne voulait surtout pas rompre l'élan créateur de la séance en cherchant aux quatre coins du studio un nouveau film ou quelque autre élément qu'il aurait oublié.

— Remarque, reprit-elle, Carlo n'a pas été choisi lui non plus.

Occupé à charger un appareil, Jack s'immobilisa brusquement ; il tourna la tête vers le paravent.

— Hein ? Que dis-tu ?

Gina hésita.

— Euh… Il paraît qu'il a été contacté lui aussi. Et qu'il n'a pas décroché le contrat. Si ça peut te consoler, je parie qu'il était fou de rage d'apprendre que tu avais été convoqué toi aussi.

Jack fronça les sourcils.

— On sait que j'ai été contacté ?

Gina parut hésiter de nouveau.

— Ce n'est pas un secret, n'est-ce pas ? Le monde de la mode est si petit…

— Qui d'autre a-t-on contacté, à part Carlo et moi ?

— Je l'ignore.

Jack était soudain envahi d'un étrange sentiment, comme si Gina savait quelque chose qu'elle ne voulait pas lui révéler. Finalement, il repoussa cette sensation, jugée stupide. Que pouvait-elle lui cacher ? s'interrogea-t-il. Et pourquoi ? Ils se disaient toujours tout.

— Alors, tu es bientôt prête ? demanda-t-il.

Il promena le posemètre au-dessus du décor afin de tester l'intensité de la lumière, en sachant qu'il devrait recommencer l'opération une fois que Gina serait en place.

— J'aimerais bien faire ces photos pendant que nous sommes encore jeunes, déclara-t-il.

— Espèce de salaud ! répondit-elle avec un éclat de rire en émergeant de derrière le paravent.

Elle portait maintenant un jean moulant et élimé, avec un blouson de cuir noir par-dessus un T-shirt blanc, et de grosses bottes de moto.

— Qu'est-ce que je fais de mes cheveux ? demanda-t-elle.

— Laisse-les comme ça pour l'instant. Je veux un truc sauvage.

Il promena sur elle un regard scrutateur. Il cherchait à obtenir un effet brutal, presque violent. Avec cette tenue, les longs cheveux blonds et les yeux bleus de la jeune fille, sa beauté innocente, créaient une sorte de choc visuel.

— Enlève ton T-shirt. Nue sous le blouson, c'est génial ! On va te faire un regard plus sombre.

Quelques instants plus tard, Jack était en place derrière son appareil photo, et Gina devant.

Dans ces moments-là, le temps s'arrêtait pour lui ; le monde qui l'entourait cessait d'exister. La réalité cédait la place à cette petite image rectangulaire qu'il apercevait dans le viseur de son appareil.

Gina et Jack travaillaient avec énormément d'aisance et de rapidité, comme s'ils pouvaient lire dans leurs pensées respectives.

— Oui, comme ça. Formidable ! Penche la tête sur le côté… oui, parfait !

Elle réagissait immédiatement et sans poser de question à chacun de ses ordres.

C'était un plaisir de travailler avec elle, se disait Jack, comme avec tous les mannequins expérimentés. Gina avait perdu toute timidité depuis des années ; elle savait donner à un photographe exactement ce qu'il cherchait, ou improviser quand celui-ci ignorait au contraire ce qu'il voulait. Quand il travaillait avec Gina, Jack était libre de se concentrer uniquement sur la qualité de la photo.

Lorsqu'il estima avoir pris assez de clichés pour disposer d'un large éventail, il se redressa, et retrouva sa place dans le monde de la réalité. Un grand sourire apparut alors sur son visage.

— Tu as été formidable, ma chérie ! Comme toujours.

Il s'avança vers elle pour l'embrasser.

— Je crois qu'on a fait du bon boulot !

Il l'embrassa de nouveau, plus longuement.

La jeune fille glissa les doigts sous sa chemise en levant vers lui un regard provocant.

— J'ai envie de fêter ça, ajouta-t-elle.

Et, joignant le geste à la parole, elle fit tomber le blouson de cuir d'un mouvement d'épaules. Puis elle plaqua contre lui ses seins nus, en nouant les mains dans sa nuque pour l'attirer vers elle.

— Laisse-moi te prouver mon admiration, susurra-t-elle.

N'étant pas homme à protester, Jack obéit.

*
* *

Un peu plus tard, Jack préparait les films en vue du développement pendant que Gina se rhabillait et se démaquillait. Il souriait en numérotant chaque rouleau de pellicule, et en songeant à la séance d'essai prévue cet après-midi à 15 h 30. Il avait rencontré la fille au centre commercial et, se présentant à elle, lui avait proposé de poser pour lui. N'ayant que quatorze ans, elle devait venir accompagnée de sa mère.

— Ça te dit d'aller au restaurant ? suggéra Gina, dont la tête venait d'émerger de derrière le paravent. J'ai quartier libre toute la journée et je meurs de faim !

— Bonne idée. On va au restau mexicain ?

— Non, trop lourd. Thaï, ça te va ?

— Parfait.

Il rangea son Hasselblad, avant de remballer les objectifs.

Gina avait posé son press-book sur la table de travail, à côté de la sacoche de l'appareil photo. Poussé par la curiosité, il l'ouvrit et entreprit de le feuilleter, s'arrêtant brusquement sur deux photos qu'il ne connaissait pas.

Deux photos provocantes. Deux portraits sur lesquels Gina regardait fixement l'objectif, les lèvres entrouvertes et légèrement retroussées, le regard vaporeux, avec un air d'extase. Il s'agissait d'une publicité suggestive pour un nouveau parfum, et l'on devinait entre le photographe et son modèle des rapports très intimes.

Jack reconnut aussitôt le style de ces deux clichés. D'ailleurs, le nom de la marque était là pour l'aiguiller ; dans ce métier, tout le monde savait pour quels clients travaillait tel ou tel photographe.

Aucun doute, ces deux photos sortaient de l'appareil de Carlo. Wildflower était un de ses clients.

Gina ressortit de la salle de bains.

— Tu ne croiras jamais ce qu'on m'a raconté au sujet de Patti Han...

Elle s'interrompit en voyant Jack penché au-dessus de son press-book.

— Qu'est-ce que tu fais ?

Il soutint son regard.

— Je jette un coup d'œil sur ton book. Ça te gêne ?

— Non, bien sûr que non.

Elle se racla la gorge, et changea de sujet.

— Si on allait manger ? J'ai vraiment faim !

— Oui, je sais, répondit-il en reportant son attention sur les photos. Tu ne m'as pas dit que tu avais posé pour Carlo !

— Ah bon ? fit-elle avec un sourire crispé. J'ai dû oublier. Ça remonte à deux ou trois mois.

— Ce sont de bonnes photos.

— Merci.

— Excellentes, même.

Elle s'avança en tendant la main pour récupérer son dossier, visiblement très mal à l'aise.

— Merci, répéta-t-elle.

Pris d'une rage soudaine, Jack ignora sa main tendue.

— Tu respires le sexe par tous les pores de ta peau sur ces photos.

— Qu'est-ce que ça veut dire ?

Il la regarda droit dans les yeux.

— Tu as baisé avec lui, hein ?

— Espèce de salaud ! s'exclama-t-elle, le souffle coupé. Comment oses-tu…

— Tu l'as fait, hein ? dit-il. Ah, je n'arrive pas à y croire !

Elle transforma sa main tendue en poing serré.

— Epargne-moi tes leçons de morale, Jack. Rends-moi ce putain de book !

— Combien de fois, Gina ? demanda-t-il en jetant le dossier sur la table d'un air écœuré. Est-ce que tu le vois encore ? C'est comme ça que tu étais au courant du rendez-vous chez Calvin Klein ?

L'expression de Gina en disait long. Jack poussa un juron. Il pivota sur ses talons et marcha à grands pas vers la fenêtre. Un soleil magnifique brillait sur Los Angeles, comme tous les jours ; le ciel était d'un bleu presque trop bleu pour être vrai.

Il se retourna vers elle.

— Je croyais que nous étions amis. J'avais confiance en toi !

— Oh, je t'en prie, ne me fais pas le numéro de l'homme meurtri, rétorqua-t-elle, les poings sur les hanches. Avec combien de mannequins as-tu couché ? Ou devrais-je plutôt demander avec combien tu n'as pas couché ?

— Là n'est pas la question !

— Ah non ? dit-elle en rejetant la tête en arrière. Quel est le problème alors ?

— Le problème, c'est Carlo.

Il franchit la distance qui les séparait, et la fixa droit dans les yeux.

— Pourquoi, Gina ? Pourquoi lui ?

Elle ne put soutenir son regard. Elle alla récupérer son sac et fouilla dedans pour chercher ses cigarettes. Les ayant enfin trouvées, elle en sortit une du paquet et l'alluma avec des mains tremblantes.

Elle inspira une longue bouffée, puis recracha la fumée et se retourna vers Jack.

— Nous ne nous sommes jamais promis fidélité, Jack. Je sors avec d'autres garçons, et toi avec d'autres filles. N'essaye pas de me culpabiliser…

— Tu peux coucher avec la terre entière, je m'en contrefous, mais pas avec lui. Pas lui !

Les yeux de Gina s'emplirent de larmes.

— C'est peut-être justement pour ça que j'ai couché avec lui. Parce que tu t'en fous !

— Ah, qui fait le coup de la culpabilité maintenant ? Tu voudrais qu'on reste fidèles, c'est ça ?

Bien qu'elle ne répondît pas, Jack sentait qu'elle ne souhaitait pas une solution aussi radicale. Il se rapprocha d'elle une fois de plus.

— D'ailleurs, tu te trompes, reprit-il. Je tiens beaucoup à toi. Nous nous connaissons depuis longtemps tous les deux ; nous avons partagé un tas de secrets. Tu connais les miens, sans exception. Je t'ai toujours fait confiance, Gina. Voilà où est le problème !

— Carlo et moi, c'était juste une histoire de sexe. Et de boulot, expliqua-t-elle en tirant nerveusement sur sa cigarette. Tu t'emportes pour pas grand-chose !

C'était faux. Et elle le savait. Car elle comprenait fort bien ce que ressentait Jack, et c'était ça qui faisait le plus mal.

Il lui caressa doucement la joue, puis laissa retomber sa main.

— Si tu m'avais demandé de ne jamais coucher avec telle ou telle fille, un mannequin par exemple, parce que c'était important pour toi, je m'en serais abstenu. J'aurais respecté ton désir. Parce que nous sommes amis. Parce que…

— Non, c'est injuste ! rugit-elle en écrasant sa cigarette. Nous ne sommes pas du tout dans la même situation, toi et moi. En tant que photographe, tu es libre, c'est toi qui distribues le travail. Moi, le seul pouvoir que je possède, je dois le conquérir. Et pour y parvenir je n'ai que deux façons, en utilisant mon corps dans les deux cas. Tu le sais aussi bien que moi.

Elle fit un pas vers lui et posa les mains sur son torse.

— Tu n'es pas comme les autres pour moi, Jack. Tu comptes plus que n'importe qui. Et le plaisir que tu me donnes quand nous faisons l'amour… personne ne m'en a jamais donné autant.

Elle glissa les doigts entre les boutons de sa chemise en chambray.

— Mais Carlo, lui, peut m'apporter un tas de choses pour ma carrière. Pas toi.

Jack sentait monter en lui la frustration, accompagnée d'un sentiment de haine si intense qu'il lui brûlait les entrailles.

— Un jour, je le pourrai, rétorqua-t-il. Attends et tu verras.

— Je te crois, Jack, dit-elle d'une voix douce. Et j'ai foi en toi. Mais je n'ai pas le temps d'attendre. Je dois penser à ma carrière ; dans quelques années, je serai trop vieille. Si je veux m'approcher du sommet, je dois agir maintenant, par tous les moyens. Tu le sais bien.

Oui, il le savait. Il savait aussi que rien ne serait plus jamais pareil entre eux.

— Tu es un meilleur amant que lui, Jack.

Il croisa son regard ; elle fit remonter ses mains jusqu'à ses épaules.

— Bien meilleur, crois-moi, ajouta-t-elle en se dressant sur la pointe des pieds pour se plaquer contre lui. Il m'a posé des questions sur toi ; il sait que nous sommes amis. Mais je ne lui ai rien raconté. Ah, si tu savais comme ça le rend fou ! dit-elle en riant. Tu le rends dingue !

Il s'écarta d'elle.

— C'est fini, Gina. Je ne veux plus te revoir.

La jeune fille le regarda d'un air hébété.

— Je... je ne peux pas croire que tu...

— La seule chose que je t'aie demandée durant toutes ces années, la seule, c'est de ne jamais coucher avec Carlo. Tu avais promis de ne pas le faire...

Son regard lançait des éclairs de haine.

— Non seulement tu as couché avec lui, Gina, mais tu me l'as caché. Tu m'as menti !

— J'avais dix-sept ans quand je t'ai fait cette promesse ! C'était il y a si longtemps, tu ne pouvais pas espérer que...

— Si, Gina.

Il lui tourna le dos ; elle lui saisit le bras.

— Jack, notre amitié compte plus que tout pour moi. Et je sais que pour toi aussi...

Les doigts de Gina se refermèrent avec force autour de son bras.

— Le hais-tu à ce point ?

Il se retourna et soutint son regard. Puis, sans la moindre hésitation, sans le moindre doute, il répondit :

— Oui, Gina. Je le hais à ce point.

14

Les premières semaines de Becky Lynn à l'Image Shop s'écoulèrent à toute vitesse, à la fois stimulantes et épuisantes, terrifiantes et amusantes. Les autres employés l'accueillirent tout d'abord avec quelques haussements de sourcils et des regards interrogateurs en direction de Sallie, puis ils reprirent leur travail.

Becky Lynn ne tarda pas à découvrir que la différence entre l'Image Shop et le salon de Miss Opal ne se limitait pas à une question de taille et de décor. Les gens ne venaient pas au « Shop », comme l'appelait maintenant Becky Lynn, pour réclamer des coupes de cheveux et des coiffures démodées dont le salon de Miss Opal s'était fait une spécialité. Ici, les clientes exigeaient les coiffures, les looks que l'on voyait dans les magazines de mode. Finis les peignes chauffants, les bigoudis et les bombes de laque que Fayrene et Dixie utilisaient à profusion. Pour obtenir l'effet recherché, les coiffeurs du Shop n'employaient que du gel ou de la mousse fixants, des sèche-cheveux et leurs doigts.

Là-bas à Bend, Fayrene, Dixie et Miss Opal s'occupaient de tout, des ongles aux coupes de cheveux en passant par les colorations. Les professionnels du Shop avaient chacun leur fonction propre. Bruce se surnommait lui-même le Roi de la Boucle. C'était le spécialiste de la permanente, et des têtes venaient de toute la Californie — et du monde entier, affirmait-il — pour se faire boucler par ses soins. En tant qu'« analyste couleur », Ali s'occupait exclusivement des colorations. Pour leur part, Marty, Foster et Brianna se chargeaient des coupes. Quand une cliente se présentait au Shop pour un maquillage, on la confiait à Sallie ou à Greg. Si, en revanche, elle avait besoin d'une manucure ou d'une pédicure, c'était vers Joy ou Linda qu'elle était orientée.

Dans l'esprit de Becky Lynn, cette organisation dépassait l'entendement, à l'instar de toutes ces nouvelles techniques de coupe ou de décoloration dont elle n'avait jamais entendu parler. Moins d'une heure après avoir été engagée, la jeune fille avait déjà compris combien elle avait été ridicule en affirmant posséder de l'expérience. Dieu soit loué, se disait-elle, on ne lui avait pas demandé de prouver qu'elle savait préparer les colorations comme elle l'avait prétendu ; Ali lui aurait coupé la main plutôt que de la voir approcher de ses précieux produits.

Pourtant, plus surprenants encore que le salon lui-même ou les techniques employées dans ce lieu magique étaient les gens qui franchissaient cette double porte de verre. La clientèle du Shop se composait uniquement de gens riches et beaux. Ils paraissaient tous sveltes et bronzés ; aux yeux de Becky Lynn ils incarnaient l'image même de la perfection et du bonheur.

Elle n'avait jamais vu de femmes semblables ; même celles qui n'étaient plus de la première jeunesse possédaient encore une peau lisse et un corps ferme. Marty lui expliqua un jour qu'à Los Angeles, tous les gens importants avaient leur propre spécialiste en chirurgie esthétique, et que vieillir en beauté nécessitait des soins et des liftings réguliers.

En un sens, Becky Lynn n'était pas surprise, compte tenu de la fortune dont semblaient disposer toutes ces femmes. Quand elles ne roulaient pas en Mercedes ou en Porsche, elles se faisaient déposer devant l'institut par des chauffeurs conduisant des limousines ou des Rolls-Royce. Les bijoux qu'elles arboraient étaient pour la jeune fille une cause de stupéfaction permanente : des diamants plus gros que des petits pois incrustés dans des boucles d'oreilles ou des bracelets ; des émeraudes et des rubis qui étincelaient comme des guirlandes de sapin de Noël. Leurs vêtements étaient des modèles dessinés par de grands couturiers, que Becky Lynn se souvenait d'avoir vus dans les pages de *Vogue*.

Il n'existait qu'un point commun entre ces femmes sophistiquées et les Mme Abernathy ou les Mme Peachtree qui fréquentaient le salon de Miss Opal : leur capacité à regarder Becky Lynn sans la voir. A leurs yeux, elle n'existait pas, elle appartenait à cette armée de valets invisibles qui les servait nuit et jour.

Loin de s'en plaindre, la jeune fille remerciait chaque jour le ciel de l'avoir rendue invisible. Car si par malheur une de ces femmes importantes l'observait pour de bon, elle découvrirait aussitôt le pot aux roses. Elle saurait que Becky Lynn n'était nullement à sa place au Shop, et on la renverrait sur-le-champ.

Cette éventualité ne faisait aucun doute dans son esprit, car ces femmes avec tous leurs bijoux, leurs tenues élégantes et leur langage raffiné représentaient le pouvoir absolu.

Celui dont toutes les Mme Abernathy de la terre ne pouvaient que rêver.

Celui auquel toutes les Becky Lynn de la terre n'osaient même songer.

Cette dernière secoua la tête pour chasser ces déprimantes pensées et se concentrer sur son travail, qui consistait pour l'heure à réapprovisionner les présentoirs. Autour d'elle, les spécialistes des deux sexes s'affairaient ; c'étaient eux qui donnaient vie au Shop, qui en faisaient un endroit si particulier. Ils travaillaient dans la bonne humeur et donnaient l'impression d'être sans cesse en mouvement.

Becky Lynn adorait les écouter bavarder, raconter leurs histoires, même si elle se gardait bien de se mêler à la conversation et de donner son opinion. Leurs vies étaient tellement différentes de tout ce qu'elle avait connu jusqu'à maintenant que, très souvent, elle se sentait littéralement subjuguée ou bien choquée.

Les femmes échangeaient leurs sentiments sur les dernières tendances de la mode. Les hommes, eux, discutaient plus souvent de musique et de night-clubs. Mais le sujet de conversation le plus fréquent demeurait le sexe. Dans ce domaine, tous affichaient une franchise déconcertante lorsqu'ils évoquaient leurs diverses aventures. Et un air singulièrement blasé. Ils parlaient de leurs partenaires et de prouesses sexuelles aussi ouvertement que d'autres parlent de la pluie et du beau temps.

Deux des coiffeurs étaient homosexuels, et amants. Comme

ils l'expliquèrent à Becky Lynn, ils préféraient qu'on dise « gay », et ils n'avaient aucune honte à s'embrasser et à se prendre par la taille en public.

C'était la première fois que Becky Lynn rencontrait des homosexuels. A Bend, le seul homosexuel dont elle avait entendu parler avait été chassé de la ville comme un pestiféré. Au tout début, les démonstrations d'affection entre Bruce et Foster l'avaient mise mal à l'aise ; elle s'était sentie menacée, d'une certaine façon. Mais en apprenant à mieux les connaître, elle avait compris qu'il n'y avait dans leur attitude aucune agressivité à son égard. En outre, eux ne la jugeaient pas ; ils l'acceptaient telle qu'elle était. De quel droit aurait-elle pu les juger ? De quel droit aurait-elle pu les montrer du doigt en s'estimant supérieure ?

C'était ainsi que se comportaient les habitants de Bend, ainsi qu'ils traitaient tous ceux qui étaient différents. Or Becky Lynn s'était juré de rayer cette ville maudite de sa mémoire.

— Becky Lynn, tu veux bien me donner un coup de main ?

— Oui, avec plaisir, Bruce.

Elle glissa dans sa poche arrière le petit carnet qui lui servait à tenir l'inventaire du stock et s'approcha du fauteuil.

— Tiens-moi ça.

Le spécialiste de la permanente lui tendit un panier contenant des rouleaux en caoutchouc de toutes les couleurs et des petits morceaux de Cellophane.

Fascinée, elle le regardait travailler et lui tendait alternativement les rouleaux et les carrés de Cellophane, tout en l'écoutant bavarder avec la femme magnifique assise dans le fauteuil. Cette dernière possédait un accent anglais et d'incroyables yeux verts ; Becky Lynn se souvenait de l'avoir vue dans plusieurs magazines.

— Ah, je ne sais pas quoi faire, soupira le mannequin. A ton avis, Bruce, devrais-je accepter cette séance ? Il faudra que je couche avec lui, je ne pourrai pas résister. Tu sais combien je suis faible.

— Je te conseille d'accepter ce travail, ma chérie. Tu l'as dit toi-même, c'est une formidable ouverture pour ta carrière. Bye-bye *Cosmo*, bonjour *Vogue*.

Vogue ? Becky Lynn sentit son cœur s'emballer en entendant ce mot magique. Sous ses paupières à demi baissées, elle observa la cliente aux yeux verts. Comment celle-ci pouvait-elle seulement envisager de refuser une telle offre ? Si elle-même se voyait offrir la même occasion, ce qui bien sûr n'avait aucune chance de se produire, pas un instant elle ne songerait à…

— Mais c'est un vrai salaud, Bruce.

— Un salaud et un amant formidable !

Bruce entortillait les mèches de cheveux du mannequin autour des rouleaux avec des gestes vifs et précis, sans même regarder ses mains.

— Et c'est pour la couverture, n'oublie pas ça, ma chérie !

Becky Lynn laissa échapper un petit hoquet.

Le mannequin rouvrit brusquement les yeux ; Bruce jeta un regard noir à la jeune fille.

— Quelque chose ne va pas, Becky Lynn ?

Les joues en feu, celle-ci secoua la tête.

— Euh… non, mais simplement… *Vogue*, c'est ce qu'il y a de mieux. Et je ne comprends pas comment… je veux dire, la couverture de *Vogue*, c'est… le plus beau rêve qui soit.

La femme avait les yeux écarquillés. Le regard furieux de Bruce fit comprendre à Becky Lynn qu'elle avait commis une erreur. Une grave erreur. En tant qu'être inexistant, elle devait demeurer sourde et muette. Donner son opinion équivalait à une trahison.

La peur lui coupa le souffle. Et si Bruce la mettait à la porte ? Que ferait-elle ? Comment survivrait-elle ?

— Je… je suis désolée, bredouilla-t-elle. Pardonnez-moi, j'aurais dû me taire. Je ne voulais pas…

— Non, tu as raison, déclara le mannequin avec un geste de sa main parfaitement manucurée. Seuls les plus grands mannequins font la couverture du *Vogue* américain. Et je suis la meilleure !

— Evidemment, renchérit Bruce en reprenant le panier des mains de Becky Lynn pour la congédier.

Il lui jeta un dernier regard meurtrier avant de reporter toute son attention sur sa cliente. Becky Lynn l'entendit affirmer aussitôt :

— Il faut absolument que tu acceptes, ma chérie !

La jeune fille battit en retraite, avec des palpitations dans le cœur et les joues en feu. Comment avait-elle pu se montrer si stupide ? Comment avait-elle pu se laisser aller de cette façon et oublier sa place ? Sa seule chance de ne pas retourner à la rue, c'était de faire en sorte que Sallie et tous ceux qui travaillaient au Shop ne s'aperçoivent pas à quel point elle était déplacée dans ce cadre.

Soudain, une terrible peur l'étreignit ; elle reconnaissait ce sentiment pour avoir vécu avec chaque jour, à chaque instant, depuis qu'elle s'était enfuie de chez elle. C'était la peur d'être obligée de retourner à Bend, d'être prise au piège et agressée par un inconnu, comme elle l'avait été par Ricky et Tommy. La peur que l'on découvre qu'elle n'était pas dans son élément au Shop, et qu'on la renvoie. La peur d'être rejetée de nouveau.

Voilà ce qu'elle redoutait par-dessus tout : être frappée d'ostracisme. La nuit, couchée dans sa chambre de motel miteuse, elle écoutait les bruits du dehors, le vrombissement d'un moteur, des éclats de voix, le gémissement d'une sirène de police, et elle n'avait qu'un seul souhait : ne rien tenter qui puisse attirer l'attention. Ne pas commettre une erreur qui leur ferait prendre conscience, à tous, de ce qu'elle était réellement.

Une petite Blanche misérable.

Si tout devait recommencer comme avant, elle savait qu'elle n'aurait pas la force de le supporter.

Repoussant les assauts de la peur, elle s'éloigna à pas lents pour se diriger vers la réserve. Elle s'y faufila et referma la porte derrière elle.

Elle porta ses mains tremblantes à son visage. Quand cesserait-elle enfin d'avoir peur ? Un terrible poids lui comprimait la poitrine, son cœur cognait à tout rompre ; elle inspira profondément. Aurait-elle un jour l'impression rassurante d'être à sa place ? Connaîtrait-elle jamais un sentiment de sécurité ? Chaque fois qu'elle croyait s'en approcher, elle était ramenée brutalement sur terre, dans la sinistre réalité. Au cœur de sa peur.

Les larmes lui brûlaient les yeux ; elle les refoula avec la même détermination qu'elle avait combattu sa peur quelques instants plus tôt. En s'apitoyant sur son sort, elle perdait bêtement son temps, songea-t-elle.

Elle menait maintenant une nouvelle vie ; son destin n'était en rien comparable à ce qu'il était encore une poignée de semaines plus tôt.

Ici au moins, elle n'était à la merci de personne.

Ses larmes refluèrent, et une sensation de sérénité l'envahit. Certes, se dit-elle, elle venait de commettre une erreur. Mais qui n'était pas fatale. Bruce ne l'avait pas mise à la porte ; il ne l'avait pas réprimandée publiquement, et, surtout, il n'avait pas alerté Sallie.

Becky Lynn prit encore une profonde inspiration. Désormais, elle travaillerait dur, garderait sa langue dans sa poche, et surveillerait davantage son attitude. Elle leur ferait croire qu'elle était parfaitement à sa place ici, dans cet univers. Et tout irait bien.

15

Conformément à sa promesse, Becky Lynn veilla à adopter un profil bas et à tenir sa langue au cours des jours qui suivirent. Dans les premiers temps, rongée par l'inquiétude, elle s'attendait à chaque instant à ce que Sallie la convoque dans son bureau pour la réprimander, ou, pis, la renvoyer.

Dieu soit loué, cela ne se produisit pas. La patronne du Shop conserva avec elle son attitude chaleureuse et amicale. Bruce lui-même semblait avoir oublié l'incident. Peu à peu, Becky Lynn finit par se détendre et reprendre confiance.

— Becky Lynn, ma cliente chérie a bien besoin d'un verre de vin blanc ! déclara Foster en plaquant une main sur sa poitrine d'un air efféminé, avec un grand soupir théâtral. La pauvre me raconte une histoire épouvantâââble, et il faut lui redonner du courage. C'est véritablement… tragique !

La jeune fille hocha la tête en ravalant un sourire. La « cliente chérie » de Foster, assise dans le fauteuil, avait pour illustre époux un important directeur de studios de cinéma, un homme très puissant à Hollywood. Elle venait au Shop plusieurs fois par semaine ; Joy s'occupait de ses ongles, Sallie la maquillait, et Foster se chargeait de la coiffure. Aujourd'hui, elle faisait égaliser son carré de cheveux blonds soyeux.

Sans perdre une minute, Becky Lynn versa dans un verre un peu de vin blanc, en veillant à ne pas laisser de traces de doigts sur le verre, et ajouta quelques amuse-gueules soigneusement disposés dans une assiette à dessert cerclée d'or. Son travail dans le salon consistait maintenant à accomplir ce genre de tâches

— elle n'avait fait qu'une demi-douzaine de shampoings depuis son arrivée au Shop, et seulement parce qu'une mauvaise grippe avait cloué au lit la moitié du personnel de l'institut. Sallie se targuait d'employer des coiffeurs professionnels même pour les shampoings. De ce fait, Becky Lynn était toujours disponible pour rendre service aux spécialistes de la maison, quels que soient leurs besoins, ou alors elle réapprovisionnait les présentoirs en produits capillaires et autres, veillait à ce que le café soit toujours frais, le vin à la bonne température, etc. En somme, elle s'assurait que le salon offrît en permanence l'image de la perfection, une mission qui consistait aussi bien à ranger la multitude de magazines qu'à effacer les taches d'eau sur les bacs dans la salle des shampoings. Les gens riches, habitués aux privilèges et à la beauté, attendaient le meilleur. Et au Shop, on le leur offrait sur un plateau d'argent.

Becky Lynn apporta le verre de vin et le plateau jusqu'au fauteuil de Foster et les déposa soigneusement devant la cliente sur la tablette de marbre.

— Tenez, madame Cole, murmura-t-elle. Je vous ai concocté également un petit assortiment de fruits, de biscuits et de fromages, au cas où vous n'auriez pas eu le temps de déjeuner.

Foster lui adressa un grand sourire : elle se souvenait que Mme Cole avait réclamé un tel assortiment à sa dernière visite, n'ayant pas eu, en effet, le temps de déjeuner.

— Merci, mon enfant, dit-elle. C'est adorable.

— Je vous en prie, m'dame.

La femme l'observa d'un air intrigué, avec sur les lèvres un soupçon de sourire amusé.

— D'où viens-tu donc ? demanda-t-elle. Tu as un curieux accent.

Becky Lynn sentit ses joues s'enflammer ; malgré tout elle soutint le regard scrutateur de la cliente.

— Du Mississippi, m'dame.

— Du Mississippi ? répéta-t-elle comme s'il s'agissait de la planète Mars.

Elle se tourna vers le coiffeur, et demanda :

— Mon Dieu, Foster, où notre chère Sallie a-t-elle déniché cette perle ?

— Ah, c'est notre Petite Fleur du Sud, répondit ce dernier d'un ton moqueur dans lequel n'entrait toutefois aucune méchanceté. A vrai dire, reprit-il avec un air de conspirateur, nous pensons qu'il s'agit d'une princesse en fuite. Son père veut l'obliger à épouser un vieux roi ventripotent.

— A l'haleine fétide ! Et chauve par-dessus le marché ! renchérit Brianna qui travaillait à côté.

Madeline Cole inclina la tête.

— A moins qu'elle ne soit un témoin capital protégé par le FBI et recherché par la mafia, dit-elle. Qui sait, peut-être mon mari va-t-il bientôt tourner un film sur sa vie trépidante ?

— Alors, quelle est la bonne version ? demanda Foster avec un sourire jusqu'aux oreilles. Le vieux roi obèse ou les gangsters ?

Becky Lynn déglutit pour tenter d'évacuer la boule qui obstruait sa gorge ; elle aurait aimé trouver une réplique spirituelle qui les satisferait, pour qu'ils lui fichent la paix.

— Allez, Petite Fleur, insista Foster. Tu peux bien nous le dire. Nous ne le répéterons à personne, c'est juré !

— Arrêtez tous les deux ! intervint Marty, installée un peu plus loin. Vous ne voyez pas que vous l'embarrassez ? De plus, j'ai besoin qu'elle aille me chercher une serviette propre. Tu veux bien y aller, Becky Lynn ? Celle-ci est toute poisseuse.

Reconnaissante à Marty de son intervention, la jeune fille en profita pour disparaître dans la pièce voisine. Les employés du salon aimaient bien l'asticoter parfois ; ils la surnommaient Petite Fleur du Sud à cause de son accent, et ils prenaient plaisir à inventer un tas de scénarios invraisemblables la concernant. Non pas par méchanceté — comme les gens de Bend — mais plutôt par curiosité. Eux qui étaient d'un naturel si ouvert, ils ne comprenaient pas qu'elle se montre si réservée.

Pourtant, c'était la première fois qu'ils se permettaient de la taquiner devant une cliente. Le front plissé par une grimace songeuse, elle se saisit d'une des épaisses serviettes-éponges sur l'étagère. Fallait-il y voir une signification quelconque ? se demanda-t-elle. Etaient-ils plus détendus avec elle ? Ou bien, au contraire, leur apparaissait-elle de plus en plus comme une étrangère ?

De retour dans le salon, elle présenta la serviette à Marty, soulagée de voir Foster et Madeline Cole en pleine conversation.

— Merci pour tout à l'heure, glissa-t-elle.

Marty sourit.

— C'est naturel. Et si tu faisais une pause, hein ? C'est un peu plus calme pour l'instant, mais ça ne va pas durer. D'ailleurs, il est déjà 2 heures passées et tu ne t'es pas assise un seul instant depuis ce matin.

C'était la vérité. Becky Lynn avait les pieds en feu, et elle rêvait de s'asseoir un peu, ne serait-ce qu'une minute ou deux. Malgré tout, elle hésitait.

— Sallie voudra peut-être que…

Marty secoua la tête.

— Elle s'est rendue à un déjeuner d'affaires. Vas-y, tu l'as bien mérité.

— Bon… d'accord. Mais si toi ou quelqu'un d'autre avez besoin de moi, n'hésitez pas.

— Promis.

La jeune fille se dirigea vers la salle de repos aménagée spécialement à l'intention des employés du salon, Sallie estimant qu'il n'était pas correct de manger, de fumer ou même de bavarder devant la clientèle.

Il régnait dans la pièce déserte un calme bienvenu. Pas de musique rock, pas de bavardages, pas de bourdonnement de sèche-cheveux. Becky Lynn poussa un soupir, soulagée de se retrouver enfin seule un instant, heureuse de pouvoir baisser sa garde pendant quelques minutes, sans être obligée de surveiller ses actes et ses paroles, sans se demander en permanence ce que les autres pensaient d'elle.

Faisant rouler ses épaules ankylosées, elle ouvrit la porte du réfrigérateur, prit un Coca et la pomme qu'elle avait apportée le matin même, et alla s'asseoir sur le canapé en vinyle disposé contre le mur du fond. Elle s'y laissa tomber avec un soupir d'aise en mordant à pleines dents dans le fruit. Quel bonheur de pouvoir reposer ses pieds ! se dit-elle en ôtant ses baskets pour se masser la voûte plantaire. Avec sa prochaine paye, elle se promit de s'acheter une nouvelle paire de chaussures, plus confortables.

Par terre, à côté du canapé, traînait le dernier numéro de *Vogue*, celui du mois de janvier. Quelqu'un l'avait oublié là. Après un moment d'hésitation, elle le ramassa. Sallie recevait tous les magazines possibles et imaginables, mais Becky Lynn s'était, jusqu'ici, toujours contentée d'y jeter de rapides coups d'œil. En dévoilant son véritable intérêt pour ces magazines, elle craignait de provoquer les réflexions et les rires sarcastiques, comme autrefois à Bend.

Elle mordit de nouveau dans sa pomme et entreprit de feuilleter avidement le numéro de *Vogue*. Fidèle à son habitude, elle étudiait les photos, les maquillages, les coiffures ; elle releva les noms des mannequins et des photographes, les grandes tendances de style. Son regard fut attiré par une publicité pour les magasins Bloomingdale's. La fille arborait une sorte de crinière hérissée en épis, semblable à la coupe de cheveux rendue célèbre par Tina Turner dans son dernier vidéoclip. Marty avait coiffé une cliente de la même façon deux jours plus tôt.

La tête penchée sur le côté, Becky Lynn observa longuement cette photo. Il y avait quelque chose qui n'allait pas, songeait-elle. Quoi au juste ? Elle plissa les yeux. Mais oui ! C'était l'éclairage… Evidemment ! Si le photographe avait utilisé une lumière plus douce, moins directe, les ombres auraient été moins marquées, moins tranchantes. Et donc, de son point de vue de novice, mieux adaptées à l'aspect romantique de la robe que portait la fille.

Elle continua à feuilleter le magazine, s'arrêtant sur une photo choc pour le couturier Armani. Voilà une photo parfaite ! se dit-elle. Pas un défaut. Le photographe avait utilisé…

Marty fit son entrée dans la salle de repos, en fredonnant la dernière chanson de Cindy Lauper.

— Hello, Becky Lynn.

La jeune fille leva les yeux de son magazine. Marty arborait le look androgyne mis à la mode par des chanteuses de rock comme Annie Lennox du groupe Eurythmics, jusqu'aux cheveux quasiment rasés et peroxydés.

Marty se dirigea vers le réfrigérateur, jeta un coup d'œil à l'intérieur, et referma la porte sans rien prendre.

— Qu'est-ce que tu lis ? demanda-t-elle.

— Oh, rien.

Becky Lynn croisa les mains sur le magazine, en espérant que Marty ne se montrerait pas trop curieuse.

— Tout se passe bien à côté ? demanda-t-elle.

— Ouais. Pas de problème.

Marty alluma une cigarette et s'approcha du canapé. S'asseyant sur l'accoudoir, elle se pencha au-dessus du magazine.

— C'est une photo de David Bailey, pas vrai ? dit-elle en montrant la publicité.

— Hmm.

— Ce type a fait des milliers de photos, déclara Marty en tirant sur sa cigarette avant d'exhaler un grand nuage de fumée. Pour moi, c'est le meilleur !

— Qui est le meilleur ?

Brianna venait d'entrer à son tour, suivie de près par Foster. Becky Lynn s'enfonça au fond du canapé. Brianna voulait devenir actrice ; et c'était une fille très prétentieuse. Actuellement, elle avait une liaison avec un monsieur beaucoup plus âgé qui la couvrait de luxueux cadeaux. De tous les employés du Shop, c'était elle qui possédait les vêtements et les bijoux les plus somptueux, la plus belle voiture également. Face à elle, Becky Lynn se sentait toujours mal à l'aise, non pas que Brianna se fût jamais montrée méchante avec elle, mais celle-ci se donnait de grands airs qui lui rappelaient les clientes du salon de Miss Opal.

Becky Lynn reporta son regard sur Foster. Elle ne savait trop que penser de lui, en revanche. C'était un personnage spirituel et intelligent, mais elle avait vite compris que ses propos aiguisés pouvaient laminer ceux qui ne se méfiaient pas.

— Je parlais de David Bailey, répondit Marty en tapotant

sur la page du magazine. Personne ne sait mieux que lui saisir l'expression d'un visage.

— Faux ! répondit Brianna en prenant un Coca au fond du réfrigérateur. Personne ne peut égaler Giovanni. Il se dégage un tel érotisme de ses photos !

Foster se servit un verre d'eau minérale.

— Puisque tu parles de Giovanni, as-tu déjà vu le travail de son fils, Carlo ? demanda-t-il. Il utilise les mêmes éléments. Je te parie que c'est un futur grand de la photo !

— Et Avedon, alors ? déclara soudain Becky Lynn sans pouvoir se retenir. Je trouve son travail absolument prodigieux. Ce qu'il arrive à faire avec la lumière et les ombres, personne ne le réussit aussi bien.

La conversation s'interrompit brusquement. Tout le monde se tourna vers elle. Rouge de confusion, Becky Lynn s'agita nerveusement dans le canapé, en se maudissant pour avoir ouvert la bouche une fois de plus.

Foster plaqua une main sur son cœur, en feignant la syncope.

— Mon Dieu, elle parle ! s'exclama-t-il. Et figurez-vous que notre Petite Fleur du Sud n'a pas seulement une voix, elle a aussi des opinions.

— Va au diable, Foster ! s'écria Marty en passant un bras protecteur autour des épaules de la jeune fille. Ne fais pas attention à lui, Becky Lynn. C'est un pauvre crétin.

Foster renifla avec mépris.

— Serais-tu légèrement homophobe, par hasard ?

— Oh, fous-moi la paix ! répliqua Marty en lui lançant un regard noir. Ce que je ne supporte pas, ce seraient plutôt tes petites plaisanteries douteuses !

Brianna s'empressa d'intervenir, désireuse, semblait-il, d'éviter toute dispute.

— Becky Lynn a raison. Personne n'utilise la lumière et les ombres de manière aussi géniale que Richard Avedon. Mais croyez-moi, Jack est le meilleur de tous. Rappelez-vous ce que je vous dis !

Le regard de Becky Lynn allait de l'un à l'autre.

— Jack qui ? interrogea-t-elle.

— Jack Gallagher, expliqua Brianna. Le fils de Sallie.

— Et il est craquant par-dessus le marché, renchérit Marty avec un soupir. Et totalement inaccessible, hélas.

— Tu en sais quelque chose, ironisa Foster avec un grand sourire. Ce n'est pas faute d'avoir essayé de le draguer, hein ? Mais j'avoue que je suis d'accord avec toi ; il a un très beau cul.

— Oui, et tu ne mettras jamais tes sales pattes dessus ! rétorqua Marty en se levant pour marcher vers le miroir fixé au-dessus du lavabo. Jack est un homme, un vrai ! Un beau mâle cent pour cent hétéro…

— Ah, quelle tristesse ! soupira Foster, sans se départir de son sourire.

Becky Lynn les écoutait en fronçant les sourcils. Comme toujours, elle était obligée de faire un effort pour suivre leurs rapides échanges.

— Ce fameux Jack, il est photographe de mode ? demanda-t-elle en se levant à son tour afin d'aller jeter dans la poubelle son trognon de pomme.

Elle s'essuya les mains sur les fesses de son jean.

— Oui, répondit Marty qui, penchée vers le miroir, appliquait une couche de rose éclatant sur ses lèvres. Ses photos ne sont pas encore connues, il débute dans le métier. Mais il est très doué.

Jetant un regard provocant à Foster, elle ajouta :

— A mon avis, c'est parce qu'il adore les femmes !

Brianna laissa échapper un soupir d'agacement.

— Vous ne pouvez pas enterrer la hache de guerre tous les deux ? Vous vous êtes suffisamment disputés à cause de Kathleen Turner ! Ça devient lassant à force !

Brianna se tourna vers Becky Lynn, comme si elle voulait la prendre à témoin.

— Kathleen Turner était la cliente de Marty. Un jour où Marty était surchargée, elle a eu besoin de se faire coiffer. C'était une urgence. Foster s'est occupé d'elle.

— Magnifiquement bien, ajouta ce dernier. Depuis, elle ne veut plus être coiffée que par moi !

Marty lui jeta un coup d'œil mauvais.

— Tu oublies de dire que Kim Alexis est devenue ma cliente, et ça tu ne peux pas le supporter !

Foster lui rendit son regard noir.

— Tu me l'as volée uniquement pour te venger. Tu as tout fait…

— Kim Alexis ? répéta Becky Lynn, au moment où Brianna levait les bras au ciel d'un air effondré. Elle est magnifique ! Vous savez combien de fois elle a posé en couverture de *Vogue* cette année ? Pour moi, c'est la plus…

Ses paroles se perdirent dans le silence qui s'était abattu sur la pièce une fois de plus. Comme tous les regards se posaient sur elle, la chaleur envahit ses joues et son front.

Foster haussa les sourcils, visiblement intrigué.

— On dirait que tu t'intéresses de très près à tout cela, Petite Fleur du Sud. Est-ce que par hasard tu rêverais en secret de devenir mannequin ?

Becky Lynn avala sa salive ; elle se sentait tout à fait idiote. A vrai dire, elle avait carrément envie de mourir ; elle aurait voulu ramper dans un trou de souris et ne plus jamais en sortir.

Malgré tout, elle croisa les bras sur sa poitrine et affronta le regard de Foster, au prix d'un terrible effort de volonté.

— Je ne suis pas aveugle, répondit-elle avec calme. Ni stupide.

Une fois de plus, Marty foudroya son collègue du regard, en pinçant affectueusement l'épaule de Becky Lynn.

— Il ne voulait pas être méchant, dit-elle. Sincèrement. Dans cette ville, tout le monde rêve de devenir quelqu'un. Ou quelque chose.

La jeune fille détourna le regard. Comment leur expliquer qu'elle voulait simplement être ce qu'elle était ? Comment leur expliquer qu'elle était ici parce qu'elle voulait vivre sans être jugée en fonction de critères dénués de tout rapport avec la personne qu'elle était.

C'était impossible. Ils ne comprendraient pas, ou bien ils s'en ficheraient, et elle ne voulait pas afficher sa vulnérabilité devant eux. Ni devant personne d'autre.

— Ah, je savais bien qu'à force de chercher je finirais par découvrir une forme de vie évoluée ! lança un homme sur le seuil de la pièce. Qu'est-ce qui se passe ici ? Une convention de coiffeurs ?

— Jack !

Marty se leva d'un bond, les joues en feu. D'une main nerveuse, elle lissa sa minijupe noire sur ses hanches et ses fesses.

— Qu'est-ce que tu fais ici ?

Becky Lynn avait tourné la tête. Cet homme lui était inconnu. Le dénommé Jack se tenait dans l'encadrement de la porte, les mains enfoncées dans les poches de son Levi's délavé et râpé, la tête inclinée sur le côté, avec un sourire amusé.

— J'avais un rendez-vous au bout de la rue, expliqua-t-il. Chez Tyler Creative, l'agence de publicité. J'ai eu envie de passer prendre des nouvelles de mes jolies filles préférées.

Brianna fit la moue.

— Où étais-tu passé, Jack Gallagher ? dit-elle. C'est triste à mourir par ici sans toi.

Jack Gallagher, le fils de Sallie, songea avec surprise Becky Lynn en laissant glisser son regard sur lui. Il ne ressemblait pas à sa mère. Celle-ci était une femme au charme discret, aux traits doux.

Tout le contraire de Jack. Rien chez lui ne pouvait être qualifié de discret. Il était grand, au moins un mètre quatre-vingt-cinq, et il possédait un visage puissant, aux traits saillants. Il emplissait toute la porte, toute la pièce même avec une sorte d'énergie féroce, une vitalité devant laquelle Becky Lynn se sentait fragile et menacée.

Il pénétra dans la pièce d'un pas décidé. Sans arrogance, sans agressivité, comme s'il avait conscience d'attirer sur lui tous les regards.

Et il avait raison, se dit Becky Lynn.

Jetant son porte-documents sur la table, il se pencha vers la main tendue de Brianna, les yeux plissés par un grand sourire moqueur.

— La vérité, c'est que je n'ai plus le courage de te voir depuis que tu es en ménage avec ton vieux machin-chose, déclara-t-il en portant la main de la jeune femme à ses lèvres. Tu m'as brisé le cœur.

— Salaud ! s'exclama Marty d'un ton rieur avant d'allumer une cigarette. Je croyais que c'était moi qui t'avais brisé le cœur…

— Moi, jamais je ne te briserai le cœur, Jack, déclara Foster en lui envoyant un baiser. Je te le jure !

— Tu n'as qu'un seul mot à dire…, murmura Brianna d'une voix rauque, les yeux levés vers lui, et adieu le vieux machin-chose !

— Jack n'a pas les moyens de t'entretenir, lança Marty d'une voix cinglante où perçait la jalousie. Moi, je n'ai pas besoin de tout ce luxe pour être heureuse. Un peu de vin, un peu de sexe, quelques promesses creuses, et encore un peu de sexe.

Hébétée, Becky Lynn comprit que les deux jeunes femmes ne plaisantaient pas. Pas plus Marty que Brianna. L'une et l'autre, bien que de caractère opposé, se comportaient comme si elles idolâtraient Jack Gallagher, comme si elles étaient prêtes à tout faire pour lui, ou avec lui. Elles livraient presque un combat pour s'approprier cet homme.

Joy fit soudain irruption dans la pièce, avec Linda sur ses talons.

— Jack ! On vient d'apprendre que tu étais là…

Joy l'embrassa la première, aussitôt imitée par Linda. Puis Joy l'embrassa de nouveau.

— Nos clientes dégoulinent dans les bacs, on ne peut pas rester.

— On voulait juste te dire bonjour.

— Viens nous voir plus souvent !

— C'est promis ?

Jack s'esclaffa, promit de passer plus souvent et embrassa encore une fois les deux femmes. Sous les regards visiblement agacés de Brianna et de Marty.

Becky Lynn noua ses bras autour de sa poitrine, mal à l'aise. Comment réagirait-elle s'il essayait de la toucher et de l'embrasser elle aussi ? Le souvenir de cette nuit d'horreur où Ricky et Tommy l'avaient martyrisée revint brusquement envahir ses pensées. Ses paumes devinrent moites, son pouls s'accéléra. La peur l'étouffait.

Jack Gallagher n'était plus un adolescent, lui, songea-t-elle. C'était un homme, un homme puissant. Il lui serait facile de la maîtriser. Pour lui faire du mal.

Afin de se rassurer, Becky Lynn se répétait qu'elle n'avait rien à craindre, qu'elle réagissait de manière excessive. Malgré tout, elle recula d'un pas, bien décidée à fuir avant qu'il ne la remarque.

Manque de chance… Il tourna la tête vers elle au même instant, en lui adressant un sourire furtif et charmeur qui creusa deux fossettes dans ses joues.

— Salut ! s'exclama-t-il.

La jeune fille sentit son cœur cogner dans sa poitrine, sa bouche devenir sèche. Elle recula encore d'un pas, faisant appel à toute sa volonté pour tenter de masquer la peur qui l'habitait.

— Bonjour, répondit-elle.

— Je me présente : Jack, déclara-t-il en avançant vers elle sans cesser de sourire. Je suis le fils de Sallie.

Ses yeux étaient comme ceux de sa mère, d'un bleu presque invraisemblable, encadrés par des cils noirs. Mais alors que les yeux de Sallie étaient remplis de gentillesse, il brillait dans les siens une redoutable lueur d'intelligence. Cet homme, songea-t-elle, était capable de lire au plus profond de ses pensées. Il pouvait deviner tout ce qu'elle était… et surtout ce qu'elle n'était pas.

— Oui, je sais, répondit-elle, en joignant ses mains devant elle pour les empêcher de trembler. Vous êtes le photographe.

— Exact, dit-il, tandis que son regard pétillant la parcourait de la tête aux pieds. Et toi, qui es-tu ?

— C'est notre Petite Fleur du Sud ! répondit Foster en imitant l'accent traînant des habitants de cette région. Elle nous vient tout droit du Mississippi !

Etonné, Jack haussa les sourcils.

— Tu t'appelles réellement Petite Fleur du Sud ?

— Non ! rectifia-t-elle d'un ton cassant, fatiguée des sarcasmes de Foster. Je m'appelle Becky Lynn. Excusez-moi, j'ai du travail.

Au moment où elle se faufilait près de lui pour sortir, Jack la retint par le bras. Elle baissa les yeux sur cette épaisse main puissante qui lui enserrait le poignet. Il était trop grand, trop fort pour qu'elle puisse résister. Il pouvait la maîtriser sans même s'en donner la peine.

— Ne t'enfuis pas à cause de moi surtout, Becky Lynn. Je serai sage, je te le promets.

Il la regarda droit dans les yeux, en souriant, et ajouta :

— De plus, j'ai beaucoup d'influence sur la patronne.

Prise de vertiges tout à coup, Becky Lynn libéra son bras d'un geste brusque. Sentant peser sur elle tous les regards, elle redressa fièrement les épaules.

— Ravie de vous avoir rencontré, dit-elle.

La bouche étirée par un petit sourire en coin, à la fois amusé et agacé, Jack regarda cette fille, cette Becky Lynn, s'éloigner rapidement. Il se demandait depuis quand une femme ne l'avait pas rembarré de la sorte, et même si cela lui était déjà arrivé. Cette fille l'avait regardé comme s'il était le diable en personne.

Dans son dos, les employés du salon émirent quelques sifflements moqueurs. Il se tourna vers eux d'un air épanoui.

— Je crois que je lui ai tapé dans l'œil, commenta-t-il, non sans ironie.

— Ça n'a rien à voir avec toi, expliqua Marty en se dirigeant d'un pas nonchalant vers la table pour ouvrir le porte-documents de Jack. C'est sa façon d'être.

— Tu vas devoir aller jouer les tombeurs ailleurs, Jack, ajouta Foster en riant. Notre Petite Fleur du Sud ne s'ouvre pas à n'importe qui.

Jack reporta son regard sur la porte par laquelle avait disparu Becky Lynn. Les sourcils froncés dans une moue de perplexité, il se retourna ensuite vers Foster.

— Je me demande bien pour quelle raison…

Foster haussa les épaules et lança son gobelet en plastique dans la poubelle.

— Franchement, je n'en sais rien, et je m'en fiche.

Il jeta un coup d'œil à sa montre.

— Faut que je retourne travailler. Ça m'a fait plaisir de te voir, Jack.

Après avoir regardé sa montre à son tour, Brianna se leva en grognant.

— C'est l'heure pour moi aussi.

Dressée sur la pointe des pieds, elle colla sa bouche à celle de Jack ; ses seins généreux s'écrasèrent douillettement contre son torse.

— Téléphone-moi, Jack. J'aimerais bien qu'on se voie.

Il lui rendit son baiser, promit de lui téléphoner et la regarda quitter la pièce. Marty avait raison, songea-t-il, il n'avait pas les moyens de s'offrir Brianna, mais ce qu'elle lui proposait ne lui coûterait sans doute pas un centime. Et l'expérience promettait d'être unique.

— Super, ces photos ! Elles sont récentes, non ?

— Hmm.

Jack rejoignit Marty qui se tenait devant la table, et regarda par-dessus son épaule les photos en question. Celles de sa dernière séance avec Gina.

— Elles m'ont permis en tout cas de décrocher un contrat, ajouta-t-il. Le directeur artistique de chez Tyler Creative a complètement flashé sur certaines.

— Ouah, c'est formidable, Jack ! C'est… formidable.

En disant cela, Marty se retourna vers lui et posa les deux mains à plat sur son torse.

— Ces photos ont quelque chose de terriblement sexy, dit-elle. Dans le genre macho.

— Tu trouves ?

— Ouais.

Elle humecta ses lèvres avec sa langue et fit remonter ses mains jusqu'aux épaules de Jack.

— J'aime beaucoup ça, susurra-t-elle, cette ambiance sexy et macho.

Jack sentit son pouls s'accélérer, et sa virilité se réveiller. Il suffirait de presque rien, un simple geste, et Marty serait à lui. Il pourrait la posséder, ici, maintenant. Elle trouverait un endroit où personne ne viendrait les déranger.

Elle avait un joli corps, un peu androgyne, mais souple. Et un beau visage. Ses seins parviendraient juste à remplir ses paumes, sa bouche s'ouvrirait avec avidité pour recevoir la sienne.

Comme tout son corps se raidissait, il étouffa un juron. Marty avait envie de faire l'amour avec lui, certes. Mais elle voulait davantage.

Et ce « davantage », il ne pouvait le lui offrir.

Il serra ses mains fines dans les siennes.

— Ce n'est pas une bonne idée, Marty. A vrai dire, c'est même une très mauvaise idée.

— De quoi parles-tu ?

Elle se laissa aller langoureusement contre lui. Les pointes dressées de ses seins tendaient le tissu élastique de son débardeur. Elle voulait qu'une main les caresse et les excite, songea-t-il. Elle voulait qu'il les embrasse, qu'il aspire les mamelons dans sa bouche. Bien que petits, ses seins étaient extrêmement sensibles. Jack le devinait à la façon dont elle se frottait contre lui, à la façon dont son souffle s'accélérait, à la chaleur qui enflammait son regard tout à coup.

Au comble de l'excitation, il prit une profonde inspiration.

— Ce ne serait pas très malin qu'on fasse l'amour toi et moi.

— Pourquoi ? demanda-t-elle en frottant de nouveau ses seins contre son torse large. Tu ne me trouves pas séduisante ?

Jack fit glisser ses mains jusqu'aux hanches de Marty et l'attira contre son ventre ; il était dur comme de la pierre, prêt à exploser.

— Oh ! que si, Marty ! Je te trouve même terriblement excitante. Mais je sais aussi que, contrairement à Brianna, tu ne veux pas juste faire l'amour. Dans une demi-heure, tu m'en voudras à mort parce que ce sera déjà fini entre nous.

Il la regarda droit dans les yeux et ajouta :

— Car ça ne pourra pas durer plus longtemps, et tu le sais, Marty.

Ses mains glissèrent plus bas encore pour venir emprisonner les fesses de la jeune femme. Une décharge de désir le traversa de la tête aux pieds, et il se demanda d'où lui venait soudain cet élan chevaleresque.

— Si je me trompe, dit-il, ne bouge surtout pas. Mais si j'ai raison…

Il n'acheva pas sa phrase, et Marty sembla hésiter un instant avant de se décoller de lui. Il la lâcha, et elle lui tourna le dos, mais il eut le temps de voir des larmes briller dans ses yeux.

— Merci infiniment, murmura-t-elle. Merci pour rien, salaud !

Jack la regarda sortir de la pièce en coup de vent. Ah, formidable ! songea-t-il, amer, avec un soupir de découragement. Pour la première fois de sa vie peut-être, il avait essayé d'être prévenant, de se conduire en gentleman, et il se faisait traiter de salaud. Mais justement, s'il s'était conduit comme un salaud, il serait déjà enfermé avec elle dans le placard aux fournitures ou ailleurs, en train de la baiser comme un fou. Et merde ! se dit-il.

D'un geste rageur, il referma son book et fit coulisser la fermeture Eclair de l'étui. Les chic types étaient toujours perdants. La douleur qui irradiait dans son bas-ventre en apportait la preuve.

— Oh, pardon… Je pensais que vous étiez parti.

Becky Lynn s'était immobilisée sur le seuil, pétrifiée.

— Je m'apprêtais à m'en aller.

— J'ai besoin de… de produits, bredouilla-t-elle en désignant le placard au fond de la pièce.

L'espace d'un instant, Jack s'imagina en train de faire l'amour avec Marty dans la réserve, et un petit sourire retroussa ses lèvres. Cette Becky Lynn aurait eu une crise cardiaque en les découvrant, pensa-t-il.

Il prit son porte-documents sur la table.

— Vas-y, je ne t'en empêche pas, dit-il.

— Je… je sais.

Elle dressa fièrement le menton comme pour se préparer au combat et passa rapidement devant lui, en maintenant le maximum de distance entre eux.

Contrarié, Jack plissa le front tout à coup.

— Je ne mords pas, tu sais.

Elle se retourna d'un air surpris.

— Pardon ?

Lançant sa serviette sur la table, il s'avança vers Becky Lynn.

— Je ne mords pas. Je n'ai aucune maladie contagieuse. Et, autant que je sache, je ne sens pas mauvais. Alors, où est le problème ?

Abasourdie, elle le fixa d'un air vide, avant de secouer la tête.

— Il n'y a aucun problème, répondit-elle. J'ai du travail, voilà tout.

Lui tournant de nouveau le dos, elle ouvrit la porte de la réserve et y pénétra. Jack l'observait, interloqué lui aussi.

— Ai-je fait quelque chose qui t'a offensée ? demanda-t-il.

La jeune fille secoua la tête, sans le regarder. Il la voyait qui comptait et choisissait des bouteilles et des flacons. Elle avait envie qu'il s'en aille, qu'il lui fiche la paix, et elle ne cherchait pas à cacher ses sentiments.

Mais il n'était pas question pour Jack d'abandonner si facilement. Il s'appuya contre l'encadrement de la porte.

— Depuis quand travailles-tu ici ? interrogea-t-il.

Elle ne répondit pas immédiatement, et Jack crut qu'elle n'allait pas répondre du tout. Enfin, elle se racla la gorge.

— Trois semaines.

Les sourcils froncés, il attendit qu'elle ajoute quelque chose, qu'elle lui parle un peu d'elle, par exemple, ou qu'elle lui explique ce qui l'avait poussée à quitter le Mississippi pour venir jusqu'en Californie. Il attendit en vain.

— Tu te plais ici ? Dans ce salon, je veux dire.

— Oui, répondit-elle en se retournant, les bras chargés de produits. Excusez-moi, il faut que je passe.

Jack s'avança pour l'aider, mais la jeune fille recula précipitamment, l'air horrifié. Il s'immobilisa, de plus en plus perplexe.

— Je voulais juste te donner un coup de main, expliqua-t-il en désignant ses bras chargés. Tu en as bien besoin, on dirait.

— Non, ça ira. Je vous remercie.

Jack émit un petit soupir d'agacement en tendant le bras vers elle.

— Allons, ne sois pas idiote. Tu ne peux pas porter tout cela…

— Laissez-moi !

Elle recula brusquement, heurtant les étagères de fer. Avec un petit cri de stupeur, elle pivota sur le côté, tandis que les flacons lui glissaient des mains et dégringolaient sur le sol. L'un d'eux se brisa dans la chute, et une épaisse lotion rose et visqueuse se répandit sur le carrelage blanc. Une forte odeur de melon envahit la réserve.

— Oh, zut !

S'emparant de quelques serviettes en papier stockées sur les étagères derrière elle, la jeune fille s'agenouilla et entreprit de nettoyer les dégâts.

Jack prit à son tour quelques serviettes, et s'accroupit à son côté pour l'aider à éponger.

— Bon sang, je suis sincèrement désolé. Je ne voulais pas t'effrayer.

Tête baissée, Becky Lynn ne répondit pas. Jack roula en boule les serviettes trempées et parfumées, avec le sentiment ridicule d'être dans la peau d'un ogre.

— Parfois, je vais un peu trop loin, dit-il. Je ne voulais pas te faire de mal. Sincèrement.

— Un peu trop loin ? répéta une voix de femme derrière eux. Permets-moi de te dire que tu n'as pas le sens des proportions.

Jack jeta un coup d'œil par-dessus son épaule. Sa mère venait de paraître sur le seuil de la réserve, et elle le regardait d'un air à la fois amusé et exaspéré.

— Salut, maman !

Un grand sourire aux lèvres, il se releva et la rejoignit.

— Becky Lynn et moi étions justement en train de faire connaissance.

Il jeta les serviettes détrempées dans la poubelle juste derrière la porte.

— Oui, je vois ça, répondit Sallie en reportant son attention sur la jeune fille agenouillée par terre. J'espère qu'il ne t'embêtait pas trop, Becky Lynn. Dans le temps, ajouta-t-elle en se tournant vers son fils, j'attendais les visites de Jack avec impatience. Puis j'ai constaté une baisse de régime chez le personnel lorsqu'il traînait dans les parages. Dès qu'il franchit la porte, c'est la pagaille.

— Moi aussi je t'adore, maman, dit Jack avec un sourire.

— Il ne m'embêtait pas, Sallie, répondit la jeune fille en se relevant après avoir ramassé les bouteilles et les flacons éparpillés sur le sol. Il faut que j'aille installer tout cela sur les présentoirs.

Les yeux toujours baissés, elle passa furtivement devant Sallie et Jack. Ce dernier la suivit du regard, en fronçant les sourcils une fois de plus. Puis il se tourna vers sa mère.

— Elle est un peu farouche, commenta-t-il.

— Oui, un peu.

Jack prit un air interrogateur.

— Pour quelle raison ?

— Je l'ignore, répondit Sallie en coinçant sa mèche de cheveux derrière son oreille. A mon avis, elle s'est enfuie de chez elle. Elle a certainement des ennuis.

Jack contempla sa mère d'un air affectueux.

— Encore un chien perdu sans collier, maman ?

— Elle travaille dur, expliqua Sallie alors qu'ils ressortaient de la réserve. Le salon marche bien, je peux me permettre d'engager une personne supplémentaire.

Jack tourna la tête dans la direction où avait disparu la jeune fille, de plus en plus intrigué.

— Elle a un… drôle de visage, tu ne trouves pas ?

— Je n'aime pas quand tu as ce regard, Jack, dit sa mère en lui agitant son index sous le nez. Il faut laisser cette fille tranquille.

Jack haussa les sourcils, en feignant la parfaite innocence.

— Quel regard, maman ?

— Cette expression de défi. Cet air que tu prends chaque fois que tu découvres une chose que tu ne peux pas avoir. Enfant déjà tu réagissais de la même façon.

Elle passa son bras autour du sien en riant de bon cœur.

— Parfois, reprit-elle, je me demande si tu n'es pas né avec trop de charme.

Jack sourit.

— Allons, maman, tu sais bien que l'on n'a jamais trop de charme.

Elle le considéra avec sévérité.

— Sauf quand on l'exerce sur de pauvres jeunes filles candides et inexpérimentées. Je ne plaisante pas, Jack.

— A t'entendre, je suis un vrai Barbe-Bleue ou je ne sais quoi. Je ne lui veux aucun mal !

— Je sais, répondit Sallie en lui caressant tendrement la joue. Mais Becky Lynn n'est pas un jouet que l'on peut gagner dans un concours ; elle est différente des autres filles qui travaillent ici. Elle est jeune ; elle a moins vécu. Et j'ai le sentiment qu'elle a beaucoup souffert.

— Autrement dit, tu m'ordonnes d'aller user de mon charme débordant ailleurs ?

Sallie plissa le front.

— Je te parle sérieusement, Jack. Cette fille en a bavé, je le sens. Et d'après ce que j'ai pu constater, elle est terriblement mal à l'aise avec les hommes.

— J'aimerais bien savoir pourquoi.

Sallie haussa les épaules.

— Je l'ignore, mais quand elle est arrivée ici, elle était couverte de bleus. Ils étaient un peu atténués, mais on les voyait quand même. Et l'expression de ses yeux…

Elle laissa sa phrase en suspens, l'air songeur.

— En voyant ces yeux-là, je n'ai pas eu le courage de lui refuser un travail. Elle paraissait abattue, triste. Pourtant, je sentais une force incroyable en elle, une formidable détermination…

Sallie secoua la tête et croisa le regard de son fils une fois de plus.

— J'ai eu l'impression d'être sa dernière chance, avoua-t-elle.

— Tu es si généreuse, maman. Un peu trop parfois.

— Pas cette fois. C'est une fille courageuse et obéissante. Elle ne se plaint jamais et…

— Elle ne parle pas, plaisanta-t-il.

— Tu ne prends donc jamais rien au sérieux, Jack ?

— Si, mon métier de photographe.

En voyant la grimace de sa mère, Jack laissa échapper un petit grognement d'irritation.

— Ah, je déteste quand tu me regardes comme ça, maman. Attends et tu verras. Je réussirai !

— J'en suis certaine, Jack, répondit Sallie avec un soupir. Mais je me demande… à quel prix ?

Jack refoula son sentiment de frustration. Sa mère et lui n'avaient jamais été d'accord sur le choix de sa profession, même si elle affirmait avoir confiance dans ses capacités.

— Tu t'inquiètes trop pour moi, dit-il.

— Je suis ta mère. C'est mon rôle de m'inquiéter.

— J'ai vingt ans ! Il me semble que tu as bien mérité un peu de vacances, non ?

— Ce n'est pas une question d'âge. Tu pourrais avoir quatre-vingts ans, je m'inquiéterais encore.

— J'ai hâte de voir ça !

Il la serra contre lui, déposa un baiser sur sa joue, puis changea de sujet.

— Il paraît que tu es invitée à déjeuner ?

— Hmm.

Jack récupéra son porte-documents et, ensemble, ils se dirigèrent vers la sortie.

— Toujours Victor ? s'enquit-il.

— Hmm.

Jack fit claquer sa langue en signe de réprobation.

— Et je parie que tu ne veux rien me dire, hein ?

— Exact, répondit Sallie d'un ton rieur. Au fait, à quoi dois-je le plaisir de ta visite ?

— J'avais prévu d'inviter ma ravissante mère à déjeuner. Mais puisque Victor m'a coiffé au poteau, je suppose que je serai obligé de revenir demain.

16

Becky Lynn éteignit la chaîne stéréo de l'Image Shop. Le silence remplaça brusquement les pulsations de la musique rock ; la jeune fille poussa un soupir et laissa ce silence bienfaisant l'envahir. Encore une journée folle ! Plusieurs vedettes étaient venues à l'institut, dont une célèbre chanteuse rock, accompagnée de toute sa cour, parmi laquelle se trouvait un journaliste. Les quelques clients qui tenaient à leur intimité — une denrée plutôt rare à Hollywood, semblait-il — s'étaient offusqués de cette brutale et bruyante intrusion ; les autres, en revanche, ceux qui se nourrissaient des reflets de la gloire, étaient aux anges. Mais dans tous les cas, les clients s'étaient montrés particulièrement exigeants et pointilleux aujourd'hui ; les employés, de leur côté, étaient tous sur les nerfs.

Pour compléter le tableau, Jack avait débarqué au milieu de toute cette agitation. Comme chaque fois qu'il mettait les pieds au Shop, il avait provoqué une immense pagaille. Brianna avait négligé sa riche cliente pour reporter son attention sur le fils de Sallie ; Joy avait détruit une mise en plis tout juste terminée, impatiente qu'elle était d'aller dire bonjour à Jack ; Foster et Marty avaient commencé à se disputer une fois de plus.

Quant à Becky Lynn, elle était à ce point troublée par la présence de Jack qu'elle avait renversé un verre de vin rouge sur les genoux d'une cliente — Dieu soit loué, celle-ci portait un peignoir —, et elle avait totalement oublié plusieurs choses que Sallie lui avait demandé de faire.

Aujourd'hui, pour la première fois, Becky Lynn avait vu sa

patronne non seulement énervée, mais carrément furieuse. Au moment de la fermeture du salon, Sallie avait convoqué tous ses employés et chacun avait eu droit à un bon savon.

Tout en massant ses épaules endolories, Becky Lynn traversa le salon silencieux. Sallie s'était réfugiée dans son bureau avec un grand verre de vin et les livres de comptes ; tous les autres étaient rentrés chez eux.

Elle pénétra dans la salle de détente. Non, pas tous, apparemment. Affalée sur un des canapés de cuir, la tête renversée, une cigarette à la main, Marty envoyait des ronds de fumée vers le plafond.

— Hé, je croyais que tu étais partie, Marty.

La coiffeuse regarda un cercle de fumée parfait s'élever lentement au-dessus d'elle.

— Je ne sais pas encore ce que je vais faire, répondit-elle.

— Et si tu rentrais chez toi ? suggéra tout simplement Becky Lynn en regroupant les magazines éparpillés sur la table basse, pour les déployer ensuite en deux grands éventails.

Elle se dirigea vers une autre table pour faire de même.

— Non, c'est rasoir de rentrer chez soi, se plaignit Marty en écrasant sa cigarette. Et toi, qu'est-ce que tu fais ? interrogea-t-elle.

Becky Lynn sourit.

— Je rentre chez moi.

— Mais on est samedi après-midi, bientôt samedi soir ! s'exclama la jeune coiffeuse en passant les mains dans ses cheveux ras et décolorés. Ah, je déteste ce moment de la journée ! Il n'y a jamais rien à faire. Rien ne me tente !

Becky Lynn émit un petit rire en se dirigeant vers le buffet. On aurait dit qu'une bombe était tombée sur la table ! Secouant la tête d'un air dégoûté, la jeune fille entreprit de nettoyer tout ce gâchis. Elle avait vu des animaux de basse-cour se comporter de manière plus civilisée que les « amis » de cette rock-star. L'un d'eux avait même enfoncé son doigt dans tous les gâteaux pour les goûter.

— Ah, quelle horreur ! commenta Marty. J'ai bien cru qu'ils ne partiraient jamais.

— Moi aussi, renchérit Becky Lynn en empilant les pâtisseries souillées sur un plateau. Ces gens sont si riches qu'on pourrait s'attendre à plus de classe de leur part !

— Hélas, les deux ne vont pas forcément de pair, murmura Marty. A force de vivre dans cette ville, tu t'en rendras compte.

Becky Lynn songea à toutes les Mme Abernathy, Mme Fischer et Mme Jones, là-bas, à Bend. L'argent et la gentillesse non plus n'allaient pas forcément de pair.

— Dis, Becky Lynn, je peux te poser une question ?

Cette dernière regarda Marty par-dessus son épaule.

— Oui, bien sûr.

— Ne le prends pas mal surtout, mais tu n'as pas d'autres vêtements à part… ceux-là ?

Becky Lynn considéra sa chemise à carreaux délavée, son vieux jean trop large et ses baskets trop petites. Le rouge au front, elle trouva néanmoins le courage d'affronter le regard de Marty.

— Non, pas vraiment. En fait, j'ai uniquement ce que je porte pour venir travailler.

— C'est bien ce que je pensais…

Soudain, la coiffeuse sourit, comme frappée par une idée formidable.

— Je connais des supermagasins de vêtements d'occasion dans Melrose ! Ils ont plein de vieilles fringues rétro absolument géniales…

— Je n'ai pas les moyens de m'habiller pour l'instant. Merci quand même.

Becky Lynn reporta son attention sur le buffet, sans chercher à masquer sa tristesse. Evidemment, ç'aurait été chouette d'aller faire les magasins avec Marty, se disait-elle, d'avoir de nouveaux vêtements.

Et soudain, la coiffeuse se leva du canapé et s'avança vers le centre de la pièce en allumant une autre cigarette. Pendant un moment, le silence régna, brisé par le seul bruit des assiettes.

— Tu as une sacrée chance, tu sais, s'écria Marty.

Becky Lynn lui jeta un regard surpris. Voilà une chose que personne ne lui avait jamais dite. Elle, une sacrée chance ?

Devant son air interloqué, Marty s'esclaffa.

— C'est la vérité ! Tu es mince et grande. Tu peux te permettre de porter un tas de fringues que la majorité des femmes ne mettront jamais. Tous les couturiers créent des modèles destinés uniquement à des squelettes vivants.

— Des filles comme moi, tu veux dire ? Et tu penses que j'ai de la chance ?

— Evidemment !

Perplexe, Becky Lynn secoua la tête, prit le plateau chargé de pâtisseries et se dirigea vers la cuisine. Marty lui emboîta le pas.

— Je parie, reprit-elle, que tu n'as jamais cherché à savoir quel style t'irait le mieux…

Un style ? Elle ? De mieux en mieux. Fayrene, Dixie et les autres habitants de Bend éclateraient de rire en entendant cela ! Elle jeta les pâtisseries dans la poubelle.

— Je n'ai jamais eu l'occasion de me poser la question, avoua-t-elle.

— C'est le moment ! s'exclama Marty en écrasant sa cigarette. Viens donc faire un tour avec moi. Tu vas adorer ces boutiques, j'en suis sûre !

Becky Lynn chargea le lave-vaisselle et le mit en marche, avant de nettoyer l'évier. Puis, ayant fermé le robinet, elle se tourna vers la coiffeuse, excédée.

— Ecoute, je sais que mes vêtements sont… moches. Mais je n'ai pas d'argent, Marty !

Cette dernière haussa les sourcils, visiblement incrédule.

— Même pas quelques petits dollars ?

— A peine.

— Tu n'as pas besoin de plus, je te le promets.

Becky Lynn se mordillait la lèvre, tiraillée par l'indécision. Elle était très tentée d'y aller ; souvent elle regardait avec envie les tenues des autres femmes, les tissus élégants, les couleurs éclatantes ou les tons raffinés. Et chaque matin, elle retrouvait ses quelques habits râpés, en rêvant de pouvoir mettre autre chose, n'importe quoi.

Marty lui adressa un grand sourire.

— Même si tu n'achètes rien, ce sera amusant, insista-t-elle. Je parie que tu n'es pas allée te promener avec une copine depuis ton arrivée ici.

Une copine ! se répétait encore Becky Lynn quelques heures plus tard. Pour la première fois de sa vie, elle avait une copine ! C'était étrange, mais merveilleux. Elle ne savait pas quoi dire, ni comment réagir aux remarques parfois grivoises que faisait Marty au sujet des hommes qu'elles croisaient dans la rue. Finalement, elle décida de ne plus se poser de questions, et de se comporter de manière spontanée, en riant librement et en disant tout ce qui lui passait par la tête.

Elle ne se souvenait pas de s'être autant amusée. Marty n'avait pas exagéré en vantant le choix délirant que proposaient ces boutiques de vêtements d'occasion. Becky Lynn constata ainsi, une fois de plus, qu'à Hollywood seuls les articles parfaitement neufs et récents avaient de la valeur.

Marty n'avait pas menti non plus au sujet des prix. Tous les gérants des magasins la connaissaient bien, et ils se firent un plaisir de lui rendre service quand elle leur expliqua qu'elle cherchait des vêtements bon marché. Ils sortirent de leurs réserves des fringues qu'ils pensaient ne jamais pouvoir vendre, et consentirent des rabais sur les prix déjà dérisoires.

Evidemment, Becky Lynn ne savait pas quoi essayer, quels vêtements associer, ni même parfois de quelle façon les porter. Débordée, elle dut appeler Marty à la rescousse.

Cette dernière sélectionna pour elle des habits aux couleurs éclatantes, ornés de dessins et de motifs tarabiscotés, des tissus vaporeux et des coupes moulantes qui soulignaient la fine silhouette de la jeune fille. Chaque fois que Becky Lynn essayait une nouvelle tenue, Marty s'extasiait devant la métamorphose.

Malgré tout, Becky Lynn hésitait. Ces coloris, ces styles lui paraissaient trop audacieux, et pourtant, quand elle s'observait dans la glace, elle se sentait… différente. Différente de cette

Becky Lynn, pauvre petite Blanche de Bend, trou perdu du Mississippi.

Non pas que ces vêtements la rendissent plus belle — ni même jolie —, elle ne se faisait aucune illusion à ce sujet. Simplement, ils l'arrachaient à elle-même et à son passé, et c'était ce qu'une fille comme elle pouvait espérer de mieux, se disait-elle avec philosophie.

Finalement, elle acheta plusieurs articles, autant que le lui permettaient ses maigres moyens, en se promettant de revenir dès qu'elle aurait touché sa prochaine paye.

— Alors, est-ce que tu regrettes de m'avoir écoutée ? demanda Marty quelques instants plus tard, tandis qu'elles s'asseyaient à la terrasse d'un café. N'avais-je pas raison au sujet des prix ?

— Non, je ne regrette pas, et tu avais raison, répondit Becky Lynn avec un petit rire, en glissant son sac sous son siège. C'est la première fois que je vois des prix raisonnables depuis que je vis à Hollywood. Tout est tellement cher ici !

— Nous sommes en Californie. Le soleil n'est pas gratuit, tu sais ! Le serveur vint à leur table. Marty commanda une *Margarita*, Becky Lynn un Coca.

Alors qu'il repartait, Marty se pencha vers la jeune fille en faisant jouer ses sourcils.

— Joli cul, non ? Tu crois qu'il dirait quelque chose si je lui mettais la main aux fesses ?

— Marty !

La coiffeuse éclata de rire, et alluma une cigarette.

— Je te choque, hein ? Je suppose que les bonnes petites filles du Sud ne parlent pas de cette façon…

Elle exhala un long nuage de fumée, et reprit :

— Parle-moi un peu de toi, Becky Lynn. Je sais seulement que tu viens du Mississippi, et que tu n'as pas l'habitude de fréquenter des femmes au langage cru.

Becky Lynn baissa les yeux, prise d'un sentiment de panique. Elle aurait dû s'attendre à cette question, elle aurait dû s'y préparer. Elle ne l'avait pas fait.

Une chose était sûre en tout cas : elle ne voulait pas parler de son passé à Marty, elle ne voulait pas avouer qu'elle était une pauvre fille, que son père était un bon à rien et un ivrogne. Elle ne pourrait supporter de voir le dégoût ou la pitié dans le regard de celle qui était devenue son amie.

Elle inspira profondément pour conserver son calme. Elle avait commencé une nouvelle vie, pris un nouveau départ. Plus jamais, elle ne redeviendrait l'ancienne Becky Lynn, celle que l'on haïssait ou que l'on prenait en pitié.

Le serveur revint avec leurs consommations et les déposa devant elles. Becky avala une grande gorgée de soda glacé et sucré, avant de lever les yeux vers Marty. Celle-ci sirotait sa *Margarita*, sans chercher à dissimuler sa curiosité.

— Je viens de Jackson, répondit Becky Lynn en se raclant la gorge. Mon père était fermier...

Elle se racla la gorge de nouveau, en détournant le regard.

— Il... il est mort... dans un accident à la ferme.

— Oh, Becky Lynn, je suis désolée ! s'écria Marty en se penchant par-dessus la table pour lui caresser la main. Que s'est-il passé ?

— Il travaillait dans les champs et... il a été écrasé par son tracteur !

En disant cela, elle jeta un regard à la coiffeuse, qui semblait horrifiée.

— Mon frère, Randy, était au volant, ajouta-t-elle. C'était affreux.

— Quelle horreur !

Becky Lynn fit courir un doigt le long de son verre couvert de gouttelettes, envahie soudain par une curieuse impression de liberté, un sentiment de soulagement. Si Marty la croyait, tout le monde ferait de même.

— Ma mère a été très ébranlée, poursuivit-elle d'une voix faible, en s'efforçant de dissimuler sa joie. Ce drame l'a totalement anéantie. Nous avons perdu notre ferme, nous n'avions plus d'argent pour vivre ; alors j'ai décidé de... de venir ici.

Marty but une gorgée de *Margarita*, en secouant la tête d'un air navré.

— Quelle terrible histoire !

— J'envoie de l'argent à maman chaque semaine, pour essayer de l'aider.

Les yeux de Becky Lynn s'emplirent de larmes.

Cela, du moins, était vrai. Après avoir touché sa première paye, elle avait envoyé quelques dollars à sa mère, par l'intermédiaire de Miss Opal. Sans mentionner son adresse, elle avait joint un petit mot afin de rassurer sa mère. Elle faisait confiance à Miss Opal pour lui donner l'argent et la lettre, sans que son père en sache rien.

— Tu lui envoies de l'argent ? Avec le peu que tu gagnes ?

Marty laissa échapper un petit sifflement d'étonnement et d'admiration.

— Oh, pas grand-chose, dit Becky Lynn. Juste quelques dollars. Mais dans sa situation, chaque penny compte.

Marty garda le silence un long moment. Finalement, elle se renversa contre le dossier de sa chaise.

— Ta mère doit vraiment te manquer. La mienne habite à Pasadena, tout près d'ici. Pourtant, parfois, c'est fou ce que je me sens loin d'elle ! Et quand j'ai le moral à zéro, personne ne sait me réconforter aussi bien qu'elle.

La coiffeuse croisa le regard de la jeune fille.

— Tu comprends ce que je veux dire ?

Les yeux de Becky Lynn s'emplirent une nouvelle fois de larmes. Non, elle ne comprenait pas ce que voulait dire Marty ; et pourtant, elle aurait donné la terre entière pour connaître elle aussi ce sentiment. Elle cligna furieusement des paupières pour combattre ses pleurs. Cette fois, elle dut s'avouer vaincue.

Marty poussa un petit soupir.

— Oh, je suis désolée, je n'aurais pas dû parler de ça.

— Non, ce n'est rien, répondit la jeune fille en essuyant ses yeux du revers de la main. C'est moi qui suis ridicule.

— Non, pas du tout. J'imagine combien ce doit être dur.

Elle sembla hésiter un instant, avant de poser de nouveau son regard sur Becky Lynn.

— Pourquoi la Californie ? demanda-t-elle. Pourquoi es-tu venue t'installer ici ? Tu es si loin de chez toi.

Becky Lynn croisa ses mains sur ses genoux.

— A cause des photos que je voyais dans les magazines, expliqua-t-elle. Ici, tout était toujours beau, les gens paraissaient toujours heureux. Je me suis dit que ce serait l'endroit idéal pour commencer une nouvelle vie.

— Comme des millions d'autres personnes avant toi, commenta Marty en vidant son verre. Et maintenant que tu es ici, tu as des regrets ?

Becky Lynn soutint le regard de la coiffeuse pour la première fois depuis qu'elles s'étaient assises à la terrasse de ce café.

— Non, je n'ai aucun regret.

Après cela, Marty lui posa un tas d'autres questions, sur ses prétendus frères et ses sœurs, si elle avait l'intention de retourner vivre un jour là-bas, et à quoi ressemblait le Mississippi. A certaines de ces questions, Becky Lynn répondit en toute honnêteté ; pour d'autres en revanche, elle improvisa. Gênée à l'idée de mentir à une personne qui avait été si bonne avec elle, Becky Lynn dut repousser ses remords avec énergie.

Cette nuit-là, seule dans sa chambre de motel, elle songea à son avenir, à ce qu'elle souhaitait faire. Marty lui avait demandé si elle avait des regrets. Comment pourrait-elle en avoir ? se dit-elle en serrant l'oreiller contre sa poitrine. Elle avait entamé une nouvelle vie, et aujourd'hui elle avait commencé à se créer un nouveau passé. Et surtout, elle avait enfin trouvé une amie.

Un de ses rêves s'était déjà réalisé.

17

— Bonjour, Red.

Jack. Encore lui. La main de Becky Lynn qui tenait le doseur de café se figea, avant de se mettre à trembler. Durant les deux premiers mois où elle travaillait au Shop, il n'y avait jamais mis les pieds ; mais, depuis deux mois, il venait presque chaque jour. Et à chacune de ses visites, il tenait absolument à la dénicher, où qu'elle se cache. Pour flirter avec elle.

Ou bien l'appeler Red.

Evidemment, ce n'était pas la première fois qu'on lui donnait ce surnom ; avec la couleur de ses cheveux, elle ne pouvait y échapper. Mais dans la bouche de Jack, ces mots ne ressemblaient pas à une insulte. Au contraire, il y avait presque quelque chose… d'affectueux. Ou bien, c'était comme s'il lui faisait un compliment.

Cette dernière pensée lui arracha un froncement de sourcils. Aucun homme ne lui avait jamais fait le moindre compliment. Aucun homme ne s'était jamais intéressé à elle.

Excepté Ricky et Tommy.

Parcourue d'un frisson, elle chassa le souvenir des deux garçons de son esprit. Assurément, Jack Gallagher trouvait très distrayant de flirter avec elle ; c'était pour lui une bonne plaisanterie. Malgré tout, elle ne voyait pas ce qu'il espérait obtenir en la mettant mal à l'aise, en lui donnant le sentiment d'être laide ; quoi qu'il en soit, elle s'était juré de ne jamais lui laisser voir sa souffrance intérieure.

Prenant une profonde inspiration, Becky Lynn jeta un regard

par-dessus son épaule. Jack se tenait sur le seuil de la salle de repos, la tête penchée sur le côté, et il la regardait d'un air amusé.

— Bonjour, répondit-elle d'un ton sec avant de poursuivre sa tâche.

— Le café est prêt ?

Elle l'entendit pénétrer dans la pièce, jeter négligemment quelque chose sur la table.

— Je suis en train de le faire.

Il s'approcha dans son dos, s'appuya contre le plan de travail et bâilla.

— Fais-le bien serré surtout, j'ai besoin d'un bon coup de fouet ce matin.

La jeune fille sentit son pouls s'accélérer. Depuis le jour où Jack l'avait coincée dans la réserve, elle avait toujours pris soin de ne jamais se retrouver seule avec lui. Bien qu'il n'eût jamais eu le moindre geste menaçant à son égard, et n'eût jamais tenté de la mettre en position de vulnérabilité. Elle ne pensait pas qu'il avait l'intention de la maltraiter ; elle avait peur de lui, c'est tout.

Il pouvait la dominer si facilement. Elle posa le filtre sur le pot de verre de la cafetière, et glissa le tout dans la machine.

— Désolée, je prépare le café comme me l'a demandé Sallie.

Jack ne répondit pas sur-le-champ. La jeune fille osa alors l'observer du coin de l'œil. Il paraissait furieux.

— Dans ce cas, qu'il soit très chaud au moins, dit-il. Il fait un froid de canard ici ! On va tous mourir gelés…

— Becky Lynn ! C'est bien toi ?

Soulagée d'entendre la voix de Brianna, la jeune fille se retourna vivement. Debout dans l'embrasure de la porte, Brianna la contemplait d'un air hébété. Becky Lynn se regarda rapidement de la tête aux pieds, fière de sa nouvelle tenue.

— Eh oui, répondit-elle. C'est moi.

La coiffeuse entra d'un pas énergique.

— Quel changement !… J'adore !

Flattée, Becky Lynn lissa du plat de la main sa minijupe aux motifs bariolés.

— Euh… Merci.

— Ah, les filles ! commenta Jack en levant les yeux au ciel.

— Arrête, Jack Gallagher, rétorqua Brianna en balançant d'un grand geste ses cheveux par-dessus son épaule. Viens voir, je veux te montrer mes nouvelles photos.

Pendant qu'ils s'installaient à la table, Becky Lynn reporta son attention sur la cafetière. Elle regarda le liquide sombre couler goutte à goutte dans le pot de verre, tout en écoutant, sans aucune honte, leur conversation.

— C'est Bob qui m'a offert la séance de photos. Elles sont formidables, non ?

— Oui, très chouettes, Brianna. Qui est le photographe ?

— Clark Kent.

En voyant Jack s'esclaffer, Brianna protesta.

— Ne te moque pas, c'est son nom d'artiste. Je trouve que c'est une bonne idée ; c'est un nom qu'on retient facilement. Tu as déjà vu son travail ?

— J'ai peur que non.

Becky Lynn versa le café fumant dans la cafetière d'argent avant de l'emporter dans le salon. Elle s'en versa d'abord une demi-tasse, puis ajouta du lait jusqu'en haut, avec deux grosses cuillerées de sucre.

— Tu veux bien m'en apporter une tasse ? demanda Jack.

Elle se tourna vers lui ; il lui sourit.

— Si ça ne t'ennuie pas, évidemment, ajouta-t-il. Je le prends sans lait ni sucre.

— Mais non, ça ne l'ennuie pas, dit Brianna sans lever les yeux de ses photos. Apporte-m'en une tasse à moi aussi, Becky Lynn. Sans lait et avec du sucre. Ça ne t'ennuie pas, hein ?

Justement si, ça l'ennuyait énormément, car elle avait soudain l'impression de leur servir de bonne. Malgré tout, elle remplit deux autres tasses et les leur apporta.

— Tu veux les voir, Becky Lynn ? lui demanda Brianna en lui prenant la tasse des mains.

— Voir quoi ? répondit-elle en laissant dériver son regard vers Jack.

Lorsque leurs yeux se croisèrent, il haussa les sourcils d'un air de défi. Becky Lynn se raidit et s'empressa de revenir sur Brianna.

— Ça, répondit la coiffeuse en désignant les photos éparpillées sur la table devant elle. C'est Big Bob qui me les a offertes.

Brianna avait pris l'habitude d'appeler son vieil amant « Big Bob », et ce surnom était devenu un sujet de plaisanterie entre les employés du Shop, car Bob mesurait environ un mètre soixante-cinq… avec des talons. Les collègues de Brianna affirmaient d'ailleurs que le seul « gros avantage » de Bob était son compte en banque.

Becky Lynn se pencha pour examiner les clichés de plus près.

— Tu voudrais connaître mon avis ?

Brianna renversa la tête en arrière, avec un sourire condescendant.

— Oui, pourquoi pas ?

Becky Lynn fronça les sourcils. Les photos représentaient Brianna dans diverses poses et différentes tenues.

— C'est pour quoi, ces photos ?

— Pour mon book, déclara la coiffeuse d'un air supérieur. J'en ai besoin quand je passe des auditions ou que je me présente dans des castings.

Becky Lynn passa les photos en revue, cherchant désespérément un commentaire, une remarque aimables.

— Elles sont très jolies, Brianna.

— Très jolies ? répéta la coiffeuse en faisant la grimace. C'est tout ce que tu trouves à dire ?

La jeune fille rougit, sentant peser sur elle le regard insistant de Jack. Elle se balançait nerveusement d'un pied sur l'autre.

— Elles sont vraiment… bien.

— Bien ? ricana Brianna. On a l'impression qu'elles ne te plaisent pas !

Becky Lynn baissa la tête.

— Pourquoi est-ce que tu t'intéresses à mon avis ?

— Je m'en fiche de ton avis ! Qu'est-ce que tu crois ? Simplement, je… je ne comprends pas pourquoi tu n'aimes pas ces photos. Elles sont magnifiques !

— Allons, regarde-les, Becky Lynn, dit Jack avec un sourire — et une fois de plus la jeune fille eut le sentiment qu'il la mettait au défi. Qu'en penses-tu sincèrement ? Sois franche.

Elle le foudroya du regard, furieuse tout à coup. Il savait parfaitement ce qu'elle en pensait. Il voulait la provoquer. Redressant les épaules, elle reporta son attention sur les photos.

— D'accord. Je trouve… je trouve qu'elles sont un peu… comment dire… un peu ternes.

— Hein ? Ternes ? s'étrangla Brianna. N'importe quoi !

— C'est juste mon opinion. Désolée, fit Becky Lynn en s'éloignant de la table. Il vaut mieux que je me remette au travail.

Jack la retint.

— Quelle est la meilleure photo à ton avis ?

Elle n'hésita pas une seule seconde.

— Celle-ci. A cause du contraste entre la lumière et les ombres, et parce que Brianna a l'air si… vivante.

— Ça veut dire que je ressemble à un cadavre sur les autres ? grogna la coiffeuse en rassemblant ses photos. Vraiment, je…

Jack plaqua sa main sur celle de Brianna, la coupant dans son geste et dans sa tirade. Sans quitter des yeux Becky Lynn.

— Laquelle est la plus mauvaise ? demanda-t-il.

La jeune fille les examina un instant avant de se prononcer.

— Difficile à dire… Celle-ci, je pense. Elle est particulièrement fade.

— Ne l'encourage pas, Jack ! s'exclama Brianna.

Le visage écarlate, elle s'empressa de ramasser ses photos éparpillées sur la table.

— Cette fille n'est qu'une plouc du Mississippi. Qu'est-ce qu'elle y connaît, hein ? Je n'aurais jamais dû…

— Becky Lynn a raison.

Brianna tourna vivement la tête vers Jack, hébétée.

— Hein ? Que dis-tu ?

— Elle a raison. Ces photos sont nulles.

Il lui prit les clichés des mains et les jeta l'un après l'autre sur la table.

— Aucun contraste, aucune vie, aucun intérêt ! Où est le relief ? Bon sang, il n'y a pas le moindre regard, la moindre expression ! D'accord, tu es très mignonne dessus, mais les rues sont remplies de jolies filles comme toi. Il n'y a rien dans ces photos qui me montre que Brianna James a quelque chose de plus !

— Mais tu disais... A l'instant, tu...

— J'ai menti. J'ai pensé que cela ne me regardait pas, et que si tu te laissais photographier par un Superman de la photo qui se fait appeler Clark Kent, tu avais ce que tu méritais ! Mais puisque Becky Lynn a eu la franchise de donner son avis, je ne vais pas non plus m'en priver.

— Mais... mais...

Brianna paraissait au bord des larmes, et Becky Lynn éprouva pour elle un vif sentiment de pitié. Jack n'avait pas besoin, songeait-elle, d'énumérer tous les défauts de ces photos. Il aurait pu exprimer son point de vue sans faire du mal à Brianna.

Jack prit la main de la coiffeuse dans la sienne et se pencha vers elle.

— Elles ne te rendent pas justice, Brianna.

D'un ton plus doux, il ajouta :

— Tu es trop belle pour te contenter de ce travail médiocre.

Stupéfaite, Becky Lynn vit les larmes de Brianna s'évaporer en un instant, tandis qu'elle levait vers Jack un regard rempli d'adoration.

— Comment rattraper la bêtise maintenant ? Big Bob a payé pour ces photos, et si je...

— Les a-t-il déjà vues ? demanda Jack.

Comme elle secouait la tête, il déclara :

— Très bien, attends un peu. Je vais les refaire.

— Toi, Jack ? Tu m'aiderais, moi ?

Brianna serra sa main entre les siennes ; elle n'en croyait pas ses oreilles.

Il adressa à la jeune coiffeuse un sourire à couper le souffle, et Becky Lynn, stupéfaite, vit Brianna fondre littéralement sur place.

— Oui, bien sûr, répondit-il en portant les mains de cette dernière à sa bouche pour y déposer un petit baiser délicat.

Après quoi il se leva et jeta son gobelet en plastique dans la poubelle.

— Passe à mon studio, disons… dimanche matin à 11 heures.

Brianna se leva elle aussi, d'un bond, pour plaquer un baiser fugace sur les lèvres de Jack.

— J'y serai. Et… merci encore.

Jack se dirigea vers la porte, mais, avant de sortir, il observa Becky Lynn par-dessus son épaule. Son regard était si appuyé que malgré elle, instinctivement, elle recula d'un pas.

— Tu peux venir toi aussi, Red. Je pense que ça t'intéressera.

Et, sans attendre sa réponse, il sortit. Becky Lynn le regarda partir, l'esprit en déroute ; c'était comme s'il avait plongé la main en elle pour semer le désordre dans tous ses organes vitaux.

Cette sensation ne la quitta pas de la journée. Pas moyen de s'en débarrasser, malgré tous ses efforts. Une question ne cessait de la tarauder : pour quelle raison Jack l'avait-il invitée à cette séance de photos ? Sa proposition à la fois inattendue et dérangeante lui mettait les nerfs à vif et lui laissait la pénible impression d'être déchirée entre la curiosité et la peur.

A mesure que les jours passaient, la rapprochant de dimanche, ce sentiment ne cessait de croître ; elle oscillait entre l'envie de se rendre au studio de Jack et la certitude qu'elle ne devait pas le faire. En désespoir de cause, elle avait tenté d'évoquer ce dilemme avec Marty, pensant que la jeune femme, plus expérimentée, saurait peut-être ce qui avait motivé l'invitation de Jack, mais, à la grande surprise de Becky Lynn, Marty avait refusé de parler de lui. Après l'avoir traité de salaud, elle avait fichu le camp ! Cette réaction n'avait fait qu'amplifier la confusion de la jeune fille ; quelques semaines plus tôt, Marty ne tarissait pas d'éloges sur Jack.

Le samedi, juste avant la fermeture du salon, Brianna demanda d'un ton détaché à Becky Lynn si elle avait l'intention d'assister à la séance de photos chez Jack le lendemain. Celle-ci répondit qu'elle ne le savait pas encore. Brianna haussa les épaules, et lui donna quand même l'adresse de Jack, au cas où.

L'aube de ce dimanche parut, lumineuse et claire. Dès son réveil, Becky Lynn songea aussitôt à la séance de photos. Pas question d'y aller évidemment, se dit-elle. Après un rapide petit déjeuner, elle prit sa douche, en se demandant si le studio de Jack était situé loin du motel.

Puis, persuadée qu'elle agissait par simple curiosité, elle sortit l'annuaire téléphonique du tiroir de la table de chevet pour vérifier.

De fait, le studio de Jack se trouvait dans Van Nuys, tout près du motel ; proximité inespérée quand on songeait aux distances à parcourir en Californie. Elle referma l'annuaire. De toute façon, cela n'avait aucune importance, songea-t-elle. Puisqu'elle n'irait pas.

A 11 heures et quart, Becky Lynn arriva devant la porte du studio de Jack. Elle avait volontairement quinze minutes de retard pour être sûre que Brianna serait déjà là. Assurément, elle ne courait aucun risque en venant ici, se répétait-elle. Que pouvait-il lui arriver en présence de Brianna ?

Elle sonna et attendit. Au bout de plusieurs minutes, elle entendit une porte claquer dans la maison. Perplexe, elle regarda sa montre, sentant les palpitations de son cœur s'accélérer. Il y avait quelque chose d'anormal.

Jack vint ouvrir la porte d'entrée, une serviette autour du cou, les cheveux encore mouillés. Il était torse et pieds nus, et son jean ouvert à la taille tombait sur ses hanches.

Avec un grand sourire, il poussa la porte à moustiquaire.

— Salut, Becky Lynn.

Elle laissa échapper un petit couinement de surprise et de désarroi, en reculant d'un pas.

— Je… je suis désolée, bafouilla-t-elle. Je croyais que vous aviez dit 11 heures.

— Exact. Mais Brianna m'a appelé tout à l'heure pour me prévenir qu'elle serait en retard, alors j'ai pris mon temps, expliqua-t-il en promenant son regard sur la jeune fille stupéfaite. Elle m'a annoncé aussi que tu ne viendrais pas.

Becky Lynn croisa les bras sur sa poitrine.

— J'ai changé d'avis.

— Je m'en suis aperçu, déclara-t-il sans cesser de sourire. Entre. Je vais passer une chemise.

Elle resta sur le seuil. Pourquoi diable était-elle venue ? Quelle idée folle lui avait donc traversé l'esprit ?

— Becky Lynn ? Tu n'entres pas ?

Elle secoua la tête.

— Euh… non. Je préfère attendre dehors.

— Libre à toi, répondit-il avec un haussement d'épaules. Je vais tout préparer pendant ce temps-là.

Il pivota sur ses talons et disparut à l'intérieur du studio, en laissant la porte ouverte. La jeune fille le suivit du regard ; son cœur battait si fort qu'elle craignait que Jack n'entende le bruit des pulsations.

Elle poussa un long soupir et se frotta vigoureusement les bras pour les réchauffer, pour chasser aussi les frissons de peur. Jack n'avait pas essayé de l'attirer à l'intérieur, il ne s'était pas gaussé de sa timidité. A vrai dire, il n'y avait rien de menaçant dans sa conduite. Malgré tout…

Se mordillant nerveusement la lèvre, elle se pencha en avant pour jeter un coup d'œil à l'intérieur. Après un petit vestibule s'ouvrait une grande pièce qui devait être le studio proprement dit. Sur la droite se trouvait la chambre, dont la porte était restée ouverte, et la jeune fille aperçut le lit défait. Sur la gauche s'étendaient la cuisine et le coin-repas. Un paquet de corn-flakes ouvert trônait au centre d'une petite table ronde, à côté d'une tasse à café. Le *Los Angeles Times* traînait par terre.

Poussée par la curiosité, Becky Lynn reporta son attention sur le studio. Elle entendait Jack se déplacer à travers la pièce en sifflotant. Elle apercevait ici et là du matériel de photo : des projecteurs, un pied, et une sorte de petite table roulante couverte d'un tas d'appareils dont elle ignorait l'utilité.

Soudain, Jack traversa son champ de vision ; elle constata avec un immense soulagement qu'il avait enfilé une chemise et des mocassins. Lorsqu'il tourna la tête dans sa direction, elle recula prestement, le cœur dans la gorge. Les bras croisés sur la poitrine, elle tentait de combattre cette terrible curiosité qui l'incitait à jeter toute prudence par-dessus les moulins et à entrer.

La dernière fois qu'elle s'était montrée aussi téméraire, elle avait dû payer un prix terrifiant.

Le souffle court, elle risqua de nouveau un coup d'œil par l'entrebâillement de la porte. Elle ne voyait plus Jack, mais elle l'entendait qui s'affairait. Les minutes s'écoulaient. Debout devant la porte, à l'entrée du studio, elle hésitait et se sentait ridicule. Déchirée par le doute.

Elle plaqua une main sur son ventre noué. Tous les hommes ne cherchaient pas à lui faire du mal, se disait-elle pour s'encourager. Tous n'étaient pas des bêtes comme Ricky et Tommy.

Finalement, prenant une autre inspiration, elle entra. En laissant la porte ouverte derrière elle. Si jamais Jack esquissait le moindre geste menaçant, elle hurlerait de toutes ses forces ; s'il essayait de l'enfermer, elle se précipiterait immédiatement vers la sortie.

Elle franchit le vestibule, pour s'apercevoir, en atteignant le seuil du studio, qu'elle marchait sur la pointe des pieds. Jack leva la tête. Leurs regards se croisèrent ; il lui sourit et de petites rides plissèrent les commissures de ses yeux bleus.

— Je savais que tu ne pourrais pas résister.

Elle croisa les bras, sur la défensive.

— Ah bon ? Pourquoi ? rétorqua-t-elle.

D'un geste large, il désigna le studio autour de lui.

— Parce que tout cela t'intéresse, voilà pourquoi. Parce que tu aimes la photographie.

Elle releva le menton.

— Comment vous le savez ?

Jack ouvrit le dos de l'appareil photo qu'il tenait dans la main, y installa un film, puis le referma d'un geste sec. Il releva la tête en souriant.

— Tu es venue, non ? Malgré tes craintes.

Il venait de marquer un point. Un petit sourire involontaire se dessina sur les lèvres de Becky Lynn ; cela n'échappa pas à Jack.

— De plus, reprit-il, n'importe qui aurait affirmé à Brianna que ses photos étaient magnifiques. N'importe qui l'aurait pensé sincèrement. Toi tu as l'œil. Où as-tu appris le métier ?

— Je n'ai jamais rien appris.

— Ton père est photographe, ou un truc comme ça ?

Elle secoua la tête. Non, son père n'était pas photographe, loin de là.

— C'est la première fois que je pénètre dans un studio, avoua-t-elle. A vrai dire, je… je n'ai même jamais pris une seule photo. Je n'en ai jamais eu l'occasion.

— Allez ! Même pas avec un Instamatic ?

Jack secouait la tête d'un air incrédule.

— A quoi ressemble la vie dans le Mississippi ? demanda-t-il. Ils ont quand même les W.-C. à l'intérieur, non ?

Becky Lynn avait les joues en feu. De honte. Mais aussi de colère.

— Oui, nous avons des W.-C. à l'intérieur, figurez-vous ! Si je n'ai jamais pris de photo, cela n'a aucun rapport avec le fait de vivre dans le Mississippi ! Simplement, mes parents… n'étaient pas très riches.

En prononçant ces mots, elle redressa un peu plus le menton, d'un air de défi.

— En tout cas, nous n'avions pas d'argent à dépenser pour des futilités comme un appareil photo !

« En revanche, il y avait toujours de quoi acheter du whisky », songea-t-elle avec amertume. Mais pas question de l'avouer à Jack Gallagher.

— Désolé, dit-il en faisant tressauter l'appareil dans sa paume. J'ai eu tort de parler à tort et à travers.

— Ce n’est pas grave.

— Tiens ! s’écria-t-il en tendant la main.

Le regard de la jeune fille alla de Jack à l’appareil photo, alternativement.

— Hein ?

— Aujourd’hui, déclara-t-il, tu vas prendre ta première photo.

Elle recula d’un pas, en secouant la tête.

— Non, impossible ! Merci infiniment, mais…

— J’insiste, dit-il avec un sourire encourageant. Je ne pourrais plus vivre en songeant que tu n’as jamais tenu un appareil entre les mains. Comment trouver encore le sommeil ?

Becky Lynn éclata de rire, surprise par la réaction de Jack, sans cesser d’observer l’engin d’un œil méfiant.

— Comment l’utilise-t-on ?

— Tu regardes dans le viseur, tu fais le point et tu appuies sur le déclencheur. Viens, je vais te montrer.

Elle obéit. Jack lui expliqua comment régler la mise au point et sur quel bouton appuyer ensuite pour prendre la photo, avant de lui tendre l’appareil. Elle éprouva un étrange pincement au cœur en sentant le boîtier noir peser au creux de sa paume. C’était beaucoup plus lourd qu’elle ne l’imaginait ; le métal était froid.

Elle leva les yeux vers Jack.

— Mais… qu’est-ce que je vais photographier ?

— Moi, par exemple !

Amusée, elle acquiesça et recula. Avec beaucoup d’application, elle colla l’appareil contre son œil, régla la mise au point et pressa sur le bouton. Au même moment, Brianna fit irruption dans le studio, portant un grand sac rempli de vêtements à l’épaule.

— Me voici !

Elle se figea en les apercevant. Son regard étonné alla de Becky Lynn à Jack, et inversement.

— Mais… je croyais que tu ne devais pas venir !

— J’ai changé d’avis.

A contrecœur, elle rendit l’appareil photo à Jack.

— J’espère que ça ne t’ennuie pas ? ajouta-t-elle.

— Non, bien sûr que non ! répondit Brianna, que cela semblait beaucoup ennuyer au contraire.

Les sourcils froncés, elle se tourna vers Jack.

— Désolée d'être en retard, dit-elle. Big Bob a fait un tas d'histoires.

Jack s'avança vers elle sans se presser, et lui prit le sac des mains.

— Il ne supporte pas de te perdre de vue un instant, hein ?

Brianna poussa un long soupir théâtral.

— L'adoration est parfois un véritable fardeau !

— Je n'en doute pas.

Un petit sourire étira la lèvre supérieure de Jack, et Becky Lynn dut détourner le regard pour ne pas pouffer. Nul doute que Brianna n'apprécierait guère de la voir rire, songea-t-elle.

— Bon, voyons ce que tu as apporté, dit-il en emportant le sac vers le centre de la pièce. Viens jeter un œil, Becky Lynn. Ça m'intéresse de savoir ce que tu en penses.

La jeune fille s'approcha comme il le souhaitait, mais Jack ne sollicita pas son avis une seule fois. Désormais, il était totalement absorbé par sa tâche : son travail venait de commencer. Il ne regardait plus aucune des deux filles, même lorsqu'il leur adressait la parole.

Il sortit progressivement les affaires du sac, les jugeant toutes inadéquates. Trop recherchées. Trop vulgaires. Ou au contraire trop fades. L'unique fois où Brianna, vexée, tenta de protester, il l'interrompit brutalement :

— Tu veux que je fasse ces photos, oui ou non ?

De toute évidence, elle y tenait beaucoup, car elle n'émit plus la moindre protestation.

Finalement, Jack opta pour une combinaison-pantalon noire à col montant, un pull écru à mailles épaisses et une grande écharpe de soie aux motifs discrets. Après quoi, il envoya Brianna se changer derrière le paravent.

Pendant qu'elle s'habillait et que Jack achevait les préparatifs, Becky Lynn se promena dans le studio. Tout ce qui s'y trouvait exerçait sur elle une fascination mêlée de crainte. Elle repensait au contact de l'appareil photo dans ses mains, froid et lourd, presque vivant. En le tenant, en regardant à travers le viseur, elle avait été parcourue d'un petit frisson d'excitation, et elle aurait aimé pouvoir prendre une seconde photo. Puis encore une autre…

Verrait-elle un jour cette photo ? Elle espérait que oui. Elle aimerait bien la posséder aussi, la première photo qu'elle avait prise ! Elle esquissa un sourire en secouant la tête. Quelle idiote ! pensa-t-elle.

Elle marcha jusqu'au fond du studio, et s'arrêta en face du mur. D'un regard curieux, elle examina les photographies qui y étaient épinglées.

— Elles sont de vous ? demanda-t-elle lorsque Jack vint la rejoindre.

— Toutes sauf celles-ci, répondit-il en désignant les clichés du centre.

Becky Lynn se demanda la raison de leur présence là, sans oser poser la question.

— Qu'en penses-tu ? lui demanda-t-il.

Elle lui jeta un regard surpris par-dessus son épaule.

— Vous voulez connaître mon avis ?

— Exactement.

Becky Lynn scruta son regard, à la recherche d'une lueur de malice, d'ironie. Nul doute qu'il cherchait à se moquer d'elle, mais elle ne vit que de la sincérité dans son expression. Elle reporta toute son attention sur les photos.

— Exprime-toi franchement, dit-il. Je peux entendre la vérité.

— Je pense qu'elles sont formidables. Je pense que vous êtes très doué.

Jack répondit par un éclat de rire ; un rire de bonheur, sans sarcasme ni méchanceté.

— Tu ne les trouves pas trop ternes ? Pas trop…

— Je vous dérange peut-être ?

La question ironique de Brianna les fit se retourner. Celle-ci était sortie de derrière le paravent, et sans doute avait-elle espéré découvrir leurs visages vibrants d'impatience et d'admiration.

Elle ne chercha pas à masquer son irritation devant leur relative indifférence. En captant le regard de Becky Lynn, celui de Jack se remplit d'une lueur amusée. La jeune fille sourit malgré elle.

A partir de cet instant, Jack se remit au travail, et il se retira dans cet endroit secret et lointain où Becky Lynn l'avait vu disparaître précédemment. Mais, cette fois, il s'y enfonça encore plus profondément.

Un peu en retrait, Becky Lynn assistait, fascinée, à cette métamorphose, sachant d'instinct qu'il ne fallait pas le déranger. Jack avait chassé de son esprit tout ce qui n'était pas son appareil photo et son sujet ; étrangement, c'était comme s'ils ne faisaient plus qu'un tous les trois.

Toujours en mouvement, il ne cessait de se déplacer autour de son sujet, l'œil rivé à son appareil. Il encourageait Brianna, la complimentait, la cajolait.

— Tu es une actrice, Brianna, tu dois jouer devant l'objectif. Oui, comme ça, un peu plus de sentiment. Parfait. Magnifique, ma belle ! Je sens que ces photos vont être splendides ! Non, attends… Oui… Un peu plus de… Là, sublime !

Tout le studio vibrait d'une énergie invisible. Une énergie effrayante, intime et… sexuelle. Becky Lynn frictionna ses bras hérissés de chair de poule. Jack était en train de séduire Brianna ; il lui faisait l'amour, sans même la toucher.

Subjuguée, Becky Lynn réagissait elle aussi à la voix envoûtante de Jack, à ses ordres, renversant la tête, la bouche entrouverte…

Prenant soudain conscience de son comportement, elle se raidit et croisa les mains devant elle, avec un sentiment de honte, soulagée néanmoins de constater que ni Jack ni Brianna ne l'avaient vue. Que ressentait-on en recevant toute cette énergie qui émanait de Jack ? se demandait-elle. Que ressentait Brianna à cet instant, en face de l'objectif, reliée à Jack par le biais de ce petit boîtier noir ? Quel effet cela faisait-il de se sentir la plus belle femme du monde, la seule femme dans le monde de Jack ? Car, se disait Becky Lynn, c'était exactement ce que devait ressentir Brianna.

— Oui, continue, ma beauté… sois sexy, plus sexy que tu ne l'as jamais été. Pense à Big Bob.

Brianna éclata de rire ; Jack profita de ce relâchement pour mettre fin à la séance.

— Le résultat va être fantastique, commenta-t-il en rembobinant le film. Tu as été incroyable, Brianna ! Parfaitement détendue… C'est un vrai plaisir de travailler avec toi !

— Grâce à toi, Jack. C'est toi qui m'aides à me sentir… si bien !

Elle se leva pour le rejoindre. S'arrêtant à quelques centimètres de lui, elle renversa la tête et lui jeta un regard provocant, lourd de sous-entendus.

— Je ne sais pas comment te remercier.

Mal à l'aise, Becky Lynn glissa vers la porte. Elle voyait bien que Brianna savait de quelle façon le remercier, et si elle se fiait à ce qu'elle-même avait ressenti au cours de cette heure écoulée, Jack ne se ferait pas prier pour accepter les témoignages de gratitude de la jeune coiffeuse.

Sa présence était devenue indésirable. Encore une fois elle n'était pas à sa place. De plus en plus gênée, elle fit encore un pas vers la porte.

— Inutile de me remercier, Brianna. Tout le plaisir était pour moi.

— Non, je tiens absolument à t'exprimer ma reconnaissance, répondit-elle en nouant ses bras autour de son cou. Je serais tellement… heureuse.

Becky Lynn se racla la gorge.

— Bon, il faut que je m'en aille, dit-elle. Merci, Jack. C'était très… intéressant.

Jack se libéra de l'étreinte de Brianna.

— Tu es vraiment obligée de partir ? On pourrait aller boire un verre ou grignoter un morceau tous les trois.

Becky Lynn coula un regard vers Brianna. Si jamais elle disait oui, celle-ci lui arracherait les yeux sur-le-champ.

Elle répondit par un grand sourire, en se rapprochant un peu plus de la sortie.

— Non, il faut vraiment que j'y aille. Merci encore. C'était super !

Jack lui sourit.

— J'apporterai les tirages dans le salon. Tu pourras les voir.

— Avec plaisir, dit-elle en avalant difficilement sa salive. Salut, Brianna. A mardi !

Et, pivotant sur ses talons, elle s'enfuit rapidement. Ce fut seulement à une centaine de mètres du studio qu'elle s'aperçut qu'elle tremblait. Sans trop savoir pourquoi.

18

Jack était incapable de chasser de son esprit l'image de cette jeune fille rousse avec sa drôle de tête et son accent traînant du Sud. Sa drôle de tête. Il grimaça. Non, se dit-il, cette description était injuste envers Becky Lynn. On aurait pu qualifier plutôt son visage d'étrange, voire de disgracieux. Elle possédait des traits mal assortis. De grands yeux en amande dont la couleur variait, au gré de son humeur, entre le marron et le noisette. Une bouche trop épaisse pour son visage étroit et un long nez, incroyablement rectiligne. Ses traits puissants et racés offraient, une fois rassemblés, une impression de malaise plus que d'harmonie.

Jack jeta un dernier regard aux clichés de Brianna. Cette dernière, en revanche, était une fille extrêmement séduisante, avec des traits fins, un joli teint, de superbes formes et proportions. Aucun détail incongru ne venait briser cet ensemble parfait. Et pourtant, Jack ne parvenait pas à se passionner pour son visage ; rien en elle n'allumait la moindre étincelle dans son œil d'artiste.

Et le visage de Becky Lynn ? demanda alors une petite voix en lui. Jack secoua la tête, glissa les clichés dans son porte-documents et se dirigea vers la porte. Non, son visage ne l'intéressait pas, se dit-il. C'était elle qui l'intéressait, la personne dans sa totalité.

Jamais il n'avait rencontré une femme aussi peu sûre d'elle. Parfois, sa peur devenait presque palpable.

Il fronça les sourcils, songeur. Sallie était persuadée que Becky Lynn avait fait une fugue, qu'elle avait fui jusqu'en Californie. Un geste qui exigeait du cran. De la détermination et une grande confiance en soi.

Ou une énorme dose de terreur.

Il était prêt à miser sur la seconde hypothèse. Mais qu'avait-elle fui ? Quelle était donc cette chose si effroyable, si terrifiante qui avait poussé une si jeune fille à traverser presque tout le pays pour y échapper ?

Jack ferma à clé la porte de son appartement derrière lui, descendit les marches du perron au petit trot et continua au même rythme jusqu'à sa voiture. Après avoir jeté sa serviette sur le siège avant, il s'installa au volant et démarra.

Il prit la direction du Shop. Comme il l'avait supposé, les photos de Brianna étaient très réussies. Certaines étaient même excellentes. Elle serait certainement ravie, se disait-il, et si tel n'était pas le cas… bah, il n'était pas responsable de son manque de goût.

En revanche, il savait que Becky Lynn, elle, était parfaitement capable de reconnaître la qualité de son travail.

Il s'engagea sur la Nationale 5 qui menait à Hollywood. Que penserait-elle de ces photos ? Même si cela n'avait guère d'importance, il était curieux de connaître son opinion. Cette fille possédait un sacré sens de la photographie. Certes, elle n'était pas aussi douée que lui au même âge, mais elle avait l'œil, assurément.

Alors qu'elle n'avait jamais touché un appareil photo de sa vie !

Cette idée ne laissait pas de le troubler. Jack avait le plus grand mal à imaginer que Becky Lynn était totalement novice dans ce domaine, pourtant il la croyait. Non pas de manière raisonnée, mais instinctive. Cette fille, pensait-il, était tout bonnement incapable de mentir, et elle n'était pas du genre à user d'artifices.

Il s'aperçut qu'elle lui plaisait finalement, en dépit de son manque de piquant, de sa timidité. Il y avait en elle quelque chose de profond, quelque chose d'authentique et de pragmatique. Et c'était une fille intelligente ; sa vivacité d'esprit perçait à travers les marques de pauvreté et de privations, à travers son accent épais et son peu d'atta-chement aux biens terrestres.

Sur la route à trois voies, la circulation ralentit, avant de s'immobiliser totalement. Jack poussa un juron et se laissa aller contre le dossier du siège, sachant qu'il ne pouvait rien faire pour régler les problèmes routiers de la Californie, ni même cet embouteillage en particulier.

Résigné, il avançait régulièrement de quelques centimètres, suivant à la trace la voiture qui le précédait. Il songeait une fois de plus à Becky Lynn, en s'interrogeant. Qu'avait-elle vécu ? Pourquoi l'effrayait-il à ce point ? Pourtant, il ne se considérait pas comme un individu particulièrement menaçant, surtout envers les femmes. Alors, pour quelle raison lui inspirait-il une telle réaction de panique ?

Jusqu'à la séance de photos, il n'avait pas eu conscience de la perturber. Il pensait simplement qu'elle ne l'aimait pas. Ou qu'elle n'aimait pas les hommes en général. Mais quand elle avait refusé d'entrer chez lui, préférant attendre seule à la porte, il avait compris.

Il avait plongé son regard au fond de ses yeux, et y avait découvert la peur. Ce souvenir lui arracha une grimace. Cette émotion brutale et intense l'avait pris totalement au dépourvu.

Mais de quoi avait-elle donc peur ? Comme il serait intéressant de découvrir ses secrets, se dit-il au moment où la circulation redevenait fluide d'un seul coup, par miracle. Accélérant vivement, il doubla la voiture qui roulait devant lui, impatient désormais d'arriver au Shop et d'entamer ensuite sa journée. Il avait plusieurs projets inscrits à son emploi du temps, dont la prospection de futurs clients dans les milieux de la mode. Un de ces jours, toutes ces démarches ingrates seraient récompensées ; un de ces jours, un grand couturier lui confierait un travail. Et ce jour-là, Giovanni et Carlo avaient intérêt à surveiller leurs arrières.

Quelques instants plus tard, il s'arrêta devant l'entrée du Shop et salua le portier, Mac, qui se précipitait déjà pour ouvrir la portière de la voiture.

— Bonjour, Jack ! Quoi de neuf ?

— J'apporte juste quelques tirages.

Il lança les clés de son véhicule au portier.

— Je n'en ai pas pour longtemps, dit-il. Un quart d'heure environ.

— Entendu. A tout de suite.

Après l'avoir remercié, Jack franchit les portes vitrées du salon. Comparé à l'effervescence qui régnait au Shop les autres jours de la semaine, le mardi y était une journée relativement calme. Jack avait tenu à venir tôt de façon à arriver avant la plupart des clients. Malgré tout, Foster était déjà au travail, ainsi que Marty. En revanche, Brianna n'était pas encore arrivée, lui apprit Foster. Quant à Becky Lynn, elle se trouvait dans l'arrière-boutique.

Marty ne lui adressa pas la parole ; elle continuait à lui battre froid depuis qu'il avait repoussé ses avances. Jack ne comprenait pas sa réaction, et sans doute ne la comprendrait-il jamais, mais cette attitude d'enfant gâtée l'agaçait.

Comme prévu, il découvrit Becky Lynn dans la réserve, au fond de la salle de détente, occupée à vider un carton de produits capillaires. Il déposa sa serviette sur la table.

— Il faut qu'on cesse de se voir de cette façon ! lança-t-il d'un ton moqueur.

Surprise, la jeune fille se retourna vivement, en portant sa main à sa gorge. Leurs regards se croisèrent, et Jack constata qu'elle ne semblait guère heureuse de le voir.

— Vous m'avez fait peur ! déclara-t-elle sèchement.

— Oui, je m'en suis aperçu. Excuse-moi.

Il glissa ses mains dans ses poches de pantalon, la tête penchée sur le côté, et demanda :

— Alors, comment s'est passée ta journée de repos ?

— Très bien, répondit-elle simplement en se croisant les bras sur la poitrine.

Il sentit qu'elle n'avait aucune envie de rester seule avec lui.

— Sais-tu ce que je viens faire ici ? demanda-t-il.

Elle secoua la tête.

— Les photos de Brianna ? Tu te souviens ? J'avais promis de les apporter.

— Elles sont déjà prêtes ?

L'expression de Becky Lynn s'était adoucie, sa raideur agressive avait cédé la place à une sorte d'impatience enfantine. Jack sourit.

— Oui. Ce n'est pas très long de développer et de tirer un film, tu sais.

Il se retourna et fit glisser la fermeture de son grand porte-documents pour en sortir les deux planches contact. Il les lui tendit.

— Je trouve que ça rend bien, dit-il. Qu'en penses-tu ?

La jeune fille laissa tomber le listing des commandes dans le carton qu'elle était en train de déballer et s'avança vers Jack, en s'essuyant les mains sur son pantalon comme à son habitude. Elle prit les photos. Il remarqua que sa main tremblait, tandis qu'elle promenait un regard avide sur la série de clichés.

— Tiens, regarde avec ça, c'est plus facile, conseilla-t-il en sortant de sa poche une petite loupe qu'il lui tendit. Le café est prêt ?

Elle ne répondit pas ; il supposa qu'elle ne l'avait même pas entendu. L'abandonnant à sa contemplation, il se dirigea vers la cafetière électrique, dont le pot de verre était à moitié rempli. Il se servit une tasse de café, but une gorgée sans quitter Becky Lynn des yeux.

Sans qu'il soit besoin de lui fournir des explications, elle avait approché la loupe et la planche contact de son œil, et elle faisait glisser l'appareil d'un cliché à l'autre, l'air totalement absorbé. « Elle aime véritablement ça », songea Jack. Ce n'était pas un simple intérêt. Ce n'était même pas de la fascination. C'était l'amour de la photographie. Perplexe, il plissa le front. Pourquoi ? D'où venait cette passion ?

Becky Lynn décolla la loupe de son œil, à contrecœur, remarqua Jack. Elle reposa les planches contact sur la table, timidement, puis noua ses mains devant elle.

— Merci. De m'avoir montré ces photos, et de m'avoir laissée assister à la séance dimanche.

— De rien.

Jack haussa les sourcils d'un air interrogateur, dans l'attente d'un commentaire. Comme il ne venait pas, il secoua la tête et demanda :

— Elles sont si mauvaises ?

— Pardon ?

— Les photos. Elles sont si mauvaises que tu n'oses pas faire de remarque ?

— Oh non ! s'exclama-t-elle en secouant la tête avec vigueur. Au contraire. Mais je… je ne pensais pas avoir le droit de donner mon avis.

— Le droit de donner ton avis !

Jack n'en revenait pas.

— Allons, Becky Lynn, tu as assisté à cette séance de photos ! Tu possèdes un œil excellent, et tu savais que les premières photos de Brianna ne valaient rien. Evidemment que j'ai envie de connaître ton avis !

Elle rougit, à la fois gênée et ravie, semblait-il.

— Je les trouve superbes, déclara-t-elle à voix basse. Je les trouve formidables. Marty et Brianna avaient raison à votre sujet. Vous… vous êtes aussi bon que tous ces grands photographes dont on voit les photos dans les magazines, Jack. Meilleur même !

Un grand sourire aux lèvres, Jack jeta son gobelet dans la poubelle.

— Meilleur que tous ces types, dis-tu ? Ah, tu illumines ma journée, Becky Lynn.

Il franchit la courte distance qui les séparait pour lui caresser le bout du nez.

— Et moi qui croyais que tu allais m'enfoncer plus bas que terre.

Au contact de cette caresse pourtant inoffensive, la jeune fille recula brutalement.

— Qu'est-ce qui vous faisait penser ça ?

Sa voix paraissait fragile tout à coup, apeurée. Elle n'aimait pas qu'on la touche, se dit Jack. Elle ne tenait pas à ce qu'il pose la main sur elle. Sans le vouloir, il avait franchi une barrière invisible.

Il recula d'un pas lui aussi, pour lui donner plus d'espace.

— Il est évident que tu ne m'aimes pas, voilà pourquoi. C'est évident depuis le début.

— Non, c'est faux ! s'exclama-t-elle en croisant ses bras sur sa poitrine. C'est simplement que… que je…

— Jack !

Brianna fit irruption dans la pièce.

— Foster vient de m'avertir que tu étais ici. Alors, elles sont prêtes ? Tu les as apportées ?

Becky Lynn profita de l'arrivée inopinée de la coiffeuse pour s'esquiver. Elle murmura que quelqu'un avait peut-être besoin d'elle à côté, et s'empressa de quitter la salle de repos.

Les joues en feu, elle se précipita dans le salon, en jetant des regards paniqués autour d'elle. Elle cherchait quelque chose à faire, n'importe quoi qui puisse occuper ses pensées.

Quelque chose qui lui fasse oublier Jack Gallagher et la façon dont il la regardait.

Hélas, aucun des employés n'avait besoin de ses services à cet instant précis ; rien ne manquait sur le buffet, et la salle d'attente était impeccable. Elle passa devant le bureau de Sallie ; sa patronne lui adressa simplement un petit signe de tête, l'air absent.

Becky Lynn respira à fond pour tenter de recouvrer son calme. Jack la regardait dans les yeux quand elle parlait. Il l'écoutait avec attention. Comme si ce qu'elle avait à dire était important, comme s'il pensait que son point de vue avait de la valeur, songea-t-elle.

Personne ne l'avait jamais traitée ainsi. Personne.

Elle plaqua une main tremblante sur sa poitrine. Pourquoi agissait-il ainsi ? se demandait-elle. Pourquoi ne la traitait-il pas comme le faisaient les autres ? Au moins, elle saurait comment réagir face à lui, et elle garderait la tête froide.

Jack avait le terrible pouvoir de lui faire oublier ce qu'elle était réellement. Sa manière de se comporter avec elle lui donnait le sentiment d'être… différente des autres. Jusqu'à sa façon de la surnommer Red, qui lui renvoyait une autre image d'elle, moins laide, plus proche de la jeune fille qu'elle avait toujours rêvé d'être.

« C'est grotesque ! » se dit-elle, en jetant des regards désespérés autour d'elle. Elle n'avait rien de différent ; c'était Jack qui était différent. Et il valait mieux pour elle ne jamais perdre cette évidence de vue.

Elle courut se réfugier dans les toilettes et verrouilla la porte. Aussitôt, elle s'approcha du miroir fixé au-dessus du lavabo pour contempler son reflet. Et elle se vit telle qu'elle était en ce soir tragique où elle avait rampé jusque chez elle après avoir été violée par Ricky. Après avoir découvert la trahison de son frère, après que sa mère lui eut tourné le dos.

Les larmes l'étouffaient. Se regarder lui faisait mal.

Elle était laide. Elle était toujours cette fille que les petits camarades de l'école couvraient de quolibets et d'insultes. Cette fille que le père jugeait indigne d'être aimée, cette fille à qui des garçons avaient enfilé un sac en papier sur la tête pour ne pas voir son visage pendant qu'ils la violaient.

Les larmes montèrent et finirent par jaillir ; malgré tout, elle s'obligea à garder les yeux rivés sur le miroir. Jack lui faisait oublier qu'elle était toujours cette même fille. Lui seul la contemplait comme s'il ne voyait pas sa laideur.

Pourtant, il avait des yeux. Il n'était pas aveugle. Bien au contraire.

Elle serra les poings, appuyée contre le bord du lavabo ; ses phalanges crispées étaient encore plus blanches que la porcelaine. Si par malheur elle négligeait cette réalité, elle serait totalement vulnérable vis-à-vis de lui. Si elle n'y prenait garde, il lui ferait du mal. Pas de la même façon que Tommy et Ricky, mais d'une manière différente qui laisserait elle aussi une cicatrice profonde.

Elle ferma les yeux de toutes ses forces. Non, elle ne permettrait pas que Jack la fasse souffrir ! décida-t-elle. Personne ne la ferait souffrir désormais. Plus jamais.

— Becky Lynn ! cria Foster en frappant à la porte. Quand tu auras terminé, Sallie veut te voir.

Elle rouvrit les yeux et prit une profonde inspiration.

— Entendu, répondit-elle en ouvrant le robinet d'eau froide. J'arrive tout de suite !

Elle s'aspergea le visage, puis s'épongea avec la serviette. Elle n'oublierait pas… Elle se protégerait.

Quelques instants plus tard, la jeune fille entrait dans le bureau de Sallie. Elle crut défaillir. Jack était là lui aussi, venu dire au revoir à sa mère.

Il lui sourit.

— Ah, je suis content de te voir avant de partir, dit-il. J'ai quelque chose pour toi !

Il entrouvrit la fermeture Eclair de son porte-documents et fouilla à l'intérieur. Trouvant enfin ce qu'il cherchait, il lui tendit une photo de format 18x24, l'air ravi.

C'était le visage de Jack en gros plan ; Becky Lynn fixait le cliché sans comprendre.

— C'est ta photo, dit-il. Regarde au dos. Elle s'exécuta. En bas, il avait griffonné au feutre noir : « Première photo de Red. Février 1985. »

Les mains de Becky Lynn se mirent à trembler. Elle ne quittait pas la photo des yeux, remplie d'une émotion sans doute excessive. Pour Jack, ce geste ne représentait rien, mais pour elle c'était… tout. Personne ne lui avait jamais rien offert. Personne ne s'était jamais montré si prévenant avec elle.

Voilà donc ce qu'on éprouvait quand quelqu'un vous traitait avec gentillesse, se dit-elle en levant les yeux vers Jack. Quand quelqu'un vous traitait comme une personne digne d'intérêt.

— Je ne sais pas quoi dire, Jack. Je… simplement, je…

Elle déglutit pour évacuer la boule d'émotion qui l'étouffait, et esquissa un sourire timide.

— … Merci.

19

Becky Lynn avait posé la photo de Jack sur sa table de chevet, appuyée contre la lampe, et durant les longues soirées, les longues nuits qui se succédaient, elle la contemplait, mémorisant chaque détail : l'éclairage tamisé, le sourire de Jack, son regard qui semblait défier l'objectif, la composition légèrement décentrée.

Et chaque fois qu'elle regardait cette photo, un petit frisson d'excitation la parcourait. Même avec beaucoup d'indulgence, ou d'imagination, on ne pouvait pas dire qu'il s'agissait d'une bonne photo, mais, à ses yeux, c'était la chose la plus précieuse de la terre. Elle avait pris elle-même ce cliché ! Il lui appartenait. Il représentait une réalité confuse qu'elle sentait sans pouvoir la toucher : les bonheurs, les changements survenus dans sa vie, la manière dont elle-même avait changé.

Personne ne pourrait lui reprendre tout cela.

Elle prit la photo sur la table de chevet et caressa la surface lisse et brillante du bout du doigt. Elle n'avait pas revu Jack depuis ce mardi matin où il était venu la lui donner dans le salon, deux semaines plus tôt. Et pendant tout ce temps, elle n'avait cessé d'osciller entre le soulagement et les regrets. Le soulagement car, en présence de Jack, elle devait se rappeler sans cesse qui elle était, ce qu'elle était. Et les regrets, car lui seul savait lui faire oublier cela, précisément.

Les yeux plissés, Becky Lynn observa une fois de plus cette photo qu'elle avait prise de Jack, sentant la morsure de la frustration au creux de son estomac. Elle brûlait de partager son immense savoir, d'accompagner ses gestes, de prendre part à une activité aussi excitante…

Que ressentait-on lorsqu'on créait de magnifiques images ? se demandait-elle. Lorsqu'on était capable de capturer sur la pellicule l'essence même d'un individu, d'immortaliser sa présence ?

Ce devait être merveilleux, se disait-elle. C'était le bonheur absolu.

Si elle pouvait y parvenir, tous ses rêves deviendraient alors réalité.

20

— Becky Lynn ! s'exclama Brianna en faisant irruption dans la salle de repos. Sallie vient d'appeler ; elle a besoin que tu lui apportes tout son nécessaire de maquillage. Immédiatement.

La jeune fille se leva d'un bond, en rassemblant les restes de son déjeuner.

— Où est-elle ?

— Au studio de Jack. Elle lui sert de maquilleuse…

Prenant sa respiration, elle ajouta :

— C'est le boulot le plus important qu'on ait confié à Jack, et j'ai bien compris au son de sa voix qu'il y avait quelques problèmes.

Le studio de Jack. Une séance de photos, songea Becky Lynn. Elle sentit les battements de son cœur s'accélérer, ses paumes devenir moites. Comment aurait-elle pu nier son excitation ? Jetant sa canette de Coca encore à moitié pleine et le fond de son sachet de chips dans la poubelle, elle se précipita vers la porte où se trouvait Brianna.

— Comment vais-je faire pour…

— J'ai déjà appelé un taxi, déclara la coiffeuse en fourrant deux billets de vingt dollars dans la main de Becky Lynn. Dépêche-toi, allons chercher le matériel de Sallie.

Ce qu'elles firent sur-le-champ, et lorsque Becky Lynn sortit par la double porte de verre, le taxi l'attendait. Dix-huit minutes plus tard, le chauffeur l'arrêtait devant le studio de Jack. Elle régla la course et descendit de voiture.

Sallie parut sur le perron.

— Dieu soit loué, te voilà enfin ! s'exclama cette dernière. Viens, dépêche-toi d'entrer.

Becky Lynn s'exécuta. Depuis le seuil, elle aperçut Jack dans le décor de son studio. Il paraissait dans tous ses états. La jeune fille fronça les sourcils : jamais elle n'avait vu une telle inquiétude sur le visage du jeune homme ; il était toujours si sûr de lui !

— Ma trousse, Becky Lynn ! lança Sallie dans la cuisine.

— Oh, désolée !

Détachant à grand-peine son regard de Jack, elle alla rejoindre Sallie. Deux mannequins, vêtues de robes portefeuille de soie, étaient assises autour de la table de la cuisine, bavardant à voix basse, à demi maquillées. Lorsqu'elle entra, elles lui jetèrent à peine un coup d'œil.

Sallie arracha la boîte de maquillage des mains de Becky Lynn.

— Je ne comprends pas comment j'ai fait pour l'oublier ! Dans le temps, ça ne serait jamais arrivé. Ah, on voit bien que je n'ai plus l'habitude de travailler dans la mode.

Becky Lynn croisa les bras sur sa poitrine.

— Brianna m'a expliqué que c'était une séance de photos très importante pour Jack.

— Exact, répondit Sallie en obligeant le premier mannequin à renverser la tête pour lui appliquer une couche de blush. L'agence Tyler a accepté de lui confier la réalisation des photos pour les boutiques Jon Noble ; c'est une petite chaîne de luxe qui possède un magasin dans Rodeo Drive.

— Comment se fait-il alors que Jack n'ait pas l'air plus heureux ?

Sallie fouillait nerveusement dans sa trousse de produits de maquillage.

— L'assistant qu'il avait engagé pour la journée a décroché un autre contrat et il lui a fait faux bond au dernier moment. Jack a appelé tous les gens qu'il connaît ; personne n'est disponible.

Becky Lynn jeta un coup d'œil en direction du studio, avant de revenir sur Sallie, envahie par un étrange sentiment de panique qui ressemblait au trac.

— Il ne peut pas travailler seul ? demanda-t-elle.

— Si, bien sûr… Fermez les yeux, s'il vous plaît, dit-elle en s'adressant au mannequin.

Sallie testa une couleur sur le dos de sa main, avant de l'appliquer sur les paupières de la fille avec de petits gestes rapides et précis.

— En vérité, reprit-elle, c'est surtout une question d'apparences. Jack peut très bien se débrouiller sans assistant, mais ce sera moins rapide, moins détendu. Il a affirmé aux gens de chez Tyler qu'il travaillait comme un professionnel, et maintenant, il va donner l'impression de…

Sallie laissa échapper un petit grognement irrité.

— Je n'ai pas le temps de discuter pour l'instant, Becky Lynn. Pardonne-moi, j'ai besoin de me concentrer.

La jeune fille quitta la cuisine. Une fois dans le vestibule, elle observa Jack qui s'affairait dans le studio, occupé à régler les éclairages, la bouche crispée par l'angoisse.

Peut-être pourrait-elle l'aider… Peut-être.

Elle secoua la tête en se traitant d'idiote. Que connaissait-elle au métier d'assistant-photographe ? Puisque Sallie n'avait plus besoin d'elle, il ne lui restait plus qu'à prendre le bus pour retourner à l'institut.

Mais Becky Lynn ne bougea pas. Les minutes se succédèrent, et son cœur battait de plus en plus fort. A petits pas, elle se rapprocha de l'entrée du studio, s'arrêta en arrivant à la porte. Jack lui tournait toujours le dos.

Elle se racla la gorge.

— Jack ?

Leurs regards se croisèrent ; la frustration et l'exaspération qui émanaient de lui étaient presque palpables.

— Pas maintenant, Becky Lynn.

Les mains jointes, elle se jeta à l'eau.

— Sallie m'a expliqué ce qui se passe. Je pourrais peut-être… vous aider ?

Ces paroles franchirent péniblement ses lèvres, d'une voix aiguë et tremblante même à ses propres oreilles, et elle se demanda si elle n'avait pas perdu la tête. Que se passerait-il si par extraordinaire il acceptait son offre ?

Jack croisa de nouveau son regard, d'un air interrogateur cette fois.

— Tu saurais m'aider ?

— Peut-être, répondit-elle avec une profonde inspiration. Il suffit de me dire ce que je dois faire.

Une grimace songeuse plissa son front, comme s'il pesait le pour et le contre : le désir qu'elle avait de l'aider et son manque d'expérience. Finalement, il hocha la tête.

— Prépare-toi à subir une formation accélérée de dix minutes sur le métier d'assistant-photographe. Tu te sens à la hauteur ?

Les mains serrées, elle redressa le menton pour afficher une confiance qu'elle était loin d'éprouver.

— Oui.

— Viens, alors. On n'a pas une minute à perdre.

Il se déplaça à travers le studio à la manière d'une tornade, entraînant Becky Lynn dans ce maelström.

— Pour commencer, dit-il, tu vas devoir régler les lumières et les projecteurs.

En termes concis, il lui expliqua comment fonctionnait chacun de ces accessoires, comment tel réflecteur renvoyait la lumière afin de masquer les ombres, comment tel autre diffusait et adoucissait la lumière, pour supprimer les contrastes trop violents.

— Surtout, veille bien à ce que la toile de fond reste impeccable, ajouta-t-il en désignant l'énorme rouleau de papier blanc accroché en hauteur sur le mur.

Le papier avait été déroulé de façon à former un fond lisse et uniforme qui s'étendait sur le plancher.

— Vérifie qu'il ne fait pas de plis sous les pieds des mannequins. Et souviens-toi : n'importe quel détail qui cloche, aussi infime soit-il, risque de gâcher toute la séance !

— Il faut veiller à tout, se dit-elle à voix basse en emboîtant le pas à Jack, et en se demandant dans quel guêpier elle était allée se fourrer.

Jack se dirigea à grands pas vers une sorte de petit chariot sur lequel étaient disposés plusieurs appareils photo 35 mm. Il prit l'un d'eux.

— Pendant que je photographie, il faudra que tu charges les appareils, dit-il. Regarde, je vais te montrer.

D'un mouvement du pouce, il ouvrit le dos du boîtier, installa un rouleau de pellicule, engagea l'extrémité du film, referma le boîtier et actionna la petite manivelle sur le dessus de l'appareil.

— Dès que j'ai fini un film, je te tends l'appareil, et toi tu m'en tends un autre, avec une pellicule vierge ; pendant que je photographie, tu décharges le premier appareil et tu le recharges. Si jamais je te donne des indications particulières pour le développement, tu les notes sur la pellicule. Tu as tout compris ?

Becky Lynn répondit par un simple hochement de tête, oppressée par l'angoisse qui lui nouait la gorge.

— Je te demanderai également d'arranger les coiffures des mannequins et leurs vêtements. Ne t'en fais pas, je te livrerai des indications précises à ce sujet. Le directeur artistique de chez Tyler te donnera certainement des instructions lui aussi. Quoi que tu fasses, ne panique pas surtout. Même si tu hésites, donne toujours l'impression de savoir exactement ce que tu fais.

Il la regarda droit dans les yeux, et ajouta :

— Dans ce métier, tout repose sur l'apparence. Tout n'est qu'une formidable et magnifique illusion. Si tu as l'air sûre de toi et confiante, ils te ficheront la paix.

— Confiante, répéta-t-elle en inspirant à fond. Sûre de moi. Rien d'autre ?

— Si. Je ne veux absolument pas être dérangé. Si le téléphone sonne, tu vas décrocher. Si quelqu'un frappe à la porte, envoie-le au diable. Même si c'est le président des Etats-Unis en personne, je refuse d'être dérangé.

Avec un grand sourire, il demanda :

— Tu as tout compris ?

Becky Lynn n'eut guère le choix de la réponse, car à peine ces mots avaient-ils franchi les lèvres de Jack que les clients arrivèrent. Les deux hommes — le directeur artistique de chez Tyler et le responsable marketing des vêtements Jon Noble — étaient sympathiques, en apparence du moins. Malgré leurs sourires, Becky Lynn avait le sentiment qu'ils réservaient leur jugement sur Jack et sur ses talents de photographe jusqu'à la fin de la séance.

Pourtant, Jack ne paraissait nullement désorienté par cette attitude sceptique, constata Becky Lynn. A vrai dire, maintenant qu'il allait se mettre au travail, il semblait totalement à l'aise. Si elle ne l'avait pas vu si nerveux dix minutes plus tôt, elle n'aurait jamais pu deviner son état d'esprit réel à cet instant. Il parvenait à masquer complètement le moindre signe de faiblesse, la moindre hésitation, le moindre regret de lui avoir confié le rôle d'assistante.

Becky Lynn inspira à fond pour tenter de se calmer. Créer l'illusion de l'assurance, se dit-elle. L'illusion d'une confiance absolue en soi. Pour donner le change.

Lorsque Jack la présenta comme sa nouvelle assistante, elle craignit de voir les deux hommes se lever d'un bond en criant à la supercherie ! Mais aucun des deux n'émit de protestation, et la séance débuta.

Comme quand il avait photographié Brianna, Jack concentra cent pour cent de son énergie sur son travail. Rien n'échappait à son regard ; rien ne venait troubler sa concentration. C'était merveilleux, stupéfiant de le voir à l'œuvre, et plus d'une fois Becky Lynn se surprit à retenir son souffle, terriblement impressionnée.

Toutefois, passé les deux ou trois premières minutes, elle n'eut plus le temps de s'extasier. Jack la bombardait d'ordres auxquels elle devait réagir. Réagir vite.

« La veste du mannequin de droite fait des plis… La manche de la fille de gauche est légèrement tire-bouchonnée… Baisse le projecteur d'un demi-centimètre… Remonte un peu le réflecteur derrière… Parfait, va me chercher le posemètre, il est sur la table roulante… »

Chaque fois que Becky Lynn abandonnait momentanément Jack, pour reporter son attention sur les mannequins, elle sentait renaître ce sentiment d'admiration respectueuse. Elle était stupéfaite. Ces filles savaient exactement ce qu'elles devaient faire, comment bouger devant l'objectif, sans jamais toucher leurs coiffures, leur maquillage ou leurs vêtements, attendant son intervention ou celle de Sallie.

Becky Lynn les observait, tandis qu'une boule d'envie gonflait en elle. Non, elle n'enviait pas leur beauté — Dieu sait pourtant qu'elles étaient belles —, mais plutôt leur assurance, leur aisance à bouger leur corps. Elle ne pouvait imaginer ce qu'elles éprouvaient ; elle savait que jamais elle ne connaîtrait ces sensations.

La véritable épreuve survint au moment où elle dut recharger l'appareil photo. Ses mains tremblaient tellement qu'elle faillit le laisser tomber. Mais finalement, à la troisième tentative, juste au moment où Jack allait réclamer l'appareil, elle parvint à le charger. Elle le lui tendit ; il lui adressa un simple hochement de tête pour la remercier de son aide, et la jeune fille sentit son cœur s'envoler.

C'était une sensation enivrante, entêtante. A partir de cet instant, emportée par le tourbillon de l'excitation, elle en oublia son appréhension, sa nervosité. Elle oublia qu'elle ne connaissait rien à la photographie, et se contenta de suivre les instructions de Jack. Elle se surprit même à rire d'une remarque spirituelle du directeur artistique de chez Tyler, à intervenir pour corriger des petits défauts avant même que Jack ne le lui demande.

Il y avait là quelque chose de bizarre, un peu comme si elle était capable de lire dans ses pensées. En croisant son regard soudain, elle constata que Jack pensait la même chose. Il paraissait surpris. Et ravi.

Le temps filait à toute vitesse. Il lui semblait que la séance débutait à peine quand Jack annonça que c'était terminé. Stupéfaite, Becky Lynn s'aperçut alors qu'elle y était arrivée ! Elle avait assisté le photographe d'un bout à l'autre de la séance, sans les plonger dans l'embarras ni lui ni elle.

Elle se tourna vivement vers Jack, si heureuse qu'elle avait envie de crier sa joie, de la partager avec lui, de quêter son approbation. Mais son sourire se figea. Jack avait rejoint les mannequins, et les remerciait avec force baisers et accolades.

Aussitôt elle se détourna, avec le sentiment d'être ridicule. Ne sachant que faire, ne sachant ce que ferait un véritable assistant, elle tenta de s'occuper. Elle éteignit les projecteurs, accrocha sur des cintres les vêtements qu'avaient portés les mannequins, puis elle enroula la toile de fond et rangea le matériel sur le chariot.

Sallie, s'approchant dans son dos, lui tapota l'épaule.

— Tu as été formidable, Becky Lynn. De la part de Jack, je te remercie.

Les félicitations de Sallie lui allèrent droit au cœur. Cependant, elle avait l'impression que la mère de Jack s'efforçait ainsi de réparer une faute — ou plutôt un manquement — de son fils.

— Vous repartez ? demanda Becky Lynn.

— Oui, il faut que je sois rentrée dans le salon à 16 heures. J'ai un rendez-vous.

— Je rentre avec vous dans ce cas.

— Non, inutile, répondit Sallie avec un sourire. Prends ta journée, tu l'as bien mérité. Tu diras au revoir à Jack de ma part.

Pendant que les mannequins se changeaient, Jack s'était mis à discuter avec le directeur artistique et le responsable marketing. D'où elle se trouvait, elle n'entendait pas les mots qu'ils échangeaient, mais elle voyait bien, à leur façon de sourire, qu'ils étaient satisfaits. Très satisfaits.

Après quelques rires et tapes dans le dos, Jack raccompagna ses clients jusqu'à la porte du studio. Avant de sortir, l'un d'eux se tourna vers la jeune fille.

— Merci, Becky Lynn ! lança-t-il. A la prochaine fois !

« La prochaine fois », songea-t-elle avec tristesse, en lui rendant son sourire et son signe de la main. Elle avait réussi à donner le change ; ils l'avaient prise pour une authentique assistante-photographe. Mais il n'y aurait pas de prochaine fois.

Ce fut ensuite au tour des mannequins de s'en aller. Après leur départ, Jack et Becky Lynn se retrouvèrent seuls. Gênée et intimidée tout à coup, la jeune fille joignit ses mains devant elle.

— C'était très amusant, Jack. Merci.

Il lui sourit, et secoua la tête.

— C'est moi qui dois te remercier. Tu as été formidable, Becky Lynn. Fantastique !

Elle sentit ses joues s'enflammer.

— Tant mieux si j'ai pu vous aider.

— Dès que Tyler m'aura payé, tu recevras ton chèque.

— Oh, je n'ai pas proposé mon secours pour de l'argent ! Vous n'êtes pas obligé de…

— Si. Tu as fait un travail, Becky Lynn. Et tu l'as bien fait. Je te réglerai comme j'aurais payé Troy.

Une dizaine d'autres objections lui vinrent aux lèvres, mais elle les ravala. Tout compte fait, cet argent serait le bienvenu.

— Bon… d'accord, dit-elle en reculant vers la porte. Il faut que j'y aille maintenant.

— Non, reste.

Elle lui jeta un regard interrogateur. Jack ébouriffa nerveusement ses cheveux, comme s'il cherchait à occuper ses mains.

— Après une séance de photos, j'ai toujours un trop-plein d'énergie à évacuer, expliqua-t-il. Si tu t'en vas maintenant, je ne saurai pas comment l'utiliser.

Il désigna la porte d'entrée.

— Allons nous asseoir sous la véranda. Je vais nous chercher une bière.

— Euh… je préfère ne pas…, bredouilla-t-elle en mordillant sa lèvre inférieure.

— Juste un verre, insista-t-il avec un sourire enjôleur. Je suis sûr que tu n'as rien d'autre à faire.

La jeune fille enfonça ses mains dans ses poches ; en vérité, elle n'avait pas envie de partir.

— D'accord, répondit-elle. Mais je ne bois pas d'alcool.

— Pas de problème.

Il se dirigea vers le réfrigérateur, ouvrit la porte et farfouilla à l'intérieur, avant de se tourner vers elle.

— Je peux t'offrir un Coca ou du jus d'orange.

— Un Coca.

— O.K. Je te rejoins dehors.

Becky Lynn sortit sous la véranda. La brise de cette fin d'après-midi lui procura une impression de fraîcheur sur le visage. Portant la main à ses joues, elle s'aperçut qu'elles étaient en feu, et cette crampe à l'estomac n'était pas due à la peur, mais à l'excitation. Elle esquissa un sourire, avant de s'esclaffer joyeusement.

— Tu as un très joli rire.

Surprise et gênée, elle se retourna d'un mouvement brusque. Ses joues s'embrasèrent de plus belle.

— Tu devrais rire plus souvent, ajouta Jack en franchissant la porte à moustiquaire pour la rejoindre dehors. Tiens, voici ton Coca. J'espère qu'il est assez frais, car je n'ai plus de glaçons.

Elle accepta la canette de soda, sans s'étonner de voir sa propre main trembler. Elle se laissa tomber sur une marche.

Jack l'imita. Après avoir avalé une longue gorgée de bière, il la regarda.

— Quel âge as-tu, Becky Lynn ?

— Dix-sept ans.

Il tapota sur le goulot de sa bouteille de bière avec son index.

— Si tu avais pris de la bière, j'aurais été responsable d'un détournement de mineure, plaisanta-t-il. Même si j'avoue que ça n'aurait pas été la première fois.

Le souvenir de l'odeur âcre du whisky l'envahit ; elle tourna la tête en direction de la rue.

— Ce n'est pas pour cette raison que j'ai refusé, murmura-t-elle.

— Ah bon ?

Il but une autre gorgée, sans la quitter des yeux.

— Pourquoi alors ?

Elle le regarda, puis se détourna une fois de plus.

— J'ai connu, là-bas chez moi, des gens qui buvaient. Je n'ai pas envie de leur ressembler.

Jack ne répondit pas immédiatement. En lui jetant un coup d'œil furtif, Becky Lynn découvrit qu'il l'observait avec attention.

— Qu'y a-t-il ? demanda-t-elle d'une voix rauque.

— Je me demandais… A quoi ressemble l'endroit d'où tu viens ?

La jeune fille songea à la maison dans laquelle elle avait grandi, à son père, à l'odeur du whisky et au goût de la peur ; elle songea aux rires de Ricky et de Tommy quand ils lui avaient enfilé le sac en papier sur la tête.

— C'est moche, murmura-t-elle, étouffée par le flot des souvenirs. Plus moche encore qu'on ne peut l'imaginer.

— Je ne comprends pas.

Elle voulut se lever.

— Il faut que je m'en aille. Merci pour…

Il lui prit la main et pencha la tête en arrière pour capter son regard.

— Je retire ma question. Je t'en prie, ne pars pas.

Elle hésita, et finalement se rassit. Tous les deux contemplaient la rue sans rien dire, mais Jack s'agitait nerveusement : il pianotait sur le plancher de la véranda, cognait la bouteille de bière contre son genou, levant parfois les yeux vers le ciel, avant de les reporter sur la rue.

Au bout d'un moment, il se leva et se mit à arpenter la véranda. Becky Lynn comprit ce qu'il entendait par « trop-plein d'énergie » ; elle sentait celle-ci émaner par vagues de tout son être.

— La séance d'aujourd'hui était géniale, déclara-t-il, s'immobilisant pour la regarder de toute sa hauteur. Les photos seront fantastiques. Je le sens. Et c'est en partie grâce à toi.

Il la salua en brandissant sa bouteille de bière. La jeune fille secoua la tête.

— Vous auriez pu vous débrouiller sans assistante. C'est Sallie qui me l'a confié.

— Exact. Mais aujourd'hui, je jouais gros. J'ai gravi un échelon supplémentaire sur l'échelle. Si Jon Noble n'est qu'un détaillant, c'est tout de même un pas de plus vers la réalisation de mon rêve. Je me rapproche du monde de la mode.

— Que voulez-vous dire ?

Jack se remit à faire les cent pas sous la véranda.

— Je ne veux pas passer ma vie à réaliser des photos pour des catalogues de grands magasins ou des prospectus de soldes. Je veux devenir photographe de mode !

Il s'arrêta et la regarda droit dans les yeux.

— Je veux être publié dans *Vogue*.

Becky Lynn comprenait cette ambition. Aussi étrange que cela puisse paraître, elle aussi souhaitait figurer un jour dans *Vogue*. Depuis toujours.

— Vous y arriverez, Jack, affirma-t-elle. J'en suis sûre. Vous êtes bourré de talent.

Il sourit. Becky Lynn retint son souffle et elle eut le sentiment, durant ce très court instant, d'être la seule femme au monde.

— J'ai toujours rêvé de devenir photographe de mode, reprit-il d'une voix douce où perçait néanmoins une forte détermination. Je ne me souviens pas d'avoir jamais rêvé d'un autre métier.

La jeune fille serra entre ses mains la canette de Coca froide. Elle découvrait un nouveau Jack tout à coup ; un être passionné, habité par une volonté presque effrayante, un homme qui ne laisserait rien ni personne se dresser sur son chemin.

— Vous êtes tellement doué pour ce métier, Jack ; je ne vous vois pas faire autre chose.

Il éclata de rire en secouant la tête, comme s'il se moquait de lui-même d'une certaine façon, et l'intensité de l'instant précédent s'évanouit.

— En réalité, je n'ai guère eu le choix, reprit-il. Avant d'ouvrir le Shop il y a six ans, ma mère était maquilleuse pour les plus grands photographes de mode. Quand j'étais gamin, elle m'emmenait partout avec elle.

Songeur, il fit courir son doigt sur le goulot de la bouteille de bière.

— Les séances de photos se déroulaient souvent en extérieur. La première fois, j'avais un mois ! À six mois, j'ai fait la collection printemps-été de Valentino à Paris. A dix ans, j'avais voyagé dans le monde entier : l'Afrique, l'Inde, Londres. Sans compter plusieurs séjours à Paris et en Italie. Et donc, quand vint le moment de choisir une orientation professionnelle, avais-je vraiment le choix ? J'ai la mode dans le sang !

Becky Lynn le contemplait avec de grands yeux ébahis ; elle se sentait intimidée, remplie d'admiration et totalement dépassée.

Lorsqu'il croisa son regard, Jack parut surpris.

— Pourquoi me considères-tu de cette façon ?

— Vous avez une vie tellement… passionnante. Tout cela semble si merveilleux.

Avec un soupir, elle appuya sa tête contre la rampe de l'escalier.

— Les Peachtree, une famille de chez moi, partaient pour la Floride chaque année, à Disneyworld. Une fois, ils ont même fait une croisière… Et moi, je croyais que c'étaient les gens les plus riches, les plus sophistiqués du monde ! Mais comparés à vous, ajouta-t-elle en secouant la tête, ce ne sont que des péquenauds !

Jack ne put s'empêcher de sourire.

— Des péquenauds ?

Le rouge au front, elle détourna les yeux.

— Oui, comme moi.

Il s'agenouilla près d'elle et l'obligea à relever la tête vers lui.

— Ce n'est pas comme ça que je te vois, dit-il. Tu es bien trop intelligente, Red.

Becky Lynn plongea son regard dans celui de Jack, la gorge nouée.

— Ne m'appelez pas ainsi, je vous en prie. J'ai l'impression de…

Elle déglutit avec peine, et redressa le menton.

— Je n'aime pas cela, voilà tout.

— Je ne me moque pas de toi, murmura-t-il. Et ce n'est pas seulement une question de couleur de cheveux. Ce nom te va bien, je trouve. Je ne sais pas pourquoi.

En disant cela, il lui caressa la joue, délicatement, du bout des doigts. Becky Lynn sentit ce contact brûlant irradier jusqu'au plus profond de son ventre. Elle se releva précipitamment, paniquée, le cœur battant.

— Il faut que je parte.

Il se leva aussi.

— Il n'y avait aucun sous-entendu dans ce geste, dit-il avec un grognement de frustration. Simplement… je suis comme ça. Je n'essayais pas de… te faire des avances.

— Je sais.

Elle se racla la gorge, avec l'impression d'être à la fois idiote et effrayée. Elle descendit une marche, à reculons.

— Il faut quand même que je m'en aille.

— Je vais te raccompagner en voiture.

Becky Lynn secoua la tête.

— Non, je vais prendre le bus.

Jack laissa échapper un juron.

— Becky Lynn…

— Merci pour tout, dit-elle en descendant les deux dernières marches, incapable de contrôler les battements de son cœur. Je… c'était chouette. Au revoir, Jack.

Elle pivota sur ses talons et s'éloigna le plus vite possible, en s'interdisant de courir.

Après le départ de Becky Lynn, Jack resta longtemps assis sur les marches de la véranda, à penser à elle. Et à s'interroger sur ses craintes, son passé, ses passions. Ce n'était encore qu'une enfant, se disait-il ; pourtant elle ne manquait pas de courage, ni de caractère. Aujourd'hui elle lui avait apporté un sérieux coup de main. Elle s'était glissée sans peine dans le rôle de l'assistante, comme s'ils avaient travaillé ensemble pendant des années.

Et ensuite, elle s'était enfuie comme un animal apeuré. A cause d'une caresse légère sur la joue !

Il plissa le front. En lui affirmant qu'il n'y avait aucun sous-entendu dans ce geste, il était sincère. Jamais encore il n'avait eu avec une femme une relation dont le sexe fût totalement absent. Ne serait-ce que de manière hypothétique. Jusqu'à maintenant. Avec Becky Lynn il ne pensait pas en ces termes. Pas une fois il ne s'était imaginé faisant l'amour avec elle.

D'une longue gorgée il vida sa bouteille de bière. Comment avait-il pu passer outre les règles non écrites qu'elle avait instaurées dans leurs rapports ? Pour quelle raison les avait-il oubliées ?

Becky Lynn n'aimait pas qu'on la touche. Le moindre contact la terrifiait.

Jack se leva pour aller chercher une autre bière. Il sortit une bouteille du réfrigérateur, la décapsula à deux doigts, avec un sourire. Il se sentait détendu avec Becky Lynn. Il n'y avait aucune lutte de pouvoir entre eux, sexuel ou autre, aucun conflit d'ego. En revanche, elle faisait un bien fou à son amour-propre ; elle trouvait qu'il était un photographe de génie et elle buvait ses paroles. Peut-être n'était-il finalement qu'un sale crétin égocentrique assoiffé de pouvoir, songea-t-il, mais il aimait entendre ses compliments.

Il but une gorgée de bière fraîche. Avec Becky Lynn, il n'avait pas besoin de réaffirmer sans cesse ce dont il était capable, pas besoin de prouver qu'il était aussi doué que Giovanni, que Carlo ou n'importe qui.

Avec Becky Lynn, il n'était plus hanté par ses fantômes.

Finalement… il pourrait travailler avec elle, se dit-il tout à coup. Il aimerait travailler avec elle.

Mais pourrait-elle supporter le rythme ? Ferait-elle une bonne assistante ? Perplexe, il fronça les sourcils. Un bon assistant-photographe devait savoir résister à la pression, ne jamais perdre son calme, savoir gérer une quinzaine de problèmes différents en même temps, et supporter des mannequins, des clients, des directeurs artistiques, ainsi que des photographes exigeants et caractériels.

Ce n'était pas un travail facile. Ni très lucratif.

Mais pour celui, ou celle, qui aimait la photographie, songea-t-il, tous ces aspects négatifs étaient relégués au second plan.

Becky Lynn adorait ce métier. Jack n'avait pas besoin de lui poser la question pour le savoir. En outre, elle possédait un don indéniable. Elle avait « l'œil », et un très grand sens créatif.

Mais elle était encore jeune. Elle manquait de bases techniques.

D'un pas nonchalant, Jack abandonna la véranda, et le ciel qui déjà rosissait. Les bases techniques pouvaient s'acquérir avec un peu de travail. Le talent était un don. Et même si, « officiellement », Becky Lynn était encore jeune, il sentait qu'elle avait déjà vécu plus d'une vie.

La question était la suivante : serait-elle à la hauteur ? Possédait-elle toutes les qualités pour faire ce métier, et le faire bien ? D'abord, songea-t-il en fronçant les sourcils, elle devrait apprendre à domestiquer sa peur quand elle se retrouvait seule avec lui. Cette peur qu'on la touche. Elle devrait apprendre à ne pas baisser les yeux devant lui, ou devant n'importe quel autre homme.

Serait-elle à la hauteur ? se demanda-t-il pour la centième fois en s'asseyant sur la première marche du perron. Comment en être sûr ?

Richard Avedon, le célèbre photographe, était en ville cette semaine, venu réaliser un sujet pour *Vogue*. La séance avait lieu mercredi, lui avait précisé sa mère. En tant que vieille amie du photographe, elle avait même accepté de s'occuper des maquillages.

Songeur, Jack cognait sa bouteille de bière contre son genou. Il avait projeté d'assister à la séance ; il ne manquait jamais une occasion de voir Avedon au travail. Pourquoi ne pas proposer à Becky Lynn de l'accompagner ? se dit-il. Il aurait ainsi l'occasion de juger son potentiel, l'intensité de sa passion pour la photo, et sa capacité à tolérer sa présence. Pour elle, ce serait l'occasion de découvrir ce qu'était réellement la photographie de mode. Si elle voulait exercer ce métier à son côté, il faudrait qu'elle ait une idée précise du but ambitieux qu'il s'était fixé.

Jack porta la bouteille de bière à ses lèvres, satisfait de son plan. D'abord, il demanderait à sa mère l'autorisation pour Becky Lynn de s'absenter une journée. Une fois cet obstacle levé, la jeune fille ne pourrait refuser l'occasion d'assister à une séance de photos pour *Vogue*. Il la connaissait suffisamment bien pour en être certain.

Si elle refusait son offre malgré tout, il aurait la réponse à la question qu'il se posait.

21

Becky Lynn ne refusa pas l'invitation de Jack. Elle était à la fois étonnée, méfiante quant à ses motivations, mais surtout plus excitée qu'elle ne l'avait jamais été. Elle allait assister à une séance de photos pour *Vogue* ! se répétait-elle, ahurie. Elle allait voir le grand Avedon au travail ! Jamais dans ses rêves les plus fous elle n'aurait pu l'imaginer. Maintenant encore elle avait du mal à y croire.

Quand elle lui avait demandé la raison de cette invitation, Jack avait expliqué qu'il souhaitait la remercier pour l'aide qu'elle lui avait apportée au studio. Becky Lynn lui avait assuré que ce n'était pas nécessaire, mais il avait insisté pour l'emmener avec lui à cette séance de photos. Quelque chose dans sa voix la tracassait pourtant ; elle avait le sentiment étrange et diffus que Jack ne lui disait pas tout, et que le désir de la remercier n'était pas la seule raison de son invitation.

Malgré tout, sa folle envie d'assister à un événement si exceptionnel l'incitait à repousser ce sentiment.

La séance était organisée au musée des Enfants de Los Angeles. Lorsque Becky Lynn et Jack arrivèrent, une intense activité régnait déjà sur les lieux. Les coiffeurs et les maquilleurs travaillaient d'arrache-pied ; Sallie eut à peine le temps de les saluer d'un signe de tête. Richard Avedon était un homme sec et nerveux, souriant, avec des yeux immenses et une énergie débordante ; il semblait se trouver partout à la fois, et ses assistants ne cessaient de courir pour le rattraper.

Becky Lynn n'aurait pu imaginer une telle frénésie, une telle folie. Les photos qu'elle dévorait des yeux dans les magazines dégageaient une impression de perfection, de maîtrise ; elle ne pouvait se douter qu'elles prenaient naissance au milieu de toute cette vie, de ces coups de colère et ces marques d'enthousiasme, de ces échanges d'injures et ces éclats de rire.

— C'est une façon de travailler très différente de la vôtre, murmura-t-elle en levant les yeux vers Jack.

— Exact. Voilà ce qu'est la vraie photo de mode. Tu as devant toi ce que je rêve de faire.

Bien qu'il semblât connaître presque tout le monde, Jack demeurait à son côté. Aux gens qui s'arrêtaient près d'eux, il la présentait simplement comme Becky Lynn, et celle-ci remarqua plus d'un haussement de sourcils perplexe et interrogateur.

Tandis qu'ils déambulaient autour du plateau, Jack lui désigna toutes les personnes qui participaient de près ou de loin à la séance, en décrivant leurs fonctions respectives : il y avait là le directeur artistique du magazine et la directrice de la rubrique mode, les assistants du photographe, les responsables de la coiffure et du maquillage, les habilleuses. Il poursuivit l'apprentissage de Becky Lynn dans les domaines des éclairages et du matériel. Subjuguée, la jeune fille buvait chacune de ses paroles.

Lorsque Avedon se mit au travail, elle se tourna vers Jack, étonnée.

— Son appareil n'est pas comme le vôtre.

— Non, c'est un format 6x6, un Rolleiflex. Cet appareil permet d'obtenir des clichés plus grands, avec un grain plus fin. Un tas de professionnels choisissent ce type d'appareil.

— Pas vous ?

— J'en ai un, mais je préfère le 35 mm. J'aime bien sentir le boîtier dans ma main, je peux me déplacer plus aisément. Tu sais, ajouta-t-il avec un haussement d'épaules, le choix du matériel est une affaire extrêmement personnelle. D'un photographe à l'autre, les goûts varient.

Après un instant de silence, Jack se pencha de nouveau vers elle, en désignant un des mannequins.

— Chaque photographe possède aussi un style différent ; une

énergie à lui qu'il fait passer dans ses photos. Tu as vu comment Richard demande à la fille d'exagérer ses poses ? Pour donner un aspect plus dramatique, plus théâtral. C'est du pur Avedon !

Elle voyait parfaitement, et pendant qu'elle assistait à ce spectacle, fascinée, hypnotisée, le temps filait à toute allure.

Parfois, Jack l'abandonnait un instant, mais il revenait auprès d'elle quelques minutes plus tard. Il reprenait alors ses explications, en soulignant tel ou tel aspect du travail qui se déroulait devant leurs yeux. Becky Lynn sentait qu'il n'y avait pas seulement chez lui un désir d'être gentil et prévenant ; il essayait en réalité de lui transmettre son savoir.

— Une séance de photos comme celle-ci coûte très cher, lui glissa-t-il à l'oreille. Pour commencer, les photographes voyagent dans le monde entier. Ils emmènent avec eux les mannequins qu'ils ont réservés, et toute leur équipe. C'est le client, *Vogue* dans le cas présent, qui assume tous les frais.

— Avedon ne vit pas ici ? Il est venu exprès pour cette séance ? demanda Becky Lynn.

— Paris, Milan et New York sont les trois capitales mondiales de la mode, expliqua Jack. Los Angeles vient ensuite. Un tas de mannequins et de photographes célèbres décident de s'installer à New York pour des raisons pratiques, mais il n'est pas absolument nécessaire d'habiter là-bas. Beaucoup préfèrent le soleil et le mode de vie californiens, même s'il y a moins d'opportunités sur le plan professionnel.

La séance se poursuivait. Les mannequins passaient d'une tenue à une autre : chemises imprimées vaporeuses et jupes courtes à volants laissant voir des débardeurs et des shorts moulants ; grandes robes en dentelle aux couleurs éclatantes. Avedon demandait aux filles de jouer au milieu des jets d'eau, de s'éclabousser en riant, de réaliser d'énormes bulles de savon qu'elles se faisaient éclater au visage ; il leur fit enfiler des casques et retrousser leurs longues jupes pour enfourcher une moto de la police qui se trouvait dans le décor de la ville reconstituée.

Au moment où Becky Lynn se tournait vers Jack pour émettre un commentaire amusé, un bourdonnement s'éleva autour d'un plateau, un murmure collectif d'excitation. La jeune fille tendit le cou pour voir la cause d'une telle agitation.

Un homme traversait le décor à grands pas. Il avait la démarche d'un roi, et, de fait, les gens s'écartaient avec déférence sur son passage. Hébétée, Becky Lynn se vit reculer d'un pas malgré elle, pour le laisser passer.

Conscient de cette perturbation, Avedon s'interrompit dans son travail. Il se retourna d'un coup pour protester vertement, mais sa fureur se transforma en une expression de surprise et de joie quand il découvrit le visage de l'intrus.

— Non, je n'en crois pas mes yeux ! s'exclama Avedon en tendant son appareil à l'assistant.

Il marcha à la rencontre du nouvel arrivant, et les deux hommes s'étreignirent chaleureusement.

Becky Lynn sursauta en sentant Jack la saisir par le bras, avec force. Elle se tourna vers lui pour protester, mais l'animosité de son regard lui coupa le souffle.

— Jack, qu'est-ce…

— Fichons le camp d'ici !

— Mais…

— Je m'en vais. Avec ou sans toi.

Il lui lâcha le bras et s'éloigna à grands pas. Elle hésita un instant, tremblante de peur et d'étonnement. Que s'était-il passé ? Qu'avait-elle fait ? Elle jeta un regard autour d'elle, à cette foule d'étrangers qui l'entouraient. Certains la dévisageaient ; sans doute avaient-ils vu et entendu la réaction de Jack…

Les joues en feu, Becky Lynn eut brusquement l'impression de se retrouver enfant, les pieds nus et sales, faisant la queue au marché avec sa mère et son frère, sous le regard méprisant des autres femmes.

Elle n'était pas à sa place dans ce lieu.

Le cœur battant à tout rompre, elle pivota sur ses talons et s'élança à la poursuite de Jack. Lorsqu'elle franchit les portes du musée, il était déjà à mi-chemin de la voiture.

— Jack ! Attendez…

Il ne l'entendait pas ; elle se mit à courir. Elle le rejoignit au moment où il atteignait le véhicule. L'apercevant, il ouvrit violemment la portière du côté passager.

— Monte !

Elle s'immobilisa, le cœur battant.

— Non.

Il fronça les sourcils.

— Monte dans cette foutue voiture, Becky Lynn !

Elle recula d'un pas.

— Non. Je rentre en bus.

Jack laissa échapper un juron, en passant sa main dans ses cheveux ; de toute évidence, il s'efforçait de se contrôler. Finalement, il prit une profonde inspiration et croisa son regard.

— Tu ne rentreras pas en bus, déclara-t-il d'un ton calme. Je t'ai amenée jusqu'ici, je te ramène.

Il désigna la portière ouverte, et ajouta :

— Ça y est, je suis en état de conduire. Monte, s'il te plaît.

Elle redressa le menton, en luttant contre les tremblements qui la parcouraient de la tête aux pieds.

— Pourquoi avez-vous réagi ainsi ? On est partis à cause de cet homme ?

Jack détourna la tête ; un muscle palpitait dans son cou et tendait sa mâchoire.

— Oui. On est partis à cause de cet homme.

Becky Lynn redressa un peu plus la tête ; elle devait lutter contre l'envie irrésistible de baisser les yeux, d'abandonner la discussion pour se cacher.

— Qui est-ce ?

— Giovanni, répondit Jack avec un terrifiant mépris. Le grand, le tout-puissant Giovanni !

Le célèbre photographe de mode ? Elle plissa le front, perplexe.

— Mais pourquoi…

— Pourquoi je suis parti comme un voleur ?

Leurs regards se croisèrent de nouveau et la jeune fille fut effrayée par la froideur qu'elle découvrait dans celui de Jack.

— Parce que je hais ce salopard, voilà pourquoi ! Veux-tu bien monter dans la voiture maintenant, s'il te plaît ?

Becky Lynn commençait à s'exécuter, quand elle s'arrêta dans son élan, le fixa droit dans les yeux et déclara :

— Ne me prenez plus jamais par le bras de cette façon. Je refuse d'être maltraitée par qui que ce soit, vous ou un autre.

Plus jamais. Aussi longtemps qu'il lui resterait un souffle.

— C'est clair ? demanda-t-elle.

Elle vit alors dans les yeux de Jack une chose qu'elle n'avait encore jamais vue chez quiconque. Une chose qui ressemblait à du respect.

— Je comprends, répondit-il à voix basse. Ça ne se reproduira plus.

Elle hocha la tête et monta en voiture, où elle s'installa en se collant contre la portière. Jack fit le tour du véhicule pour se glisser derrière le volant. Mais au lieu de mettre le contact, il demeura immobile un long moment, regardant droit devant lui, les traits tendus. Finalement, il se tourna vers elle.

— Je suis désolé, Becky Lynn. Je n'aurais pas dû passer ma colère sur toi.

Dans un geste inconscient d'autoprotection, elle croisa ses bras autour de sa poitrine.

— C'est oublié.

Il démarra et le silence s'installa entre eux. Pendant qu'ils roulaient, Becky Lynn sentait se dissiper la tension et la rage qui habitaient Jack. Elle l'observa du coin de l'œil, constata que sa mâchoire était moins crispée, ses mains moins serrées autour du volant, et sa propre tension commença à s'évacuer.

En s'arrêtant à un feu rouge, il lui demanda :

— Où habites-tu ?

— Vous pouvez me déposer au Shop.

C'était là qu'il l'avait prise.

Le feu passa au vert ; il redémarra.

— Je te ramène chez toi.

— Ecoutez, ce n'est pas...

— Je te ramène, répéta-t-il. Où habites-tu ?

— Sur Sunset Boulevard. A Hollywood.

Elle lui donna l'adresse et ils n'échangèrent plus un seul mot jusqu'à ce qu'il s'arrête devant le motel. Il se tourna alors vers elle, sans chercher à cacher son étonnement, ni son mépris.

— Tu habites ici ? Je croyais que toutes les chambres se louaient à l'heure dans cet endroit !

Becky Lynn referma la main sur la poignée de la portière.

— Je n'ai pas encore trouvé autre chose.

— Tu cherches au moins ?

— J'économise pour l'instant, rétorqua-t-elle d'un ton cassant. Tout le monde ne naît pas avec une cuiller en argent dans la bouche !

Jack la regarda un instant, l'air ébahi, avant d'éclater de rire.

— La seule chose que j'avais dans la bouche, c'était une tétine en caoutchouc, comme la majorité des enfants. Dommage ; j'imagine que la bouillie et le lait en poudre auraient eu meilleur goût dans une cuiller en argent.

Un sourire involontaire parut sur les lèvres de la jeune fille.

— Oui, sans doute.

— Ecoute…

Il se gratta le nez avec son index.

— … Je ne cherche pas à critiquer le fait que tu vives ici, mais c'est un quartier très mal famé, surtout la nuit.

— Je suis prudente.

Il grimaça.

— Je n'en doute pas. Il n'empêche que Los Angeles est une grande ville, Becky Lynn. Il se passe un tas de choses ici. Des choses affreuses.

— Il se passe des choses affreuses dans les petites villes aussi, répondit-elle froidement, assaillie une fois de plus par le souvenir. Je suis capable de me débrouiller.

Jack la regarda. Voyant poindre les questions dans ses yeux, elle détourna la tête.

— Merci de m'avoir emmenée là-bas. J'ai vraiment…

— Tu n'as pas faim ? demanda-t-il soudain, lui coupant la parole. Moi, je meurs de faim !

Au moment où la jeune fille ouvrait la bouche pour répondre, son estomac gargouilla bruyamment. Jack éclata de rire, et redémarra.

— Je connais une pizzéria super un peu plus loin sur le boulevard. Nous pourrons parler de la séance de photos.

Un quart d'heure plus tard, Becky Lynn était assise en face de Jack à une table couverte d'une nappe à carreaux rouges et blancs. Après que le serveur fut venu prendre leur commande, Jack se renversa contre le dossier de sa chaise, avec un grand sourire.

— Alors, qu'as-tu pensé de la séance d'aujourd'hui, demanda-t-il. Ça t'a plu ?

— J'ai adoré ! répondit la jeune fille, penchée vers lui, en sentant renaître son excitation. Pourtant, j'imaginais cela différemment.

— Que veux-tu dire ?

— Je ne sais pas, c'était complètement fou ! Spontané, presque improvisé. Dans mon esprit, le mannequin posait, le photographe prenait la photo, la fille changeait de pose et le photographe prenait une autre photo, et ainsi de suite. Je ne m'attendais pas à des mannequins si mobiles, ni à voir Avedon faire autant de photos.

— En effet, il en a pris probablement quatre cents aujourd'hui, et seules six ou sept seront publiées au bout du compte.

Jack se pencha en avant, les coudes appuyés sur la table.

— As-tu senti ce qu'il essayait de rendre, l'atmosphère qu'il cherchait à capter ? demanda-t-il.

Becky Lynn repensa au choix des vêtements, du décor, à la manière dont Avedon demandait aux mannequins de bouger. Ce souvenir la fit sourire.

— Il veut donner une impression de gaieté, non ? de jubilation, comme le printemps.

— Exactement ! s'exclama Jack. La plupart des habitants de ce pays sortent d'un hiver rigoureux, ils en ont marre du froid, de la grisaille. Alors, *Vogue* leur offre de la couleur, de la joie de vivre et de la chaleur.

Le serveur leur apporta leurs boissons, une bière pour Jack, un Coca pour Becky Lynn. Jack but une gorgée de son verre, avant de poursuivre :

— Le but d'une photo de catalogue, par exemple, est de faire vendre une robe, ou un costume ou une paire de chaussures. La photo de mode, ce n'est pas du tout la même chose. Là, c'est une question d'apparence. Une question d'image, de look, peu importe qu'il s'agisse d'une publicité pour un parfum, un grand couturier, ou d'un reportage pour un magazine. L'industrie de la mode vend de l'illusion. L'illusion d'être belle, d'être désirée, sexy. Voilà ce que les femmes veulent, voilà ce dont elles rêvent.

Comme elle ne disait rien, Jack poursuivit son explication :

— … La consommatrice voit une photo… d'Isabella Rossellini, par exemple. Elle veut lui ressembler, être comme elle. Alors, elle achète la même robe.

— Oui, mais ce n'est pas la robe qu'elle achète en réalité, murmura Becky Lynn, alors que le serveur déposait devant eux une énorme pizza fumante.

— Gagné !

Elle fronça les sourcils d'un air dubitatif et demanda :

— Dans ce cas, la cliente n'est-elle pas déçue ? Enfin, ce n'est pas une robe qui va la transformer ! Jamais elle ne ressemblera à Isabella Rossellini.

Jack se servit une part de pizza.

— Certes, mais pendant un temps au moins elle s'imagine que ce vêtement fait d'elle une autre femme. Elle veut croire à l'illusion. Quand elle cesse d'y croire, elle découvre une autre photo, une autre robe, un autre rêve.

— Franchement, je trouve cela idiot, avoua la jeune fille en faisant glisser un bout de pizza dans son assiette. Peu importe ce que je porte, quand je me contemple dans la glace, je sais très bien ce que je vois.

Jack croisa son regard.

— Ah bon ? Et qu'est-ce que tu vois, Becky Lynn ?

Elle sentait les larmes lui brûler les yeux ; effrayée, elle détourna la tête.

— Allons, Jack ! C'est évident, non ?

— Pour toi peut-être. Pas nécessairement pour les autres.

— Exact.

Elle repoussa son assiette ; elle n'avait plus faim tout à coup.

— Veux-tu savoir ce que je vois quand je te regarde ? dit Jack. Je vois une jeune fille intelligente et douée qui gâche son talent en travaillant au Shop.

Elle leva les yeux vers lui ; il lui sourit. Et il ajouta :

— Voilà où je veux en venir : j'ai besoin d'un assistant. Et je pense que tu pourrais faire l'affaire.

Becky Lynn l'observa un instant, dans un silence hébété.

— Je... je vous demande pardon ? Vous... vous pouvez répéter ?

— J'ai besoin d'un assistant. Je te propose le poste, Red. Mais uniquement si tu le veux vraiment.

Il lui prit la main par-dessus la table ; elle sentit son cœur bondir dans sa poitrine.

— Tu ne dois pas avoir peur de moi, Becky Lynn. Surtout si nous devons travailler ensemble. Les journées seront parfois longues, parfois nous serons même obligés de développer et tirer les films la nuit. Je sais aussi me comporter en parfait emmerdeur. J'aime n'en faire qu'à ma tête. Tu seras obligée de te défendre. Tu devras apprendre à m'envoyer au diable.

Il serra ses doigts dans les siens, et demanda :

— T'en sens-tu capable ?

Elle n'en savait rien. Elle respira à fond ; le sang battait à ses tempes. Puis elle baissa les yeux sur leurs mains entrelacées. En était-elle capable ?

— Je ne vais pas te mentir, reprit Jack. Tu auras un tas de responsabilités. Comme l'autre jour, tu m'assisteras pendant les séances de photos. Tu devras également m'aider à travailler dans la chambre noire, à trouver des décors originaux, à choisir et réserver des mannequins, à dénicher des accessoires et ainsi de suite.

» C'est un gros travail, Red, et je ne peux pas t'offrir un gros salaire. Je te donnerai la même somme que Sallie. Quand j'aurai davantage de commandes, quand je serai plus connu, ton salaire évoluera en conséquence. Heureusement, il y a aussi quelques avantages : tu voyageras beaucoup, tu rencontreras des gens passionnants…

Il lui pressa de nouveau la main, et s'enquit :

— Alors, qu'en penses-tu ?

Oui, qu'en pensait-elle ? se demanda Becky Lynn, en s'efforçant de conserver tout son sang-froid. Jack lui proposait la chose la plus excitante au monde, et aussi la plus effrayante.

— Ecoute, Becky Lynn, ajouta-t-il, j'ignore ce qui s'est passé dans le temps avec un garçon, mais sache que ma proposition est sans aucune ambiguïté. J'ai besoin d'un assistant. Tu adores ce métier, je le sens. Et tu es douée. Nous avons fait du très bon travail ensemble l'autre jour…

Il la regarda au fond des yeux et posa la question cruciale :

— Veux-tu ce travail, oui ou non ?

La photographie. Créer les magnifiques images qu'elle avait toujours admirées. Voilà ce qu'on lui offrait. La possibilité de concrétiser son rêve.

Mais pourrait-elle travailler avec Jack ?

Jamais il ne chercherait à lui faire du mal, songea-t-elle soudain. Il n'était pas comme son père. Il n'était pas comme Tommy et Ricky.

Si elle voulait progresser, elle devait laisser le passé derrière elle, une bonne fois pour toutes, se dit-elle. Et si elle était venue en Californie, c'était pour aller de l'avant.

Elle respira à fond encore une fois ; l'excitation et l'inquiétude créaient en elle un mélange déconcertant. Elle avait envie de rire ; elle avait envie de se cacher dans un trou. Mais surtout, elle avait envie de devenir l'assistante de Jack.

A son tour, elle le fixa droit dans les yeux.

— J'en suis capable, Jack. Et je veux ce travail.

22

Le lendemain, Becky Lynn donna sa démission à Sallie. Cette dernière l'accepta sans amertume ; au contraire, elle la félicita pour son excellent travail et lui dit qu'il y aurait toujours une place pour elle au Shop, ou une lettre de recommandation si jamais elle en avait besoin.

Becky sentit sa gorge se nouer. Sans la gentillesse, sans la générosité de Sallie Gallagher, elle ignorait ce qu'elle serait devenue, où elle serait aujourd'hui. Elle aurait tant souhaité que Sallie se réjouisse, qu'elle s'enthousiasme pour cette occasion formidable qui lui était offerte, mais ce n'était pas le cas. La mère de Jack semblait persuadée que l'association avec son fils ne durerait pas.

Becky Lynn aurait tant voulu lui montrer la situation sous un autre jour, trouver les mots pour la convaincre.

Mais elle savait que c'était impossible.

Joignant ses mains devant elle, la jeune fille déclara :

— Je continuerai à travailler jusqu'à ce que vous trouviez quelqu'un pour me remplacer. Aussi longtemps qu'il le faudra.

Sallie sourit.

— Je t'en suis très reconnaissante, Becky Lynn, mais si tu peux rester jusqu'à la fin de la semaine, ce sera suffisant.

Elle secoua la tête d'un air dépité, avant d'ajouter :

— Je sais déjà que tous les coiffeurs et les autres employés du salon vont rouspéter et se plaindre dès qu'ils apprendront la nouvelle de ton départ. Tu nous as habitués à ta présence, Becky Lynn. Tu vas nous manquer.

Les paroles de Sallie l'accompagnèrent toute la journée, lui réchauffant le cœur. Elle avait su se faire apprécier, elle avait effectué son travail comme il convenait. Elle saurait se faire apprécier de Jack également, se dit-elle.

La jeune fille brûlait d'envie de partager la bonne nouvelle, et son excitation, avec Marty, mais ce jour-là, celle-ci enchaînait rendez-vous sur rendez-vous. Chaque fois qu'elle croisait son amie, Becky Lynn avait le plus grand mal à se retenir. Plusieurs fois, elle fut sur le point de lui annoncer la nouvelle, mais elle ne voulait pas le faire devant les autres. Elle voulait que Marty soit la première informée, après Sallie évidemment.

Alors que la journée touchait à sa fin, Becky Lynn eut enfin l'occasion de parler à son amie de son nouveau travail. Trop longtemps contenus, les mots se déversèrent de sa bouche dans un flot d'excitation qui la faisait bafouiller. S'attendant à une réaction de joie, elle ne lut que la désapprobation sur le visage de Marty. Celle-ci secoua la tête.

— Ne fais pas ça, Becky Lynn. C'est une erreur.

La jeune fille regarda la coiffeuse avec des yeux écarquillés, déconcertée et meurtrie.

— Que veux-tu dire ?

— Tu commets une très grave erreur ! répéta Marty.

Elle alluma une cigarette, tira dessus et exhala un long nuage de fumée.

— Jack se sert de toi.

— Comment peux-tu penser une chose pareille ? demanda Becky Lynn, hébétée. Il m'offre un travail, un travail rémunéré. Je ne vois pas de quelle façon il se sert de moi !

— Tu ne le connais pas aussi bien que moi. Tu n'es pas… habituée au comportement des hommes comme lui.

Furieuse et vexée, Becky croisa les bras sur sa poitrine, en gonflant le torse.

— J'ai l'occasion de faire un métier que j'adore ! Ce pourrait être le début d'une carrière…

En prononçant ces mots, elle s'avança vers son amie, la main tendue.

— Nous sommes amies. Je t'en prie, réjouis-toi pour moi !

Ignorant le geste de la jeune fille, Marty lui tourna le dos et se dirigea vers un cendrier.

— Tu vas tomber amoureuse de lui, Becky Lynn. Et il te brisera le cœur !

Jetant un regard par-dessus son épaule, elle ajouta :

— Ce type est un salaud !

Becky Lynn secoua la tête avec véhémence.

— Ça n'a rien à voir avec ce que tu penses ! Ce n'est pas une question d'amour. C'est juste pour le travail !

Le ricanement de Marty déchira le cœur de Becky Lynn.

— Tu ne comprends pas ! Toutes les filles tombent amoureuses de lui. C'est plus fort qu'elles ! « Pas moi. Jamais je ne pourrai avoir confiance à ce point. Jamais. »

Becky Lynn fit un pas de plus vers son amie, en cherchant à percer l'expression de son visage renfrogné.

— Et toi, es-tu tombée amoureuse de lui, Marty ? Est-ce pour cette raison que tu réagis ainsi ?

— Non, bien sûr que non !

Marty pivota vivement sur ses talons pour lui faire face, les joues empourprées par la colère.

— Je ne suis pas aussi naïve que toi, Becky Lynn. J'ai vécu !

— Je vois, dit la jeune fille en se raclant la gorge, comprenant que Marty lui demandait en fait de choisir. Merci pour la mise en garde, mais je ne changerai pas d'avis. J'accepte ce travail.

Marty écrasa sa cigarette dans le cendrier, d'un geste rageur.

— Grand bien te fasse ! Mais ne reviens pas pleurer dans mes bras le jour où Jack t'aura brisé le cœur…

23

En l'espace de deux semaines seulement, Jack acquit la certitude qu'il ne s'était pas trompé en choisissant Becky Lynn. Maintenant qu'il travaillait avec elle depuis huit mois, il se demandait comment il avait pu se passer d'elle jusqu'alors.

Les connaissances en photographie de la jeune fille s'étaient développées de manière spectaculaire, à l'instar de ses compétences techniques. Elle était comme une véritable éponge qui absorbait toutes les informations, toujours désireuse d'en savoir plus. Chaque jour, Jack était stupéfait de voir les progrès qu'elle accomplissait.

Le sourire aux lèvres, il parcourut le studio vide, en faisant tinter entre ses doigts les clés étincelantes. Ses affaires avaient connu ces derniers mois un essor plus important que pendant les deux années précédentes. A la suite de son premier travail, l'agence de publicité Tyler Creative lui avait confié d'autres commandes ; celles-ci en avaient entraîné d'autres, et la nouvelle avait fini par se répandre dans la profession : Jack Gallagher était une valeur montante. Il avait pu ainsi quitter son travail de nuit et, désormais, il pouvait subvenir à ses besoins, payer la location de son nouveau studio et le salaire de Becky Lynn, rien qu'avec l'argent que lui rapportaient ses photos.

Rempli d'une profonde satisfaction, Jack balaya du regard l'immense pièce. Son nouveau studio. Six cents mètres carrés d'espace consacré à la photo et à l'archivage de ses clichés, sans compter une centaine de mètres carrés supplémentaires qui constituaient ses appartements. Il avait plus que triplé son espace, et il avait réussi à quitter la banlieue de Van Nuys pour s'installer au cœur même de Los Angeles.

Jack Gallagher se préparait à jouer dans la cour des grands.

Il s'approcha de la rangée de fenêtres d'où l'on voyait le centre-ville ; ses pas résonnaient sur le plancher de la vaste pièce encore déserte. Il n'aurait su dire quelle part revenait à Becky Lynn dans son succès, mais il ne pouvait s'empêcher de penser qu'elle y tenait un rôle important. Au cours de ces derniers mois, elle n'avait pas ménagé sa peine pour qu'il réussisse, travaillant sans relâche et avec enthousiasme.

De plus, la jeune fille savait alimenter son ego, comme personne avant elle, songeait-il. De tout son cœur, elle avait foi en lui, en son talent ; elle ne doutait pas un seul instant de son succès.

La lumière du jour lui fit plisser les yeux ; le ciel bleu était maculé de nappes de smog. Au début, se souvint-il, il y avait une certaine gêne entre eux, inutile de le nier. Elle sursautait dès qu'il la frôlait par accident ; elle conservait toujours le maximum de distance entre eux, et elle évitait soigneusement de se retrouver seule avec lui quand cela était possible.

Mais petit à petit, elle avait abaissé sa garde, s'était même détendue. Elle avait pris l'habitude de le tutoyer. Jack avait alors découvert une jeune femme chaleureuse, drôle et loyale.

Et passionnée. Dans ses croyances, dans ses rêves. Certes, jamais encore elle ne lui avait confié la nature mystérieuse de ces rêves, mais Jack les sentait profondément enracinés en elle.

Que lui était-il arrivé ? se demandait-il pour la millionième fois. Quelle chose horrible avait poussé cette jeune fille à s'enfuir de chez elle ? Qui donc l'avait tant fait souffrir qu'elle craignait à ce point les hommes, redoutant le moindre contact physique avec eux ?

En soupirant, Jack tourna le dos aux fenêtres. Becky Lynn refusait d'aborder ce sujet. Les rares fois où il avait tenté de lui arracher, en douceur, des confidences sur son passé, elle s'était refermée sur elle-même. Alors, il n'avait pas insisté, même si son envie de connaître la vérité n'avait cessé de croître en lui, jusqu'à le consumer.

Il jeta un coup d'œil à sa montre, nerveux tout à coup. Où était-elle, bon sang ? Becky Lynn était habituellement si ponctuelle qu'il aurait pu régler sa montre sur elle. De la même façon qu'il devinait ses pensées à sa manière de tordre la bouche, ou ce qu'elle ressentait uniquement en examinant son regard.

Il poussa un juron et revint à la fenêtre. Depuis quelque temps, il était beaucoup trop attentif à tout ce qui concernait Becky Lynn, songea-t-il. A sa façon de renverser la tête quand elle riait, par exemple, à l'odeur de ses cheveux, ou bien à l'intonation de sa voix le matin.

Fronçant les sourcils, il secoua la tête. A force de se demander ce qu'il éprouverait en faisant l'amour avec elle, cette question avait fini par devenir une obsession. Non pas qu'il en ait envie, se disait-il. C'était une simple curiosité de sa part, un problème biologique. Becky Lynn était une femme, et ils se côtoyaient tous les jours. Autrefois, la conjugaison de ces deux facteurs l'entraînait immanquablement vers la chambre à coucher.

Mais pas avec elle, pensa-t-il pour la énième fois. Faire l'amour avec Becky Lynn serait une énorme erreur ; coucher avec elle était hors de question. Elle était son assistante et ils travaillaient formidablement bien ensemble. Jack ne voulait pas prendre le risque de briser cette harmonie en faisant l'amour avec elle. Car, pour Becky Lynn, ce don de soi signifierait beaucoup plus que pour lui. Ce ne serait pas simplement un acte biologique ou un moyen de satisfaire sa curiosité.

Jack laissa échapper un autre juron. Il ne voulait pas coucher avec Becky Lynn. S'il y pensait autant, c'était justement parce qu'il ne voulait pas coucher avec elle, se répétait-il pour se convaincre. Mais ce raisonnement ne tenait pas debout, même pour lui !

— Jack ! s'exclama Becky Lynn en faisant irruption dans le loft, hors d'haleine, en agitant à bout de bras un exemplaire du *Los Angeles Magazine*. Il faut que tu lises ça !

Jack sourit et s'avança vers elle, envahi, en la voyant, d'une vague de plaisir.

— Hé, quelle mouche te pique ?

Elle s'arrêta devant lui en dérapant sur le plancher, et lui tendit le magazine.

— Là, regarde ! s'écria-t-elle sans reprendre son souffle. C'est la gloire, Jack !

Ce dernier observa son visage cramoisi.

— Tu as couru longtemps comme ça ? On dirait que tu vas avoir une crise d'apoplexie.

La jeune fille inspira à fond.

— J'ai fait au moins six pâtés de maisons, mais peu importe. Regarde plutôt cela !

Elle lui arracha le périodique des mains et le feuilleta frénétiquement, déchirant quelques pages dans sa précipitation.

— Là !

Elle lui remit le magazine entre les mains.

Jack baissa les yeux et découvrit le titre de l'article :

« Les vingt plus grands photographes de la côte Ouest. Les gloires et les étoiles montantes. » Il sentit son cœur s'accélérer, ses paumes devenir moites.

— Alors, quelle place ? demanda-t-il sans oser regarder le classement.

S'il ne figurait pas dans les dix premiers, cela n'avait aucune valeur. Autant remballer son matériel et tout laisser tomber, se disait-il.

— Tu es sixième, Jack !

— Sixième ? répéta-t-il.

Becky Lynn hocha la tête, en essayant toujours de reprendre son souffle.

— Imagine un peu ! Tu devances même Hampton Smith et Jay Patrick…

Il fallut un moment à Jack pour comprendre le sens véritable de ces paroles. Aussitôt, il laissa tomber le magazine, poussa un grand cri de joie et étreignit sauvagement Becky Lynn en la faisant tournoyer.

— J'ai réussi ! Nom d'un chien, je suis dans les dix premiers…

Elle rejeta la tête en arrière, en riant aux éclats.

— Je savais que tu réussirais, Jack. Je l'ai toujours su !

Il la reposa, prit son visage entre ses paumes et l'embrassa avec fougue… sur les lèvres. Lorsqu'il la relâcha, Becky Lynn recula en titubant, la main plaquée sur la bouche, l'air hébété.

Jack éclata de rire.

— Excuse-moi, ma jolie. Il y a certaines choses qui exigent un baiser. Celle-ci en fait partie. Je suis sixième, bon sang !

Il s'assit par terre et récupéra le magazine, impatient désormais de lire la totalité de l'article, de voir quels autres noms figuraient sur la liste, et à quelle place.

Levant les yeux vers Becky Lynn, il constata qu'elle n'avait pas bougé depuis qu'il l'avait embrassée. Il lui adressa un grand sourire.

— Interdis-moi de t'embrasser à l'avenir, c'est très mauvais pour le rythme de travail !

Devant l'air désorienté de la jeune fille, il tapota le plancher à son côté pour l'inviter à le rejoindre.

— Viens, on va regarder qui sont mes concurrents. Elle s'éclaircit la voix.

— Vas-y, j'ai déjà lu l'article.

Il l'observa en plissant le front.

— Tu étais au courant ? s'étonna-t-il.

Elle acquiesça, le rouge aux joues.

— Ils ont appelé au studio il y a quelque temps pour demander l'autorisation de publier une ou deux de tes photos, expliqua-t-elle en enfonçant ses mains dans ses poches de jean. Mais ils n'ont pas voulu me dire quelle place tu occupais sur la liste. Si je ne t'en ai pas parlé, c'était pour ne pas gâcher la surprise.

— Je n'arrive pas à croire que tu aies pu me cacher ça ! s'écria-t-il en mimant une grimace offusquée. Y a-t-il d'autres choses que tu me caches ?

Sentant sa rougeur se propager, Becky Lynn détourna le regard.

— Non, évidemment. Lis l'article.

Pendant qu'il le parcourait, elle erra à travers l'immense loft désert. Jack avait conscience de sa présence, de sa gêne, et il savait que par ce baiser il avait franchi une limite interdite.

Elle n'avait pas résisté quand il l'avait embrassée, mais il l'avait prise totalement au dépourvu. D'ailleurs lui aussi avait été surpris. Il avait aimé le goût de sa bouche, le contact de ses lèvres pleines et douces, la sensation de son corps frêle collé contre le sien. Une parfaite harmonie, songea-t-il.

Secouant la tête pour chasser ces pensées, il reporta son attention sur l'article. Ils avaient publié deux de ses photos réalisées pour Jon Noble, deux photos dont il était particulièrement fier. Son travail était qualifié de « sombre et intense, habité par la passion et un sentiment de révolte… »

Passion et révolte. Oui, il appréciait cette façon de décrire son travail. Ses clients seraient ravis eux aussi.

— Parfait, commenta-t-il à mi-voix, se parlant à lui-même. C'est très bon pour ma carrière, ça. Les créateurs sont attentifs à ce genre de choses. Et les directeurs de magazines aussi. Tout le monde est à la recherche de nouveaux talents originaux.

Becky Lynn ne répondit pas ; d'ailleurs Jack n'attendait aucune réponse. Il tourna la page. Le visage souriant de Carlo le regardait droit dans les yeux. Jack laissa échapper un petit hoquet de stupéfaction, comme s'il avait reçu un coup à l'estomac. Le magazine avait consacré deux pleines pages à Carlo Triani, numéro un sur la liste de l'année précédente, devenu depuis « la star montante de la photographie de mode ».

Jack sentit sa joie s'assombrir, puis virer à l'aigre. Un an plus tôt, Carlo était sacré numéro un ; cette année, sa réussite exceptionnelle s'étalait en gros titres. Fils du grand Giovanni, expliquait l'article, il avait réussi à se faire un nom lui aussi, grâce à son « formidable talent ».

Jack jura et lança le magazine à travers la pièce. Celui-ci glissa sur le parquet et vint heurter le mur opposé, en restant ouvert sur le visage triomphant de Carlo. Jack se releva d'un bond et traversa le loft à grandes enjambées ; l'envie de déverser sa fureur sur quelqu'un ou quelque chose menaçait de le faire imploser !

— Jack ?

Becky Lynn s'avança pour ramasser le magazine.

— Que se passe-t-il ? Qu'y a-t-il dans cet article qui…

— Laisse ! s'écria-t-il en se détournant brusquement, submergé par la rage et la frustration. Je ne veux plus voir ce torchon !

Devant son expression menaçante, la jeune fille se releva et recula d'un pas. La peur envahit son regard.

— Je… je ne comprends pas, murmura-t-elle d'une voix tendue.

Jack fit craquer ses doigts en inspirant profondément. Il luttait pour maîtriser le flot d'émotions violentes qui menaçait de l'emporter.

— Va-t'en, Becky Lynn. Laisse-moi seul.

Elle recula de nouveau comme pour obéir à cet ordre cruel, mais elle s'arrêta, en secouant la tête, les poings serrés.

— Non, je ne partirai pas, répondit-elle. Pas avant de savoir ce qui se passe.

Il la fixa d'un œil noir ; elle soutint son regard sans se laisser intimider. Quelques mois plus tôt, elle serait partie immédiatement, songea Jack. Elle se serait enfuie comme un animal apeuré. Plus maintenant.

Elle ramassa le magazine et contempla un long moment la photo de Carlo, perplexe. Finalement, elle leva les yeux vers Jack.

— C'est cette photo qui te met dans un tel état ? demanda-t-elle.

Il répondit par un simple hochement de tête.

— Mais pourquoi ? demanda Becky Lynn. Qui est-ce ?

Jack croisa son regard interrogateur.

— C'est mon frère.

24

Jack lui raconta tout. Il lui avoua qu'il était le bâtard du célèbre photographe de mode Giovanni ; il lui parla de ce jour où, croyant révéler la vérité à son père, il avait été rejeté par celui-ci. Il évoqua aussi sa première rencontre avec Carlo, lui dévoila que son frère l'avait accusé d'être « une honte pour leur père ». Il partagea avec elle sa rage, et sa volonté farouche de prouver un jour à Giovanni qu'il avait choisi le mauvais fils.

Becky Lynn comprenait la colère de Jack face à cette terrible injustice qui le frappait ; elle comprenait sa douleur. Trop bien, hélas. Car elle aussi brûlait d'une rage et d'une souffrance intérieures.

Mais surtout, elle comprenait son besoin impérieux de montrer à ceux qui lui avaient fait du mal qu'ils avaient commis une erreur.

La même détermination vivait en elle, si ardente qu'elle dévorait parfois tous les autres éléments de son existence.

Oh ! oui, elle comprenait ce que ressentait Jack. Si bien qu'elle s'en effrayait parfois.

Aussi ne fut-elle pas surprise de voir qu'il mettait plus de deux semaines pour se ressaisir, pour retrouver enfin la joie procurée par son classement dans le *Los Angeles Magazine*. Les coups de téléphone de félicitations l'aidèrent à remonter la pente, tout comme les fleurs envoyées par quelques mannequins, ou la petite fête organisée par Sallie en l'honneur de son fils.

Jack était alors redevenu lui-même, et s'était jeté dans son travail avec une énergie presque frénétique. Becky Lynn et lui s'étaient installés dans le nouveau studio, et chaque instant de loisir était désormais consacré à la recherche de contrats ou à l'aménagement de leur nouvel espace de travail.

Becky Lynn n'avait eu aucun jour de congé jusqu'ici. Jusqu'à ce dimanche 6 janvier. Jour de son dix-huitième anniversaire.

Les yeux remplis de larmes, elle s'assit sur son lit, en prenant soin d'éviter son reflet dans le miroir fixé juste en face d'elle. Elle regrettait de s'être réveillée si tôt… Il n'était que 7 heures et demie, et une longue journée de solitude l'attendait.

Elle ramena ses genoux contre sa poitrine, et posa sa joue dessus.

Pour la première fois de sa vie, sa mère n'était pas auprès d'elle le jour de son anniversaire. Pour la première fois de sa vie, elle n'était pas réveillée par le sourire tendre de Glenna, par sa voix murmurant : « Joyeux anniversaire. » Sa mère lui manquait terriblement ; elle avait envie de la voir.

Mais alors que les larmes roulaient sur ses joues, Becky Lynn se morigéna en se traitant de gourde. Quand elle y réfléchissait, ses anniversaires n'avaient pas été particulièrement des jours heureux. Il n'y avait pas souvent de gâteau à la maison, et encore moins souvent de cadeau. Elle n'avait pas oublié que son père lui avait fait un œil au beurre noir, le jour même de son anniversaire. Pourtant, ces tristes souvenirs ne pouvaient atténuer son envie d'entendre la voix de sa mère, l'envie de voir son visage.

Le téléphone sonna ; c'était Jack. Finalement, il avait quand même besoin d'elle, expliqua-t-il. Il passerait la chercher à midi.

La jeune fille raccrocha avec un sentiment de soulagement : elle n'avait nulle envie de passer seule la journée de ses dix-huit ans. Mais ce soulagement se teintait de mélancolie, car en entendant la voix de Jack, elle s'était surprise à espérer, quelque part au plus profond d'elle-même, bêtement. Peut-être saurait-il d'une manière ou d'une autre que ce dimanche était pour elle un jour particulier, et lui souhaiterait-il un joyeux anniversaire…

Elle espérait, alors qu'il ne lui avait même pas demandé comment elle allait.

A midi, elle sortit devant le motel pour l'attendre. Il arriva quelques minutes plus tard, le sourire jusqu'aux oreilles, en sifflotant un air joyeux.

Elle monta en voiture et, incapable de masquer sa tristesse, tourna la tête vers la vitre.

— Belle journée, hein ? commenta-t-il en se faufilant au milieu du flot de véhicules. Le pied !

Elle lui jeta un bref regard morne, puis détourna de nouveau les yeux.

— Où va-t-on ? demanda-t-elle.

— Je voudrais te montrer quelque chose. Un endroit.

Elle appuya la tête contre le dossier du siège.

— C'est toi le boss.

Jack la considéra alors en haussant les sourcils d'un air interrogateur.

— Tu es bien calme aujourd'hui. Ça ne va pas ?

— Si, ça va, répondit-elle en croisant les mains sur ses genoux, avec l'impression d'étouffer.

— Tant mieux.

Jack roula jusqu'à Glendale, une ville située juste au nord de Los Angeles. Au bout d'un moment, il s'arrêta devant un petit immeuble peint dans les tons rose pastel. Toutes les fenêtres, à l'exception d'une seule, étaient ornées d'une jardinière remplie de fleurs aux couleurs vives.

Jack coupa le moteur.

— Viens, dit-il.

Elle ouvrit la portière.

— Chez qui allons-nous ? demanda-t-elle.

— Tu vas voir.

Une forte envie de lui rétorquer qu'il n'avait qu'à y aller seul lui vint, mais elle ravala ses paroles cinglantes et le suivit. Ils franchirent la porte d'entrée et gravirent l'escalier jusqu'au deuxième étage, où ils s'arrêtèrent devant l'appartement 3 C. Mais au lieu de frapper à la porte, Jack l'ouvrit avec une clé sortie de sa poche et fit entrer Becky Lynn.

— Le propriétaire de cet appartement est un vieil ami, déclara-t-il.

Il marcha vers la fenêtre pour lever les stores ; le soleil inonda la pièce.

— Il a bien voulu laisser tomber toutes les histoires de caution. Par amitié.

Becky Lynn le regardait sans comprendre.

— Mais tu as déjà un appartement, s'écria-t-elle. Tu habites au studio.

— Ce n'est pas pour moi, idiote. C'est pour toi !

— Hein ? Un appartement ? demanda-t-elle, craignant d'avoir mal entendu. Tu m'as trouvé un appartement ?

— Je sais, ce n'est pas un château, et le quartier n'est pas très chic, dit-il en haussant les épaules. Mais c'est certainement mieux que le Sunset Motel !

Comme elle gardait le silence, il poursuivit :

— Mon copain accepte de te le laisser pour 350 dollars par mois. Vu les prix pratiqués ici à Los Angeles, c'est donné !

Becky Lynn le savait bien. Pas un jour ne passait sans qu'elle épluche la rubrique Immobilier du *L.A. Times* à la recherche d'un appartement au loyer abordable, et chaque jour elle refermait le journal sans avoir rien trouvé.

Tandis qu'elle balayait la pièce du regard, son cœur se mit à cogner dans sa poitrine. Un appartement à elle ! Finis le va-et-vient des prostituées et les murs épais comme du papier à cigarette. Finies les plaintes sinistres des sirènes de la police toute la nuit. Finis les regards lubriques du réceptionniste du motel.

Sans oser encore y croire, elle fit le tour de l'appartement, en terminant par la cuisine. Ce n'était pas très grand, certes — il n'y avait qu'une chambre, une cuisine, une salle de bains et un petit living-room —, mais c'était propre et très clair grâce aux nombreuses fenêtres, et le parquet était en parfait état.

Becky Lynn promena sa main sur le plan de travail bleu turquoise, constellé de paillettes argentées. Sa propre cuisine ! Une cuisinière. Un réfrigérateur. Adieu, les sandwichs au beurre de cacahuète. Adieu, les boîtes de thon et les hamburgers gras. Elle allait pouvoir enfin préparer de vrais repas : des pommes de terre sautées, du poulet rôti, et même une tarte aux pommes !

Voilà une éternité, lui semblait-il, qu'elle n'avait pas mangé de tarte aux pommes faite maison…

Depuis le seuil de la cuisine, Jack l'observait.

— Alors, l'appartement te plaît ?

Elle tourna la tête vers lui, les yeux embués de larmes.

— Je l'adore ! murmura-t-elle d'une voix enrouée par l'émotion.

— Regarde dans le frigo, dit-il.

Voyant l'air hébété de Becky Lynn, il sourit et s'avança vers elle.

— Vas-y, ouvre-le !

Elle s'exécuta. Sur la clayette du haut trônait un énorme gâteau au chocolat !

— Joyeux anniversaire, Red ! murmura Jack dans son dos.

Elle le regarda par-dessus son épaule, parvenant à retenir ses larmes au prix d'un terrible effort.

— Je… je ne savais pas que… tu savais.

— Tu n'es pas la seule à pouvoir garder un secret.

Il lui caressa délicatement la joue, puis glissa le bras pour sortir le gâteau du réfrigérateur. Le dessus était décoré de grosses fleurs rose vif, et les mots « Joyeux anniversaire » étaient écrits en lettres de sucre vert fluo.

La jeune fille avait du mal à respirer.

— Il est magnifique !

— J'espère qu'il est bon, aussi.

De sa poche de veste, il sortit alors un paquet de bougies, une boîte d'allumettes et deux fourchettes en plastique. Ils s'assirent par terre, le gâteau posé entre eux, et Jack insista pour planter les dix-huit bougies.

— Quel vœu vas-tu faire ? demanda-t-il en allumant toutes les bougies l'une après l'autre.

— Je ne sais pas. Aujourd'hui, j'ai l'impression de tout avoir.

Il croisa son regard par-dessus les flammes dansantes.

— J'en suis ravi.

La jeune fille détourna la tête un instant, le cœur dans la gorge, avant d'oser le fixer.

— Pourquoi es-tu si gentil avec moi, Jack ?

Ce dernier interrompit son geste, comme déconcerté par cette question. Puis il secoua la tête.

— Pourquoi ne serais-je pas gentil avec toi, Becky Lynn ? Je t'aime beaucoup. Et je veux que tu sois heureuse.

Elle sentit de nouveau les larmes lui brûler les yeux. Il l'aimait beaucoup, avait-il dit. Jamais personne ne lui avait adressé ces mots. Jamais personne ne s'était intéressé à elle au point de se soucier de son bonheur. Débordant de joie, son cœur s'épanouit comme une fleur au soleil ; elle se sentait baignée de chaleur et, pour la première fois de sa vie, elle avait enfin le sentiment d'être acceptée. Après avoir soufflé ses dix-huit bougies, au lieu de faire un vœu, elle murmura un simple « merci ».

En riant, ils prirent chacun une fourchette et attaquèrent vaillamment le gâteau au chocolat jusqu'à ne plus pouvoir avaler une seule bouchée. Ensuite, ils s'allongèrent à même le parquet, face à face, mais sans se toucher. Ils se confièrent leurs vœux des anniversaires passés. Ils partagèrent leurs rêves.

Beaucoup plus tard, après que Jack l'eut raccompagnée au motel, Becky Lynn s'aperçut avec effroi que Marty ne s'était pas trompée.

Elle était en train de tomber amoureuse de Jack.

25

Becky Lynn coupa la route à deux jeunes mères qui poussaient des voitures d'enfant, cherchant à repérer par-dessus les têtes des promeneurs la grande fille blonde qu'elle suivait depuis une demi-heure.

L'entrevoyant tout à coup, elle contourna précipitamment un petit groupe de flâneurs. Midi approchait et la foule qui avait envahi les allées du centre commercial ne lui facilitait pas la tâche. Elle devait retrouver la blonde, tenter de voir son visage : si cette fille lui paraissait posséder les qualités requises, elle n'aurait plus ensuite qu'à l'aborder.

En l'apercevant qui avançait un peu plus loin, Becky Lynn accéléra le pas. Sa « proie » venait de s'arrêter devant une boutique de vêtements, et elle contemplait la vitrine. Tandis qu'elle s'approchait d'elle, Becky Lynn tendit le cou pour essayer d'examiner enfin son visage, sans plus de succès.

Juste au moment où Becky Lynn allait arriver à sa hauteur, la fille blonde tourna le dos à la vitrine et repartit dans la direction opposée. Becky Lynn lui emboîta le pas, en continuant de l'observer. La jeune fille blonde semblait avoir le même âge qu'elle environ, peut-être un an de moins, ou un an de plus. Ses cheveux couleur de miel cascadaient en boucles rebelles jusque dans le milieu de son dos. Elle les rejetait parfois par-dessus ses épaules d'un geste faussement désinvolte, en harmonie avec le mouvement rapide et racé de ses jambes incroyablement longues.

Le mannequin parfait.

Si son visage était à la hauteur du reste…

Pour un photographe de mode, un des moyens de se faire connaître consistait à découvrir et à lancer de nouveaux mannequins. Voilà pourquoi Jack et Becky Lynn étaient sans cesse en quête de nouveaux talents, n'hésitant pas à aborder des jeunes filles dans la rue et à distribuer leurs cartes de visite. Mais comme l'avait découvert Becky Lynn, il ne suffisait pas d'avoir un joli visage et un corps quasi parfait pour devenir un grand mannequin. La candidate au succès devait posséder en plus une certaine personnalité, et des dons de caméléon qui lui permettent d'endosser le rôle choisi par le photographe.

Certaines de ces qualités indispensables pouvaient s'acquérir ; le photographe était là pour guider le mannequin débutant, pour lui apprendre à bouger devant l'objectif, à faire passer une émotion, pour lui communiquer en somme les rudiments de ce métier.

Mais la qualité la plus importante ne pouvait s'enseigner. L'objectif de l'appareil photo devait tomber littéralement amoureux de ce visage. Or, jusqu'à présent, Becky Lynn et Jack n'avaient pas eu la chance de découvrir l'heureuse élue. L'oiseau rare. Celle dont le visage saurait séduire, subjuguer l'objectif.

Mais Becky Lynn sentait que la fille qu'elle suivait possédait quelque chose de particulier.

La blonde entra dans les toilettes. Quelques secondes plus tard, Becky Lynn l'imita. Elle s'arrêta devant la rangée de lavabos et de miroirs qui faisait face aux W.-C., et attendit. Sortant sa brosse à cheveux de son sac à main, elle fit semblant de remettre un peu d'ordre dans sa coiffure.

Au bout de quelques minutes, la fille blonde ressortit d'un des W.-C. Ses yeux immenses aux longs cils croisèrent ceux de Becky Lynn dans la glace. Elle lui sourit.

Becky Lynn lui rendit son sourire, en sentant les battements de son cœur s'accélérer. Cette fille avait une bouche magnifique, pleine, douce, trop grande sans doute pour son visage. Avec des pommettes saillantes, un petit nez bien droit.

Oui, c'était le mannequin parfait !

La blonde s'approcha du lavabo. Après s'être lavé les mains et les avoir séchées, elle fouilla dans son sac pour sortir son tube de rouge à lèvres. Penchée vers la glace, elle remit sur sa bouche une fine couche de rose éclatant.

— Pourquoi tu me suis comme ça ? demanda-t-elle de but en blanc, sans regarder Becky Lynn.

Elle pressa ses lèvres l'une contre l'autre pour bien uniformiser le fard, et demanda :

— Tu es lesbienne ou quoi ?

Becky Lynn laissa échapper un petit hoquet d'étonnement.

— Oh ! non.

Elle se racla la gorge et se jeta à l'eau.

— A vrai dire, expliqua-t-elle, je suis assistante-photographe, et je t'ai suivie parce que tu as attiré mon attention. J'ai pensé que tu ferais peut-être un excellent mannequin.

La fille referma son tube de rouge à lèvres, le rangea au fond de son sac à main, et fit demi-tour pour ressortir des toilettes.

— A d'autres ! Arrête de me suivre, O.K. ? Ça me fiche la trouille !

— Ce n'est pas une plaisanterie, je pense que tu pourrais devenir mannequin. Tiens.

Becky Lynn sortit de sa poche de pantalon une des cartes professionnelles de Jack et la tendit à la fille.

Celle-ci la prit et l'examina un instant, d'un air méfiant. Puis elle reporta son regard sur Becky Lynn. Une fois de plus, cette dernière fut frappée par la grandeur des yeux de l'inconnue, par cette sorte de sensualité qui s'en dégageait.

« Un regard à faire fantasmer tous les hommes », songea Becky Lynn. Nul doute que les femmes, envieuses, chercheraient à le copier.

— Ce n'est pas un gag ? demanda la fille.

— Non, je t'assure.

Becky Lynn enfonça ses mains dans ses poches.

— Je m'appelle Becky Lynn. Je suis l'assistante de Jack Gallagher.

— Super.

— Es-tu d'accord pour venir faire un essai ?

— Combien ça coûte ?

— Rien du tout. Si Jack estime que tu as le look qui convient, s'il te trouve photogénique et décide de travailler avec toi, il te fera signer un contrat. Il t'apprendra ce que tu dois savoir pour être choisie par une grande agence de mannequins. Et ensuite, l'agence lui accordera des tarifs préférentiels. Sur trois ans généralement, à 5 %. Alors, ça t'intéresse ?

— Peut-être.

— Peut-être ? répéta Becky Lynn, abasourdie.

Habituellement, les filles à qui elle faisait cette proposition n'étaient pas seulement intéressées ; elles étaient carrément folles de joie.

La fille glissa la carte de visite dans la poche-revolver de son jean blanc moulant.

— Peut-être que je vous appellerai.

Sur ce, elle se dirigea vers la sortie des toilettes, sous le regard frustré et perplexe de Becky Lynn. Elle ne pouvait quand même pas la laisser échapper, songeait-elle. Cette fille possédait le visage que Jack et elle recherchaient désespérément.

— Hé, attends ! s'écria-t-elle au moment où la grande blonde poussait la porte. Comment tu t'appelles ?

— Zoe, répondit la fille en lui jetant un regard par-dessus son épaule. Zoe Marie Tucker.

26

Entièrement blanche et rose, ornée de dentelles et de fanfreluches, la chambre ressemblait à un gâteau d'anniversaire. Un véritable rêve de petite fille, jusqu'au lit à baldaquin et aux meubles blancs décorés de minuscules fleurs peintes, mais trop enfantine pour une adolescente de dix-sept ans, surtout aussi mûre que l'était Zoe Marie Tucker.

Après avoir découvert cette chambre dans un magazine, son père, l'ayant déclarée digne d'une princesse, l'avait entièrement reconstituée pour elle. C'était l'année de ses six ans ; et quand Zoe en avait eu huit, son père était parti. Sa vie avait brutalement changé à partir de ce jour, mais la chambre, elle, était restée la même.

Assise en tailleur sur son couvre-lit à petits carreaux roses et blancs, en culotte et soutien-gorge, Zoe tenait dans sa main la carte de visite du photographe. Elle la regardait fixement, l'air perplexe et songeur.

Jack Gallagher. Photographe de mode.

Sans doute s'agissait-il d'une plaisanterie, se disait-elle. Un coup de publicité de la part d'un photographe sans talent pour attirer quelques clientes. A moins que ce ne soit une couverture pour un réseau de pornographie. En imaginant la fille du centre commercial, avec son accent traînant et son sourire timide, membre d'un réseau de pornographie, Zoe ne put s'empêcher de ricaner. Autant accuser Mickey de mauvais traitements à l'égard des enfants.

Son regard dériva vers la table de chevet sur laquelle était posée la photo d'elle avec son père. Un long moment, elle contempla leurs visages souriants, avant de reporter son attention sur la carte de visite. Si cette Becky Lynn et ce Jack Gallagher n'étaient pas des escrocs…

Zoe sentit son cœur s'emballer. On lisait souvent dans les magazines des histoires extraordinaires racontant comment telle ou telle vedette avait été découverte par hasard dans un ascenseur, une épicerie ou une boîte de nuit. Un jour peut-être, ils raconteraient sa propre histoire, songeait-elle. Elle en avait toujours été convaincue. D'ailleurs, son père ne lui répétait-il pas sans cesse qu'elle était la plus jolie, la plus épatante de toutes les filles ?

S'étant levée pour se diriger vers sa coiffeuse, elle contempla son image et se revit à sept ans, avec son père accroupi derrière elle, les bras noués autour de sa taille.

« Tu es si belle, ma princesse, que tu mériterais d'être en couverture d'un magazine. Tu es la plus jolie fille du monde. »

Personne, mieux que son père, ne lui avait jamais donné le sentiment d'être aimée, d'être belle et exceptionnelle. Il la chouchoutait, l'adorait ; il lui achetait des nœuds à mettre dans ses cheveux, des robes en dentelle et des chaussures noires vernies avec des boutons en perle.

Oh ! elle l'aimait tant ! Pourquoi l'avait-il abandonnée ? Zoe saisit le bord de la coiffeuse, si fort que ses jointures blanchirent, en songeant à la dernière fois qu'elle avait vu son père. C'était un matin comme tous les autres. Il l'avait aidée à prendre son bain et à s'habiller ; elle ne s'était même pas disputée avec lui comme cela arrivait parfois. Elle n'avait pas pleuré, ni ne l'avait fait pleurer. Soudain, à l'évocation de ce souvenir, les larmes lui brûlèrent les yeux ; elle dut les repousser. Elle avait été une gentille fille.

Elle serra encore plus fort le plateau de la coiffeuse, à s'en faire mal aux doigts. Si son père était parti, c'était à cause de sa mère. Celle-ci était jalouse de l'attention qu'il portait à sa fille ; elle était jalouse qu'il la trouve si belle, « sa petite princesse ». Sa mère était envieuse, car il l'aimait plus qu'elle ! Zoe les avait entendus se quereller à son sujet, à cause de ce qu'il éprouvait pour elle. Son papa était parti parce que sa mère était une femme méchante, haineuse et possessive.

Mais pourquoi ne l'avait-il pas emmenée avec lui ? se demandait-elle.

Prise de vertiges et de nausées, Zoe plaqua une main sur son ventre en cherchant à reprendre son souffle. De la pièce voisine lui parvenaient les échos d'un rire rauque. Le rire de sa mère. Elle recevait la visite d'un de ses oncles, comme elle disait. Un de ses nombreux oncles. Quelques instants plus tard, elle perçut les notes de cette musique langoureuse qu'adorait sa mère, la musique qui signifiait toujours la même chose.

Zoe se couvrit les oreilles, car elle connaissait la suite. Elle ne s'était pas trompée : bientôt, le martèlement du lit cognait contre le mur à un rythme régulier.

La jeune femme se jeta à plat ventre sur sa courtepointe, en plaquant son oreiller sur sa tête dans l'espoir de masquer les bruits provenant de la pièce voisine. Si sa mère s'était montrée moins méchante quand son père vivait encore ici, jamais il ne serait parti. Si elle n'avait pas été si jalouse, il les aurait aimées davantage.

Folle de rage, elle roula sur le dos et lança l'oreiller à travers la chambre. Il atterrit sur la coiffeuse, renversant les flacons de parfum et de produits de beauté. Elle songeait à tous ces « oncles » que sa mère avait ramenés à la maison au cours des neuf années écoulées ; elle songeait à celui qui se trouvait dans la pièce voisine en ce moment, et elle souriait intérieurement. Elle avait couché avec lui. Et avec quelques autres qui étaient restés suffisamment longtemps, les « favoris » de sa mère.

En couchant avec eux, Zoe aimait se répéter qu'ils la préféraient à sa mère, qu'ils la trouvaient plus jolie que sa mère. Comme son père autrefois. Le type qui s'agitait dans la chambre voisine à cet instant, celui qui grognait et gémissait comme un porc, il la trouvait plus jolie que sa mère lui aussi. Il le lui avait dit. Elle aurait parié qu'il pensait à elle en ce moment.

Les bruits cessèrent dans la chambre d'à côté ; Zoe croisa les bras derrière sa tête et contempla le plafond en souriant, soulagée que ce soit terminé.

Mannequin, songea-t-elle. Voilà ce qui lui plairait. Quel bonheur de penser que les gens vous regardaient, qu'ils vous admiraient ! Elle aimait plaire aux hommes ; elle éprouvait alors le sentiment d'exister, d'être différente. Elle avait une impression de pouvoir. Elle se redressa pour récupérer la carte de visite. Se recouchant, elle promena l'extrémité de ses doigts sur les lettres en relief.

Jack Gallagher. Photographe de mode.

Zoe sourit. Voilà peut-être l'occasion qu'elle attendait depuis cet après-midi où, de retour de l'école, elle avait appris que son père était parti. Voilà peut-être ce qui manquait dans sa vie, ce qu'elle désirait avec une ardeur qui provoquait une vive douleur au plus profond de son être. Elle ne comprenait pas la cause de cette souffrance, mais elle savait que c'était cette souffrance diffuse qui l'empêchait d'être heureuse.

Elle plaqua la carte de visite contre son cœur, en formulant une prière muette. Peut-être tenait-elle enfin ce miracle qui lui ferait découvrir la joie de vivre.

Zoe attendit encore trois jours avant d'appeler le numéro qui figurait sur la carte de visite. Pour faire bonne impression, mieux valait ne pas paraître trop enthousiaste, se disait-elle. Après la troisième sonnerie, une femme répondit, et Zoe reconnut la voix de Becky Lynn, la jeune fille qui l'avait abordée dans les toilettes du centre commercial.

Zoe se présenta ; l'assistante se déclara heureuse de voir qu'elle s'était finalement décidée à appeler. Elle lui fixa un rendez-vous avec Jack le lendemain matin, et lui indiqua comment se rendre au studio, en la laissant libre de s'habiller comme elle le souhaitait.

Après cet appel, Zoe avait senti renaître ses soupçons et ses doutes. La prénommée Becky Lynn semblait détachée au bout du fil, comme si elle recevait des dizaines d'appels semblables chaque jour. Compte tenu de son insistance au centre commercial, Zoe avait conçu un certain agacement face à cette marque d'indifférence.

Mais maintenant qu'elle se retrouvait dans le studio de Jack Gallagher, elle comprenait qu'elle n'avait aucune raison d'être méfiante ou agacée. Il lui suffisait pour cela de voir tout le matériel qui l'entourait, d'écouter la conversation de Becky Lynn au téléphone et, surtout, de contempler, sur un des murs du studio, toutes ces photos de mode signées Gallagher, dont certaines lui étaient familières.

Ce Jack Gallagher était assurément un professionnel ; sans doute recevait-il une dizaine de filles comme elle chaque jour. Zoe s'approcha du mur de photos ; elle observa les mannequins qui avaient posé pour des reportages ou des publicités, s'intéressant plus particulièrement à leurs cheveux, leurs yeux, leur bouche, notant au passage la taille de leurs jambes et de leur poitrine.

Elle savait qu'elle était aussi belle que toutes ces filles. Son corps pouvait rivaliser sans peine avec ceux qui se dévoilaient parfois sur ces photos. Elle se regarda de haut en bas. Elle avait sélectionné sa tenue avec le plus grand soin, choisissant les vêtements qui, à ses yeux, mettaient le plus en valeur ses atouts : un jean cigarette très serré et une chemise légère extrêmement moulante elle aussi, portée sans soutien-gorge.

— Zoe ?

Elle se retourna. Un homme s'avançait vers elle avec un grand sourire. Il s'arrêta à un mètre et lui tendit la main.

— Bonjour. Je suis Jack.

Zoe en eut le souffle coupé. Elle ne savait pas ce qu'elle s'attendait à voir, sans doute un type dans le genre bohème ou excentrique, mais certainement pas cet homme diablement séduisant et sexy avec ses airs de macho.

Masquant sa surprise, elle lui serra la main, et lui adressa son sourire le plus enjôleur.

— Salut.

Il garda sa main dans la sienne, en promenant sur elle un regard appuyé. Il l'examinait, la jugeait. Au moment même où elle sentit son cœur s'emballer, il relâcha sa main.

— Tu as déjà fait des photos de mode ? s'enquit-il, sans cesser de l'étudier, de la tête aux pieds.

— Non, jamais.

— Tu as déjà rêvé de devenir mannequin ?

Elle glissa ses mains dans les poches arrière de son jean, sachant que ce geste avait pour effet de tendre le tissu léger de sa chemise sur ses seins.

— Non, jamais.

Le regard de Jack s'arrêta sur sa poitrine, et Zoe fut parcourue d'un délicieux frisson en constatant que son petit stratagème avait fonctionné.

— Pourtant, dit-il, tu es ici aujourd'hui…

Elle haussa les épaules.

— Par curiosité. D'ailleurs, je n'ai rien contre l'idée de devenir mannequin. Comme toutes les filles, non ?

— Exact.

Jack afficha une moue songeuse et Zoe dut reconnaître qu'il avait une très belle bouche. Puissante et joliment ourlée. Sexy. Gênée soudain de l'observer avec une telle insistance, elle s'empressa de croiser de nouveau son regard.

— Becky Lynn, que voici, est persuadée que l'objectif va tomber amoureux de toi. Mais autant te le dire d'emblée, bien que tu sois très jolie, inutile de le nier, j'ai quelques doutes.

Il désigna le centre de la pièce et s'y dirigea en même temps qu'elle.

— Vois-tu, Zoe, reprit-il, mon appareil photo aime me surprendre. Parfois, il adore un visage que je trouve moi-même magnifique, mais parfois, il reste étrangement indifférent. En revanche, et c'est plus étonnant encore, il tombe parfois amoureux d'un visage qui, au premier abord, paraissait banal. Conclusion, on est obligés d'attendre avant de se prononcer.

La jeune fille fronça les sourcils, troublée par ce qu'elle venait d'entendre, inquiète et vexée à l'idée qu'elle pourrait ne pas être « photogénique ». D'ailleurs, elle refusait d'envisager cette possibilité.

— Vous allez prendre des photos de moi aujourd'hui ?

— Oui, tu es ici pour ça. Tu te sens prête ?

Il l'observa rapidement du coin de l'œil, et Zoe sentit qu'il épiait chacune de ses réactions, la moindre expression de son visage. Elle se promit de s'en souvenir.

— Ouais, pas de problème.

— Parfait.

Il s'approcha d'une table sur tréteaux surchargée de matériel et choisit soigneusement un appareil parmi beaucoup d'autres. D'un geste expert, il ouvrit le boîtier et chargea une pellicule à l'intérieur.

— Pour l'instant, expliqua-t-il, on ne s'occupe pas du maquillage, ni de la coiffure. Ce sera pour plus tard. Aujourd'hui, je veux juste te photographier pour voir comment tu te comportes devant l'objectif, voir si tu es à l'aise ou au contraire crispée. Je saurai également de quelle manière l'appareil réagit devant ton visage.

Pendant qu'il parlait, Zoe sentait la présence de Becky Lynn. Celle-ci s'affairait dans le studio, réglant les lumières, installant la toile de fond et disposant le matériel sur une petite table roulante.

— On ne naît pas mannequin, disait Jack — et la jeune fille reporta toute son attention sur lui. Il faut beaucoup travailler, et ce n'est pas drôle, contrairement à ce qu'imaginent les gens. Les photographes ne sont pas toujours des individus sympathiques. A vrai dire, quand les choses ne se passent pas comme ils le souhaitent au cours d'une séance, ils deviennent de vraies peaux de vache !

— Jack sait de quoi il parle, intervint Becky Lynn d'un ton moqueur, à l'autre bout du studio.

Loin de se formaliser, Jack éclata de rire et lui adressa un sourire. En assistant à cet échange, Zoe se demanda tout à coup quelles relations unissaient le photographe et sa jeune auxiliaire. Elle devinait entre eux une chaleur, une complicité qui allaient au-delà des rapports entre collègues, ou même entre amis. Pourtant, il n'y avait rien de sexuel dans cette relation, elle en était convaincue.

Zoe reporta son attention sur Jack qui continuait de parler.

— Quand un photographe doit répéter une indication à un mannequin, il n'est pas content. S'il doit répéter une seconde fois, il devient fou de rage.

Il guida la jeune fille vers le grand tabouret que Becky Lynn avait installé au centre de la pièce, et lui demanda de s'y asseoir, en lui faisant face.

— Je serai franc avec toi, Zoe. Je n'aurai pas le temps de te dorloter, même si tu as encore tout à apprendre. Si tu veux poursuivre cette expérience, tu dois comprendre qu'à partir de maintenant nous travaillons ensemble ; nous sommes associés, d'une certaine façon. Je serai très critique, et même brutal. Tu peux m'insulter, tu peux me haïr, du moment que tu me donnes ce que je demande. Oublie toutes tes idées préconçues sur le métier de mannequin. C'est un univers froid et impitoyable.

Il la regarda droit dans les yeux et ajouta :

— Autant savoir dès maintenant si tu peux y arriver, pour ne pas nous faire perdre notre temps à tous les deux.

Zoe soutint son regard sans ciller. S'il essayait de lui faire peur, songea-t-elle, il n'y parviendrait pas si aisément.

— J'y arriverai, déclara-t-elle d'une voix douce et néanmoins tranchante. A vous de veiller à ce que je sois belle.

Jack l'observa, avec un mélange d'étonnement et de respect forcé. Finalement, il renversa la tête sur le côté, en éclatant de rire.

— Sois tranquille, j'y veillerai, Zoe.

Il se tourna vers Becky Lynn qui l'avait rejoint.

— Tout est prêt, Red ?

— Prêt, dit-elle en tendant au photographe un instrument que Zoe n'avait jamais vu. Tu veux vérifier toi-même la lumière ?

— Tu plaisantes, répondit Jack avec un grand sourire. Tu ne te trompes jamais. Allons-y !

Joignant le geste à la parole, Jack commença à photographier avant même que Zoe n'ait eu le temps de lui demander ce qu'elle devait faire. Alors elle ne fit rien. Et pendant ce temps, Jack tournait autour d'elle, en la mitraillant sous tous les angles. Ce qui ne l'empêchait pas de continuer à parler.

— Les plus grands mannequins, disait-il, celles qui arrivent au sommet, ont toutes quelque chose de plus, Zoe. Outre leur relation privilégiée avec l'objectif de l'appareil, elles savent quitter leur personnalité pour endosser la peau qu'a choisie le photographe. La première étape consiste à vaincre ta timidité, la peur de paraître idiote ou laide. Maintenant, souris-moi, ordonna-t-il. Oui, très bien. Penche un peu la tête sur la droite… Parfait.

Il cessa de la photographier et tendit son appareil à Becky Lynn. En échange, elle lui en tendit un autre qu'elle venait de charger avec un nouveau film. Jack se tourna vers Zoe, sans porter l'appareil à son œil. Il se contenta de la dévisager.

— Il faut que tu me fasses confiance, Zoe. Avec moi, tu n'auras pas l'air ridicule. Rassure-toi, avec le temps et l'expérience, tu te sentiras plus à l'aise devant l'objectif.

La jeune fille soutint son regard une fois de plus.

— J'y arriverai, déclara-t-elle.

Jack haussa les sourcils.

— Tu crois vraiment ?

— J'en suis sûre.

Jack échangea avec Becky Lynn un coup d'œil entendu. Zoe plissa le front, agacée de les voir partager un secret à ses dépens ; leur complicité muette lui donnait le pénible sentiment d'être exclue.

Elle rejeta la tête en arrière d'un air de défi.

— Demandez-moi ce que vous voulez, Jack.

Le message implicite était délibéré. En voyant l'étincelle qui s'alluma brusquement dans les yeux du photographe, et la façon dont il fit glisser le regard sur son corps, elle comprit qu'il avait saisi l'allusion.

La même lueur de défi enflamma bientôt les pupilles de Jack, et, l'espace d'un instant, Zoe se demanda si elle n'avait pas commis une erreur. Jack Gallagher n'aimait pas perdre, de toute évidence, et elle aurait parié qu'il ne connaissait pas le goût de la défaite.

— D'accord, Zoe, dit-il en penchant légèrement la tête. Je te prends au mot. Allons-y.

Vingt minutes plus tard, Zoe décréta que Jack Gallagher était un monstre. Il la bombardait d'ordres, sans un seul instant de répit, sans lui donner un moment pour réfléchir.

Quand elle ne lui offrait pas ce qu'il demandait, ou bien pas assez vite, ses critiques devenaient plus cruelles.

— Non, tu es aussi sexy qu'une poupée de chiffon ! hurlait-il. Déride un peu ton sourire, tu as l'air trop crispée…

Furieuse, Zoe se promit qu'un jour, d'une manière ou d'une autre, elle aurait sa revanche !

A la fin de la séance de quarante minutes, elle était épuisée. La remarque finale de Jack : « Pas mal pour une première fois ! » ne fit qu'alimenter sa colère. Elle avait envie de le castrer avec un couteau à beurre et de le pendre par les orteils pour offrir sa carcasse pourrissante aux oiseaux !

Ne cherchant pas à masquer ses sentiments, elle lui lança un regard noir auquel il répondit par un éclat de rire avant de s'avancer vers elle.

— Je t'avais dit que ce serait dur, ma belle. Je t'avais prévenue que tu me haïrais. Si tu as envie de laisser tomber, je comprendrai parfaitement.

Zoe gonfla le torse.

— Plutôt mourir !

Jack rit encore une fois et, brusquement, il l'embrassa. Ses lèvres frôlèrent simplement celles de Zoe, mais elle fut traversée par une décharge de stupeur… et de plaisir.

— Parfait, s'écria-t-il. Nous allons développer les films, et Becky Lynn te rappellera. Si les photos sont bonnes, elle te convoquera pour une autre séance. Excuse-moi, j'ai un rendez-vous, on se reverra plus tard.

Zoe le regarda s'éloigner, envahie par une dizaine d'émotions diverses et même contradictoires : le trouble, le respect, le mépris, la fascination…

Mais surtout, elle était remplie de détermination. Ces photos seraient bonnes, se disait-elle. Si bonnes, en fait, que Becky Lynn n'appellerait pas simplement pour fixer un nouveau rendez-vous, elle ferait des pieds et des mains pour la convaincre, elle, Zoe, d'accepter de poser.

27

Becky Lynn ne cessait de penser à sa mère, c'était plus fort qu'elle. Surtout depuis le jour de son anniversaire, six semaines plus tôt. Elle éprouvait l'envie, la nécessité de confier à Glenna combien sa vie avait changé ; elle brûlait d'entendre sa voix. Ce besoin de lui parler grandissait chaque jour, allant jusqu'à envahir ses rêves.

Pour finir, Becky Lynn avait décrété qu'elle ne connaîtrait pas la tranquillité tant qu'elle n'aurait pas parlé à sa mère pour la rassurer sur son sort.

Hélas, elle ne pouvait pas téléphoner directement à la maison. Elle craignait que son père ou Randy ne prennent l'appel, et même si c'était sa mère qui répondait, son père risquait d'entendre leur conversation. Son unique recours, avait-elle conclu, était d'appeler Miss Opal à son salon.

En outre, elle devait appeler tôt, avant l'arrivée de Fayrene et de Dixie. Si quelqu'un d'autre que Miss Opal répondait, Becky Lynn raccrocherait sans dire un mot. Au bout d'un moment, elle finirait bien par joindre Miss Opal ; elle lui demanderait alors de transmettre un message à sa mère et de convenir d'un stratagème pour entrer en contact avec elle. Miss Opal accepterait de l'aider, Becky Lynn en était convaincue.

Sans faire de bruit, elle entra dans le studio, en prenant soin de déconnecter le système d'alarme au préalable. Ce serait pour aujourd'hui, avait-elle décidé, incapable de supporter plus longtemps sa frustration. Voilà pourquoi elle se retrouvait là, au studio, à 6 h 30 du matin, regrettant de ne pas avoir les moyens de faire installer le téléphone dans son appartement.

Comme Jack dormait juste à côté, dans l'autre partie du loft, elle se déplaçait prudemment, à pas feutrés, de peur de le réveiller. Il ignorait tout de son passé. Elle ne lui en avait jamais parlé, ni à lui ni à quiconque d'ailleurs. Ou plutôt, elle n'avait jamais dit la vérité. Quand on l'interrogeait, comme l'avait fait Marty, elle racontait sa fameuse histoire. Le récit du tragique accident de tracteur et de la famille soudée mais ruinée avait fait son chemin, et personne ne l'avait jamais mis en doute.

A Jack, elle n'avait rien raconté. L'idée de mentir à cet homme lui répugnait ; alors, elle avait simplement éludé ses questions.

Arrivée devant le téléphone, elle le contempla longuement, effrayée. Puis elle prit une profonde inspiration, en se traitant d'idiote. Pourquoi avait-elle si peur ? Son père ne pouvait l'atteindre ici. Ricky et Tommy non plus. Ils ne pouvaient pas lui faire de mal.

Mais elle risquait de redevenir la fille qu'elle était autrefois, là-bas.

Et cela, elle ne pourrait le supporter.

Non, pourtant ; jamais elle ne reviendrait en arrière, se disait-elle aussitôt. Elle était allée trop loin ; elle avait laissé à tout jamais derrière elle cette petite ville perdue du Mississippi, et la Becky Lynn Lee qu'elle était jadis.

Elle décrocha le téléphone d'une main tremblante. Après avoir appelé le service des renseignements pour obtenir le numéro du salon de coiffure de Miss Opal, elle raccrocha et composa ce numéro.

Ce fut Miss Opal elle-même qui répondit. Becky Lynn sentit le sang affluer à ses tempes et, pendant un instant, elle fut incapable d'exprimer la moindre pensée, encore moins de prononcer un mot.

— Allô ? Allô, salon de coiffure, j'écoute ? disait Miss Opal à l'autre bout du fil. Qui est à l'appareil ?

— Bonjour, madame… C'est moi.

— Becky Lynn ? s'exclama la coiffeuse, le souffle coupé. Mon Dieu, est-ce vraiment toi ?

— Oui, madame.

La jeune fille entortillait nerveusement le cordon du téléphone autour de sa main gauche, en écoutant cogner son cœur dans sa poitrine.

Il y eut un moment de silence, puis Miss Opal se racla la gorge.

— Quel soulagement d'entendre ta voix, mon enfant ! Où es-tu ? Tu vas bien ?

— Oui, madame, je vais bien, répondit Becky Lynn en esquivant la première question.

— Si tu savais ! Ton père a répandu un tas d'histoires horribles à ton sujet. Il a raconté que tu t'étais enfuie en lui volant toute sa paye ! Et que tu t'étais retrouvée enceinte…

Becky Lynn songea à tout ce qu'elle avait enduré, à l'horreur que lui avaient infligée Ricky et Tommy, aux ignobles calomnies propagées ensuite par son père, et son cœur se brisa sous le poids de l'indignation et du chagrin.

A son tour, elle s'éclaircit la gorge pour pouvoir parler :

— Tout cela est entièrement faux ! Il faut me croire, Miss Opal.

Elle détestait le tremblement de sa voix, son ton suppliant, comme si elle devait réclamer le pardon pour son prétendu comportement de traînée !

— Si je suis partie, ajouta-t-elle en retenant ses sanglots, c'est parce que… à cause de Ricky et Tommy…

— Mon Dieu, tu veux dire que ces garçons t'ont…

— Oui.

A son grand effroi, Becky Lynn se sentit ramenée brusquement en arrière, jusqu'à cette terrible rencontre sur le chemin obscur et désert…

Les larmes lui emplirent les yeux ; elle cligna des paupières pour les repousser, noyée dans le souvenir.

— Je n'ai jamais accordé foi à ces histoires que raconte ton père. Quand tu n'es pas venue travailler le lendemain après-midi, j'ai tout de suite craint le pire. Mais je me disais qu'il n'avait rien pu t'arriver, car c'était le jour du match de foot, et puis ma petite-fille m'a appris que Tommy avait le visage balafré ce soir-là et j'ai aussitôt compris. J'ai tout compris, répéta Miss Opal avec un profond soupir. Ah, tout est ma faute. J'aurais dû veiller à ce que tu rentres chez toi en toute sécurité, j'aurais dû insister pour que…

— Non, ce n'était pas votre faute, *miss* Opal. Vous avez fait tout ce que vous pouviez.

— Si seulement…

— Miss Opal, l'interrompit Becky Lynn qui n'avait plus envie d'évoquer ce douloureux sujet, je vous appelle au sujet de maman.

La coiffeuse ne dit rien, et la jeune fille sentit les poils de ses bras se hérisser. Elle inspira à fond.

— Il faut vraiment que je lui parle. J'ai pensé que vous pourriez peut-être m'aider. C'est très important pour moi.

Troublée par le silence à l'autre bout du fil, Becky Lynn s'empressa d'enchaîner, pour ne pas laisser à Miss Opal le temps d'émettre un refus.

— Ça m'ennuie de vous demander ce service, mais je ne peux pas appeler chez moi à cause de mon père. Et je voudrais tellement…

— Becky Lynn, chérie… je ne sais comment t'annoncer la nouvelle, alors je vais te le dire simplement. Voilà… ta maman est morte. Elle est tombée gravement malade il y a environ deux semaines et… elle est décédée. J'ignore de quoi elle souffrait au juste, je sais seulement qu'elle s'est évanouie au marché… On l'a enterrée la semaine dernière.

Sa mère était morte ? Becky Lynn secoua la tête ; les paroles de Miss Opal résonnaient dans son esprit engourdi par le choc, accompagnées de cette simple pensée : non, ce n'était pas vrai. C'était impossible.

— Je suis sincèrement désolée, ma chérie. Si j'avais su comment te joindre, je l'aurais fait immédiatement. Tu peux me croire.

— Non… Non…

Becky Lynn sentit ses jambes se dérober et elle glissa sur le plancher, sans lâcher le combiné, faisant basculer le téléphone, qui entraîna dans sa chute une boîte de diapositives. Celles-ci s'éparpillèrent bruyamment sur le sol.

— Non… Ce n'est pas vrai…, murmurait-elle.

— Je sais que c'est un maigre réconfort, déclara Miss Opal, mais quand je lui ai donné l'argent que tu avais envoyé, ta maman a pleuré. Elle m'a dit qu'elle avait toujours su que tu n'étais pas comme les autres, qu'elle n'avait jamais douté que tu saurais faire ton chemin dans la vie.

Le désespoir enfla dans la poitrine de la jeune fille, menaçant de l'étouffer. Sa mère avait foi en elle. Elle était la seule personne qui eût jamais cru en elle.

Et maintenant, elle n'était plus là.

Le combiné du téléphone glissa entre ses doigts. Sa mère n'était plus là. Elle était morte.

Becky Lynn ramena les genoux contre sa poitrine et y appuya la joue, dévorée par le chagrin. Sa mère avait eu besoin d'elle, et elle ne s'était pas trouvée à son côté. Elle l'avait abandonnée. Becky Lynn noua ses bras autour de sa poitrine, en serrant de toutes ses forces. La douleur et le choc provoquaient en elle un état proche de l'hystérie. Elle n'avait plus personne désormais. Personne à aimer, personne pour croire en elle.

Qu'allait-elle devenir ? se demandait-elle avec effroi. Comment allait-elle pouvoir survivre ?

Jack fut réveillé par un grand bruit. Il se redressa brusquement dans son lit et regarda autour de lui d'un air hébété. La faible clarté du matin filtrait sur les côtés des stores, tandis qu'en bas, dans la rue, résonnait brièvement un coup de Klaxon étouffé, suivi d'un crissement de freins.

Jack se frotta les yeux avant de jeter un regard à son réveil posé sur la table de chevet. 6 h 56. Il fronça les sourcils. Le système d'alarme du studio ne s'était pas déclenché et, à cette heure matinale, ce ne pouvait pas être Becky Lynn. Sans doute avait-il été réveillé par le bruit des voitures, ou alors par un voisin qui venait travailler aux aurores. Ou peut-être avait-il tout simplement rêvé ce fracas, se dit-il, en regonflant ses oreillers pour se recoucher.

Il ferma les yeux… et les rouvrit aussitôt en entendant soudain un autre bruit, une sorte de long gémissement rempli de désespoir. Parcouru d'un frisson glacé, il se redressa de nouveau dans son lit. Seule une personne ayant tout perdu pouvait émettre un tel râle de douleur, songea-t-il, avant de repousser cette pensée grotesque. Rejetant les couvertures, il se leva rapidement.

Il enfila un short : s'il se retrouvait face à une situation inattendue, il ne tenait pas à l'affronter totalement nu. Pour la même raison, il s'empara de la batte de base-ball qu'il gardait sous son lit et, ainsi armé, se dirigea à pas feutrés vers l'escalier.

Les gémissements de chagrin se faisaient plus insistants, plus déchirants à mesure qu'il descendait l'escalier. En débouchant au rez-de-chaussée, quelle ne fut pas sa surprise de découvrir Becky Lynn ! Celle-ci était assise par terre, les genoux repliés contre la poitrine, le visage posé sur ceux-ci, et elle se balançait d'avant en arrière en pleurant. Le téléphone était tombé près d'elle, à côté d'une boîte de diapositives renversée.

— Becky Lynn ? dit-il d'une voix douce en avançant vers elle. Que se passe-t-il, ma belle ?

Elle ne tourna pas la tête ; elle ne dit rien, et Jack se demanda même si elle l'avait entendu, plongée qu'elle était dans son désespoir. S'agenouillant près d'elle, il posa délicatement une main sur ses cheveux.

— Hé, Becky chérie, c'est Jack…

Elle renversa la tête en arrière et le regarda. La détresse qu'il perçut alors dans les yeux de la jeune fille lui coupa le souffle.

— Oh, Becky Lynn… que se passe-t-il ? Viens près de moi, dis-moi tout.

Il passa un bras autour de ses épaules et la sentit se raidir immédiatement, comme si elle allait refuser son geste de réconfort, mais elle se laissa aller contre lui, en sanglotant, le visage appuyé contre son torse nu.

Un sentiment protecteur d'une force inattendue monta du plus profond de lui-même, accompagné d'une douce chaleur. L'entourant des deux bras, il l'étreignit et la souleva pour la porter jusqu'à son loft au premier étage. Il s'assit au bord du lit défait, le corps de la jeune fille recroquevillé sur ses genoux, et il la laissa pleurer, en la berçant et en la caressant, en murmurant des paroles apaisantes.

Au bout d'un moment, les sanglots de Becky Lynn s'atténuèrent, remplacés par de faibles gémissements de désespoir. Jack ne savait que faire ni que dire. Jamais il ne s'était trouvé dans ce genre de situation. Jamais il ne s'était senti pris à un tel piège. Voilà qu'il était partagé, déchiré, entre l'envie de réconforter cette jeune fille effondrée, et l'envie de prendre ses jambes à son cou.

Un torrent d'émotions le déstabilisait, l'effrayait même. En abaissant ses propres barrières, Jack craignait d'être submergé à son tour.

Il déglutit avec peine pour chasser la boule qui s'était formée dans sa gorge, luttant contre son désir de fuir. Il ne pouvait pas abandonner Becky Lynn, songea-t-il. Elle était son amie. Elle n'avait personne d'autre. Il n'aurait su dire pourquoi cela avait tant d'importance à ses yeux, mais c'était ainsi.

Cette fille comptait énormément pour lui.

— Raconte-moi tout, petite. Qu'est-ce qui ne va pas ?

Elle se nicha plus profondément au creux de ses bras et murmura quelques paroles qu'il ne comprit pas. Mais il sentait son souffle chaud, haletant, sur sa poitrine nue.

— Parle plus fort, Becky chérie. Je suis désolé, je n'ai pas entendu ce que tu disais.

Elle décolla son visage, leva les yeux et, une fois de plus, Jack sentit l'émotion lui comprimer le cœur. Il s'efforça de la refouler, s'obligeant à respirer lentement et profondément. Avec une extrême délicatesse, il fit courir ses doigts sur la joue mouillée de Becky Lynn.

— Prends ton temps, ma chérie. Je ne suis pas pressé.

Les larmes envahirent de nouveau les yeux de la jeune fille, mais elle parvint à les contenir ; ses lèvres tremblotaient. Jack la voyait lutter contre l'envie de pleurer. Il ne connaissait personne de plus courageux, songea-t-il à cet instant. Qu'avait-elle donc enduré qui la rendît aujourd'hui si forte ? Avait-elle jamais eu dans sa vie quelqu'un sur qui s'appuyer ? Une personne digne de confiance à laquelle se raccrocher s'il lui arrivait de tomber ?

— Ma mère… est… elle est…

Ces paroles libérèrent un nouveau flot de larmes qui se déversèrent en silence ; et Becky Lynn plaqua une fois de plus son visage contre le torse nu de Jack. Ce dernier lui caressa les cheveux, faisant glisser ensuite sa paume dans son dos, pour l'apaiser. Peu à peu, il sentit la tension s'évacuer du corps de la jeune fille, la tension et la lutte, la laissant totalement vidée et molle dans ses bras. Refusant de le regarder, elle tourna la tête de façon à appuyer sa joue contre l'épaule gauche de Jack.

— Ma mère est morte, dit-elle, d'une voix si faible qu'il dut tendre l'oreille pour saisir ces mots.

Il resserra l'étau de ses bras.

— J'ai appelé ce matin, reprit-elle. J'avais envie de lui parler, j'avais besoin de lui parler… Et je…

Les sanglots étouffaient ses paroles. Jack était le témoin du combat dramatique qu'elle livrait pour les faire sortir de sa bouche.

— Miss Opal m'a appris que maman… qu'elle… qu'elle était morte.

— Oh, Becky Lynn ! Je suis sincèrement désolé.

Il la serra encore plus fort contre lui, au risque de lui faire mal.

— Ils ne savaient pas comment… me joindre, expliqua-t-elle en reprenant son souffle. Maintenant elle est morte… et je n'ai même pas pu lui dire au revoir. Oh, c'est horrible, Jack !

Ce dernier mot s'acheva par un violent sanglot. Jack enfouit ses doigts dans les cheveux flamboyants de la jeune femme éplorée…

— Oui, je comprends, ma chérie. Je comprends.

Becky Lynn croisa son regard.

— Ma pauvre mère avait besoin de moi. Mais je n'étais pas

à son côté ! Si j'étais restée là-bas… j'aurais sans doute pu faire quelque chose, j'aurais pu l'aider !

— Non, ne dis pas ça, murmura-t-il en lui caressant tendrement le visage. Tu n'es pas responsable, ne te jette pas la pierre.

— Miss Opal m'a appris qu'elle était tombée malade. Si j'avais été auprès d'elle, peut-être aurais-je vu que son état nécessitait des soins, j'aurais insisté pour qu'elle aille chez le médecin !

Les doigts de la jeune fille se crispaient sur son torse nu. Jack sentait une note d'hystérie percer dans sa voix.

— Mais au lieu de rester auprès d'elle, je… je l'ai abandonnée ! Je l'ai laissée seule et…

Jack prit son visage en coupe entre ses paumes.

— Tu n'aurais rien pu faire, murmura-t-il. Tu n'es pas responsable de ce qui est arrivé.

Becky Lynn secoua la tête, et se débattit pour se libérer de l'étreinte de Jack.

— La nuit où je me suis enfuie, je l'ai entendue pleurer, avoua-t-elle. A cet instant, j'ai failli rebrousser chemin, mais je m'en suis bien gardée. Je suis partie. J'ai préféré sauver ma peau !

Elle se mit debout, le souffle coupé comme si elle venait de courir un marathon.

— Si j'étais restée là-bas, je serais morte, Jack. Ils ont dit qu'ils recommenceraient. Et ils l'auraient fait ! Je n'avais plus la force de les affronter… Je n'aurais pu en supporter davantage… Personne ne me croyait… J'étais seule. Totalement seule !

Jack fronça les sourcils ; le sang battait à ses tempes.

— Qu'est-ce qu'ils ne croyaient pas ? s'enquit-il, en s'obligeant à garder tout son calme.

Il lui prit la main et lui caressa lentement les doigts avec son pouce, pour tenter de l'apaiser.

— Qu'est-ce que tu n'aurais pu supporter ?

La jeune fille secoua la tête, les yeux écarquillés, remplis de panique.

— Leurs sarcasmes, leur mépris… je n'aurais pas pu le supporter plus longtemps. S'ils avaient recommencé…

Elle ravala ses paroles et voulut libérer sa main.

— … Ma mère n'était pas assez forte pour m'aider. Elle ne pouvait rien pour moi. Alors je me suis enfuie. Il le fallait. Tu comprends ? Je n'avais pas le choix !

Au lieu de lui relâcher la main, Jack s'empara de la seconde.

— De quoi parles-tu, Becky Lynn ? demanda-t-il en la secouant, sans violence. Que s'est-il passé, bon sang ?

Elle tentait toujours de se libérer, en jetant des regards affolés autour d'elle, tel un animal aux abois.

— Il faut que je m'en aille. Il faut que je parte.

— Becky Lynn ! Regarde-moi. Où veux-tu aller ?

— Je ne sais pas… Chez moi, je suppose… Oui, il faut que je retourne chez moi.

— Je suis là ! Tu ne dois pas rester seule dans un moment pareil. Je sais que tu n'as pas envie de te retrouver seule !

Elle cessa de se débattre et soutint son regard.

— Que vais-je devenir ? demanda-t-elle dans un murmure. Je suis totalement seule désormais. Et si je… si je fermais les yeux pour ne plus jamais les rouvrir ? Et si tout à coup je… disparaissais ?

— Non, non, Becky ! déclara Jack avec force. Ça n'arrivera pas. Je m'y opposerai !

— Oh, j'ai tellement peur.

— Oui, je sais, ma belle.

Jack l'attira de nouveau vers lui, puis sur le lit. Pendant un long moment il serra son corps tremblant contre le sien, en faisant glisser la main de son épaule à la courbe de sa hanche.

— Je suis là, Becky chérie. Je ne t'abandonnerai pas ; je ne te laisserai pas seule. Tant que je suis avec toi, tu n'as pas à avoir peur.

Elle laissa échapper un petit râle, doux comme un soupir. Jack sentit son cœur s'emballer, tout son corps s'animer. Quelque part au plus profond de lui, la flamme du désir s'alluma, petite mais brûlante. Sa première réaction fut de l'éteindre avant que l'incendie ne se propage, mais quand il posa son regard sur elle, les yeux de la jeune fille étaient comme deux flaques limpides de désir.

Sans doute n'avait-elle aucune idée du message contenu dans ses yeux, songea-t-il, de ce qu'ils réclamaient de manière si évidente, car Becky Lynn était une fille sans expérience. Il le savait sans qu'il soit besoin de lui poser la question, sans même la toucher.

Et il savait également qu'il pouvait lui faire du mal.

Il baissa le regard sur cette bouche entrouverte telle une invite muette, sur ces lèvres humides. Soudain, la flamme du désir se transforma en bûcher et il plaqua sa bouche sur celle de la jeune fille. Becky Lynn émit un hoquet de surprise, qu'il étouffa avec sa bouche. Elle leva les bras, posa les mains sur les épaules de Jack, mais au lieu de le repousser, elle s'agrippa désespérément à lui, ouvrant et refermant les mains, plantant les doigts dans ses muscles.

« Arrête tout immédiatement, Gallagher. Fais marche arrière avant qu'il ne soit trop tard. »

Malgré ses exhortations intérieures, il redoubla d'ardeur, obligeant Becky Lynn à écarter les lèvres, afin de rencontrer sa langue. Après un court instant d'hésitation, la jeune fille lui rendit son baiser téméraire.

Il l'embrassa longuement, sachant d'instinct qu'elle était aussi effrayée qu'excitée. Il devait progresser lentement ; il devait d'abord la rassurer et l'amadouer.

A mesure que leur baiser se prolongeait, il sentait la peur s'évacuer, le corps de Becky Lynn se réchauffer. Du fond de sa gorge montaient à présent de petits gémissements qui ne devaient rien à l'angoisse, et bientôt elle se mit à faire onduler son corps, son bassin, contre lui.

Sans détacher sa bouche de la sienne, Jack glissa les deux mains sous sa chemise. Elle était mince, si mince qu'il pouvait dénombrer ses côtes en faisant remonter sa main vers un sein. Lorsqu'il le rencontra enfin, il l'emprisonna délicatement dans sa main. D'une étonnante rondeur, il se nichait parfaitement au creux de sa paume, et il entreprit de caresser, de pétrir la chair souple et chaude.

Le souffle coupé par ce contact, elle cambra son buste contre lui. L'érection de Jack devenait douloureuse, sa respiration haletante.

— J'ai envie de faire l'amour, susurra-t-il contre sa bouche, d'une voix enrouée. En as-tu envie toi aussi, Becky Lynn ? Car si tu n'en as pas envie… je t'en supplie, dis-le-moi tout de suite.

Il se recula légèrement de façon à observer son regard. Les yeux de la jeune fille étaient emplis de désir, et d'une incroyable douceur. Déconcerté par une telle tendresse, il envisagea l'espace d'une fraction de seconde d'interrompre lui-même cette étreinte. Il pouvait encore s'écarter, lui demander pardon, et se traiter de goujat.

Mais elle fut parcourue d'un frisson, et ses doigts se refermèrent sur ses épaules.

— J'ai peur, murmura-t-elle. J'ai envie… de toi, mais j'ai peur que… tu me fasses du mal.

En la dévisageant pour tenter de percer son expression, il fut soudain frappé par une idée qui ne l'avait pas effleuré jusqu'à présent.

— Es-tu… es-tu encore vierge ? demanda-t-il. Becky Lynn secoua la tête, en baissant les yeux, et ses joues s'empourprèrent.

Jack prit son visage entre ses mains. Elle leva les yeux vers lui.

— Je ne te ferai aucun mal, Becky chérie. Je te le promets.

Le temps d'un battement de cœur, elle le regarda fixement, comme pétrifiée. Puis un sourire timide se glissa sur ses lèvres, et elle attira son visage vers le sien.

« Tu as commis une erreur, Gallagher. Une grosse erreur. »

Jack contemplait le visage de Becky Lynn, doux et vulnérable dans le sommeil, les yeux tuméfiés par les larmes. Il étouffa un juron. Où avait-il la tête, nom de Dieu ? Comment avait-il pu faire… ça ?

Becky Lynn était son assistante, et même si cela pouvait lui sembler étrange, elle était aussi son amie. Elle avait eu besoin de lui, besoin de réconfort. Elle n'avait pas besoin de sexe. Elle n'avait pas besoin qu'il lui complique la vie.

Jack grommela une injure. Lui tenir la main était un geste naturel, l'embrasser semblait plus naturel encore. L'un et l'autre avaient conduit au désir, un désir impérieux, impossible à ignorer. Il avait perdu la tête ; il avait tout oublié, à l'exception de l'excitation qui s'était emparée de lui, et du besoin de soulager cette douleur entre ses jambes.

Et maintenant, qu'allait-il faire, hein ? se demandait-il.

Ecœuré par sa conduite, il se leva lentement, en prenant soin de ne pas réveiller Becky Lynn. Comment pourrait-il encore la regarder en face désormais ? Alors que son chagrin était encore si fort, alors que ses yeux implorants, la façon dont elle avait murmuré son prénom hantaient encore son esprit.

Il marcha jusqu'à l'unique fenêtre du loft pour voir le jour se lever sur Los Angeles. Becky Lynn s'était montrée timide ; elle manquait totalement d'assurance, passant de la panique à la passion. Pourtant, quand la passion avait finalement remporté le combat, le plaisir avait pris une intensité quasiment insupportable. Le genre de plaisir capable de faire succomber un homme.

Jack glissa une main dans ses cheveux. Ce qui venait de se passer entre eux revêtait pour elle une importance capitale. Un petit rictus amer déforma ses lèvres. Elle s'était investie corps et âme dans cette union charnelle. Il fallait s'y attendre avec une fille comme Becky Lynn.

Elle tenait beaucoup à lui.

Peut-être même s'imaginait-elle être amoureuse de lui.

Amoureuse ? Il inspira profondément, envahi par un sentiment de panique tout à coup. Nom d'un chien, il s'était fourré dans un tel guêpier qu'il ne voyait aucune issue possible. S'il décidait de reprendre ses distances, en lui expliquant — même gentiment — qu'ils avaient eu tort de faire l'amour ensemble, il la perdrait à coup sûr. Or, il ne voulait pas la perdre. Il avait besoin d'elle.

Désemparé, Jack appuya son poing contre la vitre froide et lisse. S'il décidait de ne rien dire, ils referaient l'amour. Entre eux, ce ne serait plus jamais comme avant. Pour elle en tout cas. Jack aurait donné n'importe quoi pour revenir en arrière et changer le cours des choses.

Dans le lit, Becky Lynn gémit dans son sommeil ; Jack se tourna pour la regarder. Sa gorge se serra. Elle paraissait si jeune, si vulnérable, avec ses cheveux flamboyants étalés en éventail sur l'oreiller, la bouche légèrement entrouverte. Une bouche faite pour les baisers, songea-t-il en fronçant les sourcils. Pourquoi diable ne s'en était-il pas rendu compte plus tôt ?

Une fois de plus, il étouffa un juron. Faire l'amour avec Becky Lynn avait été une expérience… unique. Elle s'accrochait à lui avec une intensité, un désespoir qui lui conféraient un sentiment de puissance. N'étaient les complications sentimentales, nul doute qu'il aimerait recommencer, songea-t-il. Mais les sentiments étaient toujours un obstacle ; ils gâchaient le plaisir du sexe. Hélas, avec Becky Lynn, le sexe était avant tout, il l'avait bien compris, une affaire de sentiments.

Jack savait qu'il n'y avait aucun moyen de faire marche arrière. Leurs rapports étaient devenus physiques, ni lui ni elle ne pouvaient plus le nier. Le reste n'avait pas changé, et surtout pas ce qu'il éprouvait pour elle, se disait-il, amer. Malgré tout, il refusait de jouer la comédie. Il ne lui ferait aucune promesse, il ne lui ferait aucune déclaration d'amour.

Mais pas question de la perdre, se répéta-t-il.

Becky Lynn se réveilla ; son expression était étrangement sereine, son regard limpide comme un ciel d'été. Jack plaqua un sourire sur son visage, en espérant qu'elle ne lisait pas ses pensées dans ses yeux.

— Ça va ? demanda-t-il.

Elle hocha la tête.

— Jack… il faut que je te dise…

— Quoi ?

— Ils m'ont violée. C'est pour cela que je me suis enfuie.

28

Becky Lynn ne s'était pas trompée au sujet de Zoe. L'objectif de l'appareil photo était tombé amoureux d'elle. Et cet amour était réciproque. Zoe se pavanait et prenait des poses devant Jack, sans la moindre pudeur, sans la moindre gêne ; jamais elle n'hésitait, jamais elle ne protestait quant aux exigences du photographe.

En outre, elle s'était révélée une excellente élève. La tête penchée sur le côté, Becky Lynn l'observait qui batifolait au milieu des vagues. Dès le début, Zoe avait su donner à Jack toutes les expressions qu'il réclamait pour telle ou telle photo. Becky Lynn devait reconnaître qu'elle enviait cette capacité à se concentrer uniquement sur son corps, en faisant abstraction de tout le reste. Elle enviait cette parfaite décontraction, cette confiance que le jeune mannequin éprouvait vis-à-vis de son physique.

— Oui, c'est ça, Zoe ! lança Jack. Tu te sens bien. Le vent chaud te caresse la peau ; le parfum de l'océan et des fleurs envahit tes narines…

Jack avait été dur avec Zoe. Plus dur qu'il ne l'avait jamais été avec quiconque, se disait Becky Lynn. Quand elle lui avait demandé pourquoi après la deuxième séance de pose, il lui avait expliqué qu'il devait faire preuve de fermeté avec Zoe pour deux raisons : elle était trop sûre d'elle, et elle était naturellement douée. Les filles comme elle prenaient parfois un mauvais chemin, ajouta-t-il, gâchant leur carrière par excès de confiance, par manque de respect envers ce travail qui leur tombait tout cuit dans la bouche.

Becky Lynn était forcée d'avouer que cette méthode avait porté ses fruits avec Zoe. Plus Jack se montrait exigeant avec elle, plus elle semblait se donner de mal. Et plus elle se donnait de mal, plus elle progressait. En un peu plus de quatre mois, Zoe était devenue un vrai mannequin, prête désormais pour sa première séance de photos professionnelle.

Les yeux plissés à cause du soleil, Becky Lynn la regardait se mouvoir dans l'eau, suivant les indications de Jack. Les photos d'aujourd'hui mériteraient certainement de figurer dans le book de Zoe, se disait-elle. Sans doute Jack partageait-il cet avis, car il riait à voix haute et criait des encouragements, des marques d'enthousiasme plutôt inhabituelles de sa part.

Becky Lynn n'aurait jamais cru qu'elle finirait par apprécier cette fille. A vrai dire, au début, elle la détestait. Profondément. Mais peu à peu, elle avait appris à voir ce qui se cachait derrière la bravade de Zoe, derrière ses remarques parfois choquantes. En réalité, Zoe avait besoin d'être constamment rassurée, sur son apparence, ses capacités, son avenir de mannequin. Bref, sur presque tout.

En outre, on devinait en elle une terrible faim d'affection, de reconnaissance. Elle avait besoin que quelqu'un s'intéresse véritablement à elle. C'était cela qui la conduisait à se comporter de manière si excessive.

Or, Becky Lynn ne pouvait en vouloir à Zoe pour un tel besoin. Après tout, elle était habitée par les mêmes désirs, la même soif d'amour et de reconnaissance. Au cours des dernières semaines, ces similitudes les avaient rapprochées au point qu'elles étaient devenues amies.

— Pense au garçon que tu aimes, lui disait Jack pour la mettre en condition, en baissant un peu la voix. Regarde-moi, souris légèrement. Oui, comme ça. Parfait ! Fléchis ton pied, Zoe. Cambre-toi un peu pour souligner ta silhouette…

Le ronronnement du moteur de l'appareil photo se mêlait au bruit des vagues qui venaient s'échouer sur la plage. C'était une journée magnifique, chaude et ensoleillée ; dans l'air flottait le parfum de l'océan et des fleurs. Becky Lynn s'aperçut soudain qu'elle se trouvait dans une de ces images de rêve sur papier glacé qu'elle dévorait des yeux il n'y avait pas si longtemps dans le salon de coiffure de Miss Opal, là-bas dans sa petite ville perdue du Mississippi.

Le visage tendu vers le ciel d'un bleu éclatant, elle repensa à sa mère. Aussitôt, une boule de larmes se forma dans sa gorge, mais elle la repoussa. Elle refusait de pleurer la mort de sa mère ; plus maintenant, car elle savait que celle-ci était bien plus heureuse désormais, loin de la brutalité de son mari et des regards malveillants des habitants de Bend. Elle avait rejoint son père qu'elle adorait ; elle était auprès des anges.

Pourtant, même si cette pensée lui apportait un sentiment de paix intérieure, les larmes montaient en elle. Si seulement sa pauvre mère pouvait la voir aujourd'hui, songeait-elle. Comme elle aurait aimé lui dire qu'elle était heureuse, que tout allait bien. Sa mère s'en serait réjouie. Elle aurait été fière d'elle.

Le cœur serré, Becky Lynn prit une profonde inspiration pour tenter de soulager le poids qui lui comprimait la poitrine, car elle savait que ces pensées cachaient un autre regret, plus douloureux encore, celui de ne pas avoir été auprès de sa mère jusqu'au bout, pour lui dire adieu.

— Becky Lynn ? L'appareil !

Surprise, elle tourna vivement la tête vers Jack.

Celui-ci semblait agacé, et la jeune fille se demanda depuis combien de temps il cherchait à capter son attention.

— Euh… pardon, dit-elle en prenant l'appareil photo qu'il lui tendait, avant de lui en donner un autre avec un film vierge.

— J'ai poussé la sensibilité du film. Pense à le noter.

Elle acquiesça et se dirigea aussitôt vers le matériel de Jack. Agenouillée devant la sacoche, elle rembobina le film, le sortit de l'appareil et nota dessus les indications pour le tirage. Après avoir rechargé le boîtier, elle retourna auprès de Jack.

— Non, Zoe, ça ne va pas du tout ! s'écria ce dernier en cessant de photographier.

Il tendit son appareil à Becky Lynn et se dirigea vers Zoe en marchant à grandes enjambées dans le sable. En le suivant du regard, Becky Lynn sentit son ventre se nouer ; elle avait une envie folle de poser ses mains sur lui. Non pas de manière ouvertement sexuelle, ni exagérément possessive. Simplement, elle brûlait de le toucher ; elle aurait voulu mettre la main sur son bras, entrelacer ses doigts avec les siens.

Cette envie ne la quittait jamais.

Elle laissa échapper un soupir. Jack avait pris soin d'établir les règles de base de leurs nouvelles relations. Durant les séances de photos, leurs rapports ne sortaient pas du cadre strictement professionnel : pas de baisers, pas de petits gestes affectueux, et aucune allusion à leurs relations intimes. Rares étaient ceux qui avaient connaissance de leur liaison. Zoe elle-même l'ignorait, encore que Becky Lynn la soupçonnât de ne pas être dupe.

De temps à autre, le démon du doute venait se poser sur son épaule pour lui chuchoter à l'oreille que Jack avait honte d'elle. Au prix d'un effort de volonté considérable, elle parvenait chaque fois à chasser ce démon.

Mais chacun de ces monstrueux assauts du doute perçait une nouvelle entaille dans son armure. Comment aurait-il pu en être autrement ? L'ampleur de son amour pour Jack l'effrayait.

Becky Lynn repensa à cette étrange journée, deux mois plus tôt, cette journée qu'elle n'oublierait jamais, car elle avait en même temps perdu sa mère et découvert l'amour. Ce jour-là, elle avait tout raconté de son passé à Jack ; les paroles avaient jailli de sa bouche avec la violence d'un torrent qui brise une digue. Elle avait revécu l'horreur, la douleur et l'humiliation de cette nuit où elle avait été violée, mais ensuite, elle s'était sentie beaucoup mieux, soulagée, envahie d'un sentiment de quiétude et de sérénité, comme si, enfin, elle avait réussi à évacuer de son esprit une partie de son passé.

Jack l'avait tenue dans ses bras pendant qu'elle pleurait, en murmurant des paroles de réconfort et de consolation. Ces mots l'avaient apaisée, mais ce qui l'avait guérie, c'était de voir la colère de Jack, son indignation, sa compassion.

Becky Lynn avait le sentiment d'avoir enfin trouvé quelqu'un qui non seulement la croyait, mais lui apportait aussi son soutien.

Une personne robuste, capable de la retenir pour l'empêcher de tomber.

Jack, songea-t-elle en lui adressant un grand sourire, tandis qu'il revenait vers elle. Fort et sûr de lui. Si fort qu'il n'avait besoin de personne.

Il n'avait pas besoin d'elle.

Le sourire de Becky Lynn se ternit ; elle s'empressa de chasser cette pensée déprimante. C'était ridicule, se dit-elle. Ils étaient ensemble ; il la traitait comme un être à part. Personne n'avait jamais été aussi gentil et prévenant avec elle. D'accord, il n'avait pas besoin d'elle ; il était trop fort pour avoir besoin d'elle. Peu importe.

— Bon, je finis cette pellicule, et on arrête la séance, déclara Jack en arrivant à sa hauteur.

Elle lui tendit l'appareil chargé.

— Je crois que tu as réussi des photos formidables aujourd'hui, dit-elle.

— Ouais, répondit-il avec un hochement de tête, visiblement ravi, je le crois aussi.

Jack demanda ensuite à Zoe de se coucher au milieu des vagues qui venaient mourir près du rivage, pour que l'eau bouillonne et tourbillonne autour de son corps magnifique. Quelques minutes plus tard, il parvint au bout de la pellicule et décréta, comme promis, la fin de la séance. Aussitôt, Zoe se releva et courut vers eux, dégoulinante et riant aux éclats, ses longs cheveux blonds flottant dans sa nuque.

— Alors, comment tu m'as trouvée, Becky Lynn ? Super, non ?

Becky Lynn lui tendit une serviette en riant elle aussi.

— Oui, Zoe. Tu étais super.

Le jeune mannequin s'épongea d'abord le visage, puis drapa la serviette autour de ses épaules. Elle se tourna ensuite vers Jack.

— Eh bien, grand et puissant manitou ? Qu'en penses-tu ? Allez, dis-moi tout ce qui n'allait pas.

Depuis quelque temps déjà, Zoe avait pris l'habitude de tutoyer Jack ; celui-ci ne semblait pas s'en formaliser.

A son tour, Becky Lynn reporta son attention sur le photographe, en retenant son souffle. Zoe se donnait tant de mal pour le satisfaire ; elle avait travaillé si dur au cours des derniers mois... Cette fois, si Jack ne la gratifiait pas de quelques compliments, Zoe risquait de le tuer. Et Becky Lynn lui reconnaîtrait sans doute des circonstances atténuantes.

Jack regarda Zoe, le visage grave, les sourcils froncés.

— Tu veux vraiment savoir ce que je pense ? dit-il.

Le jeune mannequin croisa les bras sur sa poitrine dans un geste de défense et redressa le menton d'un air de défi.

— Vas-y, je t'écoute.

— D'accord.

Il se pencha vers elle avec une expression qui n'annonçait rien de bon.

— Je pense que tu vas devenir un mannequin célèbre, Zoe. Très célèbre.

Pendant une seconde, Zoe demeura muette. On n'entendait sur la plage que le chant strident des mouettes et le bruissement des vagues. Et, soudain, Zoe poussa un grand cri de joie en se jetant dans les bras de Jack.

— Je le savais ! Je savais que j'étais douée pour ce métier...

Jack éclata de rire, et croisa le regard amusé de Becky Lynn par-dessus la tête de Zoe.

— Tu deviendras célèbre, précisa-t-il, si ton ego démesuré ne te fait pas obstacle.

— Ne dis pas de bêtises, mon ego n'est pas si grand que ça !

Elle déposa un baiser appuyé sur sa bouche et se tourna ensuite vers Becky Lynn.

— Hé, tu as entendu ça ? Jack pense que je vais devenir célèbre. Le roi des mécontents, Jack Gallagher en personne, pense que je vais devenir célèbre !

En riant, Becky Lynn serra sa camarade dans ses bras.

— Je l'ai toujours su, Zoe. Dès la première minute où je t'ai vue.

Zoe fit la grimace.

— Je vais devoir raconter aux journalistes qu'on m'a découverte dans des chiottes, déclara-t-elle. Je ferais mieux d'inventer une autre histoire. Si on disait que tu m'as remarquée en…

— Hé, pas si vite, les filles ! intervint Jack en secouant la tête. Nous avons encore beaucoup de pain sur la planche. Nous n'avons même pas réalisé les premières photos de ton book, Zoe. Et tu dois encore te perfectionner. Il faut que tu poses pour d'autres photographes ; tu n'as pas décroché ton premier contrat. Je pense qu'il est un peu tôt pour parler de *Vogue* et de contrats publicitaires.

Zoe mima une révérence.

— Très bien, maître.

Becky Lynn pouffa.

— Arrêtez un peu tous les deux, dit-elle. Rapportons tout le matériel au studio et allons déjeuner. Personnellement, je meurs de faim.

— Vous irez sans moi, les filles, déclara Jack en rangeant ses appareils dans la sacoche. J'ai rendez-vous avec les types de l'agence Tyler.

— Ah ?

Becky Lynn fit un effort pour masquer sa déception. Elle attendait toujours avec la plus grande impatience ses déjeuners avec Jack, durant lesquels il abandonnait en général son comportement professionnel pour redevenir tout simplement Jack, son ami et amant. En consultant son agenda ce matin, elle n'avait remarqué aucun engagement pour midi ; aussi espérait-elle déjeuner avec lui.

— D'où sort ce rendez-vous ? demanda-t-elle.

Jack leva la tête et lui jeta un regard noir.

— Pourquoi cette question ? Tu insinues que je viens de l'inventer ?

— Oh ! non, répondit Becky Lynn, vexée. Mais comme il n'était pas marqué sur ton agenda, je…

— J'aurai oublié de le noter, voilà tout !

Il tira sur la fermeture Eclair de la sacoche d'un geste brusque.

— Lâche-moi un peu, O.K. ?

— Très bien, très bien, répondit Becky Lynn en pivotant sur ses talons, sentant les larmes lui brûler les yeux.

La tête baissée, elle entreprit de ranger leur matériel. Elle préférait mourir plutôt que de lui laisser voir à quel point elle se sentait meurtrie par cette remarque.

— Allons déjeuner toutes les deux, suggéra Zoe en s'approchant de Becky lynn.

Elle lui prit des mains le sac de vêtements.

— Rien que toi et moi. Tu verras, on va bien s'amuser.

— Ecoute, je...

— Allez, insista Zoe en lui pinçant le bras. C'est mieux que de rester seule dans ton coin à bouder et à te lamenter sur ton sort.

Sa copine avait raison, songea Becky Lynn. Elle leva les yeux vers la jeune fille blonde, et se força à sourire.

— Où veux-tu aller ? demanda-t-elle.

Zoe choisit un restaurant en plein air situé en bord de mer. Une demi-heure plus tard, les deux jeunes filles étaient assises face à face devant une salade composée. Elles avaient à peine échangé quelques mots depuis le début du repas ; Becky Lynn s'amusait à pousser une tranche d'avocat dans son assiette, lorsque Zoe commanda un deuxième verre de vin.

Dès que le serveur fut reparti, Zoe se pencha par-dessus la table pour caresser la main de Becky Lynn.

— Allons, ne fais pas cette tête. Jack avait certainement un rendez-vous. Comme il te l'a expliqué, il a oublié de le noter sur son agenda et de t'en parler.

— Là n'est pas la question. Il ne...

Becky Lynn secoua la tête sans achever sa phrase.

— Laissons tomber. Inutile d'en faire tout un plat.

— Tout à fait d'accord ! déclara Zoe en piquant un morceau de poulet grillé avec sa fourchette. Dis-moi, qu'y a-t-il au juste entre Jack et toi ?

Becky Lynn croisa son regard.

— Qu'entends-tu par là ?

— Oh, je ne suis pas aveugle ! Vous êtes… ensemble tous les deux, pas vrai ?

Becky Lynn acquiesça.

— Oui, on peut dire ça comme ça, je suppose. Nous sommes ensemble.

— Vous êtes… amants ?

Sentant ses joues s'enflammer, Becky Lynn détourna la tête.

— Oui.

Le serveur apporta le verre de vin à Zoe. Elle le remercia avec un grand sourire et il faillit s'évanouir. Elle prit une gorgée de son verre.

— Si vous êtes ensemble tous les deux, où est le problème ?

— Nulle part. Je suis déçue à cause du déjeuner, voilà tout.

Voyant la grimace de Zoe, Becky Lynn lui sourit et s'empressa d'ajouter :

— Mais je suis très heureuse d'être ici avec toi. J'apprécie ton invitation. Tu avais raison, je serais en train de broyer du noir si j'étais restée seule.

Zoe repoussa son assiette aux trois quarts pleine.

— Pourquoi est-ce que vous gardez le secret sur votre relation ? s'enquit-elle.

— Ce n'est pas un secret. Simplement…

Becky Lynn sonda sa mémoire pour se rappeler quand, et pourquoi, Jack et elle avaient décidé de préserver leur vie privée. A vrai dire, ils n'avaient rien décidé du tout, se souvint-elle. Jack avait décrété cela tout seul.

— Jack a estimé qu'il valait mieux que cette histoire reste entre nous. Il craignait que cela mette les clients mal à l'aise, et que nos rapports personnels interfèrent avec notre travail.

— Ah, je vois.

Zoe avait prononcé ces mots d'un ton étrange, et Becky Lynn fronça les sourcils.

— Pourquoi dis-tu cela de cette façon ?

— Oh, sans raison.

Becky Lynn tenta de percer son expression, rongée par le doute. Elle se mordit la lèvre.

— Tu es sûre ? insista-t-elle.

— Oui, évidemment ! répondit Zoe en fronçant les sourcils à son tour. Dis, tu es certaine que tout va bien, Becky Lynn ? Je te trouve un peu... bizarre.

— Non, tout va bien.

Becky Lynn plaqua un sourire sur son visage et embraya sur un autre sujet.

— Au fait, ta mère est-elle heureuse que tu deviennes mannequin ? Je parie qu'elle est fière de sa fille !

Zoe sortit une cigarette de son sac.

— Elle ne sait rien.

— Hein ? Elle n'est pas au courant ? demanda Becky Lynn qui n'en croyait pas ses oreilles. Où pense-t-elle que tu vas quand tu viens poser pour nous ?

Zoe alluma sa cigarette, en haussant les épaules.

— Elle s'en fiche. Elle pense certainement que je traîne au centre commercial.

Elle tira une longue bouffée et exhala un nuage de fumée.

— Ma mère et moi nous nous parlons le moins possible.

— Tu vis bien avec elle pourtant ! J'imagine que vous devez parler... quelquefois.

— Presque jamais. Si tu savais comme j'ai hâte de foutre le camp !

Le regard morne de Zoe se perdit dans le vague, quelque part par-dessus l'épaule droite de Becky Lynn.

— C'est horrible de vivre avec elle. Ça l'a toujours été.

Becky Lynn avala sa salive. Quelque chose dans le ton amer de Zoe faisait vibrer en elle une corde sensible.

— Je suis désolée, déclara-t-elle.

— Oh, tu n'as pas à être désolée.

Elle acheva sa cigarette sans rien dire, en continuant à fixer le vide. Soudain, elle écrasa sa cigarette dans le cendrier et posa les yeux sur Becky Lynn.

— Tu as déjà vu deux personnes faire l'amour ? Pas dans un film, en vrai ?

Surprise par cette question, Becky Lynn secoua la tête.

— Non. Et toi ?

— Oui, souvent.

Zoe détourna une fois de plus le regard, avant de poursuivre :

— La première fois, j'avais cinq ans. Je me suis levée en pleine nuit, à la suite d'un cauchemar. Je suis entrée dans la chambre de mes parents et ils étaient en train de… de faire l'amour, quoi. Et moi, je suis restée là… à les regarder. Ce n'est pas très beau, tu sais. C'est brutal… comme des animaux qui s'accouplent. Sans parler des bruits… Ça m'a fichu la frousse.

— Oh, Zoe, c'est… épouvantable !

Zoe fouilla dans son sac à la recherche d'une autre cigarette. Quand elle l'alluma, Becky Lynn remarqua que ses mains tremblaient.

— En fait, je crois que mon père m'a vue. J'en rêve encore aujourd'hui. Dans mon rêve, il tourne la tête et me regarde droit dans les yeux. En souriant. Mais il ne prononce pas un mot et… il continue.

Zoe tira sur sa cigarette et demanda :

— Dis, tu crois que ça l'a excité ? De faire l'amour sous les yeux de sa fille ?

Becky Lynn déglutit avec peine, écœurée par cette image.

— Ce rêve, c'est certainement ta mémoire qui te joue des tours, répondit-elle en guise d'explication. Tu as vécu une expérience traumatisante et, inconsciemment, tu aurais voulu que ton père t'aperçoive et s'arrête. D'après tout ce que tu m'as raconté sur ton père, ça m'étonnerait qu'il ait pu faire une chose pareille.

— Pourquoi est-il parti alors ? murmura Zoe, comme si elle se posait la question à elle-même. Pourquoi m'a-t-il abandonnée ?

Becky Lynn sentit son cœur se déchirer devant la souffrance qui hantait manifestement sa camarade. A son tour elle se pencha en avant pour poser sa main sur celle de Zoe.

— Peut-être n'avait-il pas le choix, dit-elle. Peut-être que son départ n'a rien à voir avec toi.

Zoe croisa son regard ; Becky Lynn crut y déceler une étincelle de gratitude.

— Tu es une chouette fille, Becky Lynn, tu sais ? Tu es la personne la plus chouette que je connaisse.

Après ce jour, Zoe et Becky Lynn devinrent quasi inséparables. Elles ne se voyaient pas simplement au studio ou durant les séances de photos en extérieur ; elles se retrouvaient aussi en dehors des heures de travail et pendant le week-end. Becky Lynn se réjouissait de pouvoir parler avec une autre fille, de pouvoir sortir avec quelqu'un d'autre que Jack.

Certes, Jack et elle travaillaient ensemble et ils étaient amants, mais pas comme elle en avait toujours rêvé. Ils ne partageaient pas tous leurs moments de liberté, sauf pour aller au cinéma, manger rapidement dans une pizzéria ou au restaurant chinois ; ils ne sortaient jamais en amoureux. Becky Lynn rêvait en secret de partager avec Jack un dîner aux chandelles, de même qu'elle rêvait de recevoir des fleurs ou une lettre d'amour.

Mais elle avait appris que Jack avait besoin de son indépendance ; il n'aimait pas se sentir prisonnier, il n'aimait pas qu'on lui dicte son emploi du temps, jamais. Pourtant, il lui avait demandé de l'excuser pour son comportement sur la plage, après la séance de photos. Il était fatigué, irritable, avait-il expliqué. Et Becky Lynn avait accepté ses excuses, même si cet épisode lui avait appris à ne pas réclamer plus qu'il n'était disposé à offrir. Elle avait appris à ne pas se montrer possessive, et à ne pas souffrir quand Jack avait besoin d'air.

Pour se décharger de cette tension, Becky Lynn s'était confiée à son amie Zoe ; elle lui avait parlé de ses rêves, de ses attentes. Parfois, il lui semblait que ses sentiments pour Jack amusaient Zoe. D'autres fois, elle se demandait si celle-ci n'était pas jalouse d'elle et de ses relations privilégiées avec le photographe.

Et souvent, elle n'aimait pas la façon dont Zoe regardait Jack, comme si elle avait envie de le dévorer. Elle détestait ce sentiment de jalousie qui la rongeait quand elle se surprenait à les épier tous les deux ; elle détestait cette envie d'arracher les yeux à Zoe lorsque cette dernière posait la main sur Jack ou, pis, quand elle l'embrassait.

Elle se reprochait sévèrement son excès d'imagination et son manque de confiance, et s'en voulait de trahir ainsi la confiance de Zoe qui se comportait en véritable amie. Une amie qui était présente à son côté bien plus que ne l'était Jack.

Elles avaient tant de points communs, se disait Becky Lynn, même si, à de nombreux égards, elles n'auraient pu être plus différentes. Zoe adorait faire la fête. Elle aimait séduire les hommes, s'exprimait de manière crue et possédait en outre un côté mystérieux qui inquiétait parfois Becky Lynn.

Malgré cela, quand un appartement plus grand se libéra dans son immeuble et qu'elle en parla à Zoe, il lui sembla naturel que celle-ci lui propose de s'y installer avec elle.

Becky Lynn accepta, et moins de deux semaines plus tard, elles partageaient l'appartement en question. La première nuit, les deux jeunes filles veillèrent jusqu'aux petites heures du jour, riant et partageant leurs rêves et leurs secrets.

Lorsque enfin elles décidèrent d'aller se coucher, Becky Lynn resta allongée sur son lit un long moment, à contempler le plafond. Pour la première fois de sa vie, elle avait le sentiment que la chance était de son côté. Elle avait un homme qu'elle aimait, une amie avec qui partager des états d'âme, et un métier qui la rendait heureuse et fière.

Que demander de plus ? se disait-elle, en songeant à sa mère avec ce sentiment étrange que, d'une certaine façon, celle-ci était toujours auprès d'elle.

Désormais, pensait-elle encore, plus rien ne pourrait la faire souffrir.

29

Jack se mit à transpirer. Pour tenter de se calmer, il prit une profonde inspiration, en s'interdisant d'envisager l'évolution de sa carrière si, par miracle, il parvenait à décrocher le contrat Garnet McCall. Au lieu de cela, il s'obligea à se concentrer sur ce qu'il allait dire à la célèbre couturière à propos de sa dernière collection, de ses campagnes publicitaires antérieures, de son avenir professionnel, et du rôle éventuel qu'il pourrait jouer, lui, Jack Gallagher, dans cet avenir.

Mais comment ne pas songer aux formidables répercussions de ce contrat sur sa carrière, alors que cette commande représentait tout pour lui ? Du jour au lendemain, il cesserait d'être « Jack Qui ? » pour devenir « Jack Gallagher, le photographe des collections Garnet McCall ».

Il fit craquer ses doigts, tandis qu'il arpentait la luxueuse salle d'attente. Enfin, il représenterait un défi sérieux pour Carlo. Ce dernier serait obligé tout à coup de jeter un regard anxieux par-dessus son épaule, car le « bâtard dont on avait honte » gagnait du terrain.

— Vous êtes certain de ne pas vouloir une tasse de café pour patienter, monsieur Gallagher ? Je viens juste d'en faire.

Jack se tourna vers la réceptionniste, une jolie blonde. Elle lui sourit ; il lui rendit son sourire en secouant la tête.

— Non merci, je ne veux rien.

Pivotant sur ses talons, il se dirigea vers une série de photos encadrées représentant un échantillon des collections McCall. La tête penchée sur le côté, il étudia à la fois les vêtements et les photos, fortement impressionné par les premiers, nullement par les secondes. Il avait entendu dire que Garnet cherchait peut-être un nouveau photographe, et à présent il comprenait pourquoi ; le style de ce type n'était pas assez audacieux, ni assez musclé, pour rendre justice aux étonnantes créations vestimentaires.

Un petit sourire aux lèvres, Jack repensa à sa rencontre miraculeuse avec la créatrice, la veille. Une fois de plus, il s'était rendu dans diverses boutiques de mode avec l'espoir que les photos de son book parviendraient à intéresser quelqu'un, suffisamment, en tout cas, pour décrocher une entrevue. Les couturiers eux-mêmes étaient rarement présents ; Jack devait s'adresser la plupart du temps à un sous-fifre : l'assistant du créateur ou bien son agent, le chef des ventes parfois, et même, comme cela lui était arrivé un jour, une attachée de presse.

Mais la veille, coup de chance, Garnet McCall en personne était présente dans le showroom. Saisissant cette opportunité, Jack l'avait abordée avec un grand sourire, et il avait obtenu d'elle deux minutes pour lui montrer son travail.

Garnet McCall avait paru intéressée, très intéressée même. Au point de demander à Jack de l'appeler à son atelier dès le lendemain... Et il se retrouvait aujourd'hui dans cette salle d'attente, anxieux et en sueur.

Se tournant, Jack constata que la réceptionniste le dévisageait avec insistance. Nullement gênée ni agacée d'être ainsi surprise en flagrant délit, elle lui adressa un sourire appuyé.

Comme précédemment, Jack lui rendit son sourire, et aussitôt, l'image de Becky Lynn envahit ses pensées. Il étouffa un juron, adressa un petit signe de tête à l'hôtesse et se retourna vers le mur où étaient accrochées les photos médiocres.

Une grimace d'agacement déformait son visage. Jack détestait se sentir coupable dès qu'il regardait une autre femme ; il détestait ce sentiment d'être déloyal. Certes, se disait-il, il aimait beaucoup Becky Lynn, il aimait bien sa présence, mais ce qu'il éprouvait pour elle n'était pas de l'amour. Même s'ils étaient amants depuis maintenant un an, ils ne s'étaient jamais juré fidélité.

Dans ce cas, pourquoi le sourire enjôleur d'une jolie réceptionniste lui procurait-il un sentiment de culpabilité ?

Parce que Becky Lynn n'envisageait pas leurs relations sous cet angle. Oh, elle n'avait même pas besoin d'en parler ; il le voyait très clairement dans ses yeux, dans ses attentes, ses espérances ; elle avait fait de lui le point central de son existence !

Pourtant, songea Jack en fronçant les sourcils, il avait beau fouiller sa mémoire, il ne se souvenait pas de lui avoir fait la moindre promesse, même de manière anodine, par inadvertance.

Non, il ne lui avait jamais rien promis. Au contraire, il s'était toujours efforcé de conserver certaines distances dans leurs relations. Et si Becky Lynn voulait y voir autre chose, ce n'était pas son problème, après tout. Bon sang, elle vivait en Californie, et exerçait ce métier depuis assez longtemps maintenant pour connaître les règles du jeu dans les relations amoureuses.

Eh bien non ! Elle était toujours aussi idéaliste.

Puis il repensa à ce jour où Becky Lynn et lui avaient fait l'amour pour la première fois, le jour où elle avait appris la mort de sa mère, le jour où elle lui avait révélé son passé. A cette évocation, il sentit sa poitrine se serrer, tandis que le même sentiment de rage et d'impuissance qui l'avait envahi à l'époque lui coupait le souffle. Lui-même n'avait pas connu une jeunesse dorée, songeait-il ; lui aussi avait eu sa part de coups durs et d'ignominies, mais l'idée que sa Becky Lynn ait été brutalisée de cette façon lui donnait envie de vomir. Ce jour-là, il avait eu envie de décharger sa fureur sur quelqu'un, ou quelque chose, de retrouver ces types pour les tuer !

Ces salopards lui avaient fait du mal, ils avaient tenté de la détruire, et personne n'avait réagi. Ils n'avaient jamais été punis ! Ils n'avaient jamais payé pour leur crime odieux, et aux yeux de Jack cette injustice rendait leur acte encore plus infâme !

Il fit craquer ses doigts encore une fois. Coucher avec Becky Lynn avait été une erreur, se dit-il. Il le savait au moment même où il pénétrait en elle ; il se souvenait d'y avoir songé à cet instant-là. Pourtant, il lui avait quand même fait l'amour.

Au cours des mois qui avaient suivi, il s'était souvent demandé s'il se serait abstenu en sachant par avance à quel point elle était vulnérable et fragile. Parfois, il répondait oui, parfois non. La plupart du temps, il n'était sûr que d'une chose : en couchant avec elle il s'était fourré dans un vrai guêpier.

Pourtant, il avait énormément d'affection pour cette fille ; il savait combien elle avait souffert. Elle occupait une part importante dans sa vie. Mais il ne voyait aucune façon de s'extraire de ce mauvais pas. Sans la perdre en tout cas. Sans la faire souffrir encore plus.

Or, il voulait éviter l'un et l'autre.

Il repensa à l'excitation de Becky Lynn quand il lui avait parlé de ce rendez-vous avec Garnet McCall, de cette chance incroyable qui lui était offerte. Elle n'avait pas eu le moindre doute, songea-t-il avec un sourire. Pour elle, Jack avait déjà le contrat dans la poche !

— J'aime les hommes qui savent encore sourire après avoir attendu une demi-heure !

Jack pivota pour se retrouver en face de Garnet McCall. Celle-ci se tenait sur le seuil de la salle d'attente, vêtue d'une de ses propres créations, une robe de cuir mauve extrêmement moulante. Une grosse fermeture à glissière argentée courait de haut en bas, retenant les deux pans de cuir souple.

Il sourit d'un air approbateur.

— Un homme doit songer à ce qui se trouve au terme de l'attente, dit-il en s'avançant vers elle. Et, dans ce cas précis, ma patience est récompensée.

Elle sourit à son tour, en laissant glisser son regard sur lui.

— J'aime beaucoup votre attitude, Jack Gallagher.

— Je fais de mon mieux.

Elle se tourna vers la réceptionniste. Pendant qu'elle donnait des instructions à la jeune femme blonde, Jack en profita pour l'observer. Garnet McCall n'avait pas quarante ans, et c'était une femme très séduisante, un peu provocante, avec quelque chose de luxuriant. Sortie de nulle part pour finir par se hisser au niveau des plus grands créateurs de mode, ce ne pouvait pas être une femme passive et faible.

Jack se sentait séduit par l'agressivité de Garnet, par ses manières directes. Avec elle, songeait-il, il saurait à quoi s'en tenir. En outre, il aimait beaucoup ses vêtements ; ils étaient comme elle, violents et pleins d'esprit. Et il savait que son propre travail de photographe était en parfaite harmonie avec celui de Garnet. A des années-lumière de ce type qui avait pris les clichés accrochés au mur.

— Je serai dans mon bureau, Vicky. Ne me passez que les appels très urgents. Venez, Jack…

Elle passa son bras autour du sien et l'entraîna.

— Vous allez visiter mon atelier.

Garnet lui fit faire le tour des lieux, et Jack avoua être fortement impressionné. Elle employait un grand nombre de personnes, jeunes pour la plupart, qui travaillaient avec énergie et enthousiasme, conscientes d'être au service d'une étoile montante de la mode. De fait, tout dans cet endroit respirait la réussite et la gloire future.

La visite s'acheva par le cabinet de Garnet, une vaste pièce qui contenait un bureau, une table de dessin et un espace de détente. La couturière le conduisit vers le canapé et, une fois assise, entreprit de feuilleter de nouveau le book de Jack, mais en prenant tout son temps cette fois, d'un œil intéressé et critique.

Finalement, elle releva la tête et leurs regards se croisèrent. Une étincelle de défi brillait dans celui de Garnet. Elle était bien décidée à ne pas lui faciliter les choses, il le savait. Mais d'une certaine façon, cela faisait partie du jeu, songea-t-il.

— Vous me plaisez bien, Jack. Vous me plaisez même beaucoup.

— Vous m'en voyez ravi.

Elle tapota sur le book ouvert sur ses genoux.

— Vous possédez un style original, neuf. Une sorte de liberté absolue qui correspond totalement à mon travail.

Il hocha la tête.

— Je le pense également.

— Vous avez eu le temps d'examiner mes modèles dans la salle d'attente, je crois, et vous avez donc pu apprendre à me connaître. Que pensez-vous de mes vêtements, Jack Gallagher ? D'après vous, qu'est-ce que je cherche à exprimer ? Vers quels supports visuels devrais-je m'orienter ?

Il soutint son regard, avec la même étincelle de défi.

— Vous concevez des vêtements sexy. Vous-même êtes une femme sexy. Et agressive. Vous ne créez pas de modèles pour les femmes d'affaires, excepté celles qui souhaitent abandonner leur masque froid et se métamorphoser en créatures fatales. Vos vêtements ont de la classe et de l'humour ; ils sont faits pour les femmes qui aiment leur corps, les femmes qui aiment être femme.

Totalement décontracté désormais, il se renversa dans le canapé, le bras posé sur le dossier.

— Vos vêtements ne sont pas faits pour les femmes timides, effacées ou romantiques. Je pense que vos photos doivent refléter cet état d'esprit. Ce n'est pas le cas jusqu'à présent.

— Selon vous.

— Oui, selon moi.

Garnet se leva et marcha jusqu'à son bureau. Elle s'y adossa, en prenant appui sur ses paumes. Cette pose faisait ressortir les courbes de son corps, attirant immanquablement l'attention sur les globes de ses seins et son mont de Vénus.

— Vous n'avez jamais travaillé pour un couturier de mon envergure. J'avoue que cela m'inquiète.

Généralement, c'était à ce moment-là que Jack s'entendait dire : « Revenez nous voir quand vous aurez davantage d'expérience. » Mais pas aujourd'hui, décida-t-il en sentant le feu de la détermination brûler au plus profond de lui. Peu importe ce qu'il lui en coûtait, aujourd'hui il ne se laisserait pas congédier de cette façon.

Il se leva à son tour et vint se planter devant la couturière, en la fixant droit dans les yeux, sans ciller.

— Je suis capable d'assumer ce travail, mieux que n'importe qui. Mieux que vous ne pouvez l'imaginer. J'ai entendu dire que vous aviez eu quelques problèmes avec des photographes et avec votre agence de publicité. Avec moi, vous n'aurez aucun problème. Croyez-moi, vous serez entièrement satisfaite des services de Jack Gallagher.

Un ton plus bas, il ajouta :

— Grâce à mes photos, tout le monde de la mode parlera de Garnet McCall.

Cette dernière sourit, en l'observant longuement, visiblement ravie. Jack se dit qu'il avait choisi la bonne technique d'approche. Nul doute qu'une femme comme elle avait besoin de quelqu'un d'aussi direct, confiant et entreprenant que lui.

— On parle déjà de moi, vous savez, répondit-elle.

— On en parlera encore plus. Beaucoup plus.

Lorsqu'elle se pencha vers lui, Jack perçut les brefs effluves de son parfum, riche et boisé. L'excitation lui fit l'effet d'un coup de pied dans le ventre, et il dut retenir son souffle. L'entretien professionnel venait de basculer sur un terrain plus personnel.

— Avant de prendre ma décision, déclara-t-elle en refermant délicatement sa main autour de l'avant-bras du photographe, j'aimerais apprendre à mieux vous connaître.

Elle passa sa langue sur ses lèvres, et ajouta :

— J'y tiens beaucoup.

Jack sentit tout son corps se raidir. Ses yeux se posèrent sur la bouche de cette femme, et il se demanda quel goût elle avait. Il imagina le contact de son corps entre ses mains. Etait-elle déjà excitée ? se demandait-il. Sans doute. Il voyait le désir briller dans ses yeux, l'impatience aussi ; il voyait les pointes de ses seins se tendre sous la fine pellicule de cuir souple.

Rien n'est jamais gratuit dans ce métier.

Jack franchit la courte distance qui les séparait encore et, d'une voix rauque, presque en un murmure, il dit :

— J'y tiens beaucoup, moi aussi.

— J'en suis ravie.

Elle lui prit la main et la porta à son cou, sur la grosse languette en forme d'étoile de la fermeture à glissière.

— Pouvez-vous deviner ce que je porte sous cette robe, Jack ?

Il glissa un doigt dans le trou de la languette.

— Question provocante, chère Garnet…

Il tira sur l'étoile et la fermeture descendit de plusieurs centimètres.

— … A laquelle j'aimerais beaucoup répondre.

La robe s'ouvrit ; Jack eut alors sa réponse. Elle ne portait rien dessous.

30

Un groupe d'adolescents se pressaient derrière les barrières installées par la police, pour tenter d'apercevoir les mannequins ; ils lançaient des commentaires, parfois obscènes, accompagnés de sifflets. Les mannequins ne paraissaient nullement gênées par une telle agitation ; en revanche, la présence de ces garçons mettait à vif les nerfs de Becky Lynn, car ils lui rappelaient ceux qu'elle avait connus là-bas, chez elle, dans sa petite ville natale ; voilà pourquoi elle prenait soin de garder ses distances. Cette présence indésirable l'empêchait de se concentrer sur son travail et de réfléchir de manière posée ; et elle se surprit à maudire tout à la fois sa frayeur ridicule et Jack, qui avait choisi la plage de Venice pour servir de décor à sa première séance de photos consacrée à Garnet McCall.

Selon elle, il aurait dû porter son choix sur un lieu moins fréquenté, plus facile à contrôler. Evidemment, elle avait fait part de ses réticences à Jack, mais ce dernier ne cherchait pas le confort et la sécurité pour sa première séance capitale. Il voulait au contraire de l'audace et de la provocation. Il voulait de l'excitation et du mouvement ; il voulait frapper un grand coup.

Jack était bien décidé, en effet, à offrir à Garnet McCall les meilleures photos qu'elle eût jamais vues. Et même si, présentement, son choix provoquait la colère de Becky Lynn, elle savait qu'elle aurait agi de même à sa place.

Au moment où elle passait devant la foule de curieux, un des adolescents tenta de lui saisir le bras, et elle fit un bond. Résistant à l'envie de gifler le sale gamin, elle le menaça simplement, s'il osait recommencer, d'appeler un des policiers qu'ils avaient engagés pour assurer la sécurité.

L'adolescent battit aussitôt en retraite. Consciente d'avoir réagi sans doute de manière excessive, Becky Lynn rejeta la faute sur la fatigue, nerveuse et physique. Depuis que la nouvelle s'était répandue que Jack allait réaliser une séance de photos pour Garnet McCall, le téléphone n'avait pas cessé de sonner. Obligée de répondre aux appels, d'assurer les préparatifs de la séance de photos en extérieur et de gérer le studio au quotidien, elle ne dormait pas plus de quatre heures par nuit, et ce depuis une semaine.

Cliff lui-même, de l'agence Tyler Creative, avait appelé. Dans le monde de la mode, les nouvelles se répandaient comme une traînée de poudre, d'un bout à l'autre du pays, et même au-delà. Le choix probable de Jack pour réaliser les photos des vêtements Garnet McCall, la star montante de la mode, avait provoqué une minirévolution dans ce microcosme.

Tout le monde à l'agence se réjouissait pour Jack, avait dit Cliff, même si ses associés et lui craignaient désormais de ne plus avoir les moyens de s'offrir ses services. Becky Lynn lui avait assuré qu'il n'avait aucun souci à se faire à ce sujet ; puis Cliff avait émis une remarque qui l'avait laissée perplexe. Les gens de l'agence étaient surpris du choix de Garnet, non pas qu'ils doutassent du talent de Jack, mais à cause de l'ampleur du risque encouru. Et Cliff s'était demandé s'il n'y avait pas quelque autre raison cachée à ce choix.

Becky Lynn lui avait répondu en riant que la seule autre raison en l'occurrence était l'ampleur du talent de Jack. Ce fut seulement après qu'elle eut raccroché que cette remarque se mit à la tenailler.

Le lendemain, ou le surlendemain, elle avait rapporté cette conversation à Jack, qui avait seulement haussé les épaules. Malgré tout, Becky Lynn n'aimait pas l'idée que des gens puissent imaginer une telle chose, comme si, dans ce métier, il y avait toujours une raison secrète pour expliquer la réussite de quelqu'un, une raison autre que le talent et l'acharnement.

C'était un des travers qu'elle détestait dans la profession.

Becky Lynn contourna le périmètre réservé pour régler les ultimes détails. Elle n'aimait pas Garnet McCall, et elle n'aimait pas non plus ses créations. Elle les trouvait trop agressives, trop ouvertement provocantes. Mais son opinion ne comptait pas, elle le savait, et elle était décidée à faire de son mieux pour satisfaire leur cliente.

Soudain, elle s'arrêta et mit sa main en visière pour se protéger les yeux des rayons du soleil. Un peu plus loin sur les planches qui longeaient la plage immense de Venice, un jeune gars, torse nu, exécutait un numéro de cracheur de feu. De l'autre côté, une sorte de monsieur muscle jonglait… avec des tronçonneuses ! Elle esquissa un sourire. Une mise en scène idéale pour une publicité vantant les créations McCall…

— Hé, Jack ! s'écria-t-elle.

Celui-ci se trouvait à une dizaine de mètres, en pleine conversation avec un des mannequins. Quand il tourna la tête, elle lui fit signe de venir.

— Quand tu auras une minute, je voudrais te soumettre une idée ! lui lança-t-elle.

Jack acquiesça et reprit sa conversation. En pivotant brusquement, Becky Lynn percuta Garnet McCall qui avançait en sens inverse.

— Oh, excusez-moi, dit la jeune fille, qui recula vivement. Je ne vous avais pas vue.

— En effet, répondit la créatrice avec un sourire amusé, en observant Jack par-dessus l'épaule de Becky Lynn. Il est formidable notre Jack, hein ?

Notre Jack ! Garnet McCall avait prononcé ces mots d'un ton langoureux, et Becky Lynn se crispa. Elle mourait d'envie de crier à cette femme que Jack n'était pas à partager, qu'il lui appartenait à elle seule, propriété exclusive de Becky Lynn Lee.

Malgré cela, elle esquissa un sourire forcé et répondit :

— Oui, vous avez raison.

Quelque chose dans son ton dut cependant surprendre la styliste, car elle haussa légèrement les sourcils.

— Je vous ai entendue appeler Jack. Vous vouliez lui soumettre une idée pour les photos, je crois ? Je serais ravie de l'entendre.

Etonnée par cette requête, Becky Lynn hésita. Les clients sollicitaient rarement son avis. L'aspect créatif demeurait le territoire réservé de Jack, et c'était tout à fait logique. Néanmoins, en ayant le sentiment de franchir une limite interdite, la jeune fille s'éclaircit la voix et se jeta à l'eau.

— J'ai pensé, dit-elle, que ce serait peut-être intéressant d'introduire dans les photos quelques personnages extérieurs, des artistes de rue, particulièrement le cracheur de feu et le fou qui jongle avec ses tronçonneuses. La juxtaposition avec vos vêtements pourrait provoquer un choc visuel très excitant.

Garnet McCall plissa les yeux d'un air songeur, avant de hocher la tête.

— Oui, j'aime bien cette idée, Becky Lynn. C'est très bon, ça ! Allez dire à Jack que j'approuve.

Sur ce, elle repartit et Becky Lynn la regarda s'éloigner, en sentant cogner son cœur dans sa poitrine. Garnet McCall aimait son idée. Son idée ! Un grand sourire illumina son visage.

— Alors, que voulais-tu me dire ? demanda Jack qui l'avait rejointe.

Becky Lynn se tourna vers lui en riant.

— Je viens d'avoir une idée super !

Voyant l'air interrogateur et surpris de Jack, elle lui rapporta sa conversation avec Garnet McCall.

Jack jeta un coup d'œil par-dessus son épaule, en direction des artistes de rue qui exécutaient leurs numéros sur les planches. Il observa la scène un moment, avant d'acquiescer.

— Oui, c'est une bonne idée, déclara-t-il. Le seul problème avec les amateurs, c'est qu'ils ne sont pas naturels devant l'objectif.

— On peut toujours essayer, répondit Becky Lynn, et si ça ne marche pas, on laisse tomber.

Jack consulta sa montre. Il faisait confiance à la jeune fille pour tenir compte des problèmes de temps, de lumière et de coûts.

— Les filles sont presque prêtes…

— Je vais voir si ces types sont d'accord.

— Dépêche-toi.

Elle s'éloigna à grands pas sur les planches.

Non seulement les saltimbanques étaient tout à fait d'accord pour participer à cette expérience originale, mais ils se révélèrent bien plus doués qu'elle n'avait osé l'espérer. Habitués à évoluer devant la foule, ils tinrent leur rôle à la perfection, au milieu des mannequins, sans prêter attention à l'objectif de l'appareil. A vrai dire, Jack était tellement satisfait du résultat qu'il en profita pour photographier quelques culturistes en plein effort. Ces derniers n'étaient que trop heureux de parader en faisant gonfler leurs muscles devant les regards admiratifs des mannequins.

Becky Lynn savait déjà que cette séance serait une réussite.

— Super ! s'exclama Jack en lui tendant son appareil. Passons aux robes en cuir fuchsia… Willy !

Le maquilleur tourna la tête.

— Je veux qu'on voie leurs yeux et leur bouche à un kilomètre ! ordonna Jack.

Willy acquiesça et s'empara de son matériel, pendant que Jack se tournait de nouveau vers Becky Lynn.

— Passons au format 6x6, déclara-t-il. Avec du Polaroid pour commencer.

— O.K., je m'en occupe.

Pendant qu'elle procédait à l'échange d'appareils, Jack s'entretint brièvement avec Garnet. Becky Lynn les observait du coin de l'œil ; elle voulait être prête quand Jack aurait besoin d'elle.

— Cet Hasselblad est un très bon appareil. Personnellement, j'aurais commencé avec celui-ci, déclara une voix.

Becky Lynn fit volte-face. Elle reconnut immédiatement l'homme qui s'était avancé dans son dos : elle l'avait vu plusieurs fois en photo ; et puis, il ressemblait énormément à son père.

Carlo.

Elle plissa les yeux. Il était venu dans le but de déstabiliser Jack. Elle ne voyait pas d'autre explication à sa présence.

— Bonne idée, malgré tout, d'utiliser les saltimbanques.

— Vous cherchez quelque chose ? demanda-t-elle d'un ton froid, faisant semblant d'ignorer qui il était.

Carlo l'observa avec attention de la tête aux pieds, en s'arrêtant plus longuement sur son visage.

— Qui êtes-vous ? demanda-t-il.

Becky Lynn imaginait sans peine ce qu'il devait penser d'elle. Agacée, elle redressa le menton, les sourcils froncés.

— Puis-je vous retourner la question ? répliqua-t-elle, en songeant qu'elle détestait cet homme presque autant qu'elle en avait détesté d'autres.

— Vous ne savez pas qui je suis ? demanda-t-il d'un air étonné. Je suis Carlo Triani ! Le frère de Jack. Nous sommes très proches l'un de l'autre.

En voyant l'expression dubitative de la jeune fille, il sourit et laissa de nouveau son regard glisser sur elle.

— Vous perdez votre temps en servant d'assistante à Jack. Vous le savez, n'est-ce pas ?

— Je vous demande pardon ?

Carlo laissa échapper un grand rire rauque, moqueur. Plusieurs personnes tournèrent la tête dans leur direction.

— Sans doute êtes-vous également trop aveuglée pour voir les autres défauts de Jack. Et ils sont nombreux.

En définitive, rectifia-t-elle, elle ne le détestait pas, elle le haïssait, l'abhorrait, l'exécrait.

— Vous n'avez rien à faire ici, je suis obligée de vous demander de partir.

— Ah, vous lui êtes dévouée corps et âme, n'est-ce pas ? dit-il en secouant la tête d'un air désolé. Comme toutes les autres femmes dans sa vie. Mais, comme toutes les autres, il vous laissera tomber tôt ou tard.

Baissant la voix, il ajouta :

— Vous n'avez pas encore compris, bella ?

Becky Lynn fit craquer ses doigts, furieuse contre l'odieux personnage, et furieuse également de se laisser atteindre par ces mensonges.

— Ecoutez, monsieur Triani, si vous ne…

— Carlo, corrigea-t-il en faisant un pas vers elle.

Becky Lynn s'interdit de reculer. Dieu sait pourtant qu'elle dut faire un terrible effort de volonté pour supporter de le sentir si près d'elle. Carlo baissa encore la voix.

— D'ailleurs, ajouta-t-il, je viens de m'apercevoir que j'avais une très bonne raison de venir ici. Je vais vous voler à Jack.

— Je vous en prie, répondit la jeune fille avec un grand geste de la main droite, comme pour le chasser. Ne m'obligez pas à appeler la sécurité. Ne vous faites pas honte.

— Vous devriez être devant l'objectif, pas derrière. Vous perdez votre temps en travaillant pour Jack.

De plus en plus furieuse, Becky Lynn croisa les bras sur sa poitrine. Carlo Triani était un personnage vil et cruel ; Jack avait raison de le haïr à ce point, se dit-elle. Fallait-il être ignoble pour se moquer d'elle ainsi, dans le simple but de faire du mal à Jack !

— Vous n'êtes pas le bienvenu ici. Je ne pense pas pouvoir être plus claire. Je vous demande donc de vous en aller.

— Tournez la tête, bella. Montrez-moi votre profil.

En disant cela, il lui prit le menton. Le souffle coupé, Becky Lynn lui donna une tape sur la main.

— Allez-vous-en, ou j'appelle la sécurité !

— Que se passe-t-il, Becky Lynn ? On est tous prêts à…

Carlo se retourna. Jack qui s'avançait vers elle s'immobilisa, les traits figés.

— Salut ! lança Carlo.

Jack respira profondément.

— Que viens-tu faire ici ?

— Mais t'encourager, petit frère, répondit Carlo avec un large sourire. C'est le début de la gloire, on dirait ?

Jack serra les poings le long de son corps, prêt à en découdre. Consciente de la tension qui l'habitait, Becky Lynn posa une main sur son bras.

— Mettons-nous au travail, déclara-t-elle. Je t'en prie, laisse tomber, Jack. Il n'en vaut pas la peine.

Jack l'ignora ; elle sentait ses muscles raidis sous ses doigts.

— Oui, tu as raison, Carlo. C'est le début de la gloire. Et je te conseille de surveiller tes arrières !

Il s'avança d'un pas vers son demi-frère, avec dans le regard une lueur meurtrière.

— Maintenant, fous le camp d'ici !

Nullement décontenancé, Carlo répondit par un sourire encore plus large. Il était l'image même de l'assurance.

— D'accord, frangin. Comme tu veux.

Il s'éloigna de quelques pas, puis s'arrêta et jeta un regard à Becky Lynn par-dessus son épaule.

— Réfléchissez à ce que je vous ai dit, Becky Lynn. Vous perdez votre temps avec ce mec. De plus, il vous brisera le cœur.

Il reporta son regard amusé sur Jack.

— Ciao, petit frère !

31

Mission accomplie.

Un sourire aux lèvres, Carlo laissa reposer sa tête sur le bord du Jacuzzi. L'eau chaude tourbillonnante lui procurait un formidable sentiment de bien-être. Le ciel était d'un bleu immaculé, les deux ravissantes jeunes femmes qui l'entouraient n'étaient pas farouches et le champagne était excellent, sec et frais. La vie était belle.

Rarement il avait aussi bien employé son temps qu'en se rendant à Venice ce matin. Même les embouteillages, au retour, n'avaient pu gâcher le plaisir qu'il avait éprouvé en découvrant l'expression de Jack, en le voyant perdre sa concentration — sans oublier le regard inquiet que Garnet McCall avait lancé à son demi-frère.

Mais la vraie surprise avait été la rencontre avec Becky Lynn.

Carlo glissa la main dans le dos de sa compagne de droite pour saisir sa flûte de champagne.

Il porta le verre à sa bouche pour boire une gorgée de liquide frais, et un rictus amusé lui déforma les lèvres. Son frère était aveugle ! Ce pauvre idiot avait un joyau sous les yeux, un diamant brut. Becky Lynn possédait un visage de ceux que recherchaient tous les photographes. Les photographes dignes de ce nom.

Pas Jack, évidemment. Carlo avala une autre gorgée de champagne, avant de reposer sa flûte sur le bord carrelé du Jacuzzi. De fait, il n'était pas surpris que son macho de frère, ce dragueur invétéré, soit incapable de déceler la véritable valeur de Becky

Lynn. Sa beauté n'était pas assez frappante pour lui, pas assez visible.

— Moi, je vais me rafraîchir dans la piscine, déclara la fille numéro un, Susi, en posant la main sur la cuisse de Carlo. Tu m'accompagnes ?

Carlo entrouvrit les yeux. Susi portait un maillot de bain rouge vif et ses seins gonflés artificiellement débordaient de chaque côté du minuscule soutien-gorge. Il leva les yeux vers son visage parfait, et secoua la tête.

— Non, vas-y sans moi.

— Comment fais-tu pour supporter si longtemps cette chaleur ?

June, qui se trouvait à sa gauche, vêtue elle aussi d'un Bikini rouge provocant, se redressa à son tour dans le Jacuzzi.

— J'ai l'impression de cuire au bain-marie ! dit-elle.

— C'est à cause de mon sang italien bouillonnant, répondit Carlo avec un grand sourire moqueur. Ce n'est jamais assez chaud pour moi !

— Des promesses, toujours des promesses, plaisanta Susi en lissant avec sa main ses cheveux tirés en arrière, ce qui eut pour effet de faire saillir sa poitrine. Tu nous rejoins plus tard ?

Imperturbable, Carlo renversa la tête en arrière.

— Oui, c'est ça, murmura-t-il. A plus tard, peut-être.

Les deux filles abandonnèrent le Jacuzzi, et Carlo referma les yeux, pour reporter ses pensées sur Jack et Becky Lynn. Cette dernière saurait charmer l'objectif de son appareil photo, il le sentait. Et si, par hasard, il se trompait, eh bien… il n'avait rien à perdre. En revanche, s'il avait vu juste, si cette fille pouvait devenir un jour ce qu'il espérait — et il se trompait rarement —, Becky Lynn l'aiderait à son tour à devenir une star. Mais surtout, elle l'aiderait à tourner Jack en ridicule.

Cette idée fit naître un sourire sur les lèvres de Carlo. Il imaginait déjà le petit monde de la mode se moquant de Jack qui avait « cette fille splendide » sous le nez, et qui en avait fait son… assistante !

C'était trop beau, trop parfait, se disait-il.

Et peut-être trop tard. Jack avait décroché le contrat Garnet McCall.

Le sourire de Carlo s'éteignit, consumé par la haine farouche qui enflammait tout son être. Ce salopard avait tout : la beauté, le talent et maintenant la réussite. Plus terrible encore, songeait Carlo, plus insupportable, Jack en avait conscience. Sûr de lui, il se promenait dans la vie avec une arrogance qui faisait l'admiration générale !

Jusqu'ici, Carlo avait toujours pu comparer leurs deux carrières avec un sentiment de confiance et de satisfaction. Il était loin devant Jack, très loin même. Jamais il n'aurait imaginé que son salopard de demi-frère parviendrait à réduire ainsi l'écart qui les séparait.

Carlo lança un juron et rouvrit brusquement les yeux. Le soleil aveuglant l'obligea à cligner des paupières. Jack, lui, n'avait pas Giovanni pour le soutenir ; il ne portait pas le nom prestigieux de Triani, il ne faisait pas partie de la légende. Et malgré son désir fou de réussir, jamais il n'y parviendrait.

Mais soudain, la voix de Giovanni envahit son esprit, lourde de reproches : « Regarde le chemin qu'il a parcouru sans que mon nom lui ouvre toutes les portes. Et toi ? Qu'aurais-tu fait sans moi, Carlo ? Où en serais-tu aujourd'hui ? »

Oui, qu'aurait-il fait ? se demanda-t-il. Serait-il un simple photographe anonyme parmi tant d'autres ? Aurait-il renoncé à ce métier ?

Carlo grommela un nouveau juron, irrité par ses propres pensées, furieux de se laisser ainsi ronger par le doute. Lui aussi avait du talent ! Ce n'était pas Giovanni qui prenait les photos signées Carlo… Celles-ci lui appartenaient intégralement ; elles étaient la propriété exclusive de Carlo Triani, photographe de mode. Et s'il existait des similitudes entre son style et celui du grand Giovanni, il fallait parler d'influence, pas d'imitation.

Il serra les poings dans l'eau ; l'impression de bien-être et de quiétude qui l'habitait quelques instants plus tôt s'était volatilisée, remplacée par la tension et la colère. Il haïssait Jack Gallagher ;

il le haïssait depuis le jour où il avait entendu prononcer ce nom sur les lèvres de sa propre mère.

Sa mère. Sa mère magnifique.

Il l'adorait. Il la vénérait, comme tous ceux qui la côtoyaient. Tous à l'exception de Giovanni, son mari !

Comment celui-ci avait-il pu être aussi indifférent à sa beauté ? Comment avait-il pu se montrer insensible quand elle réclamait son attention à cor et à cri, quand elle le suppliait de ne plus l'humilier en s'affichant avec toutes ses conquêtes féminines ? Carlo avait longtemps considéré son père comme une sorte de dieu menaçant et sévère, un personnage sorti de l'Ancien Testament, un être tout-puissant qui s'érige en juge…

— Hé… Carlo !… Car… lo… !

Il ouvrit les yeux et ne vit que du rouge. Son esprit fut envahi par l'image de sa mère, nue dans une piscine rouge, son beau visage d'autrefois déformé par le masque grotesque de la mort.

Son estomac se souleva ; il ne pouvait plus respirer. Il s'agrippa au rebord du Jacuzzi ; il avait quatorze ans tout à coup, et le monde s'écroulait autour de lui.

— Car… lo… Viens t'amuser !

Il cligna des paupières ; la vision d'horreur se dissipa, en même temps que sa vue s'éclaircissait. Quand il leva la tête, deux hauts de maillot de bain rouges dansaient dans l'eau devant lui. Les deux mannequins étaient penchées au-dessus du Jacuzzi, les mains sur les hanches, et elles ricanaient.

Une poussée de colère, incandescente et étourdissante, lui coupa le souffle. D'un geste rageur, il s'empara des deux hauts de Bikini pour les jeter hors du Jacuzzi, obligeant la dénommée June à baisser la tête.

— Je déteste le rouge, vous entendez ! hurla-t-il. Je ne veux plus jamais voir ces maillots…

L'étonnement et l'effroi se peignirent sur le visage des deux filles ; pendant quelques instants, le silence fut assourdissant. Puis June traversa le patio à grands pas pour aller récupérer les soutiens-gorge. Après avoir remis le sien, elle rapporta l'autre à sa camarade Susi, en foudroyant Carlo du regard.

— Espèce de dingue ! Pour qui tu te prends ?

— *Mi dispiace, bella*, murmura-t-il en italien en rampant dans le Jacuzzi.

Il tendit son visage vers celui de June.

— Pardonne-moi, dit-il. Je suis désolé.

June se pencha pour ramasser ses lunettes de soleil et ses clés.

— Ouais, c'est ça. Je m'en vais !

Il la retint par la cheville.

— *Per favore !* Reste, tu ne le regretteras pas…

— Enlève ta main, connard ! rugit June en secouant le pied pour l'obliger à lâcher prise. Plutôt faire la fête avec un serpent !

Carlo haussa les épaules et reporta son attention sur Susi, qui tenait dans la main son minuscule morceau de tissu, offrant sa magnifique poitrine à Dieu, au soleil et au regard de Carlo.

— Et toi, Susi ? demanda-t-il avec un sourire charmeur et désarmant. Tu veux rester pour t'amuser avec moi ?

Susi adressa un regard navré à sa camarade, comme pour s'excuser, puis elle jeta son haut de Bikini et se glissa dans le bain bouillonnant.

Avec un grand sourire, elle s'installa à califourchon au-dessus de Carlo.

Beaucoup plus tard, après que Susi fut repartie, Carlo se mit à errer dans toute la maison, nerveux, incapable de rester en place. Il aimait le bruit et la présence des autres. Il aimait travailler. Mais ce calme, ce vide l'obligeaient à se retrouver seul face à ses pensées, ses souvenirs. Face à ses démons.

L'eau rouge.

Parcouru d'un frisson, Carlo se dirigea vers le bar. Il se versa un verre de vodka, de celle qu'il préférait, la russe, mais au lieu de le boire, il contempla longuement le liquide incolore, en se laissant emporter par ses souvenirs, en repensant à sa mère.

Elle était si belle, avec ses épais cheveux bruns et ses yeux de velours ; elle avait un visage à vous couper le souffle. Sa voix douce, rauque, était pour lui comme une caresse. Il en avait conservé un souvenir si vivace qu'il l'entendait toujours dans sa tête.

Elle avait connu la gloire en tant que mannequin. Aujourd'hui encore, beaucoup la considéraient comme la plus célèbre beauté d'Italie, plus sexy que Sophia Loren, plus envoûtante qu'Isabella Rossellini.

Carlo faisait tourner lentement le verre de vodka dans sa main, en regardant le soleil projeter des reflets dans le liquide incolore. Parfois, il observait sa mère en secret. Caché dans un coin, il la contemplait pendant qu'elle se brossait les cheveux ou prenait son bain, se croyant seule. Dans ces moments-là, il voyait son chagrin, et l'image de ce désespoir lui serrait le cœur ; il aurait donné n'importe quoi pour la rendre heureuse.

Il l'aimait tant. Pourtant, il y avait toujours en elle une partie secrète qu'il ne pouvait atteindre, malgré son envie, malgré tous ses efforts.

Carlo vida son verre d'un trait, la brûlure de l'alcool lui arrachant une grimace. Il s'en servit un second.

La presse à scandales avait fait ses choux gras de la mort de sa mère. Il avait entendu un tas de choses, des choses qu'un garçon, un fils, n'aurait pas dû entendre. Beaucoup de personnes affirmaient que cet accident de voiture qui l'avait défigurée n'était pas un accident, mais une tentative de suicide. Ces mêmes personnes prétendaient que c'était l'humiliation provoquée par les liaisons publiques de Giovanni qui l'avait conduite à commettre ce geste affreux.

Ce dont Carlo était sûr, en tout cas, c'est que sa mère ne l'aimait pas suffisamment pour avoir envie de vivre. Elle n'aimait que Giovanni.

La sonnerie du téléphone interrompit le cours de ses sombres pensées. Carlo s'empressa de décrocher, heureux de pouvoir se changer les idées et d'échapper un instant à sa solitude. Peut-être était-ce June qui l'appelait pour s'excuser, ou bien Susi qui voulait remettre ça.

— Tu es au courant ? demanda son père, sans même lui dire bonjour.

Carlo sentit son estomac se contracter. Son père évoquait sans doute le dernier succès de Jack.

— Bonjour quand même, papa.

— Tu es au courant ? répéta son père avec impatience. Jack a décroché un contrat avec Garnet McCall.

— Oui, je sais, répondit Carlo en feignant le détachement. J'en ai entendu parler.

Giovanni resta muet un instant, avant de laisser échapper un petit rire.

— On peut dire qu'il a bien réussi. Et tout seul, par-dessus le marché. Pas vrai ? Remarque, avec ou sans mon nom, c'est mon sang qui coule dans ses veines.

Carlo retint son souffle, furieux de sa réaction face aux paroles de Giovanni ; il se sentait dans la peau du gamin incapable de donner satisfaction à son père, malgré tous ses efforts. Pour masquer son désarroi, il émit un petit grognement de mépris.

— Bah, c'est toujours un amateur. D'ailleurs, il paraît qu'il n'a pas encore signé le contrat ; c'est un simple essai.

Coinçant le combiné contre son épaule, Carlo se saisit de la bouteille de vodka pour remplir encore une fois son verre.

— Je doute fort que McCall lui fasse confiance, ajouta-t-il.

— Ah bon ? rétorqua Giovanni en marquant une pause, comme pour amplifier son effet. Dans ce cas, pourquoi es-tu allé voir ton frère ?

Carlo reposa son verre, le visage en feu.

— Comment sais-tu que... Qui te l'a dit ?

Giovanni ricana à l'autre bout du fil.

— Un des mannequins qui participaient à la séance, la fille aux longs cheveux noirs.

Carlo sentit les muscles de sa nuque se contracter ; il porta sa main à son cou pour les masser.

— Tu les aimes toujours aussi jeunes, hein, papa ? C'est bizarre, toi tu vieillis, mais pas elles...

Son père rit de nouveau, nullement froissé par cette pique.

— Tu aimerais posséder ma virilité, hein ? Les femmes m'adorent ; elles ne se lassent pas de Giovanni, elles en redemandent.

Après une nouvelle pause, il ajouta :

— Il paraît que les femmes sont folles de Jack également.

Carlo serra les poings et les dents ; la rage, la frustration bouillonnaient en lui. Cette remarque perfide signifiait que les femmes ne parlaient jamais de lui, Carlo, de ses prouesses sexuelles. Il repensa à ce qui s'était passé avec Susi cet après-midi, à la façon dont elle l'avait chevauché et s'était agitée sur lui. Elle avait pris du plaisir. Il y avait veillé.

Mais son père faisait allusion à autre chose, Carlo le savait. Jack possédait le même charisme viril que Giovanni, la même manière de séduire les gens, en leur imposant admiration et respect. Surtout les femmes…

Becky Lynn.

— Ne t'en fais pas pour moi, je me débrouille très bien, répondit-il d'un ton enjoué, revigoré par la pensée de ce pur joyau qu'il avait découvert aujourd'hui. A vrai dire, je ne suis pas seul en ce moment, et je néglige mon invitée.

L'écho du rire de son père résonnait encore à son oreille quand Carlo raccrocha le téléphone. Il vida son verre de vodka d'un trait, avant d'aller chercher l'annuaire des pages jaunes. Il allait montrer à son père lequel des deux fils méritait ses louanges, lequel méritait de porter le nom de Triani.

Ayant enfin retrouvé l'annuaire, il le feuilleta rapidement. Oui, se disait-il, il allait subtiliser Becky Lynn à Jack, et il ferait d'elle une star.

Et par la même occasion, il ridiculiserait Jack.

Ravi de son plan diabolique, il composa le numéro du premier fleuriste de Beverly Hills qui surgit sous ses yeux.

32

Les photos réalisées pour la nouvelle collection McCall étaient fabuleuses, à tel point que Garnet McCall signa aussitôt avec Jack un contrat exclusif de deux ans. C'était une énorme commande : catalogues, publicités dans la presse et affiches. Sans compter l'exploitation future des produits dérivés, qui venait accroître les perspectives financières. Dès la signature du contrat, Jack engagea un deuxième assistant pour seconder Becky Lynn et offrit à cette dernière une forte augmentation.

Arrivée devant la porte, Becky Lynn fit passer de son bras droit à son bras gauche la bouteille de champagne et le sac de courses, manœuvre rendue difficile par le bouquet de ballons gonflables qu'elle avait attaché à son poignet droit. Elle fouilla dans sa poche pour trouver la clé du studio, pendant que les ballons exécutaient une danse frénétique autour de sa tête. Jack lui avait donné un après-midi de congé, prétextant une énorme fatigue et le besoin de faire la sieste. Avant qu'elle ne sorte, il lui avait donné une enveloppe contenant trois cents dollars. Une augmentation, avait-il expliqué. Rétroactive.

Ne sachant que dire, Becky Lynn l'avait embrassé, longuement, avec fougue. Lorsqu'elle avait détaché sa bouche de la sienne, Jack paraissait tellement surpris et ravi qu'elle l'avait embrassé encore une fois. Puis une autre…

De fil en aiguille, ils s'étaient retrouvés allongés par terre, où ils avaient fait l'amour. Jamais ils ne s'étaient aimés aussi lentement, aussi tendrement, avec autant de douceur. Etranglée par l'émotion, par les larmes, Becky Lynn brûlait d'envie de lui confier à quel point elle l'aimait.

Mais au moment où elle ouvrait la bouche pour prononcer cet aveu, quelque chose la retint, peut-être une lueur qu'elle discerna dans les yeux de Jack, laissant deviner qu'il savait ce qu'elle allait dire et la suppliait de se taire, ou peut-être une sorte de sixième sens qui la mit en garde contre d'éventuels regrets ultérieurs. Quoi qu'il en soit, elle se blottit simplement contre lui, pour lui faire comprendre, sans les mots, tout ce qu'il représentait pour elle.

Plusieurs heures s'étaient écoulées depuis. Becky Lynn avait mis à profit tout ce temps pour organiser une petite fête afin de célébrer en tête à tête leur réussite. Voilà pourquoi elle avait acheté tous les plats préférés de Jack, le tout arrosé d'un excellent champagne français. Sans oublier les ballons avec lesquels elle se débattait en cet instant pour ouvrir la porte.

Un grand sourire aux lèvres, elle entra dans le studio. Le parfum puissant, presque entêtant, des fleurs assaillit ses narines. La jeune fille secoua la tête, amusée. Carlo lui envoyait chaque jour un bouquet différent depuis qu'il l'avait rencontrée à la séance de photos, à Venice. Chaque bouquet était accompagné d'une carte sur laquelle étaient écrits les mêmes mots : « Viens avec moi, Becky Lynn. Je ferai de toi une star. »

Sa première réaction avait été de l'agacement. Cette volonté de s'en prendre à Jack en se servant d'elle lui paraissait à la fois grotesque et cruelle, méprisable. Mais au bout du troisième ou quatrième jour, cet agacement s'était transformé en amusement. Si Carlo avait envie de jeter son argent par les fenêtres, libre à lui, se disait-elle. D'ailleurs, elle adorait les fleurs.

Elle constata, sans surprise, qu'une plante avait été livrée en son absence ; il s'agissait cette fois d'une azalée en pot aux pétales d'un rose éclatant. Déposant la bouteille de champagne et le sac de provisions par terre, elle s'avança vers la magnifique plante. Du bout des doigts, elle en caressa les fleurs dont la douceur, la fragilité évoquaient pour elle des images du passé, de chez elle à Bend, au printemps. Becky Lynn avait oublié combien le printemps était beau là-bas, une multitude de touches multicolores, les azalées rose fuchsia, les zinnias rouge feu et toutes les autres fleurs formant un mélange si éclatant qu'il faisait mal aux yeux.

Il y avait quelque chose de beau à Bend.

Cette constatation inattendue se fraya un chemin dans son esprit, à sa grande surprise. Tandis qu'elle contemplait la plante en fleur, une chaleur bienfaisante l'envahit, un sentiment de quiétude. Non, tout n'était pas moche là-bas à Bend, se répéta-t-elle avec un sourire. Délicatement, elle arracha une fleur qu'elle coinça derrière son oreille.

Après avoir ramassé le sac de provisions et la bouteille de champagne, elle se dirigea vers le loft de Jack. A mi-chemin, elle perçut des voix étouffées et des petits rires. Jack avait allumé la télé. Elle secoua la tête. Il détestait la télé, mais, parfois, il s'en servait comme d'une sorte de tranquillisant, afin de combattre un trop grand ennui.

Becky Lynn rit intérieurement. De toute évidence, elle arrivait au bon moment.

Parvenue presque au sommet de l'escalier, elle entendit prononcer le nom de Jack, murmuré d'une voix suave à la suite d'un petit rire rauque. Becky Lynn se figea, tandis que les battements de son cœur s'accéléraient. Ce n'était pas la télévision. C'était la voix de Jack. Et une voix de femme.

De sa main libre, elle agrippa la rampe ; tout son univers vacillait autour d'elle. Jack n'était pas seul.

Oh ! mon Dieu ! Elle prit une profonde inspiration, et le poids qui l'oppressait lui arracha une grimace de douleur. Que faire ? Comment pourrait-elle supporter de voir Jack avec une autre femme ?

Allons, il y avait forcément une explication, se dit-elle pour se rassurer. Une explication toute simple, innocente. Plus tard, elle se moquerait de ses soupçons ridicules. Evidemment.

Becky Lynn regarda derrière elle, vers la porte du studio. Elle avait encore la possibilité de s'en aller. Jack ne saurait pas qu'elle était venue ; elle pourrait faire comme si tout cela n'avait jamais eu lieu.

Elle ferma les yeux de toutes ses forces, avec l'impression que son cœur se fendait en deux. Si elle était véritablement persuadée qu'il ne se passait rien dans cette chambre, pourquoi avait-elle si peur d'y entrer ? D'où lui venait cette irrépressible envie de fuir ?

Non, elle ne pouvait faire comme si de rien n'était. Il fallait qu'elle sache.

Elle gravit les dernières marches ; ses jambes flageolaient tellement qu'elle craignit un instant de ne pas y arriver. Les bruits en provenance de la chambre devenaient plus audibles. La porte était entrouverte. D'une main tremblante, elle la poussa doucement.

A cet instant, son cœur cessa réellement de battre, et elle crut qu'elle allait succomber au choc. Elle aurait voulu mourir.

Jack était au lit avec une autre femme. Il faisait l'amour avec une autre femme.

Le sac de provisions lui glissa des mains ; la bouteille de champagne tomba elle aussi, sans se briser. Jack et sa partenaire s'écartèrent brutalement l'un de l'autre, et Becky Lynn découvrit ainsi le visage de sa rivale.

Garnet McCall. Becky Lynn laissa échapper un petit cri de surprise et de douleur, en reculant d'un pas. Jack couchait avec Garnet McCall.

— Bon sang, Becky Lynn !

Jack bondit hors du lit, en s'emparant du drap avec lequel il couvrit sa nudité.

— Pourquoi tu n'as pas téléphoné avant de venir ? Je t'avais dit d'appeler !

La jeune fille recula encore d'un pas, étouffée par les sanglots.

— J'avais apporté des… Je voulais qu'on…

Son regard glissa vers Garnet, avant de revenir sur Jack ; les larmes brouillaient sa vision.

— C'est comme ça que tu as décroché le contrat ? lança-t-elle.

— Allons, ne te mets pas dans cet état, ma jolie, murmura

Garnet en s'asseyant dans le lit et en passant sa main dans ses cheveux ébouriffés.

Son regard croisa celui de Becky Lynn ; elle paraissait sincèrement désolée.

— Crois-moi, c'est sans importance, reprit-elle.

Elle tapota le matelas à côté d'elle, et ajouta encore :

— Viens donc te joindre à nous, tu es la bienvenue.

Un flot de bile monta à la gorge de Becky Lynn. Dégoûtée, elle secoua la tête et se tourna de nouveau vers Jack.

— Je ne peux pas croire que tu oses faire une chose pareille ! Dire qu'il y a quelques heures à peine… toi et moi on…

Ses paroles s'achevèrent par un sanglot.

— Red… s'il te plaît. Discutons calmement.

Sans cesser de secouer la tête, elle recula encore.

— Ne m'appelle pas comme ça… Plus jamais !

Jack fit un pas vers elle, la main tendue.

— Allons, *baby*. On va descendre et…

— N'approche pas… Ne me touche pas !

— Becky Lynn, je t'en prie…

Elle pivota sur ses talons et s'enfuit. En dévalant l'escalier, elle faillit tomber ; heureusement elle parvint à se retenir à la rampe, mais elle se cogna et une violente douleur irradia dans sa hanche. Malgré tout, elle poursuivit son chemin.

Secouée de sanglots, elle atteignit le bas des marches, puis traversa le studio à toutes jambes, heurtant au passage une table roulante. Celle-ci alla percuter un projecteur qui se renversa avec fracas.

— Becky Lynn ! Ne pars pas comme ça…

Avant de sortir, elle entendit Jack descendre l'escalier quatre à quatre, en criant son nom. Elle ne s'arrêta pas, ne se retourna même pas. Elle ne pouvait tolérer de le voir enveloppé dans ce foutu drap, avec son air apitoyé…

Et pas le moindre regret. Il se fichait complètement de lui faire du mal.

Elle franchit la porte d'entrée comme un ouragan pour se retrouver dehors. Il s'était mis à pleuvoir. Un long moment, elle demeura immobile, figée, tandis que les gouttes de pluie se mêlaient à ses larmes. Elle s'aperçut alors que les ballons de baudruche étaient restés accrochés à son poignet, et semblaient la narguer. A coups d'ongles rageurs, elle arracha les rubans, et les ballons s'envolèrent dans le ciel gris. Comme libérée d'un boulet, elle se remit alors à courir.

Ses pas résonnaient sur le trottoir mouillé, au même rythme que les battements violents de son cœur. Certes, Jack ne lui avait jamais dit qu'il l'aimait, mais elle avait cru, elle s'était autorisée à croire qu'il y avait entre eux quelque chose de différent. Quelque chose de fort. Elle lui faisait confiance. Elle avait foi en lui. Elle pensait qu'il partageait ses sentiments. La douleur était insupportable.

Dans sa tête défilaient des bribes de son passé : son père l'obligeant à se regarder dans le miroir et demandant quel homme pourrait avoir envie de la toucher ; Ricky et Tommy s'esclaffant et lui enfilant un sac en papier sur la tête, les garçons de l'école l'insultant tandis qu'elle passait dans les couloirs. Tous ces souvenirs revenaient se moquer d'elle, la traitant d'idiote, lui rappelant cruellement qui elle était, ce qu'elle était.

Comment avait-elle pu l'oublier ?

Becky Lynn atteignit l'arrêt de bus. Les bras noués autour de la poitrine, elle se plia en deux sous les assauts de la douleur. Tout le monde était au courant de la trahison de Jack, se dit-elle.

Sallie et Marty. Les types de l'agence Tyler. Tout le petit monde de la mode sans doute. Elle repensa à ce qu'elle avait répondu à Cliff au téléphone lorsque celui-ci avait fait allusion à la séance d'essai pour McCall : « La seule autre raison, c'est l'ampleur du talent de Jack », avait-elle rétorqué.

Ha, songea-t-elle en sentant monter à ses lèvres un rire hystérique. Son talent au lit, oui ! Oh, comme Cliff avait dû se moquer d'elle !… Et tous les autres aussi.

Lorsque le bus arriva, Becky Lynn grimpa à bord. Ignorant le regard inquiet et méfiant du chauffeur, elle dénicha une place libre et se recroquevilla sur son siège, boule de désespoir et de souffrance. Sallie l'avait prédit. Marty également. Et même Carlo.

Elle avait été stupide. Naïve et idiote. Tout le monde avait vu clair, sauf elle !

Tout le monde allait se moquer d'elle, mais pas Zoe, songea Becky Lynn en relevant la tête et en séchant ses larmes. Zoe comprendrait ; elle saurait la réconforter.

Cette pensée l'aida à supporter tout le trajet en bus ; elle se raccrochait à cette idée, se répétant que dans quelques minutes elle pourrait serrer son amie dans ses bras, elle pourrait pleurer sur son épaule. Chaque fois que la vision de Jack couché dans un lit avec une autre femme revenait hanter son esprit, Becky Lynn la chassait et imaginait à la place les bras réconfortants de Zoe, ses paroles apaisantes murmurées à son oreille.

Le bus atteignit enfin son arrêt. Trop vidée pour courir, la jeune fille parcourut en marchant le pâté de maisons jusque chez elle. Tout en cheminant, elle priait pour que Zoe soit là ; cette prière muette défilait dans sa tête comme une litanie.

Becky Lynn parvint enfin chez elle, à la porte de son appartement. Ses doigts tremblaient tellement qu'elle dut s'y reprendre à plusieurs fois pour réussir à tourner la clé dans la serrure. Puis elle entra en titubant.

— Zoe… Zoe ! cria-t-elle, sentant qu'elle était sur le point de craquer. Zoe, où es-tu ?

— Ici, Becky Lynn.

La tête de Zoe apparut derrière le dossier du canapé. Son front se plissa quand elle découvrit le visage de Becky Lynn.

— Hé, que se passe-t-il ?

— C'est Jack… Il… il…

Elle enfouit son visage dans ses mains.

— Oh, Zoe, c'est affreux !

Zoe se leva d'un bond et fit le tour du canapé. A grands pas, elle s'avança vers sa camarade.

— Il est arrivé quelque chose à Jack ? demanda-t-elle en agrippant le bras de Becky Lynn, le visage déformé par l'angoisse. Il a eu un accident ? Il est malade ?

Becky Lynn secoua la tête ; les larmes qu'elle avait réussi à contenir dans le bus commencèrent à se déverser.

— Il… il… Je… je l'ai surpris… au lit… avec une autre !

Zoe lui lâcha le bras.

— Qui ?

— Garnet McCall !

Becky Lynn noua ses bras autour de sa poitrine ; dans sa tête tourbillonnaient la vision de Jack et de cette femme dans le même lit, le son de leurs gémissements de plaisir…

— C'était affreux. Il ne s'est même pas excusé. Il a simplement…

— Pour quelle raison ?

Becky Lynn sursauta.

— Hein ?

— Pourquoi veux-tu qu'il s'excuse ? Jack ne t'appartient pas.

Becky Lynn dévisageait son amie, avec l'impression que tout son sang s'échappait de son corps. Un picotement se répandit dans ses doigts et ses orteils ; le froid l'envahit. Elle était glacée jusqu'aux os.

— Tu croyais vraiment qu'il t'était fidèle ? demanda Zoe avec un petit rire à la fois moqueur et méchant. Un homme comme Jack ? Allons, sois un peu réaliste, Becky Lynn !

Hébétée, cette dernière porta sa main à ses lèvres. Elle refusait de croire ce qu'elle entendait dans la bouche de Zoe ; elle refusait de croire à ces paroles remplies de venin… et de haine.

Pourquoi Zoe la haïssait-elle à ce point ? se demandait-elle avec une sensation de vertige. Qu'avait-elle fait pour provoquer une telle animosité ?

— Tu croyais vraiment qu'il était amoureux de toi ? demanda Zoe en posant sur elle un regard dédaigneux. Tu t'imaginais franchement être la seule fille dans sa vie ?

Becky Lynn recula en secouant la tête.

— Pourquoi me dis-tu tout ça ? Fiche-moi la paix !

Zoe la suivit. Une lueur mauvaise et perverse faisait briller ses yeux.

— Tu ne peux pas te figurer ce que j'ai enduré : être obligée de vous voir tous les deux ensemble… Tu ne peux pas mesurer ma souffrance quand je t'écoutais me parler de lui, comme si vous étiez seuls au monde !

— Je croyais que tu étais mon amie, murmura Becky Lynn, comprenant, alors même qu'elle prononçait ces mots, que Zoe ne l'avait jamais été.

— Ah, tu m'écœures ! Avec tes airs de sainte-nitouche idiote ! déclara Zoe en s'avançant, son beau visage déformé par le mépris. Tu n'as toujours pas compris les règles du jeu ? Tu ne sais pas comment ça fonctionne dans ce milieu ?

Becky Lynn gardait les yeux fixés sur cette fille en qui elle avait mis toute sa confiance. L'horreur et le sentiment d'être trahie lui donnaient envie de vomir. Zoe était donc au courant des infidélités de Jack, depuis le début !

Les infidélités ? Depuis le début ?

Il y avait eu d'autres femmes. Elle serra les poings. Dieu sait combien, et lesquelles. Il voulait que leur liaison reste un secret, bien évidemment ! Elle repensait à toutes les jolies filles qu'il avait photographiées depuis qu'ils étaient amants, à toutes les fois où il avait disparu pendant quelques heures. Le désespoir l'empêchait de respirer. Peut-être avait-il couché avec chacune d'elles, avec chaque mannequin qui avait franchi la porte du studio.

Tous les mannequins. Zoe.

Elle regarda celle-ci droit dans les yeux, en songeant à la manière dont la jeune fille regardait parfois Jack, comme si elle voulait le dévorer, à la manière dont parfois elle le touchait, s'accrochait à lui.

Becky Lynn avala sa salive ; elle connaissait déjà la réponse à la question qu'elle allait poser. Elle la posa malgré tout, car elle voulait entendre la réponse de la bouche même de Zoe.

— Est-ce que... Jack et toi... vous avez couché ensemble ?

Soutenant le regard de Becky Lynn, Zoe sourit.

— Oui, évidemment.

33

La pluie fine s'était transformée en averse. Becky Lynn se tenait devant la maison de Carlo Triani, trempée jusqu'aux os, son sac de marin sur l'épaule, serrant dans sa main une des cartes de visite de Carlo.

« Viens avec moi. Je ferai de toi une star. »

Elle regardait fixement ces quelques mots griffonnés sur la carte, l'estomac noué, oppressée par toutes les larmes qu'elle avait versées, et toutes celles qu'elle retenait. Elle ne pleurerait plus, se disait-elle ; Jack et Zoe n'étaient pas dignes de sa peine.

Alors, pourquoi souffrait-elle tant ?

Chassant cette pensée, elle laissa tomber son sac sous le porche. Elle préférait encore dormir dans la rue plutôt que de passer une seule nuit sous le même toit que Zoe.

Peut-être, d'ailleurs, serait-elle obligée de coucher dehors, songea Becky Lynn en repoussant les mèches dégoulinantes qui lui tombaient sur les yeux. Elle n'avait plus de travail, plus d'ami, plus d'appartement. Elle était totalement seule, comme le jour où elle avait débarqué en Californie.

Une fois de plus, son regard se posa sur la carte de visite. « Viens avec moi. Je ferai de toi une star. »

Elle n'avait pas d'autre endroit où aller, personne d'autre vers qui se tourner. Elle prit une profonde inspiration, en frissonnant de la tête aux pieds. Pourtant, elle n'avait pas peur. Si Carlo la renvoyait, s'il lui riait au nez, tant pis. Elle survivrait.

En revanche, si Carlo était sincère, s'il tenait parole, elle pourrait alors se venger.

Respirant à fond encore une fois, pour se calmer, elle appuya sur le bouton de la sonnette. Plusieurs secondes s'écoulèrent. Juste au moment où elle commençait à craindre qu'il ne soit pas chez lui, la porte s'ouvrit.

Carlo parut devant elle, l'air endormi, à demi dévêtu. Malgré la peur qui l'envahit à cet instant, Becky Lynn redressa la tête et soutint courageusement le regard de son vis-à-vis.

— Est-ce que vous étiez sincère ? demanda-t-elle.

Le photographe parcourut son corps des yeux, avant de remonter jusqu'à son visage. Il hocha la tête.

— Oui.

— J'ai besoin d'un endroit où loger.

— Pendant combien de temps ?

— Je ne sais pas.

De nouveau, il promena son regard sur elle. Cette fois, quand les yeux de Carlo revinrent croiser les siens, elle y décela une lueur de satisfaction. Non pas de la voir si malheureuse, songea-t-elle, mais plutôt d'avoir eu raison au sujet de son demi-frère.

A cet instant, elle toucha du doigt l'ampleur de la haine qu'il vouait à Jack, une haine aussi farouche que celle de Jack à son égard. Parcourue d'un frisson, elle frictionna ses bras mouillés.

— Il t'a brisé le cœur, n'est-ce pas ?

Becky Lynn sentait les larmes lui piquer les yeux. Elle les refoula, en se morigénant, bien décidée à ne plus jamais s'humilier devant aucun autre homme. Plus jamais.

— Oui. Comme vous l'aviez prédit.

— Es-tu sûre de ton choix ? demanda-t-il en plissant les yeux. Ce ne sera pas facile. J'exigerai de toi la perfection absolue, et je serai impitoyable dans mes critiques.

— Je connais la chanson, répondit-elle en levant encore un peu plus la tête. Je connais les photographes. N'oubliez pas que j'ai travaillé avec Jack.

— A côté de moi, Jack aura l'air d'un boy-scout.

— Peu importe les efforts nécessaires, déclara Becky Lynn en serrant les poings pour bien montrer sa détermination. Je suis prête à tout. Je veux lui faire du mal, Carlo. Je veux le ridiculiser.

Comme lui m'a fait du mal, comme il m'a ridiculisée, humiliée. Et je ne vois pas de meilleur moyen d'y parvenir.

Sans dire un mot, Carlo ouvrit la porte en grand. Becky Lynn franchit le seuil de la maison, en laissant à tout jamais derrière elle Jack et sa vie avec lui.

QUATRIÈME PARTIE

34

1988

Becky Lynn sortit de la villa de Carlo située à Beverly Hills, dans l'air immobile du matin. Après avoir soigneusement fermé la porte à clé, elle traversa la véranda pour se diriger vers la voiture mise à sa disposition par Carlo afin de se rendre au studio.

Une nouvelle journée commençait. La vingt-huitième depuis qu'elle avait quitté Jack.

Arrivée à la voiture, elle jeta un regard par-dessus son épaule, en direction de la maison dont les fenêtres scintillaient dans le soleil, chaudes et accueillantes. La demeure n'était pas très grande — il n'y avait que deux chambres — et assez simple, mais le jardin de derrière avec ses terrasses, son Jacuzzi, sa piscine, ressemblait au paradis. Becky Lynn avait toujours rêvé de vivre dans un tel endroit, une maison élégante et meublée avec goût.

Pourtant, elle y aurait renoncé sans hésiter pour retrouver son appartement qui lui manquait terriblement. Pour retrouver aussi cette vie qu'elle avait cru posséder, une vie d'amour et d'amitié.

Se traitant d'imbécile, elle serra les poings. Dès qu'il avait découvert qu'elle vivait chez Carlo, Jack avait appelé plusieurs fois. Comme Becky Lynn refusait obstinément de lui parler, il lui avait envoyé une lettre. Dans celle-ci, il exprimait sa tristesse, mais pas la moindre trace d'excuse. Il voulait qu'elle revienne..., disait-il, comme assistante.

Elle prit une profonde inspiration pour chasser la douleur qui lui comprimait la poitrine. Après tout ce qu'ils avaient partagé — du moins, à ses propres yeux —, comment pourrait-elle redevenir au côté de Jack une simple assistante ?

Rassemblant toute sa détermination, elle redressa la tête avec fierté. Sa vie auprès de Jack et de Zoe n'avait été qu'une cruelle illusion. Une farce sinistre orchestrée par deux individus qui se fichaient pas mal d'elle, au point de n'éprouver aucun regret de lui avoir brisé le cœur. Et si elle voulait recommencer à vivre, prendre un nouveau départ, songeait-elle, jamais elle ne devait oublier ce qui s'était passé.

Elle ouvrit la portière de la voiture, une BMW d'un modèle récent. Dès qu'elle s'installa au volant, ses mains se mirent à trembler ; elle détestait conduire en Californie. Toute cette circulation l'effrayait, ainsi que la taille des autoroutes et la complexité du chemin qu'elle devait emprunter. La première semaine, repoussant l'offre de Carlo de lui prêter sa deuxième voiture, Becky Lynn avait préféré emprunter le car pour se rendre au studio. Mais le trajet lui prenait presque deux heures, et, finalement, elle s'était résolue à utiliser la voiture.

Au cours du mois écoulé, elle avait découvert que, contrairement à Jack qui adorait rester au lit jusqu'à midi, Carlo, lui, détestait dormir. Il avait besoin de fort peu de sommeil et partait au studio chaque matin à 6 heures, quelle que soit l'heure à laquelle il s'était couché la veille. Avant de gagner le studio, il faisait une halte à la salle de sport pour s'entraîner, puis il prenait son petit déjeuner. Du temps de Jack, Becky Lynn arrivait toujours la première au studio : elle préparait le café, passait quelques coups de fil urgents, et ensuite seulement elle le réveillait.

Parfois, il l'attirait dans son lit et ils faisaient l'amour, lui encore à moitié endormi, le corps délicieusement chaud.

A l'évocation de ce souvenir, la jeune femme fut submergée par un flot d'émotions et, furieuse contre elle-même, elle les repoussa aussitôt.

Elle refusait de penser à Jack. Plus jamais elle ne brûlerait d'envie de le retrouver, plus jamais elle ne s'attendrait à ce qu'il vienne la chercher, pour implorer son pardon et lui promettre un amour éternel. Finis les rêves éveillés. Désormais, elle le méprisait. Elle ne voulait plus le revoir.

En parvenant au studio, Becky Lynn se gara sur le petit parking attenant au bâtiment et descendit de voiture. Malgré la douceur de l'air et le soleil éclatant, elle frissonna, envahie par un sentiment d'angoisse.

Poser pour des photos était sans doute la chose la plus terrifiante, la plus humiliante qu'elle ait jamais essayé de faire. Elle se sentait ridicule et avait l'impression de participer à une imposture. Tandis que Carlo lui donnait des directives, elle imaginait la réaction des habitants de Bend, leurs rires moqueurs, leurs quolibets. Et, surtout, elle s'imaginait, elle, Becky Lynn le vilain petit canard — trop laide même pour qu'on voie son visage pendant qu'on la violait — en face de l'objectif de l'appareil photo, essayant de se faire passer pour ce qu'elle n'était pas.

Pauvre et laide Becky Lynn Lee. Pas même capable de jouer le jeu de manière convaincante.

Avec une profonde inspiration pour se donner du courage, elle se dirigea vers l'entrée du studio, en luttant contre l'envie grandissante de faire demi-tour et de fuir dans la direction opposée. Comme l'avait affirmé Carlo, Jack avait l'air d'un boy-scout à côté de son demi-frère. Celui-ci n'avait pas pour habitude de mâcher ses mots ; il ne se souciait pas de l'effet provoqué par ses critiques, parfois violentes. A plus d'une reprise au cours du dernier mois écoulé, il l'avait conduite au bord des larmes.

Chaque fois, elle avait réussi à les refouler. Elle s'était juré de ne jamais s'humilier devant lui ; elle ne lui donnerait aucune raison de la bazarder.

Mais ce moment tant redouté finirait quand même par arriver, songeait-elle ; tôt ou tard. Chaque jour, Carlo paraissait un peu plus agacé, un peu plus impatient, et elle sentait monter son découragement.

Une fois de plus, elle serra pourtant les poings. Elle avait envie de faire souffrir Jack, de le ridiculiser. Un jour, il regretterait de l'avoir traitée de cette façon ; il regretterait de l'avoir rejetée.

Sans cette haine qui l'habitait et la stimulait, Becky Lynn se demandait quelle serait sa raison de vivre : c'était cette animosité qui l'aidait à ouvrir les yeux le matin, à se lever et à prendre sa douche, à entamer une nouvelle journée.

Elle affronterait Carlo, elle affronterait l'œil glacial de son appareil photo, aujourd'hui encore et tous les autres jours, si cela pouvait lui permettre de faire mal à Jack.

Elle sonna à la porte du studio ; Jon, un des assistants de Carlo, vint lui ouvrir.

— Salut, Becky Lynn. Ça va ce matin ?

— Ça va, Jon. Et toi ?

— Super !

Il tira le verrou derrière elle et ils pénétrèrent dans le studio.

— Tu arrives juste à temps. Carlo et moi venons de finir les tirages.

Un puissant désir, empreint de nostalgie, la traversa, presque physique tant il était violent. Autrefois, elle adorait développer les films et tirer les photos. Certains jours, la présence de tout ce matériel de photographie autour d'elle était comme une torture ; elle brûlait de le toucher, de le manipuler. Il fallait bien l'admettre, son ancien métier lui manquait.

Elle enfonça ses mains dans ses poches, et demanda :

— Alors, des merveilles ?

Jon détourna le regard, et Becky Lynn devina qu'ils avaient développé et tiré des photos d'elle, et que celles-ci n'avaient rien d'extraordinaire. Divers sentiments l'envahirent alors : la gêne et la colère, l'impuissance et la frustration, la méfiance.

Pourquoi se prêtait-elle à tout cela ? se demanda-t-elle. Pourquoi s'infligeait-elle cette souffrance ? Jamais elle ne deviendrait mannequin.

— Il y a quelques… trucs intéressants, répondit Jon d'un air absent. Bon, il faut que j'aille faire du rangement. A plus tard, Becky Lynn.

Elle le regarda s'éloigner à grands pas, avant de le suivre, en traînant les pieds : elle n'était pas encore prête à affronter cette nouvelle journée.

Carlo se trouvait au fond du studio ; il parlait au téléphone, le dos tourné. Au tout début de leur cohabitation, Becky Lynn avait peur de Carlo, car c'était un homme capable de lui imposer sa force physique. La nuit, elle s'enfermait à clé dans sa chambre, allant jusqu'à coincer une chaise contre la porte pour plus de sûreté. Elle demeurait sur ses gardes en permanence, prête à hurler et à se battre en cas de besoin. Bien que cela fût arrivé rarement, les quelques fois où Carlo l'avait touchée, elle s'était raidie.

Mais, peu à peu, elle avait appris à se détendre. Ses barrières étaient tombées les unes après les autres, et sa peur s'était atténuée.

Carlo ne ressemblait pas à Jack. Il ne possédait pas la sensualité sauvage et dominatrice de son demi-frère, cette aura de virilité qui, dès le début, lui avait fait prendre conscience de sa vulnérabilité, de sa faiblesse, et qui, plus tard, avait électrisé chaque parcelle de son corps. En outre, Carlo la traitait différemment. N'était son désir farouche de se servir d'elle pour contrarier Jack, il ne lui aurait sans doute accordé aucune attention. Finalement, se disait-elle, vivre au côté d'un individu aussi impassible, aussi renfermé, lui paraissait à la fois étrange et rassurant.

Carlo raccrocha le téléphone et se tourna vers Becky Lynn : leurs regards se croisèrent. Il haussa les sourcils, et elle eut le sentiment qu'il lisait dans ses pensées.

— Bonjour, *bella* ! Alors, prête à te surpasser aujourd'hui ?

La jeune fille redressa le menton.

— Ha, ha, très drôle !

— Je ne plaisante jamais avec mon travail, Becky Lynn. Jamais ! Mets-toi bien ça dans le crâne.

Elle s'imagina devant l'objectif de l'appareil photo et releva encore un peu plus la tête.

— Vu le sujet, répliqua-t-elle, tu devrais peut-être prendre… un peu de recul, si je puis dire.

Carlo fronça les sourcils.

— Avec une attitude pareille, tu ne feras jamais de belles photos.

Elle fit craquer ses doigts, se préparant au combat.

— Peut-être que je ne ferai jamais de belles photos, quelle que soit mon attitude.

Carlo poussa un juron et s'avança vers elle, s'arrêtant si près qu'elle aurait pu le toucher. Il la regarda droit dans les yeux.

— Dans ce cas, laisse tomber, *bella*. Laisse tomber tout de suite, je n'ai que faire de tes humeurs !

Becky Lynn retint son souffle, en s'efforçant de recouvrer son calme. Pourquoi avait-elle déclenché cette dispute ? Elle avait eu l'occasion d'apprendre que Carlo se servait de sa langue et de son esprit mordant pour faire mal, qu'il ne battait jamais en retraite au cours d'une joute verbale, n'essayait jamais d'apaiser les plaies ni d'arrondir les angles.

— Je suis désolée, déclara-t-elle. Je me sens frustrée, voilà tout !

Carlo resta muet un instant, puis il hocha la tête.

— Peut-être que ça ira mieux aujourd'hui, dit-il. Juliette est à côté ; elle attend pour te coiffer et te maquiller. Vas-y. Je lui ai expliqué ce que je voulais.

La séance de ce jour-là ne fut pas meilleure. Au contraire, ce fut sans doute pire.

— Non, non ! hurla Carlo en tendant son appareil à son assistant. Affreux ! A voir ta tête, on dirait que j'essaye de te tuer…

— Quelle tête veux-tu que je fasse ? répliqua-t-elle en serrant les poings, de rage et de frustration. J'ai véritablement l'impression que tu souhaites me tuer. Je déteste tout ça !

Les assistants de Carlo se dispersèrent rapidement dans tous les sens, pour ne pas se trouver dans la ligne de tir.

— Alors, va-t'en !

Le visage empourpré par la fureur, il traversa le studio à grandes enjambées.

— Cours rejoindre Jack… Supplie-le de te reprendre, puisque c'est ça que tu veux !

— Non, jamais ! s'écria-t-elle en se levant d'un bond. Jamais je ne retournerai auprès de lui.

— Tu mens. Tu penses à lui sans cesse. Et tu rêves qu'il vienne te chercher.

Se sentant rougir devant la vérité contenue dans cette accusation, elle pivota sur ses talons pour lui tourner le dos.

— Quand je pense à Jack, je pense à quel point je le hais, affirma-t-elle. A quel point je veux qu'il souffre !

Carlo vint se planter dans son dos, si près qu'elle sentait la chaleur qui irradiait de son corps, mais sans la toucher.

— Alors, aide-moi, dit-il. C'est de cette façon que nous pourrons le faire souffrir. Je ne peux pas y parvenir seul.

Elle se retourna, en levant vers lui un regard suppliant.

— Je voudrais être ton assistante. Je suis douée pour ce métier ! J'ai travaillé avec Jack pendant…

— J'ai déjà un assistant. Plusieurs même.

La jeune fille lui prit les mains.

— Jack serait fou de rage en apprenant que l'on travaille ensemble. Il ne pourrait pas le supporter !

— Bien essayé, *bella*, répondit Carlo en dégageant ses mains. Mais la réponse est non.

Il lui caressa la joue.

— Le choix est simple : tu poses pour moi ou tu t'en vas.

Les larmes aux yeux, Becky Lynn se retourna et se dirigea vers une petite chaise installée dans un coin du studio ; elle s'y laissa tomber. Elle regardait ses pieds.

— C'est terrible pour moi de poser devant un objectif. C'est si douloureux que, parfois, j'ai du mal à respirer. C'est humiliant, Carlo !

— Pourquoi faut-il que ce soit humiliant ? s'écria-t-il. Tu dois apprendre à t'amuser devant l'objectif ! Tu dois y prendre du plaisir…

Elle se racla la gorge, étouffée par les sanglots. Enfin, lorsqu'elle se sentit capable d'affronter le regard de Carlo, elle releva la tête.

— Comment veux-tu que j'y prenne du plaisir ? Je suis laide !

Carlo secoua la tête.

— Non, tu n'es pas laide.

— Si ! Je le vois bien. Toute ma vie…

— Oublie le passé.

Il la rejoignit et s'accroupit devant elle.

— Devant l'objectif tu es très belle.

— Non.

— Si ! assura-t-il en prenant son visage entre ses mains pour l'obliger à le regarder. Il faut me croire. Tu dois avoir confiance.

— Impossible. Je ne ferai plus jamais confiance à personne !

— Fais confiance à l'objectif. Aie foi en lui !

Il lui caressait les joues avec ses pouces.

— Il ne peut pas te faire de mal.

Becky Lynn plongea son regard dans les grands yeux sombres de Carlo ; elle aurait tant voulu être à la hauteur.

— Viens, j'ai quelque chose à te montrer, dit-il en la tirant par le bras.

Il l'entraîna dans la chambre noire. La porte était ouverte, la lumière allumée. Les photos qu'il avait tirées le matin même étaient en train de sécher, suspendues à un fil. Becky Lynn sentit son cœur s'arrêter. Dès le début, elle lui avait demandé de ne jamais lui montrer les photos qu'il prenait d'elle, et Carlo s'était toujours conformé à son souhait. D'ailleurs, cela lui semblait préférable à lui aussi, car, disait-il, les mannequins débutants avaient une fâcheuse tendance à s'intéresser plus au résultat qu'au moyen d'y parvenir.

— Non, Carlo ! protesta la jeune fille en tentant de se libérer. Pas mes photos ! Je t'en prie. Je ne veux pas les voir !

— Il le faut.

Il resserra l'étau de sa main, jusqu'à lui faire mal, et la panique lui coupa le souffle. Elle se débattit sauvagement.

Avec un soupir agacé, Carlo la lâcha ; et elle recula en trébuchant.

— Tu regardes ces photos ou tu t'en vas, Becky Lynn ! Et si tu t'en vas, inutile d'espérer revenir…

Il l'observait avec dans les yeux une lueur de mépris.

— Alors, que décides-tu ? Tu t'en vas ou tu restes ?

La jeune fille massa son poignet endolori ; maintenant qu'elle était libre de ses mouvements, sa peur refluait. Elle releva le menton. De toute évidence, elle n'avait guère le choix.

— Je ne veux pas abandonner.

Sans dire un mot, Carlo sortit une demi-douzaine de planches-contact qu'il étala sur la table, les unes à côté des autres. Becky Lynn regardait fixement les photos, sans en croire ses yeux.

Cette femme était superbe.

Ce ne pouvait être elle. Elle se pencha pour les examiner de plus près. Pourtant, il n'y avait aucun doute possible. C'était bien elle !

Fascinée, elle ne pouvait plus détacher son regard des planches-contact. Ces photos avaient été prises la semaine précédente, la première fois que Carlo avait exigé qu'elle soit coiffée et maquillée par une professionnelle.

— Eh oui, *bella*, c'est toi ! s'écria-t-il en lui caressant doucement les cheveux. Alors, tu vois ce que je voulais dire maintenant ?

Becky Lynn secoua la tête ; elle n'en revenait toujours pas. D'une main tremblante, elle prit une des planches-contact, et elle l'examina longuement, la bouche sèche et le cœur battant la chamade. La femme qui posait sur ces photos était très belle. L'objectif avait su capter ses traits puissants et disparates pour les fondre et remodeler l'ensemble de son visage, créant un résultat exotique et envoûtant.

Carlo lui tendit une loupe pour qu'elle puisse mieux voir, mais les larmes troublaient sa vision.

Cette femme qu'elle avait devant les yeux lui ressemblait assurément, ou, plutôt, elle ressemblait à cette femme magnifique qu'elle avait toujours rêvé de devenir. Carlo avait réussi un prodige. Il lui avait offert un miracle, le plus beau des cadeaux, celui qu'elle n'aurait jamais osé espérer.

Elle abaissa la loupe et leva les yeux vers lui.

— Merci, murmura-t-elle. Je n'aurais jamais cru que... je pourrais... ressembler à ça. Merci infiniment.

Carlo resta muet un long moment, mais son expression parlait pour lui. Becky Lynn retint son souffle. Pendant qu'il la regardait, elle discernait une émotion dans ses yeux. Pour la première fois. Comme si, l'espace d'un instant, elle existait réellement pour lui.

— Tu vois, déclara-t-il enfin, je n'ai pas menti. L'objectif t'aime !

Avec son pouce, il capta une larme sur la joue de Becky Lynn.

— Mais ce résultat m'a demandé beaucoup trop d'efforts. On ne peut pas continuer ainsi. Tu vois comme tu es encore crispée et mal à l'aise ?

Il avait raison, songea-t-elle. Si Carlo et son appareil photo lui avaient offert le miracle de la beauté, elle seule pouvait donner vie à ces images.

— Es-tu capable de te laisser aller et de faire confiance à l'objectif ? Es-tu capable d'avoir la foi ? demanda Carlo en scrutant son regard. Car sinon, même si l'objectif est amoureux de ton visage, tu ne pourras jamais devenir mannequin. A toi de décider, Becky Lynn. Peux-tu avoir suffisamment confiance pour te livrer totalement à moi ?

35

Finalement, ainsi que l'avait demandé Carlo, Becky Lynn s'abandonna entièrement à lui. Elle apprit, elle progressa. Devant ses yeux de photographe, en l'espace de trois petits mois seulement, la jeune femme timide et mal à l'aise devant l'objectif se transforma en mannequin sûre d'elle, confiante et hardie.

Carlo passait en revue quelques photos de Becky Lynn, en s'obligeant à les examiner d'un œil très critique, forcé malgré tout de constater la quasi-absence de défauts. La différence entre les premières photos de Becky Lynn et celles-ci, les plus récentes, était tout bonnement stupéfiante ! A partir du moment où elle avait réussi à vaincre sa peur et son manque de confiance en soi, plus rien ne lui avait été impossible. En travaillant au côté de Jack, elle avait déjà appris les ficelles du métier, les secrets d'une bonne photo ; il ne lui restait plus dès lors qu'à appliquer à elle-même ces préceptes de l'art d'être mannequin.

Un sourire aux lèvres, Carlo contemplait ces clichés avec un plaisir non dissimulé. Aussi incroyable que cela puisse paraître, il avait déjà commencé à sélectionner des photos pour le futur book de Becky Lynn. Pour lui, nul doute qu'elle serait très bientôt engagée par une des plus grandes agences de mannequins : Ford, Elite ou Davis.

Il s'attarda un instant sur les premières photos d'elle qu'avait découvertes Becky Lynn. Une boule se forma dans sa gorge tandis qu'il repensait à l'expression de la jeune fille à ce moment-là, à la manière dont elle l'avait regardé, comme s'il venait de lui offrir le plus beau cadeau du monde. Jamais, songeait-il, il n'avait rendu quelqu'un aussi heureux. Son métier consistait à créer de belles photos, uniquement des images et des illusions. Jamais rien d'aussi authentique, d'aussi sincère que le bonheur qu'il avait vu briller dans les yeux de Becky Lynn ce jour-là.

Il avait bouleversé la vie de cette fille. Il avait modifié son existence, en profondeur et pour toujours.

A cet instant, et pour la première fois depuis ce jour horrible où il avait découvert sa mère baignant dans une mare de sang, Carlo avait éprouvé un sentiment de plénitude et d'espoir. A cet instant, le monde ressemblait de nouveau à une promesse de bonheur, la vie à une succession d'occasions offertes.

Cet instant avait également marqué le début de la métamorphose de Becky Lynn. En voyant ces photos d'elle, en voyant combien elle pouvait être belle, elle avait trouvé la force d'affronter ses peurs ; elle avait enfin recouvré la capacité de croire en quelque chose, en quelqu'un.

Carlo continua de passer les clichés en revue, s'arrêtant sur une photo particulièrement séduisante sur laquelle Becky Lynn ressemblait à la fois à une petite fille et à une femme. Cette étrange impression ne devait rien à sa tenue, ni au décor, banals l'un et l'autre. La tête penchée sur le côté, Carlo examina la photo en plissant les yeux. Les photos de Becky Lynn possédaient toutes quelque chose de spécial, un charme, une magie qu'on ne rencontrait pas chez beaucoup d'autres mannequins, même parmi les plus célèbres.

Tout se situait dans le regard, conclut-il. Une vulnérabilité. Une douceur qui n'avait rien à voir avec la beauté physique ou l'art du photographe, mais qui émanait de l'âme même du sujet. Il examina d'autres photos, en les comparant. Sur chacune d'elles on retrouvait dans le regard cette même fragilité, aussi sexy, provocantes ou brutales soient-elles. Becky Lynn ne pouvait la dissimuler, et celui qui la regardait ne pouvait y demeurer insensible.

Carlo continua de passer les photos en revue, en sentant son cœur se serrer. Becky Lynn n'était pas comme les autres. Elle deviendrait un grand mannequin, grâce à un visage, une beauté hors du commun. Comme sa propre mère autrefois.

Il jeta un coup d'œil vers le fond du studio, vers les cabines où Becky Lynn se faisait maquiller et coiffer en vue de ce qui serait certainement sa dernière séance de préparation. Elle était prête pour sa première séance professionnelle.

Il esquissa un sourire. Quand il lui annoncerait la nouvelle, elle serait terrifiée. Mais, comme toujours, elle parviendrait à dominer sa peur. Becky Lynn était une des personnes les plus fortes, les plus courageuses qu'il eût jamais connues. Il en voulait pour preuve la façon dont elle lui avait tenu tête, jour et nuit, dont elle avait refoulé ses larmes, même quand il s'était montré ignoble envers elle, la façon dont elle avait continué à lutter.

Fallait-il que Jack soit idiot pour l'avoir laissée partir !

A l'évocation de son demi-frère, il cessa de sourire. Dans tout le milieu de la mode on racontait que Jack vivait une passion torride avec Garnet McCall, et Carlo se demandait si Becky Lynn avait quitté Jack en découvrant l'existence de cette liaison. Jamais elle ne lui avait fourni les raisons de leur rupture, mais voilà qui expliquerait sa souffrance et son désir de vengeance.

Carlo fronça les sourcils, perplexe. Becky Lynn ne parlait jamais de son passé, de l'endroit d'où elle venait, ni de sa famille, et lorsqu'il l'avait interrogée de but en blanc, elle lui avait menti.

D'autres gobaient peut-être cette histoire d'accident de tracteur et de famille pauvre mais unie. Pas lui. Il avait bien vu la gêne, le mensonge dans ses yeux. Et lorsqu'il avait insisté pour en savoir plus, elle s'était repliée sur elle-même.

Entendant le rire de la jeune fille au fond du studio, Carlo jeta de nouveau un coup d'œil par-dessus son épaule, sans se départir de son air perplexe. Quel était donc ce secret affreux qui obligeait Becky Lynn à mentir ? Il reporta son regard sur les photos. Nul doute qu'elle avait tout raconté de son passé à Jack. Son demi-frère avait été son amant ; pas lui. Il n'avait même pas le droit de poser la main sur elle. Chaque fois qu'il s'approchait un peu trop, elle se figeait. La frustration formait une boule dans la poitrine de Carlo. Pourquoi ? Pourquoi ? se demandait-il. Pourquoi Jack avait-il eu ce qu'on lui refusait ?

— Je suis désolé, Carlo ! s'exclama Jon en faisant irruption dans la pièce, en proie à une vive inquiétude. J'ai tenté de l'arrêter, mais il…

— Où est-elle ? brailla Jack en bousculant l'assistant et en surgissant dans le studio comme s'il était chez lui. Je sais qu'elle est ici !

Carlo congédia Jon d'un geste, avant de se tourner vers Jack en souriant, prêt à l'affrontement. Il savait que ce dernier viendrait chercher Becky Lynn tôt ou tard, que ce n'était qu'une question de temps.

— Tiens, tiens… voici mon demi-frère le bâtard ! ironisa Carlo avec un haussement de sourcils dédaigneux. Qu'est-ce qui t'amène dans la tanière du lion ?

Jack fit craquer ses doigts.

— Epargne-moi ton cinéma, Carlo. Tu sais parfaitement pourquoi je suis ici ! Où est-elle, nom de Dieu ?

Carlo pencha la tête sur le côté.

— Est-ce que par hasard tu voudrais parler de ma Petite Perle du Sud ? Ferais-tu allusion à ma superbe Becky Lynn ?

Jack serra les dents.

— Je veux la voir. Où est-elle ?

— Qui te dit qu'elle veut te voir ? Je crois qu'elle n'en a aucune envie, répliqua Carlo avec un rire méprisant. Mais je suppose que tu t'en doutes. Elle refuse de te parler au téléphone ; elle t'a renvoyé ta petite lettre pathétique.

Les muscles du visage de Jack se contractèrent ; Carlo ricana de nouveau, ravi.

— Elle est heureuse avec moi, Jack. Je la rends heureuse. Fiche-lui la paix.

Jack fit un pas en avant, la mâchoire crispée, les poings serrés de chaque côté du corps.

— Si tu ne me laisses pas la voir immédiatement, je…

— Quoi ? demanda Carlo d'un air moqueur. Tu vas me balancer un coup de poing ? ou me proposer qu'on aille se battre dehors ? Je vois que tu n'as pas changé pendant toutes ces années. Toujours prêt à jouer les cow-boys, hein ?

— Petit salopard !

Jack s'avança vers lui, et Carlo recula précipitamment.

— En fait, Becky Lynn n'est pas ici. Mais je peux te montrer quelque chose qui risque de t'intéresser.

— Je me fous de tout ce que tu peux me montrer !

— Même s'il s'agit de Becky Lynn ?

En voyant l'expression de Jack, Carlo s'esclaffa.

— Tiens, jette un œil là-dessus !

Il s'empara de la photo si émouvante de la jeune fille et la laissa retomber sur la table. Les yeux de Jack se posèrent dessus. Son visage se décomposa sous l'effet de la surprise, avant de blêmir lorsqu'il comprit.

— Elle est formidable, hein, Jack ? Elle a tout ! Un visage, un corps, un cerveau ! Elle va grimper jusqu'au sommet. Tu peux regarder de plus près si tu le souhaites.

Carlo reprit la photo pour la tendre à son demi-frère.

— Tu ne l'as jamais vue comme ça, hein, Jack ? Elle était juste sous ton nez, pendant tout ce temps ! Tu te rends compte ?

La gorge de Jack se contracta comme s'il voulait dire quelque chose, mais aucun son ne sortit de sa bouche. Il semblait avoir reçu un coup de couteau dans le ventre.

— Elle est à moi maintenant, déclara Carlo en remuant le couteau dans la plaie. Tu n'as pas l'impression d'avoir déjà vécu cette scène ? demanda-t-il avec un petit rire. Tu as perdu une fois de plus, petit frère. Ah, les vieilles habitudes ont parfois la vie dure.

Jack voulut s'emparer de la photo juste au moment où Carlo la reprenait. Elle se déchira en deux.

— Salopard ! hurla Jack. Tu te moques pas mal d'elle ! Tu te sers d'elle uniquement pour m'atteindre…

— Et toi, pourquoi te servais-tu d'elle, Jack ? Moi, au moins, je lui offre quelque chose en échange. Quelque chose dont elle avait uniquement rêvé jusqu'à présent. Je la traite comme une fille à part. Et toi, comment la traitais-tu ? Que lui apportais-tu ? La voyais-tu comme une femme belle et désirable ?

A son tour, Carlo fit un pas vers Jack.

— Non ! Tu étais trop aveugle, hein ? Tu étais bien trop égoïste ! Jack plissa les yeux ; la fureur marbrait son visage de plaques rouges ; un muscle tressautait dans son cou.

Carlo voyait l'effet produit par ses paroles sur son demi-frère, mais le faire souffrir ne lui suffisait pas ; il voulait une mise à mort.

— Si elle est belle et excitante en photo, elle l'est encore plus dans un lit !

Avant que Carlo n'ait eu le temps de réagir, le poing de Jack jaillit et vint s'écraser sur sa mâchoire. Un éclair de douleur aveuglant explosa dans son crâne, et Carlo recula d'un pas titubant, venant heurter un projecteur sur pied, qui s'écrasa avec fracas sur le sol.

Carlo porta la main à sa mâchoire, en secouant la tête pour recouvrer ses esprits. Il leva les yeux vers son frère qui le toisait, tel un taureau affolé par la cape rouge, les poings serrés, prêt à frapper de nouveau. Il savait que Jack aurait voulu le tuer à cet instant.

Jack était amoureux de Becky Lynn.

Hébété, Carlo observait son demi-frère. Jamais il n'aurait cru que les sentiments qu'éprouvait Jack pour cette fille étaient si forts ; d'ailleurs, il se demandait si cet homme de Neandertal en avait lui-même conscience. C'était trop beau pour être vrai, trop parfait ! songeait-il.

Il se massa la mâchoire de nouveau.

— Alors, tu te sens mieux maintenant, cow-boy ? Malheureusement pour toi, tu as beau me frapper, ça ne changera rien au fait qu'elle m'appartient désormais. Mais je te préviens quand même : si tu portes encore la main sur moi, tu auras affaire à mon avocat !

— Dis-lui que je suis passé. Dis-lui que je regrette et que je veux qu'elle revienne.

Jack se pencha pour ramasser les deux morceaux de la photo

déchirée, avant de croiser de nouveau le regard de son demi-frère, en plissant les yeux.

— Dis-lui. Si tu as assez de courage.

Carlo le regarda partir à grandes enjambées ; son sourire ironique s'évanouit, tandis que les dernières paroles de Jack résonnaient dans sa tête :

« Dis-lui. Si tu as assez de courage. »

— Que se passe-t-il ?

Becky Lynn sortit en courant des loges, vêtue simplement d'un jean à demi boutonné, avec une serviette plaquée sur sa poitrine nue. Découvrant le projecteur renversé, et Carlo par terre, elle se figea.

— Oh, mon Dieu, Carlo ! Ça va ?

— Oui, oui, ça va.

Il se releva, puis se pencha pour ramasser le projecteur. Il massa sa mâchoire endolorie.

— Mais... tu es blessé ! s'exclama-t-elle en se précipitant vers lui. Quelqu'un t'a frappé !

— Ce n'est rien.

— Tu parles !

Elle voulut examiner sa joue, mais il détourna vivement la tête.

— Laisse tomber, Becky Lynn. Mettons-nous au travail.

Elle fit la grimace.

— Qui t'a fait ça ?

« Dis-lui que je suis passé. Dis-lui que je regrette et que je veux qu'elle revienne. Dis-lui. Si tu as assez de courage. »

Carlo ouvrit la bouche pour délivrer le message, mais il se ravisa au dernier moment. S'il lui avouait tout, elle irait retrouver Jack, songea-t-il. A coup sûr. Elle avait beau affirmer le contraire haut et fort, il doutait qu'elle puisse résister.

Il étouffa un juron, maudissant sa couardise.

— Une ancienne petite amie est passée me dire bonjour. Elle a un sacré punch, hein ?

En prononçant ces mots, il croisa le regard de Jon, son assistant, et lui adressa un rictus de mise en garde.

— Elle a appris que nous vivions ensemble, et elle a très mal réagi, ajouta-t-il.

Becky Lynn tourna la tête vers la porte du studio.

— C'est une ancienne petite amie qui t'a fait cela ?

— Tu penses que je mens ? demanda-t-il en plissant le front. C'est ça ? Tu crois peut-être que c'était Jack qui venait implorer ton pardon et t'emmener loin d'ici ?

La voyant rougir, il fit un pas vers elle.

— La nuit dans ton lit, je parie que tu l'imagines venant te chercher pour t'emporter dans ses bras, en te jurant un amour éternel. N'est-ce pas, Becky Lynn ? En secret, tu espères qu'il t'aime encore, et qu'il ne peut pas vivre sans toi.

— Espèce de salaud… Je t'ai prouvé que je ne voulais plus lui parler, que je le méprisais !

Des larmes scintillaient dans ses yeux ; elle cligna des paupières pour les chasser.

— Dire que j'étais inquiète en te voyant par terre !

Elle pivota sur ses talons et retourna dans les cabines d'habillage et de maquillage d'un pas énergique. Carlo la regarda partir, le souffle coupé par le remords. Elle avait raison, songea-t-il en serrant les poings, il n'était qu'un salaud. Un vrai salopard. De toute évidence, Becky Lynn était encore amoureuse de Jack, quoi qu'elle en dise, et malgré la façon ignoble dont celui-ci l'avait traitée. Si elle l'avait vu aujourd'hui, nul doute qu'elle serait repartie avec lui. C'était lui, Carlo Triani, qui lui avait offert la beauté, lui qui s'apprêtait à lui offrir la gloire ; pourtant, le cas échéant, elle partirait sans même se retourner, dans son impatience à rejoindre Jack.

Cette brutale et cruelle évidence lui rongeait les tripes, à tel point qu'il ne voyait plus, ne sentait plus que la haine et la jalousie.

Prenant une profonde inspiration, il la suivit jusque dans la cabine d'habillage, et referma violemment la porte derrière lui.

Becky Lynn se retourna d'un mouvement brusque, en plaquant sa serviette contre sa poitrine.

— Tu veux bien sortir !

Elle avait pleuré ; les larmes avaient laissé des traces sur son maquillage. Il allait falloir recommencer. Carlo s'adossa contre la porte, les bras croisés sur la poitrine.

— Non, je ne veux pas, répliqua-t-il. D'ailleurs, le spectacle est plutôt agréable, vu d'ici.

— Dehors ! cria-t-elle en le foudroyant du regard. Va-t'en !

— Je pense que nous devrions devenir amants toi et moi.

Elle recula d'un pas, les yeux écarquillés.

— Hein ?

— J'aimerais qu'on couche ensemble.

L'expression de la jeune fille se figea ; Carlo songea à un petit animal fragile pris au piège par un loup affamé. Il n'aimait pas particulièrement cette image ou cette association d'idées.

— C'est dans l'ordre naturel des choses, ajouta-t-il.

Elle se raidit, le menton dressé.

— Tu veux qu'on couche ensemble parce que c'est « dans l'ordre naturel des choses » ?

— Où est le problème ?

Elle baissa le regard quelques instants, avant de relever la tête.

— Je ne comprends pas ton attitude, Carlo. Tu n'es pas obligé de te comporter de cette façon, je n'attends rien. Et surtout, je ne le veux pas.

Carlo plissa les yeux.

— Qu'est-ce que ça signifie ?

— Je ne te plais pas, Carlo.

— Tu te trompes ! répondit-il en faisant un pas vers elle, avec un petit sourire charmeur.

— Non, je sais que j'ai raison.

Elle laissa tomber la serviette pour s'emparer du chemisier de soie qu'elle devait porter pour la séance de photos. Sans le vouloir, Carlo posa les yeux sur ses seins nus, et s'empressa de remonter vers son visage, avec un sentiment de frustration, car il n'éprouvait aucune sensation.

Et parce que Becky Lynn le savait.

Avec un juron, il lui tourna le dos. Il entendit le bruissement de la soie lorsqu'elle enfila le chemisier. Les poings serrés, il s'efforça de maîtriser ses émotions.

Becky Lynn le rejoignit et posa la main sur son bras.

— Ça n'a aucune espèce d'importance, dit-elle, comprends-le. C'est très bien ainsi, j'aime nos relations.

Il affronta son regard.

— Pourtant, avec Jack, tu voulais autre chose, pas vrai ?

Elle accusa le coup sans sourciller. Mais Carlo vit la douleur dans ses yeux, le regret.

— Cela n'a rien à voir avec toi, Carlo. Je n'ai plus envie de faire l'amour avec qui que ce soit, plus jamais.

— Dans ce métier, si tu ne couches pas…

— Alors, je changerai de métier.

Elle fit glisser sa main vers la sienne et la serra tendrement.

— Les choses fonctionnent à merveille entre nous, Carlo. Ne gâchons pas tout.

Elle avait raison, sacrément raison. Pour le moment du moins.

Il porta leurs deux mains à sa bouche et déposa un baiser sur la sienne.

— Tu es une fille incroyable, Becky Lynn Lee.

Elle rit, en se sentant rougir de plaisir.

— Incroyable ? Moi ?

— Si, bella.

Il embrassa encore une fois sa main, avant de la lâcher.

— Et je pense que tu es prête.

Le sourire de Becky Lynn se figea ; elle scruta son regard.

— Prête pour quoi ?

— Pour ton premier contrat professionnel. J'ai besoin d'un nouveau mannequin pour la pub des jeans Feu Follet.

Elle secoua la tête, l'air stupéfait.

— Oh ! non, je ne suis pas encore prête ! Je n'ai même pas appris à…

— Fais-moi confiance, *bella*.

Carlo lui souleva le menton pour la regarder au fond des yeux.

— Fais confiance à l'objectif de l'appareil photo. Tu es prête.

36

Becky Lynn se leva et emporta son couvert jusqu'à l'évier, bien qu'elle eût à peine touché à son repas. Elle vida le contenu de l'assiette dans la poubelle, la rinça, ainsi que son verre, et déposa le tout dans le lave-vaisselle. De dehors lui parvenaient des éclats de rire, les bruits de gens heureux qui sont bien ensemble.

Elle se retrouvait seule une fois de plus.

En poussant un soupir, elle se perdit dans la contemplation du paysage, par la fenêtre ouverte au-dessus de l'évier. Elle souffrait de la solitude. Certes, grâce à Carlo et à son métier, elle avait rencontré des gens, mais elle ne fréquentait personne assez intimement pour l'appeler et lui proposer de sortir. Elle avait fait la connaissance de plusieurs mannequins qui s'étaient montrées très sympathiques avec elle, mais après sa désastreuse expérience avec Zoe, Becky Lynn était devenue extrêmement méfiante.

Marty lui manquait. Et Sallie aussi. Pourtant, elle n'avait pu se résoudre à leur téléphoner. A cause de Jack. Parce qu'elles avaient eu raison l'une et l'autre. Et parce que, après tout ce temps, la douleur était encore bien vivace.

Peut-être certaines personnes étaient-elles destinées à demeurer seules toute leur vie.

Elle s'empressa de chasser cette pensée trop angoissante. De peur qu'elle soit vraie. Tournant le dos à la fenêtre, elle se dirigea vers la table de la cuisine. Le dernier numéro de *Vogue* était arrivé aujourd'hui. Il était ouvert sur une publicité pour la dernière collection de printemps de Garnet McCall.

La première publicité de Jack pour *Vogue*. Nul doute que

Garnet et lui étaient en train de célébrer l'événement comme il convenait.

Marmonnant un juron, elle referma le magazine d'un mouvement brusque et retourna à la fenêtre. La nuit avait remplacé la pénombre, et les fenêtres des maisons voisines brillaient d'une lueur chaude dans l'obscurité. Becky Lynn aurait aimé avoir une présence auprès d'elle ce soir, quelqu'un à qui parler. Baissant la tête, elle s'aperçut qu'elle serrait si fort le rebord de l'évier que ses jointures étaient exsangues.

Carlo ne l'avait pas appelée, et il n'était pas non plus rentré ; mais après tout, songea-t-elle, il n'avait aucun compte à lui rendre. Leurs relations étaient strictement professionnelles. En outre, c'était aujourd'hui le 14 février, jour de la Saint-Valentin, et à en juger par le nombre de filles qui défilaient là toute la journée, Carlo risquait d'avoir un emploi du temps très chargé.

Becky Lynn sentit ses joues s'enflammer en songeant au nombre de femmes qu'il entraînait dans son lit. Cela la mettait dans l'embarras, et sa présence sous ce toit gênait parfois les autres filles. De nouveau, elle tourna le dos à la fenêtre, pour faire les cent pas dans la cuisine cette fois. Il fallait qu'elle déménage ! se dit-elle. Elle gagnait un peu d'argent en posant pour les photos, pas beaucoup certes, mais suffisamment pour louer un petit studio dans un quartier pas trop chic. Carlo semblait persuadé que, avant longtemps, elle gagnerait tellement d'argent qu'elle pourrait habiter où elle le souhaitait.

Becky Lynn jouait nerveusement avec ses doigts.

Aussi curieux que cela puisse paraître, elle répugnait à quitter cette maison. Elle se souvenait de sa vie passée, avant l'Image Shop et Marty, avant Jack et Zoe, et elle craignait de ne plus pouvoir affronter une telle solitude.

Si elle partait d'ici, elle serait encore plus seule qu'à cet instant.

De plus, elle avait une certitude : autant qu'elle répugnait à partir, Carlo, lui, répugnait à la voir s'en aller. Car, même s'il avait un tas de relations de travail, même s'il menait une vie professionnelle et privée absolument effrénée, elle devinait qu'il était aussi seul qu'elle. Il ne se sentait proche de personne.

Pas même de son père. Surtout pas de son père.

Perplexe, Becky Lynn repensait à toutes les filles avec lesquelles il paradait, des mannequins pour la plupart, des aventures d'un soir ou deux. Il y avait quelque chose de frénétique, presque désespéré, dans la manière dont Carlo passait d'une femme à l'autre. Et en dépit de toutes ses prouesses supposées, il semblait ne tirer aucun plaisir de ces innombrables aventures. A vrai dire, le sexe lui-même semblait ne lui procurer aucun plaisir, ou du moins si peu.

D'une certaine façon, Becky Lynn et lui se retrouvaient dans une attitude similaire. Carlo paraissait aussi mal à l'aise qu'elle l'était face aux membres du sexe opposé, presque effrayé. Elle fronça les sourcils, et secoua la tête. Non, cette idée frisait le ridicule, songea-t-elle. Carlo séduisait une femme différente presque chaque soir de la semaine !

— Quel air sérieux, *bella* ! Par une si belle nuit !

Elle sursauta et se retourna en portant une main à sa gorge.

— Carlo ! Je ne t'ai pas entendu arriver…

Il sourit.

— C'était fait exprès. J'ai marché sur la pointe des pieds.

— Pourquoi ?

Elle fit glisser son regard sur lui. Il cachait ses mains derrière son dos, en affichant cet air coupable — et content de lui — de l'enfant qui s'est fait surprendre la main dans la boîte à gâteaux. Elle l'observa d'un œil soupçonneux.

Soudain, il fit jaillir de son dos un bouquet de fleurs des champs.

— Joyeuse Saint-Valentin !

Becky Lynn ouvrit de grands yeux étonnés, incapable de prononcer un mot.

En riant, Carlo s'avança vers elle, le bouquet tendu à bout de bras.

— Prends-les, elles sont pour toi.

Elle saisit les fleurs et les porta à son nez, respirant leur parfum délicat. Elle était submergée par la gentillesse de ce geste inattendu.

— Je… je ne sais pas quoi dire.

— « Merci » me semble tout indiqué.

Elle sourit.

— Merci.

— J'ai autre chose pour toi.

Carlo lui tendit une grande enveloppe rouge. Une carte.

Becky Lynn déposa le bouquet sur le comptoir de la cuisine et prit l'enveloppe d'une main tremblante. Elle la déchira. A l'intérieur se trouvait une grande carte de la Saint-Valentin, à l'ancienne mode, avec des cœurs, des Cupidon et une écriture tarabiscotée.

Elle sentit son cœur remonter dans sa gorge. Depuis toujours elle rêvait de recevoir une carte de la Saint-Valentin comme celle-ci. De la part de Jack. Oui, elle aurait aimé recevoir une telle carte des mains de Jack.

L'image de ce dernier envahit brusquement son esprit, et elle tourna le dos à Carlo, les joues en feu, avec le sentiment de le trahir.

— Elle… elle est magnifique.

Les yeux embués de larmes, elle le regarda par-dessus son épaule.

— Je n'ai jamais été la fiancée de personne.

Carlo s'approcha derrière elle, et enfouit les doigts dans ses cheveux.

— Bientôt, murmura-t-il, tu seras la fiancée du monde entier. La favorite. Encore un peu de patience, et tu verras, *bella*.

Elle reporta son regard sur la carte, en faisant courir le bout de son index sur les caractères en relief.

— Elle est superbe, je…

Soudain, les bras de Carlo se refermèrent autour d'elle, pour l'attirer contre lui. Il enfouit son visage dans son cou. D'abord, elle sentit son souffle sur sa peau, puis la chaleur de ses lèvres et de sa langue. Ses mains semblaient courir partout à la fois, sur ses seins, ses hanches, son ventre.

La peur lui coupa le souffle et, pendant une fraction de seconde, son esprit se vida totalement pour laisser place à la terreur. Elle avait de nouveau dix-sept ans, elle était impuissante, on la plaquait au sol, on l'obligeait à écarter les cuisses.

— Ah, *bella*… Je connais un autre moyen de me remercier. Un meilleur moyen.

La voix suave de Carlo la ramena dans le présent, et la fureur prit le pas sur la terreur. Elle n'avait plus dix-sept ans, elle n'était plus impuissante. Elle ne le serait plus jamais.

Elle se débattit, échappa à son étreinte en lui assenant un grand coup de coude dans les côtes. La respiration haletante, les jambes flageolantes au point qu'elle redoutait de tomber, elle se retourna brusquement vers Carlo.

— Ne recommence jamais ça ! Ne… ne me serre plus jamais de cette façon. Tu as bien compris ? Ne me touche plus comme tu viens de le faire !

Ses dents s'entrechoquaient, et elle se frictionna les bras. Mais elle était incapable de se réchauffer.

— Becky Lynn ?

Carlo tendit la main ; la jeune fille recula.

— Bon sang, *bella*, je t'ai fait peur…

Elle lui tourna le dos et marcha vers la fenêtre, qu'elle ferma, penchée au-dessus de l'évier.

— Je suis désolé, reprit-il en se raclant la gorge. Je n'avais pas l'intention de t'effrayer.

— Comment voulais-tu que je réagisse alors que tu… que tu…

Elle prit une profonde inspiration pour recouvrer son calme, avant de lui jeter un regard accusateur par-dessus son épaule. Carlo paraissait si étonné, si peiné par cette réaction brutale que son expression aurait fait rire Becky Lynn si elle n'avait éprouvé une telle angoisse.

— Pourquoi… m'as-tu surprise ainsi ? Je croyais que nous avions déjà évoqué la question de nos rapports. Je pensais le problème réglé.

— Me trouves-tu répugnant à ce point ?

Il jura en italien, et passa sa main dans ses cheveux.

— Jack avait donc quelque chose de plus que moi ?

Becky Lynn l'observa, en songeant à Jack, sans pouvoir s'empêcher de comparer les deux frères. Carlo était beau, très beau même. Il s'était montré généreux avec elle ; ils avaient appris à vivre en harmonie.

Mais Jack, lui, était… différent. Tout en lui exerçait sur elle une influence magique, que ce soit sa façon de sourire, de manger un sandwich ou de la caresser. Evidemment, elle ne pouvait guère expliquer cela à Carlo. Il ne comprendrait pas, et puis il en souffrirait.

— Non, rien, mentit-elle. Mais j'ai agi avec lui comme une imbécile et je ne veux pas recommencer la même erreur.

Elle s'avança vers lui et posa la main sur son bras.

— Je refuse d'être une sorte de trophée pour toi, Carlo. Je refuse que tu couches avec moi pour pouvoir faire souffrir Jack.

— Il ne s'agit pas uniquement de ça.

Il la regarda droit dans les yeux, puis détourna la tête. Elle eut le temps de voir sa frustration.

— Je tiens beaucoup à toi, ajouta-t-il. Tu occupes désormais une place très importante dans ma vie.

Le cœur de Becky Lynn s'enfla, presque au point d'exploser. Jamais Jack ne lui avait dit de telles paroles. Elle referma ses doigts sur le bras de Carlo.

— Moi aussi je tiens à toi, dit-elle. Mais tu n'as pas besoin de me prouver que tu vaux mieux que Jack, ou n'importe qui. Je t'apprécie tel que tu es. Avec toi, je me sens en sécurité. Mais ce que tu viens de faire… je ne peux pas… c'est impossible.

Une étrange expression se peignit sur le visage de Carlo, mélange de soulagement et d'amertume. Il prit la main de Becky Lynn.

— Je regrette de t'avoir effrayée, *bella*. Je sais comment me faire pardonner. Viens.

— Ecoute, je…

— Suis-moi.

Il l'entraîna dans le vestibule. Sur la console était posé un book en cuir, juste assez grand pour accueillir des photos de format 18x24, le genre de book que présentaient les mannequins lors des séances de casting.

La jeune fille jeta un regard interrogateur à Carlo.

— Vas-y, la pressa ce dernier, c'est pour toi.

Elle prit le book. Le cuir marron foncé était doux et souple au toucher. Sur la couverture, gravé en lettres dorées, on pouvait lire un nom : Valentine.

— Tu peux l'ouvrir si tu le souhaites, mais tu as déjà vu toutes les photos. Ce sont les tiennes.

— Les miennes ?

Elle fit courir ses doigts tremblants sur les lettres en relief.

— Je ne comprends pas, dit-elle. Pourquoi « Valentine » ?

— Je suis allé voir Treymane Davis aujourd'hui. Elle leva les yeux vers Carlo.

— Le directeur de l'agence Davis ?

Carlo acquiesça, et Becky Lynn sentit soudain les battements de son cœur s'accélérer. Ford, Elite et Davis étaient les trois plus grandes agences de mannequins du monde. Elles se livraient en permanence un combat sans pitié pour accéder à la première place, en se volant leurs mannequins vedettes et leurs clients respectifs, à coups de publicités, de grandes fêtes ou de contrats mirobolants. Actuellement, l'agence Davis occupait la plus haute place du podium ; elle représentait les plus grands noms de la profession et se vantait de décrocher le nombre le plus élevé de contrats annuels. Treymane Davis avait ainsi détrôné Eilen Ford en anticipant la tendance à venir sur le marché des mannequins : des filles ayant l'air moins « américaines », plus exotiques.

— Je lui ai montré ton book, déclara Carlo.

En entendant ces mots, Becky Lynn crut qu'elle allait défaillir. Carlo ne put s'empêcher de rire devant son air paniqué.

— Il a été intéressé, figure-toi. Très intéressé même. Il veut te rencontrer.

— Me rencontrer ? répéta-t-elle d'une voix trop aiguë qui trahissait son effroi. Treymane Davis veut me rencontrer ?

— En réalité, il veut te faire signer un contrat. Cette rencontre préalable n'est qu'une pure formalité. Ne t'inquiète pas, je t'accompagnerai.

En riant de plus belle, Carlo ajouta :

— Il était tellement enthousiaste qu'il a failli sortir sa machine pour calculer les commissions sur les contrats.

— Mais admettons qu'il trouve que…

— Non, rassure-toi, il sera emballé, l'interrompit Carlo en prenant son visage entre ses mains. C'est le commencement, *bella*. Le début de la gloire.

Il lui caressa les joues avec ses pouces.

— Alors, qu'en penses-tu ? demanda-t-il.

— Je ne suis pas en état de penser, répondit-elle en riant à son tour. Je crains de ne plus jamais pouvoir penser !

Becky Lynn baissa de nouveau les yeux sur le book, son book. Intriguée, elle fronça les sourcils.

— Et ce nom ? demanda-t-elle en caressant les lettres dorées. « Valentine ». Qu'est-ce que cela signifie ?

— Treymane m'a demandé ton prénom. Celui-ci m'est aussitôt venu à l'esprit, et j'ai trouvé qu'il te convenait parfaitement.

— Je ne comprends toujours pas.

— Souviens-toi, je t'ai dit que bientôt tu serais la fiancée du monde entier.

Il sourit et ajouta :

— Ce sera toi la favorite, Becky Lynn. Valentine.

37

Jack se souvenait d'un temps où il raffolait de ces gigantesques fêtes mensuelles, ces somptueuses réceptions organisées par les agences de mannequins pour présenter leurs nouvelles recrues et exhiber les visages plus anciens devant les grands manitous du monde de la mode, ceux qui distribuaient les contrats, faisaient ou défaisaient les carrières : les photographes, les couturiers évidemment, les directeurs artistiques et les rédacteurs spécialisés des magazines. Bon sang, il se souvenait d'un temps où son désir de s'introduire dans ces soirées était tel qu'il n'hésitait pas à se travestir en serveur pour se faufiler par l'entrée de service.

Ce soir, comme toujours désormais, Jack avait un carton d'invitation. Il appartenait à part entière à ce petit monde fermé de l'industrie de la mode.

Il gara sa Targa 911 devant la splendide villa de Treymane Davis à Bel Air, le quartier le plus chic de Los Angeles. En descendant de voiture, il leva les yeux vers la demeure de style néoclassique, illuminée pour l'occasion comme un gâteau servi à l'anniversaire d'un octogénaire. Outre les personnalités du monde de la mode, on comptait ce soir parmi les invités un certain nombre de dentistes et de médecins spécialisés en chirurgie esthétique, un mélange de sportifs professionnels et de rock-stars. Le champagne et le caviar couleraient à flots, et soudain, à un moment de la soirée, mystérieusement, il se mettrait à neiger : on échangerait des cartes de visite, accompagnées de compliments, de fausses promesses ou de sous-entendus provocateurs. Beaucoup de contrats pour refaire un nez ou une poitrine s'étaient négociés au cours de ce genre de soirées ; c'était également dans ces occasions que naissaient les liaisons entre une rock-star et un top model…

Autrefois, Jack croyait que le fait de se trouver parmi ces gens, au sommet de la gloire, représenterait le but ultime de sa carrière. Il se sentirait important, pensait-il alors, puissant, et même invincible. Aujourd'hui, il découvrait combien il était ridicule de se prendre trop au sérieux, d'accorder trop de valeur à cette immense mascarade. La photo était toute sa vie, le métier qu'il avait choisi et qu'il aimait par-dessus tout. Mais cela restait un métier, et lui demeurait Jack Gallagher, l'individu qu'il était à huit ans, à quinze ans et à vingt.

Après avoir lancé les clés de sa Porsche au chasseur, il se dirigea vers le portail de la villa. Les colonnes doriques du porche avaient été enveloppées de toile claire légère et entourées de guirlandes de lumière blanche. Comme une jolie femme drapée de soie et de diamants, l'effet produit était à la fois sensuel et éthéré.

Jack hocha la tête d'un air approbateur. Aucun doute, songeait-il, Treymane Davis savait organiser une fête. En sa qualité de photographe, il s'était rendu dans toutes les soirées, celles données par Elite, Ford et un tas d'autres agences plus petites ; et, selon lui, les réceptions offertes par Davis étaient les plus somptueuses.

En franchissant la porte, Jack fut aussitôt accueilli, ou plus exactement assailli, par plusieurs mannequins débutantes qui l'avaient reconnu. Poliment, il rejeta l'une après l'autre leurs invitations — à la fois subtiles et flagrantes — à mieux faire connaissance, et il s'échappa aussi vite que possible. Les plus ambitieuses étaient toujours les plus entreprenantes ; ces filles espéraient toutes s'attirer ses faveurs et décrocher une séance de photos.

Jack passa la foule des invités en revue, à la recherche d'un visage bien précis, de cette masse de cheveux roux flamboyants qui était devenue une sorte de marque déposée. Valentine, la fille dont tout le monde parlait. Cette fille qu'était devenue Becky Lynn.

Ne l'apercevant pas, il fronça les sourcils, agacé et frustré. Elle était forcément là ce soir, se disait-il. En tant que mannequin vedette du moment et dernière recrue de l'écurie Davis, elle ne pouvait manquer cette soirée, à moins d'être partie faire des photos loin de Los Angeles. En quelque temps, Valentine était devenue la coqueluche du milieu de la mode : tout le monde réclamait son visage et son corps pour la promotion d'un produit ou d'un look.

Evidemment, elle serait accompagnée de Carlo, comme toujours, songea Jack en serrant les dents. Il n'avait pas oublié l'expression condescendante de son frère lors de la visite qu'il lui avait faite au studio ; il n'avait pas oublié non plus ses remarques perfides concernant les talents amoureux de Becky Lynn. Jack comprenait qu'elle l'ait quitté ; il comprenait son désir de se venger, et sans doute méritait-il cette haine. Il pouvait même comprendre qu'elle ait accepté la proposition de Carlo de faire d'elle une star. Mais maintenant... pourquoi restait-elle avec ce rat ? Pourquoi avait-elle choisi Carlo ?

La réponse à cette question n'était pas particulièrement du goût de Jack, et il bifurqua brusquement vers le bar, décidé à renoncer au traditionnel champagne pour quelque chose de plus fort. Il commanda un petit verre de tequila, avec une bière.

— Salut, Jack. Comment ça va ?

Jack se retourna vers l'homme qui s'était approché dans son dos, et lui sourit.

— Ça va très bien, Cliff.

Les deux hommes se serrèrent la main. Six mois plus tôt, Jack avait dû mettre fin à sa collaboration avec l'agence de publicité Tyler ; il n'avait plus le temps de travailler pour eux, et ces derniers n'avaient plus les moyens de s'offrir ses services. Il avait pris cette décision à regret ; quoi qu'il en soit, il leur vouait une profonde reconnaissance car ils lui avaient offert sa première chance.

— Alors, comment ça marche à l'agence ? demanda-t-il.

— Formidablement bien. Nous sommes surchargés de travail.

Cliff vida son verre d'un trait et fit signe au garçon en blanc de lui servir la même chose.

— Hélas, ajouta-t-il, nous n'avons pas encore trouvé un photographe qui convienne à Jon Noble. Tu lui as donné de mauvaises habitudes, Jack.

— Tu m'en vois désolé, répondit celui-ci avec un grand sourire qui démentait ses propos.

— Ouais, tu parles.

Cliff remua son cocktail et déposa ensuite son agitateur sur sa petite serviette en papier, avant d'ajouter :

— Quand je pense au succès de ta Becky Lynn… On est tous tombés des nues !

« Ta » Becky Lynn. Jack déglutit avec peine.

— Moi le premier.

— Tu ne m'avais jamais dit qu'elle voulait devenir mannequin.

« Et tu étais trop aveugle pour voir les qualités qu'elle recelait. Alors que tu l'avais sous les yeux en permanence, abruti ! » Jack avala d'un trait sa tequila, et enchaîna aussitôt avec une rasade de bière.

— Non. En fait… hmm… Ça s'est fait de manière inattendue.

— Quand tu la verras, transmets-lui les félicitations de l'agence.

— D'accord, je n'y manquerai pas.

Jack plaqua un sourire sur ses lèvres.

— Bon, ajouta-t-il, je vais me mêler aux invités. A plus tard, Cliff.

Jack s'éloigna du bar, en sentant peser dans son dos le poids du regard perplexe de Cliff. Il marmonna un juron. Impossible d'y échapper ! songea-t-il avec rage. Partout où il allait, tout lui monde lui parlait de Becky Lynn, ou bien de Valentine. Les gens de la profession avaient tous bien ri en apprenant de quelle façon Carlo Triani avait volé Valentine au nez et à la barbe de Jack Gallagher. Et ceux qui ne connaissaient pas l'histoire, ceux qui ignoraient encore que la fameuse Valentine avait été autrefois son assistante, avaient rapidement été mis au courant. Et Jack croyait savoir d'où venait l'information.

Ce salopard de Carlo ! Ah, il se réjouissait bien de sa déconfiture…

Après avoir bu une autre gorgée de bière, Jack se dirigea vers le patio. C'est à ce moment-là qu'il la vit. Bien qu'elle fût entourée d'un groupe d'admirateurs et de parasites, on ne voyait qu'elle au milieu de cet attroupement, avec ses extraordinaires cheveux roux. En l'observant, Jack sentit une boule se former dans sa gorge. Il avait toujours adoré ses cheveux, leur couleur et leur texture, leur contact soyeux sur sa peau.

Il fouilla sa mémoire. Lui avait-il déjà dit cela ? Et à quel point il aimait son rire ? Et comment, lorsqu'elle le regardait, il avait l'impression d'être unique, le seul homme sur terre, le plus important ?

Non, sans doute ne lui avait-il jamais dit. Il plissa le front. Que lui avait-il dit alors ? De quoi parlaient-ils durant ces minutes enivrantes qui succèdent au plaisir ?

Soudain, la jeune fille leva la tête, et leurs regards se croisèrent. Au même instant, elle redevint Becky Lynn, et elle lui appartenait comme autrefois. Cette sensation d'intimité lui fit l'effet d'un coup de poing à l'estomac.

Puis elle lui adressa un sourire, un sourire fabriqué, charmeur, destiné à l'objectif, un sourire qu'il avait vu des milliers de fois sur les visages d'une infinité d'autres mannequins. Oh, l'ancienne Becky Lynn qu'il avait connue avait bel et bien disparu. La fille qui portait des jeans usés jusqu'à la corde et des baskets trouées, la fille qui attachait ses cheveux en queue-de-cheval, sans une trace de maquillage sur le visage, pas même du rouge à lèvres. Disparue la jeune fille inquiète et timide qui avait peur de sa propre ombre.

A la place, souriant avec une aisance artificielle, il n'y avait plus qu'une femme qu'il ne reconnaissait pas, extrêmement séduisante certes, mais sans âme.

La colère et la frustration l'empêchaient de respirer. Quel imbécile, quel aveugle il avait été ! se disait-il. Il méritait d'être la risée de tout le monde. Mais il détestait ces railleries et, en tout cas, il ne pourrait supporter le moindre sarcasme venant d'elle.

Jack se fraya un passage au milieu des invités, obligé de s'arrêter plusieurs fois en chemin pour serrer des mains, échanger quelques banalités avec des connaissances. Lorsque enfin il atteignit l'endroit où il avait aperçu Becky Lynn, cette dernière avait émigré vers une des vérandas qui bordaient la villa. Il la suivit.

Elle lui tournait le dos, contemplant les invités qui déambulaient autour de la piscine en contrebas. Portés par la brise du soir, les échos de la musique jouée par l'orchestre installé dans le jardin étaient teintés de mélancolie.

— Bonsoir, Becky Lynn.

Elle se raidit, avant de se retourner lentement. Leurs yeux se croisèrent ; elle soutint son regard avec défi.

— Je m'appelle Valentine.

— Oh, excuse-moi, j'avais oublié.

Il s'approcha d'elle, si près qu'elle dut renverser légèrement la tête pour continuer à le fixer.

— J'avais oublié que Carlo t'avait transformée en créature de rêve.

La jeune fille haussa les sourcils, d'un air un peu moqueur.

— Serais-tu jaloux de ne pas y avoir pensé le premier ?

Jack détourna la tête pour montrer qu'il accusait le coup, puis il en décocha un à son tour.

— Peut-être que j'étais obnubilé par l'idée de faire de toi une photographe.

— Une bonne à tout faire, tu veux dire. Je te servais d'esclave ! rétorqua-t-elle en redressant le menton. Tu n'as jamais cru que je pourrais devenir photographe.

— J'ai toujours admiré ton talent inné, ton regard, ta sensibilité artistique. J'attachais beaucoup d'importance à ton avis. Je savais que tu ne resterais pas assistante toute ta vie. Tu étais trop douée.

Becky Lynn retint son souffle.

— Tu ne m'as jamais dit tout ça.

Il mourait d'envie de la toucher, songea-t-il en serrant dans sa main son verre de bière, dévoré de l'intérieur par le désir. Comment réagirait-elle ? Que ferait-elle s'il l'attirait contre lui pour plaquer sur sa bouche pulpeuse un de ces baisers fougueux qu'ils échangeaient autrefois ?

— J'aurais dû te le dire, concéda-t-il à voix basse, en posant les yeux sur ses lèvres. J'aurais dû te dire un tas de choses.

Becky Lynn se racla la gorge. Il voyait qu'elle luttait pour demeurer de glace.

— Ravi de l'entendre, Jack. Mais c'est trop tard.

Comme elle voulait s'en aller, il lui saisit la main.

— Vraiment, Becky Lynn ? C'est trop tard ?

Elle croisa encore une fois son regard, puis s'empressa de détourner la tête. Ses yeux brillaient de larmes contenues, de souffrance. Envahi par un sentiment pressant, Jack resserra l'étau de ses doigts.

— Pourquoi es-tu avec Carlo ? Je comprends que tu l'aies rejoint pour te venger de moi, mais pourquoi restes-tu avec lui ? Qu'est-ce que tu lui trouves, nom de Dieu ?

Le visage de la jeune fille se figea, avant de se crisper sous l'effet de la colère. D'un mouvement brusque, elle libéra sa main.

— Ah, je comprends tout maintenant ! La vendetta, hein ? Toujours cette stupide compétition avec Carlo…

Jack fit un pas de plus vers elle, en secouant la tête.

— Non, tu te trompes, Becky Lynn. Ça n'a rien à voir !

— Je ne te crois pas.

Elle lui tourna le dos brutalement pour se diriger vers l'extrémité de la véranda. Là, elle s'immobilisa, devant les jardins, avant de pivoter de nouveau pour lui faire face.

— Pourquoi je reste avec lui, à ton avis ? As-tu pensé que c'était peut-être à cause de sa manière de me traiter, de s'intéresser à moi ? As-tu jamais pensé qu'il possédait quelque chose que tu n'as pas ?

— Je n'arrive pas à croire que tu sois amoureuse de lui. C'est impossible !

L'éclat de rire de la jeune fille envoya une onde glaciale dans l'air doux du soir.

— Pourquoi ? Tu crois que je suis amoureuse de toi ?

— Parce que la fille que j'ai connue ne peut pas tomber amoureuse de Carlo Triani.

— Tu ne me connais pas, Jack. Tu ne me connais plus. D'ailleurs, je me demande si tu m'as jamais comprise. Comment le pourrais-tu ? Tu ne m'as jamais vraiment regardée.

Jack repensait à tous les instants qu'ils avaient vécus ensemble, à la fille qu'elle était quand il l'avait rencontrée, à la femme qu'elle était devenue quand il l'avait laissée partir.

— Détrompe-toi. Je suis peut-être le premier à t'avoir regardée réellement.

Becky Lynn demeura muette un instant, mais son expression, mélange de fragilité et de regrets amers, déclenchait en Jack l'envie irrésistible de la serrer dans ses bras, et de l'étreindre longuement, simplement.

Elle releva la tête avec fierté.

— Permets-moi de te poser une question, Jack : t'arrive-t-il parfois de prendre le temps de penser à quelqu'un d'autre que toi ?

Sur ce, elle passa devant lui en le frôlant et s'éloigna à grands pas.

38

Becky Lynn se fraya un chemin au milieu de la foule des invités, soulagée de penser que chaque pas l'éloignait davantage de Jack demeuré sous la véranda. Si elle avait été obligée de lui faire face quelques secondes de plus, nul doute qu'elle se serait totalement humiliée.

La vue brouillée par les larmes, elle se promit de ne pas craquer, et c'est ainsi qu'elle parvint à monter jusqu'aux chambres situées au premier étage de la villa. Dénichant une pièce inoccupée et ouverte, elle se faufila à l'intérieur, et ferma la porte à clé derrière elle.

Elle marcha jusqu'au lit et se laissa tomber sur le bord, prise de violents tremblements incontrôlables. Les mains plaquées sur son visage, elle s'obligea à respirer profondément, lentement, pour tenter de recouvrer son calme. Quelle douleur de revoir Jack ! Une douleur si intense que Becky Lynn avait l'impression qu'on lui lacérait le ventre. Elle venait de comprendre, une bonne fois pour toutes, que rien n'avait changé. Jack n'avait pas changé.

Avec Jack, tout tournait toujours autour de lui. Absolument tout. Ses sentiments et ses envies. Sa carrière, ses espoirs et ses rêves. Autrefois, elle lui était si reconnaissante qu'elle se contentait de la moindre miette d'attention et de gentillesse qu'il voulait bien lui lancer négligemment. Elle était prête à tout lui offrir, sans rien espérer en retour.

Jack ne l'avait pas félicitée. Il ne lui avait pas souhaité bonne chance, il ne l'avait pas questionnée pour voir si elle était heureuse. Pourtant, elle avait beaucoup changé depuis leur séparation, à commencer par son apparence physique, son métier... sa vie tout entière ! Mais Jack n'avait émis aucun commentaire.

Il ne lui avait même pas demandé pardon pour tout le mal qu'il lui avait fait. Jamais il n'avait présenté la moindre excuse.

Becky Lynn se leva et s'approcha du miroir de la coiffeuse pour observer son reflet dans la glace. La voyait-il sous un autre jour maintenant ? La trouvait-il belle, différente des autres ? Ou, au contraire, était-il déçu par ce changement survenu en elle ? Etait-il jaloux de son succès rapide et inattendu ? Etait-il surpris ?

Une seule chose l'intéressait en réalité, songea-t-elle : la vendetta qui l'opposait à Carlo. Depuis toujours, c'était son unique préoccupation.

Elle se détourna du miroir. Le petit discours de Jack sur tout ce qu'il n'avait pas su lui dire à temps n'était qu'un flot de mensonges, de belles paroles destinées à la manipuler une fois de plus...

Et elle était tombée dans le panneau. La tête la première ! Becky Lynn laissa échapper un petit ricanement ironique et amer. Jack lui débitait quelques vagues paroles d'excuse, et elle était prête à retomber dans ses bras. Ah, quelle idiote ! se dit-elle. Une sotte et incorrigible romantique !

En fait, Jack n'avait qu'un but : la voler à Carlo. Il voulait ridiculiser son demi-frère, comme celui-ci l'avait ridiculisé. Pour lui, elle n'était qu'un pion, un moyen de se venger de Carlo. Mais contrairement à ce dernier, Jack n'avait même pas l'honnêteté de le reconnaître.

Becky Lynn déglutit avec peine, la gorge obstruée par une boule de larmes. Puis elle redressa le menton. Plus question désormais de se contenter de miettes. Elle était Valentine, elle méritait beaucoup plus !

Elle se retourna vers le miroir. Portant une main à son visage, elle fit courir les doigts sur sa joue. Curieusement, elle ne remarquait aucun changement en elle. En se regardant dans une glace, elle voyait toujours la fille qu'elle avait été. C'était l'objectif de l'appareil photo qui sculptait son charme et sa beauté. Avec l'aide du maquillage, de la coiffure et des beaux vêtements évidemment. Mais, à ses propres yeux, elle demeurait le vilain petit canard de Bend, trou perdu du Mississippi, la fille que tous les garçons insultaient.

Elle leva fièrement la tête. Du moins, aux yeux de tous les autres, était-elle Valentine. Alors elle jouait la comédie : elle faisait semblant, tenait son rôle, prenait part à la gigantesque illusion. Elle-même n'était pas dupe, mais elle avait découvert qu'il n'était pas nécessaire d'y croire, du moment que tout le monde y croyait.

Redressant les épaules, elle pivota sur ses talons. Elle était restée cachée dans cette chambre trop longtemps. Carlo devait se demander où elle était passée, et elle ne voulait surtout pas laisser croire à Jack qu'elle était en train de sangloter à cause de lui.

Il s'en était fallu de peu, mais elle n'avait pas craqué.

Plus jamais, se répéta-t-elle.

Elle tourna la clé dans la serrure, entrouvrit la porte de la chambre et risqua un œil dans le couloir. Au même moment, une autre porte s'ouvrit et un couple, un homme et une femme, sortit d'une chambre en titubant. De toute évidence, ils venaient de faire l'amour ; la femme avait les cheveux en bataille, sa robe était froissée et tire-bouchonnée. En outre, ils paraissaient ivres ou drogués l'un et l'autre.

Becky Lynn s'apprêtait à refermer discrètement la porte de la chambre lorsque la jeune femme se retourna. Elle reconnut alors Zoe. Son estomac se contracta. Depuis que celle-ci lui avait avoué, le plus naturellement du monde, avoir couché avec Jack, un an et demi plus tôt, Becky Lynn avait souvent eu l'occasion de croiser sa collègue mannequin. Comme elle, Zoe avait signé un contrat avec l'agence Davis ; elle était très demandée. Pourtant, jamais les deux filles ne s'étaient adressé la parole, même le jour où elles s'étaient retrouvées engagées pour une même séance de photos. Mais Becky Lynn avait capté à plusieurs reprises le regard de Zoe, un regard rempli de regrets et d'envie.

Becky Lynn ne pouvait oublier, ni lui pardonner sa trahison, dont la brûlure restait vivace au plus profond d'elle-même. Tout comme sa colère et son humiliation. Mais, avec le temps, elle en était venue à se dire que la véritable faute n'incombait pas à Zoe.

Le coupable s'appelait Jack ! Zoe était totalement vulnérable face à lui : elle avait un tel besoin d'amour et de reconnaissance ! elle voulait tellement faire bonne impression ! Becky Lynn comprenait pourquoi Zoe avait agi ainsi, elle comprenait comment on en était arrivé là.

Evidemment, ces constatations n'excusaient en rien l'attitude inqualifiable de Zoe, mais elles permettaient à Becky Lynn de se préoccuper du sort de la jeune femme. Or, à en croire les rumeurs qui circulaient dans le milieu de la mode, elle avait de bonnes raisons de s'inquiéter pour Zoe. On prétendait qu'elle sombrait dans la drogue, qu'elle avait loupé des rendez-vous importants, qu'elle arrivait souvent en retard pour les séances de photos.

Et elle couchait avec n'importe qui, racontait-on. Cette remarque indignée, venant de gens qui travaillaient dans un monde où le sexe et les jeux de séduction constituaient une monnaie d'échange quotidienne, en disait long sur la réputation de Zoe. Cela signifiait que son comportement avait dépassé les bornes. Zoe était devenue imprévisible et incontrôlable.

Dans le couloir, l'homme embrassa Zoe, la lâcha et passa une main dans ses cheveux pour vérifier qu'il n'était pas décoiffé. Il observa ensuite la jeune fille de la tête aux pieds.

— Je te conseille de t'arranger un peu, *baby*. Tu fais peur à voir !

Sur ce, il pivota sur ses talons et s'éloigna. Becky Lynn ne put s'empêcher d'éprouver alors un sentiment de pitié pour Zoe : cet homme aurait pu aussi bien sortir une arme à feu de sa poche pour l'abattre à bout portant.

Voyant Zoe disparaître de nouveau dans la chambre, Becky Lynn prit une décision spontanée. Après avoir jeté un coup d'œil aux deux extrémités du couloir pour s'assurer que personne ne la voyait, elle suivit Zoe.

La jeune fille blonde était dans la salle de bains attenante. Debout en face du miroir, elle fouillait nerveusement dans son sac avec des mains tremblantes.

Elle leva les yeux et découvrit le reflet de son ancienne camarade ; l'éclat de ses magnifiques yeux bleus était terni par la drogue.

— C'est une manie chez toi de suivre les gens dans les salles de bains et les toilettes ! s'écria-t-elle. J'ai l'impression d'avoir déjà vécu cette scène.

Becky Lynn décida d'ignorer le sarcasme.

— Il faut qu'on parle.

— Ah bon ?

Ayant enfin trouvé ce qu'elle cherchait, Zoe sortit de son sac à main une petite trousse de maquillage.

— Je croyais qu'on s'était déjà tout dit il y a longtemps. Mais il est vrai qu'à l'époque, tu étais encore la petite Becky Lynn. Maintenant, tu es devenue Valentine !

Le souvenir de leur dernière rencontre arracha une grimace de douleur à Becky Lynn. Cette fois-là, Zoe avait monopolisé la parole, elle-même étant trop effondrée.

Elle prit une profonde inspiration pour essayer de chasser cette scène pénible de sa mémoire.

— Cette fois, il faut qu'on parle de toi, déclara-t-elle. De tout ce que tu fais.

— Ah oui ? Et on peut savoir ce que je fais ?

— Tu fous ta carrière en l'air, et ta vie aussi ! Les gens racontent des choses à ton sujet.

Zoe éclata de rire en ouvrant sa trousse, mais au lieu d'en sortir un tube de rouge à lèvres et un peigne, de quoi se refaire une beauté, elle prit un petit miroir, un minuscule flacon de verre, une lame de rasoir et une paille. Elle déposa le tout sur la tablette du lavabo et jeta un regard de défi à Becky Lynn.

— Tu crois que je me soucie de ce que racontent les gens ? Tu crois que je les écoute, hein ?

— Tu devrais.

— Eh bien, je m'en fous !

Horrifiée, Becky Lynn regarda Zoe étaler une fine traînée de poudre blanche sur le miroir, la séparer en deux à l'aide de la lame de rasoir, pour l'aspirer ensuite par le nez avec la paille.

— Tu ne crois pas que cela suffit comme ça ! demanda-t-elle, révoltée. Pour l'amour du ciel, tu ne vois pas que tu te fais du mal ? Tu n'as plus les pieds sur terre, Zoe ! Tu dois reprendre le contrôle de ta vie avant qu'il ne soit…

— Oh, mon Dieu ! Un sermon de la sainte-nitouche !

Ecœurée, Becky Lynn détourna la tête pour ne pas regarder la jeune fille inspirer une autre ligne de cocaïne. Elle ne pouvait supporter de voir Zoe se détruire ainsi. D'une certaine façon, elle se sentait responsable. C'était idiot, se disait-elle pourtant. Zoe avait de graves problèmes psychologiques bien avant que Becky Lynn ne la repère dans ce centre commercial.

Mais si elle n'avait pas découvert Zoe, si elle ne l'avait pas introduite dans ce milieu, peut-être sa vie aurait-elle pris un tour différent, songeait-elle. Peut-être mènerait-elle aujourd'hui une existence plus banale, certes, mais aussi plus saine. Elle voulait lui venir en aide. Il le fallait.

— Pourquoi fais-tu cela ? demanda-t-elle d'une voix douce.

— Tu veux savoir pourquoi ?

Zoe vacilla en rangeant tout son attirail de droguée dans son sac.

— Parce que cela m'aide à me sentir bien, voilà pourquoi. Très bien même !

— Tous tes amants t'aident à te sentir bien, eux aussi ? demanda Becky Lynn en avançant d'un pas vers elle. Cet homme avec qui tu étais, il t'a fait du bien ? Combien de temps ? Dix minutes ? Vingt ? Pourquoi ne cherches-tu pas plutôt quelque chose qui te rendra heureuse pendant vingt ans ? Toute la vie ?

Elle tendit la main vers la jeune fille.

— Il existe des endroits spécialisés, Zoe, des endroits où tu apprendras à te sentir bien dans ta peau sans drogue, sans coucher avec…

— Epargne-moi tes leçons de morale à la con ! La drogue n'est pas un problème. Et le sexe… le sexe, ça va de pair avec ce métier.

— Non, pas nécessairement, répondit Becky Lynn en posant sa main sur le bras de Zoe, l'air implorant. Regarde-moi…

— Oui, laisse-moi te regarder, Valentine ! répondit Zoe en ôtant son bras. Carlo se charge de te trouver du travail. Carlo fait en sorte qu'on te voie partout, qu'on te remarque. Que serais-tu sans lui aujourd'hui ? Tu ferais des pieds et des mains pour décrocher le moindre contrat, comme nous toutes.

Elle se pencha vers Valentine, les yeux brillants de colère. De ressentiment.

— Explique-moi quelle est la différence entre se taper un mec pour avoir du boulot et s'en taper vingt ? Aucune, si tu veux mon avis. Alors, n'essaye pas de me convaincre que tu vaux beaucoup mieux que moi !

Becky Lynn refoula sa peine, l'envie de ficher le camp et de laisser Zoe continuer à se détruire. Après tout, elle ne lui devait rien. Pourtant, elle était incapable de l'abandonner à son sort.

— Je ne pense pas valoir mieux que toi, rétorqua-t-elle. Seulement, je m'inquiète, voilà tout. Je ne supporte pas de te voir gâcher ta vie. Je veux t'aider. Demande-moi n'importe quoi, je le ferai.

— Te demander de l'aide ? Et te supplier aussi ?

Zoe sortit un peigne de son sac et entreprit de se recoiffer.

— Ça te plairait, hein ? dit-elle. Tu aimerais te venger à cause de Jack !

Becky Lynn secoua la tête.

— C'est peut-être ce que tu penses, mais c'est faux. J'ai envie de t'aider.

— Je n'ai pas besoin de ton secours, et je n'en veux pas, tu entends ?

Zoe jeta son peigne dans son sac, tira sur sa minirobe et se dirigea vers la porte de la salle de bains.

— Bon, si le sermon est terminé, je m'en vais.

Becky Lynn la regarda s'éloigner, le cœur brisé devant ce qu'était devenue la jeune femme qu'elle croyait connaître.

— Pourquoi me hais-tu à ce point ? demanda-t-elle d'une voix faible. Que t'ai-je fait, à part essayer d'être ton amie ?

En entendant ces mots, Zoe s'arrêta ; elle se retourna et son regard croisa celui de Becky Lynn. Cette dernière y vit poindre le regret, et puis tant d'amertume et de tristesse, qu'elle en eut le souffle coupé. Après quoi, sans rien dire, Zoe s'en alla.

Becky Lynn demeura longuement dans la salle de bains. Assise sur un tabouret devant la coiffeuse, elle contemplait son reflet dans le miroir, sans le voir. Elle avait mal pour Zoe ; elle souffrait de constater sa confusion et sa douleur, et sa propre incapacité à lui venir en aide.

En outre, elle réfléchissait aux paroles cinglantes de Zoe. Celle-ci semblait croire que Carlo et elle étaient amants. Si Zoe pensait cela, tout le monde devait le penser également. Comment n'y avait-elle pas songé plus tôt ? Après tout, c'était logique : Carlo et elle vivaient ensemble depuis un certain temps déjà. C'était lui qui l'avait découverte et formée ; il l'utilisait très souvent dans ses photos et, aux yeux d'un grand nombre de gens, elle était sa « muse ».

Elle sentit ses joues s'enflammer sous l'effet de la gêne et de l'indignation. Bien entendu, personne ne pouvait imaginer qu'ils étaient simplement amis, ou associés. Non, on pensait forcément qu'ils étaient amants.

« La règle du métier, songea-t-elle avec cynisme. Je te donne ceci si tu m'offres cela en échange. Ce genre de troc sexuel est monnaie courante. »

Jack et Garnet.

La jeune fille serra les poings pour contenir sa rage. Voilà que Carlo et elle étaient mis dans le même sac. Cette simple pensée lui donnait la nausée !

Mais une idée subite vint atténuer sa colère. Elle pouvait se servir de sa relation avec Carlo pour décourager justement ce genre de marchandage sexuel, repousser toutes les propositions indécentes et embarrassantes. D'une certaine façon, n'était-ce pas déjà ce qu'elle faisait ?

Becky Lynn détestait les invites pressantes autant que les sous-entendus malsains ; elle ne supportait pas d'être constamment obligée d'esquiver les sollicitations. Puisque tous étaient persuadés que Carlo et elle étaient amants, qu'ils continuent à le croire, se dit-elle. Qu'ils pensent qu'elle était entièrement dévouée et fidèle à son Pygmalion. Désormais, elle ferait croire à tout le monde que Carlo était le seul homme de sa vie.

Soudain, deux mannequins entrèrent dans la salle de bains, bavardant et ricanant. Becky Lynn les reconnut, sans pouvoir mettre un nom sur leur visage. En la voyant, les deux jeunes filles s'immobilisèrent.

— Oh, pardon, dit l'une d'elles. On ne savait pas que tu étais là. Toutes les chiottes du bas sont occupées.

— A cette heure-ci, c'est normal, commenta sa copine en gloussant.

— Allez-y, répondit Becky Lynn, qui se leva en lissant sa robe-fourreau. Je m'en allais justement.

Elle repassa par la chambre et sortit dans le couloir, avant de s'apercevoir tout à coup qu'elle avait oublié son sac à main sur la coiffeuse. Elle fit demi-tour pour regagner la chambre, mais, au moment de franchir la porte, elle se figea en entendant les propos des deux mannequins.

— Hé, c'est pas cette fille sortie on ne sait d'où, et qui est devenue la coqueluche de toute la profession ?

— Juste. Avec son nom ridicule, Valentine ! Elle ne peut pas s'appeler Nancy ou Cheryl ou quelque chose dans le genre, comme tout le monde ?

— Au fait, c'est quoi son vrai nom ?

— Oh, sans doute un truc ringard du style Mildred, répondit un des deux mannequins en ricanant. Elle avait trop honte pour le garder !

Les joues en feu, Becky Lynn décida qu'elle pouvait se passer de son sac. Elle pivota sur ses talons pour repartir, mais la suite de la conversation la retint.

— En tout cas, ça sert d'avoir un photographe comme Carlo Triani qui est dingue de toi. C'est un sacré avantage sur les autres filles. A vrai dire, c'est même injuste !

— Bof. Personnellement, je préfère me débrouiller seule. J'ai entendu dire des trucs sur lui.

— Ah bon ? Quoi ?

La première fille baissa la voix, en prenant un ton de conspiratrice.

— Il paraît qu'il aime les hommes.

— Non !

— Si !

— Carlo Triani ?

Il s'ensuivit un silence synonyme d'intense réflexion.

— Impossible ! Ce type pourchasse toutes les filles comme un vrai obsédé. Il les a baisées presque toutes. De ce côté-là, il tient de son père.

— Oui, je sais. Mais j'ai obtenu cette information de source sûre, répondit l'autre fille en gloussant. Peut-être qu'il marche à voile et à vapeur. C'est courant, surtout dans cette ville.

La chasse d'eau des toilettes se déclencha, et Becky Lynn s'empressa de ressortir de la chambre, le cœur battant à tout rompre.

Carlo aimait les hommes ? Non, c'était impossible !

D'un pas vif, elle s'éloigna dans le couloir pour que les deux mannequins, en la voyant encore à l'étage, ne puissent pas deviner qu'elle avait suivi leur conversation.

« Ce type pourchasse toutes les filles comme un vrai obsédé. » Becky Lynn fronça les sourcils, perplexe. N'avait-elle pas éprouvé cette même impression ? N'avait-elle pas cru déceler une sorte de désespoir dans la façon dont Carlo collectionnait les conquêtes féminines ? Du désespoir, mais aussi de la gêne ?

Allons, tout cela n'avait aucun sens ! se dit-elle en descendant le grand escalier tournant. Ce n'étaient que de sales ragots sans le moindre fondement. De toute évidence, ces deux mannequins étaient jalouses, et elles se vengeaient en débitant des calomnies.

Becky Lynn aperçut Carlo à l'autre bout de l'immense salon, en discussion animée avec un autre photographe. « Ce type pourchasse toutes les filles comme un vrai obsédé », songea-t-elle une fois de plus en atteignant le bas de l'escalier. Mais obsédé par quoi ? L'amour des femmes ? Le désir sexuel ? Ou autre chose ?

« De ce côté-là, il tient de son père. »

— Ah, Valentine ! Tu es absolument fabuleuse. *Fantastico !*

Comme si ses pensées avaient fait surgir cet homme par enchantement, Becky Lynn se retourna pour découvrir le visage souriant de Giovanni. Ils s'étaient déjà rencontrés à plusieurs reprises et, bien qu'il se fût toujours montré charmant, elle ne l'aimait pas. Son attitude envers elle importait peu quand elle songeait à la manière dont il avait repoussé un enfant de huit ans qui réclamait l'amour de son père.

— Bonsoir, Giovanni.

Il lui prit la main pour la porter à sa bouche, en la gardant un peu plus longtemps que nécessaire.

— Tu es sans conteste la plus belle femme de toute la soirée. Pourquoi n'ai-je pas encore travaillé avec toi, *bella* ?

Bella. C'était ainsi que l'appelait Carlo. Becky Lynn trouvait qu'il y avait quelque chose d'écœurant dans cette similitude, et dans la façon dont il la regardait, comme si elle n'était qu'un trophée de choix que l'on pouvait remporter et ajouter à sa collection.

Réprimant un frisson, elle libéra sa main en douceur.

— Je me le demande, répondit-elle.

Giovanni avança d'un pas, en laissant glisser un regard approbateur sur sa silhouette enveloppée de tissu soyeux.

— Je suis sûr qu'on effectuerait du bon travail tous les deux. On est faits l'un pour l'autre, comme la main et le gant, si tu vois ce que je veux dire.

Elle voyait très bien, trop bien même. Résistant à l'envie de lui exprimer exactement ce qu'elle pensait de lui, elle lui adressa un sourire mielleux.

— Pour être franche, j'adore travailler avec Carlo. C'est toujours un vrai plaisir. Mais vous le savez déjà, je suppose.

— Ah oui, Carlo. Je suis au courant.

Giovanni se pencha vers elle ; dans ses yeux presque noirs brillait une étincelle de défi.

— Mais pourquoi te contenter de la jeunesse, alors que tu pourrais bénéficier de l'expérience ?

Elle se raidit. Giovanni était un porc ! Il se moquait pas mal du bonheur de Carlo ; pour lui, son fils n'était qu'un rival. Et il voulait l'écraser, par n'importe quel moyen, même si pour cela il devait coucher avec la femme qu'il croyait être la maîtresse de son fils !

Eprouvait-il le même ressentiment à l'égard de Jack ? se

demanda-t-elle tout à coup. Avait-il envie de l'écraser lui aussi ? Avait-il volontairement monté ses deux fils l'un contre l'autre ?

Becky Lynn sourit de nouveau, d'un air rêveur cette fois, comme si elle songeait aux bras de Carlo.

— Je n'ai pas l'impression d'être frustrée, rétorqua-t-elle. A vrai dire, je crois même que je suis la femme la plus… comblée au monde.

En voyant s'empourprer les joues du photographe, Becky Lynn comprit que son coup avait porté. De toute évidence, le grand Giovanni n'avait pas pour habitude d'être ainsi rembarré. « Le pauvre petit ! » songea-t-elle avec ironie, en se retenant pour ne pas éclater de rire. Hmm ! C'était tellement agréable…

Elle aperçut Carlo dans un coin de la pièce.

— Ah, voici mon homme, déclara-t-elle. Si vous voulez bien m'excuser…

— Certainement, répondit Giovanni d'un ton crispé, en s'écartant pour la laisser passer.

En s'éloignant, Becky Lynn ne put contenir un petit ricanement.

39

Jack faisait cogner son porte-documents contre sa jambe ; tous ses muscles se contractaient nerveusement ; il ressentait le besoin de bouger. Il avait pris le vol de nuit entre Los Angeles et l'aéroport de La Guardia à New York afin d'être à pied d'œuvre dès le début de la journée. Il avait l'impression d'être assis depuis une éternité. Le vol en lui-même n'avait duré qu'un peu plus de cinq heures, mais le trajet en taxi de l'aéroport jusqu'au centre d'affaires de Manhattan avait pris deux fois plus de temps qu'il n'en aurait fallu sans ce trafic, habituel à l'heure de pointe ; et voilà que Hugh Preston, P.-D.G de la firme H.P. City Wear, le faisait attendre depuis déjà quarante minutes…

Jack se leva pour marcher jusqu'à l'unique fenêtre du hall d'accueil. Dehors, la pluie menaçait ; le ciel de plomb se fondait dans l'univers de béton, d'acier et de verre de Manhattan, enfermant la ville dans une sorte de boîte grise, hermétique et étouffante.

Deux jours plus tôt, l'agent de Jack l'avait appelé pour l'informer que le célèbre créateur de mode avait émis le souhait de consulter son book et que, fort impressionné par ses photos, il voulait maintenant le rencontrer.

A côté de ce que représentait Hugh Preston et sa ligne de vêtements City Wear, le contrat avec Garnet McCall semblait dérisoire. Agé seulement de quarante ans, Hugh Preston avait déjà à son actif un grand nombre de réussites. Sorti de nulle part, il s'était propulsé jusqu'au sommet en un temps record. Le marché de la confection avait besoin de ce qu'il avait à offrir : une ligne de vêtements pour hommes, décontractés mais chic, des tenues modernes, dans le vent, toujours confortables, destinées aux jeunes — ou moins jeunes — cadres dynamiques qui possédaient de l'argent et du goût.

Or, Hugh Preston s'apprêtait à lancer sur le marché une ligne pour femmes. Afin de l'assister dans cette tâche de grande envergure, il avait besoin d'un photographe de talent.

Jack voulait être ce photographe. Il le voulait plus que tout. Depuis que son agent l'avait contacté, il avait passé deux journées entières à étudier la ligne créée par Hugh Preston. Dans les milieux professionnels, beaucoup l'appelaient « le jeune prodige de la mode », en raison de son ascension fulgurante ; d'autres l'avaient surnommé « le gamin aux mains d'or », allusion à son incroyable talent pour transformer chacune de ses idées en millions de dollars.

Une fois de plus, Jack dut maîtriser son excitation. Il n'avait pas encore décroché le contrat, loin s'en fallait, mais il savait qu'il était l'homme idéal pour ce travail. Il savait que ses photos correspondaient parfaitement au style de vêtements que concevait Preston ; sur cette affaire, il était le plus qualifié de tous les grands photographes du moment.

Il glissa les mains dans les poches de son pantalon à pinces, une création City Wear. Il avait déjà quelques idées de mise en scène. Et il avait déjà choisi le mannequin qui deviendrait la première femme City Wear : Valentine.

Elle possédait le visage et le corps qui convenaient ; elle avait le look qu'exigeaient les vêtements de Preston. En outre, c'était une star montante ; elle incarnait parfaitement cette image énergique qu'il prévoyait déjà pour les photos de la ligne City Wear.

« Arrête tes conneries, Jack. Tu veux juste travailler avec elle. »

Jack inspira profondément, furieux contre lui-même. Et alors ? songea-t-il. Même si c'était la vérité, cela ne voulait pas dire que Valentine n'était pas faite pour cette campagne. Cela ne voulait pas dire non plus qu'en la revoyant, l'autre soir, il avait été profondément bouleversé.

— Hugh va vous recevoir, déclara la réceptionniste en se levant avec un grand sourire. Venez, je vous accompagne.

Jack suivit la jeune femme dans un long couloir, jusqu'au bureau de Hugh Preston. Elle frappa à la porte avant de l'ouvrir. Le créateur se leva aussitôt et fit le tour de son bureau pour accueillir Jack.

— Ah, bonjour ! Heureux que vous ayez pu venir.

Les deux hommes se serrèrent la main. Jack sourit.

— Ravi de vous rencontrer.

— Asseyons-nous, Jack, nous serons mieux pour bavarder.

Hugh Preston désigna plusieurs fauteuils regroupés devant la baie vitrée qui dominait Manhattan.

— Vous avez une superbe vue, commenta Jack en s'asseyant dans un des fauteuils de cuir et d'acier.

— Oui, je l'adore ! répondit Preston. Et j'adore vos photos. J'ai suivi de près tout ce que vous avez fait pour McCall. J'ai particulièrement aimé la série de photos que vous avez réalisées pour la collection de printemps. Très impressionnant.

— Merci. J'avoue en être assez satisfait.

— Ah, je vois que vous m'avez apporté votre book.

Jack le tendit à Hugh Preston.

Ce dernier l'ouvrit et le feuilleta un moment, sans rien dire, comme s'il voulait se familiariser encore une fois avec toutes ces photos. Finalement, il leva les yeux vers Jack.

— Parfait, dit-il. Expliquez-moi ce que le brillant Jack Gallagher peut faire pour moi.

Jack se jeta à l'eau. Pour commencer, il évoqua l'image de la femme à qui, selon lui, s'adressait la nouvelle ligne City Wear, exposant ensuite ses idées concernant le style des photos ; après quoi, il lui fit part de son choix du mannequin idéal — Valentine, celle que tout le monde s'arrachait —, affirmant qu'elle incarnerait le mieux la première représentante des vêtements City Wear. Son enthousiasme transparaissait dans ses paroles, et, bientôt, Hugh Preston et Jack se mirent à évoquer avec passion les diverses approches publicitaires et artistiques de la campagne.

Au bout d'un moment, la conversation dériva vers des sujets

plus personnels. Les deux hommes échangèrent des histoires, évoquèrent en riant des connaissances communes dans le milieu de la mode.

Finalement, Hugh jeta un coup d'œil à sa montre.

— Je suis désolé de devoir interrompre cette discussion passionnante, dit-il, mais j'ai un rendez-vous à l'extérieur.

Il se leva, et Jack l'imita.

— Je vous remercie de m'avoir accordé tout ce temps. Je sais à quel point vous êtes occupé.

Hugh baissa les yeux sur le book de Jack, avant de croiser une fois de plus son regard.

— Combien de temps restez-vous à New York, Jack ?

— Juste aujourd'hui. Je reprends l'avion cet après-midi.

— Ah, quel dommage ! Pourquoi ne pas repartir demain matin ? Nous pourrions sortir faire la fête ce soir. J'aimerais apprendre à mieux vous connaître.

Jack ouvrit la bouche pour répondre à cette invitation, prêt à l'accepter, mais, soudain, il hésita. Un souvenir titillait sa mémoire.

« Avant de prendre ma décision, lui avait dit Garnet elle aussi, j'aimerais apprendre à mieux vous connaître. »

C'était un sentiment de déjà-vu. Avec une variante.

Jack se racla la gorge, en songeant qu'il devait se tromper, qu'il dramatisait à tort. Il était dans ce métier depuis des années maintenant, et jamais aucun homme ne lui avait fait de proposition.

Mais dans un tel milieu, tout était possible.

— Oui, c'est une excellente idée, Hugh. Je connais justement quelques filles ici à New York, puis-je venir accompagné ?

— En fait, j'aurais préféré qu'on soit tous les deux, répondit le créateur avec un sourire. Ce serait la meilleure façon d'apprendre à mieux nous connaître. Sur le plan créatif.

Jack sentit une boule se former dans sa gorge. Il déglutit, sans toutefois se départir de son sourire décontracté.

— Créatif ? murmura-t-il. Je ne suis pas certain de comprendre.

— Je souhaiterais voir si nous sommes sur la même longueur

d'onde, répondit Hugh Preston en promenant un regard approbateur sur son interlocuteur. Ce serait l'occasion de savoir si nous sommes faits l'un pour l'autre.

Merde. Enfer ! Le salaud. Jack se raidit. Il avait vu juste. Ce type cherchait à le draguer !

— J'aimerais beaucoup sortir m'amuser avec vous, Hugh, mais il faut absolument que je rentre à Los Angeles ce soir.

— Ah, vous m'en voyez désolé.

Il rendit son book à Jack.

— J'aime beaucoup ce que vous faites, dit-il. Je vous appellerai.

Il n'appellerait pas, se dit Jack quatre heures plus tard, tandis qu'il embarquait à bord de l'avion qui devait le ramener à Los Angeles. Le contrat venait de lui filer sous le nez.

Il étouffa un juron. City Wear lui aurait apporté gloire et consécration.

Mais il n'avait même pas un seul instant envisagé de coucher avec Hugh Preston.

Il jura de nouveau, à voix basse, en tendant sa carte d'embarquement à l'hôtesse, avant d'aller s'asseoir à sa place. Les premières classes étaient quasiment vides ; le seul autre passager était un joueur de football professionnel qu'il reconnut et salua d'un signe de tête. Puis il replongea dans ses sombres pensées, et dans la frustration qui bouillonnait en lui.

Il était le plus qualifié pour ce travail ; il en rêvait. L'envie continuait de brûler en lui, toujours aussi ardente, au creux de son ventre. L'hôtesse lui proposa une coupe de champagne ; il la refusa et réclama à la place un jus d'orange. Avec un peu de chance, le retour en Californie ferait disparaître le goût amer que cette entrevue avec Hugh Preston avait laissé dans sa bouche.

Son « arrangement » avec Garnet ne l'avait pas empli d'un tel écœurement ; il n'avait pas eu l'impression d'être manipulé. Car il s'agissait en l'occurrence d'une femme séduisante et sexy, et parce que l'idée de coucher avec elle n'avait rien de répugnant, au contraire.

Rétrospectivement, pourtant... il éprouvait un sentiment de honte.

L'avion avait maintenant atteint sa vitesse de croisière ; Jack inclina son siège et ferma les yeux. Et s'il avait refusé de coucher avec Garnet ? se demandait-il. L'aurait-elle congédié comme il avait été congédié aujourd'hui ? Serait-il encore en train de se battre avec acharnement pour décrocher son premier gros contrat ?

Le goût était de plus en plus amer dans sa bouche. Il but une gorgée de jus d'orange pour tenter de le faire passer. Jamais jusqu'à présent il ne s'était rendu compte à quel point ce système était répugnant ! Ayant grandi dans le milieu de la mode, il en avait toujours connu le type de fonctionnement et, avant aujourd'hui, il n'avait jamais rien trouvé à y redire.

Il est vrai que le système ne s'était encore jamais retourné contre lui. Mais aujourd'hui, il avait payé le prix fort.

Le contrat City Wear l'aurait propulsé parmi les grands de la mode. Il n'aurait plus été contraint de jouer le jeu ; il aurait pu établir ses propres règles.

Pour cela, il lui aurait suffi de s'adapter à la situation, et de baisser son pantalon.

Mais sa capacité d'adaptation avait des limites, se disait-il.

Une fois de plus, il repensa à Valentine, à Becky Lynn. Etait-ce le système, là encore, qui l'incitait à rester avec Carlo ? Etait-ce également une façon de jouer le jeu ? Carlo lui garantissait une place de choix dans le monde de la mode. A force de la faire poser pour ses photos, il avait hissé la gloire de Valentine au niveau de la sienne. Elle n'était pas obligée de se battre pour décrocher des contrats ; elle n'avait pas connu le parcours du combattant, les humiliations des mannequins débutants, les foires aux bestiaux, les concours ; elle n'avait pas subi les sélections sur canapé.

Sauf un seul canapé. Celui de Carlo.

Les doigts de Jack se crispèrent autour de son verre. Qu'importait les raisons, les justifications, il lui suffisait d'imaginer Becky Lynn dans le lit de Carlo pour devenir fou. Jamais il n'aurait cru en être affecté à ce point. Il découvrait en lui, avec effroi, l'envie d'expulser cette colère et cette frustration de manière physique et irrationnelle, l'envie de se défouler sur quelqu'un ou quelque chose.

De préférence sur Carlo.

Jack serra rageusement les dents. Il haïssait son demi-frère ; l'idée que celui-ci pose ses mains sur le corps de Becky Lynn lui était insupportable. Il ne pouvait même pas supporter de la savoir auprès de ce salopard ! L'autre soir, elle lui avait demandé s'il lui arrivait parfois de penser à quelqu'un d'autre que lui. Depuis, cette remarque acide ne cessait de le ronger, non pas parce qu'il pensait qu'elle avait tort, ou parce qu'il se sentait insulté, froissé ou honteux.

Mais parce que, la plupart du temps, il ne pensait pratiquement qu'à elle.

Si seulement elle le savait !

40

Becky Lynn ne parvenait pas à chasser de son esprit les échos de la rumeur concernant Carlo. Elle détestait profondément ce genre de ragots, ces calomnies, si répandus dans le milieu de la mode. Pourtant, elle ne s'était pas sentie outrée ; à aucun moment, elle n'avait éprouvé le besoin de faire irruption dans la salle de bains pour défendre vaillamment la réputation de Carlo.

D'une certaine façon, elle avait le sentiment que ces deux filles disaient la vérité. C'était une sorte de révélation, comme si tout ce qu'elle ressentait au sujet de Carlo, toutes ces vibrations contradictoires qu'elle percevait dans le comportement de celui-ci avec le sexe opposé trouvaient soudain une explication.

Le visage déformé par une grimace de perplexité, elle engagea la voiture dans la rue bordée de palmiers où était située la maison de Carlo. Mais si cette rumeur était fondée, pourquoi ne lui avait-il jamais rien dit ? se demandait-elle. Si c'était vrai, pourquoi pourchassait-il les femmes avec un tel acharnement ? Pourquoi cherchait-il à se faire passer pour ce qu'il n'était pas ? Après tout, dans le monde de la mode, être homosexuel n'était ni une originalité, ni un handicap. Alors, pourquoi cette comédie ?

Becky Lynn s'arrêta devant le portail de la villa, surprise d'apercevoir ses deux véhicules garés dans l'allée. Elle consulta sa montre. Presque 8 heures ! D'ordinaire, Carlo était parti depuis longtemps, même si, comme aujourd'hui, il devait préparer un important voyage à New York.

Elle descendit rapidement de voiture. Sans doute avait-il connu une nuit agitée la veille au soir, songea-t-elle avec un sourire amusé. Il lui avait dit qu'il sortait en boîte de nuit sur Sunset Boulevard avec des amis. Mais soudain, le sourire de la jeune fille s'évanouit. Peut-être était-il malade ? Depuis qu'elle le connaissait, Carlo n'était jamais resté au lit un jour de semaine.

Elle se dirigea vers la porte d'entrée, en cherchant ses clés dans son sac à main. Elle avait oublié son book dans le vestibule l'avant-veille au soir, et elle en avait besoin ce matin pour un casting. Son intention initiale était d'entrer et de ressortir aussitôt sans se faire remarquer, mais elle songea qu'elle devait peut-être s'assurer que Carlo allait bien.

La maison était totalement silencieuse, d'un calme inhabituel. Son book se trouvait sur la console dans l'entrée, à l'endroit exact où elle l'avait laissé. Après l'avoir récupéré, Becky Lynn se dirigea vers l'arrière de la maison.

La porte de la chambre de Carlo était entrouverte. Une sensation pénible de déjà-vu l'envahit, le souvenir de la dernière fois qu'elle s'était trouvée dans cette même situation, la dernière fois qu'elle avait poussé une porte de chambre.

Cette fois-là, elle avait découvert l'homme qu'elle aimait au lit avec une autre femme.

Mais Carlo n'était pas l'homme qu'elle aimait ; c'était son ami, son mentor. Et elle voulait juste s'assurer qu'il allait bien. Prenant une profonde inspiration, elle poussa la porte entrouverte.

Une femme, le corps enroulé dans les draps défaits, mais visiblement nue, était couchée en travers du lit. Debout à côté du lit, Carlo contemplait cette femme endormie, avec sur le visage le masque du désespoir.

Becky Lynn retint son souffle. Quand Carlo leva la tête, le vide de son regard, l'immense désarroi qu'elle y vit lui brisèrent le cœur.

Elle comprit alors que le doute n'était plus possible : les rumeurs étaient fondées.

Carlo était homosexuel.

Elle recula d'un pas, puis d'un autre, avec le terrible sentiment d'être trahie. Pourquoi ne lui avait-il rien dit ? Pourquoi ne lui faisait-il pas confiance ? Elle songea à tous ces moments où Carlo avait tenté de l'attirer dans son lit, en sachant qu'il se mentait à lui-même. A présent, Becky Lynn avait l'impression d'avoir été utilisée, de n'avoir aucune valeur.

Il ouvrit la bouche pour parler, mais la jeune femme pivota sur ses talons et s'éloigna dans le couloir, sans savoir ce qu'elle avait envie de lui dire, ce qu'elle devait lui dire.

Comme elle s'y attendait, Carlo la suivit. Elle s'arrêta dans le vestibule, le cœur battant à tout rompre, les paumes moites. Avec l'impression d'avoir été dupée, abusée. Jack l'avait trahie, et maintenant, d'une certaine façon, c'était comme si Carlo l'avait trahie, lui aussi. Finalement, elle ne le connaissait pas, songea-t-elle, atterrée par cette constatation. Depuis qu'ils vivaient sous le même toit, il n'avait cessé de se cacher devant elle.

Tout comme elle se cachait devant lui.

Elle joignit ses mains devant elle. Comment pouvait-elle lui en vouloir alors qu'elle s'était montrée aussi cachottière que lui, aussi malhonnête ?

— Becky Lynn ?

Elle se retourna et affronta le regard de Carlo. Il paraissait si malheureux, songea-t-elle en scrutant son expression.

En fait, il paraissait même désespéré. Elle sentit sa propre colère et son immense déception s'atténuer, puis disparaître totalement.

S'avançant vers lui, elle lui prit les mains.

— Pourquoi ne m'as-tu rien dit, Carlo ? Tu avais peur de me faire confiance ?

— Te dire quoi, *bella* ? Je ne comprends pas.

Prenant une profonde inspiration, elle referma violemment ses doigts autour des siens.

— Je sais que tu es homosexuel.

L'expression de Carlo se figea, et la jeune fille sentit son cœur se fendre.

— Je t'en prie, reprit-elle, ne te cache pas devant moi. Nous sommes amis. Jamais je ne te ferai de mal.

Carlo se racla la gorge ; de toute évidence, il luttait pour conserver un air détaché.

— Valentine, *bella*, que racontes-tu ? Comment peux-tu penser que je…

— Je sais la vérité, Carlo, déclara-t-elle en le regardant droit dans les yeux. Tu n'as pas besoin de jouer la comédie avec moi. Je me moque de tes… goûts. C'est uniquement toi qui m'intéresses.

Elle voyait sa gorge se contracter ; elle sentait à quel point ses paroles le mettaient mal à l'aise, à quel point il avait envie de les nier. Mais il en était incapable.

— Je t'aime, Carlo, murmura-t-elle d'une voix étouffée par les larmes. Tu n'as rien à me prouver, tu n'es pas obligé de te faire passer pour ce que tu n'es pas. Je t'aime tel que tu es, et pour la façon dont tu me considères.

Carlo libéra ses mains en douceur et lui tourna le dos. Il se repliait sur lui-même. Les larmes envahirent les yeux de Becky Lynn. Elle ne pouvait imaginer de vivre sans lui. Privée de Carlo, elle n'aurait plus aucun ami véritable dans ce métier. Mais surtout, elle voulait qu'il soit heureux.

Faisant un pas en avant, elle posa une main sur son épaule. Il eut un brusque mouvement de recul. Blessée par cette réaction de rejet, Becky Lynn se raidit.

— Tu ne peux pas continuer à vivre ainsi, dit-elle à voix basse. Je vois… je sens combien tu souffres. C'est comme si… chaque fois que tu couchais avec une femme, on t'arrachait une parcelle de toi-même. Tu es en train de te vider de ton sang, Carlo. Laisse-moi te…

— Va-t'en.

— *Bello*… je t'en supplie, laisse-moi t'aider.

Il la regarda, les poings serrés, le visage ravagé par l'angoisse.

— Va-t'en. Laisse-moi.

Elle se souvint tout à coup d'une remarque faite par les deux mannequins, et elle comprit.

— C'est à cause de ton père, n'est-ce pas ? Tu essayes de lui prouver quelque chose. Tu essayes de te montrer à la hauteur d'une légende ridicule qui n'a aucun rapport avec l'individu que tu es au fond de toi-même !

Carlo lui tourna le dos et se dirigea à grands pas vers la porte-fenêtre qui donnait sur la piscine et les jardins. Il resta muet un long moment ; Becky Lynn sentait qu'il livrait un terrible combat intérieur pour se ressaisir.

— Que sais-tu de la légende de mon père, hein ? demanda-t-il finalement d'un ton agressif. Comment peux-tu savoir ce que je veux et ce que je ressens ? Comment oses-tu venir ici, chez moi, pour me dire des choses pareilles ? Quels secrets m'as-tu confiés qui te donnent ce droit ?

— Oui, tu as raison, répondit Becky Lynn.

Elle prit une profonde inspiration.

— Je n'ai pas été franche avec toi. Je voulais enterrer le passé. Je pensais que si personne ne savait la vérité, tout serait effacé ; le passé n'existerait plus. Ni la fille que j'étais alors.

En prononçant ces mots, elle le rejoignit devant la fenêtre, sans oser le regarder toutefois. Dehors, le soleil brillait sur la surface bleue et ondoyante de la piscine.

— J'ai été violée par une bande de garçons quand j'avais dix-sept ans, raconta-t-elle d'une voix faible. En fait, ils étaient trois, mais un seul a eu le temps de… me posséder. Ils m'ont enfilé un sac en papier sur la tête pour ne pas voir mon visage pendant qu'ils me violaient. Tu comprends… j'étais trop laide pour qu'on me regarde…

Suffoquée par l'émotion, elle s'éclaircit la voix pour poursuivre son terrible aveu :

— Ces types m'ont violée parce qu'ils savaient qu'ils ne risquaient rien, et parce qu'à leurs yeux… je n'étais rien, je n'existais même pas !

Carlo se retourna lentement. La jeune fille sentit peser sur elle son regard, mais elle n'avait pas le courage de l'affronter.

— Et, d'une certaine façon, ils avaient raison, reprit-elle. Je n'étais qu'une pauvre petite Blanche ; mon père était un bon à rien alcoolique, qui me méprisait presque autant que ces types.

Les larmes avaient envahi ses yeux. Elle cligna des paupières, bien décidée à ne pas pleurer.

— Toute ma vie, j'ai tenu le coup grâce à mes rêves. Sans eux… je serais morte.

Elle trouva enfin le courage de soutenir le regard de Carlo. Elle y lut de la compassion et de la sollicitude, mais, surtout, de la compréhension.

— Tu m'as permis de réaliser mes rêves, Carlo. Tu m'as offert… tout. Comment pourrais-je ne pas t'aimer ? Et comment pourrais-je rester à l'écart quand tu es en train de te détruire ?

— Becky Lynn, je…

Sa gorge se referma sur la suite de sa phrase. Elle lui prit la main et la porta à ses lèvres.

— Je m'en vais. Pense à ce que je t'ai dit, je t'en prie. Appelle-moi dès ton retour de New York.

Elle s'éloigna. Arrivée à la porte, elle s'arrêta et jeta un coup d'œil par-dessus son épaule. Le désespoir qu'elle voyait sur le visage de Carlo lui déchirait le cœur.

— Il n'en vaut pas la peine, Carlo. Au fond de toi, tu le sais bien.

41

Il avait décroché le contrat. Carlo Triani était désormais le photographe officiel de la ligne de vêtements H.P. City Wear.

Carlo promena son regard sur les fleurs écarlates qui parsemaient son jardin, vibrantes et éclatantes de vie. Un sourire se peignit sur ses lèvres ; cette vision le remplissait de bonheur, car lui aussi, pour une fois, se sentait débordant de vitalité.

Hugh Preston. Le sourire de Carlo s'élargit. Il s'était fait un ami, il avait trouvé une âme sœur. Leurs deux esprits fonctionnaient à l'unisson, leurs idées, leurs pensées concordaient, qu'il s'agisse de la mode, de la photographie, de la vie. Ils avaient tant de points communs que cela en devenait presque effrayant.

Soudain, le sourire radieux de Carlo s'évanouit. Hugh était plus courageux que lui, songea-t-il. Il était plus fort, plus audacieux. Hugh, lui, ne cachait pas sa nature profonde, il refusait de se faire passer pour ce qu'il n'était pas. Il avait toujours refusé de jouer la comédie, disait-il.

Toutefois, ce courage ne l'avait pas empêché de comprendre la situation embarrassante dans laquelle se trouvait Carlo. Il compatissait, il avait su percevoir ses sentiments contradictoires. En outre, Hugh lui avait clairement fait comprendre qu'il souhaitait le revoir.

Carlo ouvrit la porte-fenêtre et sortit sur la terrasse. Le parfum de la journée ensoleillée, des fleurs et de l'herbe fraîchement coupée assaillit ses narines. Les yeux fermés, il inspira à pleins poumons, laissant la vie entrer en lui.

Il n'avait pas oublié le contact des mains de cet homme sur

son corps ; il se souvenait de chacun de leurs trop brefs instants d'intimité. L'expérience avait été pour lui incroyablement excitante, satisfaisante, presque magique.

Il était en train de tomber amoureux.

Cette pensée le fit sourire ; il avait l'impression de se comporter comme un adolescent idiot. Malgré tout, il ne pouvait nier la force de ses sentiments. Il devait admettre aussi qu'il avait envie de revoir Hugh.

Et si Giovanni l'apprenait ?

Son cœur s'emballa tout à coup ; un poids invisible lui comprima la poitrine, l'obligeant à lutter pour respirer. Il n'avait aucun mal à imaginer le dégoût, la répulsion de son père. Toutes les miettes de respect que Giovanni lui avait chichement consenties, pour lesquelles Carlo avait dû se battre, ce respect pour lequel, d'une certaine façon, il était mort, tout cela lui serait retiré. Jamais il ne parviendrait à rivaliser avec la légende.

Giovanni se tournerait alors vers Jack. Jack le macho. Jack dont la conduite avec les femmes lui rappelait la sienne, Jack qui semblait réussir tout ce qu'il entreprenait, dans tous les domaines.

Aucun doute. Giovanni choisirait Jack, une bonne fois pour toutes.

Carlo fit craquer ses doigts, envahi par un sentiment d'impuissance et de rage. Il maudit sa mère, Giovanni et lui-même. Il détestait sa faiblesse, sa peur permanente. Il se haïssait, car il n'avait pas le courage d'être celui qu'il voulait être. Il se retourna, et son regard se posa sur le Jacuzzi.

L'eau rouge.

Il frissonna et son esprit tout entier fut envahi par l'image de sa mère, alors que les dernières parcelles de vie s'échappaient de son corps exsangue.

Il s'était jeté sur elle, il s'était accroché à son corps inerte, en la suppliant de ne pas l'abandonner. Ils avaient dû l'arracher de force au cadavre. Un des bras de sa mère pendait par-dessus le bord de la baignoire, et Carlo avait glissé dans la mare de sang. Quand il s'était débattu, le sang avait giclé de tous les côtés, maculant sa peau et ses vêtements, maculant sa vie tout entière.

Aujourd'hui encore, il entendait hurler cet enfant perdu. « Pourquoi tu ne m'aimais pas, *madre* ? Pourquoi tu ne m'aimais pas assez pour vouloir vivre ? »

Après, il s'était retrouvé seul avec Giovanni. Cet être impitoyable et critique. Impatient et froid. Giovanni que sa formidable légende précédait comme une étendue de glace aveuglante et impénétrable.

Carlo cligna les yeux et détourna la tête pour ne plus voir le Jacuzzi, ni même le jardin. Becky Lynn avait raison : il ne pouvait pas continuer à vivre de cette façon, à jouer la comédie en couchant avec des femmes.

Mais il ne pourrait supporter que Giovanni apprenne la vérité. Ce serait encore plus terrible que cette mort lente qui l'entamait à petit feu.

Il massa longuement les muscles noués de sa nuque, en repensant à toutes les choses que lui avait dites Becky Lynn deux jours plus tôt. Il la comprenait bien désormais. Avant cet aveu, il savait quel genre de fille elle était ; il l'appréciait et la respectait. Mais il ne la comprenait pas. Maintenant, tout était différent.

Pas étonnant qu'elle ait peur des hommes, pensa-t-il, pas étonnant qu'elle ne supporte pas qu'on la touche. Il mesurait tout le courage qu'il lui avait fallu pour s'abandonner ainsi à lui et à son appareil photo. Aujourd'hui, il découvrait l'ampleur du cadeau qu'il lui avait fait quand il l'avait transformée en Valentine, même s'il n'avait pas agi par pur altruisme.

Et surtout, il voyait combien leurs deux vies étaient vides, ridicules et tristes.

En revanche, songea Carlo avec un froncement de sourcils, il ne comprenait pas les sentiments de Becky Lynn envers Jack. Son demi-frère était la seule pièce qui ne trouvait pas sa place dans le puzzle de la vie de Valentine. Que lui avait donc apporté Jack pour mériter ainsi son respect et sa confiance ? De quoi avait-elle pu tomber amoureuse ?

Peut-être qu'il ne saisissait pas la raison d'un tel attachement uniquement parce qu'il ne voulait pas la saisir, songeait-il. Peut-être que sa peur et sa jalousie l'avaient toujours empêché de voir Jack sous son vrai jour.

Agacé par ce raisonnement, Carlo secoua la tête. Non, il n'était pas aveugle ; Jack était bel et bien l'être borné et méprisable qu'il avait toujours vu en lui. Becky Lynn s'était simplement laissé hypnotiser par le charisme viril de Jack.

De toute façon, ce dernier appartenait désormais au passé de Becky Lynn, se dit Carlo. C'était lui-même qui représentait son avenir. Ils pouvaient se soutenir l'un l'autre, se protéger mutuellement. Et il aimait cette fille, comme il n'avait jamais aimé aucune autre femme, à l'exception de sa mère.

Il sentit son pouls s'accélérer, l'excitation s'emparer de lui. Carlo Triani et Valentine ; ensemble ils seraient invincibles. Ils n'auraient plus rien à redouter. Rien ne leur serait impossible.

Il ne lui restait plus qu'à en persuader Becky Lynn.

42

« Où suis-je ? »

Nageant en pleine confusion, Zoe regarda autour d'elle, fouillant sa mémoire, essayant d'ordonner ses pensées. Elle était entrée dans un bar. Sur Sunset Boulevard. Mais lequel ?

Ils se ressemblaient tous, sombres et bondés, avec d'étranges éclairages syncopés. Ils étaient tous aussi bruyants, trop bruyants…

Elle prit une inspiration tremblante, soudain victime d'étourdissements, accompagnés d'une légère nausée. La musique résonnait de manière sourde dans son crâne, mais elle s'aperçut avec horreur qu'il ne s'agissait pas de la musique ; ce qu'elle entendait, c'était le battement de son propre sang qui cognait dans ses veines.

Un homme assis à sa droite au bar se rapprocha d'elle. Il dégageait une odeur sucrée écœurante, comme un mélange d'eau de Cologne bon marché et de bourbon.

— Salut, poupée, marmonna-t-il à son oreille. T'as pas envie d'aller faire un petit tour ?

Zoe le regarda, le souffle court. Est-ce qu'elle connaissait cet homme ? se demanda-t-elle. Lui avait-elle adressé la parole ? Non, elle ne le pensait pas. Il avait les cheveux noirs et portait une barbe ; ses yeux brillaient, d'un éclat si intense qu'ils semblaient la traverser de part en part. « Des yeux de démon », songea Zoe, et un frisson glacé lui parcourut l'échine.

Elle ouvrit la bouche pour parler, mais aucun son n'en sortit. Elle s'empara du verre posé devant elle ; sa bouche était sèche comme de la cendre. Et si elle s'asséchait complètement et disparaissait ? songea-t-elle. Si elle mourait là, maintenant, sans que personne le sache, sans que personne s'en aperçoive ?

Le cœur battant, elle referma les doigts autour du verre humide, avant de le porter à sa bouche, mais sa main tremblait tellement qu'un peu de liquide se renversa et coula sur son poignet.

— Alors, *baby* ? On fout le camp d'ici ?

Son regard revint se poser sur le démon assis à son côté. Il se pencha vers elle. Zoe reconnut l'odeur écœurante de son haleine : c'était le parfum douceâtre de la mort. La peur, tout à coup, l'empêcha de respirer.

— Faut que j'aille aux toilettes, murmura-t-elle en glissant du tabouret de bar.

Elle vacilla légèrement quand son pied toucha le sol. L'homme la retint par le bras.

— Reviens vite, poupée. Je t'attends.

Comme brûlée par le contact de cette main, Zoe libéra son bras d'un mouvement brusque et s'éloigna à l'aveuglette à travers la salle bondée ; les lumières épileptiques éclairaient par intermittence les visages qui l'entouraient.

Effrayée, la jeune femme cherchait à repérer parmi ces visages incandescents des traits familiers. Elle avait de plus en plus de mal à respirer ; c'était comme si son cœur allait jaillir de sa poitrine.

Baissant les yeux sur la piste de danse, elle poussa un petit cri de terreur. Son cœur gisait à ses pieds, ensanglanté, et il battait encore.

— Salut, princesse.

« Princesse… »

Cette voix résonna dans sa tête ; Zoe se retourna vivement. Papa. Son papa chéri était venu la chercher.

— Oh là, ma belle !

Deux mains puissantes l'empêchèrent de perdre l'équilibre.

— Je ne sais pas ce que tu as avalé ce soir, mais je crois que ça suffit maintenant.

— Papa…, murmura-t-elle, les yeux remplis de larmes.

Elle s'abandonna entre ses bras. Il se mit à osciller au rythme de la musique. Zoe appuya la joue contre son torse, en se laissant bercer par les battements rassurants de son cœur, et elle ferma les yeux de toutes ses forces. Son père était venu la chercher ; elle n'avait plus rien à craindre.

— On dirait que c'est mon jour de chance, déclara l'homme en riant et en la serrant contre lui. Je me suis trouvé une belle princesse !

Zoe sentit son cœur s'enfler de bonheur au point d'éclater. Renversant la tête en arrière, elle lui adressa un grand sourire. Son père lui sourit, lui aussi. Zoe savait qu'elle n'aurait plus jamais peur.

Zoe se réveilla lentement. Elle avait mal. A la tête, dans la poitrine, dans le cou, aux yeux. Tout son corps lui faisait mal ; c'était une douleur qu'elle n'avait jamais connue. Elle gémit, se retourna et entrouvrit les yeux. Brûlée par la lumière, elle s'empressa de les refermer. En roulant sur le côté, elle sentit quelque chose de chaud et de dur contre elle.

Elle entrouvrit les yeux de nouveau. Un homme était couché auprès d'elle, un homme qu'elle ne connaissait pas ! Le front plissé par une grimace de perplexité, elle essaya de se rappeler qui il était, et où elle l'avait rencontré.

En vain.

Prenant soin de ne pas le réveiller, elle se leva du lit. Lorsqu'elle posa les pieds par terre, l'univers bascula. Une main plaquée sur le front, elle marcha jusqu'à la salle de bains en titubant.

Après s'être soulagée, elle s'appuya contre le lavabo. Elle se sentait mal en point. Pis que jamais. Elle passa une main sur sa bouche ; ses lèvres étaient sèches, collées aux commissures.

Elle fit couler l'eau froide, se rinça la bouche puis s'aspergea le visage. Pourquoi ne se souvenait-elle de rien ? Tous les matins elle était un peu dans le coton, mais au bout de quelques minutes, les souvenirs revenaient. Aujourd'hui, malgré ses efforts, pas moyen de se rappeler comment elle avait atterri là.

Fallait-il qu'elle ait été passablement défoncée la veille au soir, se dit-elle. Elle se souvenait de la coke et des pilules. Quel genre de pilules ? Elle fronça les sourcils. Aucune idée. Elle les avait achetées à un type sur un parking.

Zoe se pencha vers la glace. Elle avait une tête de cadavre. Elle se rapprocha du miroir, intriguée par une marque qu'elle venait d'apercevoir sur son sein gauche. Elle la toucha du bout des doigts et grimaça de douleur.

D'où venait cette étrange marque rouge ? Les yeux fixés sur sa poitrine, elle fut soudain envahie par un sentiment d'effroi. C'étaient des marques de dents ! Pas un petit suçon ou même un léger mordillement, non. Une véritable morsure. Jusqu'au sang. On distinguait nettement les empreintes des dents, si nettement que Zoe pouvait les dénombrer.

Horrifiée, elle écarta les cheveux qui lui tombaient sur le visage. Et elle les vit : les hématomes dans son cou. Des marques de doigts bleutées. Elle retint son souffle. Des images floues, déformées, dansèrent dans sa tête. Des images obscènes. Des images effrayantes.

Elle se souvint de sa respiration haletante, elle se souvint de lui, l'homme couché dans le lit, qui l'avait allongée de force sur le ventre ; elle se souvint d'avoir poussé un cri lorsqu'il s'était enfoncé sauvagement en elle.

Il lui avait fait mal. Il aurait pu la tuer.

Il fallait qu'elle fiche le camp d'ici. Il fallait qu'elle se sauve avant qu'il ne se réveille.

Le souffle court, luttant contre les vagues d'hystérie qui menaçaient de l'envahir, elle retourna dans la chambre sur la pointe des pieds ; jamais elle n'avait eu si peur de toute sa vie. Elle n'osait pas regarder l'homme couché dans le lit, de crainte de réveiller d'autres souvenirs, de voir défiler dans sa tête les images de tout ce qu'il lui avait fait.

Elle récupéra fébrilement ses affaires éparpillées à travers la chambre, enfilant chaque vêtement à mesure qu'elle le découvrait. Soudain, l'homme poussa un grognement et remua sous les draps ;

le cœur de Zoe fit un bond dans sa poitrine et, instinctivement, elle tourna la tête vers le lit.

L'homme s'agita de nouveau. Il ouvrit les yeux et la vit. Ses yeux étaient froids et vides comme ceux d'un requin. Ou d'un démon. La terreur étouffait Zoe.

Pivotant sur ses talons, elle fonça vers la porte d'entrée, l'ouvrit violemment et se rua à l'extérieur. Le soleil la submergea. Elle poussa alors un grand cri de soulagement.

Jamais plus, se jura-t-elle. Jamais plus.

43

Becky Lynn regarda Carlo d'un air hébété, sous le choc. Quand il l'avait appelée pour lui demander si elle voulait bien passer le voir, « pour parler », elle avait pensé qu'il voulait évoquer les photos qu'il comptait prendre pour City Wear. Elle avait tort.

Elle secoua la tête et dit :

— Ai-je bien entendu ? Tu viens de me demander…

— Oui, tu as bien entendu.

Il se pencha par-dessus la petite table de cuisine pour prendre les mains de la jeune fille dans les siennes.

— Epouse-moi, Becky Lynn.

— Mais… Carlo… tu…, bredouilla-t-elle. Nous savons bien tous les deux que toi et moi… que nous ne sommes pas… enfin, que tu es…

Laissant sa phrase en suspens, elle chercha le regard de Carlo. Non, il ne pouvait pas parler sérieusement, il ne pouvait pas… Et pourtant si.

— Je ne sais pas quoi dire, avoua-t-elle.

Il serra ses mains entre les siennes, puis les relâcha.

— Alors, écoute-moi bien.

Elle hocha la tête ; Carlo se leva et marcha jusqu'à la fenêtre du coin-repas.

— Tu avais raison l'autre jour, déclara-t-il en guise d'introduction. Sur tous les plans : moi, Giovanni, mes désirs. Et tu avais raison en affirmant que je me détruisais à force de jouer la comédie.

Il se retourna pour lui faire face, et poursuivit :

— Pendant longtemps, je me suis senti prisonnier. Aujourd'hui, j'aperçois enfin une issue. Pour toi et moi.

Voyant que Becky Lynn ouvrait la bouche pour émettre une remarque, il leva la main afin de l'en empêcher.

— Oui, pour toi aussi. Regarde-toi. Tu es censée incarner cette magnifique créature sensuelle et libérée, travaillant dans un milieu où tout le monde couche avec tout le monde, et pourtant tu ne supportes pas qu'on pose la main sur toi. Si nous étions mariés, tu aurais un alibi, un bon prétexte pour échapper à toutes les sollicitations, pour fuir les situations qui te mettent mal à l'aise.

Il revint vers la table où la jeune fille était assise et s'agenouilla devant elle. Une fois de plus, il lui saisit les mains.

— Imagine un peu, *bella*. Tu ne serais plus obligée de supporter les avances, les sous-entendus lubriques, cet ignoble marchandage sexuel. Après tout, nous serions le couple le plus heureux du monde. Et tout le monde le saurait.

Carlo prit une profonde inspiration, avant d'ajouter :

— Ce serait également un parfait alibi pour moi. Je ne me sentirais plus obligé de donner le change en couchant avec toutes les femmes qui passent. Et même si des rumeurs venaient à se répandre, que pourraient dire les gens en voyant le bonheur et la joie de vivre de la ravissante, de la divine Valentine ?

Becky Lynn baissa les yeux sur leurs mains jointes ; son cœur cognait à tout rompre. Jadis, elle avait rêvé d'un instant romantique comme celui-ci, d'un homme séduisant, d'une alliance en diamants, et d'amour éternel. Jadis, elle avait rêvé d'entendre ces mots dans la bouche… de Jack. Les larmes lui brûlaient les yeux. Parviendrait-elle jamais à se libérer totalement de Jack ?

— Tu as tout envisagé, hein ? chuchota-t-elle d'une voix tremblante.

— Quel mal y a-t-il à cela ? Regarde-moi, mon cœur.

Une fois de plus, elle croisa son regard.

— Tu as confiance en moi, reprit-il. Sais-tu combien c'est rare dans ce métier ? dans ce monde ? C'est exceptionnel !

Du bout des doigts, il lui caressa la joue.

— Et moi aussi j'ai confiance en toi, dit-il.

Becky Lynn songeait à ses parents, à ceux de Carlo ; elle songeait à d'autres couples qu'elle avait connus. Peut-être auraient-ils été plus heureux s'ils ne s'étaient pas mariés par passion ou par amour, mais pour des motifs plus terre à terre.

— C'est un moyen pour toi et moi de sortir de ce piège, déclara Carlo à voix basse. Un moyen d'être enfin libres. Epouse-moi, *bella*. Je t'aime.

Becky Lynn déglutit avec peine, envahie par un sentiment de panique et d'incertitude.

— Carlo, je... je suis stupéfaite. Je... je ne sais pas quoi dire.

— Non, tu n'es pas étonnée, répondit-il en caressant tendrement ses doigts. Sois honnête, *bella*, tu t'es déjà servie de moi comme alibi. Tu as déjà laissé croire que nous étions amants.

Se sentant rougir, elle détourna le regard. Carlo prit son menton entre ses doigts pour l'obliger à le regarder.

— Je t'aime, Becky Lynn. Pas comme un amant, mais comme un ami. Je tiens beaucoup à toi. Je veux veiller sur toi.

Il emprisonna son visage entre ses paumes.

— Nous pourrions veiller l'un sur l'autre, ajouta-t-il. Nous ne serions plus jamais seuls, ni toi ni moi.

L'image de Jack envahit de nouveau l'esprit de Becky Lynn ; les larmes inondèrent ses yeux. Elle cligna des paupières pour les chasser, en le maudissant, en se maudissant elle aussi, car elle était incapable de l'oublier. Elle n'avait jamais voulu d'autre homme que Jack ; elle n'en voudrait jamais d'autre.

Mais jamais elle ne l'aurait. Il représentait un rêve impossible. L'homme qu'elle avait cru aimer n'avait même jamais existé, pas véritablement du moins.

Avec Carlo, elle ne serait plus jamais seule, il l'avait dit. Plus jamais elle ne devrait affronter une aube glaciale sans quelqu'un à son côté ; plus jamais elle n'affronterait seule la nuit et la peur de se fondre dans le néant, de mourir sans que personne s'en aperçoive. Auprès de lui, elle aurait quelqu'un avec qui partager ses rêves et ses craintes, ses joies et ses peines.

Elle tenait beaucoup à Carlo. Elle l'aimait, elle avait confiance en lui. Il lui avait apporté la sécurité ; il serait là chaque fois qu'elle aurait besoin de soutien. Il avait décelé en elle la beauté que personne d'autre n'avait su voir.

Becky Lynn détourna la tête ; elle luttait pour faire le tri entre ses pensées et ses sentiments. Elle avala sa salive et reporta enfin son regard sur Carlo.

— Es-tu certain d'avoir bien réfléchi, Carlo ? Aimer quelqu'un sans pouvoir vivre à son côté est un supplice plus terrible que tu ne l'imagines. Si jamais tu… tombais amoureux de quelqu'un d'autre, et si je te savais dans les bras de cette personne, je me sentirais tellement seule, tellement… abandonnée.

Il porta leurs mains jointes à sa bouche pour y déposer un baiser.

— Je ne peux pas te promettre la fidélité éternelle, mais je te promets de ne jamais te délaisser pour quelqu'un d'autre. Jamais je ne te trahirai. Alors, veux-tu m'épouser ? demanda-t-il d'une voix douce, enrouée par l'émotion. Veux-tu devenir ma femme, Valentine ?

Becky Lynn leva les yeux vers Carlo. Elle ne voulait plus jamais être seule. La gorge serrée, elle répondit : « Oui. »

44

Stupéfait, incrédule, Jack regardait fixement le carton d'invitation qu'il venait de recevoir. Il le relut une troisième fois, en espérant avoir mal compris. Non, il avait bien lu. Treymane Davis le priait d'honorer de sa présence la réception de fiançailles organisée pour Valentine et Carlo Triani, les futurs mariés.

Becky Lynn épousait Carlo. Jack retint son souffle. Comment était-ce possible ? Comment pouvait-elle épouser Carlo ?

Savait-elle qu'il avait été invité au dîner de fiançailles ? se demanda-t-il. Jack imaginait sans mal Treymane expliquant à la jeune femme que tout le monde devait être invité. Y compris Jack Gallagher, l'homme qui avait connu la grande Valentine alors qu'elle n'était encore que la petite Becky Lynn, l'idiot aveugle qui n'avait même pas su voir le joyau qui brillait juste sous son nez !

Aucun doute, se dit Jack, on était en Californie : ils seraient tous invités à cette grande fête. Y compris l'ex-amant de la jeune mariée, le demi-frère bâtard du marié. La réception serait un formidable événement médiatique et publicitaire, entièrement déductible des impôts, et tout le monde serait heureux. Plus particulièrement le jeune couple.

Ecœuré, Jack lança le carton d'invitation sur sa table de travail. Comment en était-on arrivé là ? Comment avait-il pu laisser faire une chose pareille ?

Marmonnant une série de jurons, il se dirigea vers le mur de son studio, celui qui était couvert de photos. Il n'avait jamais photographié Valentine, bien qu'il eût plusieurs fois tenté de l'engager. Comme un fait exprès, elle n'était jamais libre à ces moments-là. En revanche, il avait conservé plusieurs anciens clichés d'elle, des clichés sans prétention, du temps où elle était encore Becky Lynn, son assistante, son amie, sa maîtresse.

Deux de ces photos étaient toujours punaisées au mur. Jack les avait laissées là délibérément, comme une sorte de punition, comme le souvenir doux-amer de ce qu'il avait possédé et perdu. Le cœur serré, il examina ces deux photos. Sur la première, Becky Lynn, agenouillée sur le sol du studio, réglait les éclairages ; elle avait levé la tête, en souriant, au moment même où il pressait le déclencheur de son appareil. Sur la seconde, elle regardait simplement l'objectif, avec une expression à la fois vulnérable, remplie d'adoration et délicatement sensuelle. Cette même expression qui avait fait d'elle une jeune femme célèbre et riche.

Il tendit le bras vers la photo, comme pour la caresser, puis, prenant conscience de son geste, il s'immobilisa. Comment avait-il pu passer tant de moments avec elle, et ne jamais la voir telle qu'elle était ? En regardant ces clichés aujourd'hui, il y voyait Valentine, il voyait ce que Carlo avait immédiatement repéré. Pourquoi n'avait-il pas su le voir lui aussi, à cette époque ?

Il fourra ses mains dans ses poches de pantalon, avec le sentiment affreux d'être un imbécile, et un raté. Il connaissait bien ce sentiment, cette douleur qui lui vrillait l'estomac ; il les avait éprouvés pour la première fois à l'âge de huit ans, quand son père avait posé sur lui un regard dédaigneux, avant de pivoter sur ses talons pour s'éloigner comme s'il n'existait même pas.

Il contemplait les photos de Becky Lynn, la gorge nouée, en songeant à la façon dont elle le regardait autrefois, avec tendresse et passion. Regardait-elle Carlo de la même façon désormais ? Etait-elle amoureuse de lui ?

Jack fronça les sourcils. Elle commettait une erreur. Ne le voyait-elle pas ?

— Hé, Jack ! Tu es au courant ?

Il jeta un coup d'œil par-dessus son épaule. Pete, son assistant, se tenait sur le seuil du studio, avec dans les bras deux sacs de plats à emporter.

— Oui, je suis au courant, répondit Jack d'une voix crispée.

— Désolé pour toi, déclara Pete. Je sais à quel point ce contrat te tenait à cœur. Sincèrement, je pensais que tu décrocherais le gros lot.

Jack secoua la tête ; il pensait encore à Becky Lynn et à Carlo.

— Quel contrat ?

— H.P. City Wear, répondit Pete avec une moue écœurée. Ce salopard de Triani a vraiment une chance pas croyable ! D'abord, il découvre Valentine. Et maintenant…

Hébété, Jack regardait son assistant sans comprendre. Sans vouloir comprendre.

— Tu veux dire que… Carlo a décroché le contrat City Wear ?

Ce fut au tour de Pete de fixer Jack d'un air interloqué, comme si celui-ci avait perdu la tête.

— Mais… tu viens de m'affirmer que tu étais au courant.

— Non. Je croyais que tu faisais allusion à… autre chose.

— Je parlais de City Wear. Triani a été engagé.

— Le salaud ! grommela Jack, tandis que les implications de cette nouvelle traversaient son esprit à toute allure.

Il regarda Pete droit dans les yeux.

— Tu en es sûr ?

— Les contrats sont déjà signés, répondit l'assistant en jonglant avec les sacs. Bon, si tu as besoin de moi, je suis dans la cuisine.

— D'accord.

Le cœur battant à tout rompre, Jack se retourna vers le mur d'images, vers les photographies de Becky Lynn. Carlo avait décroché le contrat City Wear… Carlo avait donc couché avec Hugh Preston.

Jack n'arrivait pas à y croire. Au fil des ans pourtant, il avait entendu un certain nombre de rumeurs concernant Carlo. Il les avait toujours ignorées, d'abord parce que les femmes se succédaient dans le lit de son demi-frère, et aussi parce que la ville tout entière et en particulier le monde de la mode se nourrissaient de ragots.

Mais aujourd'hui, il se demandait si ces affirmations n'étaient pas fondées. Carlo était-il véritablement homosexuel ? En tout cas, il était au moins bisexuel. Et il avait trompé Becky Lynn.

Jack secoua la tête en songeant à l'ironie de la situation : Becky Lynn l'avait quitté pour une raison analogue, parce qu'il l'avait trahie avec une autre personne, parce qu'il avait couché avec quelqu'un pour obtenir un contrat.

Il se dirigea vers sa table de travail pour récupérer l'invitation qu'il avait jetée avec dégoût. Becky Lynn ignorait la vérité. Si elle savait, elle n'épouserait pas Carlo ! Jack la connaissait encore assez bien pour en être certain.

Becky Lynn allait commettre la plus grosse erreur de sa vie.

Il devait la sauver.

Jack fronça les sourcils ; la détermination et le mépris bouillonnaient en lui. Ce salopard de Carlo ! Fallait-il être ignoble pour duper ainsi Becky Lynn, lui laisser croire qu'il était non seulement fidèle, mais hétérosexuel !

Carlo faisait-il tout cela pour se venger de lui ? se demanda Jack en serrant les poings rageusement. Ou simplement pour s'accrocher de manière permanente à la gloire de Valentine ?

Becky Lynn le croirait-elle s'il lui apprenait la vérité ?

C'était une fille loyale. Si elle avait entendu des ragots, elle n'y avait pas cru. Jamais elle ne penserait du mal de Carlo, à moins d'avoir la preuve de son infamie. Jack fouilla sa mémoire, essayant de se rappeler dans quelles circonstances il avait entendu des rumeurs concernant son demi-frère.

Il gonfla le torse. Sa décision était prise ; il lui fournirait la preuve dont elle avait besoin pour être convaincue. Il fallait qu'il la sauve.

45

D'un commun accord, Becky Lynn et Carlo avaient décidé de renoncer à un mariage à l'église, au profit d'une brève cérémonie d'échanges de vœux à la mairie. Etant donné les circonstances, il leur paraissait malséant de se marier dans la maison du Seigneur.

En outre, au lieu de donner une grande fête à l'issue de la célébration, étant obligés l'un et l'autre de partir faire des photos en extérieur, ils décidèrent de l'organiser la veille. Treymane avait insisté pour leur offrir cette réception en guise de cadeau de mariage, et lorsque Becky Lynn avait protesté devant le coût exorbitant du présent, il lui avait fait remarquer que cette fête serait une formidable publicité pour son agence, entièrement déductible des impôts qui plus est. Aussi avait-elle fini par se laisser convaincre.

Tous les gens de la mode et de la photographie avaient été invités, y compris Eileen Ford et John Casablancas, les deux principaux rivaux de Treymane. Becky Lynn s'était demandé si Jack viendrait lui aussi, s'en voulant aussitôt de se poser la question. Elle allait épouser Carlo ; une fois ce mariage scellé, Jack appartiendrait définitivement, et pour de bon, au passé. Quelles que soient les raisons insolites qui les incitaient, Carlo et elle, à s'unir, elle avait l'intention d'être une bonne et fidèle épouse. Elle respecterait ses vœux de mariage.

Même si Carlo ne faisait pas de même.

Becky Lynn se mordilla la lèvre inférieure, en proie à l'incertitude. Avait-elle pris la bonne décision ? Au cours des semaines écoulées, depuis qu'elle avait consenti à épouser Carlo, le doute n'avait cessé de la harceler ; elle craignait d'avoir pris une décision trop hâtive, sans réfléchir aux conséquences d'une union avec un homme qui n'était pas amoureux d'elle. Un homme qui, toujours, préférerait la compagnie d'un autre homme.

Carlo aurait-il envie de fonder une famille ? Becky Lynn savait qu'elle voudrait devenir mère un jour ; elle ne pouvait imaginer de vieillir sans enfants. Mais une question se posait : dans quelle mesure la nature particulière de leurs relations risquait-elle de nuire à l'équi-libre d'un enfant ?

Elle respira à fond, lentement, pour se calmer. Carlo l'aimait et la respectait. Il avait foi en elle, comme elle avait foi en lui. Ils avaient déjà partagé tellement de choses, bien plus que de nombreux jeunes couples. Pourquoi exiger la passion quand on avait le respect ? Pourquoi exiger du sexe quand on était entouré d'une véritable et sincère affection ?

Oui, elle avait pris la bonne décision, se dit-elle. Ensemble, Carlo et elle seraient plus forts ; ensemble ils affronteraient et surmonteraient chaque problème, chaque obstacle qui se présenterait.

Prenant une autre inspiration profonde, la jeune fille se tourna vers le miroir de la coiffeuse. Pour la réception, elle avait choisi un tailleur d'un rose vif, intense. Le rose des fleurs au printemps, là-bas, chez elle, dans le Mississippi, songea-t-elle en lissant sa veste. Le rose de l'azalée que Carlo lui avait envoyée autrefois.

Le jour où Jack lui avait brisé le cœur.

Elle secoua la tête. Elle ne voulait plus penser à Jack ; elle ne pouvait supporter d'être obsédée par son souvenir, et, malgré tous ses efforts pour le chasser de sa mémoire, de ne pouvoir s'empêcher d'établir des comparaisons entre Carlo et lui.

Becky Lynn observa son reflet en fronçant les sourcils. Impossible de comparer les deux hommes, se dit-elle avec la plus grande conviction. Carlo était un être généreux et loyal ; Carlo avait besoin d'elle. Il avait confiance en elle.

Jack n'avait jamais eu besoin d'elle ; il n'avait jamais eu confiance en elle. Cela ne changerait jamais.

— Tu es magnifique !

Levant les yeux, elle découvrit le reflet de Carlo dans le miroir. Il se tenait sur le seuil de la chambre, image même de l'assurance et de la sophistication, d'une beauté à vous couper le souffle dans son costume de lin écru.

— Le mélange du rose et du noir est très audacieux, commenta-t-elle à voix basse, en faisant allusion à la chemise de soie noire de Carlo. Tu ne crains pas que l'on détonne ?

— Tu plaisantes ? Dans ce milieu, rien n'est jamais trop audacieux.

Le visage souriant, il s'avança vers elle.

— D'ailleurs, je ne pense qu'à une seule chose, ce soir : combien je suis heureux.

Il posa les mains sur ses épaules et serra ; c'était le geste affectueux et réconfortant d'un grand frère, d'un ami proche. Becky Lynn sentit l'émotion enfler en elle ; et même si elle se disait que c'était le bonheur, elle avait reconnu l'arrière-goût de la détresse.

— J'ai entendu le téléphone, dit-elle rapidement, dans l'espoir qu'il ne remarquerait pas ses larmes. Qui a appelé ?

Carlo hésita, puis se racla la gorge.

— Hugh Preston. Il téléphonait pour… Il est désolé de ne pouvoir venir ce soir.

Elle plissa le front et demanda :

— C'est tout ? Tu es sûr ?

— Oui.

Le sourire de Carlo avait quelque chose de forcé, et son ton enjoué sonnait faux. Becky Lynn sentit le nœud de son estomac se resserrer.

— Si tu veux faire marche arrière, dit-elle, je comprendrai que…

— Pas question.

Il lui serra encore une fois les épaules, puis laissa retomber ses mains.

— C'est l'heure. Es-tu prête ?

Elle hocha la tête, en déglutissant avec peine.

— Je n'ai plus qu'à mettre mes chaussures.

Joignant le geste à la parole, elle alla les chercher dans la penderie et les enfila. Avec ses talons, elle dépassait Carlo de plusieurs centimètres. Mais elle savait que nul ne s'en formaliserait ; dans le milieu de la mode, il n'était pas rare que la mariée ait une tête de plus que son mari.

Pourtant, songea-t-elle, jamais elle n'aurait pu dépasser Jack, même avec de hauts talons.

— Qu'est-ce qui ne va pas ?

Becky Lynn reporta aussitôt son regard sur Carlo, les joues enflammées par la brûlure de la culpabilité.

— Rien. Pourquoi ?

— L'espace d'un instant, tu as semblé… triste.

— Je suis un peu sur les nerfs, c'est tout.

Ce n'était pas un mensonge ; voilà bien longtemps qu'elle ne s'était pas sentie si nerveuse. Elle n'avait pas la moindre idée de la façon dont elle allait affronter les prochaines heures, dont elle allait conserver son masque de jeune mariée rougissante et éperdue d'amour.

Finalement, Becky Lynn parvint fort bien à donner le change lors de la réception en adoptant la technique qu'elle utilisait chaque fois qu'elle évoluait devant l'objectif d'un appareil photo : elle entra dans la peau de Valentine, jouant le rôle qui avait été conçu spécialement pour elle, ce rôle qui lui permettait de rester à l'écart du monde extérieur.

Au bout d'une ou deux heures passées à recevoir les compliments et les vœux de bonheur des invités, à s'entendre dire que Carlo et elle formaient un couple merveilleux, Becky Lynn s'aperçut soudain qu'elle n'était plus obligée d'accomplir le moindre effort pour endosser son rôle. Elle était heureuse ; peut-être pas de la façon qu'elle avait imaginée jadis, mais heureuse quand même.

Se retrouvant seule pour la première fois de la soirée, elle laissa échapper un long soupir de soulagement, ravie de pouvoir mettre un peu d'ordre dans ses pensées. Carlo s'était éclipsé en compagnie de Giovanni et Richard Avedon, sans doute pour parler photographie, et à ce moment de la soirée, les invités semblaient avoir oublié qu'ils étaient venus là pour lui adresser leurs vœux de bonheur. Ce qui lui convenait parfaitement, car elle préférait toujours être Becky Lynn, la pauvre fille qui faisait tapisserie que jouer le rôle de Valentine.

S'éloignant de la masse des invités, elle se dirigea à pas lents vers la fontaine du patio. Les trois sirènes qui se dressaient au centre avaient été créées à l'image des trois premiers mannequins vedettes de l'écurie Treymane. Becky Lynn but une gorgée de l'eau minérale qui en jaillissait, puis elle releva ses cheveux dans sa nuque et appuya la fraîcheur du verre contre sa peau, avec un petit soupir de bien-être. En choisissant ce tailleur, elle ne pensait pas que la nuit serait aussi chaude.

— Bonsoir, Red.

Jack. Elle laissa retomber ses cheveux et se retourna lentement vers lui. Lorsqu'elle s'était demandé s'il viendrait à cette soirée, elle connaissait déjà la réponse.

Elle aurait dû se préparer à cette rencontre, songea-t-elle, avoir sur le bout de la langue une ou deux phrases toutes prêtes à lui lancer au visage, avant de disparaître, la tête haute.

Mais elle n'avait rien préparé, bon sang. Et elle se retrouvait seule en face de lui !

— Bonsoir, Gallagher.

— Tu es très belle, murmura-t-il en se rapprochant. Tu feras une superbe mariée !

L'onde de plaisir provoquée par ce compliment la traversa de la tête aux pieds. Furieuse contre elle-même, elle s'obligea à garder les yeux fixés sur Jack.

— Que fais-tu ici ?

— J'ai reçu une invitation, comme tout le monde. Et j'avoue que c'est très glamour de fêter un événement avant que celui-ci ait eu lieu.

En disant cela, il leva son verre dans une parodie de toast.

— Et bien évidemment, ajouta-t-il, je suis venu offrir tous mes vœux de bonheur aux jeunes mariés.

— C'est très gentil à toi, répondit Becky Lynn d'un ton glacial, alors que son cœur cognait à tout rompre dans sa poitrine. Je te remercie. Au revoir.

Elle voulut s'en aller, mais Jack la retint par le poignet. Croisant son regard, elle s'aperçut qu'il était furieux. Etonnée, elle scruta son visage pour tenter d'y déceler la cause de cette irritation.

— Pourquoi épouses-tu ce type ? demanda-t-il d'un ton calme, sans parvenir malgré tout à dissimuler sa fureur.

— A ton avis ? rétorqua Becky Lynn en luttant pour se libérer — en vain. Pourquoi les femmes se marient-elles ?

— Je ne te parle pas des autres femmes. Je te parle de toi, Becky Lynn.

Il resserra l'étau de ses doigts.

— Es-tu amoureuse de lui ?

— Evidemment ! Je l'adore.

Jack resta muet un instant, avant de se pencher vers elle.

— Est-ce qu'il te rend heureuse ? demanda-t-il d'une voix suave. Est-ce qu'il sait embraser tout ton corps ? Quand il ôte ses mains, le supplies-tu de les poser de nouveau sur toi ?

Les souvenirs torrides submergeaient Becky Lynn. Accompagnés par la douleur et la frustration. Entre Jack et elle, c'était ainsi, brûlant et explosif. Plus ils faisaient l'amour, plus elle était affamée de plaisir.

C'était si loin.

— Tu te souviens ? Te rappelles-tu quand nous faisions l'amour, Becky Lynn ?

La main de Jack se desserra autour de son poignet ; du bout des doigts il caressa lentement son bras. Elle se demandait s'il sentait les battements frénétiques de son pouls.

Il se pencha davantage, et son souffle, telle une main chaude, vint caresser son oreille de manière délicieusement sensuelle.

— Carlo ne te fait pas découvrir tout ça, hein ? Il ne sait pas te remplir à la fois de douleur et de plaisir. Je parie qu'il en est incapable !

Il fallut un instant à Becky Lynn pour saisir le sens caché de ces paroles. Aussitôt, elle se libéra de la pression de Jack et pivota vivement sur elle-même pour lui faire face. Si cet homme était venu ce soir, ce n'était pas à cause de ses sentiments pour elle, songea-t-elle. Non, il était là car il haïssait Carlo. Et parce qu'il voulait le détruire.

— Ton orgueil n'a d'égal que ta haine ! fit-elle avec mépris. J'épouserai Carlo. C'est trop tard, Jack. Tu as perdu. Rien de ce que tu pourras dire ne me fera changer d'avis. Tu ne réussiras pas à ridiculiser Carlo en me volant à lui la veille de notre mariage, car je ne te laisserai pas faire !

— Carlo est homo.

Becky Lynn sentit son estomac chavirer ; elle recula d'un pas, involontairement.

— Hein ? Que dis-tu ?

— Carlo est homosexuel.

La panique l'empêchait de respirer, et aussi de réfléchir. Tournant le dos à Jack, elle couvrit son visage à deux mains. Jack connaissait la vérité au sujet de Carlo. Ce qui signifiait qu'il allait tout raconter à Giovanni. Non ! Elle devait empêcher cela à tout prix. Carlo ne s'en remettrait pas.

— Je suis désolé, Becky Lynn.

Il se rapprocha et lui caressa l'épaule.

— J'imagine quel choc ce doit être pour toi.

— Comment as-tu… Quand as-tu…

— Quand Carlo a décroché le contrat City Wear, j'ai compris. Vois-tu, ce même contrat m'a filé entre les doigts parce que j'ai refusé de coucher avec Preston.

— Cela ne veut pas forcément dire que…

— Si.

Jack baissa la voix, et ajouta :

— Je me suis renseigné ; j'ai interrogé des gens…

Elle se tourna lentement vers lui, en secouant la tête.

— Non, Jack, je t'en prie… Dis-moi que tu n'as pas fait ça…

— Je suis désolé, murmura-t-il, avec dans les yeux une lueur de regret. J'ai pensé qu'il fallait que tu saches. Je ne pouvais pas… je ne pouvais pas le laisser te tromper à ce point.

Elle prit ses mains entre les siennes.

— Jack, je t'en conjure... par pitié, n'en parle à personne. Cesse de poser des questions autour de toi.

Un instant, Jack la regarda d'un air hébété.

— Dois-je comprendre que... tu le savais ?

L'expression de la jeune fille apporta la réponse à sa question. Il secoua la tête, incrédule.

— Mais alors... pourquoi ? Il est homosexuel, Becky Lynn ! comment peux-tu... Pourquoi l'épouses-tu ?

Elle ne devait rien à Jack, songea-t-elle, et certainement pas des explications. N'était-ce pas lui qui l'avait rejetée, et non l'inverse ? Elle redressa fièrement le menton.

— A toi de comprendre tout seul, Jack. Regarde-toi longuement dans une glace et essaye de comprendre.

Jack serra les poings et les muscles de son visage se crispèrent.

— Tu es donc décidée à commettre cette folie ? Il n'y a aucun moyen de te faire changer d'avis ?

« Dis-moi que tu as besoin de moi. Dis-moi que tu as foi en moi. » Becky Lynn se raidit, furieuse contre elle-même. Jack ne s'intéressait qu'à son duel avec Carlo, pas à elle. S'il était venu ce soir, ce n'était pas pour essayer de la récupérer avant qu'il ne soit trop tard, mais uniquement pour faire du mal à Carlo.

— Demain à 16 h 30, j'épouse Carlo Triani. Et si jamais tu racontes à qui que ce soit ce que tu sais, si tu en parles à Giovanni, tu le paieras, Jack. Je ne sais pas encore comment, mais je trouverai un moyen de te faire du mal à toi aussi !

Sur ces mots, elle le repoussa, mais, pour la deuxième fois, il la retint par le poignet.

— Réponds juste à une question : es-tu amoureuse de lui, Becky Lynn ? Est-ce pour cette raison que tu te comportes ainsi ?

Elle plongea son regard dans les yeux clairs de Jack et, l'espace d'un court instant, elle crut qu'il attachait de l'importance à sa réponse, qu'elle-même avait de l'importance pour lui. Elle se traita aussitôt d'imbécile.

— Tu perds la partie une fois de plus, Gallagher. Et c'est entièrement ta faute !

D'un geste brusque, elle se dégagea.

— La prochaine fois que nous nous rencontrerons, je serai Mme Carlo Triani.

La chemise de nuit, une merveille en dentelle et satin blancs, était un cadeau de mariage. C'était la plus belle pièce de lingerie que Becky Lynn avait jamais vue, et à plus forte raison portée. En ouvrant le paquet, elle n'avait pu retenir un petit « Oh ! » d'admiration. Elle palpa entre ses doigts le tissu soyeux et le frotta contre sa joue en fermant les yeux. Elle possédait tout ce qu'elle avait espéré, et même plus ; elle menait enfin la vie dont elle n'avait pas osé rêver, et pourtant elle n'était pas satisfaite. Elle voulait autre chose, elle voulait… l'impossible.

Elle enfila la chemise de nuit par le haut, et le tissu sensuel glissa sur sa peau jusqu'aux chevilles. Elle s'approcha ensuite de la coiffeuse, et entreprit de brosser ses longs cheveux. Elle observait son drôle de visage dans le miroir, en songeant à l'absurdité de la vie. Ce même visage que d'aucuns avaient jugé trop laid pour être regardé lui avait rapporté près de deux cent mille dollars l'année précédente ; et pourtant, alors qu'elle avait plus d'argent qu'elle ne pouvait en dépenser, elle regrettait son travail d'assistante-photographe à cinq dollars l'heure.

Secouant la tête pour chasser ces pensées idiotes, elle continua à se brosser les cheveux avec de grands mouvements réguliers. Carlo avait loué une somptueuse suite avec deux chambres au Bel Air Hotel. Après la cérémonie de mariage, ils avaient dîné au restaurant de l'hôtel, puis s'étaient promenés dans les jardins intérieurs, admirant les cygnes gracieux qui évoluaient dans le ruisseau serpentant à travers la propriété.

Carlo l'attendait maintenant dans leur salon. Becky Lynn reposa soigneusement la brosse à cheveux sur la coiffeuse et alla rejoindre son mari dans la pièce voisine.

Le garçon d'étage leur avait apporté du champagne et des fraises. Carlo avait tamisé l'éclairage et mis de la musique douce en fond sonore. Il était vêtu d'un simple pantalon de pyjama sombre, sans doute de soie si l'on en jugeait par la fluidité et les reflets moirés du tissu. Son torse nu, lisse et musclé, luisait dans la lumière douce, et la jeune femme dut reconnaître qu'il était beau.

— Bonsoir…

Elle joignit ses mains devant elle, nerveuse, ne sachant pas ce qui allait se passer. Il leva les yeux et lui sourit.

— Tu es… exquise.

La vue de Becky Lynn se brouilla.

— Merci.

— Approche, dit-il en tendant la main.

Elle s'avança vers lui ; l'épaisse moquette s'enfonçait mollement sous ses pieds nus. Elle prit la main qu'il lui tendait, et Carlo l'attira dans ses bras, sans la serrer trop fort.

— Je t'aime, *bella*. Je saurai veiller sur toi.

— Je sais.

Elle renversa la tête et croisa son regard.

— Moi aussi je t'aime, Carlo.

Il lui sourit tendrement, et essuya du bout du doigt une larme qui roulait sur sa joue.

— Ne pleure pas pour lui, il n'en vaut pas la peine.

Becky Lynn suffoquait sous le poids de l'émotion. Depuis quand Carlo avait-il appris à lire dans ses pensées ? se demanda-t-elle.

— Je sais, dit-elle.

Après avoir déposé un baiser sur son front, il la relâcha.

— Bois un peu de ce dom-Pérignon. Il est excellent.

Becky Lynn déglutit avec peine, en le regardant remplir une coupe de champagne. Cette situation lui semblait étrange et fausse, à la fois trop intime pour les amis qu'ils étaient, mais pas suffisamment pour un couple marié. C'était une question de temps et d'habitude, songea-t-elle en prenant la coupe que Carlo lui tendait. Ensuite, ce serait… parfait. Tout se passerait bien.

— A nous deux ! déclara-t-il en levant son verre.

Becky Lynn sourit et tendit le sien.

— A nous deux !

Ils restèrent assis un long moment sur le petit canapé, à siroter leur champagne, à bavarder de choses et d'autres. Finalement, le flot de la conversation se ralentit, avant de se tarir.

Carlo capta son regard.

— Je crois qu'il est l'heure d'aller se coucher, déclara-t-il.

— Oui, tu as raison.

Elle posa sa coupe sur la table et se leva.

— Merci pour… tout, dit-elle. C'était une… belle journée.

Il se leva à son tour.

— Bon… eh bien… bonne nuit.

La jeune femme se dirigea vers la porte de sa chambre, et s'immobilisa lorsque Carlo l'appela. Elle lui jeta un regard interrogateur par-dessus son épaule.

— Veux-tu dormir avec moi cette nuit ? demanda-t-il.

Elle savait que cette proposition n'avait rien de sexuel. Les larmes lui picotèrent les yeux.

— Je n'ai pas envie de rester seule, avoua-t-elle.

— Moi non plus, *bella*. Viens.

Il l'entraîna vers sa chambre et le lit à baldaquin. La femme de chambre l'avait ouvert pendant qu'ils dînaient au restaurant, et il semblait leur tendre les bras.

Ils se glissèrent entre les draps, et Carlo l'attira délicatement contre lui. Becky Lynn sentait sa peau chaude contre la sienne, son corps puissant et viril, et tout à coup, elle se sentit plus seule qu'elle ne l'avait jamais été. Elle était en train de vivre la nuit de noces dont elle avait toujours rêvé : la chemise de nuit en dentelle et le lit à baldaquin, la tendresse et la chaleur d'un homme. Mais il manquait l'amour. Il manquait la passion.

Elle se mordilla la lèvre, pour ne pas montrer à Carlo qu'elle pleurait, pour ne pas lui faire du mal. A lui qui lui avait tant donné, qui lui avait offert tant de bonheur.

Il se dressa sur un coude pour l'observer. Becky Lynn sentait peser sur elle son regard, sans même avoir besoin de lever la tête.

— Ne regrette rien, *bella*, chuchota-t-il en lui caressant le bras, les cheveux, le dos. Ne sois pas triste.

— Je ne suis pas triste, répondit-elle à voix basse. Tu m'as rendue très heureuse aujourd'hui.

Il l'obligea à tourner la tête pour le regarder et repoussa les cheveux qui lui masquaient le visage. Quelques mèches restèrent collées sur ses joues humides de larmes ; il les retira délicatement. Il tenta ensuite de sonder son expression.

— Pourquoi pleures-tu alors ?

Becky Lynn maudit ses larmes qui faisaient briller ses yeux.

— Parce que je suis idiote, répondit-elle. Parce que je... je suis trop gâtée. Jamais je n'aurais...

— Je sais ce qui ne va pas, et je comprends. Tu n'es pas obligée de jouer la comédie devant moi.

Il arrêta une larme avec son pouce.

— Je veux que tu sois heureuse.

Il se pencha vers elle pour l'embrasser avec douceur et tendresse, mais sans passion. Becky Lynn se raidit et tenta de s'échapper. Carlo la retint ; lui prenant les mains, il les coinça entre les siennes.

— Laisse-moi te rendre heureuse, Becky Lynn.

— Je le suis déjà, Carlo. Tu...

— Non, *bella*.

Il resserra ses doigts autour des siens.

— Je ne parlais pas de cela, ajouta-t-il. Je veux te faire plaisir ce soir. Pour notre nuit de noces.

Les mains plaquées sur son torse, elle leva vers lui un regard désespéré. Soudain, elle brûlait d'envie de sentir des mains sur son corps. Elle voulait qu'on la serre, qu'on la caresse et qu'on l'aime ; c'était un besoin physique, irrépressible, douloureux.

Malgré tout, elle ravala son envie impérieuse et répondit :

— Tu n'es pas obligé, Carlo. Comprends-tu ? Ce n'est pas nécessaire.

— Si.

Il fit courir les doigts sur son visage, avant de se pencher une fois encore vers elle.

— Ferme les yeux, chuchota-t-il, — et Becky Lynn sentit son souffle chaud sur sa joue. Laisse-moi te rendre heureuse.

Elle s'exécuta, laissant retomber sa tête contre le torse de son mari. Tout d'abord, le contact des mains de Carlo sur son corps lui procura une étrange sensation ; elle se sentait mal à l'aise, comme si elle jouait la comédie. Mais tandis qu'il poursuivait ses caresses, avec délicatesse, patiemment, trop patiemment pour un amant, mais toujours avec beaucoup de tendresse et d'affection, elle commença à se détendre.

Les yeux fermés, elle parvenait à chasser ses inquiétudes et ses doutes, à se concentrer exclusivement sur ce toucher doux sur sa peau. Une flamme, petite mais vive, prit naissance au plus profond d'elle-même, embrasant le désir, l'envie, le besoin d'en réclamer davantage.

Répondant à sa demande muette, Carlo fit glisser ses mains sous la chemise de nuit et les fit remonter le long de ses cuisses. Lorsqu'il enfonça ses doigts en elle, elle poussa un gémissement et se cambra pour se plaquer contre sa main.

Sans cesser ses caresses parfois douces, parfois violentes, Carlo baissa la tête pour s'emparer de sa bouche, de sa langue, en susurrant des paroles et des râles d'encouragement, pour accroître encore son plaisir. Becky Lynn noua ses mains dans la nuque de Carlo, plantant ses ongles dans sa peau, le cœur battant à toute vitesse. Il y avait si longtemps… L'envie était si forte.

La vision du visage de Jack envahit son esprit, et les souvenirs affluèrent. Le ventre plaqué contre la main de Carlo, elle enroula les cuisses autour de ses hanches, pour le serrer contre elle.

Au moment où le plaisir l'emportait, elle cria le nom de Jack.

46

Le bar ressemblait à un tas d'autres bars de Sunset Boulevard, des endroits où venaient les jeunes gens riches et beaux de Hollywood pour se dévergonder et prendre du bon temps sans être reconnus ou harcelés.

Jack, lui, n'était pas venu ici dans ce but. Il était venu pour fêter le mariage de Becky Lynn et de Carlo en se soûlant à mort. Il avait l'intention de trouver une agréable compagnie pour la nuit, et de se réveiller le lendemain matin avec une magistrale gueule de bois qu'il n'oublierait jamais. Il ne savait pas qui pâtirait le plus de cette conduite, mais présentement, son seul désir était de punir Becky Lynn.

Mme Carlo Triani.

Le barman lui servit un autre verre de tequila ; Jack le leva dans une parodie de toast. Elle l'avait fait ! Becky Lynn avait finalement épousé son pédé de demi-frère, ce rat !

Un sourire sardonique déforma la bouche de Jack. Il priait pour qu'ils soient malheureux ensemble.

Après avoir vidé son verre d'un trait, il suça un des quartiers de citron vert disposés dans une assiette sur le comptoir. Puis il fit signe au barman de lui servir la même chose.

Becky Lynn connaissait la véritable nature de Carlo et pourtant, elle s'en fichait !

Jack passa une main dans ses cheveux, sidéré. Elle s'en fichait ! Il ne comprenait pas. Becky Lynn était attachée à ce salopard. Elle était amoureuse de lui.

Pourquoi ? Pour obtenir une réponse à cette question, elle lui avait conseillé de se regarder longuement dans un miroir. Voyons. Elle épousait un type qui ne serait jamais un véritable mari, et elle lui conseillait de se regarder dans un miroir ? Quelque chose lui échappait.

— Bonsoir.

Jack tourna la tête vers la femme qui venait de s'asseoir à son côté sur un tabouret de bar. Il fit glisser son regard sur elle. C'était une jolie femme, avec d'épais cheveux noirs et une bouche pulpeuse, dont les lèvres légèrement entrouvertes semblaient appeler un baiser. Son chemisier en partie déboutonné laissait entrevoir les globes de ses seins rebondis.

Jack leva son verre pour la saluer à son tour, puis il le vida d'un trait comme le précédent. Il reposa violemment le verre sur le comptoir, en regrettant que cette femme ne soit pas une rousse naturelle, une fille avec des cheveux poil-de-carotte, avec un corps svelte, sans rondeurs, et un visage que… qu'un homme ne pouvait oublier.

Etouffant un juron, Jack se força à reporter son attention sur la femme assise à son côté.

— Comment t'appelles-tu ? demanda-t-il.

— Meredith.

Elle adressa un signe de la main au barman. Après avoir commandé à boire, elle se retourna vers Jack, en se penchant vers lui de manière provocante.

— Et toi, c'est quoi ton nom ?

— Jack.

Il avait conscience de son ton agressif et maussade.

La femme haussa les sourcils.

— Pourquoi tu as l'air si triste, Jack ?

— C'est une longue histoire sans intérêt, murmura-t-il, le regard plongé au fond de son verre presque vide.

— J'ai toute la nuit.

Il la fixa au fond des yeux.

— Ah bon ?

— Hmm, fit-elle, tandis que sa bouche sensuelle dessinait

un petit sourire suggestif. Peut-être qu'un peu de compagnie te remonterait le moral.

En disant cela, elle passa la langue sur ses lèvres. Jack sentit tout son corps s'éveiller. Cette femme était belle et offerte, exactement le genre de compagnie qu'il espérait trouver en poussant la porte de ce bar à 4 heures de l'après-midi. Plusieurs heures plus tôt. Pas de complications, pas de sentiments. Ils pourraient passer un moment ensemble, peut-être même toute la nuit, de manière très agréable.

Et pendant ce temps, il oublierait que Becky Lynn et Carlo fêtaient ce soir leur nuit de noces.

Mme Carlo Triani.

« Tu as perdu la partie une fois de plus, Gallagher. Et c'est entièrement ta faute. »

Il vida le fond de son verre et se leva.

— Merci, Meredith. J'avoue que la proposition est extrêmement tentante. Mais je crains de ne pas être d'une très bonne compagnie ce soir.

CINQUIÈME PARTIE

[illegible]

[illegible]

[illegible] mais
[illegible] par les

47

1994

Becky Lynn et Carlo célébrèrent leur quatrième anniversaire de mariage sur l'île Saint-John. Ils s'étaient rendus là-bas pour y réaliser une série de photos de mode destinée au magazine Vogue. Ce matin-là, dans l'intimité de leur hôtel, ils s'étaient félicités de la réussite de leur union. Tout s'était déroulé comme ils l'avaient prévu et espéré. Parfois, des rumeurs circulaient concernant les amants de Carlo, mais elles finissaient toujours par s'éteindre. Tout le petit monde de la mode avait accepté leur couple, et même si le mariage paraissait une chose incongrue au vu des mœurs en usage dans ce milieu, Valentine était considérée par tous comme une épouse sincère et fidèle.

Ce soir encore, tous leurs amis de la profession ayant organisé une surprise-partie à leur intention, un des mannequins engagés pour la séance de photos, une fille passablement éméchée, avait pleuré sur l'épaule de Becky Lynn en expliquant combien elle était jalouse du merveilleux couple qu'ils formaient, Carlo et elle.

Pourtant, plus tard cette nuit-là, tandis que Carlo dormait dans la chambre, Becky Lynn faisait les cent pas sur le parquet de leur somptueuse suite. Elle n'arrivait pas à dormir ; elle était même incapable de s'allonger pour tenter de trouver le sommeil. Depuis quelque temps, ces insomnies à répétition étaient devenues un vrai problème. Au point qu'elle était allée consulter un médecin. Celui-ci lui avait suggéré de prendre de légers somnifères, mais elle avait refusé. Becky Lynn avait vu les ravages causés par les drogues sous toutes leurs formes, et elle refusait de quitter une prison pour une autre.

Une prison ? se répéta-t-elle en se figeant. Etait-ce ainsi qu'elle voyait sa vie ? Etait-ce l'image qu'elle avait de son mariage ?

Elle secoua la tête. Non, évidemment ! Elle était heureuse. Carlo et elle étaient heureux ensemble. Simplement… elle se sentait seule.

Eprouvant le besoin de respirer de l'air frais tout à coup, Becky Lynn sortit sur le balcon du salon. La brise douce et parfumée de l'île parvint à lui éclaircir l'esprit, sans toutefois chasser la triste vérité. Carlo était son ami ; au cours de ces quatre années de mariage, il avait toujours été auprès d'elle. Jamais elle n'avait été obligée d'affronter seule un problème ou un choix crucial ; elle avait quelqu'un à qui elle pouvait faire confiance, vers qui se tourner en cas de besoin ; elle savait qu'elle trouverait toujours une épaule accueillante, une oreille attentive, et cette certitude l'aidait à vivre.

Mais avoir un ami, aussi fidèle soit-il, ce n'était pas comme être amoureuse, se disait-elle. Et Becky Lynn ne pouvait ignorer ce vide qui l'habitait, cet abîme profond qui attendait d'être enfin comblé d'une manière qui n'avait rien à voir avec la beauté ou la réussite professionnelle.

L'amour. L'intimité et la passion. Elle avait besoin de ces sentiments exacerbés pour atténuer la douleur. Elle avait besoin de l'amour d'un homme pour une femme, de ce lien qui unissait fortement deux individus.

Jack.

Becky Lynn s'avança jusqu'au bord du balcon et referma ses doigts autour de la balustrade. Le haut du corps penché dans le vide, elle laissait la brise fouetter ses cheveux et plaquer contre son corps le tissu fin de sa chemise de nuit de coton, goûtant avec bonheur cette caresse sensuelle. Les yeux fermés, elle s'accorda un moment de nostalgie amère et rêveuse pour revivre les plaisirs exquis de ses étreintes passionnées avec Jack.

Soudain, elle rouvrit les yeux, le souffle coupé, en chassant ces souvenirs. Jack avait disparu à tout jamais dans son passé, le jour où elle avait décidé d'épouser Carlo. Et, de fait, elle ne regrettait pas l'égoïsme de cet homme, ni son orgueil démesuré, elle ne regrettait pas non plus cette indifférence qui amenait Jack à la considérer comme une assistante et rien d'autre.

Mais elle se languissait de tout le reste ; elle voulait qu'on l'enlace, qu'on la caresse ; elle voulait vibrer de plaisir et d'excitation. Elle rêvait du contact des mains d'un homme, les mains de Jack ; des sensations qui la submergeaient quand il lui faisait l'amour.

Becky Lynn doutait que Carlo partageât les mêmes frustrations, les mêmes envies. Lui prenait son plaisir avec des amants de passage ; il n'en avait jamais fait mystère devant elle, c'était une chose entendue depuis le début de leur union. Pourtant, elle avait beau se raisonner, Becky Lynn conservait le sentiment d'être trahie.

Tournant le dos à la lourde nuit tropicale, elle regagna la suite, en fermant les fenêtres du balcon derrière elle. Son regard s'illumina quand elle vit le matériel de photo de Carlo, posé près du canapé. C'était comme s'il lui faisait signe ; alors elle s'approcha, à la fois excitée et hésitante.

Elle sortit un des appareils, le 35 mm, de son étui, et le soupesa dans sa paume, en faisant courir ses doigts sur le boîtier en métal lisse. Cet appareil faisait renaître des souvenirs et, à son contact, elle sentait surgir tout un flot d'émotions incomparables, comme lorsqu'elle feuilletait les magazines somptueux, tant d'années plus tôt.

Elle s'assit sur le canapé et secoua la tête, avec un sourire ironique. Elle faisait maintenant partie de ces rêves sur papier glacé dont jadis elle se repaissait. Y avait-il quelque part une jeune fille aussi désespérée et seule qu'elle l'avait été, qui dévorait ces images des yeux en rêvant à une autre vie ? Aidait-elle, d'une certaine façon, un autre être humain à supporter une existence tourmentée et solitaire ?

Elle songea à sa carrière, à son succès rapide et phénoménal. Même si elle n'avait pas encore atteint le statut envié de *supermodel*, ce n'était qu'une question de temps. D'après Carlo, elle se verrait offrir avant l'année prochaine un contrat avec une marque de cosmétiques : la consécration pour tout mannequin.

Elle aurait dû être folle d'excitation, sauter de joie. Elle aurait dû s'enivrer de sa gloire et de sa réussite. Au lieu de cela, elle redoutait une trop grande célébrité ; elle craignait qu'un jour, d'une manière ou d'une autre, son passé ne la retrouve. Cette seule idée lui arracha un frisson. Comment imaginer une chose plus épouvantable que d'être obligée d'affronter de nouveau son passé, son père…

A cause de cette peur, elle protégeait farouchement son intimité ; elle fuyait les interviews et les projecteurs, ainsi que les événements mondains dont raffolaient la plupart des autres mannequins.

C'était un frein à sa carrière ; Treymane et Carlo le lui avaient plusieurs fois expliqué. Tout comme son refus obstiné de poser pour Jack, qui, au cours des deux dernières années, était devenu un photographe de grand renom. Quand Treymane se plaignait de cet entêtement, Becky Lynn lui répondait simplement que d'autres agences de mannequins seraient ravies de se plier à ses modestes exigences.

En vérité, elle n'aimait guère poser. Certes, elle était devenue experte pour jouer la comédie devant l'objectif, mais jamais elle n'avait réussi à se débarrasser de sa gêne. Aujourd'hui encore elle avait le sentiment d'usurper sa place ; elle entendait toujours les rires moqueurs des braves gens de Bend.

Elle fixa un objectif sur le boîtier 35 mm et colla le viseur contre son œil. Bien que l'appareil ne fût pas chargé, elle régla la mise au point et appuya sur le déclencheur, puis recommença. Sentant un peu de sa tension s'évacuer, elle esquissa un sourire et cadra une autre photo.

— Tu n'arrives toujours pas à dormir ?

Becky Lynn baissa l'appareil et jeta un regard par-dessus son épaule. Carlo l'observait depuis le seuil de la chambre, les yeux emplis de sommeil. Honteuse d'avoir été surprise en train de jouer avec son matériel, elle sentit ses joues s'empourprer.

— Non, dit-elle.

— Je peux faire quelque chose pour t'aider ?

Elle baissa les yeux sur l'appareil photo posé sur ses genoux, en luttant contre une stupide envie de pleurer.

— Non, je ne pense pas.

— Demain soir, nous serons chez nous. Tu dormiras dans ton lit. Ça ira mieux.

« Ton lit, pas notre lit. » Jamais. Elle dévissa l'objectif, puis le rangea, ainsi que l'appareil photo, dans leurs étuis respectifs. Les larmes lui brouillaient la vue.

— Oui, tu as sans doute raison.

Carlo resta muet un moment, avant de pousser un soupir.

— Es-tu… malheureuse, Becky Lynn ?

Elle hésita avant de répondre. Finalement, elle secoua la tête. Non, elle n'était pas vraiment heureuse, mais comment le lui dire ?

— Je suis juste…

Elle leva les yeux vers lui.

— Je ne sais pas ce qui se passe, Carlo. Je crois que je suis fatiguée.

— Viens te coucher dans mon lit, *bella*, dit-il en tendant la main. Je vais te masser le dos. Tu vas vite t'endormir.

Elle se leva et le rejoignit. Lui prenant la main, elle se laissa entraîner sans passion vers leur lit.

Treymane s'était surpassé une fois de plus. Il avait réussi en effet à louer le dernier club à la mode de Los Angeles pour y organiser la grande fête annuelle de l'agence. En conséquence de quoi, tous les privilégiés, ou presque, qui avaient reçu une invitation avaient décidé de se rendre à la soirée, et le club était plein à craquer.

Un verre d'eau minérale à la main, Becky Lynn se frayait un chemin au milieu de la foule. Rentrée de son séjour à Saint-John moins de vingt-quatre heures plus tôt, elle aurait décliné cette invitation si Treymane en personne ne l'avait appelée pour s'assurer de sa présence. Carlo, lui, s'était rendu immédiatement de Saint-John à New York afin de réaliser une série de photos publicitaires pour la ligne masculine des vêtements City Wear. Ce soir, Becky Lynn se retrouvait donc livrée à elle-même.

Et quelqu'un l'observait.

Un frisson glacé lui parcourut le dos ; elle jeta un coup d'œil par-dessus son épaule pour scruter la foule. Nul ne semblait lui prêter une attention particulière, mais elle ne parvenait pas à se débarrasser de cette sensation troublante et désagréable : toute la soirée elle avait eu le sentiment d'être observée. Et chaque fois qu'elle avait regardé autour d'elle, force lui avait été de constater qu'elle se trompait.

— Valentine, ma chérie ! Heureux de te revoir…

Elle sursauta et renversa quelques gouttes de son verre.

— Oh, Treymane… Vous m'avez fichu une sacrée frousse !

— Oui, je vois ça, dit-il en désignant la tache sombre qui s'étalait sur sa jupe de soie. J'espère qu'elle n'est pas abîmée.

Becky Lynn tamponna la tache.

— Non, ne vous en faites pas. C'est de l'eau minérale.

— De l'eau minérale ! répéta-t-il avec un petit sourire en coin. J'aimerais que toutes mes filles soient aussi sérieuses que toi.

En disant cela, Treymane avait tourné la tête en direction de Zoe. Becky Lynn suivit son regard. La jeune femme blonde se trouvait à l'autre bout de la salle, accrochée au cou d'une rock-star ; visiblement, elle n'avait plus les pieds sur terre. Treymane, lui, ne cherchait pas à masquer son mécontentement.

Becky Lynn éprouva brusquement un élan de compassion pour la jeune fille paumée, et tenta de détourner l'attention du patron de l'agence, en priant pour que Zoe disparaisse avant que Treymane ne l'entraîne à l'écart afin de lui passer un savon.

— Merci pour vos magnifiques fleurs, s'écria-t-elle joyeusement en posant une main sur son bras. Carlo et moi étions très touchés de voir que vous n'aviez pas oublié notre anniversaire.

Treymane lui adressa un sourire affectueux.

— Je suis ravi qu'elles vous aient plu. Au fait, comment était-ce à Saint-John ?

— Splendide !

Du coin de l'œil, elle vit Zoe se diriger d'un pas mal assuré vers la sortie du club, et elle poussa un soupir de soulagement.

— Je comprends maintenant, ajouta-t-elle, pourquoi on dit que leurs plages sont parmi les plus belles du monde.

Treymane se lança alors dans une description enthousiaste des plages de la Côte d'Azur, et des dernières vacances qu'il avait passées dans la principauté de Monaco. Becky Lynn ne l'écoutait que d'une oreille, l'esprit de nouveau préoccupé par cette pénible sensation d'être observée.

Treymane se pencha vers elle, avec un air de conspirateur.

— Martin Sebastian m'a téléphoné hier. Il voulait me parler de toi.

La jeune femme reporta brusquement toute son attention sur le directeur de l'agence, en se demandant si elle n'avait pas loupé quelque chose.

— Je le connais ? demanda-t-elle.

— Tu devrais, répondit Treymane avec un léger haussement de sourcils réprobateur. Les cosmétiques Sebastian, ça ne te dit rien ? La Sebastian Girl ? Le contrat publicitaire de Moira Louise prend fin cette année.

— Ah bon ? Je…

Ses bras se couvrirent de chair de poule, et elle jeta un rapide coup d'œil par-dessus son épaule, s'attendant à découvrir quelqu'un dans son dos, en train de la scruter. Evidemment, il n'y avait personne.

— Ça ne va pas, Valentine ?

Treymane posa sa main sur son bras, visiblement inquiet.

— Tu es nerveuse comme un chat ce soir.

Elle s'obligea à sourire.

— Je suis fatiguée. A vrai dire, je suis épuisée. Je crois que je ferais mieux de rentrer me coucher ; après une bonne nuit de sommeil tout ira mieux.

Treymane hocha la tête avec gravité.

— Oui, tu as raison. Passe me voir à l'agence demain, nous parlerons de tout cela.

Impatiente d'échapper à cette foule oppressante, et surtout à la sensation effrayante d'être épiée en permanence, Becky Lynn prit congé de Treymane et se dirigea vers la sortie d'un pas déterminé. Elle marchait en regardant droit devant elle, bien décidée à ne pas se laisser aborder par quelque vague connaissance qui l'entraînerait dans une nouvelle discussion.

En émergeant du club, elle frissonna. La nuit était fraîche, et elle regrettait d'avoir abandonné son châle dans la voiture. Les bras serrés autour de la poitrine, elle prit la direction du parking situé de l'autre côté de la rue. Lorsqu'elle était arrivée à la soirée, le chasseur était à ce point débordé qu'elle avait préféré se débrouiller seule.

— *Miss* Valentine, attendez !

Elle s'immobilisa et se retourna. L'un des sympathiques jeunes gens que Treymane engageait lors de ses fêtes pour garer les véhicules venait vers elle au petit trot. Arrivé à sa hauteur, il parut quelque peu gêné ; elle l'encouragea d'un sourire.

— Que se passe-t-il, Kenny ?

— Je sais que vous n'avez pas eu besoin de mes services ce soir, mais je pense que vous ne devriez pas aller rechercher votre voiture toute seule au parking. Laissez-moi m'en occuper.

— Merci, Kenny.

Elle lui sourit de nouveau, en lui tendant ses clés.

— C'est vraiment très gentil de ta part.

Le garçon rougit et s'éloigna en hâte ; elle se demanda s'il n'était pas légèrement amoureux d'elle. Cette idée lui arracha un haussement d'épaules. Parfois, elle…

— Becky Lynn ? demanda une voix d'homme dans son dos. C'est bien toi ?

Elle se figea. Cette voix venait tout droit de son passé, marquée par l'âge et la maturité, mais reconnaissable entre toutes, surgie des ténèbres de son existence.

Son frère. Randy.

Elle se retourna lentement, s'enveloppant dans son armure, faisant appel à toute l'expérience acquise devant l'objectif pour masquer ses sentiments. Malgré toutes ces précautions, elle ne put se préparer totalement à affronter le choc de ces retrouvailles, à découvrir les changements survenus en lui, ou la façon dont les souvenirs jaillissaient soudain en elle.

Le cœur serré, elle observa son frère. Il avait grandi ; il était encore plus robuste, plus massif. Les rides qui bordaient ses yeux et sa bouche trahissaient une existence difficile, un apprentissage effectué dans la souffrance. L'héritage violent de Randall Lee.

— Oui, c'est bien toi !

Le regard hébété de son frère ne cessait de la balayer frénétiquement de la tête aux pieds, comme s'il se trouvait en face d'une apparition.

— Dieu soit loué… Tu es vivante… et en bonne santé.

Il l'attira à lui et la serra dans ses bras. Prise au dépourvu, elle se retrouva plaquée contre son torse large et puissant. Elle se débattait pour reprendre son souffle, pour ne pas se noyer dans le tourbillon de ses émotions. Elle se raidit entre ses bras, refusant de s'abandonner à cette étreinte.

Randy la lâcha enfin et recula d'un pas. Becky Lynn vit la lueur meurtrie dans ses yeux, les fantômes de leur passé tragique.

— Regarde-toi ! enchaîna-t-il, comme s'il n'avait pas remarqué le mutisme de Becky Lynn, son refus de sourire. Tu es magnifique ! Tu es célèbre. Tu es… épanouie !

Comment l'avait-il retrouvée ? se demanda-t-elle, en sentant monter les signes avant-coureurs de l'hystérie. Que venait-il faire là ?

Sans doute Randy vit-il ces interrogations dans ses yeux, car il y répondit sans qu'elle ait besoin de les formuler :

— J'ai été engagé dans l'équipe de foot des Rams. Je joue défenseur. Quand un gars de l'équipe m'a refilé une invitation pour ce soir, j'étais loin de me douter que… Oh, Becky Lynn, c'est vraiment toi !

Oui, et c'était vraiment lui… Lee le Dingue. Le meilleur joueur de foot qu'ait jamais connu le collège de Bend.

— On s'en est sortis, Becky Lynn ! s'exclama-t-il en la saisissant par les épaules, avec un grand sourire. On a réussi, ma vieille… On a réussi !

La fureur frappa la jeune femme en plein visage, avec la violence d'un train lancé à toute allure. Randy voulait redevenir son frère maintenant ? Il voulait lui adresser des sourires et échanger des félicitations ? Mais quand elle avait eu désespérément besoin de lui, il l'avait trahie !

Elle se mit à trembler, si violemment que Randy ne pouvait manquer de s'en apercevoir. Dans son esprit enfiévré, elle le revoyait assis à côté de leur père sur le vieux canapé défoncé et crasseux, elle revoyait son regard levé vers elle, rempli de honte et de culpabilité.

Il savait ce que Ricky et Tommy avaient l'intention de lui faire.

— Ne nous mets pas dans le même sac, grogna-t-elle d'une voix tremblante de rage et d'indignation. Je pense que nous n'avons rien à nous dire.

Elle le regarda droit dans les yeux et ajouta :

— Et surtout, n'essaye pas de te comporter comme si tu étais mon frère. Un frère digne de ce nom ne se serait jamais conduit comme tu l'as fait…

Elle le repoussa pour se diriger vers le bord du trottoir et attendre sa voiture. Randy lui emboîta le pas.

— Becky Lynn, je t'en prie !

Il s'arrêta à son côté et posa timidement la main sur son bras.

— Parle-moi !

Elle l'affronta, ne cherchant plus à masquer la violence de ses sentiments.

— Nous n'avons rien à nous dire ! répéta-t-elle avec véhémence. Tu as choisi ton camp il y a dix ans. Assume-le maintenant.

Il lui prit les deux mains, le visage ravagé par une grimace de désespoir.

— J'ai vécu avec le remords pendant toutes ces années, expliqua-t-il. Chaque jour, chaque minute. Pas un instant je n'ai cessé de haïr ma lâcheté ; j'aurais donné n'importe quoi pour pouvoir revenir en arrière. Je sais que je t'ai fait un sale coup et…

— Un sale coup ? répéta-t-elle, incrédule, en libérant ses mains, incapable de supporter son contact. Faire un sale coup à quelqu'un c'est oublier son anniversaire. C'est trahir une promesse sans importance… Toi, ajouta-t-elle en baissant la voix, tu as essayé de me détruire ! Tu as laissé trois types me frapper et m'entraîner dans des buissons. Tu les as laissés me mettre un sac en papier sur la tête, m'obliger à écarter les cuisses et enfoncer leur sexe en moi. La douleur, la souffrance étaient si intenses que j'ai cru mourir.

L'angoisse déformait le visage de Randy.

— J'ignorais qu'ils allaient… oser. Je me doutais que… Ils en avaient parlé, mais je ne…

— Tu n'as pas réagi !

Parcourue d'un frisson glacé, elle noua les bras autour de sa taille.

— Et quand je suis rentrée à la maison, quand tu m'as vue… tu as menti pour protéger ces monstres. Tu les as couverts !

— Je regrette. Si tu savais combien je regrette, Becky Lynn. Je sais que c'est pas une excuse, mais j'avais la trouille. Et je… me sentais seul. A l'époque, l'amitié de ces types comptait plus que tout pour moi. En me dressant contre eux, j'avais peur que…

— Alors tu m'as sacrifiée ? marmonna-t-elle, les yeux embués de larmes. Tu n'étais pas seul, Randy. Et moi non plus. Nous étions là l'un pour l'autre… J'étais là, moi !

Sa gorge se serra sur ses paroles ; elle dut avaler sa salive pour continuer.

— J'étais ta sœur. Nous étions du même sang ! Mais tu m'as trahie… tu as laissé Ricky et Tommy…

Incapable de poursuivre une fois de plus, elle lui tourna le dos. Au bout de la rue, une voiture sortit du parking. Kenny ! Dieu soit loué…

— Je t'en supplie, Becky Lynn, pardonne-moi. J'ai payé, tu ne peux imaginer le prix que j'ai payé !

La jeune femme baissa la tête, avant de lui jeter un regard par-dessus son épaule.

— Les mots ne coûtent rien, Randy. Ton comportement, il y a dix ans, m'en a appris suffisamment sur toi. Pour toujours.

— Maman m'a pardonné, dit-il d'une voix blanche. Elle a compris. Elle…

— Je t'interdis de parler de maman !

Becky Lynn pivota brusquement sur ses talons ; les paroles de son frère lui lacéraient et lui fouillaient les entrailles telle une lame aiguisée.

— Ne prononce pas son nom devant moi !

— Elle est morte. Tu le savais ? Avant de rendre son dernier soupir, elle m'a parlé de toi. Elle a dit que tu étais plus heureuse désormais. Elle a dit…

— Fiche-moi la paix ! hurla Becky Lynn en plaquant ses mains sur ses oreilles. Pour moi, tu n'existes plus. Le passé est mort, lui aussi…

Kenny arrêta la voiture le long du trottoir dans un rugissement de moteur et en jaillit prestement, avec dans le regard une lueur meurtrière.

— Un problème, *miss* Valentine ?

— Cet homme m'importune, dit-elle d'une voix tremblante.

Elle se précipita vers le voiturier ; ce dernier s'interposa entre elle et son frère, bien qu'il mesurât deux têtes de moins que Randy.

— Allez, barre-toi, ordonna Kenny d'un ton déterminé. Ou j'appelle les flics.

Becky Lynn se glissa à bord de sa Mercedes 450 SLC, en tremblant si fort qu'elle craignait de ne pouvoir conduire. Elle avait du mal à tenir le volant.

— Ricky et Tommy ont été envoyés en prison ! lui lança Randy au moment où elle claquait la portière. Pour le viol de Sue Ann Parker.

Becky Lynn se figea, le cœur battant la chamade. Sue Ann Parker. Oh, Seigneur… Pauvre Sue… Elle ferma les yeux, en serrant les dents. Les dernières paroles de Randy résonnaient en elle : Ricky et Tommy avaient été envoyés en prison. En prison !

Merci, mon Dieu, c'était une prière qui s'exauçait.

— J'ai témoigné, Becky Lynn ! Et Buddy aussi. Ces deux salopards se vantaient de leurs prouesses et… je ne pouvais pas supporter qu'ils s'en sortent une fois de plus. Je l'ai fait pour toi.

Becky Lynn retint son souffle ; elle croisa le regard de son frère à travers la vitre baissée. Du coin de l'œil, elle remarqua la perplexité et l'inquiétude de Kenny, témoin involontaire de cette scène.

— Tu aurais dû le faire parce que ta conscience te l'ordonnait, dit-elle.

Elle secoua la tête d'un air désolé, et ajouta :

— Pour nous, c'est trop tard.

— Becky Lynn !

La souffrance qui perçait dans la voix de Randy lui brisa le cœur, mais elle enveloppa celui-ci d'une armure de fermeté. Randy l'avait trahie, d'abord en laissant ses copains lui faire du mal, et ensuite en mentant pour les protéger.

A ses yeux, son frère était mort. Jamais elle ne lui pardonnerait. Jamais.

48

Becky Lynn se dressa dans son lit, le souffle coupé, couverte d'une sueur glacée. Hébétée, elle jeta des regards frénétiques autour d'elle, s'attendant à apercevoir les baraques délabrées des bidonvilles, à sentir l'odeur de la terre féconde et de la pauvreté. Or, les effluves qui flottèrent jusqu'à ses narines provenaient du pot-pourri de bois de santal qui se trouvait dans une coupe de cristal posée sur sa table de chevet, et ses yeux ne rencontraient que les objets familiers qui peuplaient son univers douillet : la reproduction du tableau de Chagall au-dessus de la commode, le rocking-chair de style victorien sur lequel était négligemment jeté un châle en cachemire, la bouteille de parfum Chloé sur la coiffeuse, à côté de la boîte à musique en argent que Carlo lui avait achetée en Espagne.

Elle était chez elle, dans son lit. Loin de Bend, petite ville perdue et misérable du Mississippi ; elle était en sécurité.

Prenant une profonde inspiration, elle s'efforça de chasser les derniers vestiges de son cauchemar. Ils étaient tous là : Ricky, Tommy, Randy et son père, tous les « braves gens » de Bend. Ils formaient un cercle autour d'elle, ils l'entouraient, ils la montraient du doigt en riant.

Au début, leurs sarcasmes étaient demeurés bon enfant, bien que cruels et humiliants. Mais lorsqu'elle avait tenté de s'échapper de leur cercle, celui-ci s'était refermé et resserré autour d'elle. Et plus ils se rapprochaient, plus leurs railleries devenaient violentes, injurieuses.

Becky Lynn porta ses mains tremblantes à son visage. Ils s'étaient mis alors à lui déchirer ses vêtements, à lui tirer les cheveux et la peau, comme pour lacérer l'illusion de beauté qu'avait su créer Carlo. Elle les avait suppliés d'arrêter, elle avait tenté d'endosser le rôle de Valentine, mais cela n'avait fait qu'amplifier leurs railleries et leurs insultes.

Elle n'était pas Valentine, psalmodiaient-ils. Elle était toujours l'horrible Becky Lynn Lee, la pauvre petite Blanche misérable.

Respirant à fond encore une fois, Becky Lynn passa les doigts dans ses cheveux collés par la transpiration. Que faire ? se demandait-elle. Ce n'était pas la première fois que ce cauchemar venait troubler son sommeil. En fait, il la hantait depuis le soir où elle avait rencontré Randy, à la fête de l'agence.

A tel point qu'elle craignait désormais de s'endormir. Un rire hystérique monta jusqu'à ses lèvres. Dorénavant, songea-t-elle, elle avait deux sujets d'angoisse : ne pas réussir à dormir, et, lorsqu'elle s'endormait, faire des cauchemars.

Repoussant les draps, elle rampa au bord du lit et se leva pour aller chercher à boire dans la salle de bains. Elle remplit un verre, but, puis se laissa glisser sur le sol carrelé et froid. Sa chemise de nuit n'offrait qu'une mince protection et elle se mit à claquer des dents. Elle ramena ses genoux contre sa poitrine et appuya son front sur ses genoux. Randy était responsable de ces cauchemars ; il ne cessait de la harceler. Ayant réussi à se procurer son adresse par le biais de l'agence, il s'était mis en tête de lui écrire. Durant les quinze jours écoulés, il lui avait déjà envoyé une dizaine de lettres et de cartes. Sur l'enveloppe de la dernière, il avait même griffonné quelques mots pour la supplier de lui parler. Elle avait répondu sur le même ton, et de la même manière : s'il tenait vraiment à elle, qu'il lui fiche la paix.

A l'exception de ce bref message, Becky Lynn avait refusé de communiquer avec lui. Pourtant, même si elle renvoyait toutes les lettres de Randy sans les décacheter, chacune d'elles lui rappelait douloureusement son passé, chacune creusait un petit trou dans son armure.

Elle craignait, en ouvrant sa porte un jour, de découvrir son frère installé sur son perron, ou bien, en entrant, de l'entendre sur le répondeur téléphonique.

Pis encore, elle vivait dans la terreur de trouver son père devant sa porte ; de reconnaître sa voix rauque et menaçante sur la bande enregistreuse.

Un frisson glacé la parcourut. Elle se frictionna les bras pour tenter de chasser cette soudaine sensation de froid. Si seulement Carlo était à la maison ! Depuis leur séjour à Saint-John, il n'avait cessé de faire l'aller-retour entre New York et Londres. En tout, il n'avait pas passé plus de quatre jours à Los Angeles, et encore était-il resté enfermé dans son laboratoire à développer et tirer ses films. Becky Lynn ne lui avait pas parlé de Randy ; elle pensait pouvoir assumer seule cette épreuve.

Mais non, elle en était incapable, se dit-elle en se relevant pour retourner dans la chambre. Elle avait besoin que Carlo la réconforte, en lui disant qu'elle n'avait rien à craindre. Sans doute saurait-il lui expliquer de quelle façon régler ce problème, rapidement et efficacement. Après tout, il était son mari, non ? Il avait le droit de savoir ce qui se passait dans sa vie.

Elle était sur le point de craquer.

Chassant cette terrible pensée, elle alluma sa lampe de chevet et jeta un coup d'œil au réveil. Il était un peu plus de minuit. Trois heures de plus à New York… le milieu de la nuit. Elle hésita un moment, avant de chercher le numéro de l'hôtel de Carlo dans le tiroir de la table de chevet.

Ce fut un homme qui décrocha, un homme dont elle ne reconnaissait pas la voix, mais qu'elle avait apparemment tiré d'un sommeil profond. Tout d'abord, elle crut que le standardiste de l'hôtel s'était trompé de chambre, puis elle comprit.

Carlo n'était pas seul.

Hugh Preston.

Cette constatation fut comme un coup de poing en pleine poitrine. Les larmes lui montèrent aux yeux et un petit râle s'échappa d'entre ses lèvres, un gémissement de douleur.

Elle raccrocha sans dire un mot.

49

Tout le monde dans le studio attendait l'arrivée de Zoe. Des ondes électriques crépitaient dans l'air, mélange de tension et de lassitude, de colère et d'impatience. Les nerfs étaient tendus, sur le point de craquer.

A chaque minute qui passait, tandis que toute l'équipe de prise de vue se tournait les pouces, c'étaient des milliers de dollars qui fichaient le camp par la fenêtre.

Jack consulta sa montre pour la millième fois, et étouffa un juron. Il avait décidé d'engager Zoe en dépit de toutes les histoires déplaisantes qu'il avait entendues à son sujet. Jamais encore elle ne lui avait fait faux bond pour une séance de photos ; et dès qu'elle évoluait devant l'objectif, la magie opérait. Voilà pourquoi il avait décidé de lui accorder le bénéfice du doute. Et maintenant, il s'en mordait les doigts.

Le directeur artistique de l'agence de publicité s'avança vers lui à grands pas, visiblement furieux.

— Bon sang, où est-elle, Jack ? Ce retard nous coûte cher. Très cher !

Jack fit un effort pour conserver un air décontracté et parler d'une voix calme.

— Elle va arriver, Bill. Je parie qu'elle est coincée dans les embouteillages. Pete est allé téléphoner à l'agence.

Il posa la main sur l'épaule de son interlocuteur dans un geste qui se voulait rassurant.

— Ne vous en inquiétez pas, ajouta-t-il, je rattraperai le temps perdu. Tout sera bouclé avant ce soir !

— Vous en êtes sûr ? demanda le publicitaire, légèrement soulagé. On ne peut pas se payer le luxe de faire des heures sup'.

— Fiez-vous à moi.

Jack désigna la table sur laquelle on avait disposé un assortiment de viennoiseries pour le petit déjeuner.

— Allez vous chercher un autre café, je vais aux nouvelles.

Furieux lui aussi, Jack rejoignit son assistant dans un coin du studio. Il venait de faire une promesse, et il devait la tenir, mais s'ils continuaient à perdre du temps, le retard ne pourrait plus être comblé.

— Bon Dieu, Pete, que t'a-t-on dit à l'agence ?

— Ils essayent de la repérer. Gail a envoyé quelqu'un chez Zoe, il n'y avait personne.

Jack poussa un juron dans sa barbe. Zoe avait déjà une heure et demie de retard ; autant envisager le pire dès maintenant et ne plus compter sur elle.

— Rappelle Gail, ordonna-t-il à son assistant. Demande-lui de nous envoyer une autre fille.

— Laquelle veux-tu ?

— Je veux surtout qu'elle rapplique en vitesse. Qu'ils choisissent une fille avec de l'expérience, on n'a plus de temps à perdre.

Jack fit claquer sa langue d'un air exaspéré.

— Demande-leur une fille qui ressemble à Zoe. Bill veut une blonde avec des gros seins.

Pete acquiesça et se dirigea rapidement vers le bureau. Jack l'arrêta.

— Surtout, ajouta-t-il, fais bien comprendre à Gail que je suis fou de rage !

Pete acquiesça de nouveau et disparut dans le bureau. Quelques minutes plus tard, il réapparut en courant, essoufflé.

— Ça y est, j'ai téléphoné, mais… elle est ici.

— Zoe est arrivée ?

— Oui.

— Formidable ! Conduis-la immédiatement au maquillage et annule le coup de…

Jack s'interrompit en voyant l'expression embarrassée de son assistant.

— Quoi encore ?

— Tu devrais aller la voir, Jack. Elle est dans le bureau.

Jack suivit son assistant sans dire un mot ; une boule d'angoisse se formait dans son estomac. En découvrant Zoe dans le bureau, il s'immobilisa, stupéfait, écœuré. Le visage de la jeune femme était totalement ravagé, comme si elle avait passé la nuit dehors, plusieurs nuits d'affilée même. Ses yeux étaient cernés et vides, ses joues creusées ; elle semblait ne pas avoir pris de douche. Et elle ne cessait de dodeliner de la tête, comme ces chiens en plastique qu'on voyait parfois sur la plage arrière des voitures. Elle avait du mal à garder les yeux ouverts.

Remis de sa stupeur, Jack se tourna vers son assistant.

— Va me chercher un petit pain ou un truc comme ça, avec un Coca et une tasse de café très fort. Et dis aux maquilleurs et aux coiffeurs de se préparer à faire des miracles !

— Dois-je annuler l'autre fille ?

— Non, surtout pas ! On va commencer les photos, mais je ne suis pas certain que Zoe pourra tenir le coup.

Alors que Pete s'éloignait déjà, Jack le retint.

— Arrange-toi pour tenir Bill à l'écart… S'il la voit dans cet état, on va tous en prendre pour notre grade !

Jack pénétra dans le bureau et claqua la porte derrière lui. Zoe redressa brusquement la tête, et une fois de plus il songea à ces petits chiens ridicules.

— Qu'est-ce que ça signifie ? éructa-t-il. Tu débarques avec une heure et demie de retard… et dans un état pitoyable pardessus le marché !

Les yeux de la jeune femme s'emplirent de larmes, son menton fut pris de tremblements.

— Je suis désolée, Jack. Sincèrement désolée. Je…

Il la coupa, et s'approcha d'elle.

— Ce n'est pas seulement ta réputation que tu fous en l'air, c'est aussi la mienne ! et celle de l'agence de pub !

Planté devant elle, il put constater combien elle avait du mal à garder les yeux fixés sur lui.

— En agissant de cette façon, tu mets en danger toute la campagne du client, tu nous mets tous en danger !

— Je… je suis désolée, Jack, répéta Zoe en croisant nerveusement ses mains sur ses genoux. J'ai oublié, je n'ai pas pensé à faire sonner mon réveil et…

— Arrête un peu ton cinéma !

Appuyé sur les bras du fauteuil, il se pencha vers elle.

— Tu es sur la mauvaise pente, Zoe. Tu es en train de bousiller ta carrière. Et ta vie. Déjà, la plupart des photographes ne veulent plus travailler avec toi. Et moi, que veux-tu que je fasse, hein ? Tu crois que je vais encore t'engager après un coup pareil ?

— Je t'en supplie, ne me renvoie pas ! s'écria-t-elle en s'agrippant à sa chemise. Ne dis rien à Treymane. Par pitié, Jack !

La compassion s'empara de lui. L'inquiétude également. Il repensait à la jeune fille pétillante et impertinente qu'elle était autrefois quand il l'avait rencontrée, et ces souvenirs lui faisaient mal.

Evidemment, se disait-il, il ne devrait pas laisser ses sentiments personnels empiéter sur son travail. D'ailleurs, il ne lui avait pas caché la gravité de sa conduite ; elle les mettait tous dans de sales draps. Pourtant, il ne pouvait pas… l'abandonner.

Avec un petit soupir d'agacement, il se redressa.

— Une autre que toi, je la foutrais dehors à coups de pied dans le cul ! J'appellerais Treymane et je ferais un scandale. Tu as compris ? Je te donne encore une chance, Zoe, une seule !

— Oh ! merci, Jack. Merci mille fois !

Elle se leva en chancelant légèrement.

— Tout va rentrer dans l'ordre, tu verras. Je vais essayer de me reprendre.

Pete revint dans le bureau avec un petit pain, un Coca et du café. Jack lui jeta un regard par-dessus son épaule, avant de revenir sur Zoe, en plissant les yeux d'un air sévère. Zoe avait toujours été une forte tête ; s'il voulait lui faire entendre raison, il devait se montrer brutal et direct.

— Tu fais vraiment peine à voir, Zoe. Tu aurais pu tout avoir dans la vie, mais tu préfères tout foutre en l'air avec la drogue : ta carrière, ta santé, ta beauté.

Pete lui tendit le petit pain ; Zoe le regarda comme si cette seule vue lui soulevait l'estomac. Jack secoua la tête.

— Tu as besoin d'aide, Zoe. Sérieusement. Si personne ne te prend en main, je crains d'assister bientôt à un enterrement. Le tien.

Deux heures plus tard, Jack annonça une pause de quelques minutes. Cette séance de photos avait été un véritable calvaire, songeait-il. Obtenir des poses sensuelles de la part de Zoe, c'était comme arracher des clous plantés dans le béton. Elle avait du mal à garder les yeux ouverts, sans parler de regarder fixement l'objectif. Jack se souvenait d'avoir travaillé avec des débutantes qui réagissaient beaucoup plus vite, et beaucoup mieux, à ses directives.

Dissimuler les marques de piqûres était une tâche quasiment impossible. La maquilleuse, une professionnelle qui en avait pourtant vu d'autres, avait failli s'arracher les cheveux et pleurer de rage.

Durant la pause, Jack marqua plusieurs rouleaux de films, qu'il lança ensuite dans son sac. Avant d'apercevoir les traces d'aiguille sur les bras de Zoe, il ignorait qu'elle se piquait. Il ignorait qu'elle en était arrivée là, à quel point elle était en danger.

Ce n'était pas la première fois qu'il voyait un mannequin suivre cette voie-là ; du jour au lendemain, les filles se voyaient offrir la richesse et la gloire ; elles devenaient accros à la vie facile, aux hommes, aux fêtes somptueuses et aux drogues de toutes sortes. Et puis, tout aussi soudainement, voilà qu'elles arrivaient en retard pour les séances, quand elles n'oubliaient pas de venir. Lorsqu'un mannequin se laissait entraîner vers le fond par cette spirale infernale, il était quasiment impossible ensuite de la ramener à la surface. Certaines s'en sortaient, très peu.

— Jack ! Jack… Nom de Dieu, c'est pas croyable !

Jack se tourna vers son assistant : ce dernier était si pâle que ses taches de rousseur ressortaient de manière presque choquante.

Sentant son estomac se nouer, Jack comprit aussitôt que Pete venait lui annoncer une mauvaise nouvelle… et qu'elle concernait Zoe. Il posa la question malgré tout :

— Que se passe-t-il ?

— Elle est partie ! Zoe… elle a foutu le camp !

— Partie ? Où ça ? Comment ?

— Elle s'est enfuie par la fenêtre des toilettes.

Elle n'avait pas écouté un mot de ce qu'il lui avait dit. Jack passa sa main dans ses cheveux, à la fois furieux et frustré, déçu.

— Attends, ce n'est pas tout, ajouta Pete. Elle… elle est partie avec la robe sur le dos !

Jack observa le visage de son assistant, guettant — espérant — l'ombre d'un sourire, mais il savait bien que Pete ne plaisantait pas.

La carrière de Zoe était bel et bien terminée, conclut-il, amer. Désormais, il fallait trouver un moyen de lui sauver la vie.

Si quelqu'un pouvait faire entendre raison à Zoe, se disait Jack, c'était Becky Lynn. Toutes les deux avaient été très proches jadis, lorsqu'ils débutaient tous dans ce métier et se débattaient pour survivre. Autrefois. Avant que tout ne change.

Avant qu'il ne foute tout en l'air.

Le front plissé par une grimace d'inquiétude, Jack se gara devant la maison où habitaient Becky Lynn et Carlo. Peut-être aurait-il dû essayer de téléphoner plutôt, songeait-il, mais cela aurait fourni à Becky Lynn l'occasion de refuser de lui parler, et sans doute n'était-ce pas la meilleure stratégie. De plus, un face-à-face serait certainement plus efficace.

Et surtout, il avait envie de la voir.

Il grimaça de nouveau, car il n'aimait pas la direction vers laquelle l'entraînaient ses pensées. Il était venu jusqu'ici parce qu'il s'inquiétait pour Zoe, et non pas parce que l'envie de revoir Becky Lynn le dévorait. Et certainement pas parce qu'il ne parvenait pas à la chasser de son esprit après tout ce temps.

Il gravit les marches du perron et sonna à la porte. Elle vint lui ouvrir rapidement, et il sentit aussitôt qu'elle n'était pas heureuse de le voir. Le contraire eût été surprenant, se dit-il.

— Qu'est-ce que tu veux, Gallagher ?

Jack lui adressa un sourire charmeur, sachant que cela ne manquerait pas de la faire bouillonner de rage.

— Salut, Red. Je vais bien, merci.

Comme il l'avait prévu, les yeux de la jeune femme lancèrent des éclairs.

— Je n'ai pas de temps à perdre.

Elle voulut refermer la porte, mais Jack la bloqua avec sa paume.

— Je suis venu te parler de Zoe.

Becky Lynn sembla hésiter ; elle fronça les sourcils.

— Que se passe-t-il ?

— Je peux entrer ?

Elle jeta un coup d'œil par-dessus son épaule, et Jack sentit le doute poindre en elle. Becky Lynn éprouvait encore des sentiments pour lui, comprit-il, envahi par un vif sentiment de satisfaction. Autrement, elle n'hésiterait pas à le laisser entrer ; autrement elle ne craindrait pas de se retrouver seule avec lui.

— Ça pose un problème ? demanda-t-il, en jouant la carte de la provocation. Tu n'as pas confiance en toi ?

Comme il l'avait deviné, cette remarque ironique eut pour effet de ranimer l'ardeur combative de Becky Lynn. La jeune femme laissa échapper un petit rire méprisant.

— Je t'accorde trois minutes.

Elle ouvrit la porte en grand et s'enfonça dans la maison à pas rapides, s'attendant à ce que Jack la suive. Ce qu'il fit, en jetant autour de lui des coups d'œil curieux.

— Pas mal ! commenta-t-il.

Les poings sur les hanches, elle se retourna et le foudroya du regard.

— L'heure tourne !

Jack se débarrassa de sa veste et la jeta négligemment sur un des fauteuils en rotin. A en juger par l'air pincé de Becky Lynn, elle n'était guère heureuse de le voir prendre ses aises. Jack haussa les sourcils pour feindre la parfaite innocence, et demanda :

— Ça ne t'ennuie pas si je pose ma veste, hein ?

— Non, pas du tout. Le temps que tu la remettes, tes trois minutes seront écoulées, rétorqua-t-elle.

Elle croisa les bras sur sa poitrine.

— Alors, tu voulais me parler de Zoe ?

Jack redevint sérieux.

— Oui. Je suis très inquiet à son sujet. Elle est sur une mauvaise pente, une très mauvaise pente.

Son front se plissa tandis qu'il enchaînait :

— Hier, elle devait poser pour moi. Si tu avais vu dans quel état elle est arrivée !

A mesure qu'il décrivait l'état de santé et le comportement de Zoe, Jack voyait l'inquiétude se peindre sur le visage de Becky Lynn.

— Des marques de piqûres ? Tu es sûr ? demanda-t-elle d'une voix où perçaient une vive angoisse, mais aussi de l'étonnement.

— Aucun doute. La maquilleuse n'a même pas réussi à les dissimuler. Et à en juger par l'aspect de ses bras, elle se pique depuis pas mal de temps déjà.

Avec gravité, il demanda :

— Tu ne savais pas qu'elle en était arrivée à ce stade ?

Becky Lynn secoua la tête.

— Et toi ?

— Non, évidemment. Je ne l'aurais jamais engagée si je l'avais su…

La bouche de la jeune femme se crispa.

— Bien sûr.

— Hé, qu'est-ce que tu entends par là ?

— Comme si tu ne le savais pas ! répliqua Becky Lynn en rejetant la tête en arrière, les yeux dans les siens. Jack Gallagher ne laisserait jamais rien ni personne faire obstacle à sa carrière, à son ambition. Certainement pas une amie en tout cas !

Il plissa les yeux.

— Zoe n'est pas mon amie. Elle ne l'a jamais été. De plus, le boulot c'est le boulot.

— Oui, en effet, rétorqua-t-elle avec violence en faisant un pas vers lui. Alors, c'était quoi cette liaison avec Garnet McCall ? Où places-tu la frontière entre le travail et la vie privée ?

— C'est de l'histoire ancienne.

— Ah bon ? Et Zoe ? Ce n'est pas ton amie, dis-tu, mais tu as quand même couché avec elle… Ah, tu m'écœures !

Elle pivota sur ses talons et s'éloigna ; Jack lui emboîta le pas, en colère lui aussi. Il la retint par le coude et l'obligea à lui faire face.

— Hé, attends une minute ! Qu'est-ce que ça veut dire « tu as quand même couché avec elle… » ?

— Quels mots tu ne comprends pas dans cette phrase ? demanda-t-elle d'un ton cinglant, en libérant son bras d'un geste brusque. Tu croyais que je n'étais pas au courant, hein ? Tu ignorais que je savais tout. Aujourd'hui, tu fais mine de t'inquiéter pour elle, mais à l'époque, au lieu de l'aider, tu as profité de ses faiblesses…

— Attends un peu !

Jack regarda Becky Lynn droit dans les yeux, incrédule et visiblement désemparé devant cette accusation.

— Je n'ai jamais couché avec Zoe. Jamais !

— Oh, je t'en prie ! Inutile de mentir maintenant. Zoe m'a tout raconté, il y a longtemps. Tu n'es plus un gamin, aie au moins le courage d'assumer tes actes, aussi méprisables soient-ils. De toute façon, tu n'as plus rien à perdre maintenant.

Il fit un pas vers elle, la mâchoire et les poings serrés.

— Je te répète que je n'ai jamais couché avec Zoe !

— Oh, allons, Jack…

Il prit son visage entre ses mains.

— Je n'ai pas couché avec elle. D'ailleurs j'étais avec toi à cette époque !

Les larmes avaient envahi les yeux de Becky Lynn ; elle se libéra de l'étau des mains de Jack. Elle marcha jusqu'aux portes-fenêtres donnant sur la terrasse et contempla le jardin.

— Tu étais avec moi ? répéta-t-elle d'une voix enrouée. Cela ne t'a pourtant pas empêché de baiser avec Garnet McCall, il me semble ?

Jack reçut ces paroles comme un coup de poing dans l'estomac. Que pouvait-il répondre ? Prétexter la jeunesse, l'erreur de jugement ou toute autre raison qui maintenant, à ce stade de sa vie, après avoir atteint le sommet, lui paraissait aussi médiocre que pitoyable. Du reste, quand il y réfléchissait, les raisons qui l'avaient poussé à agir ainsi étaient nombreuses : l'arrivisme, le manque de maturité, peut-être même la peur.

Il s'arrêta un instant sur cette idée. Oui, il avait eu peur, car il était devenu trop proche de Becky Lynn, car elle avait pris trop d'importance dans sa vie, car l'amour et la fidélité n'avaient jamais compté parmi ses projets. Nul doute que cet aveu la ferait rire aujourd'hui…

Comme il restait muet, elle le regarda par-dessus son épaule.

— Pourquoi es-tu venu ici ? Pourquoi as-tu pensé que je pourrais aider Zoe ?

Ces deux questions n'étaient pas liées, songea Jack. En vérité, sa décision de venir la voir n'avait que peu de rapport avec Zoe.

— Je croyais que vous étiez amies, dit-il malgré tout.

— Nous ne le sommes plus depuis… une éternité. En fait, j'ai découvert que nous ne l'avions jamais été.

Becky Lynn tenta de masquer la douleur contenue dans sa voix, sans y parvenir. Jack brûlait d'envie de la toucher, de poser sa main sur elle pour la réconforter. Afin de ne pas céder à la tentation, il fourra ses mains dans ses poches.

— Et nous deux, Becky Lynn ?

— Il n'y a plus rien entre nous…

Elle se retourna vers la porte-fenêtre et le jardin luxuriant qui s'étendait de l'autre côté.

— … depuis bien longtemps.

Jack la rejoignit. Sa présence à son côté obligea la jeune femme à le regarder.

— Tu as tort, dit-il. Je crois, au contraire, qu'il y a toujours quelque chose entre nous, même si nous essayons de le nier toi et moi.

— Je suis une femme mariée désormais.

Jack ne put retenir un éclat de rire crispé et sardonique.

— Ton mariage n'est qu'une comédie ! Et tu le sais.

Il fit un pas de plus vers elle ; elle recula d'autant.

— Je pense que tu as encore des sentiments pour moi, Becky Lynn. Je crois que tu me désires toujours.

Les joues de la jeune femme s'enflammèrent.

— Va-t'en !

— Comment expliquer autrement que tu refuses de poser pour moi ? Pourquoi as-tu refusé pendant cinq ans de travailler avec un des plus grands photographes de mode ? Si tu n'éprouves plus rien pour moi, où est le problème ?

Becky Lynn plissa les yeux et redressa le menton.

— Je n'étais pas libre. Au cas où tu ne l'aurais pas remarqué, je suis très demandée depuis quelque temps. Je ne suis pas à ta disposition, figure-toi !

Jack se pencha vers elle, la bouche déformée par un petit sourire moqueur.

— Tu te défiles parce que tu as peur, tout simplement.

— Va au diable !

Elle s'éloigna. Il la suivit.

— Prouve-moi que tu ne me désires plus… Pose pour moi !

— Je n'ai pas à te prouver quoi que ce soit ! s'écria-t-elle en se retournant pour lui faire face, tremblante de rage. Tu n'as pas compris ? Tu n'es plus rien pour moi. Rien !

— Essaye de t'en fournir la preuve.

Elle retint son souffle, et Jack comprit qu'il venait de marquer un point.

— Pour la deuxième fois, va au diable, Gallagher !

Il répondit par un éclat de rire.

— Tu trembles de peur, Red ! En acceptant de poser pour moi, tu crains de te retrouver dans mon lit, voilà la vérité !

— Salaud… Espèce de sale égoïste prétentieux ! rugit-elle en serrant le poing. Propose-moi une date à laquelle je suis libre, et si tu as les moyens de t'offrir mes services, je poserai pour toi.

— Marché conclu.

Il récupéra sa veste et se dirigea vers la sortie ; en arrivant à la porte, il s'arrêta et lui jeta un regard par-dessus son épaule.

— J'ai hâte de travailler avec toi, Red. Je te contacterai.

Un large sourire aux lèvres, Jack traversa la route pour rejoindre sa voiture ; il se glissa au volant et décrocha son téléphone cellulaire. Tout en démarrant, il composa le numéro de l'agence Davis. Pas question, se disait-il, de laisser à Becky Lynn le temps de changer d'avis. Car nul doute qu'elle se défilerait à la première occasion.

Il demanda à parler à la personne qui gérait le planning de Valentine. Il avait déjà une idée en tête : il la ferait poser pour la nouvelle collection d'automne de Garnet. Cette dernière avait créé toute une gamme de vêtements dans les tons rouges, du vermillon au rose, en passant par des dégradés orange. L'ambiance moite de La Nouvelle-Orléans devait servir de décor, et Jack avait décidé de ne choisir que des filles rousses pour ses photos. Evidemment, il avait songé aussitôt à Becky Lynn, mais jamais il n'aurait pensé pouvoir l'engager.

Cette possibilité lui était maintenant offerte. Son sourire s'élargit. Même s'il devait décaler toutes les dates des séances de prises de vue, il aurait Valentine !

En raccrochant le téléphone quelques minutes plus tard, Jack dut s'avouer que son désir d'engager Valentine pour une série de photos n'avait qu'un lointain rapport avec son envie de se retrouver à La Nouvelle-Orléans en compagnie de Becky Lynn.

50

Becky Lynn n'arrivait pas à dormir. Dans sa chambre d'hôtel du Quartier Français de La Nouvelle-Orléans, il régnait une chaleur étouffante. Le gros ventilateur fixé au plafond et qui tournait lentement en grinçant ne parvenait qu'à brasser l'air moite. Elle roula sur le flanc, avant de revenir aussitôt sur le dos. Les draps humides de transpiration s'entortillèrent autour de ses cuisses, les ligotant l'une contre l'autre à la manière d'une étrange ceinture de chasteté.

De dehors montaient les bruits et les éclats de voix de Bourbon Street, l'écho obsédant d'un saxophone au coin d'une rue toute proche, le cliquetis de talons hauts dans la cour dallée de l'hôtel juste en bas.

Au diable cette ville ! se dit-elle en tapotant son oreiller d'un air rageur. Ici, le sexe était omniprésent, dans les boîtes de striptease de Bourbon Street, sous les portes cochères où les couples s'embrassaient et se caressaient sans la moindre gêne, dans la démarche lascive des femmes, sans oublier la chaleur moite qui envahissait tout, y compris les chambres d'hôtel avec air conditionné.

Becky Lynn boxa son oreiller. Et au diable Jack Gallagher qui avait utilisé la ruse pour l'attirer dans ce piège ignoble, qui leur avait réservé des chambres voisines, et qui, présentement, se trouvait dans la sienne en compagnie d'une autre femme !

Elle se rallongea sur le dos en poussant un juron. Teri, un des mannequins engagés pour la série de photos, n'avait cessé de tourner autour de Jack depuis le début, en lui sortant son grand numéro de charme. Et Becky Lynn savait que Jack, « le chevalier servant de ces dames », ne manquerait pas cette occasion d'entraîner la jolie créature dans son lit. Ce soir, à la fin de leur dernière journée de travail, elle se sentait prête à arracher les yeux à cette petite allumeuse. Quant à Jack, elle aurait voulu lui faire subir un sort plus terrible. Beaucoup plus terrible.

Elle songeait à Jack et Teri, ensemble dans le même lit. Dans la chambre voisine. Enlacés, le souffle haletant, en train de faire l'amour. Avec un juron, elle se redressa. Décollant ses cheveux de sa nuque moite, elle prit une profonde inspiration pour tenter de se calmer.

Son regard se posa sur la porte-fenêtre ; à travers les rideaux, la lune pâle projetait de doux carrés de lumière sur le sol de sa chambre.

La chambre de Jack communiquait avec son balcon !

Elle l'imagina, nu, s'enfonçant sauvagement dans le corps d'une femme… s'enfonçant en elle. Ses mains viriles étaient sur elle, et elle se cambrait entre ces mains aux pouvoirs magiques, criant le nom de Jack au paroxysme du plaisir.

Un frisson de désir la parcourut ; elle le maudit, elle maudit cette ville de débauche ! L'atmosphère de cet endroit l'avait perturbée, les séances de photos l'avaient perturbée. Ce n'était pas à cause de Jack, se dit-elle. Ce n'était pas la manière suave avec laquelle il murmurait son prénom quand il lui donnait des directives, ni sa façon de la regarder au fond des yeux, ni sa voix qui glissait sur elle comme une caresse.

Elle serra dans ses poings les draps humides et froissés. Demain, elle serait de retour chez elle ; une fois là-bas, dans son lit, elle serait bien, elle n'aurait plus rien à craindre, elle recouvrerait ses esprits.

Son lit. Son lit solitaire.

Non, elle ne voulait pas retrouver son lit ; elle voulait se glisser dans celui de Jack !

Avec un petit cri étouffé, elle repoussa brutalement le drap et se leva d'un bond. Elle marcha jusqu'à la porte-fenêtre pour observer le ciel étoilé, le patio frais et ombragé deux étages plus bas. Elle appuya ses doigts contre le carreau, brûlant du désir de sortir, de s'échapper de cette chambre étouffante pour fuir ses sombres pensées.

N'y tenant plus, elle ouvrit la double fenêtre, et fut accueillie par les bruits de la ville. La brise nocturne était d'une fraîcheur délicieuse sur sa peau moite et enfiévrée. Parcourue d'un court frisson de plaisir, elle sortit sur le balcon et vint s'accouder contre la balustrade de fer forgé. L'odeur des fleurs du patio, puissante et capiteuse, monta jusqu'à ses narines. Le gargouillis du jet de la fontaine se mêlait au bruit de sa respiration et aux battements de son cœur.

Elle n'était pas seule.

Ses poils se hérissèrent sur ses bras ; elle tourna vivement la tête. Jack était sorti sur son balcon ; derrière lui, la porte-fenêtre était grande ouverte sur la nuit, comme la sienne. Le clair de lune qui frappait son torse nu dessinait des ombres sensuelles sur sa peau mate. Malgré la pénombre, Becky Lynn sentait le poids de son regard, aussi nettement que s'il avait posé les mains sur elle.

Il ne portait qu'un short. A son tour, elle laissa glisser lentement son regard sur son corps, un regard avide. En repensant à la première fois où ils avaient fait l'amour, lorsqu'ils avaient partagé son chagrin. C'était si vieux, songea-t-elle, le cœur lourd. Tant de choses, tant de jours, de mois se dressaient entre eux désormais.

Cet instant suspendu se prolongea. Jack continuait à la dévisager sans rien dire, jusqu'à ce qu'une sorte d'énergie électrique, palpable, chauffée à blanc, se mît à crépiter dans l'air du soir. Becky Lynn sentit les pointes de ses seins durcir et frotter contre le tissu léger de sa chemise de nuit, comme pour réclamer un contact plus intime, plus brutal. Plus bas, elle sentit une chaleur humide l'envahir. Elle entendait les coups de tonnerre de son cœur, l'écho sourd de sa respiration précipitée.

Toujours sans prononcer un mot, Jack traversa le balcon. Ses mains puissantes se refermèrent autour du visage de la jeune femme, et sa bouche s'écrasa sur la sienne. Contrainte de renverser la tête sous la violence de ce baiser, elle enfouit ses mains dans les cheveux de Jack, enroulant ses doigts autour de ses boucles, s'accrochant à lui avec une énergie égale à la sienne.

Ainsi enlacés, ils reculèrent en titubant jusque dans la chambre ; avec son pied, Jack referma la porte-fenêtre derrière eux, puis il pivota sur lui-même et plaqua Becky Lynn contre le carreau.

— Je te hais, Becky Lynn, murmura-t-il contre sa bouche en promenant les mains sur ses seins.

La jeune femme échappa à sa bouche, le souffle coupé.

— Que se passe-t-il ? demanda-t-elle. Teri t'a rembarré ?

— Je n'avais pas envie de Teri, répondit-il d'une voix tendue en saisissant le col de sa chemise de nuit pour la lui arracher violemment, pour libérer ses seins. C'est toi que je veux ! Rien que toi…

Il plongea la tête vers sa poitrine, et Becky Lynn s'arqua contre sa bouche, en lui labourant les épaules et le dos avec ses ongles, habitée par un désir aussi irrésistible que celui de Jack.

Il la mordillait ; elle le griffait. Collés l'un à l'autre, ils se dévoraient sauvagement comme deux bêtes. Jack déchira ce qui restait de la chemise de nuit ; ensemble ils firent glisser son short sur ses hanches, avec des gestes désordonnés, avant de se plaquer de nouveau l'un contre l'autre, totalement nus.

Alors, Jack la souleva dans ses bras et s'enfonça en elle d'un coup de reins, la projetant si fort contre la porte-fenêtre que les carreaux vibrèrent. Becky Lynn noua ses jambes autour de sa taille, pour mieux s'accrocher à lui, accompagnant chacun des élans de son amant d'un mouvement du bassin. Leur accouplement n'avait rien de tendre ni d'affectueux ; c'était une union bestiale, remplie de fureur et de désespoir.

Jack s'empara de sa bouche avec fougue. De manière impérieuse et possessive, sa langue fouilla chaque recoin de sa bouche. Comme son sexe fouillait chaque recoin de son intimité. Becky Lynn poussa un cri et agrippa ses cheveux à pleines mains, consciente de lui faire mal, mais incapable de relâcher l'étau de ses doigts.

Ils atteignirent le sommet du plaisir au même moment.

Sans se dégager d'elle, Jack la porta vers le lit. Ils tombèrent lourdement dessus, enlacés. Jack roula sous Becky Lynn. Quand elle tenta de se retirer, il resserra ses bras autour de sa taille et se déplaça sur le côté, de sorte qu'ils se retrouvèrent l'un et l'autre allongés sur le flanc, face à face, leurs jambes entrelacées. Il continua à l'embrasser, lentement et avec douceur cette fois, en promenant ses mains sur son corps et en remuant le bassin ; elle le sentit durcir de nouveau en elle.

La violence de leur première étreinte céda la place à une délicieuse tendresse. Jack l'explora de la tête aux pieds, avec ses mains et sa bouche, comme s'il la redécouvrait avec bonheur et étonnement. Au comble de l'excitation. Littéralement en admiration devant son corps splendide, il déployait une tendresse dont elle ne l'aurait pas cru capable.

Parcourue de frissons de plus en plus violents, Becky Lynn le serrait contre elle, en murmurant son nom, en criant son nom, le bassin presque décollé du lit, impatiente, tellement impatiente de le sentir se libérer en elle encore une fois. Mais Jack reculait cet instant magique ; il la faisait attendre, l'entraînant chaque fois jusqu'au bord de l'extase… Enfin, victime lui aussi du désir, il l'attira sur lui en poussant un gémissement.

Ce fut bref et tumultueux. Becky Lynn s'effondra sur son torse à l'instant même où le corps de Jack tressaillait de plaisir. Un long moment, ils demeurèrent dans cette position, sans parler. A mesure que les secondes s'égrenaient, les battements de leurs cœurs se calmaient, leurs corps surchauffés s'apaisaient. Mais ils restaient muets.

Elle était amoureuse de lui. Becky Lynn ferma les yeux de toutes ses forces. Elle n'avait jamais cessé de l'aimer.

Elle dut se mordre la lèvre pour ne pas éclater en sanglots. Elle s'était trahie ; elle avait trahi Carlo. Elle s'était promis de demeurer fidèle à son mari ; ils s'étaient promis de renoncer aux autres. Pourtant, malgré tout ce qui s'était passé, elle n'avait jamais cessé d'être amoureuse de Jack.

Se détachant de lui, elle roula sur le côté. Elle sentait son regard interrogateur posé sur elle, mais n'osa pas l'affronter.

Que lui arrivait-il ? se demandait-elle. Elle désirait si fort cet homme qu'elle était prête à se mettre à nu devant lui, tout en sachant qu'il n'accepterait jamais de se conduire de même. Pas un instant il n'avait cru en elle ; à ses yeux elle avait toujours été un simple moyen de satisfaire ses besoins, qu'ils soient professionnels ou sexuels.

— A quoi penses-tu ? demanda-t-il dans un murmure, faisant bizarrement écho aux propres interrogations de la jeune femme.

Il lui caressa tendrement les cheveux. Becky Lynn ferma les yeux de nouveau pour contenir les larmes qui menaçaient de jaillir. Mais quand elle s'exprima, ce fut d'une voix calme, parfaitement maîtrisée.

— J'aimerais que tu t'en ailles.

Jack tourna la tête vers elle ; cette fois, elle trouva le courage de soutenir son regard.

— Qu'est-ce qui ne va pas, Red ?

— Je... je te demande de retourner dans ta chambre.

L'espace d'un court instant, elle crut discerner de la tristesse dans les yeux de Jack, mais elle se traita d'idiote. Jack avait la peau beaucoup plus épaisse qu'elle ; pour qu'elle lui fasse du mal, il faudrait d'abord qu'il tienne à elle.

— Très bien, marmonna-t-il en se levant.

Becky Lynn se recroquevilla sur le lit. Jack retrouva son short et l'enfila ; elle sentait de nouveau peser son regard sur elle. Mais elle n'osait pas tourner la tête, car elle craignait alors de le prier de revenir auprès d'elle, et de s'humilier totalement en le suppliant de lui faire l'amour.

Jack laissa échapper un soupir tendu.

— Que veux-tu que je te dise, Becky Lynn ? Que veux-tu que je fasse ?

— Rien, chuchota-t-elle. Il n'y a rien à faire ou à dire, répondit-elle d'une voix oppressée. Va-t'en. Je t'en prie.

Longtemps après son départ, elle demeura immobile sur le lit. Elle avait manqué à sa parole ; elle avait trahi Carlo. Elle se faisait honte.

Et cela ne l'empêchait pas d'être toujours amoureuse de Jack.

Elle roula sur le dos et se plongea dans la contemplation du ventilateur qui tournait lentement au plafond. Empêtrée dans les draps qui conservaient l'odeur musquée de leurs deux corps, elle se demandait ce que serait sa vie désormais.

51

A son réveil, Jack avait découvert que Becky Lynn était partie. Durant la nuit, au cours des quelques heures écoulées entre le moment où il l'avait quittée et celui où le groupe s'était rassemblé à l'aéroport pour reprendre l'avion, elle était rentrée à Los Angeles, seule. Avant de partir, elle avait laissé à la réception de l'hôtel un message destiné à l'un des autres mannequins. Elle avait hâte de rejoindre son mari, avait-elle écrit pour justifier son départ précipité.

Becky Lynn s'était enfuie afin de se réfugier dans les bras rassurants de Carlo, songea Jack, la bouche déformée par un rictus cynique. Dans les bras sans passion de son mari.

Un mois déjà. Depuis, il ne l'avait pas revue, il ne lui avait même pas parlé.

L'estomac crispé par la frustration, il grommela un juron. Ce qu'ils avaient partagé cette nuit-là à La Nouvelle-Orléans n'était-il pas plus fort que tout, d'une force cataclysmique, absolument stupéfiante ? Cette expérience hors du commun avait modifié sa façon de voir les femmes, et le sexe, à tout jamais.

Et Becky Lynn était partie comme s'il ne s'était rien passé ! Après l'avoir chassé de son lit de manière brutale, elle avait fui sans dire un mot.

Jack ne comprenait pas comment elle avait pu faire une chose pareille. Où avait-elle trouvé le courage nécessaire ? Il n'arrivait plus à dormir ni à se concentrer sur son travail ; il avait même perdu l'appétit tant il la désirait. Cette envie, ce besoin, était comme une brûlure en lui, qui le rongeait de l'intérieur et le privait de tout équilibre, de points de repère.

Au bout de quatre semaines, Jack n'avait qu'une seule et unique obsession : refaire l'amour avec Becky Lynn.

Il y songeait encore en pénétrant dans un des ascenseurs du Plaza Hotel et en appuyant sur le bouton correspondant à l'étage de la salle de réception. Ce soir, songeait-il, il allait enfin revoir Becky Lynn. La « si charmante épouse de Carlo » ne pouvait manquer d'assister à ce fabuleux hommage rendu à Giovanni.

Le monde de la mode avait en effet décidé d'organiser une grande fête pour les soixante-cinq ans du vieux « maître », profitant de cette occasion pour célébrer sa contribution à l'art de la photographie et son influence considérable sur l'industrie de la mode. Prévu en même temps que les défilés des collections de prêt-à-porter automne-hiver à New York, cet hommage ne manquerait pas d'attirer tous ceux qui faisaient la mode, d'un bout à l'autre du pays, et même au-delà. Les privilégiés ayant reçu un carton d'invitation ne pouvaient laisser passer un tel événement mondain, se dit Jack en sortant de l'ascenseur.

La détermination se lisait dans son regard. Ce soir, s'était-il juré, il aurait enfin une conversation avec Becky Lynn !

En se dirigeant vers la grande salle de réception, il salua d'un signe de tête plusieurs personnes qu'il reconnaissait dans les couloirs, sans s'arrêter, car il était décidé à ne parler qu'à une seule.

Becky Lynn.

L'immense salle avait été décorée de manière somptueuse comme pour les grandes occasions : ballons et banderoles, gigantesques arrangements floraux et sculptures de glace. En outre, on avait accroché sur les murs d'immenses agrandissements des photos les plus marquantes, les plus inoubliables de Giovanni.

En promenant son regard exercé sur ces photos, Jack se sentait bouleversé au plus haut point par leur pouvoir évocateur. Indépendamment de ce qu'il pensait de Giovanni en tant qu'homme, Jack ne pouvait nier son immense talent, son rôle dans la photographie moderne.

Soudain, un groupe de gens se dispersa devant lui et Jack découvrit Becky Lynn ; sa chevelure éclatante était pour lui comme un fanal au milieu de cette mer de cheveux blonds, bruns ou châtains. Il ne pouvait plus en détacher son regard, le cœur dans la gorge, le sang battant à ses tempes.

Comme si elle avait conscience d'être observée, Becky Lynn tourna la tête. Leurs yeux se croisèrent. Jack eut alors l'impression d'un véritable contact physique ; une décharge électrique le traversa de haut en bas. Il s'avança vers elle, en se frayant un chemin parmi les invités, sans la quitter des yeux.

Lorsqu'il fut suffisamment près pour plonger dans son regard, Becky Lynn pivota sur ses talons et s'éloigna. A partir de cet instant, durant toute la soirée, ils ne cessèrent de se tourner autour, en gardant leurs distances, dans une sorte de parade de séduction, une danse d'accouplement frustrante et érotique. Parfois, Jack captait des regards perplexes lancés dans leur direction, mais peu lui importait que l'on sache ce qu'il pensait et ressentait ; au contraire, il voulait que tout le monde soit au courant. Son intention était de revendiquer ses droits sur Becky Lynn Lee, et rien ne pourrait le détourner de son but.

Elle ne resterait pas avec Carlo, c'était impossible. Après ce qu'ils avaient partagé cette nuit-là à La Nouvelle-Orléans, et même avant, comment le pourrait-elle ?

— Salut, fils.

Le front plissé, Jack se retourna pour se retrouver en face de Giovanni.

Plusieurs fois au cours de la soirée, il avait senti peser sur lui le regard de ce dernier, et il s'était interrogé. Giovanni ne lui avait jamais accordé la moindre attention ; pourquoi ce soir ?

Jack haussa les sourcils, comme pour marquer son étonnement.

— Bonsoir, Giovanni.

Le vieux photographe sourit.

— Je t'ai surpris, apparemment.

Jack acquiesça.

— Il y a très longtemps que nous ne nous sommes pas parlé… Il est vrai que nous n'avons rien à nous dire.

Giovanni promena son regard encore pétillant sur son fils.

— J'ai suivi ton travail de près, j'ai vu tes immenses progrès pendant toutes ces années, déclara-t-il.

— Ah bon ?

Le vieil homme confirma d'un hochement de tête.

— Je suis fier de toi.

— Vraiment ? Fier ? répéta Jack sur un ton sarcastique en enfonçant ses mains dans ses poches de pantalon. De quoi peux-tu être fier ? Mon succès n'a rien à voir avec toi.

— C'est mon sang qui coule dans tes veines. Je l'ai toujours su… C'était évident dès le début !

Jack plissa les yeux. Le moment qu'il avait attendu toute sa vie, pour lequel il avait travaillé si dur, était enfin arrivé. Néanmoins il n'éprouvait qu'une sorte de mépris pour cet homme qui se tenait devant lui, une vague répulsion.

— Ah bon ? répliqua-t-il. Je crois pourtant me souvenir que tu avais déjà un fils, non ? Je me souviens aussi d'une histoire d'arrangement passé avec ma mère.

Giovanni haussa les épaules, comme pour écarter ces remarques qu'il jugeait triviales.

— Cela ne change rien au fait que le sang de Triani coule en toi ! Je t'ai donné une partie de moi-même…

Il laissa échapper un petit ricanement de mépris, avant d'ajouter :

— Pour moi, Carlo n'existe plus. C'est un être faible, comme l'était sa mère. Ce n'est pas un homme !

Jack fronça les sourcils.

— Que veux-tu dire ?

— Même cette femme que Carlo appelle son épouse, elle est folle de toi !

Giovanni secoua la tête.

— J'avais entendu des rumeurs au sujet de Carlo, mais je n'étais sûr de rien, ajouta-t-il. Jusqu'à ce soir.

En voyant l'expression interloquée de Jack, le vieil homme partit d'un grand rire. Un rire amer.

— Tu crois que je suis aveugle ? Le sexe, le désir couvent entre cette fille et toi. Je le sens ! Il n'y a jamais eu la même chose entre Carlo et elle, ni avec aucune autre femme.

Son regard flotta par-dessus la tête de Jack, et un rictus de dégoût déforma son visage.

— Avec Carlo, cette passion, ce désir, je les ai sentis pour les autres hommes. *Malato.* Ça me rend malade !

Jack jeta un coup d'œil par-dessus son épaule. Carlo et Hugh Preston bavardaient tranquillement près du buffet. Ils ne s'étaient pas quittés de la soirée, et même s'ils conservaient soigneusement leurs distances, même si leur comportement demeurait très professionnel, Jack percevait une intimité indubitable entre eux.

Mais il pensait en avoir conscience parce qu'il connaissait la véritable nature des relations entre les deux hommes ; il croyait être le seul à avoir remarqué cette proximité. De toute évidence, il se trompait. L'espace d'un instant, il éprouva un vif sentiment de compassion pour son demi-frère, l'envie irrésistible de nier les affirmations de Giovanni, de prendre la défense de Carlo.

Il se traita d'imbécile. Carlo, lui, ne prendrait jamais sa défense. Au contraire, il avait toujours fait tout son possible pour l'écraser et lui faire du mal, allant jusqu'à lui voler Becky Lynn.

Jack reporta son attention sur Giovanni.

— Où veux-tu en venir ? demanda-t-il.

Giovanni se tourna une fois de plus vers Carlo. Un petit sourire satisfait retroussa les commissures de ses lèvres.

— On m'a demandé de faire un petit discours. Ne t'en va pas surtout. Ça risque d'être intéressant.

Jack regarda le vieux photographe, son père, s'éloigner au milieu des invités ; il se débattait pour ne pas se laisser emporter par le tourbillon d'émotions violentes qui faisaient rage en lui. Il repensait à ce garçon de huit ans qui avait surmonté sa peur pour offrir son amour à cet homme et à ce dernier qui, pour toute réponse, lui avait brisé le cœur en le repoussant avec mépris. Il repensait à sa promesse, au vœu qu'il s'était fait — un jour son père l'accepterait comme fils — et il savait que la victoire était proche.

Giovanni était fier de la réussite de Jack. Il l'avait appelé « fils » ; il avait reconnu les liens du sang.

Mais Jack, amer, se demandait où était sa jubilation tant attendue. Où était son sentiment d'avoir atteint son but ? Où était son plaisir intense ?

Si Giovanni l'avait finalement choisi, lui, au détriment de Carlo, ce n'était pas en raison de sa personnalité, ou de son talent. Non, c'était simplement à cause de sa préférence pour les femmes !

Laissant échapper un juron, Jack pivota sur ses talons et s'éloigna à grands pas vers une des sorties de la salle de réception. Il n'avait nullement l'intention d'écouter le petit discours satisfait de Giovanni. Leur bref échange avait suffi à lui laisser un goût désagréable dans la bouche.

En quittant la grande salle, il aperçut devant lui Becky Lynn qui s'engageait dans le couloir conduisant aux toilettes. Après avoir jeté un rapide coup d'œil par-dessus son épaule, il lui emboîta le pas.

Le couloir était désert. Esquissant un sourire, il la suivit à l'intérieur des toilettes pour dames.

Debout devant la glace, Becky Lynn arrangeait le haut de sa robe profondément décolletée.

— Enfin seuls, murmura Jack avec un petit rictus ironique, tandis que l'excitation lui nouait le ventre. Je commençais à désespérer !

La jeune femme se retourna ; sa bouche dessina un petit « o » de surprise. Se ressaisissant aussitôt, elle secoua la tête d'un air indigné.

— Tu n'as pas le droit d'entrer ici, Jack !

L'œil pétillant, il s'avança vers elle.

— Non ? J'y suis quand même. Qu'est-ce que cela signifie, à ton avis ?

Becky Lynn recula d'un pas, tandis qu'une adorable rougeur s'étendait sur sa poitrine et dans son cou, pour se propager ensuite jusqu'à ses joues et à son front.

— Cela signifie que tu es un pervers, rétorqua-t-elle avec une froideur que démentait son teint empourpré.

— Oui, un pervers désespéré.

Il fit un pas de plus en avant ; elle recula d'autant. Son dos heurta le lavabo.

— Je te veux, Red.

Il continua d'avancer ; ses hanches rencontrèrent celles de la jeune femme.

Elle retint son souffle.

— Jack… Je t'en supplie…

Il pencha la tête vers elle.

— Tu me supplies de quoi faire ?

— Non ! Ne fais pas ça…

Alors même qu'elle murmurait ces mots, elle se cambra légèrement, plaquant son bassin contre Jack.

— Qu'est-ce que je ne dois pas faire ?

Il posa la main sur sa gorge, sur la peau laiteuse et la naissance de ses seins que dévoilait le décolleté audacieux de la robe.

— Ça ? demanda-t-il.

Elle soupira d'aise entre ses dents ; son cœur battait à tout rompre sous la paume de Jack. Les pointes de ses seins se dressèrent, la chair de poule se répandit sur ses bras.

Avec un petit rire, Jack fit courir ses doigts sur les deux globes si doux. Il approcha sa bouche de l'oreille de la jeune femme pour lui susurrer :

— J'ai envie de toi, Red. Depuis La Nouvelle-Orléans, je ne pense plus qu'à ça… à toi… et à moi… ensemble.

Il ponctuait chaque mot d'une petite morsure dans la chair parfumée de son cou.

Becky Lynn plaqua ses deux mains sur son torse, comme pour le repousser. Elle respirait à petits coups saccadés, l'air presque terrifié.

— N'importe qui peut entrer d'une seconde à l'autre.

— Tant pis.

Il glissa ses mains dans le décolleté de la robe. Parcourue

d'un long frisson, la jeune femme agrippa les revers de sa veste de smoking.

— Non, il ne faut pas. Ce qui s'est passé à La Nouvelle-Orléans était une erreur.

— Hmm, fit-il en caressant les mamelons dressés. C'est pour cette raison que tu t'es enfuie ?

— Tu sais très bien pourquoi je suis partie.

Elle renversa la tête en arrière lorsque Jack posa ses lèvres sur sa poitrine.

— J'avais hâte de retrouver Carlo.

— Menteuse.

Il la mordilla délicatement, lui arrachant un gémissement.

— Tu t'es enfuie parce que tu as eu peur de ce qui s'était passé entre nous !

De derrière la porte leur parvinrent des voix de femmes. Faisant pivoter Becky Lynn sur elle-même, Jack la poussa à l'intérieur du W.-C. le plus proche, le dernier de la rangée, et referma la porte juste au moment où les femmes entraient dans les toilettes.

L'effroi se lisait sur le visage de Becky Lynn. Amusé, Jack posa l'index sur ses lèvres pour lui intimer le silence, puis il désigna le sol. Sa longue robe de soirée masquait leurs pieds sous la porte.

Il pencha alors la tête vers elle et lui susurra à l'oreille :

— Le hasard fait bien les choses.

Les yeux écarquillés, la jeune femme secoua la tête, en lui jetant un regard noir.

Jack appuya la bouche contre son oreille encore une fois.

— Je vais te faire l'amour, murmura-t-il.

Ignorant le regard à la fois paniqué et furieux de Becky Lynn, sa mise en garde muette, il posa ses lèvres sur les siennes pour un long baiser fougueux. Elle refusa de céder, de l'embrasser avec la langue. Nullement découragé, il parcourut des lèvres sa gorge et ses épaules, tandis que des doigts il suivait la ligne du cou et descendait vers les seins.

Becky Lynn fut alors prise de tremblements. Son souffle s'accéléra ; elle se mordit la lèvre inférieure pour s'empêcher d'exprimer verbalement son excitation, son plaisir. Les poings serrés, elle luttait contre les sensations qui montaient au plus profond d'elle-même, elle luttait contre les caresses de Jack. Finalement, elle enfouit les mains dans les cheveux de son amant et le plaqua contre elle.

Tandis que, de l'autre côté de la cabine, les deux femmes bavardaient en fumant, Becky Lynn offrit à Jack sa bouche et sa langue.

Très lentement, en prenant soin de ne pas faire de bruit, Jack abaissa la fermeture à glissière située sur le côté de la robe, et y introduisit une main. Sous ses doigts, le ventre de Becky Lynn était lisse et doux, légèrement moite de transpiration. Sa main descendit plus bas…

Les frissons de Becky Lynn redoublèrent de violence. Ecartant d'un geste habile la fine barrière de dentelle de la culotte, Jack enfonça ses doigts dans son intimité. Elle écarta les jambes, cambrant les reins vers Jack, les mains appuyées contre les parois de la cabine.

La tête renversée en arrière, Becky Lynn laissa échapper entre ses lèvres un petit râle, un gémissement de plaisir qui ne laissait aucun doute sur son origine. Les deux femmes qui bavardaient à l'extérieur se turent brusquement, puis, comprenant ce qui se passait dans la cabine du fond, elles s'empressèrent de ressortir des toilettes dans un silence scandalisé.

Becky Lynn se raidit et tenta de repousser Jack, mais celui-ci refusa de la lâcher ; bien au contraire il poursuivit ses assauts. Incapable de résister plus longtemps, elle s'agrippa à ses épaules, et poussa un nouveau gémissement, de jouissance cette fois, avant de s'abandonner contre lui, appuyée contre son torse, vidée par la violence de l'orgasme.

Jack la tint serrée contre lui, en lui caressant les cheveux ; il sentait cogner son propre cœur, son sexe comprimé dans son pantalon lui faisait mal. La bouche collée à la chevelure de la jeune femme, les yeux fermés, il s'enivrait de son odeur, laissant les effluves légers de sa peau l'envahir comme la douceur du printemps.

Elle finit par s'écarter ; ses yeux brillaient de larmes.

— Je te déteste ! dit-elle.

— Oui, je vois ça, répondit Jack avec un sourire en coin, en lui dégageant le front des mèches de cheveux humides qui y étaient collées. J'espère que tu me détesteras souvent de cette façon.

— J'aime Carlo !

Ces paroles firent à Jack l'effet d'un terrible direct en plein visage. Sonné par ce coup inattendu, il se raidit, songeant qu'il avait mal entendu.

— Tu peux répéter ?

Becky Lynn redressa le menton d'un air de défi.

— J'aime Carlo. Je ne le quitterai jamais.

Furieux, Jack laissa retomber ses mains le long de son corps.

— Ton mariage n'est qu'une comédie. Pis encore, une prison !

— Je ne le quitterai jamais.

— Si.

Le cœur battant, il saisit le visage de Becky Lynn entre ses paumes et la regarda droit dans les yeux.

— Je sais que tu le quitteras.

Elle secoua la tête.

— Non. Jamais ! Il a besoin de moi.

— Moi aussi j'ai besoin de toi.

Il la plaqua sauvagement contre lui.

— Et toi, tu as besoin de ça ! ajouta-t-il en ondulant du bassin.

Becky Lynn se libéra de son étreinte.

— Ce n'est que du sexe, Jack. Tu ne comprends donc pas ? J'ai fait le serment de demeurer toujours à son côté, je ne renierai pas ma parole !

Leurs regards se croisèrent encore une fois, et la terrible réalité se fit jour en lui. Elle était sérieuse. Elle n'avait nullement l'intention de quitter Carlo.

— Qu'est-ce que cela signifie ? demanda-t-il en s'efforçant de masquer son ton cinglant, sans y parvenir. Que tu veux bien baiser avec moi de temps en temps, rien que pour le plaisir ? Uniquement pour ne pas perdre le goût, et parce que ton mari a d'autres occupations ?

D'un mouvement brusque, il s'écarta d'elle et remit de l'ordre dans sa tenue.

— Non merci, ma belle !

Touchée en plein cœur, Becky Lynn rétorqua sur le même ton mordant :

— Jusqu'à présent, cela te convenait parfaitement, non ? N'était-ce pas la seule chose qui t'intéressait : « baiser de temps en temps, pour le plaisir » ?

Il la foudroya du regard. Nom d'un chien, elle avait raison, songeait-il. Autrefois, il ne concevait pas d'autres relations avec les femmes que ces rapports sexuels superficiels qui n'impliquaient aucun engagement. Plus maintenant. Pour la première fois de sa vie, le sexe n'était pas sa seule préoccupation. Pour la première fois, le sexe ne lui suffisait pas. Il voulait davantage avec Becky Lynn, quelque chose de plus profond, de plus intense. Il voulait, il avait besoin de… retrouver ce qui existait entre eux autrefois.

Jack poussa un juron, furieux contre elle, furieux contre lui-même. Il ouvrit violemment la porte des W.-C.

— Sache que cela ne me suffit plus, Becky Lynn ! Je n'ai plus envie de jouer les étalons, ni avec toi ni avec personne…

52

Becky Lynn alla rejoindre Carlo. Elle dut faire appel à toute sa volonté pour retourner dans la salle de réception et ensuite la traverser, en résistant à l'envie de s'enfuir.

Sa rencontre avec Jack l'avait laissée pantelante, les nerfs à vif. Avec un sentiment de profond mépris envers elle-même, écœurée par son manque de volonté.

Elle se mordillait la lèvre en marchant. Qu'y avait-il au fond de si étonnant ? se demandait-elle. Avec Jack, c'était toujours pareil : dès qu'il posait la main sur sa peau, elle fondait ; il lui faisait signe d'approcher et, aussitôt, toutes les autres considérations, ses bonnes résolutions, sa détermination s'envolaient, et elle se retrouvait dans ses bras, haletante et soumise.

Le souvenir de sa conduite dans les toilettes lui fit venir le rouge aux joues. Ces deux femmes les avaient entendus ; elles avaient compris ce qui se passait dans la cabine. Allaient-elles la reconnaître à cause de sa robe ? L'avaient-elles déjà reconnue ? Becky Lynn jeta des coups d'œil angoissés autour d'elle, soulagée de constater que nul ne la dévisageait ; personne ne la regardait passer en murmurant des commentaires.

Tremblante, elle prit le bras de Carlo, pour se soutenir. Son mari tourna la tête vers elle d'un air interrogateur et inquiet, en posant sa main sur la sienne.

Becky Lynn tenta de lui adresser un sourire rassurant, mais ses lèvres tremblaient tellement qu'elle craignait que ça ne ressemble plutôt à une grimace.

Refermant ses doigts sur les siens, Carlo lui chuchota :

— Ça ne va pas ?

— Si. Laisse-moi seulement te tenir par le bras.

Il acquiesça.

— On a proposé à Giovanni de dire quelques mots. Après son discours, on pourra s'en aller.

D'une oreille distraite, Becky Lynn écouta Giovanni, grimpé sur l'estrade, qui remerciait toutes les personnes présentes d'être venues à la soirée, avant d'exprimer son bonheur d'avoir pu travailler dans le monde fabuleux de la mode pendant de si nombreuses années.

Les pensées de la jeune femme la ramenèrent à Jack, à leurs retrouvailles aussi brutales qu'insolites. Tout était fini entre eux, pour de bon et pour toujours. Jack ne voulait plus seulement coucher avec elle, disait-il ; quant à elle, c'était à Carlo qu'elle avait juré fidélité, et jamais elle ne le trahirait.

Jack était-il sincère ? se demanda-t-elle cependant, tandis qu'une angoisse terrible pesait sur sa poitrine. Attendait-il vraiment autre chose d'elle ? Ou cherchait-il simplement à la voler à son demi-frère ? Les larmes lui brûlaient les yeux. Le comportement de Jack était-il uniquement motivé par la compétition qui l'opposait à Carlo depuis toujours ? Cette sinistre hypothèse était pour elle comme un coup de poignard ; son instinct lui soufflait qu'il s'agissait d'autre chose, mais trop souvent elle s'était humiliée en faisant confiance à Jack Gallagher.

A son côté, Becky Lynn sentit soudain Carlo retenir son souffle et se raidir. Elle tourna la tête vers lui, puis vers l'estrade, en se concentrant sur le discours de Giovanni. Son cœur fit un bond dans sa poitrine quand elle entendit le vieux photographe, le « maestro », chanter les louanges de son fils.

Mais pas de son fils Carlo… De son fils Jack.

Horrifiée, Becky Lynn écouta Giovanni humilier publiquement Carlo en dressant la liste des succès professionnels de Jack. Dans l'incapacité de l'interrompre, elle l'écouta renier ainsi Carlo en faisant de Jack son seul et véritable fils, son héritier légitime, devant cette prestigieuse assemblée qui réunissait tous les gens importants de l'univers de la mode !

Des murmures parcoururent la foule des invités. Carlo ne pouvait les ignorer. « Que se passe-t-il ? » chuchotaient les gens. « Pourquoi Giovanni rejette-t-il Carlo ? »

Les murmures se transformèrent bientôt en brouhaha. Assurément, il se passait quelque chose d'important, et tout le monde voulait y participer.

Becky Lynn trouva le courage de se tourner vers son mari. Elle devinait sans peine son désespoir, car elle connaissait bien ce sentiment. Chaque parole assassine que prononçait Giovanni lui rappelait les coups de reins de Ricky quand il s'enfonçait sauvagement en elle. Car Giovanni était en train de détruire Carlo, aussi sûrement que Ricky l'avait détruite, et, de la même façon, Carlo ne serait plus jamais le même après ce qui venait de se produire ce soir.

Une douleur faite de compassion et d'empathie l'envahit. Elle revivait cette nuit de cauchemar, survenue dix ans plus tôt, et elle cherchait à se souvenir par quel moyen elle y avait survécu, ce qui l'avait empêchée, ce jour-là, de se rouler en boule et de se laisser mourir.

C'étaient ses rêves qui l'avaient aidée à survivre, songea-t-elle. Elle s'était concentrée sur son avenir, sur la nouvelle vie qu'elle se construirait.

Mais Carlo ? se demanda-t-elle, la gorge nouée. Carlo avait-il des rêves auxquels se raccrocher ? Carlo pouvait-il rêver d'une nouvelle, d'une meilleure vie ? Ou bien tous ses rêves s'étaient-ils déjà réalisés, avant de lui être arrachés violemment ?

Becky Lynn lui prit la main et la serra dans la sienne ; elle voulait lui faire comprendre, sans avoir recours aux mots, qu'elle demeurerait à son côté, quoi qu'il arrive. Maintenant et pour toujours.

Les traits déformés par la douleur, Carlo libéra sa main. Elle chercha ses yeux, mais il évitait soigneusement les siens.

— Carlo…, chuchota-t-elle. Je t'en supplie…

Il secoua la tête et s'éloigna au milieu des invités qui se retournaient sur son passage ; il n'avait plus qu'une envie, se dit-elle : fuir.

Becky Lynn le regarda s'éloigner ; elle souffrait pour lui, et sentait la fureur gonfler en elle. Tout cela était l'œuvre de Jack ! Il avait toujours haï Carlo ; il avait toujours cherché à lui faire du mal, à le détruire. Ce soir, il avait préparé et assené l'estocade.

La fureur, de plus en plus immense, l'empêchait de respirer. Elle se souvenait d'avoir vu, un peu plus tôt dans la soirée, Jack s'entretenir avec Giovanni. Elle les avait vus l'un et l'autre jeter des coups d'œil en direction de Carlo et de Hugh Preston. Sur le moment elle n'y avait pas prêté attention, mais soudain tout devenait évident ! Ce salaud de Jack avait révélé à Giovanni la véritable nature des penchants sexuels de Carlo. Il avait attendu, il avait pris son temps, jusqu'à ce que le moment parfait se présente, le moment où il pourrait détruire totalement son demi-frère.

Elle serra les poings ; les battements de son cœur échappaient à son contrôle. Jack s'était servi d'elle, il lui avait menti ! Sa tactique de séduction n'était qu'une partie de son plan destiné à détruire Carlo. En songeant à sa propre conduite envers lui, à sa crédulité, elle avait envie de vomir.

Arrivé à la fin de son discours, Giovanni invita Jack à le rejoindre sur l'estrade. Becky Lynn pivota sur ses talons et se fraya un chemin parmi la foule afin de rejoindre Carlo. Son mari avait besoin d'elle. Elle allait le rejoindre et ensemble ils feraient face à l'adversité, plus forts, plus unis encore qu'auparavant.

Quittant la salle de réception, elle se dirigea vers la rangée d'ascenseurs.

— Becky Lynn, attends !

Jaillissant d'une des portes latérales de la salle de réception, Jack saisit la jeune femme par le bras. Celle-ci se retourna brusquement pour lui faire face, tremblante de rage.

— Espèce de salaud ! rugit-elle d'une voix que faisait vibrer l'émotion. Comment as-tu pu faire une chose pareille ? Comment as-tu pu lui faire mal à ce point ? Et ensuite tu as… dans les toilettes…

Elle laissa échapper un soupir de dégoût.

— Comment as-tu pu, Jack ?

— Ne te fie pas aux apparences.

Il voulut lui prendre le bras encore une fois, mais elle repoussa sa main d'un geste violent.

— Tu ne comprends pas, Becky Lynn…

— Je comprends parfaitement au contraire ! Tu as tout raconté à Giovanni. Je vous ai vus discuter tous les deux. Tu as choisi le moment où tu pourrais faire le plus de mal à Carlo, le moment où tu pourrais lui briser le cœur et l'humilier en public.

Les poings serrés, elle continua, incapable de contenir le flot de sa fureur.

— Salaud, tu es bien le fils de Giovanni ! Tu voulais savoir pourquoi je reste avec Carlo. Eh bien, je vais te le dire. C'est un homme, un vrai ! C'est un être bon, honnête et attentionné. Il n'est pas totalement obsédé par la réussite et la vengeance !

Comme Jack restait muet, elle enchaîna :

— Avec lui, il ne s'agit pas d'une histoire de sexe, Jack. Il tient réellement à moi. Il a besoin de moi. Il croit en moi. Contrairement à toi !

En disant cela, elle se retourna et s'éloigna.

— Tu n'as jamais pensé qu'à ta petite personne ! lança-t-elle par-dessus son épaule.

Jack lui emboîta le pas.

— Ecoute-moi, Becky Lynn ! Giovanni a tout compris en nous voyant tous les deux ce soir. C'est lui-même qui me l'a dit. Il avait déjà entendu des rumeurs concernant Carlo, mais en nous voyant ensemble…

— N'essaye pas de rejeter la faute sur moi ! N'essaye pas de me rendre encore plus coupable que je ne le suis…

Une fois de plus, Jack tenta de lui saisir le bras, mais elle le repoussa, les yeux remplis de larmes.

— Jamais je ne te pardonnerai ce que tu as fait, Jack ! Jamais !

Ce dernier laissa retomber sa main et recula d'un pas ; un masque impénétrable s'abattit sur son expression, sa bouche crispée n'exprimait aucun remords. Becky Lynn crut qu'on lui arrachait le cœur à mains nues.

— Va-t'en ! dit-elle. Tu as eu ce que tu voulais. Ton père t'attend.

Aveuglée par les larmes, elle lui tourna le dos et s'en alla.

Carlo refusait qu'elle lui vienne en aide. Il refusait son réconfort, il refusait de lui parler, à elle et à tous les autres. Le trajet du retour jusqu'à Los Angeles fut une véritable torture. Carlo lui tourna le dos et s'enferma en lui-même, sans jamais lui adresser la parole, ni même un regard. Pour se rassurer, Becky Lynn se disait que tout s'arrangerait dès qu'ils seraient rentrés chez eux, Carlo chercherait alors son soutien et son réconfort, mais elle se trompait. Même dans l'intimité de leur maison, il demeura replié sur lui-même.

Dans les premiers temps, bien que profondément meurtrie par l'attitude de son mari, Becky Lynn se dit que ce repli sur soi-même était une réaction naturelle, un stade normal du processus de guérison. Avec le temps, se répétait-elle, Carlo lui reviendrait. Mais à mesure que les jours passaient, il semblait au contraire s'enfoncer un peu plus dans son isolement.

Alors la peur s'empara d'elle ; la peur de l'avoir perdu définitivement, la peur de se retrouver seule comme autrefois. Et à mesure que grandissait son angoisse, sa colère envers Jack enflait, jusqu'à devenir une brûlure aveuglante qui la dévorait de l'intérieur et éclipsait toutes les autres préoccupations de son existence.

Carlo refusait tous les coups de téléphone, les contrats qu'on lui proposait. La nouvelle s'était vite répandue dans les milieux de la mode. Tout le monde désormais connaissait le mensonge de Carlo, et celui de Becky Lynn. Apparemment, leur petit drame intime était devenu l'unique sujet de conversation de tous ces gens : Carlo Triani avait tenté de se faire passer pour celui qu'il n'était pas !

Nul doute, dans l'esprit de Becky Lynn, que Jack avait largement contribué à répandre la nouvelle. Nul doute qu'il jouissait de voir Carlo ainsi détruit. Ce qu'on racontait sur elle-même, elle s'en fichait. Elle demeurait fidèlement aux côtés de son mari, ignorant ou niant les ragots, toujours prête à prendre la défense de Carlo.

Elle marcha jusqu'à la porte-fenêtre donnant sur la terrasse. Assis sur les pierres, Carlo contemplait le jardin et le Jacuzzi, comme il le faisait depuis des heures, depuis des jours.

Il avait déjà annulé plusieurs séances de photos prévues de longue date, ou bien il avait envoyé son assistant à sa place. S'il continuait sur cette mauvaise pente, sa carrière serait terminée lorsqu'il sortirait enfin de son état dépressif.

Mais Becky Lynn ne le laisserait pas foutre en l'air la séance d'aujourd'hui, ainsi en avait-elle décidé. C'était trop important. En outre, il était temps que Carlo retourne dans le monde des vivants.

Prenant une profonde inspiration, elle franchit la porte-fenêtre et le rejoignit sur la terrasse. Elle vint se planter entre lui et le Jacuzzi.

— Il faut qu'on parle, Carlo.

— Laisse-moi.

Elle lutta contre la douleur provoquée par ce rejet brutal et injuste ; il fallait qu'elle soit forte, se disait-elle. Pour lui. Qu'il accepte son aide ou non, il en avait besoin. Il avait besoin d'elle.

— Laisse-moi te parler, Carlo. *Bello*… Je t'en prie.

S'agenouillant devant lui, elle lui prit les mains entre les siennes.

— Je t'aime, je veux t'aider.

Elle resserra ses doigts autour des siens.

— Tu disais que nous serions toujours là l'un pour l'autre, pour nous soutenir dans les moments difficiles. C'est pour cette raison que nous nous sommes mariés. Laisse-moi t'aider. Laisse-moi t'aimer.

Il laissa dériver son regard vers elle, et Becky Lynn en eut le souffle coupé.

— Tu me brises le cœur, Carlo. Ne me repousse pas, ça fait trop mal chaque fois.

Il libéra sa main et, du bout des doigts, lui caressa la joue. Ses yeux étaient caves, rougis et cernés par le manque de sommeil.

— Sais-tu à quel point tu es belle ?

Comme elle protestait, il secoua la tête.

— C'est la vérité. Ne l'oublie jamais.

En entendant ces mots, la peur s'insinua en elle. Elle serra fortement les doigts de son mari dans sa main.

— Tu seras toujours là pour me le rappeler si j'oublie.

— Tu mérites quelqu'un de mieux que moi. Tu mérites un homme digne de ce nom. Je n'aurais jamais dû te condamner à cette parodie de mariage ! Je vois bien que tu as besoin d'autre chose. Je sais que tu es malheureuse.

Becky Lynn repensa à Jack, à La Nouvelle-Orléans, et un terrible sentiment de culpabilité l'étouffa.

— Tu es un homme, un vrai, Carlo. Ne vois-tu pas tout ce que tu m'apportes ?

— Non, je suis un être faible. Un homme doit savoir assumer ce qu'il est, et aussi ses convictions. Je n'ai jamais eu ce courage... J'avais trop peur.

— Tu as toujours cru en moi, répondit Becky Lynn d'une voix enrouée par l'émotion, effrayée par le mépris de Carlo envers lui-même, qui transparaissait dans son attitude. Tu t'es battu pour moi !

Le regard de son mari dériva par-dessus son épaule, en direction du Jacuzzi.

— Un jour, murmura-t-il, Jack m'a mis au défi : « Dis-lui. Si tu as assez de courage », m'a-t-il demandé. Je ne t'ai rien dit ; j'étais tellement certain que tu me quitterais. Tout comme j'étais certain que Giovanni m'abandonnerait s'il apprenait la vérité. Tu vois, je ne m'étais pas trompé.

Becky Lynn chercha à capter son regard. Elle crut y voir l'image de ce jeune garçon qui, en rentrant de l'école, découvre que sa mère l'a rejeté en se réfugiant dans la mort.

— Tout cela n'a aucune importance, Carlo. La seule chose qui compte, c'est que nous soyons de nouveau réunis.

— Si, c'est important... pour moi, dit-il en lui caressant le visage tendrement. Avant que tu ne deviennes Valentine, Jack est venu ici un jour, pour te chercher. Il venait pour se faire pardonner.

Il m'a chargé de te dire qu'il était désolé, et qu'il voulait que tu reviennes.

Les paroles de Carlo résonnaient dans l'esprit bouleversé de la jeune femme. Jack était venu la chercher. Il était venu se faire pardonner. Il voulait qu'elle revienne.

Mais tout cela ne changeait rien, se dit-elle. Désormais, elle le haïssait.

— Retourne auprès de lui, *bella*. Je vois dans tes yeux combien tu le désires.

Un cri de protestation se rua vers ses lèvres.

— Non, c'est faux ! Je ne serais pas retournée auprès de lui à l'époque, et je ne le ferai pas davantage maintenant. Je ne t'abandonnerai pas, Carlo.

Le regard de son mari se perdit dans le vague, et il se replia en lui-même une fois de plus. Becky Lynn prit son visage entre ses mains ; ses joues pas rasées étaient rugueuses contre ses paumes.

— As-tu oublié la séance de photos pour *Vogue* aujourd'hui ?

— Je n'irai pas.

Elle resserra l'étau de ses mains, l'obligeant à garder les yeux fixés sur elle.

— Il le faut, Carlo ! Tu n'as pas le droit de laisser tomber tout le monde. Jon a appelé ; des rumeurs circulent à New York… Il leur a assuré que tu serais là.

— Jon peut faire le travail à ma place.

Elle secoua la tête, désespérée.

— Non, Carlo… il ne peut pas. Il ne possède pas ton talent, ton « œil ».

Carlo plaqua ses mains sur celles de la jeune femme et les décolla de son visage.

— Va-t'en. Laisse-moi seul.

Becky Lynn se releva, frustrée, au bord des larmes.

— Tu vas détruire ta réputation ! Ensuite, il ne te restera plus rien…

— J'ai déjà tout perdu, murmura-t-il, les yeux fixés sur le Jacuzzi. Ils se moquent de moi… Tout le monde se moque de moi.

— On s'en fiche, Carlo. Ces gens ne comptent pas !

Carlo leva les yeux vers elle ; Becky Lynn sentit son cœur se fendre. Pour elle, les rumeurs n'avaient aucune importance ; pour lui, c'était plus important que tout. Elle prit une profonde inspiration et déclara :

— Je ne te laisserai pas détruire tout ce que tu as bâti !

— *Bella*, murmura-t-il, ne vois-tu pas que je n'en vaux pas la peine ?

La jeune femme se raidit ; la fureur l'emporta soudain sur le désespoir et la frustration.

— Non, je ne vois rien de tel !

Pivotant sur ses talons, elle retourna dans la maison d'un pas décidé, et se dirigea tout droit vers le téléphone. Elle n'avait pas prononcé ces paroles en l'air ; elle ferait tout pour empêcher Carlo de se détruire encore plus… Quitte à le remplacer s'il le fallait !

Une demi-heure plus tard, Becky Lynn raccrochait le téléphone. L'inquiétude creusait son visage. Jon était incapable de remplacer Carlo pour cette séance de photos capitale ; visiblement, le stress et la panique lui avaient fait perdre tous ses moyens. Or, les mannequins et tout le personnel technique avaient été engagés, la rédactrice et le directeur artistique de *Vogue* étaient déjà en route, le studio était réservé.

Becky Lynn s'effondra dans un fauteuil. Sa décision était prise : elle allait remplacer Carlo ! Elle regarda ses mains, en s'attendant à les voir trembler. Bien au contraire, elles étaient parfaitement fermes. Sûres et sereines. Comme elle.

Elle se sentait capable de relever ce défi, songea-t-elle. Elle le pouvait, elle le voulait.

Prenant une profonde inspiration, elle redressa les épaules. Carlo et elle avaient fait le serment de se protéger et de se soutenir mutuellement ; or, il avait besoin de son aide à cet instant, plus que jamais sans doute.

Mais en décidant de le remplacer, il ne s'agissait pas simplement de lui venir en aide, fut-elle forcée de reconnaître. Si Becky Lynn n'avait jamais aimé poser devant un objectif, en revanche elle avait toujours rêvé de manipuler un appareil photo. Si aujourd'hui elle réussissait à se montrer à la hauteur, elle rendrait une fière chandelle à Carlo, certes, mais, surtout, elle s'ouvrirait les portes de la profession.

Sa décision étant prise, Becky Lynn passa à l'action.

La rédactrice de *Vogue* la considérait d'un air hébété. A son côté, le directeur artistique faisait de petits bruits nerveux avec sa langue.

— Mais, Valentine, voyons… vous êtes mannequin !

Becky Lynn soutint son regard sans ciller.

— J'ai commencé en tant que photographe, déclara-t-elle.

Un petit mensonge de rien du tout. Elle croisa les doigts dans son dos.

— Vraiment ? répondit la femme en plissant le front — et Becky Lynn devina qu'elle fouillait dans sa mémoire. Je ne m'en souviens pas… Pour qui avez-vous travaillé ?

Impossible de reculer, désormais. Becky Lynn cita quelques-uns des petits contrats qu'ils avaient exécutés avec Jack autrefois, tout en craignant de rafraîchir la mémoire de la rédactrice si elle évoquait trop directement sa collaboration avec Jack Gallagher.

— Oui, oui, très bien tout ça, répondit son interlocutrice avec un petit geste méprisant de la main. Mais je vous rappelle qu'il s'agit d'un reportage de mode pour le magazine *Vogue* ! Ce n'est pas la même chose, vous en conviendrez.

L'espace d'une fraction de seconde, Becky Lynn songea à tout laisser tomber, puis elle repensa au conseil que lui avait donné Jack tant d'années plus tôt, quand elle s'était fait passer pour son assistante. « Tout n'est qu'illusion. Comporte-toi comme si tu savais ce que tu faisais, et tout le monde le croira. »

— Ecoutez, Bev, dit Becky Lynn en prenant par le bras la rédactrice de mode. Ces photos seront sensationnelles, fantastiques, faites-moi confiance. Et c'est vous que l'on félicitera pour m'avoir donné ma première chance. Imaginez un peu la formidable publicité pour vous et pour *Vogue*. En outre, ajouta-t-elle en la regardant droit dans les yeux, qu'avez-vous à perdre ?

Bev observa Becky Lynn en plissant les yeux.

— Vous pensez vraiment en être capable ? demanda-t-elle.

— J'en suis sûre ! Ecoutez-moi, ma chère Bev…

Elle se pencha à l'oreille de la rédactrice, comme pour lui confier un secret.

— … Je suis photographe et mannequin ! Qui, mieux que moi, sait comment faire de belles photos ?

Bev accepta finalement de lui confier la responsabilité de la séance, non sans hésitation. Jon, l'assistant de Carlo, ne savait pas trop s'il allait mouiller son pantalon ou succomber à une crise cardiaque. Quant au directeur artistique, il ne cessait de faire des bruits de canard avec sa bouche.

Une heure plus tard, l'ambiance n'était plus du tout la même. Bev souriait, le directeur artistique avait cessé de tordre la bouche dans tous les sens, et Jon, qui avait recouvré tous ses moyens et ses compétences, suivait à la lettre les ordres que lui donnait Becky Lynn.

Celle-ci souriait intérieurement, comblée. L'appareil photo était comme le prolongement de son bras et de son œil ; elle se sentait en parfaite harmonie avec tous ses assistants et les mannequins.

Au début de la séance, son intention était de suivre le plan de travail élaboré par Carlo. Mais, finalement, les choses s'étaient déroulées différemment, ses propres idées, son intuition avaient pris le dessus peu à peu. Elle s'apercevait maintenant qu'elle n'aurait pu suivre le plan de Carlo ; les photos auraient manqué de spontanéité, d'authenticité.

En outre, parce qu'elle était une femme, les mannequins réagissaient d'une autre manière que si elles avaient posé pour Carlo. La sensualité, le jeu de la séduction avaient cédé la place à un sentiment plus chaleureux, une sorte de complicité, comme avec un groupe d'amies. Ce déplacement d'énergie se traduisit dans le langage corporel des mannequins, mais aussi, de façon plus subtile, dans leurs expressions, dans leurs yeux. L'objectif de l'appareil photo sut capter, et amplifier, ces différences.

— Oui, Christy… Formidable ! s'exclama Becky Lynn.

Elle ne cessait de se déplacer autour de son sujet, tout en mitraillant, et en lançant des indications ou des paroles d'encouragement.

— Oui, excellent ! commenta Bev en venant se placer derrière Becky Lynn. Faites encore une série. Oh, et demandez à Jasmine de venir poser avec Christy.

Becky Lynn s'exécuta, remplie à cet instant d'un sentiment de satisfaction et de pouvoir. Ravie du résultat obtenu, elle essaya une variation sur le même thème, puis une autre.

A la fin de la séance, elle était totalement vidée, et rassasiée. Comme après avoir fait l'amour avec Jack, songea-t-elle avec un pincement au cœur. Mais aujourd'hui, elle avait fait l'amour avec l'appareil photo, et c'était magique.

Un peu plus tard, elle était assise en tailleur sur le sol du studio, l'appareil posé sur ses genoux ; le studio était désert et silencieux. Elle avait envoyé Jon chercher un plat cuisiné, après l'avoir informé de son désir de développer les films dès son retour. En travaillant toute la nuit dans la chambre noire, elle pouvait être à New York demain en fin d'après-midi pour montrer les tirages à Bev.

Les yeux levés au plafond, Becky Lynn éclata de rire. Elle avait réussi. Elle avait remporté la partie ! Comme elle l'avait promis à Bev, les photos seraient sensationnelles ; c'était une certitude, aussi vrai que deux et deux font quatre ; elle le sentait au plus profond d'elle-même, de manière instinctive.

Elle avait enfin trouvé ce qui manquait dans sa vie, comprit-elle. Voilà ce qu'elle avait toujours désiré : son propre studio, et une carrière de photographe de mode. Sa vie tout entière tendait vers ce but. Cette vérité était gravée dans son cœur.

Mais soudain, son sourire s'évanouit. Quelle serait la réaction de Carlo ? Se réjouirait-il pour elle ? Ou bien verrait-il dans son succès la preuve de son propre échec ?

Non, il se réjouirait pour elle. Il n'y avait aucun sentiment de jalousie entre eux ; il comprendrait qu'elle avait agi ainsi pour l'aider, avant tout.

Treymane, en revanche, risquait d'être fort mécontent. Même si Becky Lynn n'avait pas l'intention d'abandonner dès maintenant le métier de mannequin. En effet, il lui faudrait un certain temps pour assurer la transition, songeait-elle, du temps pour gagner et économiser de quoi ouvrir son propre studio et leur permettre, à Carlo et à elle, de vivre confortablement.

Mais une fois la transition effectuée, elle ne jetterait plus un coup d'œil en arrière, et elle ne regretterait pas de ne plus poser devant un objectif.

Serrant dans ses mains l'appareil photo, elle laissa échapper un profond soupir apaisant. Elle venait de découvrir sa voie.

53

— Il est 11 heures… Encore une journée de rêve qui débute sous le soleil de Californie !

Les deux animateurs de radio enchaînèrent sur l'état de la circulation en ce milieu de matinée, et Carlo baissa le son. Il contemplait le jardin en songeant à Becky Lynn. Ce jardin était comme elle, songeait-il : éclatant et pétillant, plein de vigueur et de vie. Un petit sourire se dessina sur ses lèvres. Rien n'était impossible pour Becky Lynn.

Y compris prendre des photos à sa place.

Le soleil se déversait sur lui, lumineux et chaud. Carlo enfonça les mains dans les poches profondes de son peignoir de soie. Il imaginait sans mal les conversations dans le petit monde de la mode : « L'épouse de Carlo, un mannequin, vous vous rendez compte ? Elle l'a remplacé au pied levé pour une séance de photos ! Et figurez-vous qu'elles sont magnifiques… absolument superbes ! »

Son sourire s'élargit. Sans doute devrait-il se sentir honteux ou humilié, pensa-t-il, et pourtant il s'en fichait. Depuis cette sinistre réception à New York et le rejet public de Giovanni, quelques mois plus tôt, Carlo avait cessé de se soucier de l'opinion du petit monde de la mode à son égard. De même, il avait perdu l'envie de faire de belles images. Tout cela lui paraissait ridicule désormais.

Mais il se réjouissait pour Becky Lynn. Elle avait trouvé une chose à laquelle se raccrocher, un but. Sachant cela, la tâche devenait plus facile pour lui.

Tournant le dos au jardin, Carlo fit face au Jacuzzi dont la surface bleutée avait la clarté du cristal. L'équipe d'entretien venait de partir ; il les avait appelés en urgence, car il voulait que l'eau soit d'une propreté parfaite.

L'eau rouge.

Le cœur serré, il repensa à sa mère, si belle ; il repensa à sa mort, lorsqu'il avait découvert son corps. Curieusement, la mort ne lui faisait plus peur ; au contraire, continuer à la fuir lui semblait à présent plus grotesque que d'affronter la vie.

Le matin même, il avait appelé Hugh chez lui ; il avait laissé un message sur son répondeur. Par le biais de la machine, il avait confié à cet homme ce qu'il avait toujours eu peur d'admettre jusqu'à maintenant ; il avait reconnu l'intensité de ses sentiments. Il avait par avance demandé pardon à Hugh, pour tout.

Un moineau traversa à toute vitesse son champ de vision pour aller se poser sur un arbre fruitier situé en bordure de la propriété. Son père ne l'avait pas appelé ; il ne lui avait pas adressé la parole depuis le soir de la réception. Carlo s'était souvent demandé de quelle façon son père avait appris la vérité au sujet de ses penchants sexuels, pour se dire finalement que cela n'avait guère d'importance, comme le reste.

D'ailleurs, Giovanni aurait dû l'apprendre il y a bien longtemps déjà. Carlo aurait dû en parler à son père ; il regrettait d'avoir manqué de cran.

L'idée d'avoir été un lâche toute sa vie lui était insupportable. Quand il faisait le bilan, c'était là son principal regret.

Jack... Carlo pensa à son demi-frère, sans éprouver la moindre colère envers lui, sans même le tenir pour responsable de ce qui s'était passé, encore qu'il suspectât Becky Lynn de vouer désormais à Jack une haine sans bornes. Carlo savait qu'il ne pouvait rejeter la faute sur personne d'autre que sur lui-même.

Il leva les yeux vers le ciel bleu. Il aurait aimé avoir un véritable frère. Il aurait tant aimé que Jack et lui fussent amis.

Après avoir ôté son peignoir, Carlo pénétra nu dans le Jacuzzi. Il fuyait la mort depuis trop longtemps.

Le moment était venu de cesser de courir.

A la radio, les animateurs annoncèrent l'heure une fois de plus, et Carlo fit un rapide calcul. Vingt minutes. Il ne fallait pas davantage.

Immobile et chaude, l'eau du bain l'enveloppait comme un utérus. Carlo se versa une coupe de champagne et en but une gorgée, savourant la délicieuse brûlure fraîche du vin pétillant qui coulait dans sa gorge sèche. Le bon champagne avait été un des grands plaisirs de sa vie.

Il reposa son verre et appuya la tête contre le bord du Jacuzzi. En fond sonore, la radio diffusait un vieux tube de Jackson Browne. Carlo tenta de se rappeler où il vivait à l'époque de cette chanson, mais sa mémoire lui faisait défaut et il laissa son esprit dériver, imaginant des ciels bleus infinis où filaient des nuages blancs.

Tout était clair maintenant ; il comprenait et il pardonnait. Il avait eu tort de croire que sa mère ne l'aimait pas ; simplement, elle n'avait pas eu la force de vivre en étant privée d'amour. Il ne pouvait lui-même le supporter davantage.

Carlo espérait que Becky Lynn comprendrait et pardonnerait, elle aussi.

Vingt minutes.

Il rouvrit les yeux pour s'emparer de la lame de rasoir, étincelante et neuve. Le métal était froid, lisse entre ses doigts, mais chaud, doux en s'enfonçant dans la chair de ses poignets. Au bout d'un instant, la sensation de brûlure s'estompa, remplacée par une sorte d'engourdissement rassurant.

La tête renversée contre le bord du Jacuzzi, Carlo rêva alors à des ciels bleus infinis et à la délicieuse absence de douleur.

54

Incapable de maîtriser le sentiment de panique qui lui rongeait le ventre, Jack accéléra brusquement en donnant un grand coup de volant pour changer de file, et doubla plusieurs véhicules dans un rugissement de moteur, avant de leur couper la route pour s'engager à toute allure sur une bretelle de sortie. D'un geste nerveux, il alluma l'autoradio. Le célèbre tube de Jackson Browne *Running on Empty* s'achevait pour laisser place à une chanson plus récente de Bruce Springsteen.

Il fallait absolument qu'il voie Carlo, se disait-il, qu'il essaye de lui parler.

Jack laissa échapper un juron d'impatience lorsqu'un semi-remorque déboucha devant lui, l'obligeant à ralentir. Depuis le soir de la réception à New York, ce sentiment d'urgence ne cessait de croître en lui. Plus il repensait à la conduite de Giovanni, plus il était écœuré.

Et plus il comprenait les motivations véritables de son père.

Tout lui apparaissait clairement désormais. Ce dernier l'avait utilisé comme un vulgaire pion dans son jeu, un jeu destiné à satisfaire l'ego démesuré et pervers du grand Giovanni. Exactement comme il avait utilisé Carlo et toute l'industrie de la mode le soir de cette célébration.

Le front plissé par la détermination et la fureur, Jack serra fortement le volant. Toute sa vie il avait tenté de gagner l'affection d'une personne qui ne valait rien. Il avait rêvé de provoquer l'admiration d'un être qui avait, sans hésiter, brisé le cœur et les espoirs d'un garçon de huit ans. Il avait lutté pour s'attirer les louanges d'un homme à l'esprit si perverti qu'il jugeait de la valeur d'un individu en fonction de ses seuls penchants sexuels ; un homme qui avait délibérément humilié son fils devant un large public.

Giovanni n'avait jamais aimé ni respecté personne d'autre que lui ; ses deux fils, Carlo et lui-même, avaient passé toute leur vie à tenter de gagner son approbation et son affection. Pourtant, Giovanni ne méritait même pas de leur lécher les bottes, à l'un comme à l'autre. Pourquoi diable ne s'en était-il pas rendu compte plus tôt ?

Jack voulait que Carlo ouvre les yeux lui aussi. Ce dernier avait besoin de voir la vérité. Et peut-être qu'alors ils pourraient repartir de zéro tous les deux. Peut-être pourraient-ils oublier leur vieille rivalité et tenter d'être enfin deux frères.

Depuis la soirée d'hommage à Giovanni, Jack avait entendu des rumeurs, selon lesquelles Carlo se terrait chez lui, refusant de sortir, annulant plusieurs contrats importants. Le ton moqueur de ces réflexions avait déclenché la colère de Jack, et lui avait donné envie de prendre la défense de son demi-frère et de Becky Lynn, tous deux en proie aux remarques sardoniques et médisantes.

Becky Lynn. Le cœur de Jack se serra ; il étouffa un juron. Elle avait qualifié Carlo d'homme bon et attentionné. Lui, Jack, elle l'avait en revanche accusé d'être totalement obsédé par l'ambition et l'idée de vengeance.

Et elle avait raison.

S'il avait été capable de voir plus loin que son désir, son besoin de discréditer Carlo et de prouver quelque chose à ce salopard de Giovanni, il ne l'aurait jamais trahie. Et il ne l'aurait pas perdue.

La veille de son mariage avec Carlo, Becky Lynn lui avait conseillé, sur un ton mordant, de se regarder attentivement dans un miroir s'il voulait comprendre la raison de cette décision. Il avait fini par comprendre ce qu'elle voulait dire. Et quand il avait vu son reflet dans la glace, il avait été pris en défaut.

Becky Lynn avait épousé Carlo, et décidé de rester avec lui, car il savait la traiter comme elle le méritait, comme une personne à part, importante, comme s'ils formaient une équipe. Jack, lui, n'avait jamais su reconnaître le joyau qu'elle était. Il n'avait jamais pensé qu'à lui, à ses besoins. Il s'était comporté en parfait égoïste, en imbécile !

Il s'engagea dans la rue montante où habitait Carlo, la gravit à toute vitesse et s'engouffra sur les chapeaux de roues dans l'allée de la propriété.

Désormais, tout était changé. Il avait renoncé à sa colère, oublié son désir de vengeance. A vrai dire, voilà bien longtemps déjà qu'il avait commencé à y renoncer. Depuis la veille du mariage de Becky Lynn avec Carlo, songea-t-il. Ce soir-là, il avait compris à quel point elle tenait à son demi-frère, pour quelle raison aussi, et le doute s'était mis à le ronger.

Bondissant hors de sa voiture, Jack courut jusqu'à l'entrée de la villa de Carlo. Après avoir sonné longuement, il cogna à la porte.

— Carlo ! cria-t-il. C'est moi, Jack…

Il se remit à marteler la porte.

— Ouvre ! Je sais que tu es là… Il faut qu'on se parle !

De la musique provenait du jardin derrière la maison ; Jack reconnut la chanson qu'il écoutait à la radio peu avant dans sa voiture. Faisant le tour de la propriété, il entra par la grille du jardin restée ouverte.

— Carlo ! C'est Jack. Il faut qu'on se parle ! Où es-tu ?

Tout d'abord, il crut que Carlo dormait, affalé dans le Jacuzzi, la tête appuyée contre le rebord, un bras pendant hors de l'eau. Puis il vit le sang, l'eau rouge !

Avec un cri d'effroi, il se précipita vers le Jacuzzi. Il appuya ses doigts tremblants dans le cou de Carlo. Au moment où il en percevait les faibles pulsations, son demi-frère entrouvrit péniblement les yeux.

Vivant ! Il était encore vivant… Sans perdre un instant, Jack déchira sauvagement son T-shirt pour en faire des bandes de tissu qu'il serra avec force autour du poignet droit, puis du poignet gauche, de Carlo.

— Non… non, parvint à articuler ce dernier d'une voix si faible qu'elle était méconnaissable. Laisse… moi… mourir…

Un téléphone sans fil était posé à proximité du Jacuzzi. Jack s'en empara pour composer le numéro de police-secours, en se demandant pour quelle raison Carlo l'avait placé là, et quelle aide il avait vaguement espérée. Celle de Giovanni ? De Becky Lynn ?

Ou bien l'avait-il laissé là au cas où il aurait changé d'avis ?

Etouffé par l'émotion, Jack s'efforça de parler de manière claire et brève à l'opératrice de police-secours, puis il raccrocha et se retourna vers son demi-frère. Le teint de Carlo avait viré au gris, mais sa bouche dessinait un petit sourire serein.

— Non… Nom de Dieu !… Pas ça !

Jack le souleva dans ses bras, délicatement, tout en appuyant avec force sur les bandages qui entouraient ses poignets dans l'espoir d'arrêter le flot de sang.

— Non, ne meurs pas, Carlo… J'ai besoin de toi. Becky Lynn a besoin de toi. Nom de Dieu, Carlo…

Les paupières de ce dernier s'entrouvrirent légèrement encore une fois. Ses yeux rencontrèrent ceux de Jack, mais son regard demeura flou.

— Il… nous… dressait toujours… l'un contre… l'autre.

Carlo tenta de reprendre sa respiration pour continuer :

— Je… j'aurais voulu… qu'on… soit frères.

Il ferma les yeux un instant, puis les rouvrit. Au prix d'un incroyable effort, constata Jack. Effrayé, il serra plus fort Carlo contre lui.

— Dis à Becky Lynn que…

Le gémissement des sirènes déchira l'air de cette fin de matinée. Jack secoua son demi-frère.

— Non, accroche-toi ! Tu n'as pas le droit de mourir. Je t'en empêcherai !

Il appuya la tête de Carlo contre son épaule, coinça son buste au creux de son coude en le berçant.

— Tu es mon seul frère, salaud ! Tu ne peux pas mourir… tu ne… C'est impossible !

Les secours arrivèrent quelques instants plus tard. Se précipitant dans le jardin, ils écartèrent Jack sans ménagement. Ce dernier poussa un long cri de rage et de frustration ; il ne voulait pas laisser partir son frère, il refusait de s'avouer vaincu. Pourtant, il n'avait pas besoin de poser la question pour savoir qu'il était trop tard.

« … Il est 11 h 42, il fait un soleil radieux sur toute la Californie et trente-six degrés, les amis ! Pour tous les fanas de la plage, c'est le moment de s'éclater… »

Avec un grognement de fureur et de douleur, Jack s'empara du poste de radio et le jeta au loin de toutes ses forces. L'appareil explosa en mille morceaux sur le sol de béton qui bordait le Jacuzzi, et des débris de plastique volèrent jusque dans l'eau rougie.

Trop tard. Nom de Dieu, il était arrivé quelques minutes trop tard !

Il entendit soudain un claquement de portière devant la maison, puis la voix de Becky Lynn qui appelait Carlo, avec une note d'hystérie. Sans doute avait-elle vu l'ambulance devant la porte. Il ne pouvait pas la laisser voir Carlo dans cet état.

La jeune femme parut dans le jardin. Jack se précipita vers elle, essayant de l'empêcher d'apercevoir Carlo que les médecins étaient en train de sortir du Jacuzzi.

Hélas, il ne fut pas assez rapide, une fois de plus. Becky Lynn eut le temps de voir le corps inanimé de son mari, et un long cri déchirant s'échappa de sa gorge.

Jack la prit dans ses bras pour la plaquer contre lui. Un oiseau apeuré jaillit des branches d'un arbre, juste au-dessus de leurs têtes ; le battement frénétique de ses ailes ressemblait aux gesticulations furieuses de Becky Lynn qui jouait des pieds et des mains pour tenter de se libérer.

Elle parvint enfin à s'échapper pour se jeter sur Carlo, s'accrochant à lui, pleurant à chaudes larmes, et le sang qui se répandait sur son corsage et son pantalon de lin laissait des traînées éclatantes et obscènes sur la blancheur immaculée de ses vêtements.

Jack s'approcha d'elle.

— Viens, dit-il d'une voix douce en l'obligeant à détacher ses doigts du bras de Carlo. Viens, ma belle, ne restons pas ici…

Secouée de sanglots violents, Becky Lynn lâcha le corps de son mari, et les secours purent l'allonger sur la civière. S'approchant dans son dos, Jack la tint serrée contre son torse ; la douleur qui montait en lui menaçait de l'engloutir. Il enfonça son visage dans les cheveux de la jeune femme, leur douce odeur fraîche lui paraissant comme un souffle de vie au milieu de cette atmosphère de mort.

— Je suis désolé, chuchota-t-il avec ferveur. Si tu savais comme je suis désolé…

Avec un long cri de douleur, elle s'arracha à son étreinte et pivota pour lui faire face.

— Ne me dis pas que tu es désolé. C'est toi le responsable ! C'est toi qui l'as tué, espèce de salopard…

Elle se jeta sur lui, le rouant de coups de poing, exprimant toute sa haine sous forme de sanglots. Jack bloquait simplement ses coups rageurs, sans chercher à y mettre fin. Les terribles accusations de Becky Lynn lui faisaient bien plus mal que ses poings.

Les policiers arrivèrent pour la maîtriser. Vidée par cette démonstration de violence, ce combat à sens unique, la jeune femme se laissa tomber à genoux dans l'herbe, sans cesser de pleurer.

Jack la regardait, envahi d'une douleur telle qu'il n'en avait pas éprouvée depuis ce jour où il avait osé affronter son père pour lui offrir son cœur d'enfant. Il brûlait d'envie de la serrer dans ses bras pour la réconforter, de prendre son chagrin et de lui donner le sien en échange.

Un des policiers posa la main sur son bras, mais Jack ne tourna pas la tête ; il ne pouvait détacher son regard de Becky Lynn. Il avait tellement besoin d'elle, il était même incapable de respirer sans elle ; pourtant, elle refusait qu'il la touche. Elle le haïssait, elle le tenait pour responsable de la mort de Carlo.

— Nous avons besoin de votre déposition, monsieur.

Jack s'obligea à tourner les yeux vers le policier, et il hocha la tête. Ils s'éloignèrent de la jeune femme, mais pas suffisamment pour ne plus entendre ses sanglots.

— Connaissez-vous quelqu'un qui pourrait s'occuper d'elle ? demanda le policier. Personnellement, je ne vous conseille pas de rester auprès d'elle.

Jack répondit par l'affirmative, mais quelques minutes plus tard, après avoir achevé sa déposition, il s'aperçut qu'il ne savait pas du tout qui prévenir. A sa connaissance, Becky Lynn n'avait ni famille ni amis. Carlo était le seul être qui lui fût proche. Cette soudaine évidence résonna en lui, et il comprit brusquement tout ce que son demi-frère représentait pour elle. Ses remords et sa peine n'en furent que plus intenses.

Finalement, Jack décida d'appeler sa propre mère. Abattue par la nouvelle, Sallie Gallagher arriva aussitôt. Au grand soulagement de Jack, Becky Lynn accepta la présence réconfortante de son ancienne patronne. Ayant trouvé une boîte de somnifères dans l'armoire à pharmacie de Carlo, il chargea sa mère de convaincre Becky Lynn d'en avaler un ou deux.

Désireux de lui venir en aide, de toutes les façons possibles, il appela ensuite Treymane afin de la décharger, puis il s'arrangea pour que l'on vide et nettoie le Jacuzzi. N'ayant plus rien d'autre à faire que d'écouter les manifestations de douleur de Becky Lynn, il l'abandonna entre les mains efficaces de sa mère.

Il avait eu un frère...

Jack remonta en voiture et repartit, sans savoir quelle direction il prenait ; la fureur et le chagrin bouillonnaient en lui. Il serrait le volant de toutes ses forces, sa mâchoire était si crispée qu'il avait mal aux muscles. Il avait détesté son père ; pourtant, il avait essayé de lui plaire, de lui ressembler. Carlo et lui étaient frères, ils avaient eu besoin l'un de l'autre ; pourtant, ils avaient été trop aveuglés par leur stupide rivalité pour s'en apercevoir.

Maintenant, Jack comprenait ce qui était réellement important dans la vie. Il regrettait de ne pas en avoir pris conscience plus tôt. S'il avait eu plus de discernement, peut-être aurait-il encore un frère.

Il continuait d'avancer à toute allure ; sa Porsche avalait les kilomètres et, soudain, il s'aperçut qu'il ne roulait pas sans but. De manière inconsciente, il avait pris le chemin du studio de Giovanni. Il s'arrêta en double file devant le bâtiment, descendit de voiture en claquant la portière, tandis que sa rage et son chagrin prenaient des proportions considérables, se mêlaient en lui pour former une chose épouvantable et terrifiante.

Il fit irruption dans le studio, écarta de son chemin Tank, l'énorme vigile, et traversa la salle d'un pas décidé, avec des envies de meurtre. Un murmure collectif parcourut le groupe des personnes présentes, suivi par un silence de mort.

— Espèce de salopard !

Giovanni abaissa son appareil photo et se retourna pour apercevoir Jack qui se ruait vers lui. Il blêmit.

— Tu l'as tué ! s'écria Jack en saisissant violemment le vieil homme par le col de sa chemise. Il est mort, espèce de salaud… Ton fils est mort !

L'espace d'un bref instant, en plongeant son regard dans celui de Giovanni, Jack envisagea de le tuer ; il se vit le rouant de coups jusqu'à lui faire perdre connaissance, et ensuite l'achevant. Mais il pensa à Becky Lynn, à Sallie… et à Giovanni lui-même.

Ce salopard n'en valait pas la peine.

Il le lâcha. Le vieux photographe recula en titubant, et heurta un pied muni d'un appareil photo. L'ensemble bascula et heurta le sol avec fracas. Giovanni eut à peine le temps de reprendre son équilibre que déjà Jack s'avançait vers lui, le souffle haletant, les poings serrés.

Il affronta le regard de son père, sans ciller, froidement.

— Tu n'as plus de fils désormais. C'est le sang de Sallie Gallagher qui coule dans mes veines. Le peu que je tiens de toi, je le renie. Tu n'as plus personne !

Tandis que le visage de Giovanni se décomposait, Jack pivota sur ses talons et repartit comme il était venu.

55

Un mois plus tard, les fleurs continuaient d'arriver.

Becky Lynn reçut le nouveau bouquet avec un sourire sans joie. La jeune femme qui venait de les lui livrer paraissait elle-même un peu gênée, comme si elle aussi estimait que c'en était trop.

Emportant les fleurs dans le salon, Becky Lynn les déposa à côté d'un autre bouquet sur la table basse. Treymane lui envoyait un nouveau bouquet chaque jour ; elle en avait reçu également de la part de Sallie, des employés du Shop, de son frère Randy et d'une myriade de photographes, de stylistes et de rédacteurs de magazines.

Les gens cherchaient simplement à être gentils ; ils voulaient lui témoigner leur affection et leur chagrin, se disait-elle, mais ces fleurs, aussi belles soient-elles, ne servaient qu'à lui rappeler en permanence que Carlo n'était plus là.

Comme si elle avait besoin qu'on le lui rappelle.

Elle se laissa tomber dans un profond fauteuil qui était le préféré de son mari et ramena ses genoux contre sa poitrine. Dans les premiers temps, les fleurs et les cartes qui les accompagnaient évoquaient le chagrin et la perte provoqués par la mort de Carlo. Désormais, tous les messages de sympathie ne concernaient plus qu'elle. Ses amis s'inquiétaient ; Noël était passé, le jour de l'an également ; ils se disaient que le moment était venu pour elle de sortir de son isolement et de recommencer à vivre.

Ils estimaient que le moment était venu, mais Becky Lynn, elle, ne se sentait pas… prête.

Elle appuya son front sur ses genoux. Depuis le drame, elle

n'était sortie que pour l'enterrement. Elle avait refusé tous les contrats, et la plupart des appels téléphoniques. Les médias s'étaient jetés avec avidité sur cette histoire tragique. Le suicide de Carlo, compte tenu du milieu dans lequel évoluait le célèbre photographe, avait donné lieu à de nombreux articles savoureux. Durant les deux premières semaines, les journalistes n'avaient cessé de la harceler au téléphone, mais Becky Lynn avait refusé toutes les interviews. Elle avait même renvoyé son agent qui la pressait d'accepter les exigences de la presse.

La seule personne qu'elle tolérait dans la maison était Sallie. Elle demeurerait éternellement reconnaissante à la mère de Jack pour son soutien moral et sa compassion ; sa compréhension également. Sans jamais la brusquer, Sallie l'avait laissée face à son chagrin, jusqu'à ce qu'elle ait pleuré toutes les larmes de son corps.

Becky Lynn soupira. Carlo lui avait promis qu'elle ne serait plus jamais seule, il lui avait promis qu'il veillerait sur elle, qu'ils prendraient toujours soin l'un de l'autre.

Il n'avait pas tenu sa promesse.

Elle se retrouvait seule comme avant.

Les larmes lui brûlaient les yeux. Plaquant son visage contre ses genoux, elle poussa un juron. Elle était lasse et fatiguée de pleurer ; lasse de cette douleur sourde au creux de son ventre, une douleur que rien ne parvenait à apaiser, ni les fleurs, ni la présence d'autrui, ni aucune distraction.

Elle voulait Carlo. Elle voulait son ami et son compagnon, sa seule famille.

Mais c'était impossible ; il n'était plus là.

Du revers de la main, elle essuya les larmes qui coulaient sur ses joues, et renversa la tête contre le dossier du fauteuil. Pourquoi n'avait-elle pas vu combien il était désespéré ? Pourquoi n'avait-elle pas deviné qu'il risquait de commettre un geste irréparable ? Certes, elle savait qu'il était déprimé, abattu, mais elle pensait qu'il finirait par reprendre le dessus. Elle ne pouvait imaginer que... Elle n'avait pas su lui venir en aide. Elle n'avait pas fait tout ce qu'il fallait pour lui venir en aide.

Maintenant, il n'était plus là.

Tandis que le remords et la culpabilité la rongeaient de manière insidieuse, elle orienta délibérément ses pensées vers Jack, pour tenter de remplacer la détresse par la colère. La fureur et le ressentiment étaient moins douloureux que le chagrin ; en rejetant la faute sur Jack, elle évitait d'affronter sa propre culpabilité.

Pourtant, sa colère elle-même manquait d'objet pour s'exprimer. Au lieu de bouillonner de rage et de haine comme après le suicide de Carlo, Becky Lynn revoyait le visage de Jack au moment où elle s'était précipitée dans le jardin ; elle revoyait son torse nu et ses mains maculés du sang de Carlo, elle revoyait l'angoisse dans ses yeux.

Il avait tenté de sauver Carlo. Il était arrivé trop tard.

Que venait-il faire chez eux ce jour-là ? Venait-il pour la voir ? ou bien pour voir Carlo ? Elle s'était posé cette question des centaines de fois depuis un mois. Tout d'abord, elle s'était dit qu'il venait pour jouir de sa victoire, se vanter d'avoir gagné le cœur de Giovanni, pour répandre du sel sur les plaies ouvertes de Carlo. Pourtant, malgré son envie de s'en persuader, elle n'y parvenait pas. Jack n'aurait pas fait une chose pareille, se disait-elle. Il en était incapable.

Becky Lynn soupira de nouveau. Peut-être ne connaîtrait-elle jamais la raison de cette visite ; elle n'avait eu aucune nouvelle de Jack depuis le drame. Comment s'en étonner après les accusations haineuses qu'elle lui avait jetées au visage ?

Le téléphone sonna. Comme elle en avait pris l'habitude, Becky Lynn compta les sonneries, en attendant que le répondeur se mette en marche.

« Valentine, ma chérie… c'est Bev de *Vogue*… Alors, petite peste ! J'ai dû passer par Treymane pour obtenir ton numéro, et ce n'était pas facile, crois-moi !

» … Enfin bref, sache qu'on a tous adoré tes photos ! Elles ont eu un sacré succès, on a reçu un tas de lettres. J'ai un autre boulot à te proposer, mais il faut que tu m'appelles ! »

La rédactrice laissa échapper un petit rire, et enchaîna :

« Sincèrement, ma chérie, tes débuts dans *Vogue* ont fait du bruit. Appelle-moi ! »

Longtemps après que la rédactrice de mode eut raccroché, Becky Lynn continua à contempler le plafond. *Vogue* voulait lui confier un autre reportage… Elle sentit un frisson d'excitation naître en elle, un frisson de vie. Ses photos avaient plu ! Elle se redressa dans le fauteuil, tandis que les battements de son cœur s'accéléraient. Tout le monde parlait de ses photos…

Bondissant de son siège, elle se dirigea vers le répondeur. Elle rembobina la bande pour réécouter le message. Plusieurs fois. Après quoi, elle marcha jusqu'à la porte-fenêtre.

Ils aimaient ses photos.

Celles qu'elle avait prises à la place de Carlo.

Elle inspira à fond. Que voudrait-il qu'elle fasse ? se demandait-elle. Quelle serait sa réaction s'il était encore là ?

Il se réjouirait pour elle, sans aucun doute. Il voudrait qu'elle se réjouisse.

Carlo l'aimait. Il avait toujours eu foi en elle. Les larmes envahirent ses yeux. Lui ne s'aimait pas, il n'avait pas confiance en lui. Et, bien qu'elle eût tenté de changer l'image qu'il avait de lui-même, elle n'y était pas parvenue.

Carlo aurait voulu qu'elle continue sur cette voie. Il aurait voulu qu'elle vive. Les yeux fermés, elle se souvint de ce qu'elle avait ressenti, à la fin de la séance de photos, le jour où elle l'avait remplacé au studio. Elle n'avait pas oublié ce sentiment de bonheur total, de profonde satisfaction, l'impression de vivre plus intensément.

Elle voulait retrouver ces sensations, se dit-elle. Maintenant. Aujourd'hui. Elle avait envie d'appeler Bev pour accepter ce contrat ; elle avait envie de continuer son chemin.

Oui, elle avait envie de vivre.

56

Zoe avait du mal à reprendre son souffle. Les hommes, leurs mains, étaient partout à la fois. Ils étaient trois, qui la tenaient, la brutalisaient, grommelaient des paroles qu'elle ne comprenait pas, dans un étrange langage bestial.

Leurs mains la griffaient, la pinçaient sur tout le corps, avec une violence qui la terrifiait, qui lui arrachait des cris de douleur. Elle parvint enfin à respirer ; l'air empestait. Elle s'étrangla.

Il y avait d'autres hommes. Ceux-là ne la touchaient pas, ils regardaient, s'exprimant dans une langue qu'elle connaissait, mais avec des mots dont elle ne saisissait pas le sens.

Que lui arrivait-il ? se demandait-elle, paniquée, en sentant son cœur battre dans sa poitrine comme un oiseau prisonnier d'une cage trop étroite. Où était-elle ?

Une piquouse ; elle se rappela qu'ils lui avaient promis une piquouse. Avaient-ils tenu parole ? Elle fouilla dans le brouillard des images déformées qui peuplaient son cerveau, essayant de se souvenir, sans comprendre pourquoi elle n'y parvenait pas.

Soudain, une douleur encore plus violente la traversa de part en part. Elle hurla et bascula vers l'avant.

— Super ! s'exclama un des hommes. Tiens-la dans cette position et recommence. Te retiens pas surtout !

Elle pleurait maintenant, en serrant les draps dans ses poings, rêvant d'une échappatoire. Mon Dieu… que quelqu'un vienne à son secours !… D'une manière ou d'une autre… il fallait qu'elle trouve un moyen de s'échapper…

Elle fut exaucée.

Tout devint noir.

Zoe se réveilla lentement ; elle reprit connaissance avec un sentiment d'effroi. Chaque parcelle de son corps était douloureuse. Jamais elle n'aurait cru qu'il était possible de souffrir autant, en tant d'endroits. Tandis que des images effroyables, obscènes, emplissaient son esprit, les larmes envahirent ses yeux et coulèrent sur ses joues, brûlantes.

Elle ne se souvenait plus exactement de tout ce qu'ils lui avaient fait ; elle ne se souvenait plus de quelle façon elle s'était retrouvée dans cette situation, mais c'était forcément affreux. Elle venait de vivre une expérience abominable.

Et si douloureuse.

Son estomac se souleva ; elle roula sur le côté, la tête penchée au bord du lit, mais elle était tellement épuisée, vidée, qu'elle n'avait pas la force de vomir. Elle ramena ses genoux contre sa poitrine, ses dents se mirent à claquer. Elle se recroquevilla. Elle avait si froid.

Son regard parcourut la pièce, pour finalement s'arrêter sur la table de chevet. Une seringue était posée sur le bois éraflé, à côté d'un morceau de drap ensanglanté.

Avec un petit soupir de soulagement, Zoe s'empara de la seringue. Puis, dans un sanglot, elle la jeta par terre. Vide ! La seringue était aussi vide qu'elle.

Elle mordit rageusement son poing. Elle avait été payée pour tout ce que ces hommes lui avaient infligé. Elle s'était laissé martyriser et violer ; elle leur avait laissé faire des choses monstrueuses sur son corps.

Le son qui s'échappa de ses lèvres venait du plus profond de son ventre. Elle serra le poing encore plus fort. Elle ne pouvait plus continuer ainsi, se dit-elle. Elle savait qu'elle ne pourrait plus le supporter. De sa main libre, elle agrippa les draps tachés et puants, en s'y accrochant de toutes ses forces, car sa vie en dépendait.

Elle ne voulait pas mourir, se dit Zoe en recommençant à pleurer. Non, elle ne voulait pas mourir.

57

Becky Lynn ne reconnut pas le chuchotement étranglé à l'autre bout du fil. A moitié endormie, elle repoussa les cheveux qui lui tombaient devant les yeux pour consulter le réveil posé sur la table de chevet. 2 h 20 du matin !

— Je t'en supplie, chuchota cette même voix, aide-moi !

Becky Lynn serra fortement le combiné dans sa main ; son cœur battait à tout rompre.

— Qui est à l'appareil ? demanda-t-elle.

La femme se mit à pleurer à l'autre bout du fil ; des sanglots remplis de désespoir. Becky Lynn en eut la chair de poule.

— Oui, d'accord, je veux bien vous aider, répondit-elle. C'est promis. Mais qui est à l'appareil ? Il faut que je sache qui...

Zoe. C'était Zoe qui se trouvait à l'autre bout du fil.

Becky Lynn prit une profonde inspiration, en s'efforçant de rester calme. Si elle paniquait, Zoe risquait de raccrocher.

Et alors elle la perdrait. Comme elle avait perdu Carlo.

— Zoe, reprit-elle d'un ton neutre mais très ferme, dis-moi où tu es. Je vais venir te chercher.

Au bout du fil, les sanglots redoublèrent de violence.

— Je... je ne sais pas.

Becky Lynn jouait nerveusement avec le fil du téléphone.

— Es-tu à l'intérieur, ou bien dehors, dans une cabine téléphonique, par exemple ?

Zoe hésita, comme si elle devait réfléchir avant de répondre à cette question. Les maigres espoirs de Becky Lynn s'envolèrent.

Comment rejoindre Zoe si cette dernière était incapable de lui apprendre où elle se trouvait ? Elle pouvait être n'importe où.

— A l'intérieur, répondit-elle enfin. Je suis dans une chambre.

— Es-tu seule ?

Zoe se remit à pleurer.

— Peut-être qu'ils vont… revenir. Je ne sais pas s'ils… ont terminé.

« Peut-être vont-ils revenir. » Becky Lynn retint son souffle, soudain effrayée pour une tout autre raison. De qui parlait Zoe, bon sang ? Que s'était-il passé ?

Sentant revenir la panique, Becky Lynn la repoussa avec toute la force de sa volonté.

— Décris-moi l'endroit où tu es.

Compte tenu de la confusion mentale dans laquelle se débattait Zoe, cette description prit un certain temps, mais Becky Lynn acquit finalement la certitude que la jeune fille se trouvait dans une chambre de motel.

— D'accord, très bien, dit-elle. Bon, peux-tu approcher de la table de chevet ?… Parfait… Ouvre le tiroir… Y a-t-il quelque chose avec le nom du motel dessus ? Une enveloppe ? Un bloc de feuilles ? Une bible ?

Cette recherche n'ayant abouti à rien, Becky Lynn ordonna ensuite à Zoe d'inspecter les tiroirs de la commode. Pendant que la jeune fille s'exécutait, Becky Lynn fouilla elle aussi dans la sienne pour chercher de quoi s'habiller. Elle ôta ensuite sa chemise de nuit, et enfila un T-shirt avec un pantalon de jogging.

La commode de la chambre de motel ne contenait rien non plus. Frustrée, Becky Lynn demanda à Zoe d'examiner le cadran du téléphone.

— Vois-tu un numéro écrit dessus ? demanda-t-elle.

Il y en avait un. Chambre 22.

Soudain, un souvenir confus vint titiller la mémoire de Becky Lynn ; elle fit un effort de concentration pour tenter de préciser cette image… Une moquette couleur vert avocat ! Oui, c'était exactement ça ! Mon Dieu, cette couleur avait fini par lui sortir par les yeux… Zoe venait de lui décrire la chambre qu'elle-même avait occupée au Sunset Motel !

— Décris-moi encore la chambre, s'écria-t-elle sans chercher à cacher son excitation. Dis-moi tout ce que tu vois !

Zoe reprit sa description. Becky Lynn avait bien vécu avec ce couvre-lit orange, vert et rouge, cette vieille moquette râpée et ces murs lépreux pendant plus d'un an ; elle aurait presque pu affirmer de manière certaine que Zoe se trouvait effectivement dans la même chambre. Et pourtant…

Combien d'autres motels possédaient le même décor miteux et vulgaire ? se demanda-t-elle, sentant croître sa frustration. Elle ne pouvait prendre le risque de se tromper.

Elle respira lentement pour se détendre.

— Va à la fenêtre, Zoe. Regarde dehors et dis-moi ce que tu vois.

Il fallut un long moment à la jeune femme pour traverser la chambre. A l'autre bout du fil, Becky Lynn l'entendit trébucher et geindre ; elle entendit le cliquetis des stores en plastique…

— Il y a des… immeubles et… une enseigne, bredouilla Zoe. Mais je ne sais pas ce qui est écrit. Je… ne vois rien.

La voix de Zoe s'éloigna ; elle devint moins distincte. Le cœur de Becky Lynn fit un bond dans sa poitrine. Elle ne pouvait pas la perdre maintenant. Pas question !

— Fais un effort, Zoe, s'exclama-t-elle. C'est important, nom d'un chien ! Lis-moi ce qui est écrit sur l'enseigne.

— Attends… on dirait… il manque des lettres… unset otel…

Le Sunset ! Elle ne s'était pas trompée. Maintenant, elle savait où était Zoe.

— Je vais venir te chercher, Zoe. Mais pour cela, il faut d'abord que je raccroche.

Terrifiée, des sanglots dans la voix, Zoe la supplia de ne pas raccrocher, de ne pas l'abandonner. Becky Lynn avait beau tenter de la raisonner, de la rassurer, Zoe semblait incapable d'entendre raison. Finalement, n'ayant pas d'autre choix, elle promit à Zoe de venir sur-le-champ, et reposa l'écouteur sur son socle.

Jamais sans doute elle n'avait dû prendre une décision aussi difficile. Pour voler au secours de la jeune fille, elle avait été obligée de rompre ce lien fragile qui les unissait ! Elle n'osait imaginer ce qui lui arriverait si, par malheur, elle s'était trompée de motel ; Becky Lynn craignait que, terrorisée, Zoe ne s'enfuie n'importe où, et alors, elle ne pouvait s'empêcher de songer à la manière dont elle avait perdu Carlo.

Elle regardait fixement le téléphone, le cœur battant. Elle ne pouvait agir seule, se disait-elle, la peur au ventre. Murmurant une rapide prière, elle décrocha de nouveau et composa le numéro de Jack. Celui-ci répondit après la quatrième sonnerie ; sa voix était tout ensommeillée.

— Jack, c'est Becky Lynn !

— Red ? Qu'est-ce qui…

— Nous n'avons pas le temps de discuter. Zoe vient de m'appeler, elle a besoin d'aide. Elle… Oh, j'ai peur pour elle. Je ne savais pas qui appeler à part toi, et je… je ne peux pas y aller seule, Jack.

— Où est-elle ? demanda-t-il d'une voix nette et autoritaire, parfaitement réveillé à présent.

Becky Lynn sentit ses genoux flageoler tant était grand son soulagement, et elle se laissa retomber au bord du lit. Jack allait l'aider, Zoe n'avait plus rien à craindre.

— Elle est au Sunset Motel. Chambre 22.

— Bon. Ne bouge pas surtout.

Elle l'entendait s'agiter pendant qu'il parlait ; sans doute était-il déjà en train de s'habiller.

— Je vais la chercher, déclara-t-il.

— Non, je viens avec toi. C'est moi qu'elle a appelée… J'ai promis.

— Tu n'iras pas là-bas sans moi. Je passe te prendre.

— Je t'en supplie, fais vite, murmura-t-elle en raccrochant le téléphone. Dépêche-toi avant qu'il ne soit trop tard !

Transie de froid tout à coup, elle enfila un pull et sortit pour attendre Jack.

Vingt minutes plus tard, elle montait à bord de la voiture de ce dernier. Il lui jeta un simple regard, la bouche crispée par un rictus. Ses yeux étaient creusés ; les rides qui entouraient ses paupières et sa bouche semblaient plus marquées qu'autrefois. Il paraissait avoir vieilli de plusieurs années depuis la dernière fois qu'elle l'avait vu.

Il avait le visage marqué par la souffrance.

Etouffée par un flot d'émotions incontrôlables, Becky Lynn détourna la tête. Elle claqua la portière et attacha sa ceinture de sécurité. Après quoi, elle l'observa du coin de l'œil. Les mains serrées sur le volant, Jack regardait fixement la grille du jardin par laquelle les secours avaient emporté le corps de Carlo.

Le besoin impérieux de le réconforter, de se pencher vers lui et de lui prendre la main l'envahit si soudainement qu'elle en eut le souffle coupé. Jack souffrait, se dit-elle. D'une manière différente de la sienne, mais il souffrait lui aussi, avec la même intensité.

Parcourue d'un frisson, elle se frictionna les bras.

— Allons-y, ne perdons pas de temps, dit-elle.

Jack acquiesça et démarra.

Ils roulèrent en silence pendant plusieurs minutes.

Becky Lynn avait coincé ses mains entre ses genoux pour tenter de maîtriser ses tremblements. Elle déglutit avec peine, puis se tourna vers Jack.

— Elle avait l'air mal en point, Jack. Très mal en point. Et elle... elle a parlé d'autres personnes. Ça m'a fichu la frousse !

La panique monta en elle de nouveau, et elle s'efforça de la contenir.

— Oh, je suis morte d'angoisse... Imagine qu'elle ne soit plus là quand on arrivera ? Imagine que ces gens...

— Nous la trouverons, déclara Jack avec une détermination farouche.

L'espace d'un court instant, il détacha les yeux de la route pour croiser ceux de la jeune femme.

— Nous la trouverons, Becky Lynn, je te le promets.

Le reste du trajet s'effectua en silence. Becky Lynn ne s'était pas trompée, il s'agissait bien du Sunset Motel. Ayant déniché la chambre 22, ils frappèrent à la porte, en appelant Zoe. Celle-ci ne répondit pas, mais de l'intérieur de la chambre leur parvenaient des gémissements et des sanglots.

Becky Lynn frappa de nouveau.

— Zoe, c'est moi, Becky Lynn ! Jack est avec moi. Nous sommes venus t'aider. Ouvre, demanda-t-elle d'une voix douce, apaisante. Allez, Zoe, ouvre-nous…

Les sanglots de la jeune femme devinrent hystériques.

— Non… ne me touchez pas.. Non… laissez-moi… Non !… Je… ne… veux… pas !

Le cœur dans la gorge, Becky Lynn pinça le bras de Jack.

— Il y a quelqu'un avec elle ! chuchota-t-elle. Oh, mon Dieu… il vaudrait mieux aller prévenir le veilleur de nuit pour…

— Non, répondit Jack en repoussant sa main. Recule !

Il prit son élan et décocha un grand coup de pied dans la porte. Le mince panneau de bois se déforma sous la violence du premier coup, et ne résista pas au second.

Zoe était seule, recroquevillée sur le sol dans un coin, haletante comme un animal pris au piège. Les yeux écarquillés de terreur, son corps maigre zébré de longues éraflures rouges, les cheveux collés sur le côté droit de son visage maculé de sang.

Becky Lynn ne put retenir un cri en la découvrant dans cet état ; elle porta une main tremblante à sa bouche.

— Oh, mon Dieu, que t'ont-ils fait ? murmura-t-elle en faisant un pas vers elle. Oh, ma pauvre Zoe, qu'ont-ils…

Jack la retint par le bras.

— Laisse-moi l'approcher ; elle risque de se débattre.

Becky Lynn acquiesça sans rien dire ; elle sentait son estomac se soulever. Elle essayait de ne pas regarder, elle essayait de ne pas voir. Mais elle savait déjà que cette image effroyable de Zoe la hanterait jusqu'à la fin de ses jours.

Jack traversa la chambre.

— Allez, Zoe chérie, dit-il d'une voix apaisante. Tu nous reconnais ? C'est Becky Lynn et Jack ! Nous sommes venus pour t'aider.

Le regard affolé, Zoe s'empressa de reculer, à quatre pattes, pour tenter de s'échapper, de se cacher, mais elle était si faible que cette tentative était aussi vaine que pathétique.

— Nous n'allons pas te faire de mal, murmura Jack, la main tendue. Nous sommes ici pour t'aider. Jack et Becky Lynn vont t'emmener loin d'ici, d'accord ?

Finalement, il parvint à poser la main sur elle. Zoe résista un court instant, essayant de le griffer et de le mordre, donnant des coups de pied dans le vide, puis elle renonça et se laissa aller contre lui, épuisée.

Becky Lynn ôta son cardigan.

— Tiens !

— Merci.

Jack prit le pull qu'elle lui tendait pour le déposer délicatement sur les épaules de Zoe.

— Essaye de trouver une serviette propre dans la salle de bains.

Becky Lynn s'exécuta, non sans une certaine appréhension. La chambre était dans un tel état qu'elle redoutait de pénétrer dans la salle de bains.

La vision d'horreur qui l'attendait était à la hauteur de ses craintes, mais miraculeusement, posée sur une étagère métallique au-dessus de la commode, elle avisa une serviette pliée en quatre. En s'en emparant, elle remarqua les emballages et les boîtes vides de pellicules qui jonchaient le carrelage, ainsi que d'autres emballages en Cellophane.

— Alors, Becky Lynn ? Que fais-tu ?

Elle se retourna. Jack s'était arrêté sur le seuil de la salle de bains ; il tenait Zoe dans ses bras.

— Regarde, dit-elle. Des boîtes de films et… des trucs.

Le front plissé, elle poussa l'emballage de Cellophane du bout du pied.

— Qu'en penses-tu… ?

— Des photos porno, déclara Jack d'une voix blanche. Viens, fichons le camp d'ici.

Becky Lynn prit la serviette et aida Jack à l'enrouler tendrement autour du corps nu et frêle de Zoe. Il la porta ainsi jusqu'à sa voiture, puis l'installa avec précaution sur la minuscule banquette arrière de sa Porsche, sans cesser de murmurer de douces paroles de réconfort.

Ils montèrent l'un et l'autre à l'avant de la voiture, impatients de quitter cet endroit et les choses horribles qui s'y étaient produites. Jack mit le moteur en marche et enclencha la marche arrière ; la voiture de sport fit une embardée lorsqu'il écrasa l'accélérateur. Becky Lynn n'avait pas peur, malgré la vitesse. Après ce qu'elle avait vu ce soir, se dit-elle, nul doute que beaucoup de choses avaient perdu le pouvoir de l'effrayer. Elle avait eu un aperçu de l'enfer.

Les yeux fermés, elle récita en silence une prière muette de remerciements, car Zoe l'avait appelée et ils l'avaient retrouvée à temps. Elle ne pouvait s'empêcher d'imaginer ce qui serait arrivé si… Non. Chassant ces terrifiantes pensées de son esprit, elle jeta un coup d'œil à la jeune fille par-dessus son épaule. Celle-ci semblait endormie, même si ses lèvres remuaient comme si elle parlait à quelqu'un.

— Et maintenant ? demanda Becky Lynn en reportant son attention sur Jack. Que fait-on ?

Il croisa rapidement son regard.

— Elle a besoin d'aide. Je connais un endroit.

58

Le centre de désintoxication d'Oceanview était un endroit fort agréable, un grand bâtiment clair avec une multitude de fenêtres et de plantes vertes. Sur les murs, un papier pastel remplaçait l'habituelle peinture verte des hôpitaux.

En sortant de l'ascenseur, Becky Lynn sourit à l'infirmière de l'accueil.

— Bonjour, Anne. Alors, comment va-t-elle aujourd'hui ?

L'infirmière lui rendit son sourire.

— Elle est en pleine forme ce matin, madame Triani. Je crois que vous serez agréablement surprise.

Tant mieux, songea Becky Lynn sans se départir de son sourire, tandis qu'elle s'engageait dans le couloir qui menait à la chambre de Zoe.

Arrivée devant la porte, elle s'arrêta et prit une profonde inspiration pour se donner du courage. Un mois s'était écoulé depuis que Jack et elle avaient amené la jeune femme dans cet établissement en pleine nuit, et l'état de santé de Zoe s'était grandement amélioré, même si les progrès demeuraient d'une lenteur insupportable.

La pauvre Zoe souffrait de nombreux problèmes, bien plus graves aussi que ne l'avait imaginé Becky Lynn. Malgré tout, cette dernière gardait espoir, car Zoe avait une formidable envie de remonter la pente ; elle avait envie de vivre.

Si seulement Carlo avait eu en lui la même volonté, pensa-t-elle une fois de plus, avec amertume.

Becky Lynn rendait visite à Zoe chaque jour. Parfois, la jeune femme acceptait de lui parler, parfois elle restait obstinément muette ; certains jours elle débordait de colère et de ressentiment, d'autres jours, elle était déprimée et se haïssait.

Quelle serait son humeur aujourd'hui ? se demanda Becky Lynn en frappant à la porte entrouverte de Zoe. Elle risqua un œil à l'intérieur de la chambre. La jeune fille blonde était assise en tailleur sur son lit ; elle feuilletait d'un air absent un magazine ouvert devant elle. Les drogues avaient détruit sa santé et sa beauté. Bien qu'elle ait repris des couleurs et quelques kilos, on ne pouvait la regarder sans éprouver un pincement au cœur. Becky Lynn ne savait ce qui lui faisait le plus mal : voir ce qu'était devenue la flamboyante beauté qu'elle avait repérée dans les allées du centre commercial, ou bien se souvenir de son aspect effroyable cette nuit-là dans la chambre de motel ?

Becky Lynn plaqua un sourire sur ses lèvres.

— Salut ! Tu veux un peu de compagnie ?

Zoe leva les yeux de son magazine, sans rien dire ; Becky Lynn pénétra dans la chambre en s'obligeant à garder un ton enjoué.

— Regarde ! s'écria-t-elle en brandissant l'hortensia aux fleurs fuchsia qu'elle tenait à la main. Le marché en était plein ce matin, tous plus beaux les uns que les autres. J'ai pensé que ça te ferait peut-être plaisir.

Elle traversa la petite chambre pour déposer la plante sur la coiffeuse, sentant peser sur elle le regard de Zoe. A cet instant, elle aurait aimé se trouver n'importe où plutôt qu'ici, dans cette chambre.

Pour s'occuper, elle arrangea les feuilles de l'hortensia et vérifia que la terre ne manquait pas d'eau, avant de trouver le courage d'affronter le regard de Zoe.

— Au fait, reprit-elle, t'ai-je dit que j'avais fait une série de photos pour Armani lundi dernier ? Si tu m'avais vue, j'étais morte de peur ! Quand on est habitué à poser devant l'objectif, ce n'est pas facile de passer derrière… D'ailleurs, je crois que c'est bizarre pour tout le monde. Les mannequins ne savent pas comment se comporter avec moi, et pour ma part…

— Pourquoi es-tu si bonne avec moi ?

Surprise par cette question inattendue, Becky Lynn ne sut quoi répondre.

— C'est même toi qui couvres les frais de mon séjour ici, ajouta Zoe. Franchement, je ne comprends pas pourquoi tu agis ainsi avec moi.

Becky Lynn haussa les épaules.

— Il n'y a rien à comprendre ; je tiens beaucoup à toi, voilà tout.

— Oui, mais pourquoi ? demanda Zoe avec agressivité. Je ne mérite pas que tu t'occupes de moi !

— C'est faux, tu...

— Je ne le mérite pas, répéta Zoe d'un ton tranchant. Je me suis comportée comme une vraie salope ! Je me suis servie de notre amitié, je me suis servie de toi. Je t'ai traitée comme...

Elle joignit ses mains à s'en faire blanchir les phalanges.

— Je t'ai fait la pire de toutes les saloperies que je pouvais imaginer.

Becky Lynn savait que Zoe faisait allusion à Jack. Et bien que ce souvenir fût encore douloureux, après toutes ces années, elle secoua la tête.

— Tu étais fragile en ce temps-là, Zoe. Tu avais besoin de tellement... d'affection. Jack n'aurait pas dû te laisser en arriver là. Ce n'est pas à toi que j'en veux.

— Tu devrais pourtant, tu...

Zoe baissa les yeux un instant, avant de relever la tête pour regarder Becky Lynn en face, avec une expression angoissée et meurtrie.

— J'ai menti au sujet de Jack et moi, avoua-t-elle d'une voix faible. En fait, je n'ai jamais couché avec lui.

En se tordant nerveusement les doigts, elle ajouta :

— Ce n'est pas faute d'avoir essayé, remarque. Mais il a toujours refusé.

Ebranlée par cet aveu, Becky Lynn avala péniblement sa salive, incapable de dire un mot. Elle n'avait jamais songé à mettre en doute les paroles de Zoe, ni à l'époque, ni quelques années plus tard quand Jack avait nié avoir couché avec elle. Pourquoi ? se demandait-elle maintenant.

Sans doute jugeait-elle alors Zoe plus digne qu'elle-même de l'attention et de l'affection de Jack, voilà pourquoi, se dit-elle avec une sensation proche de la nausée. Tant était haïssable l'opinion qu'elle avait de sa personne.

— Pourquoi, Zoe ? demanda-t-elle dans un murmure. Pourquoi ce mensonge ?

Une fois de plus, Zoe baissa les yeux et fixa ses mains.

— Parce que je détestais votre bonheur à Jack et toi. Je ne pouvais supporter de vous voir heureux ensemble, alors que moi je… je n'avais personne.

Becky Lynn sentit ses yeux s'emplir de larmes.

— Oh, Zoe… Nous n'étions pas si heureux, tu sais. Il nous manquait l'amour.

— Non, tu te trompes, répondit la jeune fille d'une voix brisée. Jack était amoureux de toi ! Et moi je… personne ne m'a jamais aimée. Si tu savais comme je souffrais.

Et elle souffrait encore. Becky Lynn vint s'asseoir au bord du lit. Prenant la jeune fille dans ses bras, elle la serra contre elle pendant que Zoe pleurait toutes les larmes de son corps, secouée de violents sanglots de désespoir et de solitude. Elle l'étreignit ainsi jusqu'à ce que Zoe n'ait même plus la force d'exprimer son chagrin.

Becky Lynn pleurait avec elle, en silence, mais pour d'autres raisons. Elle pleurait à cause du passé, de ce que Jack et elle avaient perdu, à cause de Carlo aussi et de Zoe, la jeune fille qui se croyait indigne d'être aimée.

— Je… je regrette, dit Zoe en séchant ses larmes du revers de la main. J'ai été ignoble avec toi, mais je… j'avais tellement besoin de ton amitié. Après t'avoir poussée à partir, j'aurais donné n'importe quoi pour… Oh, je me haïssais pour ce que j'avais fait.

Elles discutèrent longuement, à cœur ouvert. Becky Lynn parla à Zoe de sa vie, de son mariage avec Carlo, du suicide de ce dernier, en disant combien il lui manquait maintenant qu'il n'était plus là ; elle lui parla de sa passion pour la photographie, et de tous ses projets, de son intention d'abandonner le métier de mannequin pour de bon.

A aucun moment elles ne parlèrent de Jack, mais il resta présent dans l'esprit de Becky Lynn durant toute leur conversation. En fait, il ne quittait plus ses pensées depuis la nuit où, ensemble, ils étaient allés récupérer Zoe dans sa sinistre chambre de motel.

Cette nuit-là, Jack s'était montré infiniment prévenant avec Zoe, gentil et attentionné. Et il ne l'avait pas lâchée depuis. Souvent il venait la voir au centre ; Becky Lynn avait remarqué les fleurs et l'ours en peluche ; Zoe lui avait parlé de ses visites.

Voilà le Jack dont elle était tombée amoureuse. L'homme qui avait su faire preuve de compassion et de générosité envers une jeune idiote effarouchée tout juste débarquée de son Mississippi natal ; l'homme qui lui avait ouvert les portes d'une nouvelle vie. Carlo avait su voir la beauté qui était en elle, mais Jack avait su déceler son talent. Il attachait de l'importance à ses idées et à ses opinions, il appréciait sa personnalité.

Parfois, il avait agi en égoïste, c'est vrai ; il lui arrivait de succomber à son égocentrisme. Mais jamais il ne s'était montré cruel. Il n'avait jamais été le monstre qu'elle avait voulu imaginer. Aveuglée par le choc et la douleur de la trahison lorsqu'il avait couché avec Garnet McCall, elle avait oublié tous les bons moments ; elle avait oublié le jour de ses dix-huit ans, le gâteau au chocolat trop sucré qu'ils avaient partagé dans la cuisine de son premier appartement, et tous les autres rêves, plus savoureux encore.

Jack ne lui avait pas menti au sujet de Zoe, et il n'avait pas menti non plus à propos de la manière dont Giovanni avait appris la vérité sur Carlo. Finalement, elle était aussi fautive que lui. Mais à l'époque, elle était trop effondrée, trop furieuse à cause de la disparition de Carlo pour s'en rendre compte.

Ou peut-être refusait-elle de s'en rendre compte, songea-t-elle. Rejeter la faute sur les autres était toujours plus simple que d'assumer sa part de responsabilité.

Une fois de plus, Becky Lynn repensa à cette nuit d'horreur où ils avaient conduit Zoe au centre de désintoxication d'Oceanview. Quand Jack l'avait raccompagnée chez elle ensuite, elle avait senti un terrible gouffre entre eux, un abîme rempli de l'image effroyable de Zoe dans sa chambre de motel, de l'image du corps inanimé de Carlo qu'on sortait du Jacuzzi, rempli du souvenir de tous ces mots haineux, ces actes ignobles.

Elle s'était alors sentie coupable ; Jack aussi. Elle avait vu la tristesse dans ses yeux, le regret également. Et elle savait qu'il avait vu les mêmes sentiments en elle. Le gouffre était trop grand, impossible à franchir sans danger ; aussi s'étaient-ils quittés sur un simple « bonsoir ».

Aujourd'hui, Becky Lynn regrettait de ne pas avoir essayé de combler cet abîme. Aujourd'hui, elle avait envie de prendre le risque, elle brûlait d'envie de tendre la main à Jack au-dessus du vide. Hélas, elle craignait qu'il ne soit trop tard.

Zoe et elle bavardèrent encore quelques instants, jusqu'à ce que, après avoir consulté sa montre, Becky Lynn s'aperçoive qu'elle devait, hélas, repartir. Elle n'aimait pas mettre fin à ces quelques minutes passées auprès de Zoe ; c'était si bon de se retrouver avec elle, comme autrefois, lorsqu'elles étaient amies.

— Tu t'en sortiras, murmura Becky Lynn en la serrant contre elle. J'en suis sûre !

Zoe l'étreignit à son tour.

— Je ne sais si je peux affronter le passé, Becky Lynn. Il y a des choses qui… Je ne sais pas si j'en suis capable. J'ai tellement peur !

Becky Lynn la serra plus fort.

— Tu y arriveras, Zoe. Tu en es capable, car tu es plus forte que tu ne le penses.

59

Les dernières paroles de Zoe concernant sa peur d'affronter le passé accompagnèrent Becky Lynn durant toute la journée. Elles résonnèrent dans son esprit, affectant son humeur et son comportement de manière aussi étrange qu'inattendue. Ainsi, elle était incapable, depuis lors, de chasser les souvenirs de son propre passé, les images de son frère et de son père, de la jeune fille qu'elle avait été autrefois à Bend dans le Mississippi, tant d'années plus tôt.

Toutes ces pensées l'avaient plongée dans un état de grande fébrilité ; elle se sentait extrêmement nerveuse, mais aussi pleine d'une joie intense. Car le flot de ces sinistres images d'autrefois avait entraîné avec lui des souvenirs de Jack, de leur passé commun, de l'homme qu'il était réellement. Et, tandis qu'elle se livrait à une foule d'occupations quotidiennes, Becky Lynn n'avait cessé de s'interroger sur la possibilité de bâtir un avenir commun. Etait-il déjà trop tard ?

Cette question continuait de l'obséder tandis qu'elle poussait son Caddie vers une des caisses. Elle avait choisi le plus mauvais moment pour faire ses courses ; le petit supermarché du coin de la rue avait le plus grand mal à absorber l'afflux de clients en fin de journée, et elle dut se résigner à une pénible attente aux caisses.

Abandonnant son chariot dans la file, elle se dirigea vers les présentoirs de magazines. Au moment où elle s'apprêtait à prendre le dernier numéro de *Vogue*, la couverture d'un hebdomadaire à scandales attira son attention. Elle se pencha et, soudain, son cœur cessa de battre. La photo qui occupait toute la une du magazine sortait tout droit de ses pires frayeurs, de ses cauchemars les plus noirs.

Devant cette photo d'elle à dix-sept ans, Becky Lynn sentit se déchirer le voile de protection et d'illusion qu'elle avait soigneusement tissé autour d'elle, en ayant l'impression de se retrouver totalement nue, offerte au regard de tous. Brusquement, elle redevenait cette fille mal aimée, ce vilain petit canard que tout le monde rejetait ; brusquement, tous les habitants de Bend l'entouraient de nouveau, la couvraient de sarcasmes et d'insultes.

D'une main tremblante, elle s'empara de la feuille à scandales. Son père avait retrouvé sa trace. Elle inspira profondément. Il avait révélé au monde qui elle était en réalité.

Mais il avait aussi menti. Becky Lynn parcourut rapidement l'article, malgré les larmes qui lui brûlaient les yeux. Interrogé par le journaliste, son père dépeignait une fille légère et entêtée, racontant qu'elle lui avait volé tout l'argent de sa paye avant de s'enfuir de la maison ; depuis, disait-il, elle n'avait plus eu une seule pensée pour sa pauvre famille réduite à la misère. Pourtant, ajoutait-il encore, elle lui devait sa réussite !

Becky Lynn revit la nuit où elle s'était enfuie de chez elle, après s'être traînée misérablement jusqu'à la maison, le corps et l'esprit meurtris, dans l'espoir d'y trouver le réconfort des siens. Non, elle n'avait pas oublié l'indifférence de sa famille, ni son propre désespoir, ni sa détermination, la certitude que si elle restait plus longtemps à Bend elle mourrait.

Elle n'avait pris que vingt misérables dollars, beaucoup moins que tout ce que son père lui volait sur son maigre salaire dans le salon de coiffure, semaine après semaine. Beaucoup moins que tout ce qu'il dépensait en alcool, sans jamais se soucier de son épouse et de ses enfants.

Comment avait-il pu débiter toutes ces horreurs sur son compte ? se demandait-elle, effondrée, alors que les larmes brouillaient les lettres sous ses yeux. Comment son père pouvait-il mentir ainsi ? Comment pouvait-il la détester à ce point ?

Ravalant un sanglot, Becky Lynn remit le magazine en place

et s'empressa de quitter le magasin, en abandonnant son chariot dans la queue. Elle récupéra sa voiture et parvint tant bien que mal à rentrer chez elle.

Jack était là qui l'attendait, assis sur les marches du perron. Sans doute avait-il pris connaissance de l'odieux article. Laissant échapper un grand cri de soulagement, elle bondit hors de sa voiture pour se précipiter vers lui. Jack l'attira dans ses bras et la serra de toutes ses forces.

— Je suis là, tiens bon, murmura-t-il. Je suis là…

Elle s'accrochait à lui, la joue plaquée contre son torse, à l'endroit où battait son cœur, de manière régulière et rassurante. Elle ravala ses sanglots.

— Oh ! Jack, pourquoi a-t-il fallu qu'il me retrouve ? sanglota-t-elle. Pourquoi ne me laisse-t-il pas en paix ?

— Je ne sais pas, Red, répondit-il en lui caressant les cheveux. Le passé parvient toujours à nous rattraper tôt ou tard, d'une manière ou d'une autre.

— J'étais heureuse d'être Valentine…, dit-elle en se blottissant contre lui. Ma vie n'a plus rien à voir avec lui ! Je ne veux pas retourner en arrière…

— Personne ne peut t'obliger à faire marche arrière.

Jack la repoussa délicatement pour pouvoir la regarder dans les yeux.

— Mais tu n'as pas le droit de rester là sans réagir, ajouta-t-il. Tu dois te battre !

— Comment ? Avec quoi ?

Elle échappa à l'étreinte de ses bras pour chercher ses clés dans son sac.

— Je n'ai aucune arme pour combattre son ignominie !

— Si, tu as la vérité, Red. C'est une arme très puissante.

— Tu ne comprends pas, Jack…

Elle avait enfin trouvé ses clés, mais ses mains tremblaient tellement qu'elle ne parvenait pas à les glisser dans la serrure.

— Attends, je vais le faire.

Il lui prit les clés et ouvrit la porte en grand, avant de s'écarter pour la laisser passer.

Becky Lynn entra d'un pas mal assuré, traversa le hall pour pénétrer dans le salon et se diriger droit vers le canapé. Elle s'y laissa tomber et enfouit son visage dans ses mains.

— Oh, que vais-je faire maintenant ? murmura-t-elle, avant de lever les yeux vers Jack. Que dois-je faire ?

— Convoque une conférence de presse, répondit Jack en la rejoignant. Raconte ta version des faits. Dis la vérité.

— Une conférence de presse ? répéta la jeune fille. Non, jamais je ne pourrai…

— Tu ne peux pas fermer les yeux, Becky Lynn. Tu dois prendre le taureau par les cornes.

L'image de son père envahit son esprit, accompagnée de sa voix éraillée, et elle frissonna.

— Je pourrais lui donner de l'argent, suggéra-t-elle. Il me ficherait la paix aussitôt ; le pognon, c'est tout ce qui l'intéresse.

— Oui, mais il réapparaîtrait tôt ou tard ; les vermines de son espèce ont la vie dure.

Jack s'accroupit devant elle. Il lui caressa la joue, tendrement.

— Becky Lynn chérie, tu dois faire face !

Elle croisa son regard, la vue brouillée par les larmes.

— Tout le monde est au courant désormais. Je ne serai plus jamais Valentine. Je vais redevenir Becky Lynn Lee, la fille bien trop laide pour qu'on la regarde pendant qu'on la viole…

Un sanglot plus fort que les autres l'interrompit.

— … Je vais redevenir une moins-que-rien !

Jack laissa échapper un juron ; ses doigts se refermèrent autour de ceux de la jeune femme.

— Tu n'as jamais été une moins-que-rien, Becky Lynn. Tu as toujours été une fille différente, une fille superbe !

Il lui prit les mains et les porta à ses lèvres.

— Tu es la personne la plus gentille que je connaisse. La plus généreuse. La plus forte également.

Comme elle ouvrait la bouche pour protester, il la fit taire d'un geste.

— Parfaitement, la plus forte ! répéta-t-il. Tu as connu l'enfer, et non seulement tu y as survécu, mais tu as réussi à le dominer. Comprends-tu à quel point c'est extraordinaire ?

Becky Lynn se mordillait la lèvre inférieure, les yeux brillants de larmes.

— Pourquoi est-ce que je me sens si faible, alors ? Pourquoi suis-je si… effrayée ?

— Viens, dit-il en l'obligeant à se lever du canapé. Je vais te montrer quelque chose.

Elle le suivit jusque dans l'entrée. Là, ils s'arrêtèrent, et elle leva vers lui un regard interrogateur.

— Que veux-tu me…

Jack la fit pivoter en face de la glace fixée au-dessus de la console. Son reflet la dévisageait d'un œil sévère.

— Tu te rappelles ? murmura-t-il, debout derrière elle, les mains sur ses épaules. Il y a longtemps, quand tu m'as demandé pourquoi je t'appelais Red, j'ai répondu que je ne savais pas, tu t'en souviens ? Simplement, je trouvais que ce surnom t'allait bien.

Il resserra l'étau de ses mains sur elle.

— Maintenant, je connais la raison, Becky Lynn. Tu es une fille solide, pleine de vie. Tu es éclatante, comme la couleur rouge. Regarde-toi dans la glace, *baby*. Moi je vois une femme vigoureuse, sûre d'elle, une femme qui a affronté ce que la vie peut offrir de plus terrible, et qui a toujours survécu. Je vois Becky Lynn Lee, une jeune femme intelligente et douée. Gentille. Magnifique.

Il approcha son visage du sien.

— A côté de toi, tout le monde semble fade, Red. Il faut que tu en prennes conscience.

Becky Lynn ferma les yeux de toutes ses forces, comme si elle voulait chasser ce reflet.

— Non, je ne peux pas, chuchota-t-elle. Je ne vois qu'une vilaine adolescente de dix-sept ans, rejetée par tous. Je vois une fille seule.

Jack l'obligea à se tourner vers lui. Il prit son visage entre ses paumes, arrêtant la course de ses larmes avec ses pouces.

— Tu n'es pas seule. Je suis là, Red. J'ai toujours été là pour toi. Même quand j'étais trop égoïste, trop idiot pour m'intéresser à toi, j'étais là.

Il se pencha, et ses lèvres frôlèrent délicatement les siennes, tendrement, puis il redressa la tête.

— Tu dois affronter ton passé, murmura-t-il. Pour pouvoir ensuite tirer un trait dessus. Définitivement.

Elle posa les mains sur son torse, puis son visage. Elle avait Jack. Le seul homme qu'elle ait toujours désiré. Le seul. Elle enfouit ses doigts dans les plis de son pull-over, elle voulait s'accrocher aux battements rassurants de son cœur, s'accrocher au bonheur de cet instant parfait.

Jack l'obligea à lever les yeux vers lui.

— Tu dois régler cette affaire dès maintenant, battre le fer pendant qu'il est chaud. Appelle Treymane, il chargera le publicitaire de l'agence d'organiser une conférence de presse.

— Je ne sais pas si j'en suis capable, Jack. Je ne sais pas si je… si je suis prête.

Elle scrutait désespérément son regard, comme si elle voulait y puiser toutes les réponses à ses questions angoissantes.

— J'ai besoin de réfléchir. Je… je m'interroge.

— Pendant que tu réfléchis, murmura-t-il d'une voix rauque, n'oublie pas une chose : je t'aime. Entre nous, ce n'est pas uniquement une affaire de sexe, ça ne l'a jamais été. J'ai besoin de toi. Je crois en toi. Et je resterai auprès de toi, quelle que soit ta décision.

Jack était amoureux d'elle ? Etait-ce possible ? L'émerveillement jaillit en elle, d'une blancheur aveuglante et chaude. Jack l'aimait.

Comme pour le prouver, il l'embrassa fougueusement, avant de s'éloigner d'elle.

— Je te laisse, maintenant. Réfléchis. Je serai au studio.

En se dirigeant vers la porte, il lança :

— Appelle-moi. Je ne bougerai pas avant d'avoir reçu ton appel.

— Ne pars pas ! Jack…

Frigorifiée soudain, envahie par le froid et l'angoisse, elle noua ses bras autour de sa poitrine.

— … Je ne veux pas rester seule.

Jack revint vers elle pour prendre de nouveau son visage entre ses mains. Il plongea son regard dans celui de Becky Lynn.

— Je ne t'abandonne pas, mon cœur. Mais tu dois prendre cette décision seule. Je ne peux pas la prendre à ta place.

Ses lèvres se retroussèrent très légèrement, dessinant ce petit sourire provocant qui ne manquait jamais de faire battre le cœur de Becky Lynn.

— De plus, je suis égoïste, tu le sais bien, ajouta-t-il. Si je reste, j'aurai envie de te serrer dans mes bras. J'aurai envie de t'emmener dans ton lit pour te faire l'amour. Et j'aurai envie de te parler de nous, de te dire combien je t'aime et combien je veux que tu vives à mes côtés.

Il secoua la tête d'un air dépité.

— Mais ça attendra, une fois de plus. En revanche, cette sale histoire avec ton père ne peut attendre.

Becky Lynn savait qu'il avait raison, aussi le laissa-t-elle repartir, à regret. Longtemps après son départ, elle contempla la porte fermée, en proie à la plus vive confusion.

Jack était amoureux d'elle. Il avait besoin d'elle, il croyait en elle.

Son père, son passé l'avaient retrouvée.

Elle porta une main tremblante à son front. Elle repensait à Zoe, aux paroles que celle-ci avait murmurées ce matin même, concernant le passé et la peur qu'il lui inspirait.

Oh, elle aussi avait peur, s'avoua Becky Lynn. Mais le moment était venu d'affronter ses angoisses les plus profondes.

Elle alla se planter devant le miroir de l'entrée et examina son reflet, tandis que son esprit la plongeait une fois de plus dans le passé. Elle songeait à la fille qu'elle était autrefois et à la femme qu'elle était devenue. Elle songeait à Ricky et à Tommy, à leur haine. Elle songeait à son père et à sa mère, à son frère Randy également. Et toutes ces pensées lui faisaient mal. Elle aurait tant voulu être aimée et chérie, elle aurait tant voulu que sa jeunesse soit différente.

Hélas, les choses étaient ainsi. En revanche, cette partie de sa vie était bel et bien terminée. Le passé n'était plus qu'une succession de souvenirs désormais, se dit-elle. Des souvenirs affreux, mais qui ne pouvaient plus lui faire de mal, à condition de rester vigilante. Jack avait raison : elle n'avait pas seulement survécu à son passé, elle l'avait vaincu.

Elle était Red. Comme la couleur, éclatante et forte, pleine de passion et de vie. Incontestable, invincible.

Elle devait tirer un trait sur son passé. Elle devait lui faire face une dernière fois, puis continuer son chemin. Dix ans plus tôt, elle avait fui Bend en faisant le serment de quitter cet endroit pour toujours, de laisser cette vie affreuse derrière elle. Or, elle s'était toujours accrochée à son passé, elle s'était accrochée à l'image de la jeune fille solitaire et effrayée qu'elle avait été. Elle avait laissé cette image teinter de gris son existence, ternir son bonheur.

Du bout des doigts, elle caressa le miroir, le souffle court. Elle était Becky Lynn Lee, belle et forte, digne d'être aimée. Elle sourit à son reflet. Jamais elle n'avait fait semblant d'être Valentine ; Carlo n'avait pas créé une illusion, il avait simplement su voir ce qui existait déjà.

Jack l'avait vu, lui aussi. Aujourd'hui encore, il le lui avait dit.

Il l'aimait. Mais surtout, plus important peut-être, songeait Becky Lynn, elle avait appris à s'aimer elle-même. Une incroyable sensation de liberté, douce et enivrante, la submergea. La tête rejetée en arrière, elle éclata de rire, puis se mit à tournoyer, les bras en croix.

Le voyage qu'elle avait entrepris tant d'années plus tôt venait juste de s'achever. Elle avait enfin trouvé ce qu'elle cherchait.

Un sentiment qu'on appelait la sérénité.

60

Becky Lynn avait choisi une éclatante robe-fourreau rouge pour la conférence de presse. Avec ses chaussures à talons hauts assorties, elle atteignait le mètre quatre-vingts et dépassait de plusieurs centimètres la plupart des hommes. Souriant intérieurement au moment d'entrer dans l'hôtel, elle traversa d'un pas décidé et allègre le vaste hall de marbre et de verre, au fond duquel se trouvaient les ascenseurs. Sur son passage, des regards, furtifs ou appuyés, approbateurs ou surpris, se posèrent sur elle, et Becky Lynn n'hésita pas, quand l'occasion se présentait, à les soutenir de manière effrontée, avec un petit sourire et parfois un signe de tête.

« Tu peux être fière de toi, Becky Lynn Lee. »

Elle pénétra dans l'ascenseur aux parois de verre, et prit une profonde inspiration. Elle savait que les crampes qui lui nouaient l'estomac n'étaient pas dues à l'appréhension, mais à l'excitation. Pour la première fois de sa vie, elle ignorait la peur, la peur de son père, du regard des autres, et de tout le reste. Aucune opinion n'avait d'importance, à part la sienne. Or, elle se sentait sacrément fière de ce qu'elle était devenue.

L'ascenseur la conduisit en douceur et en vitesse au deuxième étage ; les portes s'ouvrirent, et elle sortit de la cabine. Quelques personnes étaient rassemblées à l'entrée de la salle de réunions au fond du couloir. Becky Lynn n'avait d'yeux que pour Jack. Ce dernier l'attendait, un peu à l'écart du groupe, en faisant nerveusement les cent pas. Elle savait qu'il s'inquiétait pour elle.

Au moins avait-elle quelqu'un dans son camp, songea-t-elle.

Un supporter solide, et qui l'aimait. Ses lèvres magnifiquement dessinées esquissèrent un sourire, tandis qu'une vague de bonheur emplissait son cœur, menaçant de le faire exploser. Elle n'était pas seule, elle ne le serait plus jamais.

Elle leva la tête ; leurs regards se croisèrent. Lorsque Jack lui sourit, Becky Lynn sentit tout son être s'illuminer comme un sapin de Noël. Il était amoureux d'elle. S'accrochant à cette magnifique pensée, elle marcha vers lui, cependant qu'il venait à sa rencontre. Ils se rejoignirent à mi-chemin ; il lui prit les mains, leurs doigts s'entrelacèrent.

— Alors, tu te sens prête pour affronter l'épreuve ? demanda-t-il.

— Tout à fait prête.

Il chercha son regard ; elle vit dans ses yeux de l'inquiétude, et de l'amour.

— Ils risquent de te balancer quelques peaux de banane, dit-il. Surtout, reste concentrée, et garde ton calme.

— Tu t'inquiètes trop, Jack.

— C'est parce que je t'aime.

Il prit son visage entre ses paumes, et ajouta :

— Je veux que tout se passe bien ; je refuse qu'on te fasse du mal.

— Tout va bien se passer, répondit-elle en posant tendrement son index sur les lèvres de Jack. Moi aussi je t'aime.

L'expression de Jack en disait plus long que des milliers de mots. Alors, elle lui saisit la main et l'entraîna dans le couloir. Les personnes regroupées commencèrent à pénétrer dans la salle de réunions ; seule l'une d'elles demeurait en retrait : son frère Randy. Dès qu'elle l'aperçut, Becky Lynn ralentit le pas. Randy les regardait approcher, les poings serrés le long du corps, la mâchoire crispée.

Sentant l'hésitation de la jeune femme, Jack se tourna vers elle.

— Que se passe-t-il ?

Elle lui serra les doigts.

— C'est mon… mon frère. Randy.

Jack suivit son regard.

— Veux-tu que j'aille…

— Non, c'est à moi de m'en occuper. J'en suis capable.

Malgré la boule d'appréhension qui lui nouait l'estomac, elle franchit la courte distance qui la séparait de son frère.

— Salut, Randy.

Celui-ci redressa un peu plus le menton, en plissant les yeux d'un air méfiant.

— Je sais que tu ne veux pas me voir, Becky Lynn. Mais je resterai quand même.

— Pourquoi ? demanda-t-elle en levant le menton à son tour. Es-tu venu ici pour confirmer les mensonges de notre père ?

La mâchoire de Randy se détendit, son regard s'adoucit. Il se racla la gorge.

— Non. Je suis ici pour te soutenir, Becky Lynn. Car je sens que c'est mon devoir, et parce que… tu es ma sœur.

Emportée par une tornade de bonheur, elle lui tendit la main. Une autre blessure commençait à se refermer en elle.

— Dans ce cas, je suis heureuse de te voir.

Visiblement hébété, Randy observa un instant la main tendue de la jeune femme, avant de la serrer avec force. Elle le sentit frissonner, alors elle pressa plus fortement ses doigts autour des siens.

— Tu es prête ? demanda Jack. Ils attendent.

Becky Lynn tourna la tête vers lui et acquiesça. Ils pénétrèrent tous les trois dans la salle noire de monde et descendirent l'allée centrale jusqu'à l'estrade. Becky Lynn constata qu'elle avait attiré une foule de journalistes. Autour d'elle s'élevaient des chuchotements, des questions murmurées, et elle sourit intérieurement. Elle était prête à les affronter.

Assise entre l'homme de sa vie et son frère retrouvé, elle fit face aux journalistes et, la tête haute, se lança :

— Je m'appelle Becky Lynn Lee et je suis née à Bend dans le Mississippi…

Remerciements

Tous mes sincères et chaleureux remerciements aux personnes évoquées ci-dessous, qui m'ont aidée et soutenue pendant que j'écrivais ce livre… Elles m'ont donné généreusement de leur temps et de leur savoir, de sorte que *Red — Trahison* — a pu voir le jour.

David Anthony, photographe de mode à La Nouvelle-Orléans et à Los Angeles. Mille mercis à toi, David, qui m'as permis d'appréhender le monde de la photographie de mode à l'échelle internationale. Merci d'avoir partagé avec moi les fruits de ton expérience et de ta compétence, et de m'avoir permis d'observer le photographe de mode en action. Ta générosité n'a d'égale que ton talent — tu es le plus grand.

Cindy Nelson, directrice de studio — Jack Perno Photography, Chicago. Merci à toi, Cindy, de m'avoir appris le fonctionnement interne des studios de photo, de m'avoir expliqué les tenants et les aboutissants du métier, et de m'avoir informée sur la psychologie des photographes, de leurs techniciens et des mannequins.

Nathan Hoffman, mari extraordinaire et président de Hoffman-Miller Advertising, La Nouvelle-Orléans. Merci, Nathan, d'avoir interrompu tes activités pour répondre à mes nombreuses questions à propos du métier sous tous ses aspects : créatif, technique et émotionnel. Tes réponses ultrarapides m'ont épargné des heures de recherches… et des migraines.

Robin Kaigh, de l'agence littéraire Robin Kaigh. Merci, Robin, pour le soutien que tu m'as apporté à toutes les étapes du livre, et pour la foi que tu as eue en mon travail, avant même qu'il soit effectué.

Jan Hamilton-Powell, ami et écrivain. Merci de m'avoir laissée parler de mon histoire à loisir, tant et si bien que tu as fini par la connaître autant que moi ; merci pour ton point de vue original. Merci d'avoir prêté une oreille attentive à tout le reste aussi.

KAREN YOUNG-STONE, amie et écrivain. Merci pour le regard objectif que tu as jeté sur mon travail, quand j'en avais le plus besoin ; merci pour ton soutien, tes encouragements et ton amitié.

JOAN LEBLANC, Paradise Travel, Mandeville, Louisiane. Merci pour les informations concernant les voyages et les lieux divers.

ROBERT POWELL, ancien policier, Chattanooga, Tennessee. Merci pour les appels téléphoniques interurbains, pour les renseignements donnés sur la police et le fonctionnement des appels d'urgence.

ANNE SEALE, coiffeuse-styliste, Directions Salon, Metairie, Louisiane. Merci d'avoir évoqué avec moi les différents styles des années quatre-vingt ; merci pour les informations techniques, et merci également de m'avoir confirmé que je les avais bien utilisées.

METSY HINGLE et LINDA WEST, amies et écrivains. Merci pour les soirées à la Plantation, où vous m'avez écoutée sans répit, et pour votre enthousiasme, vos encouragements et votre soutien.

DANS LA MÊME COLLECTION

Par ordre alphabétique d'auteur

JINA BACARR	*Blonde Geisha*
JILL BARNETT	*Souvenirs d'enfance*******
MARY LYNN BAXTER	*La femme secrète*
MARY LYNN BAXTER	*Un été dans le Mississippi*
JENNIFER BLAKE	*Une liaison scandaleuse*
BARBARA BRETTON	*Le lien brisé*
BENITA BROWN	*Les filles du capitaine*
MEGAN BROWNLEY	*La maison des brumes*
CANDACE CAMP	*Le bal de l'orchidée*
CANDACE CAMP	*Le manoir des secrets*
CANDACE CAMP	*Le château des ombres*
CANDACE CAMP	*La maison des masques*
MARY CANON	*L'honneur des O'Donnell*
LINDA CARDILLO	*Le tourbillon d'une vie*
ELAINE COFFMAN	*Le seigneur des Highlands*
ELAINE COFFMAN	*La dame des Hautes-Terres*
ELAINE COFFMAN	*La comtesse des Highlands*
JACKIE COLLINS	*Le voile des illusions*
JACKIE COLLINS	*Reflets trompeurs*
JACKIE COLLINS	*Le destin des Castelli*
PATRICIA COUGHLIN	*Le secret d'une vie*
MARGOT DALTON	*Une femme sans passé*
EMMA DARCY	*Souviens-toi de cet été*
CHARLES DAVIS	*L'enfant sans mémoire*
SHERRY DEBORDE	*L'héritière de Magnolia*
BARBARA DELINSKY	*La saga de Crosslyn Rise*
BARBARA DELINSKY	*L'enfant du scandale*
WINSLOW ELIOT	*L'innocence du mal*
SALLY FAIRCHILD	*L'héritière sans passé*
MARIE FERRARELLA	*Une promesse sous la neige****
MARIE FERRARELLA	*Maman par intérim*******
ELIZABETH FLOCK	*Moi & Emma*
CATHY GILLEN THACKER	*L'héritière secrète*
LYNNE GRAHAM	*Une passion en Irlande*
GINNA GRAY	*Le voile du secret*
GINNA GRAY	*La Fortune des Stanton*
GINNA GRAY	*Amants de toujours********

…/…

DANS LA MÊME COLLECTION

Par ordre alphabétique d'auteur

JENNIFER GREENE	*Le cadeau de l'hiver*
JILLIAN HART	*L'enfant des moissons*
METSY HINGLE	*Une vie volée*
KATE HOFFMANN	*Destins d'Irlande*
KATE HOFFMANN	*Fille d'Irlande*
FIONA HOOD-STEWART	*Les années volées*
FIONA HOOD-STEWART	*A l'ombre des magnolias*
FIONA HOOD-STEWART	*Le testament des Carstairs*
FIONA HOOD-STEWART	*L'héritière des Highlands*
LISA JACKSON	*Noël à deux***
RONA JAFFE	*Le destin de Rose Smith Carson*
PENNY JORDAN	*Silver*
PENNY JORDAN	*L'amour blessé*
PENNY JORDAN	*L'honneur des Crighton*
PENNY JORDAN	*L'héritage*
PENNY JORDAN	*Le choix d'une vie*
PENNY JORDAN	*Maintenant ou jamais*
PENNY JORDAN	*Les secrets de Brighton House*
PENNY JORDAN	*La femme bafouée*
PENNY JORDAN	*De mémoire de femme*
BRENDA JOYCE	*L'héritière de Rosewood*
BRENDA JOYCE	*La tentation de Lady Blanche*
BRENDA JOYCE	*La rose d'Irlande*
MARGARET KAINE	*Des roses pour Rebecca*
HELEN KIRKMAN	*Esclave et prince*
ELAINE KNIGHTON	*La citadelle des brumes*
ELIZABETH LANE	*Une passion africaine*
ELIZABETH LANE	*La fiancée du Nouveau Monde*
CATHERINE LANIGAN	*Parfum de jasmin*
RACHEL LEE	*Neige de septembre*
RACHEL LEE	*La brûlure du passé*
LYNN LESLIE	*Le choix de vivre*
MERLINE LOVELACE	*La maîtresse du capitaine*
JULIANNE MACLEAN	*La passagère du destin*
DEBBIE MACOMBER	*Rencontre en Alaska*****
DEBBIE MACOMBER	*Un printemps à Blossom Street*
DEBBIE MACOMBER	*Au fil des jours à Blossom Street*
DEBBIE MACOMBER	*Retour à Blossom Street*

... / ...

DANS LA MÊME COLLECTION

Par ordre alphabétique d'auteur

DEBBIE MACOMBER	*La saison des roses*
DEBBIE MACOMBER	*Un parfum de bonheur*
DEBBIE MACOMBER	*La baie des promesses*
DEBBIE MACOMBER	*Les secrets de Rosewood Lane*
DEBBIE MACOMBER	*Le printemps des rêves*
DEBBIE MACOMBER	*Un Noël sous le givre**** **
DEBBIE MACOMBER	*L'île du paradis******
DEBBIE MACOMBER	*Le jardin de Susannah*
DEBBIE MACOMBER	*Un été à Cranberry Point*
DEBBIE MACOMBER	*Un Noël à Cedar Cove*
MARGO MAGUIRE	*Seigneur et maître*
ANN MAJOR	*La brûlure du mensonge*
ANN MAJOR	*Le prix du scandale**
SUSAN MALLERY	*Un parfum d'été*
SUSAN MALLERY	*Le rêve de Gracie*
KAT MARTIN	*Lady Mystère*
KAT MARTIN	*La maîtresse du corsaire*
SANDRA MARTON	*Une passion impossible*******
ANNE MATHER	*L'île aux amants****
CURTISS ANN MATLOCK	*Sur la route de Houston*
CURTISS ANN MATLOCK	*Une nouvelle vie*
CURTISS ANN MATLOCK	*Une femme entre deux rives*
MARY ALICE MONROE	*Le masque des apparences*
MARY ALICE MONROE	*Le passé à fleur de peau*
MARY ALICE MONROE	*Dans l'ombre du secret*
CAROLE MORTIMER	*L'ange du réveillon*****
BRENDA NOVAK	*L'écho du souvenir*
BRENDA NOVAK	*L'héritière du manoir*
BRENDA NOVAK	*Un réveillon sous la neige********
DIANA PALMER	*D'amour et d'orgueil****
DIANA PALMER	*Les chemins du désir*
DIANA PALMER	*Les fiancés de l'hiver*****
DIANA PALMER	*Le seigneur des sables*
DIANA PALMER	*Une liaison interdite*
DIANA PALMER	*Le voile du passé*
PATRICIA POTTER	*Noces pourpres*
MARCIA PRESTON	*Sur les rives du destin*
MARCIA PRESTON	*La maison aux papillons*
EMILIE RICHARDS	*Mémoires de Louisiane*
EMILIE RICHARDS	*Le testament des Gerritsen*

… / …

DANS LA MÊME COLLECTION

Par ordre alphabétique d'auteur

EMILIE RICHARDS	*La promesse de Noël***
EMILIE RICHARDS	*L'écho du passé*
EMILIE RICHARDS	*L'écho de la rivière*
EMILIE RICHARDS	*Le refuge irlandais*
EMILIE RICHARDS	*Promesse d'Irlande*
EMILIE RICHARDS	*La vallée des secrets*
EMILIE RICHARDS	*Du côté de Georgetown*
EMILIE RICHARDS	*Un lien d'amour******
EMILIE RICHARDS	*L'héritage des Robeson*
EMILIE RICHARDS	*Le chemin de l'espoir*
EMILIE RICHARDS	*Le temps des promesses*
EMILIE RICHARDS	*Le rêve de Molly*********
EMILIE RICHARDS	*Le temps d'un été*
NORA ROBERTS	*Retour au Maryland*
NORA ROBERTS	*La saga des Stanislaski*
NORA ROBERTS	*Le destin des Stanislaski*
NORA ROBERTS	*L'héritage des Cordina*
NORA ROBERTS	*Love*
NORA ROBERTS	*La saga des MacGregor*
NORA ROBERTS	*L'orgueil des MacGregor*
NORA ROBERTS	*L'héritage des MacGregor*
NORA ROBERTS	*La vallée des promesses*
NORA ROBERTS	*Le clan des MacGregor*
NORA ROBERTS	*L'héritage des Calhoun*
NORA ROBERTS	*Un homme à aimer**
NORA ROBERTS	*Sur les rives de la passion*
NORA ROBERTS	*La saga des O'Hurley*
NORA ROBERTS	*Le destin des O'Hurley*
NORA ROBERTS	*Un cadeau très spécial***
NORA ROBERTS	*Le rivage des brumes*
NORA ROBERTS	*Les ombres du lac*
NORA ROBERTS	*Un château en Irlande*
NORA ROBERTS	*Filles d'Irlande*
NORA ROBERTS	*Pages d'amour*
NORA ROBERTS	*Rencontres*
NORA ROBERTS	*Une famille pour Noël*****
NORA ROBERTS	*Passions*
NORA ROBERTS	*La promesse de Noël*
NORA ROBERTS	*Contre vents et marées******
NORA ROBERTS	*Rêves d'amour*
NORA ROBERTS	*Liens d'amour*
NORA ROBERTS	*Séduit malgré lui********
NORA ROBERTS	*La promesse d'une nuit*********
NORA ROBERTS	*Idylles magiques*
NORA ROBERTS	*Le secret des émeraudes*

… / …

DANS LA MÊME COLLECTION

Par ordre alphabétique d'auteur

ROSEMARY ROGERS	*Le sabre et la soie*
ROSEMARY ROGERS	*La vengeance d'une lady*
ROSEMARY ROGERS	*La maîtresse du rajah*
ROSEMARY ROGERS	*Lady Sapphire*
ROSEMARY ROGERS	*Nuits de satin*
ROSEMARY ROGERS	*Un palais sous la neige*
JOANN ROSS	*Magnolia*
JOANN ROSS	*Cœur d'Irlande*
MALLORY RUSH	*Ce que durent les roses*
EVA RUTLAND	*Tourments d'ébène*
PATRICIA RYAN	*L'escort-girl****
DALLAS SCHULZE	*Un amour interdit*
DALLAS SCHULZE	*Les vendanges du cœur*
DALLAS SCHULZE	*La promesse d'un enfant*
DALLAS SCHULZE	*L'appel de l'aube*
KATHRYN SHAY	*L'enfant de l'hiver*
JUNE FLAUM SINGER	*Une mystérieuse passagère*
ERICA SPINDLER	*L'ombre pourpre*
ERICA SPINDLER	*Le fruit défendu*
ERICA SPINDLER	*La blessure du passé*
ERICA SPINDLER	*Parfum de Louisiane*
ERICA SPINDLER	*Un parfum de magnolia*
ERICA SPINDLER	*Les couleurs de l'aube*
LYN STONE	*La dame de Fernstowe*
TARA TAYLOR QUINN	*Le cadeau d'une vie*
CHARLOTTE VALE ALLEN	*Le destin d'une autre*
CHARLOTTE VALE ALLEN	*L'enfance volée*
CHARLOTTE VALE ALLEN	*L'enfant de l'aube*
SOPHIE WESTON	*Romance à l'orientale****
SUSAN WIGGS	*Un printemps en Virginie*
SUSAN WIGGS	*Les amants de l'été*
SUSAN WIGGS	*L'inconnu du réveillon***
SUSAN WIGGS	*La promesse d'un été*
SUSAN WIGGS	*Un été à Willow Lake*
SUSAN WIGGS	*Le pavillon d'hiver*
SUSAN WIGGS	*Retour au lac des Saules*
SUSAN WIGGS	*La maison du Pacifique*
SUSAN WIGGS	*Neige sur le lac des Saules*
SUSAN WIGGS	*Rendez-vous sous le gui******
SUSAN WIGGS	*Les amants du Pacifique*

… / …

DANS LA MÊME COLLECTION

Par ordre alphabétique d'auteur

* *titres réunis dans un volume double*

** *titres réunis dans le volume intitulé* : Magie d'hiver 2007

*** *titres réunis dans le volume intitulé* : Passions d'été

**** *titres réunis dans le volume intitulé* : Magie d'hiver 2008

***** *titres réunis dans le volume intitulé* : Magie d'hiver 2009

****** *titres réunis dans le volume intitulé* : La Maison sur l'île

******* *titres réunis dans le volume intitulé* : Promesses d'été

******** *titres réunis dans le volume intitulé* : Magie d'hiver 2010

5 TITRES À PARAÎTRE EN AOÛT 2011

Composé et édité par les
éditions Harlequin

Achevé d'imprimer en Allemagne
par GGP Media GmbH, Pößneck
en mai 2011

Dépôt légal en juin 2011